Henry Euler

Buchonia

Mechthild

Ich leb, weiß nit wie lang,
Ich stirb, und weiß nit wann,
Ich fahr, weiß nit wohin.
- Mich wundert, dass ich so fröhlich bin.

Henry Euler

Buchonia

Mechthild

parzellers
BUCHVERLAG

ISBN 978-3-7900-0425-0

Titelbild (Mechthild von Wartenberg) und Illustrationen: Henry Euler
Layout: Peter Link
Gesamtherstellung: Parzeller Druck- und Mediendienstleistungen

Inhalt

Fort von zuhause 11
Das rätselhafte Kino 22
Im Schlafenden Wald 30
Rabenold 39
Die Burg 50
Im Verlies 66
Mechthild 74
Im Toten Pfuhl 88
Das Geheimnis des Adlerkopfs 100
Auf der Burg 115
Die Gaukler 127
Turnier und Tod 136
Ein unfriedliches Burgfest 149
Die Flucht 163
Der Alte Weg 173
Im Spital St. Kathrin 190
In den Mauern von Fulda 203
Der Abt 228
Das Geheimnis im Kloster 245
Die Schlacht um die Burg 272
Der Aufbruch 310
Heribrahtshusen und Iliwinshusen 323
Der Schlund 342
Wieder zuhause 350

Personen 6
Obsession, Tatsachen und Fiktionen 369
Danksagung 374
Literatur 375

Die Personen

HAUPTPERSONEN
Tilmann Schmitt, Schüler
Mechthild, Tochter von Dietrich von Wartenberg

DIE INNIGEN GEFÄHRTEN
Tilmann Schmitt, Mechthild, Ursch (Heilerin), Ratzfall (Fischer)

EIN WIDERSACHER
Rabenold, der Schwarze Mönch

DIE RITTER
Heinrich und Dietrich von Wartenberg, Berthold von Ziegenhain, Hermann von Blankenwald, Hermann von Ebersberg, Sigfrid von Eysenbach, Trabodo von Eysenbach, Konrad von Bimbach, Konrad von Rasdorf, Friedrich von Schlitz, Albert von Brand, Eraclius (dargestellt in Fraurombach, Schlitz)

DIE GEISTLICHEN
Abt Bertho von Leibolz, Gangolf (Burgkaplan und Weckhahn), Mönch Ebbo von Schweinfurt (Pflanzgarten), Mönch Eckhard (Portarius), Prior Gottfried, Abraham, Aaron, Arpad (Mönche in Heribrahtshusen), die Mönche Batiz und Gozbert, Eberhard (Bote)

KRIEGSKNECHTE
Roland, Atze, Otto, Willi, Tilo, Bobbo, Albert (Knappen), (Bienen-)Balduin und Gerhard (Torwächter), Volkmar (Grieswart), Seyfried (Waffenmeister), Ruprecht (Marschall), Warmut (Wachsoldat), Basilisk (Streitaxtkämpfer), Walter (Katapultmeister), Aquila (Armbrustschütze)

GAUKLER

Rufus Springinsfeld (Dreheleier, Laute, Possen) und seine Frau Loretta (Masken, Krummhorn), Alwin (Zauberer), Gunhild (Faustkämpferin, Dudelsack)

WEITERE PERSONEN

Dennis Trapert (Schüler), Benjamin Ifland („Biff") und die Spiders, Studienrat Ernst Knoll, Georg und Schmitt (Eltern von Tilmann), Frau Susemichel (Deutschlehrerin), Herr Stußner (Hausmeister), Oma Bertha aus Kleinsassen, Tankwart Schott, HipHop-Buddy, Iliwin (Köhler), Ritter Heinrichs Frau Anna, Edda (Mutter von Ursch), Hartmann (Henker), Wieland (Schmied aus Island), Schinderjanis (aus Marah), Thusnelda (Wirtin), Bruno Guttel und seine Frau Emma (Töpfer), Marga (Meierswitwe), Agnes von Blankenwald (Heilerin), Samuel (Medicus), David (jüdischer Händler), Iliwin (Köhler), Ruppert (Schweinehirt), Antonio (Pizzabäcker), Metzger Ig, Wagenkutscher und Jakobspilger

TIERE

Petz und Bruno (Bären), Ali (Affe), Ratz (Hund)

Prolog

„Das Mittelalter ist unsere Kindheit, in die wir immer wieder zurückkehren müssen um unsere Anamnese zu machen", schreibt Umberto Eco. Umgekehrt besteht die Möglichkeit, durch eine Zeitreise eines Gegenwartsmenschen – in diesem Fall ist es Tilmann Schmitt – aus dem Mittelalter, in das man sich schreibend versetzt, einen Blick auf die Zukunft zu werfen. Daraus ergeben sich interessante Schlussfolgerungen. Nachdenken setzt ein, was aus den Visionen unserer Vorfahren übrig geblieben ist und wohin uns die industrielle Revolution geführt hat. *Magia naturalis et sancta* – wird sich der „göttliche Plan eines Tages durch die Maschinen verwirklichen" (Roger Bacon)? Zwischen zwei Buchdeckeln eine stimmige Welt des Mittelalters einzufangen ist schwierig und noch so viele Recherchen ergeben keine Eins-zu-Eins-Übertragung. Ein Trost ist, dass niemand das Gegenteil beweisen kann. Über weltliche Dinge gibt das Hochmittelalter wenige Zeugnisse, das Schreiben fand überwiegend in den Klöstern statt, in den Skriptorien wurden religiöse Texte geschrieben, kopiert und kunstvoll verziert. Ansonsten beschränkte man sich auf knappe historische Fakten oder die Darstellung von Grenzverläufen. Nirgendwo wird berichtet von der Kälte und Feuchtigkeit einer Burg, von der klammen Kleidung, die niemals trocknete und dem Körpergeruch, den keine Seife wegspült. Die Dichtung des Hochmittelalters verklärte gelebte Wirklichkeit auf den ethischen Grundlagen des ritterlichen Lebensstils.

Dennoch habe ich mich bemüht, die Grenze zwischen Dichtung und Wahrheit niemals zu überschreiten.

Wirklich nicht? Nun gut, dreimal ist es mir passiert. Aber finden Sie das selbst heraus…

eins.

Fort von zuhause

Das Ding! – Tilmann fuhr mit der Hand erschrocken in die Tasche. Er stellte fest: es war noch da. Es wog schwer in der Jackentasche. Die Alufolie knisterte, in der es eingepackt war.

Das scheppernde Geräusch musste von woanders hergerührt haben. Tilmann Schmitt stieg vom Fahrrad und ging ein paar Schritte zurück. Am Straßenrand fand er die Ursache des Geräuschs. Die Luftpumpe hatte sich gelöst und lag in der Rinne. Er hockte sich auf eine Gartenmauer und grübelte.

Gedankenverloren zog er das Ding aus der Jacke und wickelte es aus der Folie. Minutenlang starrte er es an, drehte und wendete es und wusste keinen Rat. Auf den ersten Blick sah es aus wie ein ...

»Wie ein Pilz«, hatte Dennis gesagt, als sie es gestern aus dem Steinhaufen gezogen hatten.

Tilmann fand das unglaubwürdig. Wie sollte ein Pilz in der Dunkelheit der Erde und in einem verlassenen Steinhaufen am Rand einer Burgruine so groß werden können?

An diesem Sonntagmorgen hatten sich Tilmann und Dennis wieder einmal verabredet. Tilmann starrte auf seine Uhr, es war schon elf. Dennis hatte sich eine volle Stunde verspätet! Tilmann sprang auf das Mountainbike und bog um die Straßenecke. Am Berliner Platz waren nur einige Kirchgänger auf dem Heimweg. Er fuhr weiter bis vor ein efeubewachsenes, altehrwürdiges Haus und machte eine Vollbremsung.

Die Vorhänge im obersten Stockwerk waren zugezogen. Das blieben sie auch, obwohl Tilmann mehrmals »Dennis! Dennis!« hinaufbrüllte. Zornig rüttelte er an der Fahrradklingel. Dennis hatte seinen Vorschlag wohl einfach ignoriert. Er war nicht, wie verabredet, zum Löwendenkmal gekommen. Da – die Vorhänge bewegten sich. Tilmann meinte Dennis‘ Baseballmütze sehen zu können, aber das war wohl ein Trugbild. Da oben rührte sich nicht eine Fliege.

Dennis war der Sohn des Apothekers und Star der Fußballmannschaft. Von allen Mädchen wurde er angehimmelt, weil er selbstbewusst war und immer siegessicher. Und weil er aussah wie Leonardo di Caprio.

»Ich mache mir nichts aus Mädchen und kann mir nicht vorstellen, wie sich das ändern sollte«, hatte Tilmann gestern zu ihm gesagt.

»Du bist ein hoffnungsloser Wolkengucker und Träumer«, hatte Dennis geantwortet. »Wundert mich, dass du beim Fahrradfahren nicht ständig in den Acker fährst. Machst du eine Radtour mit mir? Morgen?«

Tilmann fühlte sich geschmeichelt. »Wir könnten doch zur Burgruine fahren, da gibt es einen Radweg«, hatte er vorgeschlagen. »Durch den Wald können wir auch fahren, das ist sehr spannend.«

Dennis liebte das Radfahren, in seinen Träumen trat er gern als Sieger der »Tour de France« auf. Es gab für ihn nur sportliche Entscheidungen, deshalb kam nur der Radweg für den Ausflug in Frage.

»Es geht ausschließlich um Bestzeiten«, pflegte er zu sagen. »Du musst dich noch sehr steigern, Tilmann.«

Für Tilmann dagegen war das Mountainbike dazu da, seine Neugier zu befriedigen. Schneller als zu Fuß konnte er damit interessante Orte erreichen. Seine Neugier war so groß wie Dennis' sportlicher Ehrgeiz. »Du musst deine Nase auch überall hineinstecken«, sagte Tilmanns Mutter oft.

Die Burgruine in der Nähe der Stadt hatte es ihnen jetzt angetan.

Was war geschehen, dass von der Burg nicht mehr übrig war als Mauerstümpfe und ein paar Gegenstände, die jetzt in der Museumsvitrine lagen?

Tilmanns Lehrer für Geschichte und Mathematik, Studienrat Knoll, hatte dafür eine eilfertige Erklärung. Kein Wunder, es war sein Lieblingsthema. Nicht ohne Grund war er nebenberuflich Museumspräsident.

»Die Burg Wartenberg wurde vor achthundert Jahren von der Streitmacht eines Fuldaer Abts zerstört«, hatte Knoll gesagt und aufgeregt über seine Halbbrille geblickt. »Merkwürdigerweise sind keine Toten bei den Ausgrabungen gefunden worden, aber viele verkohlte Balken. Vermutlich wurde die Burg mit Brandpfeilen zerstört.«

»Was ist mit dem Burgherrn und seiner Familie geschehen?«, fragte Tilmann neugierig.

»Das erfährst du in einem Monat, Tilmann. Dann haben wir das Thema in Geschichte. Viel weiß man jedenfalls nicht und manches wird man wohl niemals herausfinden.«

Studienrat Knoll hatte aus dem Fenster geblickt und hinzugefügt: »Was Menschen tun ist vergänglich wie eine Spur im Wind.«

Tilmann lenkte enttäuscht das Fahrrad zurück und hockte sich wieder auf die Gartenmauer. Hinter ihm klapperte jemand penetrant mit der Gartenschere. Dennis würde nicht noch einmal mitkommen. Was sollte er jetzt tun?

Wieder zog er das rötlich-klebrige Ding aus der Alufolie. Es fiel ihm schwer sich zu konzentrieren, Zorn keimte in seinem Kopf und Bauch auf. Nein, ein Pilz war es nicht. Dafür war es zu schwer. Auch kein versteinerter Pilz, wie Dennis später rätselte. Zugegeben, das Ding sah so ähnlich aus. Ein krummer Stiel und ein plattgedrückter Hut. Nein, es musste etwas anderes sein.

Tilmann kratzte geistesabwesend an der Oberfläche. Ein schuppenartiges, gleichförmiges Muster kam zum Vorschein. Er stellte fest: das Ding war aus Metall! Er befeuchtete seinen Finger mit Spucke und rieb eine kreisrunde, honigfarbene Fläche frei, so groß wie eine Zwei-Euro-Münze. Auf der anderen Seite des Metalldings fand sein Finger die gleiche Fläche.

Langsam drehte er den Metallgegenstand in den Händen. Assoziationen – hatte nicht sein Deutschlehrer das so genannt, was sich jetzt in seinem Kopf abspielte?

War es ein Teil eines Automotors? Aber wer sollte schon mit einem Auto den Weg zur Burgruine hinauffahren, wo es nichts anderes zu sehen gab als Mauerstümpfe, Schuttberge und Gestrüpp. Geländefahrzeuge vielleicht, aber Tilmann hatte keine Reifenspuren gesehen.

Tilmann brannte jetzt vor Neugier. Seine Fingernägel legten einen Kranz schimmernder Steine frei, die um die honigfarbene Fläche angeordnet waren.

Nein, das war kein Vergaser oder etwas ähnliches, es war ein Schmuckstück! Ein verzierter Schwertknauf? Ein Teil einer verzierten Waffe?

Auf jeden Fall war es alt und sicher wertvoll. Das Ding war etwas Kostbares. Warum sonst die Verzierungen?

»Oh!«, kam es Tilmann über die Lippen. Er hatte den Gegenstand so gedreht, dass der »Pilzstiel« zur Seite ragte. Mit der Wölbung und dem schuppenartigen Muster sah das Ding aus wie ein . . . wie ein Vogelkopf!

Tilmann sprang aufgeregt auf. Gedanken rasten durch seinen Kopf. Was er für Schuppen gehalten hatte, waren Federn. Ob der Körper des Vogels noch im Steinhaufen liegen würde? Die Stelle war leicht zu finden, gleich daneben befand sich eine langgezogene Vertiefung. Jemand hatte ein Schild daneben aufgestellt, mit einem Lageplan und dem Hinweis, dass die Vertiefung der ehemalige Burggraben war, und dass man gerade dabei sei, diesen auszugraben.

Eigentlich wollte er das Ding gleich nach dem Fund zusammen mit Dennis untersuchen. Aber Dennis wollte unbedingt weiterfahren. Er hatte seine Bestzeit im Kopf, und die ließ ihn nicht los. Sie einigten sich, später einmal an diesen Ort zurückzukehren.

Deshalb waren sie für heute verabredet. Und jetzt war er nicht gekommen.

Die Heckenschere schnappte jetzt knapp über seinem Kopf. »Hast du nichts anderes zu tun, als hier herumzusitzen? Beinahe hätte ich dir den Hals abgeschnitten«, maulte eine Stimme und weckte ihn aus den Grübeleien. »Bist du nicht der Sohn von Doktor Schmitt? Hey, bleib hier Junge, ich wollte dich nicht beleidigen!«

Aber Tilmann war schon auf und davon. Er musste Dennis von diesem Vogelkopf erzählen, egal, was sich ihm in den Weg stellte. Energisch drückte er am Efeuhaus auf die Türklingel. Über ihm öffnete sich ein Fenster. Dennis´ Mutter, die Apothekerin, blickte herab.

»Warum machst du so einen Lärm, Tilmann Schmitt? Was ist mit dir los? Wenn du Dennis suchst, er ist heute nicht da. Und morgen auch nicht. Er hat wieder einmal den Geburtstag seiner Oma in Kleinsassen vergessen. Im Auto wollte er nicht mitkommen, deshalb ist er vor einer Stunde mit dem Fahrrad losgefahren. Er will eine neue Bestzeit für die Strecke aufstellen, du kennst ihn ja. Ihr werdet euch erst am Montag wieder sehen, in der Schule.« Ohne Tilmanns Antwort abzuwarten, verschloss die Apothekerin das Fenster.

Oma Bertha in der Rhön! Das hätte Tilmann auch interessiert. Der Dachboden der alten Dorfmühle, die die alte Dame allein bewohnte, war ein Paradies für Neugierige. Stundenlang konnte man dort herumstöbern. Wie oft hatte er das alte Ritterbuch aus der staubigen Vitrine herausgekramt und sich in die Bilder vertieft! Dennis hatte am liebsten zwischen Spinnweben in der alten Lade herumgekramt, einer Auswandererkiste aus Amerika. Geschmückt mit verblassten Federn hatte er da gesessen und an der langen Pfeife genuckelt, wie ein alter Indianerhäuptling. Auch Benjamin war oft auf dem Dachboden, der Junge aus der neunten Klasse, der jetzt mit seiner *Spidergang* die Stadt verunsicherte.

Tilmanns Gedanken kehrten zum Apothekerhaus zurück. Bis Montag warten? Nein, seine Neugier war größer. Noch heute würde er zur Burgruine fahren. Auf dem Radweg, da ging es schneller.

Montag würde er Dennis erzählen, dass er den größten Schatz aller Zeiten gefunden hatte. Hatte Studienrat Knoll nicht davon erzählt? Hieß er nicht Gral? Oder Nibelungenschatz?

Tilmann warf noch einen letzten Blick auf das Fenster im obersten Stockwerk, als erwarte er ein Wunder. Aber Dennis´ Mutter war verschwunden. Er stieg auf das Fahrrad und wollte davonfahren. Da schoss ihm ein Gedanke durch den Kopf. Das Handy! Er durchwühlte seinen Rucksack.

An alles hatte er gedacht: das Notizbuch mit seinen Zeichnungen, das Feuerzeug, das Taschenmesser, Kartoffelchips, Limonade, den CD-Player und die Taschenlampe, falls es spät wurde. Das rote Blechherz aus dem Küchenschrank hatte er auch eingepackt. Das mit der Aufschrift »Ti amo«. Da waren Trüffel drin. Tilmann liebte Schokolade. Und ein paar Euromünzen hatte er auch noch in den Rucksack gesteckt.

Nur an das Handy hatte er nicht gedacht.

Das konnte jetzt wichtig sein. Denn er war allein unterwegs. Und er könnte von der Ruine aus Dennis in Fulda anrufen. Dennis war schon öfters dort bei seinem Großvater gewesen, die Telefonnummer war eingespeichert.

Er würde zuhause das Handy suchen und dann losfahren. Sein Entschluss stand fest. Mit grimmiger Miene fuhr er durch die sonntagsleere Stadt.

Er ahnte nicht, dass ihm ein Abenteuer bevorstand, das er nicht in seinen kühnsten Träumen erwartet hatte.

»Was ist los mit dir, warum guckst du so böse? Wohin willst du mit dem Fahrrad?«, fragte Dr. Georg Schmitt und blickte verwirrt auf seinen Sohn, der hastig in einer Schublade wühlte.

»Da ist es, das Handy«, murmelte der Junge erleichtert. An der Tür drehte er sich noch einmal um. »Hatte ich dir gestern doch gesagt, Vater. Zur Ruine Wartenberg! Mit Dennis. Aber der ist nicht gekommen. Ich fahre allein.«

»Deine Mutter und ich gehen zum Reiterfest, Tilmann, das wäre doch was für dich. Noch vor einem Jahr hattest du nichts als Pferde im Kopf.«

Tilmann wehrte ab. »Damit ihr es wisst, ich bin kein Baby mehr«, sagte er pampig. »Ich bin jetzt fünfzehn Jahre alt. Ich entscheide selbst, was zu tun ist. Ich will jetzt fort. Ein - fach - nur - fort!«

Tilmann vermied es in Vaters traurige und verwirrte Augen zu sehen. Er ging ins Badezimmer. Eine alte Zahnbürste brauche ich noch, war ihm eingefallen. Er starrte für einen Moment in den Spiegel. In letzter Zeit war er hochgeschossen, seine Stirn reichte fast bis an das obere Ende des Spiegels. Missmutig betrachtete er die Pickel in seinem Gesicht. Seine blonden Haare hatte er heute Morgen mit Haargel gestylt, sie standen vorne aufrecht und waren von einem pinkfarbenen Streifen durchzogen. Die Mickymausfigur und die Aufschrift auf seinem T-Shirt waren schon etwas verblasst, aber der Junge konnte sich nicht von diesem Kleidungsstück trennen. Tilmann verschloss die Jeansjacke, das war besser zum Radfahren.

Diese endlosen Feste, Reiterfest, Sportfest, Sängerfest, Kirchenfest – er hasste das alles zunehmend. Kaffee und Kuchen gab es da, bis nichts mehr reinging. Sicher, sein Vater war Arzt und sehr beliebt in der Stadt. Mit Studienrat Knoll, seinem Lehrer und Museumspräsident, war er befreundet. Aber warum musste er seinen Sohn zu all diesen Festen mitnehmen?

»Tilmann, wann kommst du zurück von der Burgruine?«, rief jetzt seine Mutter aus der Küche. Aber Tilmann war schon die Treppe hinunter. »Hast du das Trüffelherz gesehen? Es lag im Schrank!«

Nur schnell fort, dachte Tilmann, nicht umsehen und nicht nachdenken! Er sprang auf sein Mountainbike. Das Fahrrad sauste knirschend über den Kiesweg und hinaus durch das Gartentor. Ein aufgescheuchtes altes Ehepaar rief ihm ein paar unfreundliche Worte nach.

Im Stadtpark ging Tilmann die Puste aus. Er lehnte das Fahrrad an einen Baum und hockte sich ins Gras. Wieder tastete er nach dem Ding. Fasziniert betrachtete er das, was er einen Vogelkopf genannt hatte. Jetzt stellte er fest, dass das Schnabelende nach unten gekrümmt war. Ein Raubvogel also – ein Adler!

Tilmann kam ein Gedanke. Er nahm Notizbuch und Bleistift aus dem Rucksack. Er war ein guter Zeichner, das hatte seine Lehrerin Frau Susemichel oft mit Entzücken bestätigt. Er kannte sich aus mit Schraffur und Schattierung. Mit schnellen Strichen zeichnete er den Kopf des Vogels in das Tagebuch.

Gedankenverloren kratzte er mit dem Fingernagel die Schmutzkruste vom Schnabel. Das Metall darunter leuchtete gelblich. War es aus Gold?

Auf der Ruine werde ich den Adlerkopf genau untersuchen und mit der Zahnbürste säubern. Behutsam verpackte er den kostbaren Fund in der Folie und steckte ihn in die Jackentasche.

Er durchquerte den Vorort, der sich an den Stadtpark anschloss. Die Tankstelle von Tankwart Schott kam in Sicht. Schülerinnen, die unterwegs zum Freibad waren, kamen ihm auf Fahrrädern entgegen und winkten freundlich. Tilmann nahm davon keine Notiz.

»He Shit!« Das klang bedrohlich. So nennt mich nur einer, durchfuhr es Tilmann. Die Stimme kam von der Tankstelle. »Komm rüber, Shit. Wir haben etwas für dich! Wenn du nicht kommst, werden wir dir nachfahren und dich alle machen.«

Das war die Stimme von Biff, Benjamin Ifland, dem Großmaul aus der neunten Klasse. Biff, der alles besser wusste und rasend wurde vor Zorn, wenn jemand widersprach. Biff, der Anführer der *Spidergang*, Kopfnicker in Baseballjacken, die Streit suchten und Ärger machten. Besonders wenn es darum ging, hilflose Mitschüler und Ausländer »alle« zu machen, wie Biff zu sagen pflegte.

Am Kiosk kann ich noch Schokolade kaufen, dachte Tilmann, um sich zu beruhigen. Mit Biff werde ich schon irgendwie fertig werden. Ich gebe ihm etwas davon ab.

Biff war nicht allein. Lässig gegen Ölfässer gelehnt, standen da aufgereiht, kahlköpfig und grinsend, die *Spiders*. Sie hatten sich Spinnennetze auf die Stirn gezeichnet und hielten sich an diesem Tag für besonders gefährlich.

Aus den Augenwinkeln nahm Tilmann das Mountainbike von Dennis wahr. Es stand einsam im Fahrradständer. Was wollte er hier? Wollte er nicht zu Oma Bertha nach Kleinsassen?

Wie ein ängstliches Kaninchen starrte Tilmann auf Biff. Warum ruft er mich? pochte es in seinem Kopf. Irgendetwas ist wieder faul an der Sache.

Biff blies sich mächtig auf. »Tut mir leid, alter Junge«, sagte er hochmütig und so laut, dass es seine Freunde hören konnten. »Jemand hat unserer Schulmannschaft den Pokal aus der Vitrine gestohlen. Du gehörst zum Kreis der Verdächtigen, weil du letzten Sonntag nicht beim Fußball dabei warst und damit gezeigt hast, dass du unsere Mannschaft nicht unterstützt. Wir sind leider gezwungen, dich zu durchsuchen. Was hast du in deiner Jacke?«

Tilmann spürte ein Kribbeln im Nacken und wurde rot im Gesicht. Die *Spiders* johlten und klatschten vor Begeisterung. Sie drängten sich so dicht an Tilmann heran, dass er die Ausdünstungen von Zigaretten und fauligen Zähnen roch. Der Junge machte eine hilflose Geste.

»Hör zu, Shit«, begann Biff wieder. »Du kannst dich hier rausziehen, wenn du uns einen Augenblick deinen Geldbeutel überlässt. Das ist es wohl, was du in deiner Jacke hast. Er scheint ziemlich dick zu sein, dieser Geldbeutel. Lass uns mal kurz hineinsehen. Ist wohl das Geld, für das du den Pokal vertickt hast. Zeig das her oder wir machen dich alle.«

In diesem Augenblick trat Dennis aus der Kiosktür. Biff hatte ihn wohl nicht bemerkt. Plötzlich hatte die *Spidergang* mit ihren Fingernägeln zu tun. Dennis war der absolute Star, er sah so gut aus, dass niemand wagte, ihm zu widersprechen. Und unter seinen Hemdsärmeln verbargen sich beängstigende Muskelpakete.

Dennis gab Tilmann einen Wink, ihm ins Kiosk zu folgen. Er warf einen herablassenden Blick auf Biff und die *Spiders*. »Tilmann stiehlt nicht. Der

Pokal steht da, wo er immer gestanden hat. In der Vitrine, du Dödel. Da, wo demnächst deine Knochen ausgestellt werden.«

»Fährst du zur Ruine, Tilmann?«, fragte Dennis im Kiosk und schlürfte an seiner Cola. »Ich kann nicht mitkommen. Ich muss in die Rhön. Hab hier schnell noch eine Cola getrunken, denn zuhause gibt es nur Pfefferminztee. Wie üblich bei Apothekern, wie du weißt. Das mit Kleinsassen ist nicht so schlimm, ich wollte sowieso meine Bestzeit nach oben korrigieren. Was ist mit dem Ding, das du auf der Ruine gefunden hast?«

Tilmann wollte begeistert antworten, aber er wurde unterbrochen.

»Höre ich da Ru – i – ne? Ähem – was geht hier vor?« Das war die Stimme von Studienrat Knoll. Das nächste Unheil kündigte sich an.

Beladen mit zwei Campingtaschen stand er in der Kiosktür. Tilmann und Dennis hatten ihn gar nicht bemerkt. Ein komischer Anblick. Herr Knoll war ungewöhnlich klein, seine Frau Emma überragte ihn um zwei Köpfe. Knoll blickte stirnrunzelnd über seine Halbbrille.

Die Ruine betrachtete Knoll fast wie persönliches Eigentum. Jedermann wusste, dass er sonntags Picknick am Fluss unterhalb der Ruine machte und sich dort unter Geschichtsbüchern vergrub, während seine Frau Emma in der Sonne döste.

»Tilmann Schmitt, was hast du mit den Halbstarken da draußen zu tun?«, wetterte Herr Knoll. »Schämst du dich nicht? Was würde dein Vater dazu sagen? Und was willst du auf der Ruine?«

Er starrte auf Tilmanns Rucksack. Ein grüner Aufkleber mit der Aufschrift RETTET DIE BURGRUINE befand sich daran.

»Auch wenn du dich für unser Vorhaben einsetzt«, wurde Tilmann belehrt, »so solltest du wissen, dass die Ruine unter Denkmalschutz steht und ebenso alles, was da herumliegt. Jeder Ziegelbrocken. Wir machen gerade Ausgrabungen an der Stelle, wo sich der Burggraben befand. In Kürze wird das ganze Gelände gesperrt.«

Das Herz rutschte Tilmann in die Hose. Tatsächlich hatte er in diesem Moment ein schlechtes Gewissen. Er würde den Adlerkopf nächste Woche im Museum abliefern, ganz sicher. Aber erst wollte er sehen, was noch dahinter steckte. Die Neugier war stärker.

Dennis war aufgesprungen und versteckte sich hinter einem Zeitschriftenständer. Das roch nach Ärger. Er hatte schon genug schlechte Noten in Mathematik und Geschichte. Knoll kam langsam auf Tilmann zu. Er erwartete eine Erklärung für das, was er gehört hatte: »das Ding, das du in der Ruine gefunden hast«. Biff stand im Türrahmen und grinste in Erwartung einer Standpauke.

Tilmann verzichtete auf die Schokolade. Jetzt wollte er keine Erklärungen abgeben. Es war sein Fund. Die Arbeiter, die bei den Ausgrabungen mithalfen, hatten das Ding unbeachtet auf den Steinhaufen geworfen. Hätte er es nicht gefunden, wäre der Adlerkopf für immer verloren gegangen.

Weit weg von hier! war jetzt sein einziger Gedanke. Er stürzte an Dennis, Knoll und Emma vorbei ins Freie und sprang auf das Fahrrad.

Biff und seine *Spidergang* standen kichernd am Straßenrand. Sie schienen auf irgendetwas zu warten. Auf etwas, das nichts Gutes für Tilmann bedeuten konnte.

Das Etwas kam schlagartig. Mit lautem Dröhnen und Scheppern stürzte das meterhohe Regal um, das vor der Kiosktür aufgebaut war. Öldosen, Politurflaschen und Blechkanister schepperten. Ein roter Cadillac machte quietschend eine Vollbremsung.

Tilmann blieb ruckartig stehen. Schnell hatte er die Ursache entdeckt.

Jemand hatte das Hinterrad seines Mountainbikes durch ein Seil mit dem Regal verbunden!

Jetzt würde es einen Riesenärger geben, das stand für Tilmann fest. Tankwart Schott tauchte zusammen mit dem Studienrat an der Tür auf. Die Autotür wurde aufgerissen, ein Glatzkopf sprang wütend heraus und zeigte auf den zerkratzten Kotflügel des Cadillac. Schon ein Staubkörnchen darauf war eine Katastrophe, und jetzt war das ganze Blech verkratzt.

»Dieser Kerl hat mein Auto demoliert!«, brüllte der Cadillacfahrer und zeigte auf Tilmann. »Er muss mir den Schaden bezahlen!«

Biff und die *Spidergang* johlten und schlugen sich auf die Schenkel vor Vergnügen.

Tilmann ergriff die Flucht. Er riss den Rucksack vom Fahrrad und rannte davon, so schnell er konnte. Das Mountainbike ließ er zurück. Im Laufen drehte er sich um. Der rote Cadillac, dessen Stoßstange einem Haifischgebiss ähnlich sah, raste wie ein Geschoss aus der Tankstelle. Die *Spiders* setzten sich in Bewegung und nahmen johlend die Verfolgung auf, diesen Spaß wollten sie sich nicht entgehen lassen. Vom Kiosk riefen Herr Knoll und Tankwart Schott: »Stehenbleiben!« und »Haltet den Dieb!« Emma fuchtelte mit der Handtasche.

Tilmann war ein guter Läufer, kein Wunder, die Angst saß ihm im Nacken. Ein Auto abzuschütteln ist jedoch leicht in einer Kleinstadt, vorausgesetzt, man kennt sich da aus. Man braucht nur durch die schmalen Gassen der Altstadt zu rennen, hakenschlagend, wie ein Hase auf der Flucht.

Tilmann rannte über die Brücke und kam vor einem düsteren Gebäude zum Stehen. Er japste nach Luft und blickte links und rechts die Straße hinunter. Wo waren seine Verfolger? Es regte sich nichts.

Doch wenn die Wut kocht und der Spaß, wehrlose Menschen zu quälen, grenzenlos ist, dann ist eine schmale Gasse und ein lächerlicher Vorsprung kein Hindernis. In den Gassen der kleinen Stadt hatten die *Spiders* bereits die Verfolgung aufgenommen. Biff johlte laut, als er von einer alten Frau erfuhr, dass ein Junge vorbeigerannt war, in Richtung Casino. Und auch der Cadillacfahrer nahm sich Zeit, er würde so lange suchen, bis er Tilmann gefunden hatte, notfalls den ganzen Tag.

Zwischenfall an der Tankstelle

zwei.

Das rätselhafte Kino

Tilmann starrte keuchend auf das riesige Haus. Es streckte seine Seitenflügel aus, als wollte es ihn auffangen.

Tilmann kannte das Gebäude, es war uralt, hatte schon viele Zwecke erfüllt und nannte sich jetzt CASINO. Zuletzt hatte es ein Diskothekenbetreiber gemietet und seitdem beunruhigte das Flackern der Lichtorgeln hinter den großen Fenstern die nächtliche Kleinstadt. Die Polizei kam öfters an diesen Ort, weil wieder einmal eine Prügelei angezettelt worden war. Für die *Spiders* gab es kürzlich ein Lokalverbot, was ganz groß in der Zeitung zu lesen war und alte Leute in Angst und Schrecken versetzte.

»Die Zeiten werden immer schlimmer – ähem!«, hatte Studienrat Knoll das kommentiert. »Sie haben die Zeitung mit dem Bericht auf dem Marktplatz verbrannt und danach eine Schlägerei mit Obdachlosen angezettelt.«

Ein Hustenanfall schüttelte Tilmann. Niemand nahm von ihm Notiz, es war Sonntagmorgen.

Vor dem Casino parkte ein Autoanhänger, auf dem sich Reste von Fußbodenbelag und zerfetzte Tapeten türmten. Eine breite Treppe führte in das Gebäude. Die gläserne Tür stand offen, fast wie zur Einladung.

Tilmann mochte keine Diskomusik, er hatte das DISCASINO noch nie betreten. Und er mochte auch Buddy nicht, den Pächter. Jeder in der Stadt kannte Buddy, den sie auch HipHop-Buddy nannten. Der mit aufgemotzten Motorrädern unschuldige Fußgänger in Angst und Schrecken versetzte.

»Doktor Schmitt hat ihn angezeigt, wegen Ruhestörung«, wurde in der Stadt geflüstert. »Seine Patienten kamen mit Kopfschmerzen und Herzflattern in seine Praxis. Dieser Buddy, jetzt hat er sich auch noch in den Kopf gesetzt, eine Spielothek zu eröffnen. Den alten Fußboden will er durch Asphalt ersetzen, passend zu seinem Motorradkrempel.«

Tilmann war halbwegs zur Ruhe gekommen und blickte sich um.

Es war still. Sonntag in der kleinen Stadt, alles wie immer. Keine Spur mehr von dem Glatzkopf im roten Haifisch. Und von Biff und seinen *Spiders* auch nicht. Hatten sie die Verfolgung aufgegeben?

Wenn die Wut kocht, dann sind schmale Altstadtgassen kein Hindernis. Sicher, das Ärgernis hatte einen lächerlichen Vorsprung, aber das würde sich bald ändern! Autoreifen quietschten, zigarettengeschädigte Lungen keuchten und bald schon hatten die Verfolger Tilmann entdeckt.

Tilmann rutschte das Herz in die Hose. Laut hupend raste der rote Cadillac über die Brücke auf ihn zu. Dahinter kamen die *Spiders* zum Vorschein, an ihrer Spitze laut johlend Biff. Sie hatten ihn entdeckt!

Die Tür zum DISCASINO stand noch immer offen. Es gab nur eine Fluchtmöglichkeit – Tilmann musste da hinein. Vielleicht könnte er sich darin verstecken. Oder um Hilfe bitten.

»Geschlossen!«, rief HipHop-Buddy von innen und drohte mit einem Schraubenzieher. »Komm heute Abend wieder! Ey, bist du eigentlich schon achtzehn?«

Er hatte eine ausgediente Harley-Davidson durch die Außentür in das Innere gezerrt und wienerte mit Benzin am Motor herum. Ein Kanister tropfte davor auf den Fußboden.

Tilmann klammerte sich an die Theke wie ein Ertrinkender. »Helfen Sie mir, Buddy, ich werde verfolgt!«

Zu spät. In diesem Moment stürzten die Verfolger herein. Barhocker polterten zu Boden. Der glatzköpfige Autofahrer war der erste, der Tilmann zu packen bekam. Sein Gesicht war rot gefärbt. Er zerrte an Tilmanns Kragen.

»Lass es sein, Alter!« Biff schob sich nach vorn. »Der da gehört mir. Ich mach ihn alle.«

Biff zündete sich eine Zigarette an, nahm eine Boxerpose ein und versetzte Tilmann einen wuchtigen Faustschlag gegen die Brust. Tilmann taumelte schmerzerfüllt zurück und kippte über die Theke. Die Zigarette fiel Biff aus dem Mund und landete in der Benzinpfütze unter dem Motorrad.

An das, was nun geschah, konnte sich Tilmann später nicht mehr erinnern. Eine Stichflamme jagte über die Harley-Davidson und schleuderte alle Herumstehenden zur Tür. Die Druckwelle warf Buddy gegen das Flaschenregal und begrub ihn unter einem Berg von Whiskyflaschen. Die Popcornmaschine verschluckte sich und spuckte wie rasend Maiskörner.

Es folgte eine Explosion. Die Glastür der Diskothek wirbelte auf die Straße. Die Spiders fanden sich zusammen mit dem Cadillacfahrer in einem Berg von Linoleum und Tapetenkleister wieder. Verblüffte Sonntagsspaziergänger eilten heran.

»Was glotzt ihr uns an? Verschwindet!«, kommandierte Biff. Sein Zorn war grenzenlos. »Das werde ich dir heimzahlen, Shit!«, rief er in Richtung Casino und wischte sich Tapetenkleister aus dem Auge. »Warte nur. Deine eigene Großmutter wird dich nicht mehr wiedererkennen, wenn ich mit dir fertig bin, das schwöre ich dir.«

Die alte Eichentheke hatte Tilmann das Leben gerettet. Ihm wurde schwarz vor Augen und seine Wahrnehmung versank in einem abgrundtiefen Ozean.

Er hatte das Gefühl, dass er erst viele Jahre später hinter der Theke hervorkroch. Rauchschwaden machten die Sicht unmöglich. In seinem Kopf hämmerte es, das Auge pochte vor Schmerz.

Der Zorn von Buddy und den *Spiders* wird mich treffen, durchfuhr es ihn. Ich muss ein Versteck finden, und zwar schnell!

Wie im Traum richtete er sich auf und taumelte in den Nebenraum. Plötzlicher Schwindel überkam ihn und er stürzte dort zu Boden.

In diesem Raum herrschte völliges Chaos. Das Linoleum war vom Boden gerissen und türmte sich zwischen Tapetenresten und Kleistereimern. Mitten in diesem Durcheinander hatte Buddy versucht, eine grellbunte Tapete an die Wand zu kleben, bis ihm die Idee mit der Harley Davidson kam.

Von nebenan hörte Tilmann Flaschenrasseln und einen grässlichen Fluch. Buddy kam wieder zum Leben.

Tilmann streckte seine Hände aus, um sich aufzurichten. Seine Fingerkuppen spürten minutenlang einen Mikrokosmos. Da war ein Spalt im Fußboden. Er krallte sich darin fest.

Eine Diele bewegte sich. Tilmann zog sie nach oben.

»Mistkerle!«, fluchte jemand nebenan.

Im Fußboden öffnete sich eine Luke. Ich muss handeln, durchzuckte es Tilmann. Mit letzter Kraft schob er sich durch den Lukenspalt und hangelte sich nach unten.

»Oh meine Harley! Ich blute! Wartet, ich kriege euch … Niemand zu sehen …. wartet nur, ich finde euch schon …« Buddy war rasend vor Zorn.

Die Luke knallte Tilmann auf die Finger. Schmerz durchfuhr seinen Körper. Er ließ sich nach unten fallen, in die Dunkelheit. Nur nicht Buddy begegnen und den *Spiders*. Jetzt nicht.

»Hinten seid ihr also!«, hörte er Buddy brüllen. »Na wartet, ich komme!«

Der Sturz war kurz und schmerzhaft. Tilmann landete seitlich auf etwas, das sich anfühlte wie ein Zeitungsstapel. Der Adlerkopf bohrte sich in seine Hüfte. Beinahe hätte er aufgeschrien.

Tilmann blieb regungslos liegen und versuchte Ordnung in seinen Kopf zu bringen. Der Adlerkopf, der ihm Schmerzen verursacht hatte, kam ihm ins Bewusstsein. Beinahe hätte er ihn vergessen. Der Traum von der Burgruine war ausgeträumt, so schien es ihm. Wie konnte er nur in dieses Chaos hineingeraten?

Neben im raschelte etwas und irgendeine geisterhafte Maschine setzte sich langsam in Bewegung. Sie gab ein schlingerndes und tickendes Geräusch von sich. Über sich vernahm er Schritte und Rufe.

»Wir waren das nicht!«, hörte er Biffs Stimme. »Was sollten wir gegen dich haben, Buddy? Es war dieser Shit, äh Schmitt, der Sohn von Doktor Schmitt. Doktor Schmitt, der dich angezeigt hat wegen Ruhestörung.«

»Ja nee, is klar, Biff. Aber irgendwo muss er doch sein, das elende Miststück!«, brüllte Buddy.

»Wenn ihr ihn findet, sagt mir draußen Bescheid. Ich muss nach dem Cadillac sehen.« Das war die Stimme des Autofahrers.

»Komm raus, Shit! Wir kriegen dich schon! Wir machen dich alle!«

Eine Tür wurde aufgerissen und fiel mit lautem Schlag zu. Jetzt finden sie eine Treppe nach unten, durchzuckte es Tilmann. Gleich starrt Buddys blutverschmiertes Gesicht durch die Tür. Ich muss weiter – weg von hier!

Er sprang auf und tastete sich durch die Dunkelheit. Seine Hände strichen über den kalten Körper einer summenden Maschine, er atmete den Geruch von Schmieröl, fand schließlich einen Schalter und drehte ihn unbewusst.

Licht fiel aus dem vorderen Teil der Maschine und drang durch eine Öffnung in den Nebenraum. Jetzt konnte Tilmann die Maschine erkennen.

Es war ein riesiger Filmprojektor.

Mächtige Filmspulen ruckten und das schlingernde Geräusch steigerte sich zum gleichförmigen Dröhnen. Der Lichtkegel füllte sich mit Staubkörnern und rasch wechselnden Schatten.

Erschrocken taumelte Tilmann zu einer Türöffnung, die sich neben dem Projektor abzeichnete. Ob Buddy und die *Spiders* die Maschine hörten? Tilmann erschien das Geräusch ohrenbetäubend. Er riss die Tür auf und taumelte über einen schrägen, teppichgepolsterten Boden weiter hinunter in den Nebenraum.

Tilmann hielt inne. Er starrte auf leere, verstaubte und spinnwebenverhangene Stuhlreihen. Im Lichtkegel darüber wirbelten millionenfach Staubkörner. Es roch eindringlich, wie nach Matratzenschwelbrand, den jemand mit Wasser gelöscht hatte. Über eine Leinwand ihm gegenüber rasten dicke Zahlen: 9 - 8 - 7 - 6 - 5 -

Ein Kino, durchfuhr es Tilmann. Im Halbdunkel starrten Filmstars von vergilbten Plakaten: Der Hexer, Doktor Schiwago, James Bond, Marylin Monroe, Die Zeitmaschine ...

Hatte ihm sein Vater nicht von diesem Kino erzählt? »Als das Casino noch ein Kino war, das waren noch Zeiten, Tilmann! Die tollsten Filme habe ich dort gesehen. Alles von Edgar Wallace und sogar Goldfinger mit James Bond!«

4 - 3 - 2 - 1 - 0 - ENDE

Tilmann blickte sich um. Seitlich zeichnete sich eine Tür ab. Darüber erkannte er hinter staubiggrünem Glas die Aufschrift NOTAUSGANG. Was sollte er noch in diesem miefigen, alten Kino? Früher oder später würden seine Verfolger ihn finden, und ihre aufgestaute Wut hatte einen einzigen Gegner: Tilmann Schmitt.

Tilmann spürte wieder Angst in sich aufsteigen. Er drückte die Türklinke, rüttelte und riss daran. Aber da bewegte sich nichts. Verzweifelt trat er mit dem Fuß dagegen.

Die Tür bewegte sich und sprang auf. Endlich, dachte er, ich bin frei.

Im Halbdunkel starrte Tilmann auf Mauerwerk. Man hatte die Tür von außen zugemauert. Das war verständlich, die Tür hatte keinen Sinn mehr, das Kino hatte vor zwanzig Jahren Pleite gemacht.

Aus die Maus, murmelte Tilmann. Ich muss hierbleiben und warten. Vielleicht finden sie mich nicht, das war sein Hoffnungsschimmer. Dann gehe ich den Weg später zurück.

Einfach nur abwarten, versuchte Tilmann sich zu beruhigen.

Er blickte nach vorn. Der Projektor warf ein buntes Bild auf die Leinwand. Menschen kletterten auf eine grafittiverschmierte Mauer. Einige schlugen mit Äxten auf das Mauerwerk ein, andere umarmten sich begeistert. »Wahnsinn!« rief eine Frau in blauer Jacke und Jeans. Stonewashed, fiel Tilmann ein. Völlig aus der Mode.

Tilmann kannte diese Bilder aus dem Fernsehen. Das Mauerwerk war die Berliner Mauer. Ungewöhnlich war nur, dass sich die Menschen rückwärts bewegten. Als hätten sie etwas vergessen. Oder hatte sie die DDR zurückgepfiffen?

Zum Lachen war ihm nicht zumute.

Kurz darauf flimmerten schwarz-weiße Bilder über die Leinwand. Adenauer begrüßte Kriegsgefangene, Menschen waren begeistert mit dem Bau einförmiger Häuser beschäftigt, ein VW rollte auf ein Fließband. Die Fünfziger Jahre, fiel es Tilmann ein. Das Wirtschaftswunder.

Tilmann hangelte sich durch eine Stuhlreihe und ließ sich in einen Plüschsessel fallen. Eine Staubwolke wirbelte auf und er bekam einen Hustenanfall. Er warf einen Blick zurück. Niemand kam.

Er würde sich diesen komischen Film ansehen, abwarten musste er ohnehin. Sein Schicksal war an diesem Ort gefangen. Was blieb ihm übrig?

Nachdem Adenauer den Heimkehrern die Hände geschüttelt hatte, gingen diese zurück in ihre Waggons und der Zug dampfte durch eine schneebedeckte Landschaft dahin, wo er hergekommen war. Nach Russland.

Irgendetwas stimmt nicht an diesem Film, begriff Tilmann.

Irgend so eine geschichtliche Dokumentation, grübelte er. Aus der Gegenwart zurück in die Vergangenheit. Verrückte Idee eines Regisseurs: er lässt alle Handlungen rückwärts laufen. Oder ist es der Film? Läuft er rückwärts? Kino verrückt! Ob es etwas mit seinem Kopf zu tun hatte?

Tilmann betastete seine Stirn. Seine Finger waren klebrig von Blut! In seinem Kopf tobte ein Bienenschwarm. Vielleicht würde er rückwärts das Kino verlassen? War er verrückt geworden? So etwas hatte man schon gelesen. Das kam vor. Ein Schädelbasisbruch oder Schlaganfall.

Us - i - o - um - o - uus - orum - ibus - us - ibus. Tilmann flüsterte die U-Deklination aus dem Lateinunterricht. Gott sei dank, sein Gehirn funktionierte noch. Aber das hatte nichts zu sagen. Autisten schaffen unglaubliche Gedächtnisleistungen und sind trotzdem verrückt, hatte sein Vater einmal gesagt.

Der Film zeigte jetzt Flugzeuge, die eine Großstadt bombardierten. Zum Glück war der Ton ausgefallen, diese Szene hätte einen Höllenlärm im Kino verursacht und seine Verfolger auf die richtige Spur gebracht. Eine Menschenmenge schrie begeistert. Jemand gestikulierte hochmütig und stellte eine Frage. Tilmann kannte die Szene, der Mann fragte: »Wollt ihr den totalen Krieg?« Ein finster blickender Mann, mit hochgeklapptem Kragen und zitternder Hand tätschelte Kindersoldaten. Joseph Goebbels und Adolf Hitler, die Totengräber.

Danach starben Soldaten in Schützengräben und ein schnauzbärtiger und hochmütiger Offizier posierte mit federgeschmücktem Helm auf einem Pferd. Kaiser Wilhelm und die Arroganz der Macht. Aber rückwärts reiten kann nicht jeder, grinste Tilmann ungewollt. Das muss man ihm lassen.

Von jetzt ab waren die Bilder wieder farbig. Anstelle von Filmaufnahmen gab es jetzt Gemälde und Landkarten zu sehen. Schlachtfelder wurden verherrlicht und sterbende Soldaten, die neben ihren Pferden den Tod fanden, waren eingeblendet.

Tilmann erkannte Goethe, den Dichter. Und einen hochmütigen Feldherrn, der als Napoleon benannt wurde und Soldaten in den eisigen Tod schickte. Eine Eisenbahn fuhr durch romantische Landschaften zwischen Nürnberg und Fürth.

Der alte Filmprojektor, den Tilmann in Gang gesetzt hatte, summte unaufhörlich und erzählte ratternd eine Geschichte, die ihm Bänder auf Filmspulen vorschrieben. Die Geschichte schritt unaufhörlich zurück. Immer tiefer in die Vergangenheit.

Eine Weltkarte wurde sichtbar. Die Meeresufer waren genau gekennzeichnet und mit den Namen vieler Hafenstädte beschriftet. Das waren Seekarten für Schiffsreisende. Große weiße Flecken im Landesinneren kennzeichneten Länder, die noch niemand betreten hatte. Aus einem Segelschiff stiegen fahnentragende, mit Musketen bewaffnete Soldaten. Nackte Indianer knieten vor ihnen nieder. Kolumbus hatte auf der Suche nach dem reichen Indien Amerika entdeckt. Ihm folgte eine Blutspur. Hochmut und Goldgier zerstörte das Inkareich.

Tilmann spürte, wie Müdigkeit seinen Körper in Besitz nahm. Die Verfolgungsjagd hatte ihm mehr zugesetzt, als er gedacht hatte. Immer tiefer sackte sein Körper in den Kinosessel. Durch das halb verschlossene Auge nahm er noch eine Buchdruckerwerkstatt wahr. Bauern verbluteten in einer Schlacht gegen galoppierende Soldaten. Handelsleute reisten auf Planwagen. Kanonen zerstörten die mächtigen Mauern einer Ritterburg. Mönche malten Miniaturen und schrieben Bibeltexte, eine Kathedrale war zu sehen, eine Burg ...

Der Schlaf übermannte Tilmann.

Plötzlich schreckte er auf. Das scheppernde Geräusch einer fallenden Luke hatte ihn geweckt.

Tilmann sprang auf. Sein erster Gedanke war: Das Geräusch kommt aus der Burg, die ich gesehen habe. Aber hier läuft ein Stummfilm, schoss es ihm gleichzeitig in den Sinn.

Plötzlich wurde ihm bewusst, dass ihn seine Verfolger entdeckt hatten. Die Luke schepperte erneut. Das Geräusch kam von hinten aus dem Vorführraum.

Jetzt haben sie mich!

In wilder Panik raste er durch die Stuhlreihe. Aber wohin sollte er jetzt fliehen?

Er rannte nach vorne, auf die Kinoleinwand zu. Der Film zeigte jetzt einen Wald.

Der Projektor summte und ratterte unaufhörlich. Dumpfe Aufschläge, Schritte und hektische Rufe wurden laut. Jemand brüllte: »Hier unten ist er – im alten Kino!«

Tilmann hatte keine andere Wahl. Verzweifelt stieg er auf eine Brüstung und warf sich gegen die Leinwand. Der Stoff war mürbe und zerriss ohne Widerstand.

Hinter ihm schepperte und klirrte es, die Bühnenbeleuchtung war herabstürzt.

Kurzschlüsse ließen Funken sprühen und entfesselten ein wirres Feuerwerk. Lange war hier niemand gewesen, das alte Kino würde diese Erschütterungen nicht aushalten!

drei.

Im Schlafenden Wald

Tiefe Dunkelheit und Stille umgab ihn jetzt. Drip – drop – drip, das Geräusch von Wassertropfen war das Einzige, was es zu hören gab. Es roch nach feuchter Erde und Moder. Er war gefangen in einem Finsterloch ohne Ausweg.

Er saß in der Falle.

Tilmann versuchte seine Gedanken zu ordnen und sich zu konzentrieren. Er griff nach hinten und atmete auf. Immerhin hatte er noch den Rucksack. Er war keine Beute der *Spiders* und war auch nicht in diesem verrückten Kino verloren gegangen. Er betastete seine Jackentasche. Die Alufolie knisterte, der Adlerkopf war auch noch da. Die Taschenlampe fiel ihm ein, Tilmann wühlte sie hastig aus seinem Rucksack.

Der Lichtkegel glitt über Wände aus schwarzem Basalt. Diese Erdhöhle war offenbar sehr tief, denn keine Wurzel ragte aus den Wänden. Das Licht verlor sich in der Tiefe einer fast kreisrunden, mannshohen Öffnung. Die Höhle war nicht von Menschenhand geschaffen, das stand für Tilmann fest. Hier war nichts gemauert und mit Werkzeugen bearbeitet, seit langem schien hier niemand mehr gewesen zu sein. Aus der Dunkelheit der Öffnung schimmerte rätselhaft blau fluoreszierendes Licht. Ein merkwürdiger Sog kam aus dieser Bodenlosigkeit, der Tilmanns Haare in Bewegung brachte.

Er würde hier sitzen bleiben und warten, bis sich Buddy und die *Spiders* verzogen hatten. Und wenn sie ihn fänden, würde er sich in sein Schicksal ergeben…

Sie kamen. Aus dem Kino hörte Tilmann Schritte und hektische Rufe. Tilmann spürte die Angst in seinem Nacken. Dumpfe Aufschläge wurden laut. Die *Spiders* rasten wie besessen durch die Stuhlreihen und rüttelten an den Sitzen, im Glauben, Tilmann hätte sich darunter versteckt. Das alte

Kino vertrug diese Erschütterung nicht, denn seit Jahren hatte sich hier nichts bewegt.

Die Deckenbeleuchtung löste sich und stürzte donnernd herab. Kurzschlüsse ließen Funken sprühen und entfesselten ein Feuerwerk. Das Kino ächzte und stöhnte. Jeden Augenblick würde jetzt die ganze Decke herabstürzen.

Tilmann sprang auf. In seinem Kopf machten sich Angst und Panik breit. Er hatte keine andere Wahl, er trat vor die dunkle Öffnung. Sein Blick fiel in fluoreszierende, undurchdringliche Tiefe. Der Sog wurde stärker, das Loch schien ihn förmlich aufzusaugen. Tilmann machte einen Sprung und verschwand in bodenloser Dunkelheit.

Der Junge wurde mit rasender Geschwindigkeit davongezogen wie ein Sandkorn in einem gigantischen Staubsauger. Ohne Wände, Boden und Decke zu berühren raste er in die Tiefe zu einem unbekannten Ort. Der Tunnel führte nicht immer geradeaus, er wand sich nach allen Seiten und manchmal schien es Tilmann fast so, als wollte er sich zurück zum Kino wenden. Er schien kein Ende zu nehmen. Der Sog erzeugte ein pfeifendes, in rhythmischen Abständen wiederkehrendes, blubberndes und gurgelndes Geräusch. Kein Laut kam Tilmann von den Lippen. Immer schneller wirbelte der Junge durch die blaue Dunkelheit.

Plötzlich war der Tunnel zu Ende.

Unsanft landete Tilmann an einer Wand und fiel zu Boden. Ihm war nichts geschehen, dichtes Wurzelwerk hatte den Aufprall abgefedert. Unter sich spürte Tilmann einen Wurzelteppich, der nachgab, als er sich verwirrt aufrichtete. Die fluoreszierende Öffnung war verschwunden, das saugende Geräusch verstummt.

Tilmann kramte wieder die Lampe aus dem Rucksack und leuchtete um sich. Hier ging es nicht weiter, das stand jedenfalls fest.

Ein eisiger Luftzug wehte von oben herab. Über ihm schimmerte Licht durch eine unförmige Öffnung. Tilmann kniff die Augen zusammen und sah über sich ein Stück Himmel, auf dem graue Wolken dahinzogen – kein Zweifel, es war genau zu sehen. Das versprach Rettung!

Aus den Wänden ragten mächtige Baumwurzeln. Tilmann packte die Lampe zurück, spuckte in die Hände und machte sich an den Aufstieg. Die Wurzeln waren brüchig, er rutschte immer wieder ab, aber trotzdem brachte er es fertig, daran hochzusteigen wie an einer Strickleiter. Die Angst trieb ihn voran. Es erschien ihm fast wie eine Ewigkeit, bis er oben angekommen war. Was er sah, verschlug ihm den Atem.

Das war nicht der Platz hinter dem Casino, kein Hinterhof und kein Schrebergarten. Auch nicht der Fichtenwald, der die Stadt umgab und den er gut kannte.

Eine riesige, unfreundliche Steinwüste umgab ihn. So weit er sehen konnte, türmten sich graue, verwitterte Steinfelsen, auf denen nichts anderes als Flechten wuchsen. Kein Baum und Strauch war dazwischen zu sehen, nirgendwo ein Hauch von Farbe. Es herrschte Totenstille. Kein Lebewesen zeigte sich, nicht ein einziger Vogel zog über den Himmel. Das Geröllfeld glich dem, was er zuletzt auf der Kinoleinwand gesehen hatte.

Tilmann wischte sich den Schweiß von der Stirn und holte tief Luft. Hinter dieser Wüste würde es Häuser geben und Menschen, die er kannte und nach dem Weg fragen konnte. Er setzte sich wieder in Trab.

Als er nichts Menschliches sah, fing er an zu rennen. Es gab keinen Weg oder Pfad, er irrte durch das Geröllfeld in eine Richtung, die er gefühlsmäßig einschlug. Er hätte ebenso gut in die entgegengesetzte Richtung laufen können. Die Felsenwüste blieb einförmig und leer. Erschöpft ließ er sich auf einen Steinbrocken fallen. Wo war er nur hingeraten? Niemals zuvor hatte er diese tote Landschaft gesehen.

Plötzlich blieb sein Blick an etwas hängen, was sich am Horizont abzeichnete. Dort war ganz deutlich eine Baumkette zu erkennen. Ein Wald! Dort würde es Menschen geben, die ihm den Heimweg erklären könnten!

Tilmann war am Rande der Erschöpfung, als er die Bäume erreichte. Dieser Wald bestand größtenteils aus Buchen und Eichen. Viele Bäume waren umgestürzt und von dickem Moos überzogen, wie in einem tropischen Urwald. Aus den Ästen hingen graue Schlingpflanzen, die dem Wald den Anschein gaben, als ob er schliefe.

Komisch, dachte Tilmann, er wusste von Spaziergängen mit seinen Eltern, dass es hier hauptsächlich Fichten und schnurgerade Waldwege gab.

Der Wald wirkte auf Tilmann abweisend und bedrohlich. Er würde ihn dennoch betreten, denn er hatte keine andere Wahl. Hinter ihm war nichts anderes als eine leere Steinwüste.

Tilmann tastete sich durch die Dunkelheit und suchte zwischen den Baumriesen einen Pfad. Riesige Felsbrocken lagen im Wald verstreut und behinderten das Vorwärtskommen. Plötzlich begann sich der Wald aufzuhellen und er betrat eine Lichtung.

Hier stützte er sich auf einen umgestürzten Baum und lauschte. Irgendetwas hatte im kniehohen Gras Pfade hinterlassen. Tilmann blickte sich um. Sein Atem stockte.

Der Schlund

Was da am Rande des Grasfeldes an einem Baum stand, konnte kein Mensch sein. Dafür war es zu groß, zu dunkel und behaart. Das Wesen schnupperte und richtete sich in voller Größe auf. Es stieß ein derartig lautes Brüllen aus, dass Tilmann ein Schauer über den Rücken zog. Ein Bär, durchzuckte es ihn.

Der Bär wandte sich wieder dem Baum zu und wühlte in einer Öffnung. Von Tilmann nahm er keine Notiz, ein Bienennest in der Baumhöhle erregte seine Aufmerksamkeit und seinen Appetit weitaus mehr. Speichel tropfte ihm aus dem Maul.

Tilmann taumelte weiter. Der Bär war an einer Verfolgung nicht interessiert, stellte er beim Zurückblicken fest. Wirre Gedanken rasten ihm durch den Kopf.

Zuhause werde ich die Polizei anrufen und mitteilen, dass ein Bär aus irgendeinem Zoo entlaufen ist, oder aus dem Zirkus. Und mich mit den Eltern versöhnen und zum Reiterfest mitkommen. Sicher, ich bin schwierig in letzter Zeit und mache den Eltern Sorgen. Ich werde das ändern, wenn ich zurück bin, ich schwöre es! Und mit Dennis werde ich am Montag zur Burgruine fahren. Ganz normal auf dem Radweg. Und den Schaden an der Tankstelle, am Auto und im Kino werde ich bezahlen, auch wenn ich unschuldig bin. Und den Adlerkopf werde ich im Museum abgeben. Wenn ich zuhause bin. Nur das ist es, was jetzt zählt!

Tilmann machte wieder eine Pause. Er blickte sich um. Irgendwie war dieser Wald anders als alle Wälder, die er aus Ferienreisen mit den Eltern kannte. Hier gab es offenbar keine Wege, keine Wanderer und keinen Rastplatz. Über ihm brummte ein Flugzeug, immerhin ein bekanntes Geräusch. Tilmann blickte nach oben. Er kniff die Augen zusammen.

Nein, das war kein Flugzeug. Es war eine riesige Libelle.

Ein gewaltiger Ast fiel aus einem gespaltenen Baum vor seine Füße. Etwas versetzte ihm einen Stich in den Oberarm. Tilmann schlug danach. Eine Wolke von Gnitzen und Stechmücken umkreiste ihn, angelockt von seinem Blut. Seine Tennisschuhe versanken im Boden und verursachten ein blubberndes Geräusch. Plötzlich verspürte Tilmann eine Feindseligkeit.

Seine Finger zitterten. »Ich habe keine Angst, ich bin okay«, stammelte er.

Ich habe mich ganz einfach verlaufen, versuchte er sich zu beruhigen. Sein Blick fiel auf eine entlaubte, riesige Esche, deren Äste leiterförmig aufstiegen. Er musste sich einen Überblick verschaffen.

Tilmanns Tennisschuhe gaben ein quatschendes Geräusch von sich, als er nach oben stieg. Seine Hände zitterten, in seinem Kopf dröhnte und pochte es.

»Ich habe keine Angst«, stammelte er wieder. »Gleich werde ich sehen, wo ich bin.«

Ihm verschwamm alles vor den Augen, als er oben ankam. Er musste lange blinzeln, bis er die Umgebung wahrnahm. Langsam kam er zur Ruhe. Der Himmel über ihm war von einem durchsichtigen, klaren Blau. Wolken zogen friedlich darüber hin und zahllose Vogelschwärme waren unterwegs zu fernen Zielen.

So weit seine Augen blicken konnten, wollte der Laubwald nicht enden. Nach allen Seiten hin dehnte sich unermessliches Grün aus. Die Bäume unter ihm standen dicht beisammen, graues Gestrüpp hing in den Ästen wie riesige Spinnweben. Alles machte auf ihn einen unwirklichen Eindruck und erschien ihm wie in einem friedlichen Traum. Irgendwo in der Ferne kräuselte sich eine Rauchwolke aus den Baumwipfeln.

War das eine andere Welt? Es schien tatsächlich so zu sein.

Plötzlich hatte Tilmann Angst. In diesem Wald und unter diesem Himmel gab es scheinbar keine Spielregeln. Wo war der Aussichtsturm, wo die Waldwege, die Straße, das Brummen der Autos, die Stadt? Wo waren die Flugzeuge?

Jetzt erkannte er, dass der Wald im Nordosten abfiel und sich in ein Tal senkte. Was sich in diesem Tal befand, konnte er nicht sehen. Er blinzelte heftig. Am Horizont erstreckte sich ein lang gezogener Bergrücken. Einer dieser Berge kam ihm bekannt vor. Er sieht wie ein Heuwagen aus, oder wie ein Sarg, so hatte sein Vater es einmal beschrieben. War dieser Berg etwa die Milseburg? Also war er doch nicht weit von zuhause!

Tilmann umklammerte den Baumstamm mit den Beinen und formte die Hände zu einem Trichter.

»Hilfe! Ist da jemand? Ich brauche Hilfe!«

Seine Stimme wurde heiser. Kreischend flog ein Schwarm Vögel auf. Im Wald unter ihm regte sich nichts.

Er spürte die Angst im Nacken und wurde sich bewusst, dass er allein war. Ein Alptraum! Langsam und wie gelähmt stieg er den Baum hinab. Unten angekommen, schlug er die Hände vor das Gesicht und weinte. Wirre Gedanken rasten wieder durch seinen Kopf. Man wird Hubschrauber losschicken, Männer mit Spürhunden werden mich suchen, man wird Nachrichten im Fernsehen verbreiten, im Radio, im Internet, am Telefon . . .

Plötzlich hatte er eine Idee. Das Handy! Tilman riss die Klettverschlüsse des Rucksacks auf. Ihm schwamm alles vor den Augen. Er wühlte in den Taschen. Eine Tüte Kartoffelchips kam zum Vorschein, die Limoflasche, das Trüffelherz, der CD-Player.

Das alles kam ihm plötzlich völlig sinnlos und wertlos vor.

Da war das Handy! Mit zitternden Fingern gab er alle Telefonnummern ein, die er gespeichert hatte. »Der Teilnehmer ist vorübergehend nicht erreichbar«, kam zur Antwort. Ich bin in einem Funkloch, grübelte Tilmann. Ich versuche es später noch mal.

Er nahm einen kräftigen Schluck aus der Limoflasche und blickte sich um. Die Bäume waren eng zusammengerückt und mit wuchernden Gewächsen überzogen. Der Geruch nach Moos und Moder drang aus dem verfilzten Unterholz und unweit von seinem Platz blubberte ein stinkendes Sumpfloch. Das alles sah aus, als wäre der Wald seit Jahrhunderten von keiner Menschenseele mehr betreten worden. Das Laub raschelte und wisperte, als ob es angefüllt wäre mit Wesen, die ein rätselvolles Spiel trieben und ihn beobachteten. Benommen sank er zu Boden. Nur nicht einschlafen, durchfuhr es ihn…

Das Sirren der Stechmücken und Gnitzen nahm wieder zu und ließ ihn nicht zur Ruhe kommen. Tilmann zwang sich dazu, aufzustehen und weiterzugehen. Aber wohin sollte er sich wenden?

Er dachte angestrengt nach. Plötzlich fiel ihm ein, was er kürzlich in einem Abenteuerbuch gelesen hatte. Einen Bach muss ich finden, grübelte er. Ein Bach führt zu einem Fluss. Und dort befinden sich Dörfer und Menschen, denn Menschen brauchen das Wasser. Einen Bach finde ich, wenn ich bergab gehe.

Jetzt wuchs immer dichteres Unterholz und Gestrüpp zwischen den Bäumen. Äste peitschten auf ihn ein und es wurde immer dunkler. Langsam wurde ihm klar: Er würde den Weg nicht mehr zurück finden. Geräusche narrten ihn, er fühlte sich immer mehr von unsichtbaren Wesen umgeben. Kratzspuren waren an den Bäumen zu sehen. War ihm der Bär gefolgt?

Plötzlich brach Licht durch die Baumkronen und er trat durch Farnriesen und moosbewachsene Felsen erneut auf eine Lichtung. Mitten auf diesem Platz waren zerklüftete Basaltplatten zu einem steinernen Gebilde aufgeschichtet, das die Form eines Tisches hatte. Vor langer Zeit musste das von Menschenhand geschehen sein, vielleicht war es eine Grabstätte.

Unter seinen Füßen raschelte etwas! Eine dicke, schwarze Natter schlängelte sich durch das Laub. Das grässliche Tier verschwand unter dem Steintisch, aber der Schreck saß Tilmann in den Gliedern. Der Boden war weich und sumpfig. Ein Schmetterling, wie er ihn noch nie gesehen hatte, schaukelte über ihn hinweg.

Tilmann lauschte. Tatsächlich, ein blubberndes Geräusch drang aus der Nähe an sein Ohr. Endlich, ein Bach!

Nein, es war eine Quelle. Das Wasser rieselte und plätscherte und bildete ein Rinnsal, das am Rand der Lichtung verschwand. Das klang wie ein tröstendes Versprechen.

Tilmann schlug die Hände vor das Gesicht, sank auf den Boden und weinte. Er hatte es geschafft! Dieses Rinnsal würde zu einem Bach führen! Er würde dem Bach folgen und auf Menschen treffen. Auf jemanden, der ihm den Nachhauseweg erklären konnte.

Wie zur Antwort rief eine Stimme aus weiter Ferne. Sie klang lang gezogen, klagend und unheimlich, aber es war ohne Zweifel eine menschliche Stimme.

Tilman lauschte. Hatte er sich getäuscht? Es war still, die Quelle murmelte, und Insekten summten um seine Ohren.

Plötzlich war die Stimme wieder zu hören. Ganz deutlich war ein Zetern und Jammern zu hören. Diesmal kam ein raues, befehlendes Kommando hinzu. Andere Rufe mischten sich ein. Pferde wieherten. Offenbar spielte sich da ein wüstes Gemetzel ab.

Das klang bedrohlich. Eine innere Stimme riet Tilmann, nicht in diese Richtung zu gehen. Er würde dem Quellwasser folgen und irgendwann auf einen Bach, auf Häuser und die vertraute Straße stoßen. Er durfte nicht zögern. Nicht weit von diesem unheimlichen Ort spielte sich offenbar ein Verbrechen ab.

Wie erwartet führte das Rinnsal von der Quelle zu einem kleinen Bach, der munter über geschwärzte Steine bergab plätscherte. Diesem Bach würde er jetzt folgen, er würde ihn zurück nach Hause bringen. Ein umgestürzter Baumriese lag quer über dem Gewässer und streckte einen Ast wie hilfesuchend in die Höhe. Das Astende hatte die Form eines Tierkopfes. Der tote Baum erinnerte Tilmann an das Skelett eines Dinosauriers, wie er es einmal in einem Museum gesehen hatte.

Plötzlich überkam ihn ein Schwindelgefühl. Es war wohl besser, erst einmal eine Pause zu machen und der Müdigkeit nachzugeben. In wenigen Stunden war er in Sicherheit, ganz ohne Zweifel. Später würde er einmal in diesen Urwald zurückkommen, vielleicht mit seinem Freund. Dennis würde staunen.

Tilman ging zur Lichtung zurück, sank in das sonnenbeschienene Gras und lehnte seinen Kopf erleichtert gegen einen moosbedeckten Baumstamm.

Aus dem toten Holz drang monotones Summen. Schläfrigkeit übermannte Tilmann. Er schloss die Augen und versank in einen Traum.

Er träumte. Ein Hubschrauber zog brummend und beruhigend über den Himmel. Propellergeräusche kamen näher. Plötzlich wurden es immer mehr, es waren tausende Helikopter! Der Lärm klang bedrohlich. Das waren keine

Helfer, es waren Angreifer! Im Schlaf schlug Tilmann mit den Armen um sich. Ein Schmerzblitz durchzuckte seinen Kopf.

Tilmann riss die Augen auf und sah eine fingerdicke Hornisse vor sich schweben. Er stieß einen Schrei aus und sprang auf. Nicht zu fassen, er hatte seinen Kopf auf ein Hornissenflugloch gelegt. Er tastete nach seinem Auge. Es begann anzuschwellen.

Sein Aufschrei hallte durch den Wald. Ich werde sterben! Ich werde sterben! Dieser Gedanke rotierte in seinem Kopf.

Tilmann taumelte zur Quelle und benetzte das Auge mit Wasser.

Als er aufblickte, sah er verschwommen, wie sich aus der Felswand ihm gegenüber ein Schatten löste. War es eine Sinnestäuschung? Wie aus dem Nichts tauchte ein Hund aus dem Gestrüpp auf. Nein, das war kein gewöhnlicher Hund, sein Kopf war breiter und seine Schnauze spitzer.

Wie bei einem Wolf, durchzuckte es Tilmann. Er sprang auf.

Plötzlich brach eine schwarze Gestalt aus dem Gebüsch. Sie verharrte sekundenlang und nahm grunzend Tilmanns Anwesenheit wahr. Das Wesen stakste über die Lichtung und kam auf ihn zu.

Blitzartig war sich Tilmann bewusst: Der Bär hat mich gefunden!

Der Junge brach zusammen und versank in tiefe Bewusstlosigkeit.

vier.

Rabenold

Tilmann wachte auf und betastete mit der Hand das zugeschwollene linke Auge. Aus dem zusammengekniffenen rechten Auge starrte er in den Himmel. Die Sonne war über die Baumwipfel gestiegen, aber noch immer sah man einzelne Sterne. Aus dem Augenwinkel nahm er ein Feuer wahr, das unweit von ihm flackerte. Brenzliger Geruch stieg ihm in die Nase.

Sein Gedächtnis kehrte langsam zurück. Du bist in der Hölle, durchzuckte es ihn. Du bist tot und musst für deine Sünden büßen. Höllenfeuer – hatte nicht der Pfarrer neulich darüber gepredigt?

Sein Auge weitete sich. Rings um das Feuer lagen bleiche Knochen und Gegenstände verstreut, die sein verschwommener Blick nur unklar wahrnahm. Am Blickrand kauerte ein Wolf. Er rührte sich nicht vom Fleck und starrte misstrauisch zu ihm hinüber.

Tilmann spürte eine unbekannte Gefahr, aber sie ging nicht von dem Tier aus. An seiner Seite ragte ein dunkler Schatten. Dürre Finger krochen wie Spinnenbeine über seinen Körper und betasteten seine Uhr.

»Aua! Weg von mir!«, schrie er, aber ohne Erfolg. Die dürren Finger zerrten am Uhrband.

Tilmann stieß einen so entsetzten Schrei aus, dass der Wolf aufsprang und ein Schwarm Krähen erschrocken aus den Bäumen flatterte.

Eine dunkle Gestalt richtete sich ruckartig auf und warf einen Schatten auf den Jungen. Der war vor Angst wie von Sinnen und rührte sich nicht vom Fleck. Ein staunendes Gesicht mit buschigen Augenbrauen und einer riesigen, gekrümmten Nase, eingerahmt von einem zerzausten, schwarzen Bart, ragte aus einer Kapuze. Es beugte sich forschend zu ihm herab. Der Geruch von fauligen Zähnen und Bärlauch verursachte bei Tilmann Übelkeit.

Das Gesicht erinnerte Tilmann an einen Vogel – einen Raben. Der Unbekannte trug einen durchlöcherten schwarzen Mantel, der mit einem dicken Seil gegürtet war. Ein gewaltiger Lederbeutel, eine Tonflöte und eine Kürbisflasche baumelten daran.

»Fremder«, krächzte das Rabengesicht, »ich würde dir doch nichts stehlen. Du machst dir zu viele Sorgen. Du bist nicht von hier. Woher kommst du?«

Die Worte klangen fremd und holprig, aber dennoch verständlich. Wie eine Mundart aus einem verschollenen Bergdorf am Rand der Zivilisation.

»Ich will nach Hause«, jammerte Tilmann zur Antwort. Es klang erbärmlich.

Er richtete sich auf und tastete wieder nach seinem Auge.

»Du bist von einer Hornisse gestochen worden, Fremder. Es gibt Kräuter, die dir helfen werden. Ich bin Rabenold, der Botengänger. Der Gehilfe von Gangolf, dem Burgkaplan von Wartenberg.«

Ein Irrer! Ich brauche eine Waffe, durchfuhr es Tilmann. Das Campingmesser!

Der Rucksack lag aufgerissen und schlaff auf dem Steintisch. Vermutlich ausgeplündert, durchfuhr es Tilmann. Von diesem Rabengesicht. Komischer Kerl, er sieht nicht nur so aus, er heißt auch so ähnlich.

Er betastete seine Hosentasche und fühlte das Messer. Wütend richtete er es auf den schwarzen Unbekannten.

»Du machst mir richtig Angst, Fremder«, stieß Rabenold hervor. Sein Gesicht nahm einen zornigen Ausdruck an. »Los doch, töte mich. Oder verhexe mich! Worauf wartest du noch?«

Tilmann stellte aufgebracht fest, dass der Inhalt des Rucksacks kreisförmig und säuberlich aufgereiht auf dem steinernen Tisch lag. Der Unbekannte hatte scheinbar alle Gegenstände untersucht. Er konnte wohl damit nichts anfangen, denn sonst hätte er sie weggeschafft. Tilmanns silbernes Feuerzeug, die Taschenlampe, das Notizbuch, der CD-Player, das Trüffelherz und das Handy lagen sorgfältig im Kreis. Die Chipstüte lag aufgerissen daneben. Von der Limoflasche war nichts zu sehen.

Rabenold rülpste mehrmals, griff nach dem Feuerzeug und kauerte sich vor Tilmanns Füße. Er ließ Funken sprühen. »Spuk, Teufelswerk«, raunte er. »Du kannst mich damit nicht verhexen, Fremder. Ich war Mönch im Kloster Fulda und halte mich noch immer für einen Diener Gottes. Einen, der ungerechte Strafe erfahren hat.« Sein Gesicht verzerrte sich bei diesen Worten. »Dies hier sind unnütze Dinge, allein geschaffen um Hochmut und Gier zu stiften. Wir brauchen sie nicht, denn Gott richtet nach unseren Werken, nicht nach unserem Besitz. Memento mori! Bedenke, wie du enden wirst, Fremder. Trenne dich von ihnen und gib sie mir, damit ich sie in das Feuer werfe!«

Rabenold

Tilmann sprang auf und riss das Handy an sich. »Das wirst du nicht tun, du Irrer!«, brüllte er. »Ich werde die Polizei holen!«

Rabenold schwieg einen Moment. Sein Blick wurde glasig. »Po-li-zei? Ich habe ein solches Wort noch nie gehört. Du machst mich neugierig, Fremder. Was sind das für seltsame Dinge und welche Kleidung trägst du da? Kommst du aus dem Land jenseits des südlichen Meeres? Wo es den Magnetberg, Schnabelmenschen, Plattfüße und Kranichköpfe gibt? Ist es so, Fremder?«

Seine Stimme wurde leise. »Oder hat dich ... der Schmied aus Island hierher in den Schlafenden Wald geschickt?« Er fasste an seinen Lederbeutel, als würde er darin ein Geheimnis mit sich herumtragen. »Die Weissagung hat sich erfüllt!«

»Ich kenne weder den Magnetberg, noch einen Schmied, noch eine Weissagung!«, rief Tilmann pampig. »Ich habe genug von diesem Quatsch und werde jetzt die Polizei anrufen.«

Er wählte die Nummer 110 und hielt das Handy an sein Ohr. »Kein Anschluss unter dieser Nummer«, mehr war nicht zu hören. »Immer noch das Funkloch«, stöhnte er laut.

Rabenold nahm davon keine Notiz. Er strich Tilmann verwundert über die Tennisschuhe. »Von welchem Tier ist diese Haut?«, staunte er. Plötzlich verfinsterte sich sein Rabengesicht. Sein Blick blieb auf Tilmanns T-Shirt kleben.

»Der gehörnte Beelzebub! Bist du des Teufels? Du wirst mir nichts antun!« Er griff in die Manteltasche und zückte ein Holzkreuz. »Ich bin ein Diener Gottes! Auch wenn der Abt es anders meint. Ich war zwanzig Jahre im Kloster. Niemand wird es wagen, einen frommen Mann anzugreifen!«

»Du bist ein Mönch und ich bin der Kaiser von Konstantinopel, das ist jetzt klar. Und das auf meinem T-Shirt könnte eventuell die Micky Maus sein, nicht wahr?«, gab Tilman genervt zur Antwort.

Er schob das Messer in die Tasche zurück. Nein, hier gibt es kein Kloster, dachte er nach. In Fulda gibt es eine Klosterkirche und auch Mönche, aber niemals würden diese zottig und übel riechend umherziehen, Feuer im Wald anzünden und stinkenden Fisch braten.

»Micky Maus? Was für eine Maus ist das? Nie gehört.« Rabenold beruhigte sich wieder. Er schob Holz in das flackernde Feuer und warf einen Stein nach dem Wolf, der sich genähert hatte, weil er hungrig war. Auf Stöcken aufgespießte Fische brieten über dem Feuer. Kalte Luft zog aus den Bäumen, die der schwarze Mönch den Schlafenden Wald genannt hatte. Tilmann verspürte Frost und Hunger. Seit dem Frühstück gestern hatte er nichts mehr gegessen.

Rabenold machte sich wortlos an der Feuerstelle zu schaffen. Er summte ein Lied, das Tilmann nicht kannte, und achtete nicht auf den Jungen, der zusammengekrümmt im aufkommenden Morgenlicht hockte und grübelte.

Es ist sinnlos, jetzt aufzuspringen und zu fliehen, grübelte Tilmann. Mein linkes Auge schmerzt und mit dem rechten komme ich nicht weit. Meinen Rucksack und meine Sachen will ich wieder zurück. Etwas hier ist verrückt – nicht normal. Der rabengesichtige Mönch und sein Wolf – völlig irre! Ein Behinderter. Waren wir nicht einmal mit der Klasse in einer Behindertenwerkstatt? Da liefen Typen wie dieser herum. Einer hatte behauptet, Sheriff zu sein und auf einen Stern an der Jeansjacke gezeigt. Dieser hier hält sich für einen Botengänger oder Mönch und ist wahrscheinlich aus dem Wohnheim ausgebüchst.

Der Mönch schaufelte gebratenen Fisch mit einem Holzlöffel aus einer grob getöpferten Schüssel und murmelte dabei undeutliche Sätze: »Er ist nicht wie wir, er ist keiner von uns … die Silberdinge … auf dem Markt oder im Kloster anbieten … er hat es an der Quelle verloren … er weiß es nicht … zum Reden bringen …« Rabenold griff nach der Kürbisflasche und schob sie vor den Jungen.

»Einen Schluck?«, raunte er Tilmann zu und wischte über seinen fettverschmierten Mund. »Du kannst auch von dem Fisch haben. Deine Nahrung ist völlig versalzen und dein Wasser so honigsüß, dass es nicht den Durst löscht, sondern gierig macht nach mehr davon. Ein Teufelstrunk.«

Er meint die Chips und Limonade, fiel Tilmann ein. Er kroch zur Feuerstelle und trank gierig aus der Kürbisflasche. Das Getränk war süßlich und berauschend.

»Honigwein«, nickte Rabenold und grinste schelmisch. Er nahm etwas gebratenen Fisch vom Feuer, krümelte Salz darauf, zerteilte einen Brotfladen und schob alles in einer Tonschale vor Tilmann. Trotz des Geruchs stopfte der Junge das Essen gierig in den Mund und achtete nicht auf die Gräten. Minutenlang krümmte er sich von einem Hustenanfall.

»Langsam, langsam«, mahnte Rabenold und reichte Tilmann die Kürbisflasche. »Du hast eine lange Reise hinter dir, Fremder, und du bist verletzt. Trink das und schlafe noch ein wenig. Später werden wir weitersehen.«

Später packe ich meinen Rucksack und mache mich auf den Weg talabwärts, grübelte Tilmann. Den Bach entlang. Auch ein Verrückter wird mich daran nicht hindern. Dem Bären werde ich mein Messer in das Fell rammen, falls ich ihm nochmal begegne!

Der Zorn wich lähmender Müdigkeit. Wenige Minuten später war Tilmann erneut eingeschlafen.

Der Alptraum kam zurück. Ein spinnenbeiniges Insekt tastete sich durch seine Kleidung und untersuchte jeden Winkel seiner Jacke. Tilmann war zu erschöpft, um sich dagegen zu wehren.

Lautes Vogelgezwitscher und Flötentöne weckten Tilmann. Verwirrt blinzelte er in unwirkliche Baumriesen, erkannte den steinernen Tisch und sah eine zerklüftete Felswand. Das untergehende Sonnenlicht warf lange Schatten. Nein, es war kein Traum gewesen, er war noch immer an diesem merkwürdigen Ort. Er hatte den halben Tag verschlafen. Der Irre, der sich als Botengänger und Mönch ausgab, hockte auf einem Stein und spielte eine eintönige Melodie auf seiner Tonflöte. Sein krummer Rücken erinnerte Tilmann an eine Märchengestalt, aber es wollte ihm nicht einfallen, wie sie hieß. Der Wolf kauerte unweit der Feuerstelle und schielte sehnsüchtig auf die Essensreste.

Tilmanns Rucksack lag noch immer mit aufgerissenen Klettverschlüssen auf dem Steintisch, der Inhalt war daneben wie zur Untersuchung im Kreis geordnet. »Verdammter Mist!«, fluchte der Junge halblaut. Er fühlte Wut in sich aufsteigen und ein unbändiges Verlangen, aufzuspringen, sein Eigentum an sich zu reißen und davonzurennen überkam ihn. Weg von diesem Verrückten, der sich einbildete, ein Mönch zu sein – zurück nach Hause!

Rabenold hatte jetzt bemerkt, dass sich Tilmann regte. Er grunzte erwartungsvoll, eilte über die Lichtung und kniete sich neben den Jungen. Seine Augen waren groß und funkelten gierig. Der Wolf schnupperte ungehemmt an Tilmanns Kleidung.

Rabenold strich mit bedeutungsvoller Miene über seine Ledertasche. »Warum bist du hier?«, fragte er barsch. »Was hast du mit unseren Geheimnissen – mit der Prophezeiung – zu tun? Sprich mit mir!«

Tilmann starrte ihn verwirrt an und gab keine Antwort. Rabenold schlug eine andere Strategie ein. Er bückte sich, scheinbar fürsorglich, zu Tilmann herab und tastete mit dem dürren Finger nach dem verletzten Auge.

»Du antwortest nicht? Hat man dir unsere Sprache nicht gelehrt? Erzähle mir von Island, von ... dem Schmied. Du kannst mir vertrauen. Ich werde dir dafür dein Auge heilen, mit Ringelblumensalbe. Es gibt auch Kräuter hier zur Wundauflegung, Hirtentäschel wächst hier am Waldrand. Warte, ich komme gleich zurück.«

Rabenold sprang auf und ging zum Waldrand, um nach dem Heilkraut zu suchen. Der Wolf sah eine Möglichkeit, seinen Hunger zu stillen und trottete hinüber zur Feuerstelle.

Tilmann sah den Augenblick für die Flucht gekommen. Er sprang auf und packte das Feuerzeug, die Taschenlampe und alles, womit dieser dumme Unbekannte scheinbar nichts anfangen konnte, zurück in den Rucksack. Die Limoflasche war leer, die ließ er liegen.

Rabenold kam zurück, bückte sich nach dem Essgeschirr und stieß ein unsägliches Jammern aus, weil sich der Wolf über die restliche Fischmahlzeit hergemacht hatte. Mit Steinwürfen jagte er das Tier in den Wald zurück.

Tilmann war bereit zur Flucht. Er schulterte seinen Rucksack und wollte losrennen, da fiel ihm der Adlerkopf ein. Er fasste an seine Jackentasche – der Adlerkopf war weg! Auch an der Feuerstelle war das Bündel in der Alufolie nicht zu sehen.

Vielleicht habe ich den Adlerkopf im Wald verloren, fuhr es ihm durch den Kopf. Oder an der Quelle, als ich mein Auge damit wusch?

In diesem Augenblick ertönte ein Hornsignal.

Tilmann blieb wie angewurzelt stehen. Rabenold schleuderte herum. »Runter mit dir!«, schrie er. »Die Häscher kommen!« Er warf sich auf den Jungen und riss ihn zu Boden. »Sie wollen mich aus dem Wald verjagen. Dabei hat mich Gangolf selbst zu einem Botengang nach Fulda geschickt. Sie treiben ihren Spott mit mir, diese hochmütigen Streithähne, und bezichtigen mich als Spion. Aber sie können mir nichts beweisen. Gangolf steht auf meiner Seite.«

Der Boden bebte, Hufschläge kamen näher. Ein Pferd brach aus dem Gebüsch und donnerte über die Lichtung. Neben ihm rannte ein zottiger Hund, dem die rote Zunge lechzend aus dem Maul hing. Der Reiter erblickte flüchtig eine Feuerstelle, zwei Gestalten, die sich daneben ins Gras duckten und einen fliehenden Wolf. Er stieß einen Warnruf aus. Mit einem leichten Schlag auf den Hals wendete er sein Pferd und ritt zur Lichtung zurück. Vor Tilmann und Rabenold brachte er das Pferd zum Stehen.

Tilmann wagte es kaum, nach oben zu blicken. Der Reiter trug einen wehenden grünweißen Mantel, darunter schimmerte ein Kettenhemd. Seine Kopfbedeckung war ein Rundhelm, dessen Visier jetzt hochgeklappt war. Am Sattel baumelte ein langes Schwert. Er blickte hochmütig und streng auf Tilmann und den Mönch herab.

»Da bist du wieder, du verfluchter Herumschnüffler!« Der Reiter zog sein Schwert und streckte es Rabenold entgegen. Dieser wand und krümmte sich im Gras wie eine Schlange.

»Ich habe euch doch schon gesagt, dass mich euer Burgkaplan zu Botengängen schickt«, stammelte der Mönch und hob flehend die Hände. »Verschont mich, Ritter Heinrich!«

»Und warum benutzt du nicht die Straße, du alter Galgenstrick? Was treibst du hier im Wald? Du weißt, dieser Wald ist Bannwald, wer wildert, wird aufgehängt. Da drüben sehe ich einen Baum, daran ist ein guter Ast für dich. Und das Seil ziert deinen fetten Bauch. Aber nicht mehr lange!« Der Reiter nahm den Helm ab und lachte dröhnend.

Rabenold sprang auf und rannte bucklig und jammernd, wie ein Tier in Todesangst, über die Lichtung. Seine Kapuze fiel zurück und eine Glatze kam zum Vorschein. Oder war es ein geschorener Kopf?

Niemals hätte Tilmann dem Mönch zugetraut, dass er so schnell rennen und Hakenschlagen konnte. Der Reiter brüllte vor Lachen und trommelte mit der Hand auf den eisernen Helm. Vor der Felswand machte der flüchtende Mönch halt. Er zwängte sich durch Basaltsäulen und Sekunden später war er verschwunden – wie vom Erdboden verschluckt. Aus Klüften und Spalten drang lang gezogenes Jammern. Dann wurde es still in den Felsen.

»Dem bringen wir Anstand bei und wie man seinen Herren grüßt«, brüllte der grünweiße Reiter und drohte dem Flüchtenden mit der Faust nach. Dann zog er sein Schwert aus der Scheide und richtete es drohend auf Tilmann. »Du stehst jetzt auf – und wage es nicht zu fliehen! Für Spione und fremdes Räubergesindel kennen wir keine Gnade.«

Plötzlich spürte Tilmann, wie der Boden unter ihm bebte. Das Stampfen von Pferdehufen erfüllte den Wald. Der grünweiße Reiter, den der Mönch Ritter Heinrich genannt hatte, ließ das Schwert sinken und steckte es zurück, ohne Tilmann aus den Augen zu lassen. Eine Reiterschar näherte sich durch den Wald und füllte die Lichtung. Tilmann traute seinen Augen nicht. Niemals zuvor hatte er solche mächtigen Pferde und so schwerbewaffnete Menschen gesehen. Alle trugen Kettenhemden, die bis zu den Knien reichten, und einige hielten wimpelgeschmückte Speere. Schwerter baumelten von den Sätteln. Einige führten Rundhelme und grün-weiß bemalte Schilder an den Sätteln mit sich. Andere trugen zusätzlich Bögen, Pfeilköcher oder Armbrüste auf dem Rücken. Tilmann gingen die Augen über. Das Wappen, das die Mehrzahl der Reiter auf ihren ärmellosen Tuniken und im dreieckigen Schild trugen, kam ihm bekannt vor. Wo hatte er es nur gesehen? Es zeigte einen silberweißen Fluss auf grünem Untergrund und einen goldenen Stern am oberen Rand. Alles sah so aus, als blickte er auf ein Bild aus einem alten Geschichtsbuch.

War hier eine Theatertruppe unterwegs zu Filmaufnahmen? Tilmann kannte eine Fernsehsendung, die »Vorsicht Kamera« hieß und arglose Menschen foppte. Er blickte sich um. Hier gab es keine versteckte Kamera. Kein Filmteam hätte sich jemals die Mühe gemacht, eine so aufwändige Kulisse aus Reitern, Baumriesen und Felsen aufzubauen, in der Bären und Wölfe hausten.

Einer der Reiter fiel ihm besonders auf. Hoch aufgerichtet, mit rotem Vollbart und kahlköpfig saß er in einem prachtvoll verzierten Sattel. Sein Helm war federgeschmückt und baumelte an seinem Rücken. Er und drei seiner Begleiter trugen ein anderes Wappen, einen silbernen, sechsstrahligen Stern. Das Besondere aber war: ein Vogel hockte auf seiner Faust – ein Falke! Der Ritter ließ sein Pferd an die Spitze des Zuges traben und prüfte Tilmann mit strengem Blick.

»Wer ist das, Heinrich?«, fragte er.

Tilmanns Peiniger war vom Pferd gestiegen und hatte den Jungen am Kragen gepackt. »Rabenold, der Botengänger, war wieder hier. Der Galgenstrick aus Fulda, der sich auf krummen Wegen im Schlafenden Wald herumtreibt und sich auf meiner Burg einschmeichelt. Er ist mir nochmals entkommen und in das Rattenloch dort drüben gekrochen.« Er rüttelte Tilmann an der Jacke. »Seinen Kumpanen hier kenne ich nicht. Ich habe ihn gefangen und werde herausfinden, was er hier treibt.«

Zur Bestätigung seiner Worte zerrte er Tilmann derart heftig an den Ohren, dass dieser laut aufschrie, sich mit schmerzverzerrtem Gesicht krümmte und zu Boden sackte.

In der Fernsehsendung würde man sich so was niemals erlauben, kam es Tilmann blitzartig in den Sinn.

Der Reiter auf dem prachtvollen Pferd, er war offenbar der Anführer, machte eine gebieterische Handbewegung.

»Weiß er nicht, wer seine Herren sind, dieser Rabenold? Warum hat er wiederum nicht gegrüßt, wie es sich gehört, wenn man drei Rittern begegnet? Warum ist er geflohen? Hat er eine Hinterhältigkeit im Sinn? In Ziegenhain machen wir mit solchen Leuten kurzen Prozess. Den Galgenstrick aus Fulda räuchern wir aus. Und dann bringen wir ihm im Stockhaus das Benehmen bei.«

Eine handvoll Männer stieg von den Pferden und machte sich lachend an den Feuerresten zu schaffen. Glimmendes Holz wurde in den Felsspalt geworfen und mit dürrem Gras bedeckt. Beißender Qualm zog über die Lichtung. Mit Baumstämmen wurde der Spalt verschlossen, so dass der Qualm in das Felsinnere zog.

In der Felswand regte sich nichts. Nicht einmal ein Husten war zu hören. Rabenold kannte sich in diesem Felsgewirr offenbar besser aus als jeder andere. Er blieb verschwunden.

»Räumt den Brand weg und holt die Ratte heraus!«, ordnete Heinrich an. Aber niemand leistete Gehorsam. »Holleloch, Teufelstisch,« hörte Tilmann die Männer raunen und auf die Felsen und den steinernen Tisch zeigen. Der Reiter, der sich Ritter Berthold nannte, ordnete schließlich an: »Lasst es gut sein. Er ist in die Erde gekrochen. Ein Abtswurm, den niemand beweinen wird. Wir beenden die Jagd und kehren zur Burg zurück.«

Beißender Qualm staute sich auf der Lichtung und ließ die Pferde unruhig werden. Tilmann hatte man einen Bewacher zugeteilt, einen Kerl, der eine grobe Ledermütze trug und bis auf einen Dolch unbewaffnet war. Er war nicht viel älter als Tilmann, sah aus wie ein Pferdeknecht und starrte unentwegt auf Tilmanns Tennisschuhe. »Ich bin Roland, der Knappe von Herrn Heinrich«, sagte er. »Und wer bist du? Solche Schuhe habe ich noch nie gesehen.«

Tilmann sah ein, dass es sinnlos war, zu fliehen. Er musste versuchen, diesen Leuten, die offenbar an einem Mittelalterfestival teilnahmen, seine Lage zu erklären und sie in aller Freundlichkeit nach dem Heimweg fragen.

»Ich heiße Tilmann«, antwortete er knapp. »Gut macht ihr das. Wirkt alles wie echt. Gibt es Ansichtskarten und Autogramme? Wie lange dauern die Ritterspiele noch? Wer sind diese Leute?«

Roland starrte ihn verwirrt an und zuckte verständnislos mit den Achseln. »Du bist ein Fremder. Von weit her bestimmt. Jedenfalls nicht aus Buchonia. Wir werden dich auf die Burg mitnehmen. Mechthild wird sich freuen, dich zu sehen, sie liebt es, mit Fremden zu sprechen. Aber ich fürchte, dazu wird es nicht kommen. Sie werden dich in das Angstloch werfen, Tilmann, wenn du weiter von so verrücktem Zeug redest wie Ansichtsscharten und Mausekram.«

»Es heißt Ansichtskarten und Autogramm«, sagte Tilmann ungeduldig. »Was soll das alles? Wer sind diese Leute?«

»Du kennst sie nicht? Es sind die Burgherren und Ritter Heinrich von Wartenberg, Berthold von Ziegenhain und Hermann von Blankenwald. Mit Gefolge und Knappen.«

Plötzlich ertönte von der Spitze der Felswand ein Triumphschrei. Rabenold stand dort oben und rief: »Gehabt euch wohl, ihr edlen Herren!« Er drehte sich um, zog seine Kutte hoch und zeigte der Reiterschar sein blankes Hinterteil.

»Er ist uns entkommen«, sagte Heinrich und zuckte mit den Achseln. »Lassen wir es dabei bleiben, es lohnt sich nicht, ihn zu verfolgen.«

Alle Blicke fielen jetzt auf Tilmann. Dieser öffnete den Mund zu einer

Erklärung, aber es kam nicht so weit. Einer der Reiter richtete einen Speer auf Tilmanns Brust.

»Fremde sind hier nicht gern gesehen, es sei denn, sie helfen uns«, sagte er drohend. »Du scheinst mich nicht zu kennen? Ich bin Ritter Herrmann von Blankenwald und wenn du nochmals vergisst, uns zu grüßen, werden wir dir diesen Namen in den Arsch brennen, damit du ihn niemals vergisst. Auf welcher Seite stehst du? Hältst du zu unseren Burgen oder zu Abt Fingerhut? Woher kommst du? Was trägst du in deinem Beutel?«

»Ent – Entschuldigung!«, stammelte Tilmann. »Ich wollte nicht unhöflich sein. Er hat mich zu Boden gerissen, dieser Rabenold. Es tut mir leid, ich kenne keine Burg in unserer Gegend, nur eine Burgruine. Und ich kenne auch keinen Abt, der Finger heißt.«, stammelte Tilmann.

Heinrichs Gesicht verzerrte sich vor Wut. »Habt ihr das gehört, Berthold und Hermann?«, rief er seinen Begleitern zu. »Die alten Tugenden werden in den Schmutz getreten. Dieser Kerl will uns auf den Arm nehmen.« Er warf Roland ein Seil zu. »Ein Lumpenhund bist du! Wir werden dich mitnehmen und mit Daumenschrauben zwingen, wahr und vernünftig zu reden! Knappe, fessele seine Hände und binde das Seil an meinen Sattel. Nimm ihm den Beutel ab und reiche ihn mir! Auf dem Wagen wirst du ihn blenden, damit er nicht unser Land ausspioniert.«

fünf.

Die Burg

Tilman stolperte benommen über den steinigen Waldpfad. Mit gefesselten Händen und festgehalten durch ein langes Seil, das am Sattel von Heinrichs Pferd befestigt war, fügte er sich willenlos in sein Schicksal. Eine energische Hand, zu der die Stimme des Jungen gehörte, der sich Roland nannte, schob ihn vor sich her. Der Weg war so steinig, dass Tilmann häufig ins Stolpern kam, aber die Hand in seinem Rücken bewahrte ihn vor einem Sturz. Unweit von ihnen plätscherte der Bach, von dem sich Tilmann Rettung versprochen hatte.

Die Reiterschar stritt sich über die Möglichkeiten, wie man diesen Hirsch oder jenes Wildschwein durch Heranpirschen hätte erlegen können. Einer prahlte, er hätte einen Bären gesehen und nicht die geringste Furcht verspürt. Leider sei ihm der Bär entwischt, als er seine Armbrust gespannt hätte. Einige lobten in den höchsten Tönen den Falken, der auf dem Arm ihres Herrn Ritter Berthold saß. Mit Vögeln zu jagen sei eine ganz besondere Kunst, prahlte er und nur sein Herr beherrsche diese gut. Dafür hätte er auch einen der besten Beizhunde, der die Tiere, die der Falke zu jagen hatte, aufscheuchte. Leider konnte der Falke in diesem Wald nicht eingesetzt werden, weil die Bäume zu dicht und hoch wuchsen. Aber viele Vogelarten hatte er gesehen und sogar einen Hasen, den der Falke hätte jagen können.

Ein Begleiter, der dicht neben Heinrich ritt, schien sich Gedanken über Rabenolds Flucht zu machen. »Möglicherweise flieht er nach Fulda, um dem Abt von unserer Jagd zu berichten«, ängstigte er sich. » Noch immer streitet die Abtei uns das Jagdrecht ab und verlangt Anteile von der Jagdbeute, auch in den Wäldern, die kaum jemand begeht. Erst vor einem Monat wollte er Schafe und Kühe pfänden, weil unser Freund Hermann von Ebersberg einen Hirsch in der Rhön erlegt hat.«

Mit lauter Stimme gebot Heinrich der Reiterschar Schweigen. Dann richtete er seine Stimme an den Begleiter. »Hör zu, Sigfrid von Eysenbach. Auf den Schlafenden Wald hat der Abt keinen Anspruch. In Heribrahtshusen endet seine Grenze. Rabenold wird sich von einem Verrat keinen Vorteil versprechen, denn wir liegen sowieso mit dem Abt in Fehde. Was soll da noch ein Wildschwein ändern? «

Er lachte höhnisch. »Was Rabenold anbetrifft, auf den ist Abt Bertho ohnehin nicht gut zu sprechen. Er wurde wegen einer Schandtat aus dem Kloster geworfen und man hat ihm verboten, die weiße Kleidung der Mönche zu tragen. Was er angestellt hat, weiß ich nicht. Er ging schon immer seltsame Wege. Als Mönch hat er Bauern das Seelenheil für Geld verkauft, im Auftrag der Abtei, wie er sagte. Er ist äußerst hinterlistig und schlau, niemand kann ihm etwas beweisen. Gangolf, mein Burgkaplan, schätzt ihn trotz allem, weil er sich in den Wäldern wie kein anderer auskennt und schnelle Botendienste macht.«

»Eine Ratte!«, bemerkte Berthold. »Aber wer weiß, vielleicht können wir ihn einmal gebrauchen, falls wir uns einmal zurückziehen müssen. Ein Schlupfwinkel kann manchmal von Nutzen sein, wenn man einen Angriff aus dem Hinterhalt plant. Weiß der Teufel, wozu es gut war, dass er dem Rauch entkommen ist. Verschone ihn also auf Burg Wartenberg und warte, bis seine Zeit reif ist, Heinrich!«

Heinrich richtete jetzt sein Augenmerk auf den Gefangenen. Etwas fuhr ihm in den Sinn, er zerrte so wütend am Seil, dass Tilmann zu Boden stürzte. Roland richtete den Jungen wieder auf und schob ihn weiter. Er warf einen empörten Blick auf seinen Herrn.

»Von woher kommst du, Fremder?«, rief Heinrich und riss antwortheischend am Seil. »Gib Antwort!«

Tilmann fühlte Zorn aufsteigen und schwieg verbissen. Über diese Behandlung würde er sich später vor Gericht beschweren, da konnte sich dieser Mittelalterfuzzy drauf verlassen. Das war kein Scherz, sondern brutale Gewalt. Sein Vater würde Anzeige erstatten.

»Du schweigst? Nun gut, Fremder. Wir werden dich verhören und herausbekommen, von wo du herkommst. Mein Bruder Dietrich kennt viele fremde Länder. Er hat mir darüber berichtet. Leute von deiner Art sind gefährlich, sie haben einen Auftraggeber, der uns übel gesinnt ist und uns die Burg abzwingen und das Land rauben will. Wenn du in guter Absicht hier wärst, würdest du frank und frei sprechen. Stattdessen ist dein Mund verschlossen.«

»Solche Leute wie du und Biff und die *Spiders* und Buddy gehören in die Gummizelle!«, brach es wütend aus Tilmann heraus.

Heinrich schüttelte verwirrt den Kopf und öffnete unbeeindruckt von Tilmanns Worten den Rucksack. Mit der linken Hand hielt er die Zügel. Er entnahm verwundert das Handy und hielt es in die Höhe, um es Berthold zu zeigen. »Dietrich wüsste, was das ist!«, rief er durch das Hundegebell. »Er hat von vielen wundersamen Dingen erzählt, die Sarazenen mit sich tragen.«

»Die Sarazenen besitzen die besten Waffen!«, rief Berthold zurück. »Frage deinen Bruder Dietrich, wofür er das hält und wozu es gut ist. Berichte mir darüber!«

Heinrich wühlte im Rucksack und brachte den CD-Player zum Vorschein. »Das hier sieht wie ein Diskus aus, Berthold. Eine Wurfscheibe, jedoch mit abgestumpftem Rand. Man müsste diesen schärfen.« Ratlos hob er die Schultern und schob den Player zurück. »Mein Bruder Dietrich ist noch immer fort. Er kam krank vom Kreuzzug zurück. Er sagte zuletzt, es könnte sein, dass seine Krankheit sich auf der Burg verbreitet und das wolle er niemandem antun. Niemand weiß, wo er sich aufhält. Er trägt das Kleid des Schwarzen Ritters.«

Hermann von Blankenwald meldete sich zu Wort: »Habe ich den Namen Dietrich gehört? Der mag sich im Schlafenden Wald verkriechen! Er war gegen unser Bündnis. Er hat genug von Gräueltaten und Blutvergießen gesehen, sagte er mir, dieser Hosenschisser!«

»Unser Bündnis, das wir Ritter Buchoniens gegen die Habgier und Arroganz der Abtei geschlossen haben, wird kein Wankelmütiger zertrennen!«, rief Berthold von Ziegenhain. »Ich habe euch dazu aufgerufen und ihr seid mir gefolgt. Ihr alle hier. Und wir haben treue und tapfere Verbündete auf Ebersberg, in Steinau und in vielen anderen Burgen. Immer mehr schließen sich uns an. Die Äbte kommen und gehen, der eine oder andere mag einen von uns besiegen, aber hundertfach folgt Rache und Vergeltung. Da ändert auch ein Ritter nichts, der von einem jämmerlich verlorenen Kreuzzug zurückgekommen ist und jetzt den frommen Apostel spielen will.«

Heinrich hatte jetzt die Taschenlampe aus Tilmanns Rucksack gezogen und drehte sie in seiner Hand. »Reichliche Verzierung. Ein abgebrochener Schwertgriff«, mutmaßte er, schob die Lampe zurück und befestigte den Rucksack am Sattel. Er machte ein ratloses Gesicht und raufte seinen roten Bart. »Ich brauche Dietrich dazu nicht. Ich werde das Gangolf zeigen, unserem Burgkaplan. Er ist ein gelehrter Mann, versteht sich auf das Bücherlesen und kennt sich mit vielen Dingen aus, die niemand von uns versteht.«

Der Weg führte jetzt durch einen lichten Buchenwald. Er machte eine Biegung, um Felsblöcken auszuweichen, die sich klippenartig erhoben und an erstarrte, urzeitliche Wesen erinnerten. Vor ihnen lag eine hölzerne Brücke, die über den Bach führte.

Berthold brachte sein Pferd zum Stehen und erhob seine Stimme. »Hier an diesen Steinen, die du Uhuklippen genannt hast, Heinrich, haben wir die Jagd begonnen. Wir haben den Ruf einer Krähe vernommen und eine Hexe hat uns eine Runenwurzel zugeworfen, beides sind böse Vorzeichen, aber Gott ist wie immer mit uns und wir haben reiche Beute gemacht. Darum lasst es uns Ritter Eraclius gleichtun und beten.«

Alle stiegen von den Pferden und knieten sich zu einem Gebet. Sie murmelten Dankesworte in lateinischer Sprache und hielten die wimpelgeschmückten Speere gesenkt. Rolands Hand drückte auf Tilmanns Schulter, so dass auch er zu Boden sank. Er versteckte seine Hände im Schoß und fingerte an den Seilknoten. Er würde es schaffen, diese Knoten zu lockern, denn Roland hatte sich keine besondere Mühe gemacht, sie fest zu binden.

Die Reiter stiegen auf die Pferde und ritten hintereinander, gefolgt von der Hundemeute, über die Brücke. Am Wegrand türmten sich jetzt hoch aufgeschichtete Holzberge, aus denen Rauch kräuselte. Rußverschmutzte Menschen, deren Gesichter von Not und Armut gekennzeichnet waren, beluden Fuhrwerke mit Holzkohle. Als die Reiterschar näher kam, ließen sie von der Arbeit ab, rissen ihre schwarzen Mützen von den Köpfen und verbeugten sich. Verwundert starrten sie auf den Gefangenen.

Sie waren am Rand des Schlafenden Waldes angekommen. Helligkeit umgab die Reiterschar und den Jungen, der am Seil mitgeführt wurde. Der Blick auf ein weites Tal wurde frei.

Tilmann hielt mit fiebernder Erwartung Ausschau nach einem vertrauten Anhaltspunkt. Mit den Fingerspitzen hatte er es fertiggebracht, die Seilknoten zu lockern. Bei nächster Gelegenheit würde er sich losreißen, davonrennen, am erstbesten Haus anklopfen und telefonieren!

»Ruft nach Iliwin!«, befahl Heinrich und sprang vom Pferd. »Der faule Sack soll herkommen und mit fünf Männern beim Aufladen helfen! Den Gefangenen bringt auf den Wagen zu den Knappen. So können wir schneller reiten. Blendet ihn, damit er nicht unser Land ausspioniert!«

Wildschweine und ein Hirsch wurden zu Boden gelegt, von den Tragestangen gebunden und auf einen Karren verladen. Roland schob Tilmann zu einem zweiten Fuhrwerk, dem zwei Ochsen vorgespannt waren.

Tilmann blickte sich hastig um. Zu welchem Haus könnte er jetzt rennen? Da standen strohgedeckte Häuser ohne Fensterscheiben und mit lehmverputzten Wänden. Die Wege waren aufgewühlt von Hufen und Wagenrädern.

Durch diesen Schlamm bewegte sich ein Mann auf sie zu. Das musste der sein, den sie Iliwin nannten.

In diesen Hütten würde er kein Telefon finden, wurde sich Tilmann bewusst. Aber Iliwin konnte er fragen, er sah vertrauensvoll aus und war sicher auf seiner Seite, weil ihn Heinrich beschimpft hatte.

Er wollte zum Sprung ansetzen, da legte sich eine Hand auf seine Schulter. »Ich danke dir, Tilmann, dass du mir die Arbeit erspart hast, das Seil zu lösen«, lachte Roland. »Meinst du, ich hätte dich nicht beobachtet? Sei froh, dass du nicht geflohen bist, sie hätten dir einen Armbrustbolzen in den Rükken geschossen, glaub mir.« Er zog ein Tuch aus der Pferdetasche und band es vor Tilmanns Augen. Tilmanns Hände fesselte er jetzt auf dem Rücken, damit dieser die Augenbinde nicht lösen konnte. »Jetzt steig auf den Wagen. Ich helfe dir dabei.«

Plötzlich flatterte ein Vogel über Tilmanns Kopf und ein gellender Schrei ertönte. »Hochmütige Herren, hört auf mich, Edda die weise Frau! Geht in euch!«

Die Pferde wieherten angstvoll und die Hundemeute geriet in Aufruhr. Der Ruf muss von der alten Frau kommen, die Berthold eine Hexe genannt hatte, durchfuhr es Tilmann, dem von nun an die Sicht genommen war. Die Stimme überschlug sich. »Euer Unglück ist nahe. Eure Mauern werden stürzen und eure Familien im Feuer verbrennen. Hört auf meine Worte!«

»Da ist sie wieder!«, rief jemand. »Einer muss der Alten das Hexenmaul stopfen!«

»Lasst sie laufen!« Das war Heinrichs Stimme. »Ich kenne sie. Sie ist eine verrückte Alte und dem Sterben nahe. Ich kenne ihre Tochter, es ist die Kräuterfrau Ursch. Sie genießt große Wertschätzung als Heilerin auf meiner Burg.«

Edda war noch nicht zu Ende. »Memento mori!* Für eure Taten müsst ihr euch nach dem Tod rechtfertigen, das wisst ihr! Jesus sagte: Du sollst nicht stehlen und liebet eure Nächsten und eure Feinde. Doch was tut ihr? Hat nicht Herrmann von Blankenberg fromme Jakobspilger überfallen und ausgeraubt? Wann beendet ihr eure Kriegstreiberei und beginnt euch um die zu kümmern, die euch anbefohlen sind?«

Tilmann hörte Fluchen und ein singendes Geräusch. »Lass die Armbrust sinken, Konrad von Rasdorf!«, dröhnte die Stimme von Berthold. »Edda, du wagst es, uns mit den Worten des Herrn zu tadeln? Für deine Lügen hättest du die Peitsche verdient! Es sind Ritter wie wir, die seinen Sohn Jesus von der

* Bedenke, dass du stirbst.

Schmach befreien, die ihm angetan wurde. Schon Eraclius hat ritterlich den Perserkönig besiegt und das Kreuz nach Jerusalem zurückgebracht.«

Die Alte lachte hämisch. »Als er es durch das Tor tragen wollte, durch das Jesus auf einem Esel ritt, schloss sich das Tor vor seinen Augen. Ein Engel tadelte seinen Hochmut und kündigte Strafe an.«

»Auf welcher Seite stehst du, Alte?«, fragte Berthold scharf.

»Ich stehe auf der Seite der Gerechten und Armen. Seht euch diese Leute hier an. Iliwin und seine Familie sind dem Hungertod nahe und trotzdem verlangen deine Untervögte unentwegt Abgaben, Dienstleistungen und Hilfe beim Bau der Burgen.«

Berthold hatte genug gehört. »Tötet sie!«, schrie er laut. Waffengeklirr wurde laut.

»Sie ist in der Scheune verschwunden!«, rief jemand. »Sollen wir ihr nachsteigen? Da – sie ist oben im Fensterloch!«

Eddas Stimme gellte über den Platz. » Ich fürchte mich vor niemandem! Auch vor dir nicht, Berthold von Ziegenhain, du fetter Honigkuchenfresser! Abt Bertho hat mich in den Hexenturm gesperrt, als ich ihm Vorwürfe machte. Mich für vogelfrei erklärt und aus Fulda gejagt. Seitdem muss ich mich hier verstecken. Lieber das, als ein Heuchler sein!«

»Legt Feuer an die Scheune! Verbrennt das Schlangengeschöpf!«, schrie Berthold rasend vor Zorn.

»Tut es!«, kam von oben zurück. »Ich bin eine alte Frau und dem Sterben nahe. Mein Leben ist wertlos. Ihr würdet eure Zeit verschwenden.«

»Unsere Schafe brauchen das Heu und Stroh!« gellte Iliwins Stimme. »In der Scheune steht unsere einzige Kuh. Ohne diese können wir nicht leben. Wir werden das nicht kampflos hinnehmen!«

»Lass es gut sein, Berthold«, war jetzt Heinrich zu hören. »Edda hat recht, wir würden unsere Zeit verschwenden. Wir müssen zur Burg zurück, du weißt warum. Möglicherweise ist sie in Gefahr.«

»Wohin fahren wir, Roland?«, fragte Tilmann durch das Rumpeln der Wagenräder.

»Auf der Wagenstraße nach Burg Wartenberg«, antwortete Roland. Er saß an Tilmanns rechter Seite. »Gleich kommen wir über die Disselbrücke. Dann geht es hinauf nach Heribrahtshusen, von dort nach Ruogisesfeld, nach Eysenbach und von dort –«

»Es gibt keine Burg Wartenberg mehr«, unterbrach in Tilmann. »Wie lange soll das noch weitergehen mit diesem Irrsinn?«

Es herrschte langes Schweigen. Tilmann hörte das Schnauben der Ochsen und halblautes Gemurmel. Man verwunderte sich über ihn, den Fremden, das war herauszuhören. »Woher kommst du, Tilmann?«, fragte schließlich die Stimme Rolands.

»Ich komme aus Lauterbach«, antwortete Tilmann.

»Lauterbach? Kenne ich nicht. Ich kenne nur Luternbach. Da kommen wir nach Eysenbach vorbei. Willst du es sehen?«

Fast wäre Tilmann aufgesprungen. »O ja! Ich möchte die Stadt sehen. Am besten, ihr lasst mich dort raus. Ich werde euch nicht anzeigen, ich schwöre es! Und den Rucksack könnt ihr von mir aus behalten. Wollte mir sowieso ein neues Handy kaufen.«

»Stadt?« Roland lachte lauthals. »Es ist ein kleines Dorf mit Hütten, die mit Stroh gedeckt sind. Nicht einmal Ziegeln können sich die dort leisten.«

Tilmann ging darauf nicht ein. »Du wirst die Augenbinde wegnehmen, wenn wir da sind. Versprichst du es, Roland? Ich schenke dir meine ... meine Jeansjacke dafür. Bitte!«

Der Ochsenkarren rumpelte dahin, ohne dass eine weitere Frage an Tilmann gestellt wurde. Die Knappen, wie Heinrich die jungen Männer genannt hatte, hatten Tilmann in die Mitte genommen und redeten laut und ungestüm miteinander.

»Er soll Waffen besitzen, die keiner kennt. Sie sind im Rucksack an Ritter Heinrichs Sattel.«

»Vielleicht sind es Geschenke, die er nach Fulda bringen wollte. Bei uns in Ziegenhain erzählt man, dass sich in der Ratgerbasilika in Fulda die Geschenke bis zur Decke türmen.«

»Ich habe mal einen Jakobspilger bei uns in Eysenbach getroffen. Er sagte mir, dass Pilger Geschenke von weit her nach Fulda bringen. Selbst Menschen, die am fernen Meer leben, machen Schenkungen an das Kloster.«

»Ich glaube nicht, dass er von weit her kommt. Er sieht nicht so aus. Seine Kleidung ist nicht verschmutzt. Ein Jakobspilger trägt einen Hut mit einer Muschel, einen Pilgerstab und eine Kürbisflasche.«

»Was trägt er da am Arm? Einen Schmuck aus Silber und Glas. Unter dem Glas bewegt sich etwas!«

»Er ist ängstlich und schwach. Sicher hat er sich noch nie einem Zweikampf gestellt oder seine Muskeln beim Ringen erprobt.«

»Es wird ein Turnier geben bei uns auf Burg Wartenberg. Da werden wir sehen, was seine Waffen taugen und wie stark er ist.«

»Ihr werdet gar nichts sehen«, mischte sich Roland schließlich ein. »Er soll in das Verlies. Ich möchte nicht in seiner Haut stecken, denn er soll gefoltert werden. Sein Name ist übrigens Tilmann.«

»Seht nur, er weint.«

Rolands Stimme richtete sich an den Gefangenen und wurde leise. »Das Tuch brennt auf deinen Augen. Ich würde es am liebsten abmachen, denn du tust mir leid. Aber Heinrich beobachtet uns, er reitet hinter uns. Es geht nicht.«

»Wir sind in Heribratshusen, Roland!«, rief es jetzt von vorne. »Da seht nur, das ist der Mönch Abraham. Er baut an seiner Kirche!«

»Wirst du auf dem Turnier gegen einen von uns kämpfen, Tilmann?«, wurde er von dem Knappen, der links von ihm saß, spöttisch gefragt. »Ich meine, wenn du aus dem Verlies heraus bist.« Tilmann antwortete nicht.

Sein Kopf sank nach vorne und er fiel in tiefe Grübelei. Kämpfen? Wozu soll ich kämpfen, und wofür? In meinem ganzen Leben musste ich für nichts kämpfen. Meine Eltern sind reich, sie geben mir alles, ich brauche mir es nur zu wünschen. Die Schule macht mir keine Probleme, außer Lehrer Knoll, der manchmal nervt. Und das hier wird bald vorbei sein. Sie werden mich finden und aus der Klemme holen. Wenn nur die Augenbinde nicht so brennen würde.

»Iliwinshusen«, »Heribrahtshusen«, »Ruogisesfeld« – von diesen Orten hatte Tilmann noch nie gehört. Wo brachte man ihn hin? »Eysenbach«, das klang vertraut. Wurde diese Burg nicht zur gleichen Zeit zerstört wie Wartenberg? Man baute sie als Einzige der zerstörten fünfzehn Burgen später wieder auf, hatte sein Lehrer gesagt. »Schloss Eisenbach« hieß sie jetzt. Da gab es ein Café, wo er einmal Eis gegessen hatte mit seinen Eltern. Er hatte einen Collie dort gesehen, der ihm so gut gefiel. Vater hatte ihm einen Monat später einen Colliewelpen geschenkt. Jetzt war der Hund nicht mehr da, er kam zu Freunden der Familie, weil sich Tilmann mit ihm gelangweilt hatte.

»Trabodo von Eysenbach wird am Turnier teilnehmen!«, fiel Roland ein. »Er sagt, er kann mit Lanze und Schwert umgehen wie kein anderer. Und stellt euch vor, er will um Mechthild von Eisenbach werben!«

»Wer ist Mechthild?«, fragte ein Knappe von gegenüber.

»Die Tochter von Dietrich von Wartenberg, Heinrichs Bruder«, klärte Roland auf. »Ich gebe zu, sie ist sehr schön. Sie hat wunderschöne blonde Haare. Sie ist, glaube ich, vierzehn Jahre alt. Sie ist freundlich und sehr beliebt bei uns auf der Burg. Sie ist etwas Besonderes.«

»Übertreibe nicht, Roland«, kam es von links. »Sie treibt sich herum. Man wirft ihr vor, dass sie in letzter Zeit oft die Burg verlässt, um fremden Händlern, die auf der Straße vorbeiziehen, Fragen zu stellen. Sie ist sehr neugierig und steckt zu sehr ihre Nase in Dinge, die sie nichts angehen.«

Tilmanns Gegenüber sprang auf und brüllte vor Lachen. »Ein komischer Kerl, dieser Trabodo, sage ich euch. Bei uns in Bimbach erzählt man, dass er sich bei Ringkämpfen immer Gegner sucht, die ihm kopfhoch überlegen sind.«

»Was passiert dann?«, fragte Roland.

»Er verliert natürlich immer. Aber je mehr Beulen er davonträgt, umso glücklicher ist er!«

»Ein Narr – ist es nicht so?«

Alle lachten, dass der Ochsenkarren wippte. Sogar Heinrich, der hinter ihnen ritt, lachte lauthals. Die Alberei der Knappen schien ihm zu gefallen.

»Schade, dass der Abt nicht zum Turnier kommt!«, sagte jetzt Roland wieder. »Man erzählt, als Friedrich von Wartenberg unsere Burg baute, sei Abt Konrad aus Fulda dagewesen. Und er war sogar sehr erfolgreich. Er hat das beste Pferd mitgenommen als Siegespreis.«

»Bei uns in Schenkenwald erzählt man, dass Abt Bertho heimlich an Turnieren in Würzburg teilnimmt. Man sagt, er sei ein guter Kämpfer, wenngleich er so klein ist, dass sie ihn Fingerhut nennen. Er hat eine Wurfmaschine bauen lassen, einen Widder. Er ist größer als alle, die es vorher gab.«

Diese Worte schienen Heinrich nicht zu gefallen. »Abt Bertho von Leipolz hat den buchonischen Rittern den Krieg erklärt!«, rief er wütend von seinem Pferd. »Auch mir, weil ich diese als Gäste in meine Burg einlade und mit Berthold von Ziegenhain ein Bündnis geschlossen habe. Auch er wird in Kürze werben, jedoch nicht um Mechthild, sondern um sein Leben. Unten im Verliesloch!«

Tilmann hörte das Plätschern eines Flusses und lautes Entengeschnatter. Über ihm rauschten Blätter in mächtigen Bäumen, die Luft war erfüllt von dem Lärmen der Singvögel und dem Geruch wilder Pfefferminzkräuter.

»Haltet!«, rief Heinrich und mit »Brrr!« und »Hoho!« kam der Ochsenkarren zum Stehen. Die sieben Knappen wirbelten durcheinander und hätten Tilmann fast erdrückt.

»Fischer Ratzfall! Hat man dir gesagt, was du zu tun hast?«, rief Heinrich jemandem zu.

»Jow, Ritter Heinrich!«, kam zur Antwort. »Heute ist ein Glückstag. Ich habe schon ein Dutzend Forellen im Netz. Geräuchert werden sie euch und euren Gästen gut munden! Ich werde auch Pfefferminz zum Teekochen mitbringen, den braucht ihr am Morgen nach der Feier. Wenn euch der Schädel brummt.«

Die Knappen kicherten. »Wenn dieser Fischer an der Luter steht, mit seinen Netzen und Reusen, könnte man meinen, es sei ein Bär. Wird er nicht Schlammbeißer genannt?«

»Er wird von allen verspottet, der arme Kerl«, erzählte Roland. »Unser Torwächter hat seinen Hund nach ihm benannt. Ratz heißt dieser Köder, ein scheußliches, zottiges Tier, sage ich euch. Aber Mechthild liebt ihn trotzdem.«

»Und du scheinst Mechthild zu lieben«, kicherte der Knappe links von Tilmann. »Du merkst schon gar nicht, dass du dauernd von ihr erzählst.«

Einer der Reiter hatte sich offenbar von der Schar gelöst, denn seine Stimme kam von weiter her. Ein Knappe holperte an Tilmann vorbei und sprang vom Wagen. »Ich bedanke mich für die Jagdgesellschaft, Heinrich!«, rief der Reiter. »Ich muss auf meine Burg!«

»Morgen wirst du auf Wartenberg sein, Sigfrid von Eysenbach!«, rief Heinrich zurück. »Zum Festmahl und Turnier. Du wirst auch Trabodo mitbringen!«

Das Ochsenfuhrwerk rumpelte weiter. Der Geruch von verbranntem Kaminholz stieg Tilmann in die Nase und Stimmen wurden am Straßenrand laut.

»Wir sind jetzt in Luternbach, Tilmann«, sagte Roland.

»Du hast versprochen, mir die Stadt zu zeigen!«, rief Tilmann aufgeregt. »Nimm die Augenbinde weg, bitte!«

»Ich habe dir gar nichts versprochen«, antwortete Roland. »Es geht nicht. Heinrich würde das sehen, und ich hätte eine Menge Ärger. Es ist keine Stadt, es ist ein kleines Dorf. Als ich noch ein Kind war, bin ich oft hier gewesen. Über den Fluss, der Luter heißt, haben sie Schrittsteine gelegt. Im Sommer haben wir da oft gespielt. Das Spiel geht so: Zuerst wird die Reihenfolge ausgelost. Dann muss man versuchen, die anderen vom Stein zu werfen. Wer als erster drüben ist, hat gewonnen. Ich habe heute noch blaue Flecken davon. Es hat Riesenspaß gemacht.«

Tilmann stöhnte und jammerte erbärmlich. Das Spiel interessierte ihn in keiner Weise.

»Sie haben einen neuen Schultheiß in Luternbach!«, rief Heinrich seinen Begleitern zu. »Er heißt Friedrich. Der Kerl ist größenwahnsinnig. Stellt euch vor, er lässt einen Marktplatz bauen. Der Platz in der Dorfmitte wird gepflastert!«

Tilmann stampfte wütend auf und riss an seinen Fesseln. Umsonst, niemand gab ihm Gelegenheit, seine Heimat sehen zu dürfen.

»Heinrich ist wütend auf die Pflasterschisser, wie er sie nennt«, sagte Roland unbeeindruckt von Tilmanns Wutanfall. »Sie haben ein Bündnis mit dem Abt in Fulda. Bertho will ihnen, wenn er siegreich sein sollte, das Stadtrecht verleihen. Aber soweit wird es nicht kommen. Sollen sie nur ihren Marktplatz bauen. Wir werden später dort Zinsen eintreiben und unsere Burg noch größer bauen.«

Der Ochsenkarren knirschte und verlangsamte seine Fahrt. Es ging bergauf.

»Jetzt geht es nur noch durch den Lehnwald und über den Sconeberg, dann sind wir da«, sagte Roland.

Die Ritter zügelten ihre Pferde. »Ist sie nicht schön, meines Vaters Burg?«, hörte Tilmann Heinrich ausrufen. »Möge die Morgensonne Burg Wartenberg bescheinen, wenn der Abt längst vermodert und seine Werke mit Gras bedeckt sind. Seht nur den mächtigen Bergfried! Er ist hundert Fuß hoch, aber ich werde ihn noch höher bauen! Lasst uns ausruhen und den Pferden ein wenig Ruhe gönnen.«

Tilmann hörte, wie die Männer von den Pferden stiegen und nach den Knappen riefen. »Knappen, bringt die Pferde zur Wiese«, hörte er Heinrich sprechen. »Ihr Herren, lasst euch nieder. Ich habe einen guten Trunk.« Danach herrschte Stille.

Burg, fragte sich Tilmann. Hatte er richtig gehört? Ein Gefühl sagte ihm, dass sie sich tatsächlich in Richtung Wartenberg bewegt hatten. Dieser Mensch meint wohl »Burgruine«, nicht »Burg«. Aber »meines Vaters Burgruine« – wie sollte das zusammenpassen?

»Wir sind da«, sagte Roland. »Ritter Heinrich bewirtet seine Gäste und ich muss sein Pferd füttern. Ich nehme dir jetzt die Augenbinde ab, Tilmann.«

Das Licht blendete Tilmann. Er betastete sein linkes Auge. Tatsächlich war die Schwellung zurückgegangen. Er musste seine Augen beschatten um die Umgebung wahrzunehmen. Sein Blick fiel in die Ferne.

Am Horizont war ein lang gezogenes Gebirge zu erkennen, aus dem dieser heuwagenförmige Berg, der Milseburg genannt wurde, deutlich herausragte. Er musste sich also unweit seiner Heimatstadt befinden. Aber wo war die Autostraße? Davon war weit und breit nichts zu sehen. Und wo waren die Bahnschienen? Warum war alles so still? Wo war der ständige Strom der Motorengeräusche, den man gewohnt war, wenn man in dieses Tal blickte?

In sanften Wellen neigte sich der mit Hecken und Felsen bedeckte Hang dem Tal zu. Im Licht der Abendsonne glitzerten dort kleine, schilfbewachsene

Tümpel. Wie ein silbernes Band in langen Schleifen schlängelte sich der Fluss durch eine sumpfige Wildnis. Braune Einschnitte von Karrenwegen, die sich mühsam eine Bahn durch den Sumpf suchten, waren sichtbar.

Linker Hand erkannte Tilmann eine Siedlung. Aus strohbedeckten Dächern kräuselte Rauch hervor. Die Bewohner hatten den Sümpfen Grünland und Ackerflächen abgetrotzt. Gärten waren zu sehen, in denen Obstbäume blühten und auf grünen Wiesen grasten friedlich Schafherden. Deutlich konnte er Bauern erkennen, die das Feld mit Ochsengespannen bearbeiteten.

Am Talrand setzte sich der Weg fort, auf dem sie gekommen waren. Er schlängelte sich auf halber Berghöhe etwa zehn Meilen in südliche Richtung und verschwand hinter einem quer durch das Tal verlaufenden Bergzug. Dahinter musste sich eine größere Siedlung befinden, denn mächtige Rauchwolken stiegen dort auf.

Tilmanns Blick blieb an einem Bergsporn hängen, der sich unweit der Bauernsiedlung durch das Tal schob und den Fluss zu einer großen Schleife zwang. Was er sah, verschlug ihm den Atem. Da stand ein Gebäude, wie er es niemals zuvor gesehen hatte. Friedlich glänzte es in der Abendsonne.

Es war eine Burg.

Das war das großartigste Panorama, das er je gesehen hatte. Tilmann wurde schlagartig klar, dass etwas mit ihm geschehen war, das alles, was ein Mensch erleben konnte, in den Schatten stellte. Das konnte kein Verein inszenieren, der eine besondere Vorliebe für das Mittelalter hatte. Wie hätte er eine dazu passende riesige Landschaft aufbauen können? Er war auch nicht an einen anderen Ort in seiner Welt geraten. Dies war ein Ort, der ihm vertraut war, nur ...

Er war in eine andere ZEIT geraten.

Von Zeitreisen hatte er gelesen. Geschichten von Schriftstellern mit grenzenloser Phantasie. Das hier war jedoch Wirklichkeit, kein Fantasyfilm und auch kein Traum.

Tilmanns Augen füllten sich mit Tränen.

Wie sollte er von hier nach Hause zurückkommen? Er würde für immer hier bleiben müssen. Und er war Gefangener, vorbestimmt für Folter und Tod im Gefängnis.

Die Reiter stiegen wieder auf ihre Pferde. Ritter Heinrich warf Tilmann, der auf dem Karren festgebunden war, einen missbilligenden Blick zu. »Knappe Roland! Warum hast du die Augenbinde weggenommen? Kann man sich nie auf dich verlassen?«

Die Burg

»Er soll in das Verlies, hast du gesagt, Ritter Heinrich«, verteidigte sich der Knappe. »Für wen kann er da noch etwas ausspionieren? Den Weg zur Burg hat er nicht gesehen, darauf kam es doch an.«

Der Ritter kam dicht an den Karren geritten. Tilmann konnte seinen Atem spüren, er roch nach Bier und Honig. »Da siehst du sie, meines Vaters Burg«, zischte er und wies in die Ferne. »Siehst du den Turm, der mit den Fahnen meiner Freunde geschmückt ist? Darin wird dein neues Zuhause sein, tief unten im Keller, im Verlies. Du hast nur eine Möglichkeit, dem zu entkommen. Sprich mit Vernunft, von wo du herkommst und erkläre dich bereit, uns mit deinen Waffen zu helfen.«

Das würde nicht möglich sein, das war Tilmann klar. Sie werden nicht verstehen, dass ich aus einer anderen Zeit komme. Und ich trage keine Waffen bei mir. Ich bin hoffnungslos verloren.

Die Reiterschar hielt noch immer inne, um den Anblick zu genießen. Heinrich zeigte auf einen zerfallenen Turm, der sich aus dem Gebüsch heraushob. »Diesen Wachturm haben unsere Altvorderen hier auf dem Sconeberg gebaut, um sich vor den Sachsen zu schützen. Und so ist es auch uns gegeben, Türme, Mauern und Burgen zu bauen, damit wir sicher sind vor der Bosheit unserer Feinde.«

Berthold von Ziegenhain sprach mit erhobener Stimme, und wann immer er das Wort »Fehde« benutzte, reckten die Reiter ihre Schwerter und Speere in südliche Richtung, dorthin, wo Rauch aufstieg und das ferne Gebirge aufragte.

Die Knappen waren auf den Wagen zurückgestiegen, schubsten sich, tuschelten und kicherten übermütig. Sie freuten sich, zur Burg zurückgekommen zu sein, denn dort waren sie eine zeitlang nicht den rauen Befehlen ihrer Herren ausgeliefert. Roland fand es an der Zeit, seine Kameraden vorzustellen.

»Tilmann, das hier sind die Knappen aus Wartenberg, Ziegenhain, Blankenwald, Eysenbach, Rasdorf, Schenkenwald und Bimbach. Sie heißen Atze, Otto, Willi, Tilo, Bobbo und Albert.«

Bei jeder Vorstellung sprang ein Knappe auf, riss die Kappe vom Kopf und verneigte sich vor Tilmann. Trotz seiner schlimmen Lage kam dieser nicht umhin zu schmunzeln. Nur der Knappe, der sich Albert nannte, blieb sitzen, denn er trug den kapuzenverhüllten Falken auf dem Arm.

»Bald wird es ein Burgfest geben, Fremder!«, rief der, den Roland Atze genannt hatte. »Und ein Turnier! Es werden Gaukler da sein!«

»Schade, du wirst nicht dabei sein, Tilmann«, seufzte Roland.

»Ich glaube auch«, stimmte der Gefangene mit gesenktem Kopf zu.

Plötzlich stieß Heinrich einen Schrei aus und hob die Hand. In die Stille, die danach folgte, ertönte ein Hornruf. Er wiederholte sich dreimal. Alle Blicke, selbst die der Knappen, waren auf die Burg gerichtet. Auf dem Turm, den Heinrich Bergfried genannt hatte, bewegte sich etwas. Eine qualmende Fackel wurde geschwenkt.

Unter den Rittern brach Unruhe aus. Die Pferde hoben schnaubend die Köpfe.

»Seht dort!«, rief Heinrich und zeigte auf einen Berghügel unweit der Burg. Die untergehende Sonne warf ihr Licht auf diesen Ort, als wollte sie das dort Sichtbare hervorheben.

Heinrichs Gesicht war wutverzerrt, seine Augen hasserfüllt. »Sie sind wieder da«, sagte er keuchend. »Sie wollen uns Angst einjagen.«

Er lenkte sein Pferd zum Ochsenkarren und packte Tilmann von hinten an der Kehle. Mit der Rechten zeigte er in die Ferne. »Hast du mit diesen Leuten zu tun?«, zischte er.

Er wandte sich seinen Begleitern zu. »Wenn ja, wird der Fremde sein Schicksal jämmerlich beweinen. Wir würden uns als schlechte Ritter erweisen, wenn wir uns das gefallen ließen. Niemand wagt es, uns zu bespitzeln und zu drohen!«

Berthold von Ziegenhain hob sein Schwert und richtete es auf die Reitergruppe in der Ferne. »Der Abt hat einen Heerzug angekündigt, um uns aus unseren Burgen zu jagen. Woher will er Kämpfer nehmen, will er uns mit Mönchskutten und seinem Krummstab drohen?« Er lachte dröhnend. »Für seinen Hochmut wird er bezahlen müssen, dieser Zwerg, der so klein ist, dass man ihn Fingerhut nennt. In ein Mauseloch werde ich ihn vertreiben!«

Heinrich hatte sich wieder gefasst. Er versuchte, den Vorfall abzumindern und die Stimmung aufzubessern. »Sie waren schon öfters hier!«, winkte er ab. »Mit Scharmützeln kann uns der Abt nicht kommen. Meine Burg ist fest und sicher.«

Auf dem Hügel stand unbeweglich eine Reitertruppe auf weißen Pferden und in weißen Umhängen. Die Speere waren drohend auf die Burg gerichtet.

Einer von Heinrichs Begleitern setzte ein Horn an die Lippen und blies einen lang gezogenen Antwortruf. Die Reiterschar gab den Pferden die Sporen und jagte in wilder Eile in das Tal hinunter. Ihr folgte der Jägermeister und seine kläffende Hundemeute. Die beiden Ochsenkarren holperten hinterher, so dass Tilmann und die Knappen Mühe hatten, sich auf den Bänken zu halten.

Bauernvolk, das Karren zog und schweres Gepäck trug, wich ängstlich zur Seite. Mütter hielten besorgt ihre Kinder fest. Niemand hob die Hand zum Gruß. Für die galoppierenden Ritter, ihre Hunde und die nachfolgenden Ochsenkarren schienen diese Menschen wenig übrig zu haben.

Die Siedlung machte einen verlassenen Eindruck. Unweit von ihr stand ein zerstörtes Haus, aus dessen eingestürztem Dach Rauch kräuselte. Eine Frau in zerrissenen Kleidern wühlte in den Trümmern nach ihren Habseligkeiten.

Sie erreichten einen gepflasterten Weg, der zur Burg führte.

Die Reiter hielten an, um auf den Jägermeister und die Karren zu warten. Die Gefahr war gebannt, zumindest vorläufig. Zur Begrüßung ertönte ein Horn von den Burgmauern. Vom Bergfried und zwischen den Zinnen blitzten Waffen. Die Jagdschar setzte sich wieder in Bewegung.

Mit donnernden Hufen galoppierten die Ritter über die Zugbrücke, gefolgt von der Nachhut. Willenlos und zusammengesunken saß Tilmann, der Gefangene, auf dem Ochsenkarren.

Mit lautem Krachen fiel das Tor hinter ihnen zu.

sechs.

Im Verlies

Wut und Kränkung standen den Rittern ins Gesicht geschrieben. »Der Abt würde es niemals wagen, meine Burg in Ziegenhain zu bedrohen!«, rief Berthold außer sich vor Zorn. »Wir würden die Weißkittel davonjagen wie räudige Hunde!«

Heinrich von Wartenberg maß dem Vorfall jedoch wenig Bedeutung bei.

»Wir sind hier in Sicherheit«, sagte er. »Meine Burg ist uneinnehmbar.«

Der Himmel hatte sich verdunkelt und die Fahnen auf dem Bergfried flatterten knatternd im Wind. Die Ritter diskutierten, ob sie einen Ausfall machen und die Abteitruppe angreifen sollten. Heinrich lehnte das ab und es gelang ihm, seine Gäste zu beruhigen. Schließlich stiegen alle von den Pferden und riefen nach ihren Knappen.

Zornig schob Heinrich seinen Gefangenen vor sich her, in Richtung auf den Turm, der dunkel und abweisend vor ihnen aufragte. Als er sich unbeobachtet fühlte, packte er Tilmann am Arm. »Du steckst mit dem Abt unter einer Decke, Fremder, gib es zu. Ich weiß, dass er Kriegsknechte von weit her herbeiholt, um eine Truppe zusammenzustellen. Sag es, und du bist frei.«

»Von allem weiß ich nichts, ich schwöre es!«, keuchte Tilmann.

»Gut, dann sehen wir uns morgen, Fremder. Du wirst das Verhör bekommen, das dir zusteht. Wir haben Höllenqualen für dich bereit, um deinen Mund zu öffnen.«

Heinrich winkte nach oben zum Wehrgang. »Turmwächter! Bringe den in das Verlies! Dieser Gefangene weigert sich, meine Fragen zu beantworten!«

»Das hier behalte ich!«, fügte er grimmig hinzu und hob den Rucksack in die Höhe. Verwirrt starrte er auf den Aufkleber mit der Aufschrift »Rettet die Burgruine«. Seine Hand strich verwundert über Plastikriemen, Taschen und Verschlüsse. Etwas Derartiges hatte er noch nie gesehen. Er sah sich prüfend um und zupfte an den Klettverschlüssen.

Tilmann blickte auf seine Umgebung. Sie befanden sich in einem Hof, der mantelartig von einer Ringmauer umschlossen wurde. Durch dieses Bauwerk waren sie hereingekommen. Es war etwa vier Meter hoch, aus Sandsteinblöcken gemauert und mit Zinnen versehen, hinter denen die Wachsoldaten im Falle eines Angriffs in Deckung gehen konnten. Bewaffnete waren auf dem hölzernen, überdachten Wehrgang verteilt, um die Bedrohung vor der Burg zu beobachten. Das Tor war jetzt verschlossen, zusätzlich hatte man dahinter ein Fallgitter heruntergelassen. Zwei Männer drehten Kettenwinden, um die Zugbrücke außen hochzuziehen, damit Angreifer keinen Zugang zum Torgebäude fänden. Beim Überqueren der Zugbrücke hatte Tilmann den Burggraben bemerkt, von dem ein übler Gestank ausging und der die Burg vom Berghügel trennte.

Die Männer an der Zugbrücke lachten und wischten sich ihre Hände an den Lederschürzen ab. Das alles sah mehr nach Routine aus als nach ernsthafter Bedrohung oder Kriegsvorbereitung. Man fühlte sich sicher und nahm den Angreifer nicht ernst. Der Burgherr hatte ihnen oft genug zugesichert, dass diese Mauern uneinnehmbar seien.

Auf dem Hof herrschte reges Treiben. Der Vorfall machte auf die Menschen, die sich dort tummelten, keinen Eindruck. Es war nicht das erste Mal, dass die Schimmelreiter hier aufgetaucht waren. Aus einer Schmiede klang unbeeindruckt Eisen auf Eisen. Der Wind trug den Geruch von Kohlefeuer und verbrannten Pferdehufen heran. Schwer beladene Ochsenkarren wurden abgeladen, Frauen schleppten Wäschekörbe, trugen Eimer zu einem Brunnen und Kinder lachten unbekümmert zwischen flatternden Hühnern und Tauben. Einige lösten sich aus dem Getümmel, gingen zögernd zu Tilmann hinüber und bestaunten ihn mit offenen Mündern.

»Sie ziehen ab!«, brüllte eine Stimme vom Bergfried.

Tilmann blinzelte zur Turmspitze. Auf einer Fahne war ein grünes Wappen mit weißem Querbalken und Stern zu sehen. Das gleiche Wappen war auf dem Aufkleber am Rucksack, in den Heinrich gerade hineinschnupperte. Über den Turm trieben jetzt tiefhängende dunkle Wolken. Bergfried hatte Heinrich dieses Bauwerk genannt, aber es sah keineswegs friedlich aus. Vom Wehrgang blitzten Helme und Schwerter.

Plötzlich wurde Tilman zur Seite gestoßen. Ein übermütiger, zerzauster Hund sprang an ihm hoch und hätte ihn fast umgerissen.

»Ratz – lass ab! Hierher!«, rief eine Mädchenstimme. Folgsam wich der Hund zurück und beäugte Tilmann winselnd und mit wedelndem Schwanz aus sicherer Entfernung.

Ein Mädchen, etwa im gleichen Alter wie Tilmann, näherte sich und musterte den Fremden mit Staunen.

»Wie ist dein Name?«, fragte sie.

»Ich heiße Tilmann Schmitt«, antwortete Tilmann schüchtern.

»Und von woher kommst du?«

»Ich komme aus Lauterbach.«

»Lauterbach? Du meinst sicher Luternbach.« Das Mädchen schüttelte ungläubig den Kopf. »Das kann nicht sein. In Luternbach gibt es keinen, der so gekleidet ist wie du. Deine Augen sind rot. Hast du Schmerzen? Warum hat man deine Hände gefesselt?«

»Bringt den Hund in den Zwinger!«, unterbrach Heinrich und verschloss den Rucksack. »Mechthild, fort mit dir, das – das hier ist nichts für dich!«

Das Mädchen hatte lange, rotblonde Haare und trug ein Kleid aus weichgegerbtem Leder. Die Säume an Hals und Ärmeln waren mit bunten Vogelfedern bestickt, Lederschnüre mit aufgereihten Trockenbeeren dienten als Gürtel. Auch in die Haare waren bunte, getrocknete Beeren eingeflochten. Mechthild hatte hellgrüne Augen und sah wunderschön aus in ihrem Kleid.

Das Mädchen öffnete den Mund, um Tilmann eine Frage zu stellen.

Aber dieser wurde an den Schultern gepackt und von einem bärtigen Riesen in schwarzem Kapuzenmantel fortgerissen. Panik breitete sich in Tilmanns Kopf aus. Wohin würde man ihn jetzt bringen?

»Folge mir, Gefangener, ich bin Hartmann, der Henker. Und dein Folterknecht. Ich bringe dich jetzt in die Kernburg, in das Angstloch«, grinste der Riese hämisch.

Heinrich packte den Rucksack so fest unter den Arm, als erwarte er, dass ein Dämon daraus entspringen würde. »Ich gehe jetzt zu Gangolf«, sagte er seinem Knappen Roland, der das Pferd an den Zügeln hielt, auf Anweisungen wartete und zu Mechthild hinüberstarrte. Ohne ein weiteres Wort zu verlieren, ging Heinrich davon.

Der Riese schubste den Gefangenen vorwärts. Tilmann warf einen verzweifelten Blick zurück und stellte fest, dass ihm das Mädchen verwirrt zuwinkte. Durch ein enges Tor, das nur zu Fuß durchschritten werden konnte, zerrte ihn der schwarze Turmwächter in einen Innenhof. Dort entknotete er das Seil an Tilmanns Händen. Sein Blick fiel auf die Uhr. Mit einer ruckartigen Handbewegung riss er sie von Tilmanns Handgelenk und ließ sie in der Tasche verschwinden.

Tilmann starrte schmerzerfüllt nach oben. Auf dem Dachgiebel, dem Turm gegenüber, war der Körper eines steinernen Vogels zu sehen. »Los, weiter!«, murrte Hartmann und trieb den Jungen eine schmale Holztreppe hinauf, die drei Manneslängen hoch zum Turmeingang führte.

Tilmann drehte sich um und stellte verwundert fest: Der steinerne Vogel hatte keinen Kopf.

Fahles Licht fiel auf Kisten und Truhen, die den untersten Raum des Bergfrieds ausfüllten. Sie mussten wohl einen wertvollen Inhalt bergen, denn sie waren mit mächtigen Schlössern verschlossen. Der Henker riss eine Luke im Dielenboden auf und schob Tilmann an den Rand einer Öffnung, in der eine Leiter zu sehen war, die nach unten führte. Wo die Leiter endete, war nicht zu erkennen, unten herrschte gähnende Tiefe und Schwärze. »Steig hinab, Verräter – oder ich werfe dich hinab!«, brüllte Hartmann und versetzte Tilmann zur Verstärkung seiner Worte einen Hieb auf die Schulter, der den Jungen in die Knie zwang. Drohend reckte er seinen Stiefel vor Tilmanns Augen.

Willenlos stieg der Junge die Leiter hinab in das Gefängnis. Mit lautem Krachen fiel die Luke zu. Schritte polterten auf dem Dielenboden über ihm und entfernten sich.

Im Verlies herrschte gedämpfte Stille. Es war stockdunkel und kalt. Aus den Wänden drang modriger Geruch.

Tilmann war nicht allein. Der Boden war mit Stroh bedeckt und darin raschelte es. Mäuse! durchzuckte es Tilmann und er bekam eine Gänsehaut. Seine Augen gewöhnten sich an die Dunkelheit und machten langsam schwache Lichtstrahlen aus, die durch die Dielenritzen fielen. Im Halbdunkel war kaum etwas zu erkennen. Ein zerbrochener Wasserkrug, ein leerer hölzerner Eimer und eine umgestülpte Schüssel, mehr war nicht zu sehen. Eine langschwänzige Maus wuselte an ihm vorbei.

Tilmann fühlte sich elend. Wo war er hier hingeraten? Einer von Dennis´ Sprüchen fiel ihm ein: Ich bin im falschen Kino. Er hockte sich auf den Steinboden und verfiel ins Grübeln. Wie sollte er hier herauskommen? Wer könnte ihn retten? Roland fiel ihm ein und das rothaarige Mädchen. Beide hatten ihn gut behandelt, diesen könnte er erklären, dass er nichts Schlimmes getan hatte und keine bösen Absichten hatte. Aber würde er diese noch einmal sehen? Was spielte sich hier ab? Wurde hier ein Krieg vorbereitet? Was hatte das alles mit ihm zu tun? Warum hielt man ihn für einen Feind und sperrte ihn ein?

Er war verloren, eingesperrt in einem düsteren Rattenloch, ausgeraubt bis auf die Kleidung und hungrig.

Tilman fühlte in seine Jackentaschen. Sie waren leer. Das Ding – nicht einmal das war ihm übrig geblieben. Hatte er den Adlerkopf verloren, als er durch den Wald rannte? Oder auf der Lichtung, als er sich an der Quelle bückte? Hatte ihn nicht Rabenold, der Mönch, mit seinen dürren Fingern durchsucht?

Ein Verdacht drängte sich Tilmann auf: der Mönch hatte den Adlerkopf gestohlen! Aber warum? Ein rostiges Stück Metall, wenn auch mit billigem Glas verziert, mehr war es doch nicht. Die wertvollen Sachen in seinem Rucksack, der CD-Player und das Handy, das alles hatte Rabenold nicht interessiert.

Das Handy hat mir hier nichts genützt, fand sich Tilmann ab. Hatte er nicht mehrmals versucht, damit Hilfe herbeizurufen? Es war vergebens gewesen. Die Ursache war kein Funkloch. Batterie und Handykarte waren völlig neu. Trotzdem würde er es noch einmal versuchen, aber dafür müsste er seinen Rucksack zurückbekommen.

Noch nie hatte er sich in einer derart ausweglosen Lage befunden. Weitab von allen Freunden, mutterseelenallein in einem dunklen Gemäuer und mit der Aussicht auf Verhör und Folter, am Ende sogar den Tod, das hätte selbst dem größten Optimisten alle Zuversicht geraubt.

Zentimeter um Zentimeter tastete er blind die Gefängniswand ab. Da war nichts, nur Stein und wieder Stein. Seine Hand traf auf einen rundlichen, durchlöcherten Gegenstand. Ein Totenschädel!

Angewidert und erschöpft sank er im Stroh und zwischen Mäusegewimmel nieder.

Laute Schritte, ein polterndes Geräusch und das Quietschen von Türscharnieren rissen Tilmann aus seiner Verzweiflung. Das flackernde Licht einer Lampe erhellte das Verlies. Eine grobe Hand tauchte in der Luke auf und ließ ein Seil hinunter. Daran waren ein Tonkrug und ein Weidenkorb befestigt.

»Der Herr hat sich deiner erbarmt, Fremder«, verhöhnte ihn eine Stimme von oben. »Nimm diese Speise! Gefällt dir das Mäusejagen?«

Der Hunger war übermächtig, Tilmann hatte seit der Fischmahlzeit von Rabenold weder Essen noch Trinken erhalten. Er sprang auf, löste hastig den Tonkrug und den Korb vom Seil, trank gierig das Wasser und riss mit den Zähnen ein Stück vom Brotfladen ab.

Die Lampe zeigte einen bärtigen Schädel und eine Katze in der Lukenöffnung. Der Turmwächter Hartmann beobachtete Tilmann neugierig und genüsslich.

Plötzlich wandte sich der Kapuzenschädel ab. Jemand hatte den Bergfried betreten. Zaghafte Schritte wurden hörbar, eine Mädchenstimme murmelte zögernd eine Begrüßung.

Der Henker hatte nichts übrig für Höflichkeiten. »Zum Teufel, was willst du hier?«, fluchte er und sprang holpernd auf die Beine. Eine Staubwolke wirbelte durch die Luke. Daraus blickte ein verwirrtes Mädchengesicht mit rotblonden Haaren. »Sei gegrüßt, Tilmann Schmitt«, rief es hinunter in die Dunkelheit.

Tilmann blickte verblüfft nach oben. Das war Mechthild, das Mädchen, das ihn auf dem Burghof angesprochen hatte.

»Keine Gespräche mit dem Gefangenen!« Die massige Gestalt des Henkers verdunkelte die Luke. Es folgte ein heftiger Wortwechsel. Eine helle und energische Mädchenstimme redete auf Hartmann ein.

»Hast du vergessen, wer ich bin, Turmwächter? Ich bin Mechthild, die Tochter Dietrichs – deines Herrn!«

Es folgte ein Wortschwall, bei dem mehrmals mit schweren Stiefeln aufgestampft wurde und eine Katze jaulend davonstob.

»Der Gefangene hier unten verbirgt ein Geheimnis, hat mein Onkel gesagt«, rief Mechthild energisch. »Abt Bertho führt etwas im Schilde, er hat Verbündete mit unbekannten Waffen aus der Fremde geholt. Was für ein Glück für uns, dass wir einen dieser Verräter gefangen haben! Jetzt können wir erfahren, was der Abt im Sinn hat.«

»Ich werde ihn morgen verhören, dass seine Knochen bersten und sein Körper in Flammen steht«, entgegnet der Henker pampig. Mechthild ging darauf nicht ein.

»Der Gefangene führt Dinge mit sich, die wir nie zuvor gesehen haben. Er trägt eine Schatulle mit sich, aus reinstem Silber, so groß, dass eine Hand sie umfasst. Und dieses winzige Ding birgt ein Feuer, das entflammt, wenn man an einem kunstvoll geschmiedeten kleinen Rädchen dreht. Ich selbst habe das herausgefunden. Zusammen mit Gangolf, dem Burgkaplan. Heinrich hat ihm den Beutel des Gefangenen zur Untersuchung gegeben.«

Der Kapuzenmann brummelte ungläubig. »Die Zeiten werden immer merkwürdiger«, knurrte er.

»Solche Waffen«, eiferte Mechthild, »können uns gefährlich werden. Unbemerkt und zu jeder Zeit können die fremden Verbündeten des Abts die Burg in Brand stecken. Womöglich bergen die anderen Dinge noch viel größere Zauberei. Gangolf versucht das zu ergründen, aber er kann es nicht ohne die Hilfe des Gefangenen. Wir müssen sorgfältig vorgehen.«

Hartmann antwortete nicht. »Und ihr meint, ihr könnt das aus ihm herausbringen, ohne seine Daumen zu quetschen?«, fragte er schließlich zweifelnd.

Im Verlies

Mein Feuerzeug, durchfuhr es Tilman. Sie haben mein Feuerzeug gefunden.

Plötzlich starrte das Gesicht des Mädchens durch die Luke.

»Der Gefangene ist krank«, murmelte Mechthild. »Er hat eine Verletzung an den Augen und ist ohne Kraft. Er wird da unten sterben und seine Geheimnisse mitnehmen. Ich muss nach unten und ihm helfen.«

Tilman sah, dass ihre Hände einen Beutel umklammerten, aus dem ein Fläschchen herausragte.

Der Henker hatte jetzt genug. Er packte Mechthild an der Schulter und riss sie von der Luke weg. »Deine Rede geziemt keinem Weibe!«, brüllte er und stampfte auf.

»Dein Vater Dietrich ist nicht mein Herr. Er ist vor einem Jahr zu einem Kreuzzug aufgebrochen und seitdem habe ich ihn nicht mehr gesehen. Womöglich haben ihn die Mauren umgebracht, in Jerusalem. Todgeweihte sind wir doch alle, Weib! Auch der Gefangene. Er wird nach dem Verhör sterben, wenn er sich weiterhin weigert, die Wahrheit zu sagen. Er schweigt wie ein Ochse oder redet wirres Zeug, das niemand versteht. So hat es mir Herr Heinrich gesagt. Mit ihm zusammen werde ich das Verhör durchführen.«

Mechthild stieß einen empörten Schrei aus. Krachend fiel die Luke zu. »Daumenschrauben, glühende Eisen und ein Bad im Burggraben bezwecken mehr als laues Gesäusel und Seelenheilsprüche«, hörte Tilmann den Henker noch sprechen. »Außerdem muss es schnell gehen, es muss schon morgen geschehen, denn wir haben Wichtigeres zu tun als diesen Kerl zu füttern und zu pflegen. Es wird Krieg geben, vielleicht schon bald!«

Schritte entfernten sich. Tilmann saß im Dunkeln.

sieben.

Mechthild

Tilmann konnte sich später nicht erinnern, wie lange er im Verlies war. Die Zeit in der Dunkelheit kam ihm endlos vor. Erschöpftes Dahindämmern, panisches Umherschlagen und verzweifelte Suche nach einem Ausgang aus diesem Ort der Düsternis wechselten sich ab.

Er hatte alle Hoffnung aufgegeben. Am nächsten Tag würde ihn der Henker foltern und töten, weil er nichts zu sagen hatte. Welche Antwort sollte er auch geben? Er wusste gar nicht, um welchen Krieg es hier ging. Er war der Verbündete von niemandem und besaß keine geheimnisvollen Waffen. Er hatte sich auf eine Reise begeben, die er selber nicht begriff. In einem Kino. Aber wer von diesen Leuten würde ihm das glauben? Wahrscheinlich wussten sie nicht einmal, was ein Kino ist.

Plötzlich wurde er aus dem Dämmerzustand gerissen. Langsame Schritte waren über ihm hörbar, und knarrend öffnete sich die Luke. Kamen sie jetzt, um ihn abzuholen? War das Hartmann, der Henker? Das Blut pochte Tilmann in den Schläfen, seine Hände zitterten.

Grelles Lampenlicht erhellte das Verlies. Der Totenschädel grinste ihn an als freute er sich, einen Kameraden gefunden zu haben. Eine Schar erschrokkener Mäuse verkroch sich in den Mauerritzen.

»Still!«, flüsterte eine Stimme von oben. »Ich bin Mechthild und will dir helfen, Tilmann. Ich komme zu dir herunter.«

Das Mädchen stieg die Leiter hinunter und setzte die Lampe neben Tilmann ab, der auf dem Boden kauerte und staunend zu ihr aufsah. Die Lampe verströmte den Geruch von verbranntem Öl. Mechthild ließ sich neben Tilmann nieder und strich ihre langen Haare aus dem Gesicht.

Tilmann starrte sie ungläubig an. »Wo ist er – Hartmann, der Kapuzenmann? Er hat meine Uhr gestohlen.«

»Oben auf dem Wehrgang. Er wird uns nicht mehr stören. Sie haben etwas beobachtet, was sie die ganze Nacht beschäftigen wird.«

»Was wollt ihr von mir?« Tilmanns Stimme klang verzweifelt. »Warum habt ihr mich hier eingesperrt? Ich bin unschuldig. Ich will nach Hause!«

»Psst! Nicht so laut!«, Mechthild hielt den Finger an den Mund. »Ich habe eine Frage an dich. Sie ist wichtig. Wir haben etwas in deiner Tasche gefunden und über dich nachgedacht. Du bist nicht von hier, du kommst aus einem fernen Land. Hast du etwas mit dem Schmied zu tun? Wo ist das, was du uns bringen sollst?«

»Ich kenne keinen Schmied und soll euch nichts bringen.«

»Heißt du nicht Schmied? Tilmann Schmied?«

»Ich heiße Schmitt. Bitte lasst mich hier raus. Ich will nach Hause.«

»Wie kommt es, dass du in deinem kleinen Buch den Adlerkopf gezeichnet hast? Das ist kein Zufall! Du siehst aus, als wärst du auf den Kopf gefallen. Vielleicht hast du dein Gedächtnis verloren?«

»Der Adlerkopf! Ja richtig!« Tilmann durchwühlte seine Jackentaschen und brachte einen Kaugummi zutage. Er dachte angestrengt nach. Die dürren Finger! Der Mönch hatte den Adlerkopf gestohlen!

Tilmann stotterte: »Nein, ich habe ihn nicht. Ich hatte ihn –«

»Die Prophezeiung! Ich wusste es! Ich wusste, dass du etwas damit zu tun hast, Tilmann! Wo ist der Adlerkopf?«

Tilmann rang nach Luft. »Ich habe ihn im Wald verloren. Oder er hat ihn aus meiner Jacke gestohlen, dieser Botengänger. Er ist schwarz gekleidet und hat einen Buckel. Er sagte, er wäre einmal ein Mönch gewesen, in Fulda. Er hat sich in den Felsen versteckt und ist dann geflohen.«

»Ein Botengänger? Ein Mönch im Wald? Der Mann, bei dem du gefunden wurdest? Das kann nur Rabenold sein, Gangolfs Gehilfe.« Mechthild griff in ihre Tasche und reichte Tilmann ein Fläschchen. »Trink das, es wird dir gut tun. Es ist Gewürznägeleinwein, Ursch hat ihn aus Benediktenwurz gebraut.«

»Wir werden Rabenold finden«, sagte sie mit überzeugter Miene und beobachtete Tilmann, der das Fläschchen mit gierigen Zügen leerte. Sie dachte angestrengt nach.

Plötzlich hellte sich ihr Gesicht auf. »Wir gehen morgen zu Ursch«, schlug sie vor. »Die Kräuterfrau kennt sich aus im Schlafenden Wald und weiß, wo sich Rabenold versteckt. Ihre Mutter Edda ist auch dort. Rabenold ist manchmal hier auf der Burg, um sich mit Gangolf zu treffen, aber darauf können wir nicht warten. Wir dürfen keine Zeit verlieren. Jetzt musst du erst einmal hier heraus. Das kann nicht geschehen, dass der Träger des Adlerkopfs, den Wieland der Schmied aus der Ferne geschickt hat, schmachvoll im Verlies endet.«

Sie lachte leise. »Was machst du für ein komisches Gesicht? Es schmeckt bitter, aber es wird dich stärken.«

Mühsam stieg Tilmann die Leiter hoch, die Mechthild herabschob. Sein Rücken schmerzte, er war weiche Matratzen und Kissen gewohnt und hatte einen groben Steinboden zu spüren bekommen.

Die Öllampe erhellte den unteren Raum des Bergfrieds. Sie standen zwischen Kisten und Truhen und lauschten auf die Geräusche, die vom Burghof hereindrangen. Von den Wehrgängen waren laute Kommandorufe und Befehle zu hören, drängende Rufe und das Geräusch vieler hastiger Schritte hallten von den Hofwänden wider. Etwas war geschehen, was die Burgbewohner in Aufruhr versetzte.

Mechthild verschloss die Luke und schob Tilmann zur Tür. Sie blickten hinaus in den äußeren Wirtschaftshof. Der Vollmond raste eilig durch die Wolken, als wollte er es den Menschen dort gleichtun. Aus den Hütten und Zelten drangen flackernde Lichter und in der Hofmitte brannte ein Feuer, um die Sicht zu ermöglichen. Menschen rannten eilig hin und her, schleppten Kriegsgerät und ihre Habseligkeiten und standen in Gruppen zusammen, um das Ereignis zu diskutieren. Auf den Wehrgängen der äußeren Burgmauer und über ihnen auf dem Bergfried rumpelten hastige Stiefelschritte, klirrten Waffen und zuckten Fackeln.

Niemand beachtete den hochgewachsenen Jungen und das Mädchen in der Turmtür. Von Tilmanns Bewacher war weit und breit nichts zu sehen, Hartmann war einem Kommando gefolgt, das ihn zum Torhaus befehligte.

Mechthild blickte in den Hof der inneren Burg, die Hartmann Kernburg genannt hatte. »Mein Onkel Heinrich wohnt dort drüben im Palas. Er wird mir den Stockmeister bestellen, wenn er sieht, was ich hier tue«, sagte sie hastig. »Los, beeilen wir uns. Ich weiß ein Zimmer drüben in der Kemenate. Das ist leer, weil der Pferdemarschall fort ist. Da kannst du auf Bohnenstroh schlafen. Das ist besser als bei den Mäusen hier unten im Angstloch. Du wirst dich morgen verstecken müssen. Ich besorge dir neue Kleider, damit du nicht auffällst.«

»Was ist hier los? Was ist passiert?«, fragte Tilmann und zeigte in das Durcheinander im Wirtschaftshof.

»Unsere Burg wird belagert. Der Abt ist heute Nacht mit einer Kriegsschar vor die Burg gezogen. Er will mit dem Burgherrn verhandeln und uns angreifen, wenn Heinrich das ablehnt.«

»Einige von uns sind geflohen«, sagte sie leise, mit gebrochener Stimme.

»Wo sind die Ritter und Knappen, mit denen ich gekommen bin?«, fragte Tilmann. »Berthold von Ziegenhain, Hermann von Blankenwald und die anderen?«

»Sie sind abgereist und haben versprochen, morgen mit einer großen Kriegsschar zurückzukommen, um uns zu helfen. Sie müssen jeden Bauern, den sie finden können, bewaffnen. Wir brauchen Hilfe. Der Adlerkopf wird uns retten.«

»Warum?«, fragte Tilmann verwirrt. »Was ist mit dem Adlerkopf?«

»Das erkläre ich dir später. Wir müssen hier weg!«

Sie stiegen die Leiter hinunter. Im Hof der Kernburg standen Menschen im Licht der Öllampen und redeten aufgeregt aufeinander ein. Im Halbdunkel nahmen sie Tilmann und Mechthild nicht wahr, die sich im Schutz von Holzhaufen und Mauern vorbeischlichen und im Pferdestall verschwanden.

Die Tiere spürten die Unruhe und zerrten ängstlich an ihren Ketten. Mechthild schob Tilmann eine steile Treppe hinauf und durch mehrere Räume, die verlassen aussahen. Zuletzt erreichten sie ein Zimmer, das völlig durchwühlt war. Als hätte jemand in großer Eile seine nötigsten Habseligkeiten gesucht. Neben dem Kamin war eine Schlafstätte zu sehen.

»Warte hier, ich bin gleich zurück«, rief Mechthild und verschwand in der Tür. Kurze Zeit später erschien sie mit einem Kleiderbündel, einem Brotbeutel und einem Wasserkrug.

»Zieh das an und versuche bis zur Frühe zu schlafen. Diese Kammer wird niemand betreten, ich werde sie verschließen. Ich bin in der Morgenfrühe zurück. Dann machen wir uns auf den Weg zu Ursch.«

»Wer ist Ursch?«, fragte Tilmann. »Und wo ist mein Rucksack?«

»Ursch ist eine weise Kräuterfrau und meine Freundin. Sie kennt jeden in Buchonia und auch die Verstecke im Schlafenden Wald. Auch weiß sie, was der Adlerkopf für uns bedeutet.«

»Der Rucksack! Wo ist er? Du hast ihn gesehen, hast du zu Hartmann gesagt. Mein Handy ist darin.«

»Der Beutel ist bei Gangolf, dem Burgkaplan. Dort ist er sicher.«

»Sicher? Und wenn die Burg angegriffen wird, wie du sagst, dann wird auch mein Rucksack verloren sein. Und mein Handy. Dann komme ich niemals wieder zurück nach Hause.«

»Wir haben starke Verbündete«, wehrte Mechthild ab. »Boten sind unterwegs nach Steinau und zur Ebersburg. Berthold und Hermann werden bald zurück sein. Natürlich haben die Menschen auf der Burg Angst. Aber bald werden sie Mut fassen, wenn unsere Freunde in großer Schar kommen. Und wenn sie hören, dass sich die Weissagung erfüllt hat. Ich muss jetzt gehen.«

In der Tür drehte sie sich noch einmal um. »Was ist ein Handy?«

»Ein Funkgerät, ein Telefon«, antwortete Tilmann pampig.

Mechthild hob ratlos die Schultern. »Dein Funkengerät wirst du schon bekommen. Schlaf jetzt!«

Tilmann wurde von lauten Rufen und dem wilden Gebimmel einer Glocke geweckt. Die Morgenglocke klang nicht friedlich, etwas Aufregendes musste passiert sein.

Er hatte sich in wilden Träumen im Bohnenstroh gewälzt. Jetzt stand er auf unsicheren Beinen auf den Dielen und wollte auf die Uhr blicken, wie er es immer nach dem Aufstehen tat. Sie war weg! Langsam kehrte sein Gedächtnis zurück. Ein wilder Kapuzenmann hatte seine Uhr eingesteckt und ihn in ein Kellerloch geworfen. Ein Mädchen hatte ihn gerettet und in dieses Zimmer gebracht. Das Mädchen hieß Mechthild. Wo war sie jetzt?

Er blickte an sich herab. Er war in grobe Leinengewänder gekleidet, die auf der Haut zwickten. Aus dem Bett hinter ihm strömte Pferdegeruch und der Mief von fauligem Stroh. Vor ihm lagen Stiefel, eine lederne Jacke und Kappe und ein Stoffbeutel, aus dem angebissenes Brot ragte. Von draußen drangen aufgeregte Rufe und Waffengeklirr in das Zimmer.

Schlagartig wurde es ihm wieder bewusst: Er war auf einer Burg! Und diese wurde belagert. Das Mädchen hatte es erzählt. In Kürze würde es hier einen Krieg geben, und er würde um sein Leben fürchten müssen. Sein Rucksack war weg, jemand hielt ihn versteckt, um darin herumzuwühlen. Irgendein Burgkaplan. Wie hieß er doch? Gangolf!

Tilmann sprang hastig zum Fenster. Er schob den Vorhang zur Seite und blinzelte in das grelle Morgenlicht. Er fröstelte. Mit dem Heizen war es hier schlecht bestellt. Ihm gegenüber ragte der fahnengeschmückte Bergfried in ganzer Größe auf. Auf dem Turmdach drängten sich Wachsoldaten, behelmt und in Kettenhemden. Tilmann meinte sehen zu können, wie der Riese Hartmann ein Schwert reckte. Die Soldaten zeigten aufgeregt hinüber zum Berghügel, zu einem Ort, den Tilmann nicht sehen konnte. Einige hielten drohend die Fäuste empor. Ob sie seine Flucht aus dem Verlies bemerkt hatten?

Unter ihm lag der Hof der inneren Burg, der Kernburg. In der Mitte des Hofs waren Kisten, Säcke und Holzstapel aufgetürmt. Der Hund, den Mechthild Ratz genannt hatte, streunte um einen Ziehbrunnen. Die Burgbewohner strömten, von dem nicht enden wollenden Gebimmel aus einem Dachreiter getrieben, in eine Kapelle, aus der lautes, monotones Singen zu hören war. Aus dem Backofen unter ihm kräuselte sich der Rauch, und der Geruch von frisch gebackenem Brot strömte in seine Kammer. Tilmann ging zurück, zog den Brotfladenrest aus dem Leinensack und hockte sich kauend auf einen Schemel. Das Brot schmeckte derb, aber es stillte seinen Hunger. Er fand auch einen Apfel im Beutel und trank gierig aus dem Wasserkrug.

Tilmann blickte wieder in den Hof. Aus den Fenstern unter der Kapelle drang Küchendunst und das Klappern von Gerätschaften und Geschirr. Guter Einfall, dachte Tilmann, die Küche befindet sich unter der Kirche, dort ist es sicher wärmer als hier in der Kammer.

An den Bergfried grenzte das schmale Tor, durch das der Kapuzenmann Tilmann in die Kernburg gebracht hatte. Links davon befand sich ein lang gestrecktes Gebäude, Mechthild hatte es Palas genannt. Zwei steinerne Treppen führten am Fuß des Gebäudes in Kellerräume, in denen Vorräte aufbewahrt wurden. Knechte schleppten Körbe, Säcke und Fässer in das Innere.

Auf merkwürdige Weise kam Tilmann das alles vertraut vor. Er sah die Burgruine vor sich, von Brombeergestrüpp überzogene Mauerreste. Davor hatte jemand ein Schild aufgestellt, auf dem die Burg abgebildet war. Studienrat Knoll hatte das wohl gemacht.

Tilmann blickte am Bergfried vorbei über den Wirtschaftshof zum Torgebäude. Dahinter befand sich die Zugbrücke und darunter der Burggraben.

Hier hatte er mit Dennis den Adlerkopf gefunden. Im Ausgrabungsschutt, ganz zufällig, weil er darauf eine Eidechse gesehen hatte. Also hatte sich der Vogelkopf zuletzt im Burggraben befunden. Aber wie war er da hineingekommen?

Sein Blick fiel auf den Giebel des Palas. Dort war der Vogelkörper befestigt, den er gestern auf dem Weg in das Verlies gesehen hatte. Seltsam, es war ein Körper ohne Kopf.

Plötzlich kam ihm ein Gedanke. War der Adlerkopf das dazugehörige Teil? Was hatte der Adlerkopf mit der Weissagung zu tun, von der Mechthild gesprochen hatte?

Das Läuten einer Handglocke riss ihn aus der Grübelei. An der Palastür stand einer der Knappen, die Tilmann auf dem Ochsenkarren begleitet hatten. Hieß er nicht Tilo? Energisch läutete er eine Glocke und verschwand gleich darauf wieder durch die Tür.

Neugierig strömten die Burgbewohner vom Hof und aus ihren Unterkünften zur Palastreppe. Die Verkündigung einer Botschaft des Burgherrn stand bevor, sicher hatte diese mit den Ereignissen vor der Burgmauer zu tun.

Eine hochaufgerichtete, mit einer grün-weißen Tunika bekleidete und schwertgegürtete Männergestalt trat durch die Tür. Der rotbärtige Ritter trug eine Pergamentrolle in der Hand. Es war Heinrich von Wartenberg. Hinter ihm folgten Frauen, Gefolgsleute und ein weißgekleideter Mönch, dessen Gesicht von einem langen, weißen Bart eingerahmt war. Zuletzt trat der Knappe Tilo vor Heinrich. In seiner Hand trug er ein brennendes Holzscheit.

Heinrichs Stimme hallte laut von den Mauern und Wänden wieder. Er hielt die Schriftrolle in die Höhe. »Das hier hat uns der Abt geschickt!«, rief er. »Gangolf hat es uns allen vorgelesen. Die Abteilämmer und ihr Leithammel Bertho wagen es, uns zu beleidigen und Bedingungen zu stellen. Uns, die wir die alteingesessenen und somit rechtmäßigen Eigentümer dieses Landes sind, das mein Vater Friedrich mit dieser Burg verziert hat. Der Abt beruft sich darauf, unser Lehnsherr zu sein. Er will einen Gottesfrieden. Unser Friede ist das nicht. Der Wolf im Schafspelz wird uns nicht überlisten. Die Zeiten haben sich geändert, wir Ritter von Buchonia allein sind die Herren dieses Landes und werden uns nicht von einem Krummstab Gesetze aufzwingen und die Fälschungen seiner Schreiberlinge aufreden lassen.«

Mit einer hochmütigen Geste hielt er die Pergamentrolle in das brennende Holzscheit. »Im Licht der Morgensonne und für alle sichtbar verbrenne ich hiermit diese von geldgieriger Hand unterzeichnete Beleidigung und verstreue die Asche in den Wind!«

Heinrichs Gefolgsleute hielten Schwerter und Fäuste empor. Feuer erfasste die Schriftrolle und verwandelte sie in wirbelnde Asche.

Einige Burgbewohner klatschten Beifall. Die meisten wirkten ratlos und wandten sich stumm und achselzuckend zum Gehen. Mütter drückten weinende Kinder an sich. Heinrich schien das zu bemerken.

»Niemand verlässt die Burg! Jeder macht seine Arbeit!«, rief er wütend. »Feiglinge und Zauderer werden festgenommen und eingesperrt! Ich habe die Wachen verstärkt, an den Toren und auch an der Straße. Berthold von Ziegenhain und unsere Verbündeten werden mit Heerscharen hier eintreffen. Nach unserem Sieg wird es kein Überleben geben für die, die uns im Stich gelassen haben!«

Die Tür sprang auf und Mechthild stürzte in Tilmanns Kammer.

»Tilmann Schmitt!«, rief sie aufgeregt. »Sei bereit! Wir dürfen keine Zeit verlieren. Die Burg ist in Gefahr. Heinrich hat Verhandlungen abgelehnt.«

Tilmann trat vom Fenster zurück. »Wo sind meine Kleider?«, fragte er verwirrt.

»Das ist jetzt gleichgültig. Wir müssen zu Ursch! Wir können nicht warten, bis Rabenold irgendwann einmal auf der Burg erscheint. Bis dahin wird es zu spät sein. Ursch kennt sich aus im Schlafenden Wald, sie und ihre Mutter wissen, wo sich Rabenold versteckt hält und werden uns helfen, den Adlerkopf zurückzuholen. Wer weiß, was der Schwarze Mönch damit im Schilde führt.«

Das Mädchen hob einen Tonkrug und füllte eine Schüssel mit Wasser. »Wasch dein Gesicht damit, Tilmann. Das wird dich wecken.«

»Niemand darf die Burg verlassen«, berichtete Mechthild, während sich Tilmann Schmutz aus dem Gesicht wischte. »Aber einige Frevler haben es bereits getan. Dies hier war die Kammer des Stallmeisters. Er ist heute Nacht geflohen.«

Sie reichte Tilmann ein Handtuch. »Jetzt sind wir es, die fliehen müssen. Aber nicht aus Feigheit, sondern um die Burg zu retten. Wir müssen den Adlerkopf finden!«

»Wenn der Adlerkopf für euch eine so große Bedeutung hat, was ich mir nicht vorstellen kann, warum sagst du dann Heinrich nicht, dass er hier ist?«, wandte Tilmann ein. »Dann könnte er die Polizei losschicken, um Rabenold zu suchen.«

»Polizei? Meinst du policia? Das kennen wir hier nicht«, antwortete Mechthild verwirrt. »Heinrich würde mir auch nicht glauben. Er würde es als Vorwand zur Flucht sehen. Ich bin für ihn sehr wichtig, ohne mich verliert er einen Verbündeten, nämlich Sigfrid von Eysenbach. Ich bin versprochen . . .«

Sie wandte ihr Gesicht ab. »Außerdem geht es auch um dich. Willst du im Verlies elend verhungern, ja? Dann gehe gleich zurück, die Tür steht offen. Die Mäuse brauchen dich zum Würfelspiel.«

»Danke, Mechthild«, sagte Tilmann mit hochrotem Kopf. »Danke, dass du mich da rausgeholt hast.«

»Du bist der Träger der Prophezeiung, Tilmann. Dafür hast du eine weite Reise gemacht. Wir sind froh, dass du gekommen bist. Und jetzt lass uns gehen.«

Niemand beachtete Mechthild und den hochgewachsenen Stallknecht. In Gruppen standen die Burgbewohner im Hof beieinander und stritten sich darüber, was man von der Botschaft ihres Burgherrn halten solle. Nur einer bemerkte die Flüchtlinge.

Ratz hatte Mechthild erkannt und rannte freudig bellend über den Hof.

»Auch das noch«, stöhnte das Mädchen. Der Hund sprang tollpatschig an ihr hoch und wünschte wie immer von ihr gestreichelt zu werden. Ein

Gedankenblitz erhellte Mechthilds Gesicht. »Warte, Ratz, ich habe einen Einfall.«

Sie durchquerten die Kernburg und flüchteten unbemerkt durch das Hintertor. Genau in diesem Moment, als der Torwächter Balduin seinen angewiesenen Platz verließ, um sich genervt um den laut kläffenden Hund zu kümmern, den irgendjemand an die Kette des Ziehbrunnens gebunden hatte.

»Sei still, Höllenhund! Verdammt, wer hat Ratz hier festgebunden? Fort mit dir in die Hütte!«

Hinter dem Tor drückte sich Mechthild mit Tilmann an die Burgmauer, um das Gelände zu beobachten. Mit der Bewachung, die Heinrich angekündigt hatte, war es nicht weit her. Nirgendwo waren Burgwächter zu sehen. Aber sie mussten vorsichtig sein. Auf dem Berghang war jeder Baum und Strauch entfernt worden, um freie Sicht von der Burg aus zu ermöglichen.

Tilmann warf einen Blick hinüber zu dem Berghügel. Er stellte fest, dass auf dem freien Feld dort etwa ein Dutzend Zelte aufgebaut waren. Weiße Fahnen mit aufgenähten Kreuzen flatterten darüber. Nur wenige Soldaten bewegten sich zu Fuß oder auf Pferden in diesem Lager. Ihre blankgeputzten Helme blitzten in der Morgensonne. Eines der Zelte war zusammengesunken, es wurde offensichtlich abgebaut. Die Boten der Abtei hatten genug gehört, sie waren auf dem Rückzug.

»Wo sind die Wachsoldaten nur?«, fragte sich Mechthild. Tatsächlich war es auch auf dem Wehrgang über ihnen still. »Vielleicht hat Heinrich sie zum Torhaus geholt und plant mit ihnen einen Ausfall.«

»Botschafter auf dem Rückweg anzugreifen finde ich unfair«, gab Tilmann zu bedenken.

Mechthild antwortete nicht. Sie zog Tilmann auf den Pfad, der sich im Zickzack in das Flusstal hinunterschlängelte. Der Tag, der sich sonnig angekündigt hatte, verdunkelte sich, als wollte er ein drohendes Unheil ankündigen. Regenwolken zogen über den Himmel und fernes Donnergrollen kündigte ein Gewitter an.

»Was ist mit meinem Rucksack und meinen Kleidern?«, fragte Tilmann beim Abwärtsgehen kleinlaut.

Sie hatten den Fuß des Burghügels erreicht und standen auf einem sumpfigen Pfad, der nur zu Fuß begehbar war und keine Wagenspuren aufwies. Mechthild zog Tilmann in ein Weidengebüsch.

»Wir werden zurückkommen auf die Burg, Tilmann. Deshalb mach dir keine Gedanken um deinen Besitz. Gangolf wird den Rucksack gut verwahren, er hat auch deine Kleider in der Burgkapelle versteckt. Er ist ein guter Mensch und ein treuer Diener Gottes.«

Tilmann hörte hinter sich den Fluss rauschen. Er blickte sich um. In den Wellen schaukelte ein mit Netzen beladenes Boot.

»Dieser Pfad wird Biberpfad genannt. Er geht in nördlicher Richtung durch den Sumpf nach Angersbach, südlich an der Luter entlang zum Salzweg, der nach Slireve führt«, sagte Mechthild nachdenklich. »Das Haus von Ursch war einmal ein Wächterhaus. Es steht an diesem Weg. Dort müssen wir vorsichtig sein. Sowohl die Wachsoldaten der Burg als auch die Weißkittel der Abtei sind uns nicht wohlgesonnen. Wenn sie uns ergreifen, werden wir eingesperrt. Dann ist alles verloren.«

Mechthild ergriff Tilmanns Hand und zog ihn auf den Pfad zurück. Sie zeigte in südliche Richtung. »Der Biberpfad führt zu einer hohlen Weide. Da können wir uns ein wenig ausruhen. Nach Angersbach hin haben die Bauern den Pfad befestigt, aber unser Weg ist wenig begangen und gefährlich.« Mechthild löste den Knoten ihres Gürtels und reichte Tilmann das Ende. »Ich weiß den Sumpflöchern aus dem Weg zu gehen«, sagte sie. »Hier, halte dich am Gürtel fest und schau auf deine Füße.«

Der Boden gab unter Tilmanns Stiefeln nach, blubbernde Geräusche drangen beängstigend daraus hervor, aber Mechthild schritt sicher auf dem schmalen Pfad voran. Wie angekündigt fanden sie die alte Kopfweide. Sie hockten sich in ein Moospolster, um sich auszuruhen.

»Ich habe die Verhandlung im Palas belauscht«, berichtete Mechthild und zog gedörrtes Fleisch und Brot aus der Ledertasche. »Die Boten der Abtei kamen in der Morgenfrühe. Es war auch von dir die Rede, Tilmann. Heinrich sagte den Boten, er habe einen fremden Verbündeten der Abtei als Geisel im Verlies. Er ließ Gangolf kommen und zeigte ihnen den Inhalt deines Beutels, den du Rucksack nennst. Die Boten bestätigten, dass es sich um äußerst ungewöhnliche Dinge handele, die im Scriptorium der Abtei untersucht werden könnten. Sie würden Abt Bertho, der großes Interesse an der Wissenschaft habe, davon erzählen. Aber von einem fremden Verbündeten wüssten sie nichts.«

»Da haben sie recht«, sagte Tilmann kauend. »Das bin ich auch nicht.«

»Die Boten sagten, Heinrich habe nichts anderes vor, als von ihren Forderungen abzulenken«, fuhr Mechthild fort. »Deshalb seien ihnen der Fremde und sein Beutel zu diesem Zeitpunkt völlig gleichgültig. Es ginge jetzt allein um den Gottesfrieden. Hierzu sei es notwendig, dass Heinrich nachgeben und seine Pflichten als Lehnsherr erfüllen müsse. Hierzu gehörten Kriegsdienste und Abgaben an das Kloster in Fulda sowie Verwaltung und Schutz des Landes im Sinne der Abtei.«

»Lehnsherr?«, fragte Tilmann hustend von einem Verschlucker. »Das bedeutet doch, dass euer Land geliehen ist. Von der Abtei Fulda, der es ursprünglich gehörte und die in früheren Zeiten Verwalter eingesetzt hatte, weil es zu groß war. So jedenfalls hat es Knoll erklärt.«

»Wer um alles in der Welt ist Knoll?«, fragte Mechthild. »Nennt ihr so euren Gott?«

»Studienrat Knoll«, antwortete Tilmann. »Ich gebe zu, manchmal hält er sich für Gott.«

»Studienrat? Kenne ich nicht«, sagte Mechthild kopfschüttelnd. »So einfach ist das nicht, Tilmann«, wehrte sie sich. »Ein Teil dieses Landes gehörte schon immer unseren Vorfahren. Zugegeben, es ist der kleinere Teil.«

Sie riss ein Büschel Binsen vom Boden und begann damit diese nervös zusammenzuflechten. »Es geht um mehr als das! Wir wollen uns nicht unterdrücken und in alles hineinreden lassen, nur weil es die Kirche so will. Wir haben stolze Ritter, ehrenhafte und tapfere Männer, die auf Kreuzzügen in das Heilige Land ziehen und ihr Leben hergeben für Christus. Deshalb ist Gott auf unserer Seite, nicht auf der Seite Berthos, der seine Ratgerbasilika zur Festung ausbauen will. Wir haben wunderschöne und feste Burgen gebaut! Dort wollen wir fröhliche Feste und Turniere feiern, so oft es uns beliebt.«

»Wenn bei uns jemand zur Miete wohnt, muss er zahlen und kann nicht sagen: Das Haus gehört mir«, murrte Tilmann. »Und wenn er zuviel Krach macht, fliegt er raus.«

»Miete? Rausfliegen? Das kenne ich nicht. Was ist das für ein Land, aus dem du kommst?«, wunderte sich Mechthild. »Der Abt hat Buchonia nicht gebaut und nicht gekauft, man hat es ihm einmal geschenkt, um Seelenheil dafür zu erhalten.« Sie sprang auf und zeigte auf die Burg, die sich aus Erlenwipfeln erhob. »Möchtest du, dass Bertho kommt und dreimal gegen diese Mauern klopft, Tilmann?«

»Warum sollte er nicht anklopfen, Mechthild?«

»Dreimal klopfen bedeutet: diese Burg wird geschleift. Verbrannt! Die Mauern eingerissen! Die schönen Glasfenster zerschlagen! Meine Familie und meine Freunde getötet!«

Sie sank zu Boden und schüttelte sich durch einen Weinkrampf. Tilmann starrte verwirrt auf das Mädchen. Hatte er etwas Falsches gesagt?

Die Sonne brach aus den Regenwolken und ließ die Trockenblumen leuchten, die Mechthild in ihre rotblonden Haare geflochten hatte. Das Mädchen hob den Kopf und blickte Tilmann fragend an. Tränen strömten über ihr Gesicht.

»Du siehst cool aus, Mechthild«, sagte Tilmann und sofort wurde ihm klar, dass er etwas Unpassendes gesagt hatte.

»Da ist es wieder, Tilmann«, schluchzte das Mädchen. »Cool, Unfair, Polizei, Studienrat, Handy – was sind das für seltsame Worte? Du sprichst nicht unsere Sprache. Die Mönche reden lateinisch, das verstehe ich besser als manche Worte, die du sagst. Was ist das für eine Welt, aus der du kommst? Gibt es dort nichts, wofür es sich zu kämpfen lohnt?«

»Es tut mir leid«, antwortete Tilmann. »Ich kenne deine Welt nicht. Woher soll ich wissen, wer im Recht ist in eurem Krieg. Lohnt es sich, dafür Menschen zu töten und Burgen zu zerstören? Dort, wo ich herkomme, hat es furchtbare Kriege gegeben, viele Millionen Menschen sind dabei umgekommen, und eigentlich hat niemand bei uns noch einmal Lust auf einen Krieg. Miteinander reden ist besser.«

»Kommst du von den Sternen?«, fragte Mechthild erstaunt. »Von einem solchen Krieg habe ich noch nie gehört.«

Tilmann machte ein ratloses Gesicht. »Ich kann es dir nicht erklären, Mechthild. Jetzt bin ich hier und so wie es aussieht, werde ich hier bleiben müssen. Ich finde mich langsam damit ab.«

Ein Schmetterling, wie ihn Tilmann niemals zuvor gesehen hatte, gaukelte um Mechthilds Kopf. Tilmanns Hand scheuchte ihn fort und ließ sich wie unabsichtlich auf Mechthilds Haaren nieder. »Du hast mir das Leben gerettet, Mechthild«, wiederholte er und seine Stimme zitterte. »Deshalb werde ich dir auch helfen, deine Burg zu retten. Was immer der Adlerkopf damit zu tun hat, wir werden ihn finden. Ich verspreche es dir.«

Auf Mechthilds Gesicht erschien ein Lächeln. Sie sprang hoch, umarmte Tilmann mit beiden Armen und küsste ihn so stürmisch, dass er kaum noch Luft bekam. Sie strich über seine Haare und roch daran. »Was sind das für Kräuter, in denen du badest? Ich kenne diesen Geruch nicht.«

»Es ist das Haar – Haargel«, stotterte Tilmann. Sein Gesicht war dunkelrot und sein Herz machte Sprünge.

»Schon wieder so ein Wort!«, rief Mechthild. »Haargel! Du musst mir das alles erklären und von deiner Heimat erzählen! Aber jetzt noch nicht. Wir dürfen keine Zeit verlieren. Wir müssen zu Ursch!«

Der Pfad wurde fester. Tilmann stolperte am Seil hinter Mechthild her. Trampelpfade wurden sichtbar, die durch dichtes Erlengestrüpp und an dunklen Tümpeln vorbei in das Innere des Moors führten. Über ihnen kreisten Raubvögel. Schwärme von Raben zogen kreischend über sie hinweg, als hätte sie irgendein schreckliches Ereignis aufgescheucht.

Plötzlich zeigte Mechthild nach vorne. Eine dunkle Rauchsäule erhob sich vor ihnen, glühende Asche wirbelte darin im Funkenflug.

Der Pfad trat aus dem Moor und endete an dem Karrenweg, den Mechthild Salzweg genannt hatte. Gegenüber wurde ein steinernes Gebäude sichtbar. »Das Haus von Ursch!«, rief Mechthild entsetzt. Es stand in hellen Flammen.

Stinkender Qualm drang aus den Fenstern. Im Dachstuhl zerbarsten krachend Tonziegeln. Niemand war zu sehen und nichts deutete darauf hin, dass es hier noch Leben gab.

»Wir sind zu spät gekommen«, stöhnte Mechthild. »Sie haben ihr Haus angezündet. Um Gottes willen, wo ist Ursch?« Sie rannte über den Karrenweg und näherte sich der Feuersbrunst. »Bleib zurück und beobachte den Weg, Tilmann! Die Weißkittel können zurückkommen, sie waren das ganz sicher. Sie sind gerade erst hier gewesen und haben das Haus angezündet!«

Das Mädchen ging um das brennende Gebäude herum und starrte durch ein Fenster in das Innere. Das Feuer hatte den hinteren Bereich noch nicht erfasst, aber bald würde es auch hier alles verwüsten. Mechthild kannte diesen Wohnbereich sehr gut. Er enthielt einen großen Kamin, einen eisernen Kessel, und war angefüllt mit Mörsern, Pflanzenpressen und anderen Gerätschaften, die Ursch zur Herstellung ihrer Arzneien brauchte. Von der Decke baumelten gebündelte Heilkräuter. An der Wand hing noch das geflochtene Binsenweiblein, das Mechthild beim letzten Besuch als Geschenk mitgebracht hatte.

Von der Kräuterfrau fehlte jede Spur. Sicher hätte sie sich vor dem Feuer ins Freie geflüchtet und versucht, die letzten Habseligkeiten aus der Kräuterküche zu retten. War sie vor dem Feuer geflohen? Das war nicht ihre Art, sie war eine kämpferische Frau. Hatten die Kriegsknechte die Frau mitgenommen? Wozu? Sie war als Geisel ohne Bedeutung und eine Gefangennahme hatte keinen Sinn.

Ein Blitz zuckte über den Himmel, gefolgt von heftigem Donnergrollen. Strömender Regen ergoss sich jetzt auf das brennende Gebäude. Die Flammen erstickten allmählich und verwandelten sich in beißenden Rauch. Hustend umging Mechthild das Haus, ihre Tränen vermischten sich mit dem Regenwasser. Unter einer mächtigen Eichenkrone suchte sie Schutz. Die Suche war sinnlos, niemand befand sich an diesem schrecklichen Ort.

»Mechthild!« Ein Schrei ließ das Mädchen zusammenzucken. Sie eilte zurück zum Weg. Es war Tilmann, der gerufen hatte. Er gestikulierte und zeigte auf den rußgeschwärzten Hausgiebel.

Jetzt sah es Mechthild auch. Ihr stockte der Atem. Bei ihrer Ankunft hatte Rauch die Sicht auf den Giebel versperrt, jetzt wurde der Blick auf die Vorderseite des Hauses frei. Vom Giebel baumelte eine schwarze Leiche. Es musste eine Frau sein, denn das weiße, lange Haar hob sich vom Körper ab und war vom Feuersturm zerzaust.

»Ursch!«, rief Mechthild und schlug die Hände vor das Gesicht. »Sie haben sie umgebracht! Wir sind zu spät gekommen!«

acht.

Im Toten Pfuhl

»Mechthild!« Das war Tilmanns warnende Stimme. Aus der Ferne waren Rufe zu hören. Mechthild stürzte über den Weg. Ihr Gesicht war aschfahl. »Weg hier!«, keuchte sie. »Es sind die weißen Reiter!«

Sie bekam Tilmann zu fassen und warf sich mit ihm auf den Boden. Der Graben hatte nur geringe Tiefe, aber große Pestwurzblätter machten die beiden Körper unsichtbar für jeden, der hier vorbeikam. Sie hielten den Atem an. Letzte Regentropfen pochten auf den Blätterschirm, das Gewitter war weitergezogen.

Hufgetrappel näherte sich und das Schnauben und Stampfen von Pferden drang an ihre Ohren. Eine Truppe berittener Kriegsknechte tauchte an der Wegbiegung auf. Vor der Brandruine machten die Reiter Halt. Einige stiegen von den Pferden und betraten neugierig den Hof des qualmenden Gebäudes. Ihre weißen Umhänge flatterten im Wind.

Angewiedert blickten die Reiter auf die Leiche, die im Wind schaukelte und sie aus leeren Augen anstarrte. Einige Raben hatten Beute gewittert, kamen herbeigeflattert und hockten jetzt abwartend auf dem verkohlten Giebel.

Mechthild ballte die Fäuste. Kaltblütig waren sie zurückgekommen, die Mörder von Ursch und sie ergötzten sich jetzt am Ort ihrer Schandtat.

Die Reiter blieben nicht lange. Hier gab es nichts mehr zu tun. Sie gaben ihren Pferden die Sporen und waren kurz darauf in Richtung Slirf verschwunden.

Mechthild warf einen vorsichtigen Blick aus ihrem Versteck. Jetzt erst sah sie, dass neben der Leiche eine am Schwanz aufgeknüpfte Katze baumelte. Ihr Magen drehte sich bei diesem Anblick um. »So grausam können Menschen sein. Da siehst du, warum wir kämpfen müssen, Tilmann!«, zischte sie.

Das Mädchen zitterte vor Wut und Angst. »Lass uns zurückgehen, Tilmann«, sagte sie bitter und griff nach Tilmanns Hand. »Wir gehen durch den Toten Pfuhl zurück zur Burg und weiter nach Angersbach. Dort kenne ich eine Bauernfamilie, die uns Essen gibt für unterwegs. Von dort gehen wir zur Wagenstraße, die in den Vogelsberg führt und zum Schlafenden Wald. Man sagt, Rabenold hat dort ein Versteck.« Sie seufzte tief. »Ohne Ursch werden wir es schwer haben, den Schwarzen Mönch zu finden. Wir werden viel Zeit verlieren. Wer weiß, was Rabenold mit dem Adlerkopf vorhat. Er kennt seinen Wert, vielleicht will er ihn irgendwo verkaufen.«

Tilmann starrte noch immer auf die Brandruine. Sein Gesicht war kreidebleich. Ein Rabe hatte sich auf der Schulter der Leiche niedergelassen und hackte nach dem Gesicht der Toten. »Du siehst aus, als hättest du unter einem Galgenstrick gesessen, Tilmann«, sagte Mechthild. »Wir können Ursch nicht mehr helfen. Komm, lass uns gehen.«

Am Biberpfad drehte sich Mechthild noch einmal um. Tränen rannen über ihr Gesicht. »Wenn das alles vorbei ist, Tilmann, werden wir zurückkommen und Ursch und die Katze begraben.«

Mit hängenden Köpfen und unsicheren Schritten tappten sie durch den Sumpf. Unterwegs legten sie unter einer alten Kopfweide eine Rast ein. Die Sonne brach durch die Wolken und ließ Mooraugen funkeln. Am Ufer eines kleinen Teiches glänzten goldgelbe Sumpfdotterblumen. Eine Ringelnatter glitt in das schwarzbraune Wasser und durchquerte den Tümpel, ungeachtet dieser Gefahr gaben sich Frösche einem unbekümmerten Quakkonzert hin. Auf Moospolstern tänzelten Kiebitze zum Paarungstanz.

Mechthild wischte sich die Tränen aus den Augen. »Der Tod ist schrecklich«, sagte sie und schluckte. »Wie können Blumen blühen und Vögel singen, wenn das Herzallerliebste stirbt?« Sie lächelte mit einem tiefen Seufzen. »Sieh nur, Tilmann, wie die Vögel tanzen! Wie schön ist doch der Frühling! So lustig tanzten die Bauernfrauen auf dem Dorffest unter der Linde. Geyerich Hepp, so nennen sie den Tanz im Vogelsberg. Ich war zehn Jahre alt und wir hatten Frieden mit den Äbten, weil sie sich vor uns fürchteten.«

Ihr Blick nahm einen zornigen Ausdruck an. »Der neue Abt, er heißt Bertho von Leibolz, übt sich im Schwertkampf, nimmt an Turnieren teil und sprüht vor Hochmut und Kampfeslust. Sein Gotteshaus gleicht dem Turm zu Babel, es wird immer größer und reicher und der Streit im Kloster und vor seinen Toren immer lauter. Was würde Bonifatius über diesen Ort denken? Oder Jesus Christus?«

»Lehrer Knoll hat uns von Bonifatius erzählt«, grübelte Tilmann. »Bonifatius kam von Schottland und hat das Christentum nach Buchonia gebracht. Einen Mönch namens Sturmius hat er beauftragt, das Kloster Fulda zu bauen. Er hat dem Klosterbau von einem Berg aus zugeschaut, ich glaube, der Berg hieß Frauenberg. Und er hat Pflanzen mitgebracht für den Klostergarten. Damit die Mönche niemandes anderen Hilfe bräuchten. Bete und arbeite, hat Bonifatius das nicht zu seinen Mönchen gesagt?«

Mechthild nickte. »Ora et labora. So ist es. Aber dann wurde das Kloster immer größer, die Mönche beschwerten sich über die Schufterei an den Baustellen, sie schafften es schließlich nicht mehr aus eigener Kraft und Handwerker wurden für den Bau herbeigeholt. Neben der Abtei bauten diese ihre eigenen Häuser und siedelten sich dort an. So entstand das Dorf Fulda. Später wurde es zu einer Stadt, es durfte ein Schultheiß gewählt werden und Türme und Stadtmauer wurden gebaut. Gangolf hat mir das so erzählt.«

»Gangolf, der meinen Rucksack hat?«, fragte Tilmann nachdenklich. »Das scheint ein erfahrener Mann zu sein. Vielleicht kann er mir einen Rat geben.«

»Gangolf ist auf unserer Seite«, sagte Mechthild. »Er ist ein weiser Mann. Oft besucht er das Scriptorium im Kloster, aber dennoch ist er auf unserer Seite. Er wird von den Mönchen geschätzt, obwohl er den Reichtum des Klosters anprangert.«

»Durch Schenkungen wurde der Landbesitz des Klosters immer größer«, wusste Tilmann. »Manche Besitztümer waren auch sehr weit entfernt. Deshalb hat die Abtei Verwalter eingesetzt. Das sind Vögte und Untervögte, sie werden auch Ministeriale genannt. Den Abt nennt man Lehnsherr. Die Ministeriale, das seid ihr, wurden immer mächtiger, strebten nach Selbstständigkeit und fingen an, Burgen zu bauen. Eine Zeitlang gab es nicht einmal einen König, der für Ordnung sorgen konnte und die Äbte waren zu schwach, um sich durchzusetzen.« Tilmann hob die Schultern und blickte auf Mechthild mit einem verlegenen Lächeln. »So hat es Knoll erzählt. Die Burgherren erfüllten ihre Pflichten nicht mehr gegenüber dem Lehnsherren und wurden immer hochmütiger. Deshalb ist der Abt so zornig, Mechthild.«

»Wir jagen und fischen im Wasser und in den Wäldern, die Gott geschaffen hat und nicht der Abt«, sagte Mechthild pampig. »Und wir ernten auf Äckern, die unsere Bauern mühsam dem Sumpf abgerungen haben. Wir haben Pflichten, da hast du Recht, Tilmann. Der Abt in Fulda hat die Pflicht, Bescheidenheit vorzuleben, wie es Bonifatius wollte und Christus gelehrt hat.«

Sie riss das Binsengeflecht aus der Tasche und begann wieder zu flechten. Ihre Hände zitterten dabei. »Wir haben tapfere Ritter auf unseren Burgen«, sagte sie mit erhobenem Kopf. »Sie ziehen in das Heilige Land, um für Christus zu kämpfen.«

»Eure Ritter haben einst dem Abt Treue geschworen, sich verpflichtet, die Bauern zu schützen und das Land in seinem Sinne zu verwalten. Und sie haben sich Regeln gesetzt: Treue, Mut, Selbstzucht und ... Die anderen Regeln habe ich vergessen. Knoll wollte, dass wir das auswendig lernen, aber ich konnte es nicht aufsagen. Dafür hat er mir eine Fünf verpasst.«

»Eine Fünf verpasst? Bedeutet das Unheil?«, fragte Mechthild verwundert. »Die Regeln heißen: hohen mut, die saelde, die staete, die triuwe, die maze, die zuht, die ehre, die milte und die minne«, sagte sie stolz.

»Na bitte, dann haltet euch daran.« Tilmann bückte sich nach einem Stein und warf ihn zornig in den Tümpel. »Meine Eltern, Dennis – sie suchen mich jetzt bestimmt.«

Für einen Moment herrschte Schweigen. Mechthild starrte geistesabwesend auf die Wellenkreise, die der Steinwurf ausgelöst hatte. Frösche flüchteten vom Tümpelrand, Kiebitze flatterten auf und die Singvögel verstummten.

»Warum bist du zornig, Tilmann? Du bist undankbar. Sei froh, dass du noch lebst«, sagte sie und berührte seine Schulter. Ihre Augen wurden traurig. »Ursch«, sagte sie mit einem tiefen Seufzer, »war eine Heilerin und eine weise Frau. Manche Mönche schlugen mit dem Daumen Kreuze und spuckten hinter sich, wenn sie Ursch sahen. Viele hätten sie am liebsten als Bilwis verbrannt!« Ihre Hände ballten sich zu Fäusten.

»Bilwis, das ist eine Hexe, nicht wahr?«, fragte Tilmann geistesabwesend.

Das Mädchen nickte verbittert. »Sie sagten, der Teufel ginge bei ihr ein und aus. Dabei hat sie Menschen und Vieh mit ihrer Heilkunst, die sie von ihrer Mutter lernte, gerettet. Deswegen hatte jeder in Buchonia Respekt vor ihr. Das Kloster wagte es nicht, ihr ein Haar zu krümmen, aus Furcht, das könnte Unruhen bei den Bauern auslösen. Sie war oft in der Abtei, wenn das Spital nicht mehr weiter wusste. Jetzt ist der Krieg offen ausgebrochen. Heinrich hat die Verhandlungen abgelehnt und der Abt fühlt sich stark genug gegen ihn zu kämpfen. Jeder wird jetzt umgebracht, der auf der Seite von Wartenberg steht und verdächtig ist. Sie werden auch Ratzfall umbringen, der am Fluss lebt und Fische auf die Burg bringt.«

»Das hört wohl nie auf«, murmelte Tilmann. »Unser Pfarrer hat in Religion davon erzählt. Hochmut erzeugt Krieg, sagt er. Krieg erzeugt Hass, und Hass erzeugt neuen Krieg. Christus sagte: Liebet eure Feinde. Der wollte das beenden, meint der Pfarrer. Als ich einmal durch unsere Stadt lief, habe ich ein Grafitti gesehen. Da stand: Frieden schaffen ohne Waffen.«

Aus der Ferne war ein Wächterhorn zu hören. Mechthild packte das Binsengeflecht in ihre Tasche und richtete sich entschlossen auf. »Mein Großvater Friedrich hat im Jahr der Menschwerdung Christi 1220 unsere Burg gebaut. Wer die Burg hat, hat das Land, sagte er immer. Er nannte sich fortan Friedrich von Wartenberg. Jetzt haben wir das Jahr 1265. Friedrichs Sohn Heinrich, mein Onkel, nennt sich Heinrich von Wartenberg. Und ich heiße Mechthild von Wartenberg und bin stolz darauf. Ich lasse mich nicht von alten Krummstäben eines Besseren belehren! Und ich kämpfe gegen die, die ungestraft Gräueltaten begehen!«

Mit zornrotem Gesicht wandte sie sich Tilmann zu. »Mein Vater kämpft für Christus im fernen Morgenland und gibt sein Leben dafür her, Jerusalem von den ungläubigen Muslimen zu befreien. Wenn er zurückkommt, wird er Zeugnisse von Christus mitbringen, die den Abt der Lüge bezichtigen. Der Fingerhut lebt nicht wie ein Apostel, er reitet nicht auf einem Esel, wie es Jesus getan hat. Er reitet auf einem schneeweißen Ross, dessen Sattel mit Elfenbein und Silber beschlagen ist.«

Tilmann runzelte die Stirn. »Heißt er nicht Dietrich, dein Vater? Ich glaube, Heinrich hat über ihn gesprochen. Er sagte, dein Vater sei zurück und hätte das Bündnis mit Berthold von Ziegenhain abgelehnt. Dietrich sei krank, hat er gesagt.«

»Zurück? Krank?« Mechthild schüttelte ungläubig den Kopf. »Das ist eine Verwechslung. Es gibt hier viele, die Dietrich heißen. Mein Vater hätte mich gleich nach der Rückkehr besucht, das weiß ich, er liebt mich sehr.«

Plötzlich erstarrte ihr Blick an einem Brombeerzweig. Ein Stofflappen hatte sich in den Dornen verfangen. Zertretene Binsen machten eine Spur in das Sumpfinnere, etwas musste den Toten Pfuhl durchquert haben. Mechthild sprang auf und roch an dem Stofffetzen.

»Thymian!« Das Mädchen rang nach Luft. »Ursch war hier! Kann es möglich sein, dass ... Die Fischerhütte! Wir müssen durch den Sumpf. Nimm das Seil, Tilmann!«

Mechthild und Tilmann bahnten sich einen Weg durch das Weidengestrüpp vorbei an trügerischen Mooraugen, in denen es aus schwarzer Tiefe blubberte. »Tritt in meine Spuren, bleib nicht stehen, Tilmann! Der Pfuhl ist heimtückisch!«, rief Mechthild nach hinten. Nur selten wurde der trügerische Morast als Weg zur Fischerhütte gewählt. Tiere benutzten ihn auf der Flucht oder um Verstecke zu suchen. Der Fischer nahm ein Floß, um zur Hütte zu gelangen.

Zertretenes Riedgras und geknickte Weidenäste zeigten Mechthild, dass jemand vor ihnen durch das Moor gegangen war. Das Geplätscher des Flusses drang durch das Schilfdickicht. Ein schmaler, mit Netzen und Reusen behäufter Steg tauchte vor ihnen auf. Um die niedrige, schilfbedeckte Hütte lagen leere Salzfässer verstreut. Alles sah auf den ersten Blick verlassen aus.

»Hier wohnt Ratzfall, der Fischer«, flüsterte Mechthild vorsichtig. »Er ist grob und widerwärtig und mag keinen Besuch. Wir müssen uns in Acht nehmen vor ihm.« Sie blickte hinüber zum Steg. »Das Floß ist nicht da, er ist nicht zuhause. Lass uns in der Hütte nachsehen, vielleicht ...«

Ihr Blick erstarrte. Im Fenster der Fischerhütte bewegte sich ein Schatten. War Ratzfall doch zuhause? Die Tür öffnete sich langsam, Mechthild zog Tilmann rasch in das Gebüsch. Es war nicht Ratzfall. Eine hochaufgerichtete Frau in grünem Kapuzenmantel trug hölzerne Eimer ins Freie. Ihre schneeweißen Haare reichten bis zur Hüfte.

Mechthild sprang ihr entgegen. »Ursch!«, rief sie außer sich vor Freude. »Du bist es! Wir dachten, du – du wärst tot.«

Die Frau ließ die Eimer fallen und drückte das Mädchen an sich. Sie hockte sich auf ein Fass und rieb ihre Augen. »Ich kann es nicht fassen. Du bist es, Mechthild. Wer ist dieser Junge?«

»Ich erkläre es dir später, Ursch. Erzähle uns, warum du hier bist!«

»Ich wusste, sie würden zurückkommen«, sagte die Kräuterfrau bitter. »Ich habe mich mit Anna, meiner Magd, gestern hier in der Fischerhütte versteckt. Der gute alte Fischer, er hat uns Essen und Schlafplatz gewährt. Anna hat mir geholfen, meine Habseligkeiten hierher zu bringen. Sie wollte unbedingt noch einmal in das Haus, um meine Katze zu holen.«

Ursch senkte ihren Kopf und ließ ihr langes Haar über das Gesicht fallen, um ihre Tränen zu verbergen. »Das war heute Morgen. Anna ist nicht zurückgekommen.« Ursch starrte Mechthild an. Ihr Gesicht war aschfahl. »Ich habe eine Rauchfahne gesehen, dort, wo das Wächterhaus steht. Ich fühle, dass Anna nicht mehr lebt.«

»Sie sind noch immer dort, die Weißkittel«, sagte Mechthild aufgeregt. »Wir könnten uns Ratzfalls Bogen mitnehmen und sie mit Pfeilen beschießen. Sie sind feige, sie würden uns nicht in den Sumpf folgen!«

»Weißkittel?« Ursch blickte Mechthild fragend an. »Meinst du die Soldaten des Abts? Nein, sie waren das nicht. Es war der Schinderjanis aus Marah mit seinem Räuberpack.«

»Der Schinderjanis?«, antwortete das Mädchen verblüfft. »Was hat er mit dir zu tun? Du bist nicht reich.«

»Die Zeiten werden immer schlimmer«, klagte die Kräuterfrau. »Seit wir keinen König mehr haben, nimmt die Räuberei überhand. Die Burgherren kümmern sich nur um sich selbst und der Abt ist zu schwach, um etwas zu unternehmen. Wer in Wartenberg jemanden umbringt, kann sich in der Schenke in Steinau damit ungestraft brüsten. Schinderjanis aus Marah hatte pilgernde Nonnen überfallen und ausgeraubt. Einige der Nonnen setzten sich mit Messern zur Wehr und zwei Räuber wurden verletzt. Ihre Wunden heilten nicht – sie werden niemals heilen – und das Wundfieber hatte sie fast mitgenommen. Sie kamen zu mir, um Hilfe zu erbitten. Doch ich warf das ganze Gesindel aus dem Haus. Sie sagten, sie kämen wieder, um das Haus anzuzünden.«

Ursch sprang auf und griff nach den Wassereimern. »Das Augenmerk der Burg ist auf die Boten des Abts gerichtet, das hat Schinderjanis ausgenutzt, um bei mir zu erscheinen.« Sie holte mit einem tiefen Seufzer Luft. »Was geschehen ist, lässt sich nicht ändern. Anna sei gottbefohlen. Kommt mit in die Hütte und sagt mir, was euch hierher führt.«

Die Sonne versank hinter dem Birkichhügel und die Dämmerung senkte sich über das Flusstal. Das Innere der Hütte wurde von einem flackernden Kaminfeuer beleuchtet. Allerlei Gerätschaft, die man zum Fischen braucht, türmte sich bis zur Decke. Netze, Angelruten, Reusen, Würmertöpfe und salzgefüllte Holzfässer füllten Ratzfalls Behausung aus. Der Fischgestank ließ Übelkeit in Tilmann aufsteigen. Ratzfall hatte für Ursch ein einfaches Lager aus trockenem Schilfrohr bereitet.

»Wie es die gottverfluchten Biber tun, die flussaufwärts Dämme bauen und Schafweiden überschwemmen«, hatte er gepoltert und Urschs Bündel auf das Lager geworfen.

Aus dem Kamin dampfte Milch im Kessel. »Setzt euch, auch wenn keine Stühle da sind«, forderte Ursch die Ankömmlinge auf und reichte jedem ein Derbbrot und geräucherten Fisch. Sie kniete sich vor das Feuer und füllte Milch mit einem Holzlöffel in Tonschalen.

In Tilmanns Gesicht lag ein verzweifeltes Lächeln. Das Brot und Dörrfleisch aus Mechthilds Tasche hatte seinen Hunger nur notdürftig gestillt. Auch die Beeren, die das Mädchen unterwegs fand, hatten das Magenknurren nicht beseitigt.

Er gab ein begeistertes Stöhnen von sich.

Ursch starrte verwirrt auf Tilmann. »Wer ist das? Ich kenne fast jeden hier in Buchonia, aber ein solcher Stalljunge ist mir noch nie begegnet. Nein, es ist kein Stalljunge. Auch wenn er solche Kleider trägt.« Ihr Blick blieb an Tilmanns Frisur kleben. »Wer ist dieser Junge, Mechthild?«

»Das ist Tilmann Schmitt«, klärte Mechthild Ursch auf. »Er wird uns sehr nützlich sein. Er sagt, er sei aus Luternbach. Aber niemand in Luternbach trägt die Kleidung, in der er zu uns kam. Er besitzt Wunderdinge, die er in einem Beutel mit sich trug, den jetzt Gangolf untersucht. Aus einem Grund, den ich noch nicht kenne, will er nicht erkannt werden und sagen, woher er kommt. Er will es nicht zugeben, aber ich bin sicher, dass er aus Island stammt. Wieland der Schmied hat ihn uns geschickt. Er soll Heinrich etwas überbringen, aber dazu ist es nicht gekommen.«

Mechthild sprang auf, beugte sich nach vorn und flüsterte Ursch ins Ohr: »Die Prophezeiung hat sich erfüllt, Ursch.«

»Welche Prophezeiung? Sprich!«

»Tilmann hat uns den Adlerkopf zurückgebracht.«

»Den Adlerkopf?« Urschs Stimme überschlug sich. Sie wirbelte herum. »Wo ist er? Zeig ihn mir!«

»Er hatte ihn in seiner Wamstasche«, klärte Mechthild sie auf. »Der Schwarze Mönch hat ihn gestohlen. Du kennst doch Rabenold?«

»Natürlich kenne ich ihn«, sagte die Kräuterfrau bitter. »Wo ist er?«

»Das genau ist es, Ursch. Wir wissen es nicht.« Das Mädchen fiel auf den Boden zurück und wischte sich den Schweiß von der Stirn. »Ich vermute, er hält sich im Schlafenden Wald versteckt, denn dort wurde er zuletzt gesehen. Wir müssen Rabenold finden! Deshalb sind wir hier. Du kennst dich aus im Schlafenden Wald. Deine Mutter Edda auch.«

Ursch kauerte sich auf den Boden und verfiel ins Grübeln. »Ich war lange nicht mehr dort. Der Schlafende Wald ist ein Ort voller Gefahren und Geheimnisse. Merkwürdigen Menschen begegnet man dort. Räuber haben in diesem Wald ihre Verstecke in Felsenhöhlen. Auch Schinderjanis und sein Pack.«

Ihr Blick blieb wieder an Tilmann hängen. Sie fiel in langes Schweigen. Der Wind pfiff durch die Ritzen der alten Hütte. Vor der Tür rauschte der Fluss. Gierig und ohne aufzublicken verschlangen Mechthild und Tilmann das Essen. Würde ihnen die Kräuterfrau helfen können?

Schließlich warf Ursch Holzkohle in das Feuer und erzählte: »Der Schlafende Wald ist ein tückischer, unwirtlicher Ort. Er bedeckt den Vogelsberg und manche Plätze darin hat noch nie ein Mensch betreten. Merkwürdige Geschöpfe sind da zuhause. Die Bauern in Iliwinshusen sagen, der Schwarze Ritter geistere bei Vollmond darin herum. Er würde am liebsten sterben –

wenn er nur könnte. Ich selbst habe ihn noch nicht gesehen. Es gibt dort Waldtrolle, Erdmännchen und Verstecke von Räubern und allerlei Galgengesindel. Den einzigen Pfad, der dort hindurchführt, benutzt kaum jemand aus Angst. Es ist der Spinnenpfad. Ich hörte jedoch, dass unser Burgherr dort jagt. Er soll sich hüten, das noch mal zu tun.«

Ursch starrte fragend auf Tilmann. »Bist du durch den Schlafenden Wald gekommen, Junge? Auf dem Spinnenpfad?«

Tilmann fiel das Derbbrot aus dem Mund. »Ich glaube ja. Es gab dort viele Spinnen, einen Baum, der wie ein Dinosaurier aussah und einen riesigen Steintisch.«

»Der Teufelstisch«, nickte Ursch wissend. »Er war dort.«

»So etwas wie einen Schwarzen Ritter habe ich aber nicht dort gesehen«, brabbelte Tilmann mit vollem Mund. »Rabenold hat mich bestohlen. Er ist geflüchtet, zwischen die Felsen.«

»Er versteckt sich im Holleloch«, wusste Ursch. Sie richtete sich auf und hob beschwörend die Hände. »Niemand traut sich da hinein. Ich war einmal dort mit meiner Mutter, das ist schon lange her. Es gibt dort Gefahren, weiß Gott! Der Schrecken aller Schrecken!«

Ursch verfiel in langes Schweigen. Sie krümmte sich vor dem Kaminfeuer und rührte im Kessel. In die Stille fielen gemurmelte Worte, rätselhaftes und für niemanden verständliches Flüstern.

Es war offensichtlich, die Kräuterfrau kämpfte um eine Entscheidung. Sie kämpfte mit sich selbst.

Nach einer Zeit, die Mechthild und Tilmann endlos vorkam, drehte sie sich um. Sie richtete sich auf. Vor dem flackernden Kaminfeuer wirkte ihre Gestalt gespenstisch. Sie breitete die Hände aus.

»Der Adlerkopf ist ein Zeichen des Hochmuts«, sprach sie mit gedämpfter Stimme. »Wieland hatte die drei Adlerköpfe lange unter der Esse verborgen, er zauderte, sie weiterzugeben, denn er kannte die Gefahr, die von ihnen ausgeht. Ich werde euch helfen, den Adlerkopf zu finden.«

Mechthild atmete auf. Ihre Augen glänzten. Wieder wischte sie sich Schweiß von der Stirn.

»Was bedeutet der Schweiß in deinem Gesicht, Mechthild?« Die Heilerin legte ihre Hand auf die Stirn des Mädchens. »Ich glaube, du bist krank, Mechthild«, sagte sie nachdenklich.

»Du wirst uns helfen, Ursch?«, fragte Mechthild unbeirrt. »Wann werden wir aufbrechen?«

»Ich helfe euch jedoch nicht, um Heinrich den Aderkopf zu bringen«, wandte Ursch ein. »Und auch Abt Bertho darf ihn nicht bekommen. Der Adlerkopf wird den Hochmut dieser Menschen verstärken. Endlose Kriege werden dann folgen. Nein, wir müssen ihn finden und ihn ver –.«

»Mach die Tür auf, Weib!«, dröhnte plötzlich eine Stimme von draußen. »Oder ich schlage alles zu Kleinholz!«

Ursch sprang auf und eilte zum Fenster. Mechthild wollte etwas sagen. »Ruhe jetzt!«, befahl die Kräuterfrau. »Versteckt euch. Jemand nähert sich der Hütte. Vielleicht hat Schinderjanis meine Spur gefunden.«

»Du musst uns helfen, den Adlerkopf zur Burg zu bringen«, zischte Mechthild ungeachtet der Gefahr.

»Still jetzt!«, zischte Ursch. »Ich werde euch helfen. Wenn wir den Adlerkopf haben, entscheiden wir, was zu tun ist. Wir werden den Mönch aufstöbern. Ergreift die Messer am Kamin. Jemand kommt auf die Hütte zu!«

»Zum Donnerstrudel! Mach die Tür auf, Weib!« rief die dröhnende Stimme wieder. »Ich habe schweres Gepäck!«

»Gott sei gepriesen!«, rief Ursch aufatmend. »Es ist Ratzfall.« Sie schob einen Riegel zur Seite. Krachend schlug die Tür auf.

Eine wuchtige Gestalt zeichnete sich gegen den Sternenhimmel ab.

»He, hallo!«, rief eine donnernde Stimme in den Kaminrauch. Der Fischer wischte sich die Augen aus. Ein eigentümlicher Geruch drang in die Hütte. »Alte Kräuterhexe, wo bist du? Bist auf das Irrkraut getappt und jetzt unsichtbar, was? Ho, ho, ho!«

»Du bist betrunken, Ratzfall!« Ursch ließ das Messer in der Tasche verschwinden. »Wer aufs Irrkraut tappt, weiß nicht mehr, woher und wohin, ist aber keinesfalls unsichtbar, du Trottel! Du stinkst nach Honigmet.«

»Geschwafel!« Ratz setzte schnaufend eine Entenkiepe auf den Boden. Ein Haufen quakender Frösche sprang hilflos darin gegen die Rohrstäbe. Der Fischer schritt steifbeinig auf ein Regal zu, auf dem der Metkrug stand, stolperte dabei über eine Angelschnur und fiel schwergewichtig in die Netze.

Sein bärtiges Gesicht starrte daraus auf Mechthild und Tilmann.

»Wer seid ihr, he?«, fragte er mit barschem Ton.

»Kennst du mich nicht, Ratz?« Mechthild konnte sich das Lachen nicht verkneifen. »Ich bin Mechthild, Herrn Dietrichs Tochter. Und das ist Tilmann Schmitt.«

Ratzfall raufte seinen mächtigen Bart und schüttelte die Mähne, dass die Flöhe hüpften. Er pfiff durch die Zähne. »Soso, Mechthild. Dein Onkel Heinrich ist böse auf dich, weil du den Torwächter arglistig getäuscht hast und mit einem Fremden geflohen bist. Mein Gevatter Gotz und der Pferdemarschall sind auch abgehauen, sie werden gehenkt, wenn Heinrich sie findet.«

Er ruderte mit den Armen, um sich von den Netzen zu befreien. »Aber Heinrich von Wartenberg ist guter Dinge. Er hat verkünden lassen, dass heute und morgen ein großes Fest stattfinden wird. Wir haben die Metfässer geöffnet und probiert, ob der Trunk auch nicht sauer ist. So lange schon gab es keinen Met mehr auf Burg Wartenberg! Ich habe die Netze ausgeworfen, denn morgen werden auf der Burg viele Fische gebraten und gegart werden. Und jetzt lasst mich in Ruhe.«

Er wälzte sich zum Schilfrohrlager, zog die Schlafmütze über den Kopf, streckte seine Beine aus und grunzte wie ein Wildschwein. Ursch und Mechthild starrten ihn sprachlos an.

»Ist Heinrich nicht mehr bei Sinnen?«, fragte Ursch in die Stille.

»Berthold von Ziegenhain ist gekommen«, murmelte Ratz noch. »Er hat den Treueschwur eingelöst. Die Herren von Blankenwald, von Eisenbach, Rasdorf, Schenkenwald und Bimbach kamen hinterher. Von Norden, Süden, Osten, Westen – sie trafen aus allen Himmelsrichtungen ein! Das hättet ihr sehen sollen! Von den Türmen schallte ein großer Jubel bei deren Ankunft. Sie haben es dem Abt und seinen Hosenschissern heimgezahlt! Wie die Hasen haben sich die Weißkittel aus dem Staub gemacht. Als wäre der Teufel hinter ihnen her! Das ganze Gerät und die Zelte mussten sie stehen lassen, das gehört jetzt uns. Nur die Pflasterscheißer aus Luternbach kamen nicht, aber die brauchten wir auch nicht. Hah, war das spaßig! Und jetzt – gute Nacht! Wir sehen uns morgen auf dem Burgfest.«

Ratzfall sagte kein Wort mehr. Er hatte genug berichtet. Jetzt schnarchte er so laut, dass Ursch befürchten musste, er würde ihr Versteck verraten.

Ursch wollte das Gehörte nicht glauben. Sie schüttelte verständnislos den Kopf. »Abt Bertho wird wiederkommen. Mit einer großen Kriegsschar. Die Bauern murren, sie haben einen hohen Preis für die vielen Fehden bezahlt. Sie sind arm und schutzlos Schinderjanis und dem anderen Räubergesindel ausgeliefert. Sie wollen, dass die Geistlichen aus Fulda wieder Sterbesakrament und Taufe erteilen.«

Mechthild sprang auf. »Nur der Adlerkopf kann uns retten«, rief sie. »Die Bauern werden erkennen, dass sich die alte Prophezeiung erfüllt hat. Sie werden das als Zeichen sehen, dass der Sieg uns allein gehört. Morgen werden wir aufbrechen und Rabenold finden.«

»Jetzt sollten wir erst einmal ausruhen«, sagte Ursch und entzündete eine Öllampe, denn das Kaminfeuer war erloschen. Sie hielt die Lampe vor Tilmanns Gesicht. »Stiche von Hornissen«, murmelte sie wissend. »Das hätte gefährlich werden können, mein Junge.« Sie griff in ihr Bündel und brachte eine gläserne Ampulle zum Vorschein. Behutsam strich sie eine Tinktur über Tilmanns Auge. »Das wird dir helfen, Tilmann.«

Sie tröpfelte die Tinktur auf ein Tuch und gab dieses an Mechthild weiter. »Leg das auf die Stirn. Es ist gegen das Fieber.« Dann ging sie zu ihrem Schilflager. »Wir werden morgen auf Ratzfalls Floß mitfahren«, sagte sie noch. » So kommen wir schneller voran und können die Burg unerkannt umgehen. Gute Nacht.«

neun.

Das Geheimnis des Adlerkopfs

Sonnenstrahlen brachen durch die Wandritzen der Fischerhütte und ließen Staubkörnchen tanzen. Noch waren die beiden Fenster mit Schaffellen verdeckt, aber das Vogelgezwitscher ließ ahnen, dass sich draußen ein wunderschöner Frühlingstag ankündigte. Tilmann lauschte im Halbschlaf auf ein eintöniges Lied, das jemand nicht weit von der Hütte auf der Flöte pfiff. Der Duft von warmer Milch und gebratenem Fisch strömte in seine Nase und weckte seinen Hunger.

Jetzt erst merkte er, dass er allein in der Hütte war. Auf kratzigem Schilf und so dicht neben anderen Menschen hatte er noch nie geschlafen, weshalb sein matratzenverwöhnter Körper ganz steif war und schmerzte. Er stülpte stöhnend die schweren Stiefel über seine Füße und taumelte zur Tür.

Draußen hockten Ursch, Mechthild und Ratzfall um ein offenes Holzfeuer. Auf einem eisernen Rost brieten Fische. Mechthild lachte Tilmann zu und reichte ihm Milch in einer Tonschale und einen hölzernen Teller mit gebratenem Fisch, Brot, gedörrten Apfelscheiben und Haselnüssen.

Sie aßen mit den Fingern, nur Ratzfall benutzte ein Messer. In seinen mächtigen Barthaaren klebten Fischgräten und auf seinem Schoß lag eine kleine Holunderpfeife. Lautstark spuckte er Obstkerne in den Fluss. Ursch knackte Nüsse mit einem eisernen Nussknacker.

Das Essen schmeckte köstlich und wärmte Tilmanns Körper. Ringsum war alles sonnenüberflutet und voller Leben. Der Himmel war mit Vögeln bevölkert und plätschernd zog der Fluss dahin, als wollte er sagen: Lasst euch Zeit, schaut euch um, seht nur, wie schön es hier ist!

Die Frösche machten in der Entenkiepe wilde Sprünge. Ratzfall drängte zum Aufbruch, hob ein Salzfass und eine hölzerne Karre auf das Floß und sprang hinterher. Die anderen folgten ihm mit unsicheren Schritten.

Das Floß legte vom Ufer ab und bewegte sich flussaufwärts. Es hatte kaum Mühe, denn die Strömung war nur gering. Ursch knackte noch immer Nüsse, wobei sie nachdenklich zu Tilmann hinüber starrte. Ratzfall stand am Floßende, stieß eine hölzerne Stange in den Flussgrund und sang lautstark ein Lied, das so traurig war, dass Mechthild regungslos in das trübe Wasser starrte und lange verstummte.

Es waren zwei Königskinder,
die hatten einander so lieb.
Sie konnten zusammen nicht kommen,
das Wasser war viel zu tief.

»Ach Liebster, könntest du schwimmen,
so schwimm doch herüber zu mir!
Drei Kerzen will ich anzünden,
Und die sollen leuchten dir!«

Das hört ein falsches Nönnchen,
die tät, als wenn sie schlief.
Sie tät die Kerzlein auslöschen,
der Jüngling ertrank so tief.

»Ach Fischer, liebster Fischer,
willst du verdienen großen Lohn?
So wirf dein Netz ins Wasser
Und fisch mir den Königssohn!«

Ratzfall unterbrach sein Lied und zog eine Flasche aus dem Leinensack. »Einen Schluck?«, fragte er Tilmann mit zusammengekniffenen Augen. Er schüttelte seine Mähne. »Nun gut, das Honigkuchengesicht will nicht. Auf der Burg werden Bier und Honigwein in Strömen fließen. Das wird ein Fest, sage ich euch! Herr Heinrich hat fünf Ochsen, zwanzig Schweine, zehn Hammel und viele Hühner und Gänse schlachten lassen und lässt sie braten und schmoren! Alle hat er eingeladen, die Herren aus Ziegenhain, Eysenbach, Blankenwald, Rasdorf, Schenkenwald und Bimbach. Nur Friederich, der Pflasterschisser aus Luternbach hat abgesagt – dieser elende Verräter!«

»Er steht auf der Seite des Abts. Er will von ihm die Stadtrechte«, klärte Ursch den Fischer auf.

»He, warum?«, brüllte Ratzfall und hob die Entenkiepe in die Höhe. »Mechthild, warum hast du die Frösche rausgelassen? Ich brauche sie, um Iltisse zu fangen. Die Felle bringen mir viel Geld!«

Ursch hob beschwörend die Hände. »Sei endlich still, du elender alter Schlammbeißer!« Sie tippte mit dem Nussknacker an die Stirn. »Du wirst doch nicht glauben, dass sich der Abt so leicht besiegen lässt? Er wird wiederkommen, um die Schmach zu tilgen. In wenigen Tagen und mit einer Streitmacht, die so groß ist, dass Heinrich kalte Füße bekommt.«

Sie legte die Hand auf Tilmanns Schulter. »Unser Kaiser Friedrich ist gestorben, verstehst du? Er war berufen, die Welt zu erneuern und ist für die Armen eingetreten. Seit seinem Tod herrschten Willkür, Streit und Gesetzlosigkeit. Der Hochmut der Herren in Buchonia ist maßlos, allerorten gibt es Mord und Totschlag. Wie ist euer Kaiser dort, wo du herkommst?«

»Kaiser und Könige gehören bei uns in die Klamottenkiste«, antwortete Tilmann. »Wir haben eine Demokratie, Volksvertreter werden frei gewählt. Das gehört zur Politik.« Tilmann seufzte und machte eine wegwerfende Handbewegung. »Mein Vater redet ständig über Politik und raucht seine Pfeife dabei.«

Ratzfall griff nach seiner Holunderpfeife, die an einer Schnur unter dem Bart baumelte. »Eine Pfeife wird gepfiffen, aber nicht geraucht. Was erzählt der Kerl da für einen Blödsinn?«

Mechthild war in Gedanken versunken. »Wie schön wäre es, wenn wir den wählen könnten, der unser Herrscher sein soll. Den Abt und seine Mönche würde ich nicht wählen.«

Die Stimme von Ursch klang verbittert. »Frauen wie ich sind den Mönchen in Fulda ein Gräuel. Sie werden Frauen aus meiner Zunft eines Tages der Hexerei bezichtigen und auf Scheiterhaufen verbrennen. Und sie werden die Burgen ihrer Gegner gnadenlos in Brand stecken.« Sie warf einen Blick auf den Fischer am Floßende. »In Zukunft wird Ratzfall viel Salz zum Einpökeln brauchen. Er wird seine Fische nach Fulda oder Luternbach bringen müssen.«

»Du weissagst also den Untergang unserer Burg?«, fragte Mechthild unsicher.

»In meinen Träumen habe ich Feuer gesehen, Menschen in der Dunkelheit und auf der Flucht«, gab Ursch zur Antwort. »Ich kann es noch nicht deuten.« Sie blickte offen auf ihre Begleiter. »Heinrich von Wartenberg ist blind vor Hochmut. Er will nicht sehen, dass seines Vaters Burg in Gefahr ist.«

»So ist es, Ursch«, seufzte Mechthild. »Ich traue seinen Freunden nicht. Es muss ihm gelingen, seine Streitmacht zu vergrößern. Er muss Bürger von

Floßfahrt

Luternbach und die Bauern für sich gewinnen. Das ist besser als Feste zu feiern und dafür Abgaben von den Bauern zu fordern. Wenn er den Adlerkopf hat, werden viele sehen, dass die Prophezeiung sich erfüllt hat und ihm zur Seite stehen.«

»Wie ich schon sagte, werde ich helfen, den Adlerkopf zu finden«, wandte Ursch ein. »Aber was mit ihm geschehen soll, werden wir beschließen, wenn wir ihn haben. Es ist nutzlos über seine Bestimmung jetzt schon zu entscheiden. Vielleicht hat ihn Rabenold längst schon an die Abtei verkauft. Denn nur dort winkt ihm reicher Lohn. Der Abt kennt den Wert des Adlerkopfs, er hat die Schwarzen Ritter gesehen, als er ein Kind war und weiß von der Legende.«

»Adlerkopf? Rabenold?« Ratzfall hatte vom Floßende zugehört. »Meine Muhme hat von den Schwarzen Rittern und dem Adlerkopf beim Spinnen erzählt.« Er warf die Stange auf das Boot und trat schwankend nach vorne zu Ursch, Tilmann und Mechthild. »Die Mächtigen überschütten den mit Reichtum, der den Einen findet, sagte meine Muhme. Ich könnte mir ein Schiff kaufen und auf dem Rhein fischen. Und mit Rabenold, dem alten Schlappsack, habe ich ohnehin noch ein Hühnchen zu rupfen. Er treibt sich am Meierhof herum und hat mir Marga, meine gute alte Freundin, ausgespannt.« Ratzfall schob einen Ärmel nach oben und ließ die Muskeln spielen. »Ich bin ein starker Mann und habe Bärenkräfte. Niemand nimmt es gegen mich auf. Ich helfe euch den Adlerkopf zu finden!«

»Was ist mit dir, Tilmann?«, fragte Ursch.

»Mechthild hat mir das Leben gerettet«, antwortete der Junge. »Das allein schon ist ein Grund euch zu helfen. Aber eine Bedingung habe ich auch.«

»Welche?«, fragte die Kräuterfrau.

»Wenn das alles vorbei ist, werdet ihr mir helfen, nach Hause zurückzufinden?«

»Das werden wir tun, Tilmann«, sagte Mechthild. »Ich werde alle Händler und Kaufleute fragen, wohin du gehen musst. Wir werden mit ihnen nach Frankfurt reisen. Dort finden wir fahrende Leute, die aus weiter Ferne kommen.«

Tilmann nickte zustimmend. Sein Blick aber hellte sich nicht auf, Hoffnungslosigkeit lag darin.

Ursch half Tilmann auf die Beine und sagte: »So lasst uns also zusammenbleiben, bis wir den Adlerkopf gefunden haben!«

Ursch, Tilmann, Mechthild und Ratzfall fassten sich an den Händen.

»Vier Elemente, innig gesellt, bilden das Leben, bilden die Welt«, sprach die Kräuterfrau feierlich. »Luft, Feuer, Wasser und Erde – du, Tilmann, stehst für die Luft, weil niemand deine Heimat kennt. Mechthild für das Feuer, weil sie Mut und Tatkraft besitzt. Ratzfall für das Wasser, weil er daraus Nahrung und Kraft fischt. Und ich stehe für die Erde, weil sie mir Pflanzen mit Heilkraft schenkt. Lasst uns die Innigen Gefährten nennen und einen Schwur leisten!«

Hingerissen von Urschs Worten standen die Gefährten auf dem schwankenden Floß und fassten sich an den Händen. »Wir schwören, dass wir den Adlerkopf finden werden!«, schallte es über das Wasser.

»Und nach Wartenberg werden wir ihn bringen, dorthin, wo er einst hingehörte«, stieß Mechthild hervor und ließ sich auf das schlingernde Floß fallen.

»Was ist mit dir, Mechthild?«, fragte Ursch besorgt. »Ist dir schwindlig?«

Mechthild ging nicht darauf ein. »Der Geist muss Tat werden, sagt Gangolf immer. Wir müssen meine Familie und die Burg retten, der Adlerkopf muss nach Wartenberg, dort gehört er hin.«

»Wir beschließen gemeinsam, was zu tun ist, wenn wir ihn gefunden haben«, sagte die Kräuterfrau bestimmt. »Wie in einer Demokratzig – oder wie heißt das, Tilmann?«

»Demokratie«, murmelte Tilmann und starrte verzweifelt in den Morgennebel.

Ratzfall stieß die Ruderstange in das Wasser und setzte lautstark sein Lied fort:

Der Fischer warf seine Netze,
er warf sie bis auf den Grund.
Er fischte und fischte so lange,
bis er den Königssohn fand.

Den schloss sie in ihre Arme
Und küsste ihn auf den Mund.
»Ach, Mündlein, könntest du sprechen,
so wär mein jung Herze gesund.«

Sie schwang sich um ihren Mantel
Und sprang wohl in den See.
»Lebt wohl, lieb Vater und Mutter,
ihr seht mich nimmermehr.«

Rot stieg die Sonne über den Berghügel, der Birkich genannt wurde. Das Floß bewegte sich flussaufwärts, hatte aber kaum Mühe, denn die Strömung war nur gering. Schlick und Schlingpflanzen säumten das Flussufer und kleine Tierchen – Käferlarven vielleicht – flitzten hin und her. Linker Hand war das Ufer abgeflacht und gab zwischen hohen Schwarzerlen den Blick auf das sumpfige Flusstal frei. Jetzt war das Tal von Nebel verhangen. Kein Pfad führte da hindurch und niemand würde es wagen, den Toten Pfuhl zu durchqueren.

Schlau gedacht, kam es Tilmann in den Sinn. Sumpf und Fluss schützen die Burg von fast allen Seiten gegen Angreifer. An der Südseite, zum Berghügel hin, ist die Burg verwundbar. Deshalb haben sie dort einen Burggraben ausgehoben und Schildwall, Wächterhaus und Zugbrücke errichtet.

Rechter Hand stieg ein Berg auf, der von mächtigen Buchen bewachsen war, in deren Blättern der Wind rauschte. Eine Quelle rieselte zwischen moosbedeckten Felsen entlang und rann zum Fluss herab. Ratzfall hatte die Hand über die Augen gelegt und suchte die Felsen nach irgendetwas ab.

Der Adlerkopf ließ Mechthild keine Ruhe. »Wir müssen auf dem schnellsten Weg zum Schlafenden Wald, um Rabenold aufzustöbern. Man sagt, er sei rastlos und geldgierig. Womöglich ist er schon auf dem Weg zu einem Ort, wo ihn Belohnung erwartet für seine Beute. Wartenberg wird das sicher nicht sein, mein Onkel ist nicht reich.«

Tilmann hockte in Gedanken versunken am Floßende. Meine Eltern verzweifeln sicher vor Angst und Sorge, grübelte er. Er musste eine Nachricht abschicken, um sie zu beruhigen. Ein letzter Versuch musste gemacht werden. Dafür war das Handy notwendig.

»Wir sollten noch einmal auf die Burg gehen«, schlug er den Gefährten vor. »Von dort aus können wir in den Schlafenden Wald aufbrechen. Es wäre doch möglich, dass sich der Schwarze Mönch dort befindet. Ein Fest ist doch eine gute Gelegenheit für Diebe.«

»Ich finde, wir sollten geradewegs zum Schlafenden Wald gehen und keinen Umweg machen«, wandte Mechthild ein. »Auf der Burg könnten sie mich und Tilmann erkennen und gefangen nehmen. Eile ist geboten.«

Tilmann winkte ab. »Rabenold denkt, dass er noch genügend Zeit hat, denn eigentlich wäre ich jetzt noch im Verlies, wenn mich Mechthild nicht da herausgeholt hätte. Außerdem ist mein Rucksack auf der Burg. Darin befinden sich geheime Waffen, mit denen wir den Mönch finden und besiegen können. Und meine Kleider sind auch dort. Diese hier sind kratzig, demokratzig sozusagen.«

»Gegen einen Krug Bier ist nichts einzuwenden, zum Donnerstrudel!«, mischte sich Ratzfall von seinem Ausguck aus ein. »Tilmann und Mechthild könnte man in andere Kleider stecken. Springinsfeld und seine Gaukler sind auf der Burg, es sind gute Freunde von mir. Sie leihen uns bestimmt Kleider. Ich bin zwar hässlich, wie mancher sagt, aber nicht dumm.«

»In meinem Rucksack sind geheime Waffen«, log Tilmann erneut. »Damit können wir Rabenold ausfindig machen und besiegen.«

»Tilmann hat recht«, sagte Ursch. »Rabenold könnte wirklich auf der Burg sein. Daran haben wir noch gar nicht gedacht. Herumtreiber wie er lieben Burgfeste. Eine gute Gelegenheit zu stehlen, Helfershelfer und Hehler zu finden. Außerdem hat Rabenold einen Gönner auf der Burg, den Burgkaplan Gangolf. Wie alle großen Geister nimmt dieser das alltägliche Böse nicht wahr, es ist ihm lästig, Gedanken daran zu verschwenden. Gangolf schätzt Rabenold wegen seiner Ortskenntnisse und raschen Botengänge.«

»Gangolf ist ein guter Mann«, verteidigte Mechthild den Burgkaplan. »Er würde niemals mit Rabenold gemeinsame Sache machen. Rabenold hilft manchmal in der Kapelle, bei der Säuberung, oder wenn das Dach geflickt werden muss. Mehr hat Gangolf für ihn nicht übrig.«

»Gangolf! Ist das nicht der, der meinen Rucksack hat?«, fragte Tilmann dazwischen.

»Ja, aber er hat ihn nicht böswillig entwendet, sondern zur Untersuchung von Heinrich bekommen«, sagte Mechthild. »Er steht nicht auf der Seite der Wartenberger«, seufzte sie. »Aber auch nicht auf Abt Berthos Seite. Er steht auf der Seite des Weltfirmaments, sagt er. Und: Alles ist vergänglich.«

Sie lächelte verträumt. Dann klatschte sie in die Hände. »Sodann also! Was soll mich davon abhalten, das Burgfest zu sehen? Ihr habt recht, auf einen Tag kommt es nicht an. Ich habe es immer sehr geliebt, das Fest und das Turnier. Wie schön, meine Freunde, die Gaukler, sind da! Und Ali das Äffchen!«

Das Lachen von Ratzfall dröhnte über den Fluss. Er zeigte in den Wald. Auf einer Felsplatte saß dort ein riesiger Braunbär und starrte zu ihnen hinüber. Ratzfall steuerte das Floß in Ufernähe und warf die Reste der Frühstücksmahlzeit in den von mächtigen Fußspuren zerwühlten Sand.

Tilmann versank wieder in grüblerische Gedanken. Wie lange bin ich schon hier, fragte er sich und blickte auf sein Handgelenk. Die Uhr, ja, doch sie war weg. Der Turmwächter, der sich Hartmann nannte, hatte sie eingesteckt. Er schob den linken Jackenärmel nach oben. Die Freundschaftskette, die ihm kürzlich ein Mädchen geschenkt hatte, war noch da. Die hatte der Kapuzenmann übersehen.

»Bist du traurig, Tilmann? Du machst so ein sorgenvolles Gesicht«, fragte Mechthild und griff nach Tilmanns Hand. Ihr Blick fiel auf die Armkette.

»Was bedeutet das?«, fragte sie und strich mit dem Finger über den silbernen Anhänger. »Da ist ein Wort, es heißt Loofe. Und ein Name: Laura. Was bedeuten die arabischen Zahlen?«

»Das Wort heißt LOVE«, antwortete Tilmann verlegen. »Das andere ist die Jahreszahl für das Jahr, in dem wir leben.«

»Welches Jahr?«

»Zweitausendundneun«, antwortete Tilmann geistesabwesend. Sein Blick war auf den Bären gerichtet, der die Felsplatte verlassen hatte und jetzt mit tapsigen Schritten zu ihnen herunter kam. Eine Gänsehaut kroch über seinen Rücken.

Scheppernd fiel der Nussknacker auf das Floß. Ursch starrte verwirrt auf Tilmann und versuchte, das Gehörte zu begreifen. Dann tauchte sie die Hand in das Flusswasser und schrieb mit nassem Finger römische Zahlen auf das Holz:

M C C L X V

»Wir haben das eintausendzweihundertundfünfundsechzigste Jahr der Menschwerdung Christi«, flüsterte sie Mechthild zu, die neugierig heranrückte. »Das, was er Armkette nennt, zeigt jedoch das Jahr 2009. Es sind arabische Zahlen.«

»Das sind achthundert Jahre später also«, hauchte das Mädchen. »Das ist in der Zukunft. Wie ist das möglich, Ursch?«

Der Blick der Kräuterfrau verklärte sich. »Ich ahnte es. Er hat eine weite Reise gemacht.« Sie machte eine Pause. »Nicht so, wie wir das dachten. Er hat eine Reise durch die Zeit gemacht mit Hilfe einer mächtigen, unbekannten Zauberkraft.«

Schweigen trat ein. Mechthild und Ursch starrten auf Tilmann, als wäre ein Einhorn aus dem Wald erschienen und auf das Floß gesprungen. Der Junge war gefesselt vom Anblick des riesigen Bären. Ratzfall hatte Tilmanns Interesse bemerkt.

»Er ist nicht gefährlich, so lange er etwas zu fressen hat«, prahlte der Fischer. »Und er gehorcht mir aufs Wort. Ich habe ihn eingefangen und gebändigt. Er ist aus dem Burgzwinger geflohen, der gute Petz. Mit einer List habe ich ihn gefangen und halte ihn hier versteckt.« Der Bär saß jetzt menschenähnlich auf seinem Hinterteil, wog seinen Körper und hob die Pfoten wie zum Abschiedsgruß. Ratzfall lachte dröhnend, warf letzte Essensreste auf das Ufer und stieß das Floß ab.

Mechthild starrte verwirrt auf Tilmann, der staunend das große Tier beobachtete. Sie schenkte dem Bären keinen einzigen Blick. Sie kannte Petz, er war alt, krank und zu nichts nutze. Einst war er im Burgzwinger eingesperrt und sollte unliebsame Besucher, die über die Burgmauer kletterten, zerfleischen. Man hatte ihn Ratzfall geschenkt und der Fischer hatte ihn an einem Seil auf das Floß und in den Flusswald gezogen. Petz tat niemandem etwas zuleide. Er würde bald sterben, aber er hatte Söhne und Töchter gezeugt, die jetzt im Schlafenden Wald ihr Unwesen trieben.

Mechthild hatte genug gehört, sie sprang auf und ballte die Fäuste. »Tilmann Schmitt, hör zu, ich rede mit dir! Du hast den Adlerkopf zurückgebracht. Du hast eine weite Reise dafür zurückgelegt und besitzt Zauberkräfte, wie Ursch sagt. Und dennoch lässt du zu, dass das Kostbarste, auf das wir warten, von einer armseligen Kreatur – einem diebischen Mönch – gestohlen wird. Erkläre mir das!«

Tilmann riss sich vom Anblick des Bären los und blickte auf Mechthild. »Adlerkopf?« Er machte ein Gesicht, als wäre er aus einer Lichtjahre entfernten Welt zurückgekehrt. »Was ist damit? Der Adlerkopf ist nichts weiter als ein verrostetes Stück Eisen, das ich mit Dennis auf der Ruine gefunden habe.«

»Ruine! Schon wieder ein fremdes Wort. Hüte deine Zunge, Tilmann. Versuche nicht, mich zur Närrin zu halten. Ich bin Mechthild, die Tochter des Kreuzritters Dietrich. Ich war es, die dich aus dem Angstloch befreit hat. Du kannst von Glück sagen, dass du noch lebst.« Sie wandte sich der Kräuterfrau zu. »Ursch, es ist an der Zeit, dass er erfährt, was der Adlerkopf für uns bedeutet. Sag es ihm!«

Das Mädchen begrub ihr Gesicht unter den Händen, um nachzudenken. Ursch wühlte in ihrem Gepäck und brachte ein Bündel zusammengerollter Pergamentblätter zum Vorschein. Daraus zog sie ein Blatt hervor und glättete es mit den Händen. »Schweig jetzt, Ratzfall!«, rief sie dem Fischer zu, der den Bär mit Koseworten bedachte.

»Gangolf hat das für mich abgeschrieben, als ich ihn mit Lungenkraut vom Asthma heilte«, sagte Ursch und strich ihr weißes Haar zurück. »Für diese Buchstaben werden mir keine Sünden vergeben, hat er gesagt, der alte Narr. Ich lese dir den Inhalt vor, Tilmann. Doch zunächst sei belehrt: Der Adlerkopf ist kein verrostetes Stück Eisen, wie du sagtest. Er war auf einem Helm befestigt und ist aus reinem Silber. Der Schnabel ist aus Gold und seine Augen sind Bernsteine, in denen todbringende Skorpione eingeschlossen sind. Und verziert ist er mit Diamanten, die den Gegner im Zweikampf blenden. Im Kampf vermag der Adler den Schnabel zu öffnen und stößt dabei Schreie aus, die den Feind zum Irrsinn treiben. So wurde es mir erzählt. Ich selbst sah den Adlerkopf noch nie.«

»Ich gebe zu, er war sehr schmutzig, als wir ihn fanden«, antwortete Tilmann. »Wir hatten keine Zeit, den Adlerkopf gleich nach dem Fund zu säubern. Es stimmt, er hat einen goldenen Schnabel, und die Augen haben eine Farbe wie ... wie die Bernsteinkette meiner Mutter. Wir wollten den Fund später untersuchen, aber Dennis konnte nicht zur Burgruine mitkommen. Alles kam anders, als ich dachte.«

Ursch blickte Tilmann mit verwirrten Augen an. »Deine Worte verstehe ich nicht. Burgruine? Sollte es etwa so sein, dass ... « Sie hob das Pergament vor ihre Augen. »Wir werden später darüber reden müssen. Jetzt lese ich dir die Worte des Friedrich von Wartenberg vor. Er hat unsere Burg vor vierzig Jahren erbaut und ist vor zehn Jahren gestorben. Er hatte zwei Söhne. Sein Sohn Heinrich ist jetzt der Burgherr. Der zweite Sohn Dietrich ist vor einem Jahr zu einem Kreuzzug aufgebrochen und bis heute nicht zurückgekehrt.

DIE VERMACHUNGE DES ARN

DES JAHRES DER MENSCHUNGE UNSERES HERREN CHRIST 1220 KAMEN DRI RITTER MIT IHR MASSENIE IN UNSER BURC. DITZE WAREN BRODER. SI HEZEN DIE SWARZEN RITTER, WANDE SI TROGENEINEN WAPENROC DE WAS IN SWARZER FARWE. SI HATEN DAS KRUZE GENOME UND WAREN UFGEBROCHE IN DAZ LANT DER HEIDEN. UF IR FART WOLLTEN SI NACH DER STAT ZE FULDE GAN ZE ERENNE DES BONIFAZES GRAP. IN DER DUNKEL KERTEN SI IN UF DER BURC WARTINBERG UND BATEN UMBE EIN NAHTSIDEL. EINER WAS SÜHTEC. DES PHLAC IN DIE HEILERINNE EDDA. DO DIE RITTER WAR NAMEN, DAZ DE ABBET ELLENDE WAS, BESLOZZEN SI IN DER STAT ZE BLEBE UND SIN KUNFT ZE WARTE. UNDERWELEN SAH MAN SI UF DEM HOFE BUHURDIERE. DIE LUTE NAMEN DER HELME WUNDER, DIE WAREN GEZERETMIT DEN HAUBEDEN DER ARN. DITZE WAREN SILBERIN UND GULDIN UNDE DER ARN AUGEN WAREN UZ BARNSTEN; DARINNE WAREN SCORPEN GESLOZZE. DAZ EDELE GESTEIN, DAZ ZE ZERHEIT INGESMIDET WAS; BLITZETE IN DER TJOST. IN DEM KAMPFE TET DE SNABEL DES ARNHAUBET UF UND EIN LUTER SCREI KAM ZU. DE MACHET DEN FENT SLAF. MAN SAGET EIN SMIT ZU ISENLANT HABE DITZE ARNHAUBEDE GEWIRKET, DAZ DIE SWAREN RITTER DIE KRAFT HETTEN IHERUSALEM FRE ZE MACHE VON DEN HEIDEN.

IN DER ZIT DO DIE SWARZEN RITTER FAREN SOLDE UZ DER BURC WARTINBERG, WAS EIN GROZ TRUREN DER LUTE. DIE SWARZEN RITTER BESLOZZEN MIT GROZER HERZEQUALE DEN SECHEN BRODER IN DER STAT ZE LAN, WANDE ER BEDORFTE DER HEILSAME. SI ZUGEN HIN UND ENKAMEN NIHT WIDDER. DE RITTER, DE STERBENDE WAS, GAP UF SINEM ENDECLECHEN BETTE DES ARN HAUBET FRIDERICHEN VON WARTINBERG. DITZE HEZ WIRKE EINEN STEININ ARN UND HEZ DARUF SETZE DES ARN HAUBET. DURCH DAZ NEMEN DIE WARTINBERG FENTLICHE SINNE TRAGENT DES ARN HAUBET WAR UND WECHEN DANNE.

Tilmann starrte verblüfft auf Ursch. »Wie kam der Adlerkopf vom Giebel des Palas in den Burggraben?«, fragte er. »Das verstehe ich nicht. Da haben wir ihn gefunden, ich und mein Freund Dennis.«

»Die Geschichte des Adlerkopfs ist noch nicht zu Ende erzählt«, antwortete die Kräuterfrau und rollte das Pergament zu den übrigen Blättern. »Im Jahr 1249, kurz vor Friedrichs Tod, ging ein furchtbares Gewitter auf die Burg nieder und setzte das Dach des Palas in Brand. Das Dach wurde neu aufgestellt und der Adler auf den Giebel gesetzt, aber einen Kopf hat er seitdem nicht mehr. Dieser blieb fortan verschwunden. Friedrich schickte Häscher aus und ließ viel Gesindel festnehmen, durch Folter verhören und im Verlies einsperren. Aber dennoch wurde der Kopf des Adlers nicht mehr gefunden, so oft man auch die Asche des Palasdaches durchsuchte.«

»Erzähl ihm die Legende, Ursch«, sagte Mechthild aufgeregt. »Denn das hat mit ihm zu tun. Er wird zugeben müssen, dass er geschickt wurde, um die Prophezeiung zu erfüllen.«

»Die Legende sagt, Wieland habe den Adlerkopf in der Gewitternacht mit einem gewaltigen Donnerschlag zurückgeholt«, verriet die Kräuterfrau. »Die Bauern erzählen das landauf und landab. Sie sagen, Friedrich sei nicht der rechtmäßige Eigentümer des Adlerkopfs gewesen.«

Ratzfall hatte sich hinzugesellt und das Gespräch verfolgt. »Beim Spinnen und Federschleißen wird das in allen Bauernhütten erzählt. Man lädt mich dort oft zum Essen ein, wenn ich meinen Fisch hinbringe. Zum Donnerstrudel, ich schlage dann auf den Tisch, wenn ich die Hirngespinste satt bin. Aber Recht haben sie, die Bauern. Warum sollte Friedrich den Adlerkopf als Geschenk bekommen? Für welchen Verdienst? Es war die Heilerin, die sich um den kranken Schwarzen Ritter kümmerte. Friedrich hat den Adlerkopf nach dem Tod des Ritters gestohlen.«

»Ich erzähle jetzt die Legende weiter, Tilmann«, sagte Ursch und gebot Ratzfall Schweigen. »Einiges werden wir niemals erfahren. Man erzählt sich, irgendwann würde Wieland, der Schmied, einen Boten von weit her schicken, und dieser würde den Adlerkopf zurückbringen.«

»Einige erzählen, das wird an dem Tag sein, wenn der Schwarze Ritter aus seinem Grab aufsteigt«, wusste Ratzfall. »Jerusalem wird an diesem Tag befreit sein. An diesem Tag empfängt der Schwarze Ritter seinen Adlerkopf zurück und kehrt heim zu seinen Brüdern, die Heilige geworden sind und mit Bonifatius und allen anderen Märtyrern im Himmelreich eingezogen sind.«

»Ich habe davon gehört, aber daran glaube ich nicht«, wandte Mechthild ein. »Ich kenne den Ort, wo der Schwarze Ritter begraben liegt. Alles ist unversehrt dort, niemand hat berichtet, er sei aus dem Grab gestiegen.«

»In Angersbach haben sie neulich erzählt, der Schwarze Ritter sei am Meierhof und im Lehnwald gesehen worden«, raunte Ratzfall den Gefährten zu.

»Schluss jetzt!«, rief Ursch. »Genug von den Altweibergeschichten! Besinnen wir uns auf das, was wirklich geschehen ist.«

Mechthild sprang auf. »Das ist, dass ein Fremder, der Schmitt heißt, zu uns gekommen ist und den Adlerkopf, der lange Zeit verschollen war, zurückgebracht hat.«

Tilmann hatte aufmerksam zugehört. »Alles schön und gut«, sagte er. »Aber meine Frage habt ihr nicht beantwortet. Wie kam der Adlerkopf in den Burggraben? Außerdem, wenn ich der Bote Wielands wäre, dann hätte ich wohl auch die Macht, einen lausigen Dieb daran zu hindern, meine Jackentasche zu leeren.«

»Merkwürdig ist das alles schon«, sagte Ursch. »Tilmann trägt ein Geheimnis mit sich. Wir müssen seine Worte ernst nehmen. Er hat keine gewöhnliche Reise gemacht, das ist sicher. Das ist ein weiterer Grund, noch mal zur Burg zu gehen. Ich werde mit Gangolf darüber sprechen. Er ist ein gelehrter Mann und kennt die geheimen Bücher aus dem Scriptorium, die keiner lesen darf. Vielleicht kann er helfen, Tilmanns Geheimnis zu lüften.«

Ratzfall kraulte seinen Bart. »Ich bin hässlich, aber nicht dumm«, murmelte er. »Irgendwie passt das alles zusammen. Der Adlerkopf ist zurück, die Bauern erzählen vom Schwarzen Ritter in den Wäldern und Jerusalem ist befreit durch die Heldentaten unserer Ritter.«

»Keine Heldentat hat Jerusalem befreit«, wandte Mechthild ein. »Friedrich hat den Zugang zu den heiligen Stätten durch Verhandlungen mit dem Kalifen erreicht. Die Helden sind auf dem Schlachtfeld gestorben, die beiden Schwarzen Ritter und Dietrich, mein Vater.«

»Woher willst du das wissen, Mechthild?«, fragte Tilmann. »Vielleicht kommen die Schwarzen Ritter doch noch zurück und der ganze Schwindel fliegt auf«, sagte Tilmann wenig beeindruckt.

»Das kann nicht sein«, wandte Ursch ein. »Als sie fortzogen, waren sie schon im hohen Mannesalter. Niemand lebt so lange.«

»Das alles ist jetzt gleichgültig!«, rief Mechthild. »Der Geist wird Tat werden. Die Wahrheit bleibt im Dunkeln, aber die Legende lebt! Die Menschen hier glauben an die Macht des Adlerkopfes. Sie sind vorbereitet. Die Prophezeiung hat sich erfüllt, und die Bauern werden in Scharen zur Burg kommen, um uns zu helfen.«

»Bald werden wir den Adlerkopf in den Händen halten«, fügte Ursch hinzu, »und Tilmanns Geheimnis lüften. Wir – die Innigen Gefährten – wir sind dazu berufen. Ich spüre es.«

Mechthilds Augen glänzten vor Begeisterung. »Wenn das alles vorbei ist, werde ich dir den Palas zeigen, Tilmann! Du wirst dort Bilder von den Schwarzen Rittern sehen. Mein Großvater hat sie dort an die Wand malen lassen.«

Langsam trieb das Floß weiter. Der Bär war im Wald verschwunden. Die Blicke der Gefährten waren auf das Flusstal gerichtet. Bald würde Burg Wartenberg aus dem Nebel aufsteigen.

»Eine Frage habe ich noch, Tilmann«, sagte Mechthild. »Wenn das wahr ist, was du sagst, dann sage mir: Wie habt ihr den Adlerkopf aus dem Burggraben geholt? Der Burggraben ist sehr tief und das Wasser ist trüb.«

»Von einem Graben ist da nichts mehr zu sehen«, erklärte Tilmann. »Er ist völlig zugeschüttet, Mauersteine sind da hineingestürzt. Wir haben den Adlerkopf in einem Steinhaufen gefunden. Ein Stück weiter von diesem Ort sind die Gleise der Eisenbahn.«

»Eisenbahn?« Mechthild schlug die Hände vor das Gesicht. Das alles war zu verwirrend. Was sollte das bedeuten? Sie wollte es nicht glauben. Nein, jetzt nicht!

Das Floß hatte sein Ziel erreicht. Burg Wartenberg tauchte zwischen hohen Schwarzerlen aus dem Nebel auf. Friedlich glänzte die Burg in der Morgensonne. Vom Bergfried und allen Wehrgängen flatterten bunte Banner.

Ratzfall stakte das Floß ans Ufer. Mechthild packte ihren Rock und sprang als erste auf die Kiesbank. »Folgt mir!«, rief sie überschwänglich. »Folgt mir auf die Burg meiner Väter!« Ursch und Tilmann sprangen vom Floß und schritten auf Mechthilds Spuren durch das Ufergestrüpp.

Ratzfall band das Floß fest und folgte ihnen keuchend. Er schob eine hölzerne Karre, auf der das Salzfass festgebunden war. Er gab ein zufriedenes Grunzen von sich, denn der Wind trug den Geruch von gebratenem Fleisch heran.

»Der Festbraten wird Heinrich im Hals stecken bleiben«, murmelte Ursch vor sich hin. »Fingerhut wird bald zurückkommen.«

zehn.

Auf der Burg

Auf einem schmalen Trampelpfad schritten die Gefährten hintereinander über eine Sumpfwiese. Im Zickzack führte dieser durch niedriges Dornengestrüpp nach oben zur Burg. An manchen Stellen waren Palisadenzäune und spitz zulaufende Balken aufgerichtet, die man Spanische Reiter nennt. Man fürchtete offenbar, dass Angreifer die Burg umgehen und von der Flussseite aus angreifen könnten.

Ängstlich blickte Tilmann nach oben. An diesem nebligen und wolkenverhangenen Tag erschien die Burg als düsteres, von Wind und Wetter grau gefärbtes Gemäuer. Ursch schien seine Gedanken zu erraten.

»Eine Burg ist nicht gebaut, um schön, sondern um fest zu sein«, sagte sie. »Schön sind andere Dinge, eine Wiese im Frühling oder Mechthilds Haarschmuck.«

Oben führte der Pfad eng an der Burgmauer entlang. Er war so geführt, dass der Angreifer seine schildlose Seite zu den Wehrgängen richten musste um so den Pfeilen und Steinwürfen der Burgverteidiger ausgeliefert zu sein.

Die Fläche vor ihnen war völlig baumlos. Krähenschwärme hatten sich darauf niedergelassen. Die Gefährten mussten von den Wehrtürmen, sofern sie besetzt waren, sogleich gesehen werden. Aber niemand richtete eine Waffe auf sie. Man fühlte sich offensichtlich in Sicherheit und verschwendete keine Gedanken an einen Angriff und die Burgverteidigung. Das Fest nahm jetzt die Burgbewohner in Anspruch. Unbekümmert und ein Liedchen pfeifend schob Ratzfall sein Salzfass bergaufwärts.

»Tilmann werden sie in den Stallkleidern nicht erkennen«, sagte Mechthild beim Aufwärtssteigen. »Und ich werde mich zu verteidigen wissen, wenn man mir den Vorwurf der Flucht macht. Ich bin nicht irgendwer, sondern die Tochter von Kreuzritter Dietrich.«

Die hintere Burgpforte war weit geöffnet, als wollte man dem Gesang der Krähen lauschen, die in Erwartung von Essensresten den Burghang bevölkerten. Der Torwächter Balduin saß in einer Nische und war emsig damit beschäftigt, seinen Topfhelm zu polieren. Als er Mechthild erkannte, warf er ihr einen missbilligenden Blick zu.

»Sieh an, Mechthild, die Tochter Dietrichs. Du hast mich arglistig getäuscht, was mir eine Menge Ärger gebracht hat. Fast hätte man mich zum Stockmeister bestellt. Du wirst dich vor Herrn Heinrich rechtfertigen müssen, warum du geflohen bist und ich wette mein Kettenhemd dagegen, dass du im Angstloch landest.«

Der Torwächter zog sein Messer und begann es mit dem Wetzstein zu bearbeiten. »Im Verlies ist ein fremder Spion, dem kannst du Gesellschaft leisten«, fügte er noch hinzu und warf einen herablassenden Blick auf Mechthilds Gefährten. »Ist das nicht Ratzfall, der Schlammbeißer und Ursch, die alte Kräuterhexe? Wer ist der Stallknecht? Kommt nur getrost herein. Ich werde euch nicht begleiten, Gott bewahre! Ich habe etwas Besseres im Sinn. Gerhard wird das tun.«

Balduin rief nach dem zweiten Torwächter, nahm einen kräftigen Schluck aus dem Metbecher und befestigte Federschmuck an der Helmspitze. Gerhard torkelte heran, packte schlechtgelaunt seinen Speer und winkte den Gefährten zu folgen.

»Wenn wir zurückkommen, schlage ich Balduin auf den Eisenhut, dass er seine lange Nase und seine krummen Zähne verliert, zum Donnerstrudel!«, schimpfte Ratzfall im Weitergehen.

Im äußeren Burghof, der Wirtschaftshof genannt wurde, wogte eine bunte Menschenmenge. Kampfgeschrei hallte zwischen den Ringmauern wieder, aber nicht, weil Angreifer aus Fulda gesehen worden waren. Auch wurden keine Speere auf die Abtstruppe, sondern auf Strohpuppen geschleudert. In der Schmiede fauchte unentwegt die Esse, Schwerter klirrten auf dem Amboss und Pfeile bohrten sich scheppernd in weißgetünchte Schilde. Junge Männer übten sich im Zweikampf beim Tauziehen und Steinstoßen.

Mechthild lachte unbekümmert. »Geh deiner Wege, Gerhard. Wir können auf uns selber aufpassen.« Sie blickte sich begeistert um. »Wie lustig, die Bauernjungen aus Angersbach beim Tauziehen! Seht nur, die Knappen messen sich im Ringkampf. Ich kenne sie alle, es sind Otto, Tilo, Atze, Willi, Albert, Bobbo, o nein, Roland ist auch dabei.«

Heinrichs Knappe hatte Mechthild erkannt und wollte auf sie zugehen. Sein Gesicht strahlte vor Freude. »Los, schnell weiter!«, zischte das Mädchen.

Zum Glück wurde Roland zurückgerufen und trat missmutig, aber nicht ohne Mechthild eine Kusshand zuzuwerfen, vor seinen Kampfgegner.

»Wir müssen die Gaukler suchen und ihr müsst euch verkleiden, du und Tilmann«, sagte Ursch zu Mechthild. »Sonst wird zuviel geschehen, was uns vom Ziel entfernt.«

»Ich hasse Roland«, sagte Mechthild beim Weitergehen. »Er durfte zur Klosterschule, aber mich haben sie nicht aufgenommen, weil ich ein Mädchen bin.«

»Die Burgschenke nimmt dich immer auf, jow!«, lachte Ratzfall dröhnend und schob sein Fass durch die Menge. »Wir sehen uns später, Freunde!«

Plötzlich wirbelte ein zottiger Hund heran. Er hatte Mechthild erkannt. Stürmisch sprang er auf sie zu und beinahe hätte er das Mädchen zu Boden geworfen. »Ratz!«, rief Mechthild und wehrte das Tier ab. »Wir spielen später. Jetzt habe ich keine Zeit!«

Der Hund hob die Nase und schnupperte. Fleischgeruch ließ ihn eine leckere Mahlzeit ahnen, er wandte sich kläffend ab und schlängelte sich durch die Menschenmenge hinüber zur Burgschenke.

Über ihnen bimmelte die Betglocke aus einem Dachreiter. Tilmann blickte nach oben. Dort befand sich die eigentliche Burg, die Kernburg. Umgeben von einer weiteren Ringmauer, in der eine Kapelle, der Palas und die Kemenaten eingeschlossen waren. Über allem ragte jetzt fahnengeschmückt der Bergfried. Dort in der Tiefe hatte man ihn eingesperrt, halbblind hatte er Mauern nach einem Fluchtweg abgetastet, bis ihn Mechthild befreit hatte. Offenbar war man im Glauben, dass er noch immer dort eingesperrt war. Seine Flucht war nicht bemerkt worden. Der Gedanke daran ließ Tilmann schaudern. Womöglich wäre er in diesem Loch elend verhungert.

Die Betglocke läutete noch immer. Der Burgkaplan Gangolf zog dort am Strang, jener Priester, den Ursch und Mechthild verehrten und der Tilmanns Rucksack in Verwahrung hielt.

Prächtig gekleidete Ritter schritten jetzt durch das Tor der Kernburg hinunter in den Wirtschaftshof. Der Burgherr Heinrich ging mit erhobenem Kopf voran, begleitet von zwei Herolden. Von seinem grünen Gewand hob sich ein weißes Wappen ab, das einen gewundenen Flusslauf und einen Stern zeigte. Der Herold blies in sein Horn, ein Trommelwirbel erfolgte und es wurde still im Burghof. Die Stimme des Burgherrn hallte von den Burgmauern:

»Berthold von Ziegenhain! Hermann von Blankenwald! Gyso von Steinau! Sigfrid von Eysenbach, Hermann von Ebersberg! Friedrich von Schlitz! Konrad von Rasdorf! Albert von Brand! Konrad von Bimbach!« Bei jeder

Begrüßung ertönte das Wächterhorn, schlug die Trommel und brauste Beifall auf.

Heinrich machte eine gebieterische Geste. Am Ende seiner Vorstellung erklang Musik von einem Dudelsack und Krummhörnern.

»Die Spielleute sind da!«, rief Mechthild und klatschte überschwänglich in die Hände. Sie bahnte sich einen Weg zu einer Gruppe buntgekleideter Menschen, die auf Instrumenten aufspielten. Eine blondgezopfte Gauklerin mit silberner Maske schlug das Tamburin. Ursch und Tilmann folgten dem Mädchen, Ratzfall war in der Menschenmenge verschwunden.

Tilmann starrte auf Mechthild, die sich in ein Gespräch mit einem Mann mit roter Schellenkappe vertiefte. Dieser trug einen Käfig auf dem Rücken, in dem ein Affe mit begeisterten Kindern feixte.

Tilmann versank in tiefe Grübelei. Was soll das Handy hier nützen, kam er zum Schluss. Kann man sich vorstellen, dass über dieser Welt, in der nicht einmal eine Glühbirne eingedreht wurde, ein Satellit kreist, der eine Nachricht an einen Sendemast weitergibt? Doch – ich muss es versuchen! Vorher muss ich den Rucksack finden, und das wird kein leichtes Spiel sein. Er ist dort oben in der Burgkapelle! Aber wer sagt mir, wer Gangolf ist? Vielleicht hat er die Kapelle verlassen und ist ganz in meiner Nähe?

Tilmann warf einen verzweifelten Blick auf die Kräuterfrau. Ursch hatte am Burgpfad Gräser gepflückt und zerrieb jetzt Blätter in ihren Fingern, um den Geruch der Pflanzen zu prüfen. Leuchtend rot stachen die Mohnblüten, die sie in das Kopfband gesteckt hatte, von ihrem weißen Haar ab. Der Junge grübelte weiter.

Ursch sieht abenteuerlich aus, kam ihm in den Sinn. Niemand würde in meiner Stadt so herumlaufen, ohne Aufsehen zu erregen. Und dann erst dieser irre Ratzfall, der jetzt aus der Hütte zu uns herüberwinkt! Mechthild wäre in ihrer Aufmachung zum Hippie erklärt worden. Die *Spiders* hätten sie als fremdländisches Opfer durch die Stadt gejagt.

Ursch schien Tilmanns Gedanken zu erraten. »Keine Angst, Tilmann«, sagte sie einfühlsam. »Du fühlst dich hier nicht wohl, ich sehe das. Doch wir werden das alles überleben, wir, die Innigen Gefährten. Denn wir sind nicht wichtig in Heinrichs hochmütiger Fehde. Kriegsknechte und tapfere Ritter werden für seine Überheblichkeit und Dummheit bezahlen müssen. Sieh nur, selbst fahrendes Volk lässt er auf seine Burg, damit sie ihre Nasen in jeden Winkel stecken!«

Sie legte ihre Hand auf Tilmanns Schulter. »Du bist ein Reisender, der zurück nach Hause will. Ich werde dafür sorgen, dass du deine Heimat wiederfindest, Tilmann. Wo auch immer sie ist. Ich verspreche es dir. Aber vorher musst du uns helfen, den Schwarzen Mönch zu finden. Nur du kannst den Diebstahl bestätigen, Rabenold der Räuberei bezichtigen und dein Eigentum zurückfordern. Uns gegenüber wird er alles leugnen und uns der Erpressung bezichtigen.«

Aus der mit bunten Tüchern und Birkenzweigen geschmückten Burgschenke drang der Geruch nach gebratenem Fleisch zu ihnen herüber. Ratzfall winkte aus der Tür und brüllte in den Lärm der Menschenmenge kaum wahrnehmbare Worte. Mechthild umarmte eine Gauklerin und kam zu den Gefährten zurück.

Mit überschwänglicher Freude berichtete sie, was die Gaukler wussten. »Es wird ein großes Fest geben, morgen Abend im Palas. Viele Ritter aus Buchonia werden dort versammelt sein. Und die Gaukler werden zum Tanz aufspielen.«

Sie klatschte begeistert in die Hände. »Da werden wir es kundtun und alle werden es hören, dass der Adlerkopf zurück ist!«

Ursch verzog das Gesicht. »Jugendlicher Übermut«, murmelte sie wenig begeistert. »Wir sollten das lieber nicht tun. Sie werden uns nicht ernst nehmen, sie werden Tilmann in das Verlies zurückbringen und dich dazustecken. Der Hochmut dieser Ritter ist grenzenlos, du solltest den Wert des Adlerkopfs im Angesicht der Hoffahrt dieser Leute nicht überschätzen. Außerdem wird sich Rabenold verstecken, wenn er erfährt, dass wir ihn des Diebstahls bezichtigen und verfolgen. Der Schwarze Mönch muss sich in Sicherheit wiegen.«

»Ursch – die Kräuterhexe. Du hast meinen Mann verhext!«, keifte eine feiste Bäuerin, die einen Korb voll Gemüse schleppte. »Scher dich fort von hier!«

»Die Suche nach dem Dieb wird nicht leicht sein«, fuhr Ursch ruhig fort. »Wir sollten behutsam vorgehen und nichts überstürzen. Keiner von uns dreien ist hier gern gesehen, selbst du nicht, Mechthild. Dein Vater hat das Bündnis der Ritter abgelehnt, bevor er fortgegangen ist. Und er würde es immer noch tun, wenn er lebte und hier wäre.«

Tilmann schwieg dazu. Er starrte unentwegt hinauf zu Burgkapelle. Mechthild hatte der Kräuterfrau kaum zugehört, sie tanzte vor Freude. Plötzlich überkam sie Schwindel, sie taumelte und fiel zu Boden.

»Was ist mit dir, Mechthild?« Die Kräuterfrau zog das Mädchen auf die Füße. Mechthild stand der Schweiß auf der Stirn, ihr Gesicht war leichenblass.

»Es ist nichts«, sagte sie pampig und wischte über ihr Kleid. »Tanzen macht schwindlig. Das ist nun einmal so.«

»So lange die Gaukler musizieren, können wir sie nicht um Kleidung bitten«, sagte die Kräuterfrau hastig. »Lasst uns zur Schenke hinüber gehen.

Dort sind wir einigermaßen sicher. Außerdem haben wir eine Stärkung nötig, fürchte ich.«

Sie gingen zu der buntgeschmückten Hütte hinüber. Ratzfall stand an der Tür und war außer sich vor Freude.

»Ich habe alle Fische verkauft. Seht her, Geld haben sie mir dafür gegeben!« Er öffnete seine Hand und zeigte Tilmann vier silberne Münzen. FULDA CIVITAS konnte Tilmann darauf lesen. »Kommt herein, Innige Gefährten, lasst es euch gut gehen!«

Mechthilds Blick erstarrte. Ein Ritter tauchte vor ihnen auf und blickte Aufmerksamkeit heischend von seinem Pferd auf sie herab.

Zwei große, silberfarbene Hunde mit schrägen Augen und langen Schnauzen begleiteten den jungen Ritter. Forsch steckte er den federgeschmückten Helm unter den Arm und schüttelte seine blondgelockten Haare. In der Rechten trug er eine mächtige Lanze, die mit einem Fähnchen geschmückt war. Es zeigte den blätterfressenden Kopf eines Esels.

»Trabodo von Eysenbach«, hauchte Mechthild. »Auch das noch.«

»Sieh da!«, rief der blonde Ritter. »Ist das nicht Mechthild, die Tochter Dietrichs des Kreuzritters? Wunderschön seht Ihr aus, wenngleich Eure Kleidung sich nicht geziemt für eine Edelfrau und dieses Fest. Löcher in den Schuhen – igitt! So steigt denn auf mein Schlachtross und folgt mir, Mechthild!«

»Ich denke nicht daran!«, rief Mechthild zornig zurück. »Und außerdem habe ich keine Löcher in den Schuhen! Sieh doch selber, du Esel!«

Sie zog einen Schuh vom Fuß und schleuderte ihn auf Trabodo. Der Ritter fing ihn auf, riss das Fähnchen von der Lanze und befestigte ihn dort.

»Das Fähnlein war das Geschenk eines Verwandten, der kürzlich in Eysenbach verweilte. Jetzt habe ich eine bessere Trophäe und für Mechthild, meine Liebste, werde ich morgen auf dem Turnier kämpfen. Lang lebe Heinrich von Wartenberg, der den Abt besiegte! Das Turnier steht bevor – ich kann es kaum erwarten!«

Mechthilds Gesicht war rot vor Zorn. »Den anderen kannst du dir an den Hut stecken!«, rief sie und schleuderte den zweiten Schuh auf Trabodo, der sich ängstlich duckte und sein Pferd wendete.

»Diesen Esel – diesen Esel soll ich heiraten!«, schimpfte Mechthild und stampfte mit dem Fuß. »Heinrich will, dass ich ihn zum Gemahl nehme, um Land und Macht zu vermehren. Dafür soll ich Kränze für Trabodo flechten, seine Eselsohren streicheln und das Bett mit ihm teilen. Ein Kind von Trabodo, da sei Gott vor – lieber sterbe ich!«

»Er weiß gar nicht, wie man so was macht«, lachte Ratzfall dröhnend und schlug sich auf den Bauch. »Kommt jetzt rein, ich hab Hunger!«

Tilmann musste seine Augen anstrengen, als er in die Dunkelheit der Schenke eintrat. Im schwachen Licht, das durch ein halbverhülltes Fenster einfiel, hockte dichtgedrängt dumpfes Bauernvolk vor hölzernen Krügen. Die beißenden Rauchschwaden aus dem Kamin schienen den graugekleideten Zechern nichts auszumachen. Ein mächtiger Kessel verströmte den Geruch von Fleischsuppe. Tilmann fühlte sich an einen bekannten Ort erinnert.

Wie in der Bahnhofskneipe, wo Dennis' Onkel der Gastwirt ist, kam es ihm in den Sinn. Da stammen die Rauchschwaden von unzähligen Zigaretten. Hier in der Burgschenke raucht niemand. Warum nicht? Weil es verboten ist?

Der Geruch von Stallmist und Schweiß machte Tilmann schwindlig. Er tastete sich zu seinen Gefährten, die auf einer langen Bank Platz genommen hatten. Was würde ihn hier erwarten? Seine Unruhe wich dem Hunger, den der Suppengeruch auslöste.

Ratzfall lachte dröhnend und schob eine Schüssel gebratenes Lammfleisch in die Mitte. Hungrig langten Ursch und Mechthild mit den Fingern in den Topf. Tilmann suchte vergebens nach einer Gabel. Mechthild warf Tilmann einen auffordernden Blick zu, Tilmann überwand seinen Ekel und griff nach einem fetten Fleischstück. Von hinten schob eine schweißtriefende, dicke Frau eine Schüssel mit kugelförmig geformtem Getreidebrei auf den Tisch.

»Kartoffeln!«, nickte Tilmann schmatzend.

»Du scheinst hier fremd zu sein, Junge«, kicherte die Wirtsfrau. »Wir nennen das Abtseier…« Sie schlug Tilmann auf die Schulter, dass ihm der Happen aus dem Mund fiel.

In der Schenke brach schallendes Gelächter los.

»…seit wir den Fingerhut davongejagt haben«, ergänzte die Wirtin.

»Diese Dinger, mein Junge«, sagte Ratzfall bedeutungsvoll und legte seinen tonnenschweren Arm um Tilmanns Schulter, »sind aus Griesbrei geformt und köstlich zubereitet mit Würzereien aus fernen Landen. Unsere Wirtin Thusnelda versteht sich darauf. Das sind keine Offeln.« Er nahm einen kräftigen Schluck und schlug mit der Faust auf den Tisch, dass es krachte. »Jow!«

»Es heißt Kar–tof-feln«, verbesserte Tilmann. »Sie kommen aus Amerika.«

Ratzfall blickte ihn verdutzt an und hob drohend seine Faust. »Amerika? Zum Donnerstrudel! Was ist das?«

Tilmann schluckte nervös. »Also, Amerika, das ist weit weg von hier. Man kann westlich fliegen, über den Atlantik, aber auch östlich über Russland und Kanada. Man kommt beide Male dort hin, äh, weil die Erde eine Kugel ist.«

Ratzfall wurde zornig. »Ich werde dir diese Grieskugel in das Maul stopfen, wenn du nicht aufhörst mit diesen Narrengeschichten, Honiggesicht! Westlich fliegen! Willst du mich einen Vogel nennen? Die Erde ist ringsum von Wasser umschlossen, und dahinter ist nichts als ein Abgrund!« Ratzfall sprang auf und warf einen Metkrug um.

»Die Erde ist eine Kugel und dreht sich um die Sonne!«, verteidigte sich Tilmann und sprang ebenfalls auf.

Ratzfall hielt seine Faust vor Tilmanns Gesicht. »Hör zu, Honigkuchengesicht. Siehst du die Fliege auf meiner Faust? Sie klammert sich daran, weil sie sonst herunterfallen würde. Wir müssten uns genauso an deine Kugel klammern, den ganzen Tag. Könnten nicht fischen und gar nichts tun, weil wir sonst herabfallen würden. Nur beten um unser Seelenheil, wie Gangolf oben in der Kapelle. Wie soll das gehen?«

»Schweigt!«, meldete sich Ursch zu Wort. Sie zeigte mit zittrigem Finger auf Kräuterbündel, die über der Tür von der Decke baumelten. »Seht ihr das? Der Baldrian bewegt sich, obwohl die Tür verschlossen ist. Es ist eine missgünstige Person hier im Haus.« Sie blickte sich misstrauisch um.

Unter den Gästen hatten Tilmanns Worte Wirkung hinterlassen. Es erhob sich ein Raunen. »Hast du das gehört, Mönch?«, rief ein zahnloser Bauer und starrte in den hinteren Bereich der Schenke, der von keiner Lampe erleuchtet wurde. Seine Zunge war schwer vom Honigwein. »Hier ist ein Possenreißer. Einer, der euren fetten Papst auf den Arm nimmt.«

»Fetter Papst!«, johlte die Menge. Pfiffe und Beifall folgten, die Bauern trommelten auf den Tischen. »Was sagst du dazu, Mönch?«

Aus dem Halbdunkel löste sich widerwillig eine schwarzverhüllte Gestalt. Aus einer tief in die Stirn gezogenen Kapuze blitzten böswillige Augen. Der Unheimliche trug eine Kutte, die von einem dreimal geknoteten Strick zusammengehalten wurde. Ein Kreuz baumelte darauf. Es war ein Mönch!

Ursch warf Tilmann einen bedeutungsvollen Blick zu. Als wollte sie fragen: Ist er das?

Tilmann blickte verwirrt auf die schwarze Gestalt. Auf seinem Gesicht lag ein verzweifeltes Lächeln. Im nächsten Moment wurde er am Jackenkragen gepackt. Der Mönch zog das Gesicht des Jungen dicht vor seine Augen. Der Geruch nach Bärlauch strömte Tilmann entgegen.

»Du bist ein Ketzer!«, rief der schwarze Mönch mit lauter Stimme und drehte sich beifallheischend zur Menge. »Ich habe dir zugehört. Jedes deiner Worte frevelt unseren Herrn. Die Mitte der Welt ist Jerusalem. Sonne und Gestirne drehen sich um die Welt.«

»Ich kenne dich«, zischte er leise in Tilmanns Ohr. »Auch wenn du die Kleidung eines Stalljungen trägst – du bist der Fremde! Der aus dem Schlafenden Wald kam. Ich erkenne dich an dem Schmuck, den du am Handgelenk trägst und am Geruch deiner Haare. Warum bist du nicht im Verlies? Verschwinde von hier, wenn dir dein Leben lieb ist!«

Tilmann japste nach Luft. Er nickte Ursch und Mechthild verwirrt zu.

Mechthild starrte mit zusammengekniffenen Augen auf die schwarze Gestalt. Die Kapuze war zurückgefallen, ein rabenähnlicher Schädel mit tonsiertem Haar wurde sichtbar. Das Mädchen sprang auf und packte den Mönch an der Kutte.

»Du bist es – Rabenold, der Schwarze Mönch!«, rief Mechthild. »Du trägst ein Mönchsgewand und scherst deine Haare, um dich hier einzuschleichen!«

»Viele Jahre war ich Bruder Rabenold in der Abtei in Fulda«, zischte Rabenold leise. Er blickte verstohlen auf das Bauernvolk. »Hör zu, Mechthild. Dieses Gewand steht mir zu und du wirst mich nicht davon abhalten, das zu tun, was ich für nötig halte.«

»Auch wenn dich Gangolf seinen Gehilfen nennt, bist du nichts weiter als ein Bettelmönch und Herumtreiber, der krumme Sachen im Schilde führt!« Mechthilds Stimme überschlug sich vor Zorn. »Ein schöner frommer Gehilfe bist du!« Sie rüttelte an Rabenolds Kutte. »Ein Wolf im Schafspelz! Du hast den Adlerkopf gestohlen! Wir wissen es! Gib ihn her, er gehört uns!«

Eine gewaltige Faust wirbelte durch die Luft und streckte Rabenold zu Boden.

»Schmeißfliege!«, brüllte Ratzfall. »Du wirst das Ding sofort herausgeben, oder ich werde dir alle Zähne herausbrechen! Zum Donnerstrudel!«

Der Schwarze Mönch wälzte sich schmerzerfüllt und wimmernd am Boden. Die Bauern sprangen von den Tischen und umstellten die zuckende Gestalt. Drohende Rufe wurden laut. »Gut so, Ratzfall!«, krähte der zahnlose Bauer und fand ein brüllendes Echo. Die Wirtin ließ den Suppenlöffel fallen und drängte schwitzend nach vorne. Wut schwirrte im Raum, wie nach einem Tritt in ein Wespennest.

Der aufkochende Zorn machte Tilmann schwindlig. Er kauerte sich geduckt auf die Bank.

»Ich wollte doch nur . . .«, wimmerte Rabenold.

»Wo ist der Adlerkopf?«, rief Mechthild zornig.

Ratzfall presste seinen Stiefel auf die Brust des Mönchs und riss ihm den Gürtel von der Kutte. »Seht her, Freunde! Seine Geldtasche – sie ist prallgefüllt mit Silberlingen.« Er fuchtelte mit dem Lederbeutel vor Rabenolds Gesicht. »Hast du etwa den Adlerkopf verkauft, du Strauchdieb? An wen? Sprich – oder ich zertrete dir das Lügengesicht!«

»Es ist Ablassgeld für Gangolf – für die Burgkapelle!«

»Dann werden wir jetzt zu Gangolf gehen und ihm das Geld bringen. Er wird deine ehrenhafte Absicht kennen und sich freuen, dass du für das Geld so vielen sündigen Bauern das Seelenheil verschafft hast«, schlug Mechthild zynisch vor.

»Ich – ich wollte ihn mit dem Geld überraschen!«, keuchte der Schwarze Mönch.

Ratzfall verstärkte den Druck unter seinem Stiefel. »Hüte deine Zunge, Schwarzkittel! Ich bin zwar hässlich, aber nicht dumm. Du lügst!«

»Lass ihn, Ratzfall«, sagte Mechthild beschwichtigend. »Er hat den Adlerkopf an jemanden verkauft. Aber an wen? Gewiss, in Heinrichs Truhen ist Silber, aber mein Onkel hätte den Kauf sogleich bekannt gegeben. Was für ein Triumph wäre das für ihn – ein Grund zu feiern!« Plötzlich kam ihr ein Gedanke. »Ob er in Fulda gewesen ist?«

Ursch verwarf diesen Gedanken. »Dafür war die Zeit zu kurz. Selbst mit dem schnellsten Pferd hätte er das hin und zurück nicht geschafft.«

Mechthild kniete sich zu Boden und beugte sich über das Rabengesicht. »Genug jetzt, Rabenold! An wen hast du den Adlerkopf verkauft? Sprich!«

»Sag diesem Nasenstank, er soll seinen Fuß von meinem Bauch nehmen, vorher sage ich gar nichts«, ächzte der Schwarze Mönch.

Plötzlich schlug die Tür auf und zwei Wachsoldaten stürmten mit gezückten Schwertern in die Schenke.

»Was ist das für ein Lärm? Wer hat die Schlägerei angezettelt?«, brüllten sie in die Menge.

Eine Schwertspitze wurde auf Ratzfall gerichtet. »Du bist doch der Fischer, den sie Schlammbeißer nennen? Was hast du mit dem Mönch angestellt? Warum hältst du seinen Gürtel und die Geldtasche? Du weißt, was auf Diebstahl steht. Dir wird die rechte Hand abgehackt.«

Rabenold rappelte sich auf und schlug den Staub aus seiner Kutte. Er riss Ratzfall die Geldtasche aus der Hand. »Dieser Kerl wollte mir das Geld abnehmen!«, rief er entrüstet. »Ich habe Bauern Ablass damit gewährt. Das Geld ist für die Burgkapelle bestimmt. Gangolf braucht es zur Anschaffung von

Wachskerzen für den Gottesdienst vor dem Turnier. Und für den Baumeister, damit er noch heute das Kapellendach abdichtet. Sonst wird es dort hereinregnen und Heinrich wird sich schämen müssen vor seinen hohen Gästen.«

Der Kriegsknecht steckte das Schwert in die Scheide zurück und warf einen Blick auf das Mädchen. »Mechthild! Was tust du hier? Herr Heinrich lässt dich suchen. Du hast die Burg ohne Erlaubnis verlassen. Wir werden dich in Gewahrsam nehmen müssen. Dich – und den Fischer wegen Räuberei.«

Rabenold zeigte auf Tilmann und Ursch. »Und diesen Stallknecht, der sich anmaßt, Gott zu leugnen. Werft ihn in das Verlies! Die alte Kräuterhexe auch, sie wird später bezeugen müssen, dass man einen gottgefälligen Diener misshandelt und beraubt hat. Sollte sie sich weigern, wird sie beim Stockmeister zum Sprechen gebracht werden müssen.«

»Folgt uns!«, ordnete der Wachsoldat an und wies zur Tür.

»Wir werden einen Hundsdreck tun!«, schrie Mechthild. »Ich bin die Tochter eures Herrn Dietrich und ihr habt mir zu gehorchen!«

Der Kriegsknecht machte eine abfällige Handbewegung. »Euer Vater ist –«

In diesem Moment stürmte ein zottiger Hund mit gesträubtem Fell und blitzenden Zähnen durch die Tür. Es war Ratz. Er hatte Mechthilds Verzweiflungsschrei gehört und eilte seiner Spielfreundin zu Hilfe. Er knurrte so böswillig, dass ein paar Bauern aufsprangen und zurückwichen.

»Ruhig, Ratz!«, sagte Mechthild beschwichtigend und stemmte die Fäuste in die Hüften. »Diener meines Vaters – wenn ihr nicht sofort von hier verschwindet, lasse ich den Hund auf euch los!«

Der Schwarze Mönch nutzte die Verwirrung aus, um zu fliehen. Er stieß eine gottlose Verwünschung aus und schlängelte sich mit hasserfülltem Blick an den Wachsoldaten vorbei durch die Tür ins Freie.

»Wir werden die Wachmannschaft verständigen und gleich zurückkehren. Wir werden ein Netz mitbringen, den Köter in den Zwinger befördern und euch festnehmen. Bleibt auf der Stelle!« Die Wachleute verließen wütend die Burgschenke.

Mechthild strich Ratz über das Fell. Den Bauern schien der Zwischenfall gefallen zu haben. Einer stimmte ein Lied über die Geistlichen an und viele raue Stimmen fielen laut im Chor ein.

»Das hast du gut gemacht, Hund«, grinste Ratzfall und warf dem Tier einen Knochen zu. »Wenngleich ich wütend bin auf den Kerl, der diesem Hund meinen Namen gegeben hat.«

»Wir sollten lieber von hier verschwinden, bevor die Wachleute zurückkommen«, sagte Ursch hastig und nahm Ratzfall den Bierkrug aus der Hand.

Auf dem Wirtschaftshof maß niemand dem Zwischenfall Bedeutung bei. Prügeleien kamen in der Schenke des Öfteren vor. Aus der Wirtshaustür dröhnte jetzt laut der Gesang der metseligen Bauern. Einige schlugen zur Verstärkung des Spottlieds mit den Fäusten auf den Tisch.

»Mit dem Spott auf die Abtei sind sie schnell dabei, wenn sie Met getrunken haben«, sagte Ursch im Freien. »Aber wenn die Bauern krank sind und hilflos, schreien sie nach den Sakramenten und nach Seelenfrieden.«

Ratzfall wischte sich schlechtgelaunt die Augen. »Da oben ist er, der verfluchte, krumme Schwarzkittel, der mir den Spaß verdorben hat!«, rief er und zeigte auf das Tor der Kernburg.

Der Schwarze Mönch buckelte vor dem Burgherrn, offenbar bat er darum, dass man ihm Einlass gewährte. Er zeigte aufgeregt in Richtung Burgkapelle und auf seine Geldtasche. Heinrich machte eine einladende Geste und Rabenold verschwand im Burgtor.

»Er war es, ist es nicht so, Tilmann?«, vergewisserte sich Mechthild.

Tilmann nickte. »Ich habe ihn am Knoblauchgeruch erkannt.«

»Knoblauch?«, fragte die Kräuterfrau. »Das kenne ich nicht. Rabenold riecht nach Bärlauch. Aber das ist womöglich dasselbe.«

»Er war es, der den Adlerkopf aus meiner Jackentasche gestohlen hat, da bin ich sicher«, sagte Tilmann. »Vielleicht stiehlt er jetzt mein Handy. Ich möchte meinen Rucksack zurück.«

»Den Rucksack wirst du zurückbekommen«, versprach Mechthild. »Jetzt aber brauchen wir erst einmal ein Versteck. Wenigstens für ein paar Stunden. Die Wachleute werden gleich zurück sein.«

»Wir brauchen andere Kleidung«, wiederholte Ursch.

Mechthild blickte sich suchend um. Ratz war nicht zu sehen, er war mit seinem Knochen beschäftigt. Heinrich war seinen Gästen durch das Tor ins Burginnere gefolgt. Mechthilds Blick blieb an einer Zeltspitze haften, die aus dem Getümmel hervorragte.

»Kommt mit!«, rief sie. »Zum Zelt der Gaukler.«

Die Gefährten folgten ihr rasch durch die Menschenmenge. Kurze Zeit später standen sie vor dem buntgeschmückten Zelt, das Rufus Springinsfeld gehörte.

elf.

Die Gaukler

»Macht euch auf eine Überraschung gefasst«, sagte Mechthild am Zelteingang und zog an einem Glockenseil. »Tretet ein!«, rief eine mürrische Stimme von innen.

An einer Tischplatte, die auf Reisekisten gelegt war, hockte eng beieinander eine bunt gekleidete Schar, vertieft in ihr Abendessen. Von der Zeltdecke baumelten Musikinstrumente. Es war die Gauklerfamilie, die Mechthild vor der Schenke angesprochen hatte.

Ratzfall grunzte begeistert und zeigte auf ein mächtiges Tier, das im Zelthintergrund hockte und ein tiefes Brummen von sich gab. »Schön dich wiederzusehen, Bruno Bär«, brummte der Fischer und hangelte sich durch das enge Zelt. Der kleine Affe, der auf dem Fußboden seinen Brei aus dem Holzteller schlapperte, kreischte empört, denn Ratzfall hatte ihm auf den Schwanz getreten.

Die Gaukler nahmen die Störung kaum wahr, sie verschlangen gierig ihren Haferbrei. Das Familienoberhaupt, ein bärtiger alter Mann, saß am Tischende. Er hob mürrisch den Kopf und erkannte Mechthild. Sein Gesicht hellte sich auf.

»Hier sind wir sicher«, sagte Mechthild zu Ursch und Tilmann und zeigte auf die Spielleute. »Das ist Rufus Springinsfeld. Er spielt die Drehleier, ist ein guter Possenreißer, singt aber auch vortrefflich Minnelieder. Das ist Loretta, seine Frau. Sie beherrscht die Kunst der Masken, des Schminkens und Verkleidens, sie balanciert die Kugeln und läuft auf dem Seil. Und das ist Alwin, der Zauberer.«

»Ich kenne Alwin«, sagte Ursch. »Er war lange Zeit im Stockhaus in Fulda. Es freut mich, dich unversehrt wiederzusehen, Zauberer. Glaubst du immer noch, dass Frösche Gebete sprechen?«

Mechthild strich liebevoll über die Schulter eines Mädchens, das einen Apfel in den Händen hielt. Die strohblonden Haare des Mädchens waren zu engen Zöpfen geflochten. Auf dem Tisch vor ihr lag eine silberne Maske.

»Das ist Gunhild, die Faustkämpferin. Sie versteht es aber auch Messer und Speere zu werfen.«

Ursch starrte verwirrt auf das Mädchen, das jetzt den Kopf umwandte und ihnen einen unfreundlichen Blick zuwarf. Ihre Oberarme waren mit kriegerischen Symbolen bemalt und zeigten deutliche Muskeln.

Das und die enggeflochtenen Zöpfe waren auch das einzige, was sie von Mechthild unterschied.

Selbst Tilmann blickte verblüfft in das Gesicht des Gauklermädchens. »Ihr Antlitz«, hauchte Ursch. »Es ist wie das Spiegelbild – von Mechthild.«

Gunhild antwortete nicht, sie blickte verschämt auf ihren Apfel. Plötzlich spannten sich ihre Muskeln, sie presste die Hand zusammen und der Apfel tropfte als Brei in den Teller.

»Eine Zauberei, die ich nicht zu tun vermag«, seufzte Alwin.

»Es tut mir leid!« Rufus sprang auf und wischte den Haferbrei aus seinen Mundwinkeln. »Mechthild! Du weißt – der Hunger. Seit Tagen hatten wir kein gescheites Essen. Jetzt gibt es endlich wieder ein Fest, und Burgherr Heinrich hat uns bestellt. Er will Spielleute morgen auf dem Fest sehen.«

Rufus drückte den Affen an sich, der an ihm hochgesprungen war. Aus dem Hintergrund grunzte der Bär. »Ruhig, Bruno! Lass das, Ali! Sei gegrüßt in unserem bescheidenen Zelt, liebe Mechthild! Was führt dich hierher, dich und deine Freunde?«

»Gesegnete Mahlzeit euch allen. Wir sind in einer misslichen Lage, Rufus Springinsfeld. Eigentlich hätten wir gute Nachrichten für Heinrich zu überbringen. Aber widrige Dinge sind geschehen, die uns zwingen, uns zu verbergen. Wir müssen einen Dieb suchen. Dabei müssen wir uns versteckten und unkenntlich machen, denn Kriegsknechte sind hinter uns her und könnten die Suche stören. Wir hatten eine unglückliche Begegnung in der Burgschenke. Ich werde euch alles später erzählen.«

Loretta sprang auf und schüttelte Mechthilds Hände. »Mechthild! Natürlich werden wir euch helfen. Bist du uns nicht auch oft genug zu Hilfe geeilt? Du hast uns Essen gebracht, wann immer wir in der Nähe waren. In Fulda hast du Alwin besucht und beschenkt, als er im Stockhaus war. Und Ursch, deine Gefährtin, hat Rufus einmal vom Fieber befreit.«

Zögernd erhob sich Gunhild und reichte Mechthild die Hand. Die Mädchen umarmten sich innig. Verblüfft starrte Tilmann auf das Geschehen.

Nur Frisur und Kleidung unterschied die Mädchen, Gesichtszüge und Größe waren gleich.

Loretta grinste schelmisch. »Ihr sucht ein Versteck? Keine Sorge, ich bin die Meisterin des Verkleidens und Schminkens.« Sie öffnete eine Truhe, die prall gefüllt war mit bunten Kleidungsstücken.

»Rufus und ich werden euch zu einer lustigen Narrentruppe machen. Niemand wird euch wiedererkennen, da könnt ihr gewiss sein.«

Tilmann und Ursch starrten noch immer verblüfft auf die beiden Mädchen. Selbst Ratzfall hatte sich von dem Bären losgerissen und blickte haareraufend und mit großen Augen hinüber zu Gunhild.

»Ihr dürft niemandem verraten, was ihr hier seht«, sagte Mechthild und hob beschwörend die Hände. »Erkläre du es ihnen, Loretta. Du bist Gunhilds Mutter.«

Zögernd begann die Gauklerin zu sprechen. »Gunhild ist Mechthilds Halbschwester. Dietrich war mein Geliebter für einen Sommer. Gunhild und Mechthild sind ein Jahr später beinahe im gleichen Monat geboren. Mechthilds Mutter ist, wie ihr vielleicht wisst, bei der nächsten Geburt im Kindsbett gestorben. Und Dietrich ist zum Kreuzzug aufgebrochen, um Buße zu leisten für seinen Ehebruch, den er mit dem Tod seiner Frau verknüpfte. Er ist nicht mehr zurückgekehrt. Man sagt, die Sarazenen hätten ihn gefangengenommen und getötet. Auch ich vermisse ihn sehr.« Ihre Augen füllten sich mit Tränen. »Gunhild hat er nie gesehen.«

»Das Mädchen trägt eine Maske, wenn wir in Wartenberg sind«, fügte Rufus hinzu. »Ihr Anblick würde hier große Verwirrung stiften. Auch wird sie hier nicht ringen und Steine heben, denn die Maske könnte sich dabei lösen. Auf dem Turnier morgen wird sie die Messer werfen. Auch damit übertrifft sie niemand in Buchonia und anderswo.«

»Genug davon!«, wurde Rufus von Mechthild unterbrochen. »Jetzt wisst ihr es alle. Dieser Umstand ändert nichts an unserer Aufgabe. Wir müssen Rabenold in der Burg aufstöbern und den Adlerkopf finden. Und damit das gelingt, müssen wir uns jetzt zu Narren machen lassen!«

»Aus irgendeinem Grund hat man ihn auf das Fest eingeladen«, sinnierte Ursch. »Ich möchte wissen, warum. Er fühlt sich in Sicherheit, denn er glaubt, die Burgwache hätte uns festgenommen.«

Mechthild griff in die Truhe und wandte ihren Kopf zu Gunhild. »Außerdem hast du, liebe Halbschwester, den besseren Stein gezogen. Du bist frei, kannst tun und lassen, was du willst. Hier kann ich nicht einmal zur Straße, um die Fahrenden Leute zu sehen, weil man fürchtet, ich würde Geheimnisse ausplaudern.«

Sie packte eine buntgestreifte Hose und schleuderte sie zu Boden, dass der Bär aufschnaubte und Ali einen Sprung in das Zeltdach machte. »Und ich bin dazu verurteilt, den Esel Trabodo heiraten zu müssen. Morgen auf dem Turnier wird er mir Hofstaat machen und aller Welt erklären, dass er mich heiraten will.« Tränen der Verzweiflung sprangen in ihre Augen.

»Wenn du von Herzen froh werden willst in der Welt, dann nur durch die Liebe«, gab der Zauberer altklug zu bedenken.

»Ruhe, Alwin, sonst stopf ich dir das Maul!«, fauchte das Mädchen. »Ich liebe ihn nicht! Tausendfach habe ich ihm das gesagt, und tausendfach wollte er es nicht wahrhaben.«

Gunhild mischte sich jetzt ein. »Ich habe nicht den besseren Stein gezogen, Schwester«, sagte sie. »Unser Leben ist hart und oftmals leiden wir erbärmlich Hunger. Wir sind unfrei, jeder kann uns behandeln, wie es ihm gefällt. Werden wir beraubt, gibt es niemanden, der unsere Klage hört. So gern würde ich mit dir tauschen.« Gunhild blickte verbittert auf ihre Halbschwester, die sich beruhigt hatte und jetzt im Begriff war, eine sternenbestickte Jacke überzustreifen.

Gundhilds Gedanken schweiften in die Ferne. Plötzlich hellte sich ihr Gesicht auf. »Was Trabodo anbetrifft, hm, da kann ich dir vielleicht helfen«, sagte sie grinsend.

Sie schlug mit den Fäusten gegen einen strohgefüllten Sack, der von der Zeltdecke baumelte.

»Wie willst du mir helfen?«, fragte Mechthild mit einem Seufzer. »Das ist unmöglich.«

»Sie besitzt die Stärke von drei Männern«, sagte Rufus stolz. »Mit einem einzigen Faustschlag kann sie ein Brett zerschlagen.«

»Das nützt mir wenig. Doch sag mir, Gunhild, wer hat dir diese Fertigkeit gelehrt?«, fragte Mechthild erstaunt.

»Ich hatte ganz einfach irgendwann einmal Wut«, kam wortkarg zur Antwort. »Vielleicht, weil ich nicht das bekam, was mir zusteht.«

Loretta machte sich an die Arbeit. Aus einer Kiste wühlte sie Farbtöpfe, Borstenpinsel, Perücken, Hüte und bunte Kleidungsstücke. In kurzer Zeit wurde Ratzfall, der sich nur schwer von Bruno trennen konnte, ein gewichtiger Neger im Pelzmantel. Die Kräuterfrau trug jetzt ein schwarzes Sternenkleid, ihr Mund war grellrot geschminkt, und in der Hand hielt sie einen Pergamentfächer. Mechthilds blonde Haare versteckte Loretta unter einen Pfauenfederhut. Sie erhielt ein langes weißes Kleid und zusätzlich eine goldene Maske. Tilmann schließlich trug enge zweifarbige Beinkleider, einen flickenübersäten Umhang sowie eine schellenverzierte Narrenkappe. Sein weißgepudertes Gesicht starrte verwirrt auf den Zelteingang. Dort hatte sich etwas bewegt.

Die Zelttür öffnete sich und ein Torwächter mit blankpoliertem Topfhelm starrte in das Innere.

»Der Burgherr wünscht euch in der zehnten Stunde im Palas zu sehen!«, rief er wichtigtuerisch und blickte auf die Frau im Sternenkleid. »Hoho! Eine Wahrsagerin habt ihr auch. Wird sie uns vorhersagen, dass wir bald Schätze aus Fulda hierhertragen? Sprich, Wahrsagerin, wie lautet mein Name und was ist mir gestern geschehen?«

»Wenn du noch einmal reinglotzt, ohne die Glocke zu läuten, drehe ich dir den Hals herum!«, brüllte die rotgeschminkte Frau und drohte mit einem Fächer. »Du bist Bienenbalduin und gestern hat dich eine gute Freundin von mir in den Hals gestochen.«

Der Torwächter hatte genug gehört. Verdutzt machte er sich davon.

»Es ist noch nicht Schlafenszeit, Tilmann«, lachte Mechthild. »Komm, lass uns ein wenig spazieren gehen!«

»Mach ein paar Späße, Narr, erzähle eine lustige Geschichte!«, wurde Tilmann vor dem Zelt aufgefordert. Beinahe hätte er gelacht, aber er fühlte sich unsicher und beklommen. Er war allein. Er antwortete nicht und die Burgleute trollten sich davon. Sie hielten ihn für einen Fremden, der ihre Sprache nicht verstand. Mechthild hatte ihm versprochen, gleich zurückzukommen, sie wollte nur etwas holen. Etwas Bedeutendes! Tilmann hatte ihr einen bewundernden Blick zugeworfen. Sie sah wunderschön aus in ihrem Pfauenhut und dem weißen Kleid. Ihr Gesicht war unter der Maske verborgen. Alle starrten sie an und erfreuten sich an ihrem Anblick. Was für ein Fest würde es morgen geben. Die Gaukler waren gekommen!

Jetzt erschien Mechthild am oberen Burgtor und tanzte auf Tilmann zu.

»Ich habe etwas für dich!«, rief sie und drückte ihm ein Bündel in die Hände.

»Mein Rucksack!« Tilmann war außer sich vor Freude. »Wie hast du das geschafft, Mechthild?«

Sie lachte unbekümmert. »Was ich verspreche, halte ich immer. Er lag in der Sakristei der Burgkapelle. Gangolf war nicht da, er ist ein Mensch, der irdische Dinge nicht verbirgt, denn sie bedeuten ihm nichts. Niemand hat mich erkannt und in der Kapelle hielt sich niemand auf. Nach dem Vespergebet gehen die Leute schnell nach Hause.«

»Hast du Rabenold gesehen?« fragte Tilmann aufgeregt.

Mechthild schüttelte den Kopf. »Wer weiß, wo er sich herumtreibt. Wir müssen behutsam vorgehen. Wir werden ihn morgen finden und beobachten, bis wir ihn allein haben und ungestört verhören können. Komm, Tilmann!«

Sie ergriff seine Hand. »Wir gehen zum Eulenturm. Dort sind wir ungestört. Es ist mein Lieblingsplatz.«

Mechthild überquerte mit Tilmann den Hof. Dieser hatte sich jetzt geleert, die meisten Burgbewohner und Bauern waren zur Abendvesper in ihre Behausungen zurückgekehrt. Der Tag ging seinem Ende zu. Selbst in der Burgschenke war Ruhe eingekehrt. Die meisten hatten beschlossen früh zu Bett zu gehen, denn morgen war ein wichtiger Tag. Die Burg wirkte so friedlich, als hätte es nie eine kriegerische Drohung gegeben.

Tilmann spürte ein seltsames Gefühl in sich aufsteigen. Er fühlte, wie sein Herz pochte, sein Gesicht glühte vor Aufregung. Lag es daran, dass er mit Mechthild Hand in Hand ging? Noch nie hatte er mit einem Mädchen so etwas getan. Fast hätte er den Rucksack vergessen, der am gewohnten Platz auf seinem Rücken hing.

Die wenigen Burgbewohner, die ihnen entgegenkamen, blickten sie freundlich an. Bunte Gaukler waren im grauen Alltag der Burg willkommen. Mechthild zog Tilmann die Treppe zu einem Wachturm hinauf. Der Turm war unbesetzt, die Wächter hockten im Wächterhaus am Burgtor, würfelten und stritten darüber, welcher Ritter am morgigen Turnier die meisten Erfolgsaussichten hätte.

»Hier habe ich oft mit meinem Vater gesessen«, sagte Mechthild und nahm den Pfauenfederhut vom Kopf. Sie hockten sich gegenüber in eine offene Fensternische und blickten sich mit klopfenden Herzen an.

»Komm, wir gehen trüscheln, hat mein Vater gesagt«, erinnerte sich Mechthild mit einem Lächeln. »Wir haben Mühle gespielt oder Wurfzabel. Am liebsten aber Schachzabel.«

Sie richtete sich auf und strich mit der Hand über einen Turmbalken. Ungewollt wurde Tilmann von ihrem Körper berührt. Er spürte, wie sein Herz klopfte. Sollte er es wagen? Seine Hand berührte zögernd ihr rotblondes Haar. Mechthild wandte sich um und blickte ihn lächelnd an. Sie hatte wunderschöne hellgrüne Augen.

Tilmann fühlte sich ertappt, er starrte verwirrt durch das Fenster auf einen Habicht, der am Abendhimmel seine Kreise zog. Die ersten Sterne funkelten am Himmel in einem Glanz, den er nie zuvor wahrgenommen hatte. Nebel zog wie ein sanfter Schleier über das Flusstal, durch das sich die Luter schlängelte. Das Flussbett war von hohen Erlen gesäumt und schimmerte in silbernem Glanz. Plötzlich wurde ihm die Schönheit dieser Landschaft bewusst. Lag es an Mechthild, die ihre Hand um seine Schultern legte?

Der Mond stieg am Horizont auf und Venus, der Abendstern, funkelte hoch über ihnen. Der Duft von Märzveilchen aus Mechthilds Haar verbreitete sich im Turmzimmer.

»Schau her, Tilmann«, sagte Mechthild und öffnete die Hand. »Das hier ist eine Figur aus dem Schachzabel. Ein Bauer. Die anderen Bauern, der König, die Dame, die Türme, Springer und Läufer – sie sind alle verschwunden. Vielleicht hat jemand das Versteck auf dem Balken entdeckt.«

Tilmann blickte auf die kleine Tonfigur. »Das Wartebachmännchen«, flüsterte er mit einem Lächeln.

»Wartebachmännchen? Du kennst die Figur? Woher?« Mechthild starrte Tilmann mit großen Augen an. »Töpfer Guttel aus der Waldtöpferei hat es gemacht, es gibt die Figur nur hier in Buchonia. Ursch hat mir etwas gesagt – soll ich es dir verraten?«

Tilmann nickte. Er ahnte, was Mechthild sagen würde.

»Ursch hat gesagt, dass du ein Geheimnis mit dir trägst. Du sprichst von irdischen Dingen, die wir nicht kennen und die uns erstaunen. Du kommst aus einer fernen Zeit, sagt Ursch. Aus der Zukunft. Ist es so, Tilmann?«

»Ich glaube ja«, nickte Tilmann heftig. »Verwirrung, das ist alles, was ich euch mitbringe. Aber ich kann nichts dafür. Es waren die *Spiders* und Buddy – und die Angst. Ich möchte gern zurück, Mechthild. Auch wenn … « Er brachte den Satz nicht zu Ende. Seine Augen glänzten, als er das Mädchen anblickte. Doch dann wandte er seinen Kopf zum Fenster und sagte: »Dazu brauche ich das Handy. Es ist im Rucksack.«

Mechthild blickte ihn fragend an.

»Ein Mobiltelefon.« Tilmann kratzte sich am Kopf. »Ein Gegenstand, in den man hineinspricht oder hineinhört. Damit kann man mit jemandem sprechen, der ganz weit weg ist.«

»Ich kenne das nicht. Ich kenne auch keine Offel und kein Kuhl. Und die Erde soll eine Kugel sein, hast du gesagt, ist das wirklich so?«

»Spätestens seit dem Satellit Lunar Orbiter wissen es alle Menschen und keiner zweifelt mehr daran. Die Erde wurde vom Mond aus gesehen. Sie ist wunderschön.«

»Was ist das, ein Satt-e-lit, Tilmann?«

»Ein Raumfahrzeug. Es kann die Erde umkreisen, oder zum Mond fliegen. Ferngesteuert.« Tilmanns Blick schweifte zum Himmel, während er den Rucksack aufschnürte. »Ihr habt denselben Mond wie wir, nur, der von euch ist viel klarer und schöner.«

Mechthild stellte keine Fragen mehr. Das alles war schwer zu begreifen. Sie wurde still. Dann summte sie leise ein Lied:

Ich leb, weiß nit wie lang,
Ich stirb, und weiß nit wann,
ich fahr, weiß nit wohin.
Mich wundert, dass ich so fröhlich bin.

Tilmann schnürte den Rucksack auf. Er atmete schwer. Mechthild blickte auf den Mond und sang mit leiser Stimme.

Tilmann stellte fest, dass noch alles da zu sein schien: Die Taschenlampe, das Notizbuch, das Messer, das Feuerzeug, das Trüffelherz… Nein, etwas fehlte! Es war der CD-Player. Er war nicht mehr im Rucksack. Aber das war nicht so schlimm. Musik wollte er hier sowieso nicht hören. Die Limonade und die Chips waren ebenfalls verschwunden. Tilmann riss den Klettverschluss der Seitentasche auf.

Seine Hand fühlte das Handy. Gott sei Dank, es war noch da!

Mit zitternden Fingern drückte Tilmann die Tasten: 0-6-6-4-1-9-1-7-2-5-4.

Tuut, Tuut, tuut … klang es aus dem Lautsprecher. Und sonst nichts. Auch nicht das Besetztzeichen oder: »Kein Anschluss unter dieser Nummer.«

Mechthild blickte hilflos auf Tilmanns Finger und sah, wie sich tiefe Enttäuschung auf dem Gesicht des Jungen verbreitete. Sie wusste, dass sie Tilmann nicht helfen konnte. Aus dem Rucksack lugte ein Gegenstand, der sie neugierig machte. »Was ist das, Tilmann?«, fragte sie.

»Eine Taschenlampe«, antwortete der Junge und betätigte den Schalter. Erschrocken blickte Mechthild in den Lichtkegel. »Welches Feuer brennt darin?«, fragte sie erstaunt. »Du musst mir das erklären!«

Ein Geräusch lenkte sie plötzlich ab. Sie stand auf und blickte aus der Tür.

»Ratz!«, rief das Mädchen plötzlich und zog Tilmann mit sich. Der zottige Hund wühlte unter ihnen in einem Erdhaufen, um einen Knochen zu vergraben.

»Gangolf lässt im Keller des Palas nach etwas suchen«, erzählte Mechthild. »Dort gibt es noch uraltes Gemäuer, die Reste von Behausungen unserer Vorfahren. Mein Großvater Friedrich hat diese Mauern beim Bau der Burg gefunden und schon er suchte darin nach irgendetwas.«

»Was ist es, wonach sie suchen?«, fragte Tilmann zerstreut. Er starrte geistesabwesend auf das Handy. Am liebsten hätte er es aus dem Fenster geschleudert. Mit einem Seufzer schob er es in die Tasche zurück. Es war sinnlos, er würde es nicht mehr probieren.

»Gangolf ist ein weiser und kluger Mann«, klärte Mechthild Tilmann auf. »Er kennt Bücher, die von unseren Vorfahren und alten Geschichten erzählen. Als ich in der Klosterschule abgelehnt wurde, bin ich zu ihm gekommen. Seitdem lehrt er mir das Lesen.«

Nachtluft zog kalt zu ihnen herauf. Auf dem Wehrgang trampelten derbe Schritte heran. Höchste Zeit, den Turm zu verlassen.

»Wir müssen gehen«, sagte Mechthild und fasste Tilmann an der Hand. »Die Nachtwache geht auf ihre Plätze. Morgen ist ein wichtiger Tag. Jetzt gehen wir schlafen.«

Ratz war verschwunden. Tilmann starrte auf den Erdhügel am Fuß des Wehrturms. »Wonach lässt Gangolf suchen?«, fragte er erneut.

»Gangolf erzählte mir von einem Buch im Scriptorium der Abtei. Merkwürdige Geschichten von Erdgeistern, Wurmlöchern und einem unterirdischen Gang, den es hier geben soll.« Sie fasste Tilmann wieder an der Hand. »Dort ist das Gauklerzelt«, sagte sie. »Wir werden morgen mehr darüber reden.«

»Warte einen Augenblick«, sagte Tilmann und griff in den Rucksack. Er zog das Trüffelherz hervor. »Das hier schenke ich dir«, sagte er und wandte sich ab. Er fühlte, wie sein Gesicht rot wurde vor Aufregung.

zwölf.

Turnier und Tod

Das Rascheln der Zeltplane im Wind weckte Tilmann am nächsten Morgen. Vom Burghof drang Lärm in das Gauklerzelt. Tilmann öffnete die Augen. Mechthild schlief neben ihm, zusammengerollt wie eine Katze. Ihr Gesicht hatte sie in das Kissen gedrückt, und ihre rotblonden Haare schimmerten im Sonnenstrahl, der durch eine Zeltritze fiel. Tilmann schloss die Augen, als wollte er nicht einsehen, dass dieser Augenblick vergänglich war und gleich ein Abenteuer mit ungewissem Ausgang auf ihn wartete.

Er spürte, dass sich seit dem gestrigen Abend etwas verändert hatte. Mehrmals hatten ihn Geräusche geweckt, aber Mechthilds Nähe ließ ihn Geborgenheit und eine seltsame Wärme spüren. Im Halbschlaf hatte er nach ihrer Hand gegriffen und gespürt, wie ein Zittern durch ihren Körper ging. Die Aufregung der letzten beiden Tage waren wohl zu viel für ein Mädchen, das bisher unbekümmert das Leben auf der Burg genossen hatte.

»Der frühe Vogel holt den Wurm!«, rief jetzt eine muntere Stimme. Es war Ursch, die Kräuterfrau. »Ihr müsst aufstehen, die Morgenvesper ist fertig, und es gibt viel zu tun!«

Das Frühstück bestand aus Hafergrütze und warmer Milch. Tilmann und Mechthild hockten auf einer Spielmannskiste vor dem Zelt. Tilmann trug seinen Rucksack unter dem bunten Narrenkittel, er wollte sich auf keinen Fall noch mal von ihm trennen, auch wenn es jetzt so aussah, als hätte er einen Buckel.

Über einer Feuerschüssel baumelte ein rauchgeschwärzter Kessel, in dem Milch brodelte. Die Spielleute hockten eng zusammen und löffelten laut schwatzend ihren Brei. Bruno Bär war an einem Pflock festgebunden und schlabberte selig aus einer Schüssel. Die Gefährten trugen noch immer die Kleidung, die Loretta am Abend zuvor ausgewählt hatte. Ratzfall hatte sich offensichtlich in den Affen verliebt, er schob Ali ein Apfelstück durch das Käfiggitter und dieser machte Purzelbäume vor Freude.

Ursch brach das Fladenbrot und reichte es den Gefährten. Mechthild aß nur wenig, sie wischte sich mit einem Tuch den Schweiß von der Stirn. Etwas stimmt nicht mit ihr, durchfuhr es Tilmann. Sie ist krank.

»Heute Abend werden wir den Adlerkopf in den Händen halten«, flüsterte Ursch den Gefährten zu. »Ich habe einen Plan. Rabenold fühlt sich in Sicherheit und Gangolf muss die Burgkapelle für den Festgottesdienst vorbereiten. Ich werde Rabenold suchen und in das Gauklerzelt locken, mit der Bitte um ein Sterbesakrament und ein Geldversprechen. Ihr werdet mit den Gauklern am Turnier teilnehmen, ich brauche euch dabei nicht. Sollte mein Plan gelingen, werde ich euch sofort benachrichtigen. Wir werden ihn packen und zwingen, den Adlerkopf zurückzugeben.«

Ratzfall schlug sich auf die Schenkel vor Begeisterung. »Jow! Ich werde ihm die Kutte über die Ohren ziehen und ihm drohen, dass wir ihn nackt davonjagen und dem Gespött preisgeben«, schlug er vor.

»Das ist ein guter Plan, Ursch«, stimmte Mechthild zu. »Du bist eine Frau mit viel Weisheit und Verstand! Der Adlerkopf wird unsere Burg retten! Die Macht der Schwarzen Ritter wird uns unbesiegbar machen und kampfwillige Bauern werden in Scharen kommen, denn die Prophezeiung ist erfüllt.«

Ursch gab keine Antwort. Vom Dach der Burgkapelle läutete die Betglocke. Die Morgenvesper war zu Ende und das Geläute rief zur Frühmesse. Danach würde das Turnier beginnen und eine Wahrsagerin im Sternenkleid würde sich auf die Suche machen nach einem Geistlichen, der Sterbehilfe leistet für einen kranken Spielmann, der sein ganzes Erspartes dafür hergeben will.

Das Frühmahl für Heinrich und seine Gäste war zu Ende. Die Köche und der Truchseß hatten dafür schon in der Nacht an der Feuerstelle gestanden. Jetzt hob man die Tafel auf und folgte dem Ruf der Betglocke. Nach der Frühmesse würden Ritter und Gefolge die obere Burg verlassen und sich zum Turnier begeben.

Bald darauf ertönten Fanfaren. In Begleitung ihrer Frauen, der Dienerschaft und der Knappen zogen die Ritter im festlichen Zug durch das obere Burgtor hinunter zum Kampfplatz. Dieser war von den Zelten der Rittergeschlechter umgeben, Banner und Schilde wiesen die Eigentümer aus. Die Zelttüren waren mit Blumen und frischem Laub geschmückt.

Bis spät in die Nacht hatte man auf dem Hof unter dem Bergfried den Kampfplatz vorbereitet. Er war mit kleingehäckseltem Stroh bedeckt. Der Gastgeber und sein engster Freund nahmen mit Frauen und Dienerschaft auf der Tribüne Platz. Auf reichverzierten Stühlen thronten Heinrich von

Wartenberg, an seiner Seite seine Frau Anna, neben ihm nahm Berthold von Ziegenhain Platz. Auf seinem Arm trug er einen Falken und an der Leine hielt er zwei silberfarbene Hunde. Sein Gesicht zeigte Stolz und Hochmut.

Wieder ertönten Fanfaren. Heinrich von Wartenberg erhob sich und eröffnete das Turnier. Als er verkündete, dass die beiden Jagdhunde an der Seite seines Freundes als Preis ausgeschrieben waren, klatschten alle Zuschauer begeistert.

Diese waren zumeist Bewohner der Burg, Bauern aus den umliegenden Dörfern und fahrende Händler, die von dem Turnier gehört hatten und jetzt ihre Waren anboten. Hinzu kam das Gefolge fahrender Ritter, die auf der Durchreise von dem Wettkampf gehört hatten und gekommen waren, um die Trophäe zu gewinnen. Diese besaß einen hohen Wert, der Gewinner konnte durch den Verkauf einen hohen Preis erzielen.

Durch eine Absperrung aus Seilen und Zäunen wurden die Zuschauer vom Betreten des Kampfplatzes abgehalten. Die Spielleute nahmen neben der Tribüne Platz und warteten auf das Zeichen zum Aufspielen. Die Gefährten gesellten sich an ihre Seite.

»Wo ist Ursch?«, fragte Loretta und blickte sich um.

»Sie ist auf der Suche nach einem Dieb«, flüsterte ihr Mechthild zu. »Heute Abend werde ich dir alles erklären, Loretta.«

Die Gauklerin nickte anerkennend. »Ursch ist eine weise Frau. Gut, dass sie allein geht, vier Gaukler, die auf der Burg herumschnüffeln, hätten uns alle in Verruf gebracht.«

Fanfaren kündigten die Ankunft der Ritter an. Vor dem Kampfplatz überprüfte ein eigens bestellter Herold die Wappen mit Hilfe seines Wappenbuchs und entschied, dass alle anwesenden Ritter für das Turnier zugelassen werden konnten. Das entsprach der gültigen Vorschrift. Erst danach ritten die Ritter mit ihren Knappen, angekündigt durch einen Herold, der ihre Namen und ihre Ruhmestaten verkündete, auf den Platz. Pferde und Reiter waren prachtvoll ausgestattet. Fanfarenklänge hallten immer wieder von den Burgmauern und die Zuschauer riefen begeistert die Namen der Ritter, die sie favorisierten.

»Kannst du reiten, Tilmann?«, rief Mechthild überschwänglich. »Du bist groß und würdest prächtig auf einem Pferd aussehen.«

Tilmann lächelte verlegen. »Ein bisschen. Wir haben zuhause einen Reiterverein.«

»Aber ein Ritter wirst du niemals werden. Du hast kein Geld, kein Schlachtross und bist nicht im Kämpfen geübt. Weißt du eigentlich, welche Tugenden ein Ritter besitzen muss?«

Tilmann nickte grinsend. »Du hast es mir schon erzählt. Und ich sagte: Haltet euch daran. Was bedeutet der Sattel auf dem Zaun?«

»Der Ritter, der darauf gesetzt wird, hat eine Strafe zu verbüßen. Feigheit kann das sein oder Hinterhältigkeit. Ich hoffe, sie werden Trabodo darauf setzen. Sieh nur, Tilmann, jetzt stellen sich alle zu einer Schlacht auf!«

Die Ritter standen sich in zwei Fronten gegenüber. Die Visiere ihrer Helme waren heruntergezogen. Ihre Tuniken hatten sie abgelegt, jetzt trugen sie Kettenhemden. Das waren Hemden aus Leder oder Leinen, auf denen unzählige Eisenringe aufgenäht waren.

Alle Augen waren auf die Kampfreihen gerichtet. Fanfaren ertönten und mit gesenkten Lanzen und lautem Geschrei preschten die Ritter aufeinander los. Sie versuchten, sich gegenseitig aus den Sätteln zu werfen, was einigen auch gelang.

Die Lanzen sind riesig, vielleicht sechs Meter lang, staunte Tilmann. Das kostet sicher viel Kraft, sie waagrecht zu halten. Wie gut, dass man Sägemehl gestreut hat, das vermindert den Aufprall der gestürzten Ritter.

»Sie werden sich nicht verletzen. Die Lanzenspitze ist mit einer Platte bedeckt, dem Krönchen«, wusste Mechthild und geriet in Verzückung. »Hah, beinahe wäre Trabodo heruntergefallen. Wenn nur mein Vater hier wäre, er würde sie alle aus dem Sattel fegen.«

Tilmann fühlte sich plötzlich unbehaglich. In der Zuschauermenge an seiner Seite näherte sich etwas. Etwas, was ihn in Angst versetzte. Er spürte eine Böswilligkeit herankommen, aber sein suchender Blick konnte nicht erkennen, was es war.

»Der Buhurt beginnt jetzt, und dann kommt der Tjost!«, rief Mechthild begeistert und fügte hinzu: »Das ist der Zweikampf, Tilmann. Sie kämpfen mit Schwertern, Mann gegen Mann. Natürlich sind die Schwerter aus Holz. Der Grieswart kontrolliert die Kampfregeln, wirft er einen Stock zwischen zwei Streithähne, muss der Kampf unterbrochen werden.«

Mechthilds Erwartungen wurden enttäuscht. Trabodo zeigte sich stärker, als sie dachte. Niemand vermochte ihn in die Knie zu zwingen. Irgendetwas schien seinen Kampfgeist mächtig zu beflügeln. Er beendete alle Duelle siegreich, und seine Anhänger aus Eysenbach gerieten vor Begeisterung in Rage. Der Grieswart wurde auf Trabodo aufmerksam und nickte einem Kampfrichter zu.

Ein Murmeln ging durch die Menge. »Trabodo ist der Beste. Er wird zum Turniersieger ausgerufen.«

Fanfarenklänge ertönten. Das Turnier war zu Ende. Die Ritterschaft stellte sich auf ihren Schlachtrössern in einem weiten Halbkreis vor der Tribüne

Turnier

auf. Trabodo durchtrat den Kreis und schritt in Erwartung der Siegesprämie auf die Tribüne zu. Stolz hielt er die Lanze, auf der Mechthilds Schuh aufgeknüpft war und sein Knappe hob, für alle sichtbar, ein Schild, das einen grasfressenden Esel zeigte. Weit nördlich von Buchonia, auf einem Turnier eines Verwandten, hatte sein Herr dieses Schild als Geschenk erhalten und von dort nach Burg Eysenbach gebracht.

»Der Esel hat gesiegt«, seufzte Mechthild. Sie ahnte bereits, was jetzt kommen würde.

»Trabodo von Eysenbach, ich grüße dich!«, rief Heinrich mit gebieterischer Stimme und seine Frau hob huldigend ihre Hand. Berthold von Ziegenhain trat nach vorne und reichte dem Sieger die Hände. »Nimm diese beiden Jagdhunde zum Eigen«, sagte er. »Sie stehen dir zu. Und auch den Kuss einer Edelfrau darfst du dir wünschen. So entscheide dich also, welche deine Auserwählte ist!«

»Keine Frau wünsche ich mehr zu küssen als deine holde Nichte Mechthild!«, rief Trabodo, unüberhörbar für alle Zuschauer. Diese blickten sich suchend um. Auf der Tribüne war die Auserwählte nicht zu sehen.

Mechthild wäre am liebsten im Erdboden versunken, aber zum Glück erkannte sie niemand in ihrem langen, weißen Kleid, unter dem Pfauenfederhut und hinter der goldenen Maske.

Auf der Tribüne und in der Zuschauermenge herrschte minutenlang ratloses Schweigen.

»Wo ist Mechthild?«, rief Heinrich endlich. »Sie ist nicht auf dem Platz der Edelfrauen. Sie möge bitte hervortreten.« Dass Mechthild geflohen war, das wusste der Burgherr, aber es war ihm peinlich, das kundzugeben.

Plötzlich betrat ein Mädchen den leeren Kampfplatz und stellte sich, die Arme in die Hüften gestemmt, Trabodo gegenüber. Ein Ruck ging durch die Spielleute. Es war Gunhild.

»Zurück!«, rief Rufus und winkte mit der silbernen Maske, die ihm Gunhild in die Hand gedrückt hatte. Aber die Stieftochter hörte nicht auf ihn.

Sie hatte ihre Zöpfe geöffnet und das lange blonde Haar wehte im Wind. Sie sah Mechthild zum Verwechseln ähnlich. Ein breites Lächeln ging über Trabodos Gesicht.

Mit tänzelnden Schritten ging er auf das Mädchen zu und machte eine tiefe Verbeugung. »Allergnädigste Frau Mechthild, Tochter des edlen Kreuzritters Dietrich, darf ich Sie bitten, meine Frau zu werden?«

Als er aufblickte, versetzte Gunhild ihm mit ihrer rechten Faust einen Kinnhaken, dass er wie ein Brummkreisel herumwirbelte und der Länge nach ins Gehäckselte fiel.

Gunhild stemmte wieder die Arme in die Hüften und warf einen erfolgheischenden Blick auf Mechthild, die unter ihrer Maske einen Schweißausbruch bekam.

»Zum Donnerstrudel!«, rief Ratzfall.

Auf der Tribüne herrschte eisiges Schweigen. Keiner der Zuschauer wagte ein Wort, alle standen mit offenen Mündern da. Trabodo richtete sich auf und starrte das Mädchen fassungslos und mit großen Augen an. Als dieses erneut ausholte, um ihm einen rechten Haken zu versetzen, sprang er auf und flüchtete zum Ausgang des Kampfplatzes. Sein Knappe ergriff Lanze und Schild und folgte seinem Herrn verwirrt. Gunhild drehte sich um und ging erhobenen Hauptes davon.

Plötzlich begann jemand zu lachen. Alle Zuschauer, selbst die Edelleute auf der Tribüne stimmten ein. Die Bauern schlugen sich grölend auf die Schenkel und gegenseitig auf die Schultern. So ausgelassen und fröhlich war man lange nicht mehr auf Burg Wartenberg. Der Lärm war so groß, dass sich sicher auch der Abt in Fulda darüber verwunderte.

»Cool«, sagte Tilmann. Das Geschehen hatte ihn ganz in Bann gezogen. Er bemerkte nicht die dunkle Gestalt, die sich von hinten herangeschoben hatte.

»Ich erkenne dich. Du bist kein Gaukler«, zischte ihm eine Stimme ins Ohr. »Du bist der Fremde aus dem Schlafenden Wald.«

Tilmann blickte sich erschrocken um. Hinter ihm stand Rabenold, die Kapuze tief ins Gesicht gezogen. Es roch nach Bärlauch. Und nach Ärger.

»Suchst du nicht deine Tasche – deinen Rucksack?«, raunte der Schwarze Mönch Tilmann zu. »Ich weiß, wo er ist. Man hat ihn Gangolf gegeben. Alles, was darin ist, liegt auf Gangolfs Tisch, oben in der Kapelle.«

»Ich habe den Rucksack schon«, antwortete Tilmann mit zittriger Stimme. »Jemand hat ihn mir gebracht.«

Rabenold zog Tilmann langsam nach hinten. Niemand bemerkte das, denn alle Gaukler und Zuschauer debattierten tumultartig über den Vorfall auf dem Turnierplatz.

»Jemand hat ihn dir gebracht?«, wiederholte der Schwarze Mönch zornig. »Eine unbedachte, frevelhafte Tat. Nun denn… da ist noch etwas, was du suchst. Was ihr alle sucht, du und deine Freunde.«

Er formte die Hände zu einem Trichter und sprach im Flüsterton. »Aber nur du bist der Eigentümer und nur du solltest die Prophezeiung erfüllen.«

»Wo ist der Adlerkopf?«, stieß Tilmann hervor und blickte sich verstohlen um. Aber niemand hatte etwas gehört, alle waren mit dem Geschehen auf dem Kampfplatz beschäftigt.

»Er ist bei Gangolf in der Burgkapelle. Wir sehen uns dort. Nach dem Festgottesdienst. Du sollst ihn zurückhaben, denn ich bin ein Diener Gottes und bereue meine Tat. Komm allein. Du wirst niemandem davon etwas sagen, ich warne dich. Sonst werde ich es vernichten, das gotteslästerliche Götzending.«

Der Schwarze Mönch wandte sich ab und verschwand mit geschmeidigen Bewegungen hinter der Tribüne. Tilmanns Gefährten und die Gaukler hatten den Zwischenfall im Tumult der Menschenmenge nicht bemerkt. Sie hielten Ausschau nach Gunhild, aber diese war unauffindbar.

Mechthilds Herz pochte wild, Trabodo hatte mehr Schmach bekommen, als sie ihm gewünscht hatte. Er würde nie wieder um sie werben, da war sich Mechthild sicher.

Tilmann blickte sich suchend um. Der Schwarze Mönch war so schnell vom Erdboden verschwunden, als wäre der Teufel in einen Schlund gefahren.

Der Burgherr und seine Gäste brauchten einige Zeit, um sich zu fassen und den Schreck zu überwinden. Berthold schickte zwei Kriegsknechte aus, um Gunhild zu stellen. Einer seiner Gefolgsleute war aufs tiefste gedemütigt worden und der Graf von Ziegenhain vermutete, dass die Abtei hinter dieser Schandtat steckte.

Heinrich war der Vorfall zutiefst peinlich. Um den Tumult zu beenden, gab er den Gauklern einen hastigen Wink, mit der Musik zu beginnen.

Dienstleute und Knappen kümmerten sich jetzt um die Ausrüstung ihrer Herrn und die Pferde. Da es nichts mehr zu bestaunen und belustigen gab, wandten sich die Zuschauer vom Kampfplatz ab und gingen zur Burgschenke, in das Festzelt oder zu den fahrenden Händlern. Es würde noch viel Gerede geben um den Zwischenfall mit Trabodo und Mechthild. Niemand hatte der Tochter Dietrichs diese Schlagkraft zugetraut, wer das Mädchen kannte, schüttelte ungläubig den Kopf. Noch in achthundert Jahren würde man davon erzählen, da waren sich alle einig.

Die Ritterschar zog jetzt hinauf zur Kernburg, um den Festgottesdienst zu besuchen und das Burgfest im Palas zu begehen. Ihnen voran schritten Dienstleute, die Banner und Schilde trugen.

Die Spielleute schlossen sich musizierend dem Festzug an. Rufus drehte die Leier, Loretta blies das Krummhorn und Alwin hatte Mühe, Gunhilds Dudelsack zu blasen. Am Gürtel hatte er eine Kette befestigt, an der er Bruno Bär mit sich zog. Tilmann und Mechthild schlugen Handtrommeln, Ratzfall hatte man eine Triangel gegeben, auf der er scheppernde Geräusche beisteuerte.

Den feixenden Affen trug er im Käfig auf dem Rücken. Alis Grimassen und Ratzfalls Klingelei amüsierten die Kinder der Burggäste köstlich. Diese bildeten den Schluss des Festzugs.

Tilman warf Mechthild einen aufmunternden Blick zu. Er war guter Dinge, denn bald würde er den Adlerkopf in seinen Händen halten. Sie würde staunen, denn er allein würde es schaffen, ihr das zurückzubringen, was ihr sehnsüchtigster Wunsch war. Und das, ohne Gewalt anwenden zu müssen. Der Adlerkopf würde wieder den Giebel des Palas verzieren und Wartenberg für alle Zeit unbesiegbar machen. So, wie Mechthild das wünschte.

Auf dem Burghof herrschte dichtes Gedränge. Noch war die Tür zum Palas verschlossen und man wartete, bis der Burgherr seine Gäste einließ. Auch stand der Festgottesdienst bevor und dieser musste erst besucht werden, das gebot die Frömmigkeit der Gäste und Burgherren. Danach würde das Fest seinen Lauf nehmen.

Wie alle Gäste standen auch die Spielleute wartend an der Palastreppe. Neugierig starrten die Gäste auf den Neger im Pelzmantel, der einen Affenkäfig trug. Sicher wird er von fernen Ländern und ruhmreichen Taten erzählen, wurde gemunkelt. Alwin ließ Bruno Bär tanzen, aber niemand wagte es, das Tier zu streicheln. Es trug einen Maulkorb, aber auch sein Prankenschlag war gefürchtet. Bewundert wurde auch die blonde Tänzerin im weißen Kleid, die einen Pfauenhut trug. Ihr Gesicht war von einer goldenen Maske bedeckt. Sie hielt die Hand eines fremdartig aussehenden Jungen, der eine Narrenkappe trug und alle Gaukler an Größe überragte. Es wird ein wunderbares Fest geben, da war man sich sicher, trotz des merkwürdigen Zwischenfalls auf dem Turnierplatz. Es waren mehr Spielleute da als beim letzten Mal!

Eine weitere Gauklerin kam hinzu. Es war eine Wahrsagerin! Sie trug ein schwarzes Sternenkleid und einen Lederbeutel am Gürtel, in dem sich sicher Runen befanden, mit denen man die Zukunft vorhersagen konnte. Sie hatte etwas Aufregendes mitzuteilen, jedoch nicht für die Menschenmenge.

»Mein Plan ist misslungen«, flüsterte Ursch den Gefährten zu und stampfte wütend mit dem Fuß. »Ich habe Rabenold vor der Kapelle gesehen. Er wollte nicht zum Zelt kommen. Er sagte, er hätte Wichtigeres zu tun. Und Geld wollte er auch nicht.«

»Wir können nichts tun«, fügte sie enttäuscht hinzu. »Wir können ihn nicht stellen, nicht hier, vor all diesen Leuten.«

Endlich schepperte die Betglocke vom Dachreiter. Ein hochaufragender Mönch mit langem, weißem Bart trat vor die Tür und hob einen knorrigen Stab, um die Aufmerksamkeit auf sich zu lenken. Auf dem Burghof kehrte respektvolle Stille ein. Mit lateinischen Worten lud der Mönch die Burggäste zum Festgebet.

Das also war Gangolf, durchfuhr es Tilmann.

»Er trägt den weißen Mantel der Benediktinermönche«, flüsterte Mechthild Tilmann zu. »Er kann Bücher lesen und ist oft im Scriptorium der Abtei. Gangolf ist ein Weiser, der alle Geheimnisse von Buchonia kennt und sogar den Lauf der Gestirne erklären kann.«

Vielleicht kann er auch mein Geheimnis erklären, dachte Tilmann und fühlte sich auf eine seltsame Weise hingezogen zu diesem weißhaarigen Mann. Instinktiv spürte er, dass dieser Mönch eine Erklärung für seine seltsame Reise wusste. Vielleicht könnte er ihm auch helfen, den Nachhauseweg zu finden.

Nicht alle Gäste fanden in der Burgkapelle Platz, denn sie war nur für die Familie des Burgherrn und seine Dienstleute gebaut. Die hinein fanden freuten sich, der Abendkühle entronnen zu sein, denn das Gotteshaus wurde von unten durch die Küche beheizt. Für Gaukler und einen Bären war darin kein Platz vorgesehen.

Tilmann blickte sich neugierig um. Der Hof der inneren Burg hatte geringere Ausmaße als der Wirtschaftshof. Er hatte diesen vor drei Tagen überquert, als ihn Mechthild aus dem Verlies befreite. Wirre Gedanken hatten ihm da den Blick auf die Umgebung versperrt. Jetzt hatte er sich gefasst und betrachtete diesen Ort nicht mit erschrockenen, sondern mit staunenden Augen.

Der Bergfried überragte alle anderen Burggebäude, Tilman schätzte seine Höhe auf mindestens zwanzig Meter. Jetzt war er mit bunten Fahnen geschmückt. Am Burgbrunnen in der Mitte des Hofes wurden hölzerne Eimer mit einer Seilwinde nach oben befördert.

Ursch bemerkte seine Neugierde. »Du warst hier noch nie, Tilmann? Gibt es keine Burgen, dort, wo du herkommst? Möchtest du, dass ich dir das alles erkläre?«

Tilmann nickte geistesabwesend. Solange der Festgottesdienst andauerte, konnte er ohnehin nichts weiter tun als abzuwarten.

»Ich kenne jeden Winkel dieser Burg, denn oft hat man mich hierher geholt, um Mensch und Tier zu heilen. In den Kemenaten dort drüben sind unten Pferdeställe und darüber Wohnräume für Pferdeknechte und andere Dienstleute. Ich habe dort auch geschlafen, denn Frauen sind dort oft zu finden, weil diese Räume beheizt sind. Das steinerne Häuschen davor, aus dem es qualmt, ist das Backhaus. Vom Ziehbrunnen gegenüber bekommen die Burgbewohner und Pferde das Wasser. Das Haus vor uns ist der Palas. Hier lebt der Burgherr Heinrich und hier empfängt er seine Gäste und feiert mit ihnen. Wir werden mit den Gauklern dort hineingehen und du wirst staunen, wie prächtig der Rittersaal eingerichtet ist. Der Kamin ist wunderschön verziert, die Fenster aus buntem Glas und die drei Schwarzen Ritter auf herrlichen Wandbildern zu sehen. Im Keller unter dem Palas findet man noch die alten Mauern unserer Vorfahren.«

»Mechthild hat mir erzählt, Gangolf sucht dort nach einem unterirdischen Gang«, murmelte Tilmann beiläufig.

»Davon wird berichtet. Ich glaube nicht daran, es ist eine Verrücktheit von Gangolf«, sagte Ursch mit wegwerfender Handbewegung. »Schon Friedrich hat nach diesem Gang gesucht. Vergeblich.«

Ursch fuhr fort, Tilmann die Burg zu beschreiben. »Der wichtigste Teil der Burg ist der Bergfried. Er ist die letzte Zuflucht für die Burgherren, wenn die Burg verloren ist. Die Tür ist durch eine hohe Holztreppe zugänglich, diese wird, wenn sich alle im Turm befinden, umgestoßen. Im Bergfried verwahrt Heinrich sein Vermögen in Kisten mit großen Schlössern. Vorräte sind dort auch gespeichert, so dass eine Belagerung sehr lange dauern kann.«

Die Betglocke schepperte wieder, denn jetzt wurde das Vaterunser in der Kapelle gesprochen. Kurz darauf war der Festgottesdienst zu Ende und ein Mönch öffnete die Tür. Es war nicht Gangolf. Der Mönch trug eine schwarze Kutte und blickte sich suchend um. Es war Rabenold, Gangolfs Gehilfe.

»Ich habe diesen Turm schon kennen gelernt«, bemerkte Tilmann geistesabwesend. »Im Keller ist das Verlies.«

»Sie haben nicht einmal Wachen auf dem Bergfried aufgestellt, diese Einfaltspinsel«, sagte Ursch. »Sie glauben tatsächlich, sie hätten den Abt für immer verjagt.«

Ursch zeigte nach oben zum Palasdach. Auf dem Giebel hockte ein steinerner Vogel. Ein Vogel ohne Kopf. »Sieh mal, Tilmann!«

Sie wollte mit der Hand nach Tilmann fassen, aber diese griff ins Leere. Der Junge war verschwunden.

Tilmann wartete ungeduldig ab, bis sich die Kapelle geleert hatte. Seltsamerweise war niemand da, der danach die Kirchentür verschloss. Weder Gangolf noch Rabenold waren zu sehen, als Tilmann die kleine Kapelle betrat. Es roch nach Kräutern und Kerzenrauch. Durch die schmalen Fenster fiel fahles Licht auf leere Bankreihen. Im Halbdunkel erkannte Tilmann einen Altar, aber darauf stand kein Kruzifix, wie sonst üblich. Über den Kerzen kringelten sich dünne Rauchfäden.

Ein Geräusch ließ Tilmann aufhorchen. Es war ein Stöhnen. Das Geräusch kam aus der Sakristei, dem durch eine Bretterwand abgeteilten Raum hinter dem Altar. An der Tür waren die Worte »Intrare interdictus est« aufgemalt.

War Rabenold etwas zugestoßen? Tilmann wollte nicht abwarten, er stieß die Tür zur Sakristei auf.

Tilmann blieb wie angewurzelt stehen. Aus dem schmalen Chorfenster drang wenig Licht, er musste seine Augen anstrengen, um zu erkennen, was sich seinen Augen bot.

Und das war entsetzlich! Vor ihm lag Gangolf, stöhnend und mit blutverschmiertem Kopf. Das eiserne Kruzifix lag neben ihm. Eine Blutlache breitete sich um den Körper aus und rann auf Tilmann zu.

Der Junge bückte sich über den blutbefleckten Körper. »Gangolf – was ist geschehen?« Aber Gangolf war verstummt und blickte ihn mit starren Augen an.

In diesem Augenblick öffnete sich der Vorhang im Hintergrund der Sakristei. Rabenold trat hervor. Er schlug die Hände über dem Kopf zusammen.

»Du Tölpel – was hast du da getan!?«, stieß der Schwarze Mönch hervor. »Ich hätte dir den Adlerkopf auch ohne diese Freveltat gegeben. Der arme Gangolf – von einem Fremden meuchlerisch umgebracht!«

Tilmann stand wie vom Donner gerührt. Ein Rabe flatterte vor das Fenster und putzte seinen Schnabel am Gefieder. Aus dem Burghof drang die einförmige Musik einer Drehleier. Gangolf starrte Tilmann aus weit aufgerissenen, leeren Augen an, als wollte er fragen: Warum hast du das getan?

Rabenold dachte fieberhaft nach. »Was sollen wir jetzt tun, Fremder? Gangolf kann niemand mehr helfen. Er ist tot.« Der Schwarze Mönch schwieg einen Moment. Tilmann rührte sich nicht vom Fleck. Der Rabe klopfte mit dem Schnabel gegen die Gitterstäbe, als wollte er Tilmann auffordern, diesen grässlichen Ort so schnell wie möglich zu verlassen.

»Ich müsste die Burgwachen rufen und dich festnehmen lassen.« Rabenolds Worte klangen wie Hammerschläge auf Eisen. »Es wird einen Tumult geben, wenn ich die Nachricht überbringe. Die Bauern liebten Gangolf über alles. Man wird denken, Heinrich hätte den Mord veranlasst. Gangolf war Heinrich und den Rittern ein Dorn im Auge, er klagte sie oft an, weil er gegen das Bündnis war, und er ging des Öfteren in die Abtei. Trotzdem durfte Gangolf bleiben, denn man fürchtete, die Bauern zu verlieren.«

Tilmann trat einen Schritt zurück, denn das Blutrinnsal berührte seine Stiefel.

»Sie werden mich für den Tumult und das misslungene Fest bestrafen und von der Burg jagen«, fuhr Rabenold fort. »Es ist besser, wir beide verschwinden von hier. Dich wird man früher oder später fassen und bestrafen, du gehörst ohnehin in das Verlies. Und ich werde gegen dich aussagen müssen, falls man mich verhört. Ich selbst habe mit alledem nichts zu tun. Morgen wird man den Toten finden, dann ist der Frohsinn ohnehin zu Ende. Das große Blutvergießen wird dann erst richtig beginnen, denn der Abt bereitet seine Rückkehr vor!«

Der Schwarze Mönch wies zur Tür. »Verschwinde jetzt, Fremder!«

dreizehn.

Ein unfriedliches Burgfest

Ohne sich umzudrehen, taumelte Tilmann durch das Kirchenschiff und zur Tür hinaus ins Freie. Er musste aus diesem Alptraum verschwinden, so schnell wie möglich. An der Burgmauer hielt er inne und übergab sich. Einige Burgbewohner sahen ihm grinsend zu. Ein Narr, der zuviel Met getrunken hatte. Jetzt haben sie mich auch noch gesehen, durchfuhr es den Jungen. Morgen werden sie mich verdächtigen.

Was sollte er jetzt tun? Aus der Burg fliehen? Zum Schlafenden Wald und dort den Nachhauseweg suchen? Es war sinnlos, wurde ihm klar. Da war noch Mechthild. Er würde ihr alles erklären, und sie würde ihn verstehen.

Auf dem Burghof warteten die Gäste auf Einlass in den Palas. Noch hatten der Truchsess und das Gesinde alle Hände voll zu tun, um den Rittersaal vorzubereiten. Heinrich erschien an der Tür und gab Rufus einen Wink. Es galt die Wartezeit mit Musik zu verkürzen. Berthold von Ziegenhain nahm Mechthild wahr und Rufus gab dem Mädchen mit kreisender Handbewegung einen Wink.

»Wo ist Tilmann?« fragte Mechthild verwirrt.

»Ich weiß es nicht«, antwortete Ursch. »Wir können nicht nach ihm suchen. Herumschweifende Gaukler sind nicht gern gesehen, hat Loretta gesagt. Du musst tanzen!«

»Tanze für uns, holde Traumtänzerin!«, rief der Drehorgelspieler und Dudelsack und Krummhorn setzten ein. Alwin zog an der Kette und brummend drehte sich Bruno Bär. Die Zuschauer kicherten, aber gleich darauf fielen ihre Blicke auf ein junges Mädchen.

Die Traumtänzerin tanzte mit zierlichen Bewegungen und zog die Blicke der Zuschauer und Ritter auf sich. Sie hatte zwei Pfauenfedern aus dem Hut gezogen und schwenkte diese zum Rhythmus der Musik. Sie sah wunderschön aus in ihrem langen weißen Kleid, und ihr blondes Haar wurde von der untergehenden Abendsonne vergoldet. Sogleich war sie von neugierigen Zuschauern umringt. Wie gern hätten diese das Gesicht der Tänzerin gesehen, doch es war unter einer Maske verborgen.

Das Gesicht des Burgherrn nahm einen verklärten Ausdruck an. Der Hochmut war verschwunden und an dessen Stelle trat Faszination. Bewegungslos stand er vor der Palastür. In der Hand hielt er verzückt einen großen Schlüssel, als wollte er damit für sich und die Traumtänzerin das Tor zur Glückseligkeit aufschließen.

Plötzlich kam ihm ein Gedanke. Bewegung kam in sein Gesicht, und gebieterisch hob er den Schlüssel in die Höhe. Mit der freien Hand läutete er eine Glocke.

Sofort kehrte Stille ein. Drehleier, Dudelsack und Krummhorn verstummten. Das Mädchen verharrte in der Tanzbewegung.

Heinrich begann eine Rede. »Seht nur!«, rief er mit ausschweifender Geste. »Selbst aus fernen Ländern sind sie gekommen, um unseren Sieg zu feiern. Wie ein Licht in der Finsternis leuchtet unser Bündnis. Ein Fest werden wir feiern in Buchonia, wie es fröhlich und frei noch nie zuvor da war. Das Ende der Herrschaft der Abtei ist nahe. Er, der in einem Götzenhaus lebt und uns unterdrückt, wird bald schon Bescheidenheit lernen und beten müssen für die Vergebung seiner Sünden, so wie er es von den armen Bauern verlangt.«

In die nachfolgende Stille drang ein leises Stöhnen aus dem Fenster der Burgkapelle. Niemand achtete darauf. Jemand legte dort vor Gangolf eine Beichte ab, was sollte es anders sein?

Mechthild beobachtete Ratz, der von Ansprachen nicht viel hielt und stattdessen einen Knochen in den Palaskeller schleppte, um ihn dort zu verstecken.

Der Blick des Burgherrn verklärte sich wieder. Er fiel auf die schöne Tänzerin und ein Gedanke kam Heinrich in den Sinn.

»Wenngleich ich deinen Namen nicht kenne, holde Tänzerin, so möchte ich dir doch eine hohe Ehre erweisen. Hier – nimm diesen Schlüssel! Sobald die Sonne hinter dem Dach der Kapelle versinkt – und das wird schon bald sein – wirst du die Tür zum Palas öffnen.« Er zog die lange Schlüsselkette über den Kopf, wobei er sich bückte und der Laubkranz, der sein Haupt bedeckte, zu Boden fiel.

Die Wahrsagerin trat hinter die Traumtänzerin. »Er ist ein einfältiger Trottel«, sagte Ursch. »Sein Stolz kennt keine Grenzen und seine Weitsicht ist wie durch Maulwurfsaugen. Hochmut kommt vor den Fall.«

Der Burgherr stieg die Treppe hinab und hängte der Tänzerin den Schlüssel um den Hals. Er küsste sie auf die Maske. Dann trat er vor die Palastür und drückte auf den Knauf. »Ach so, ich bin ja draußen«, sagte Heinrich.

»Siehst du, Mechthild, so ist er«, grinste Ursch. »Ein Träumer.«

Mechthild schritt nach oben und öffnete das Türschloss. Der Burgherr trat erhobenen Hauptes ein und das Mädchen verschloss die Tür hinter ihm.

»Wo ist eigentlich Tilmann?«, murmelte Mechthild wieder und blickte sich suchend um. Von der Palastreppe konnte sie den ganzen Burghof überblicken, aber nirgendwo war ein buntgekleideter Narr zu sehen.

Die Sonne verschwand blutrot hinter dem Kapellendach. Gleich würde die Traumtänzerin das Tor öffnen und das langerwartete Fest könnte seinen Lauf nehmen. Noch einmal setzte die Musik der Gaukler ein, und Mechthild tanzte ein letztes Mal.

Rufus drehte stürmisch seine Leier, denn es galt, die Ungeduld der Gäste zu bezähmen. Die Tänzerin stand pfauenfederschwenkend auf der Palastreppe. Der Schlüssel wippte verheißungsvoll an ihrer Brust. Durch die Augenschlitze ihrer Maske starrte sie ängstlich hinweg über die Schar der Gäste in jeden Winkel des Burghofs. Auf dem Kapellendach wischte ein Rabe seinen Schnabel am Gefieder.

Von Tilmann fehlte jede Spur.

Eine hochaufgerichtete Gestalt schob sich vor die alte Wahrsagerin, die sich auf einen Hocker niedergelassen hatte. Der Ritter trug eine blaue Tunika, auf der ein schwarz-goldenes Wappen aufgenäht war. Es zeigte einen sechsstrahligen Stern. »Hütet euch, Frau!«, rief er in den Lärm der Musik. »Wahrsagerinnen sind bei diesen Leuten nicht gern gesehen.« Er zeigte mit einer Pergamentrolle auf eine Gestalt in schwarzer Mönchskutte, die händewischend aus dem Chor der Kapelle hervorgetreten war und sich buckelnd und kopfnickend in die Gästeschar einreihte.

»Was trägst du da in deiner Tasche? Sind es Runen?« Der Ritter beugte sich zu Ursch hinab. »Lass mich hineingreifen und eine herausnehmen! Lass deine schwarze Kunst walten und sage mir die Zukunft voraus!«

»Ich bin keines Herrn Dienerin und weiß, was recht und schlecht ist«, antwortete die Wahrsagerin selbstbewusst. »Wie ist Ihr Name, werter Herr?«

»Ihr kennt mich nicht?« Der Ritter zeigte auf das Wappen. »Ich bin Berthold, der Graf von Ziegenhain.«

Der Vogt und Erzfeind des Abtes, durchfuhr es Ursch. Der Anführer der buchonischen Ritterrebellen. Der Rädelsführer, der alles angezettelt hat. Ihm hatten alle hier versammelten Ritter einen Treueschwur geleistet, auch Heinrich von Wartenberg. Gegen den Willen und in Abwesenheit seines Bruders Dietrich.

Ursch fasste sich und reichte dem Graf die geöffnete Ledertasche. Berthold verschloss die Augen, griff hinein und zog eine Rune hervor.

Sein Blick verhärtete sich. Zwischen den Fingern hielt er einen schwarzschimmernden, walnussgroßen Stein. Es war kein Runenstein. Er trug kein Zeichen.

»Was bedeutet das, du alte Hexe?«, stieß der Graf hervor. »Willst du mich zum Narren halten?« Er starrte sie mit argwöhnischem Blick an. »Ich habe dich noch nie hier gesehen. Kommst du aus der Abtei?«

Er holte weit aus um den Stein auf Ursch zu schleudern.

In diesem Augenblick sprang ein kreischendes Höllenwesen auf seine Schulter und krallte sich an seinen Haaren fest. Die Augen des Grafs weiteten sich vor Entsetzen. Welches Geheimnis trug dieser lederne Beutel noch – was war aus ihm entsprungen?

»Hatte ich dir nicht gesagt, du elender kleiner Knilch, du sollst den Käfig geschlossen halten?«, dröhnte eine Stimme über den Burghof, die so laut war, dass sie selbst die Drehleier übertönte. »Jetzt ist es weg, das Affentier, und ich muss es suchen, zum Donnerstrudel!« Der Neger im Pelzmantel fluchte zum Steinerweichen.

»Es sitzt auf der Schulter des Grafen!«, riefen Kinderstimmen im Chor. »Und jetzt springt es dem Herrn von Eysenbach durch die Beine! Da – es sitzt auf dem Dach!«

Ratzfall wusste gar nicht, wo er zuerst hinspringen sollte. »He, he! Wo ist er? Ali ist weg! Warum steht ihr dumm herum – helft mir, ihn zu suchen!«, rief er händefuchtelnd.

Einige Gäste dachten, das wäre ein besonders lustiger Einfall der Spielleute und schüttelten sich vor Lachen. Andere fuhr der Schrecken in die Glieder.

»Der geschwänzte Beelzebub springt über das Kapellendach!«, rief eine alte Amme. »Wohl hat er sich eine arme Seele geholt, die er jetzt ins Fegefeuer wirft. Der Herr sei mit uns allen!«

Der Affe sprang in panischer Angst auf das Kapellendach, verscheuchte einen Raben und hüpfte von dort zur Palastreppe. Vor laut zeternden Edelfrauen schnitt er Grimassen. Völlig unbekümmert kratzte er sich dann ein paar Läuse aus dem Fell.

Behutsam schlich sich der riesige Neger heran. Als er den Käfig über den

Affen zu stülpen versuchte, nahm dieser Reißaus, hüpfte zwischen den Beinen einiger Burggäste hindurch und verschwand endgültig vom Burghof.

Erhitzte Gemüter rätselten jetzt, was das für ein ungewöhnliches kleines Tier gewesen sei und wohin es verschwunden war. Einige gaben an, sie hätten es zuletzt an der Kellertür neben der Palastreppe gesehen, andere meinten, es sei in einen Höllenschlund gefahren. Mitten in das Gerede ertönte eine helle Glocke.

Die Musik verstummte.

Alle Augen richteten sich jetzt auf die Palastreppe und das Mädchen im weißen Kleid. Die Traumtänzerin nahm den Schlüssel vom Hals und hob ihn für alle sichtbar in die Höhe. Die Sonne war hinter den Horizont verschwunden, und dies war der von Heinrich vereinbarte Augenblick, an dem die Tür geöffnet wurde.

Noch einmal läutete das Mädchen die Glocke, dann schob es den Schlüssel in das Türschloss. Mit vielen Oohs und Aahs setzte sich die Gästeschar in Bewegung und drängelte an der Traumtänzerin vorbei in den Rittersaal. Zuletzt schlossen sich die Spielleute an.

»Du, Alwin, wirst Bruno drüben im Pferdestall festbinden, bevor du nachkommst«, ordnete Rufus an. »Und du, Fischer, wirst den Rittersaal nicht eher betreten, bis du Ali gefunden hast. Zwanzig Silberlinge hat mich das Tier gekostet!«

Plötzlich bemerkte Mechthild durch die Sehschlitze ihrer Maske eine bunte, gebückte Gestalt vor der Kapellentür. Es war Tilmann. Er krümmte sich, um sich zu übergeben. Dann richtete er sich auf und starrte über die Burgmauer hinweg in die Ferne. Etwas war geschehen. Mechthild spürte, dass es etwas war, was Tilmann veranlasste, über seinen Aufenthalt nachzudenken.

»Tilmann!«, rief das Mädchen von der Palastreppe. »Was ist passiert? Warte, ich komme!«

Tilmann wischte sich Tränen aus den Augen. Er starrte auf das Mädchen im weißen Kleid, das die Maske abgenommen hatte und ihn an den Schultern rüttelte.

»Was ist passiert?«, wiederholte Mechthild eindringlich. »Hast du Rabenold gesehen? Hat er dir etwas angetan? Wolltest du fortgehen?«

»Nein, Mechthild. Es ist nichts geschehen«, log Tilmann mit zitternder Stimme. »Es war mir nur schlecht von der Milch heute Morgen.« Er versuchte ein freundliches Lächeln. »Natürlich werde ich hier bleiben. Ich habe es dir versprochen.«

Mechthild nahm ihn in die Arme. »Ich liebe dich, Tilmann«, sagte sie glücklich. Dann fingerte sie an seinem Handknöchel und bekam die Freundschaftskette zu fassen. Mit einem Ruck riss sie die Kette ab, ging zum Ziehbrunnen und warf sie dort in die Tiefe.

»So«, sagte sie dem verdutzten Jungen. »Das ist vorbei. Und jetzt komm mit mir in den Rittersaal!«

Das erste, was Tilmann beim Betreten des Palas wahrnahm, war der mächtige Radleuchter an der Saaldecke. Er war mit großen Kerzen bestückt, die jetzt flackernd den Raum erleuchteten. Das Licht fiel sparsam durch Butzenscheiben in fünf Fenstern, die durch verzierte Säulen voneinander getrennt waren. Zusätzlich hatte man Öllampen in Wandnischen angezündet. Glutpfannen und das Feuer im Kamin vertrieben die klamme Kälte, die noch immer in den Mauern steckte.

Auf Wandbildern waren bunte Blumenmuster und Darstellungen kämpfender Ritter zu sehen. Das waren sie also, die drei Schwarzen Ritter aus Schottland. Und tatsächlich, sie trugen Adlerköpfe auf ihren Helmen, auf ihren Gewändern und in den Schildern!

Der Geruch von frischem Brot, Gewürzen und Wein lag in der Luft. Hinzu kam der Duft frischer Blumen, die auf dem Dielenboden ausgestreut waren.

Bald war der Palas bis zum letzten Platz gefüllt. Die Gäste nahmen auf langen Bänken Platz, die mit den Hirschfellen bedeckt waren, und saßen an Tischplatten, die auf Böcken ruhten. Darauf standen große Schüsseln, Becher und Krüge. Teller, Gabeln und Löffel aus Zinn lagen zum Festmahl bereit.

Heinrich von Wartenberg saß neben seiner Frau Anna auf einem erhöhten Podest auf Faltstühlen. Neben ihm hatte Bertholt von Ziegenhain mit seiner Gemahlin Platz genommen. Seine Frau trug ein Gebinde und saß auf einer kostbaren Hermelindecke. Ebenso wie Anna blickte sie geradeaus, ohne die Gäste zu beachten.

Heinrich dagegen blickte forschend auf die Schar der Gäste. Als alle Platz genommen hatten, erhob er sich und ergriff einen Kelch. Im Rittersaal kehrte Stille ein.

»Ich heiße euch willkommen auf Burg Wartenberg, der Burg meines Vaters Friedrich!«, rief er den Gästen zu. »Ich grüße den Grafen von Ziegenhain und alle Ritter aus dem Treuebündnis. Möge unser Land Buchonia für alle Zeit ein glückliches Land werden! Gesegnet ist unser Land mit mächtigen Burgen. Wer die Burg hat, hat das Land, sagte mein Vater!«

Die Ritter erhoben ihre Trinkkelche und riefen: »Lang lebe Buchonia! Lang lebe unser Bündnis!«

Mechthild stieß Tilmann an und sagte: »Schau auf diese tapferen Ritter! Ich bin stolz, die Tochter Dietrichs von Wartenberg zu sein. Wie schade, dass mein Vater nicht hier ist.«

Der Burgherr warf sich in die Brust. »Wir haben die Schergen des Abts gestern in die Flucht geschlagen. Ein Bild des Jammers war das, als die Memmen über das Feld geflüchtet sind, zurück in ihre Abtei! Der Sieg ist uns sicher. Fern sind die Schwarzen Ritter aus Schottland, die einst hier zu Gast waren, und doch sind sie auf unserer Seite. Wie stolz wäre er jetzt auf uns, Ritter Eraclius, der dem Perserkönig Cosdroas sein Schwert in das Herz stieß und das Heilige Kreuz, das dieser frevlerisch in sein Land schaffte, zurückbrachte auf einer langen, gefahrvollen Reise durch Syrien bis nach Jerusalem. Darum lasst uns jetzt speisen und fröhlich sein!«

Ursch stieß Tilmann an und sagte: »Eraclius kam auf einem Pferd, angetan mit Purpur und Samt, an das Tor von Jerusalem. Er musste das bereuen. Das Tor verschloss sich vor ihm und er sah nichts als eine Mauer. Das war ein großes Wunder. Ein Engel erschien und warf ihm vor: für diesen Hochmut musst du büßen, Eraclius! Der Ritter legte armselige Kleider an und trat zu Fuß vor das Tor, worauf sich die Türflügel öffneten. Das hat Heinrich vergessen.«

Der Truchsess und seine Gehilfen trugen jetzt Fleischplatten zu den Tischen. Der köstliche Bratenduft ließ die Gäste zu den Essgabeln und Löffeln greifen und man tafelte eifrig. Der Truchsess hatte große Mühe, genug Wildbraten herbeizuschaffen, und zuletzt tischte er Honigkuchen auf. Schließlich waren alle gesättigt.

Die Spielleute warteten zusammen mit Ursch, Mechthild und Tilmann geduldig an einem Nebentisch. Aus Tonbechern tranken sie »Gänsewein«, wie Rufus das Wasser aus dem Brunnen nannte. Essen war für sie erst am Schluss der Darbietungen vorgesehen, und das würde spät in der Nacht sein. Ein Spielmann im Pelzkleid suchte derweil im Palaskeller nach einem Affen und war rasend im Gedanken, dass ihm ein Festmahl entgangen war.

»Hebt die Tafel auf und lasst die Spielleute hervortreten!«, verkündete Heinrich endlich. Die Speisetafeln wurden von den Böcken gehoben und zur Seite gestellt. Alle nahmen in einem großen Kreis Platz. Stolz trat Rufus in die Mitte und trug eine Laute. Loretta folgte ihm mit dem Krummhorn, und schließlich trat Alwin mit dem Dudelsack hinzu.

Leise begann die Musik und wurde dann lauter und rhythmischer, bis Rufus der Tänzerin einen Wink gab. Mechthild wirbelte in den Kreis.

»Tanderadei, tanderadei, bald seid ihr frei!«, sang Rufus und schlug die Laute.

Heinrichs Gesicht hellte sich auf und er klatschte laut.

Schließlich endete die Musik, Tänzerin und Musiker nahmen Platz. Nur Rufus blieb auf der Tanzfläche zurück.

»Als wir zuletzt euer Gast waren, Herr von Wartenberg, trug ich die Verse Hartmann von Aues vor«, verkündete er, legte die Drehleier beiseite und entrollte ein Pergament. »Von einer edelmütigen Tat erzählen sie und werden »Der arme Heinrich« genannt.« Der Burgherr fühlte sich geschmeichelt. »Nun lasst mich von Parzifal berichten«, fuhr Rufus fort. »Wie es Wolfram von Eschenbach in Verse gebracht hat.«

Zustimmendes Gemurmel und begeisterte Rufe kamen aus dem Kreis der Gäste. Alle lauschten hingebungsvoll auf die Verse des Dichters. Schließlich brachte Rufus ein Lied zu Gehör. Minutenlanges Schweigen folgte. Die Gäste waren beeindruckt.

»Du verstehst dich gut auf Minnesang, Spielmann Rufus«, sagte Heinrich bewundernd. »Doch deine Traumtänzerin hat uns am meisten gefallen. Lass sie hervortreten. Sie möge die Maske abnehmen, damit ich ihr Angesicht sehen kann.«

Die Tänzerin hatte keine andere Wahl. Sie trat in den Kreis und öffnete mit zitternden Händen die Bänder, die die Maske festhielten. Ein Raunen ging durch die Schar der Gäste.

»Mach jetzt keinen Fehler!«, zischte Ursch Mechthild zu.

»Es ist Mechthild, die Tochter meines Bruders Dietrich!«, rief Heinrich verblüfft und sprang auf. Zornig warf er den Kelch zu Boden. »Wie kannst du es wagen, mich zu täuschen? Bist du nicht aus der Burg geflohen? Hast du nicht in der Schenke gemeinsam mit zwielichtigen Gesellen jemanden zu bestehlen versucht? Dein Vater würde sich für dich schämen, wenn er hier wäre.« Er winkte, und ein Wachsoldat trat hervor.

»Nimm sie fest, Balduin, und bring sie zur Küche. Dort kann sie dem Truchsess behilflich sein beim Waschen und Putzen. Du wirst sie bewachen. Sie möge auch die Aborte säubern und mit frischem Moos ausstatten. «

Die Gäste schüttelten sich vor Lachen. Berthold meldete sich zu Wort.

»Ich erkenne sie! Hat sie nicht auch den Herrn von Eisenbach, unseren tapferen Verbündeten und Turniersieger, gedemütigt und der Lächerlichkeit preisgegeben? Was ist, Trabodo, welche Strafe hältst du für angemessen?«

Mechthild konnte sich nicht zurückhalten, sie fühlte sich zutiefst gekränkt.

Mechthild breitete die Hände aus. »Du hast mir die Gastfreundschaft verwehrt, Onkel. Mir und meinen Freunden. Nur so konnte ich vor dich treten. Ich habe eine wichtige Nachricht.«

»Eigentlich war es gar nicht so schlimm«, wandte Trabodo ein. Seine Augen waren wässrig und merkwürdig verzückt. »Ich – ich liebe starke Frauen.«

Die Gäste kicherten, schubsten sich an und flüsterten sich Geheimnisse zu. Mechthilds Gesicht senkte sich und färbte sich rot. Sie fühlte sich zutiefst gedemütigt. Ausgerechnet an einem Ort, den sie besonders liebte. Hier hatte sie spielend ihre Kindheit verbracht, hier hatte der Vater ihr die Wandbilder gezeigt und von den Heldentaten der Schwarzen Ritter erzählt. Hier hatte ihr Gangolf gezeigt, wie man Worte in Büchern liest.

Das Mädchen fühlte bitteren Zorn in sich aufsteigen. Sie spürte, wie ihr Blut in Wallung kam. Sie blickte sich um und sah die Blässe in Tilmanns Gesicht. Auch ihn hatten sie gedemütigt. Als Träger der Prophezeiung war er gekommen, und sie hatten ihn in das Verlies geworfen und beraubt.

Sie sah das Erschrecken in Ursch´ Gesicht, und wie die Kräuterfrau warnend den Finger hob.

Nein, sie durfte sich nicht zurückhalten. Es musste geschehen!

Sie trat entschlossen in die Mitte und breitete die Hände aus. Sofort verbreitete sich Stille. Alle blickten das Mädchen stumm und erwartungsvoll an.

»Der Adlerkopf ist gefunden!«, rief Mechthild in das Schweigen.

»So wie Parzival den Gral suchte, so suchen wir seit langer Zeit den wundertätigen Kopf des Adlers«, sagte das Mädchen mit erhobener Stimme und wies auf die Wandbilder. »Adlerköpfe zierten die Helme der Schwarzen Ritter, die aus der Ferne zu uns kamen. Unbesiegbar waren sie damit im Kampf, denn Wieland der Schmied hatte sie einst in der Feuerglut geschaffen. Wir alle wissen, dass einer dieser Ritter sterbend uns seinen Adlerkopf schenkte, aus Dankbarkeit für die Gastfreundschaft und Pflege, die ihm Edda, die Heilerin, gewährte. Viele Jahre beschützte er das Tor der Burg Wartenberg. In einer unsäglichen Gewitternacht ging er verloren und wurde der Gral, den wir suchten.« Sie machte eine Pause. »Jetzt ist er zurückgekehrt.«

Ein Raunen ging durch die Schar der Gäste. Heinrich und Berthold hatten sich erhoben und blickten fassungslos auf das Mädchen.

»Wo ist er?«, fragte Berthold. »Zeig ihn uns! Solltest du lügen, werden wir dich in das Verlies werfen.«

Unbemerkt von allen war der Rabenold, der Schwarze Mönch, durch die Tür getreten. Das Gehörte ließ sein Gesicht erstarren. Er schob sich hinter eine Säule, denn er ahnte, was ihm jetzt bevorstand.

Heinrich war auf den Stuhl zurückgesunken. Er machte eine wegwerfende Handbewegung. »Sie lügt«, sagte er mehr zu sich selbst als zu den Anwesenden. »Sie will sich vor der Festnahme schützen. Wir wissen alle, dass sie eine blühende Phantasie besitzt und oft Märchen erzählt, die sie bei den Fahrenden Leuten gehört hat.« Man sah ihm an, dass er von alledem nichts wissen wollte.

»Wo ist der Adlerkopf?«, wiederholte Berthold. »Zeig ihn uns!«

Mechthild hob ratlos die Schultern. »Er ist nicht hier.«

»Ammenmärchen«, knurrte Heinrich und griff nach dem Weinbecher. »Das Mädchen führt uns an der Nase herum. Wenn es die Wahrheit wäre, könnte sie ihn vorzeigen.«

Heftige Bewegung kam jetzt in die Schar der Gäste. Einige waren aufgesprungen und verlangten, man solle das Mädchen wegbringen und zum Tanz aufspielen.

Heinrich leerte den Becher in einem Zug. Er sprang auf und nahm eine kämpferische Haltung ein. »Wir haben keine Not!«, rief er den Gästen zu. »Wir brauchen keinen Adlerkopf oder sonstigen Mummenschanz. Die Bedrohung der Abtei hat der Adlerkopf nicht von uns genommen, im Gegenteil, diese hat sich verstärkt. Sollte der Adlerkopf wirklich magische Kräfte besitzen, dann waren das bisher nur diese, dass er das schlimmste Unwetter auf unsere Burg zog, das wir je erlebt haben. Fast wäre die ganze Burg abgebrannt.« Er machte eine Pause und wies in die Runde. »Erst unser Bündnis hat dem Abt das Fürchten gelehrt. Mit Schimpf und Schande sind sie davongezogen, die Truppen der Abtei! Und deshalb lasst uns jetzt feiern und fröhlich sein!« Heinrich griff zum Krug und füllte ihn bis zum Überlaufen.

Hermann von Blankenwald meldete sich aus der Gästeschar zu Wort. »Hütet euch vor Blindheit! Der Abt wird zurückkommen. Er wird versuchen, die Bauern für sich zu gewinnen. Die Bauern murren schon lange. Die Abtei verweigert ihnen das Sakrament der Taufe, der Eheschließung und die Sterbesakramente. Auch fühlen die Bauern sich nicht sicher, denn die Räuberei hat zugenommen. Schinderjanis von Marah treibt wieder sein Unwesen.«

»Hermann hat recht!«, rief Konrad von Bimbach. »Wir müssen versuchen, die Bauern zurückzugewinnen. Hätten wir den Adlerkopf, wären alle auf unserer Seite, denn sie glauben an die Kraft des Adlerkopfs und die Erfüllung der Legende.«

Die Ritterschar stritt jetzt eifrig, was man tun könne. War man allein stark genug oder brauchte man die Hilfe der Bauern? Sollte man diese in Anspruch nehmen, würde das nicht bedeuten, dass die Bauern Forderungen stellten? Was sollte man von den alten Erzählungen halten? Berthold von Ziegenhain erhob sich schließlich und gebot Schweigen. »Heinrich von Wartenberg hat Recht, unser Bündnis besitzt große Stärke. Dennoch sollten wir auf

Herrmann und Konrad hören. Der Adlerkopf wäre von großem Nutzen. Die Bauern würden uns in Scharen zulaufen.«

»Es ist zu spät«, warf eine Stimme aus dem Hintergrund ein.

»Wer hat es gestattet, dass die verrückte Wahrsagerin hier anwesend ist?«, fragte Berthold zornig. »Treiben wir jetzt Schabernack? Ich habe genug davon heute gesehen. Wenn das so ist, werde ich gehen!«

Konrad von Rasdorf mischte sich jetzt ein. »Ruhig, Berthold«, sagte er. »Lass das Mädchen jetzt reden. Danach werden wir entscheiden, was es zu tun gibt.«

Mechthild ging zurück und brachte Tilmann in die Mitte. »Hier ist er, der Träger der Prophezeiung. Er kam durch den Schlafenden Wald zu uns und brachte uns den Adlerkopf zurück.

»Die Narretei wird immer schlimmer hier«, sagte Berthold zornig zu seiner Gemahlin. »Ein buckliger Narr bringt den Adlerkopf. Was kommt jetzt? Ein Hund, der Purzelbäume schlägt?«

»Er hat keinen Buckel!«, rief Mechthild zornig. »Er heißt Tilmann. Und er trägt einen Rucksack über der Schulter. Tilmann, zieh deine Jacke aus!«

Tilmann nahm verlegen die Narrenkappe vom Kopf und knöpfte die bunte Jacke auf. Er hielt seinen Rucksack umklammert wie ein Mensch in Seenot. Alle Blicke waren jetzt auf ihn gerichtet.

»Es ist der Fremde, den wir im Wald gefunden haben«, stellte Berthold fest. »Woher kommst du? Was trägst du in dieser Tasche, Tilmann? Sprich!«

Tilmann griff in den Rucksack und zog das erstbeste heraus, was er zu greifen bekam. Es war die Taschenlampe. Er hielt sie verlegen Berthold hin.

»Was ist das?«, fragte der Graf verwirrt. »Eine Waffe? Willst du uns drohen?«

Er griff an sein Schwert.

»Nein!«, rief Mechthild. »Er besitzt keine Waffen. Er kommt in guter Absicht. Er ist es – der Träger des Adlerkopfs. Er kommt aus weiter Ferne. Wir sollten ihn so begrüßen, wie sich das geziemt!«

Die Ritter sprangen auf. »Träger des Adlerkopfs, zeige uns jetzt, was du uns gebracht hast!«, riefen sie wie aus einem Mund.

»Leider ist er im Schlafenden Wald auf arglistige Weise bestohlen worden!«, warf Mechthild ein. »Aber wir kennen den Dieb. Er hat den Adlerkopf aus der Jacke Tilmanns heimtückisch gestohlen. Er ist hier auf der Burg. Es ist – «

Rabenold sprang hinter der Säule hervor und drängelte zum Ausgang. Einige Burggäste schöpften Verdacht und versperrten ihm den Weg. Rabenold wand sich wie eine Ratte, die kein Weiterkommen fand. Aber immer mehr Menschen versperrten ihm den Fluchtweg.

Er entschloss sich zum Äußersten. »Zu Hilfe – es ist eine schreckliche Tat geschehen!«, schrie er laut.

»Was ist denn jetzt schon wieder!?«, rief Bertold. »Nimmt die Narretei hier niemals ein Ende?«

»Gangolf, unser lieber Burgkaplan – er ist ermordet worden!«, rief Rabenold mit gurgelnder Stimme, ließ sich zu Boden fallen und hob beschwörend die Hände.

Stimmengewirr erfüllte den Rittersaal. Einige Umstehende richteten den Mönch auf und zogen ihn in die Mitte. Rabenold richtete die ausgestreckte Hand auf Tilmann.

»Der Fremde hat Gangolf getötet!«, jammerte der Schwarze Mönch händefuchtelnd. »Seht ihr nicht das Blut an seinem Stiefel? Es ist Gangolfs Blut! Der Fremde wollte seine Waffen zurückholen, die in der Kapelle aufbewahrt waren, um damit die Burg zu zerstören. Gangolf stellte sich ihm in den Weg. Mit dem Kreuz des Herrn hat der Fremde den Gottesmann erschlagen!«

»Es ist der Herumtreiber, der uns im Wald entkam«, murmelte Berthold. »Wie heißt er doch?«

»Rabenold, der Schwarze Mönch«, antwortete Heinrich unwillig und wandte sich dem Störenfried zu. »Berichte, was du weißt, Rabenold. Aber fasse dich kurz!«

Rabenold spürte das Misstrauen Heinrichs und der Gäste. »Ihr glaubt mir nicht? Dieser Kerl, der sich als Gaukler verkleidet hat, ist ein Betrüger. Ein Sarazene, der im Auftrag des Abtes Burg und Land ausspioniert. Jedes Mittel ist ihm für seine bösen Absichten recht. Er gibt sich als Träger der Prophezeiung aus, um die Tochter Dietrichs zu umgarnen. Mit der Hexe Ursch und Ratzfall, der vergifteten Fisch auf die Burg bringt, hat er Gleichgesinnte gefunden.«

Er fiel zu Boden und hob die gefalteten Hände. »Ihr glaubt mir immer noch nicht? Ich habe ein Gelübde geleistet, im Geiste unseres Vaters Benedikt. Mir ist Armut, Gehorsam, Keuschheit und Ehrlichkeit auferlegt. Die Lügenworte des Fremden zerfressen wie Würmer den Kopf des Mädchens und kriechen aus ihrem Mund. Adtendite a falsis prophetis qui veniunt ad vos in vestimentis ovium intrinsecus autem sunt lupi rapaces!«*

** Hütet euch vor den falschen Propheten, welche zu uns in Schafskleidern kommen und sind doch reißende Wölfe. (Matthäus; 7)*

»Genug damit!«, rief Heinrich. »Genug mit diesem Irrsinn! Wachen – herbei!

Mechthild und der Fremde sind festgenommen. Ebenso die freche Wahrsagerin! Sperrt sie in das Verlies und legt sie in Ketten. Der Mönch kommt ebenfalls in den Kerker, denn ich glaube deinen Worten nicht. Hartmann wird euch morgen auf seine Weise verhören, und dann werden wir euch der gerechten Strafe zuführen. Das Fest werdet ihr nicht schmälern! Spielmann – ich will Musik!«

Rabenold sprang auf und raste wie eine Ratte in Todesangst zur Tür, stieß Umstehende und einen Kerzenständer zur Seite und verschwand, noch bevor die Wachen erschienen waren.

»Der Mönch ist ein Lügner! Tilmann ist kein Mörder!«, schrie Mechthild verzweifelt. »Rabenold hat den Adlerkopf gestohlen!«

Tilmann hielt noch immer die Taschenlampe in den Händen und starrte auf seine Stiefel. Mechthild packte ihn am Arm und riss ihn mit sich. Sie warf einen raschen Blick auf die Wahrsagerin. Ursch wusste sofort, was gemeint war. Sie mussten von hier verschwinden, und zwar sofort!

Die Wachen stürzten durch die Tür und blickten erwartungsvoll auf Heinrich. Wer war es, den sie verhaften sollten?

»Hütet euch vor dieser Waffe!«, rief Mechthild, entriss Tilmann die Lampe und ließ sie aufblitzen. Die Menge wich mit einem Aufschrei zurück. Niemand wagte es, sich dieser Waffe entgegenzustellen. Mechthild ließ den Lichtkegel drohend durch den Rittersaal gleiten, die Gäste sprangen auf und suchten Zuflucht hinter Säulen oder unter Sitzbänken.

Die Gefährten rissen die Tür auf und sprangen ins Freie. Von Rabenold war keine Spur zu sehen. »Wartet!«, rief Mechthild. Sie zerrte die Schlüsselkette über den Kopf und drehte den Schlüssel im Schloss. Gerade rechtzeitig, denn in diesem Moment machte ein Rütteln und Drängen hinter der Tür deutlich, dass man die Verfolgung aufgenommen hatte. Aber die Palastür war fest verschlossen, und der zweite Ausgang über die Kemenate war von der Garderobe der Ritterfamilien verstellt.

»Wohin?«, fragte Ursch keuchend.

»Erst einmal in den Palaskeller!«, rief Mechthild. »Wir verstecken uns dort.«

An den Kellerstufen hielt Mechthild inne. Aus den Augenwinkeln nahm sie ein zuckendes Licht im Chorfenster der Burgkapelle wahr. Suchte Rabenold dort einen Schlupfwinkel? Oder war dort der Adlerkopf versteckt? Aber es blieb keine Zeit, darüber nachzudenken.

Mechthild trug noch immer die Taschenlampe, und sie leuchtete damit in die Dunkelheit des Palaskellers. Wo war Ratzfall? War er nicht hier hineingegangen, um Ali zu suchen?

Über sich hörten sie Schreie und das Rütteln an der verschlossenen Tür. Aus der Tiefe des Kellers drang ein Jammern und Stöhnen.

Zögernd betraten die Gefährten den Keller. Der Lichtkegel der Taschenlampe glitt über Fässer und Kisten, über die Kellerdecke und den Fußboden. Woher kam das klagende Geräusch?

Plötzlich konnten sie es sehen. Vor ihnen gähnte ein tiefes Loch. Daneben lag ein großer Haufen zerbrochener Lanzen. Das Jammern und Stöhnen kam aus dieser Öffnung. Mechthild leuchtete hinein.

Tief unten saß Ratzfall. Er hielt Ali im Arm. »Endlich seid ihr da«, stöhnte er hinauf. »Ich glaube, ich habe mir alle Knochen gebrochen.«

»Der unterirdische Gang«, hauchte Mechthild.

vierzehn.

Die Flucht

Auf einer wackeligen Leiter stiegen die Gefährten hastig in den Schacht, der vielleicht einmal ein Brunnen gewesen war. Der Geruch von Verwesung und Moder stieg ihnen entgegen. Mechthild trug noch immer die Taschenlampe und leuchtete damit nach unten. Einige Leiterstufen waren zerbrochen, das hatte den Sturz Ratzfalls verursacht. Der Fischer lag stöhnend am Boden des Brunnens und hielt den Käfig umklammert, in den er Ali eingesperrt hatte.

»Wenn du herunterkommst, dann ziehe die Lanzen über dir auf das Loch. Das hier ist ein gutes Versteck!«, rief Mechthild Tilmann zu.

»Gangolf hat den Brunnen ausgegraben, auf der Suche nach dem unterirdischen Gang«, grübelte sie beim Hinunterklettern. »Überall auf der Burg hat er danach gesucht. Er war neugierig auf die Spuren unserer Altvorderen. In jeden Winkel der Burg hat er deshalb seine Nase gesteckt.«

Unten angekommen, bot sich ihnen ein Bild des Jammers. Ratzfall hockte stöhnend im Brunnenschlamm. »Ich habe hier oft leere Fässer abgeholt und auch die Lanzen gesehen. Aber ich kam nie auf den Gedanken, dass darunter dieser elende Brunnen ist. Hätte mich auch nicht interessiert, ehrlich gesagt. Als ich mit der Kerze im Keller herumleuchtete, sah ich diesen Hund, dem irgendein Idiot meinen halben Namen gegeben hat. Er wühlte in den Lanzen nach einem Versteck für seinen Knochen. Dann sah ich den Affen, wie er in einem Loch verschwand. Zum Donnerstrudel – mein Fuß! «

Mechthild leuchtete mit der Taschenlampe auf Ratzfalls Bein. »Es ist nicht schlimm, Ratzfall. Nur eine kleine Verstauchung«, stellte Ursch tastend fest.

Mechthild blickte sich suchend um. »Hier ist ein Luftzug – spürt ihr es? Tilmann, leuchte gegen die Wände!«

»So eine Laterne habe ich noch nie gesehen«, ächzte Ratzfall. »Geht das Feuer darin nie aus? Wie kommt es, dass sie so hell ist?«

»Schscht! Da – da, seht her!« Mechthild rang nach Luft. In der Wand gähnte eine Öffnung. »Der unterirdische Gang!«

Wohin würde der Gang führen? Die Gefährten hatten keine andere Wahl, das hier war die einzige Fluchtmöglichkeit. Es gab keine andere. Früher oder später würden die Häscher sie in diesem Schacht aufstöbern.

Tilmann zögerte nicht lange. Entschlossen ergriff er die Taschenlampe und betrat er als erster das Loch in der Brunnenwand. Niemals hätte er es gewagt, einen Schritt in eine derart gruselige Öffnung zu tun. Aber jetzt kam es darauf an, so schnell wie möglich zu verschwinden. Sie hatten ihn des Mordes angeklagt und die Burgwächter waren hinter ihm her!

Auf also, vorwärts! Der Gang war eng und niedrig. Mühsam hatte man ihn einst durch den Sandstein gehauen. Die Steine wurden für den Bau längst zerstörter Häuser und Wehrmauern verwendet, vermutete Tilmann. Sicher wurden viele davon später in die Mauern der Burg eingefügt.

»Warum hat Gangolf seinen Fund nicht dem Burgherrn oder mir mitgeteilt?«, grübelte Mechthild beim Vorwärtsgehen. »Er war offen zu jedermann und deshalb sehr beliebt.«

Der Stollen schien kein Ende zu nehmen. Er führte geradeaus und änderte seine Richtung nicht. Im Schein der Taschenlampe gingen die Gefährten voran. Ratzfall humpelte als letzter und stöhnte über seinen verstauchten Fuß. Es tropfte unaufhörlich von der Decke und sie traten auf Tierkadaver. Wie waren die Ratten und Füchse hier hereingekommen? Durch den Brunnen sicher nicht. Der Gang musste einen offenen Ausgang haben. Dieser Gedanke trieb die Gefährten weiter.

»Wartet!«, keuchte Ratzfall. »Lasst uns ein wenig ruhen. Ich habe Schmerzen.«

Tilmann unterdrückte einen Schrei. Eine Fledermaus hatte sein Ohr gestreift. Er taumelte in eine Pfütze und sank auf einen Steinbrocken.

Eine Episode aus einem Buch, das er als Kind gelesen hatte, kam ihm in den Sinn. Es würde mich nicht wundern, erinnerte er sich, wenn jetzt ein See zu sehen wäre, auf dem sich eine Insel befindet, die von einem Froschwesen bewohnt wird. Glubschaugen hatte es gehabt, das Wesen und immer von einem »Schatz« geredet. Hieß es nicht Gollum?

Als hätte sie Tilmanns Gedanken erraten, sagte Ursch in geheimnisvollem Ton:

»Wir sollten hier nicht lange bleiben. Man sagt, Gnome und Erdgeister hausen unter der Erde. Vor Urzeiten sind sie da hineingekrochen, um Ruhe und Schutz zu finden. Seitdem schnüffeln sie in der Tiefe umher. In Slirf haben sie tief unten im Torf den beinernen Kopf eines Drachen gefunden, er war so groß, dass er einen ganzen Wagen füllte.«

»Kein Drache, es war ein Dinosaurier«, sagte Tilmann geistesabwesend.

»Lass uns eine Rast machen«, schlug Mechthild vor. »Ich glaube nicht an Erdgeister. Ich bin müde.« Sie kauerten sich auf die Steinbrocken, die am Boden herumlagen.

Es trat Schweigen ein. Die Gefährten lauschten in die Dunkelheit. Aber es war nichts zu hören außer dem drip – drop – drip des herabtropfenden Wassers, dem leisen Wimmern des kleinen Affen und dem Geräusch, das davon kam, dass Ratzfall sein Bein rieb und leise fluchte.

Mechthild atmet schwer. »Hast du Gangolf getötet, Tilmann?«, fragte sie endlich mit gebrochener Stimme. »Sag es uns!«

»Nein, nein«, stammelte Tilmann. »Rabenold war auf dem Turnier und sagte mir, er wolle den Rucksack und den Adlerkopf zurückgeben. Mir allein, in der Kapelle und noch vor dem Fest. Als ich in die Kapelle kam, lag Gangolf da. Tot. Ich bin in das Blut getreten. Es war furchtbar. «

Mechthild fasste ihn am Arm. »Ich wusste, dass du es nicht getan hast, Tilmann. Es war Rabenold, der Lügner und Dieb. Er wollte Gangolf aus dem Weg schaffen. Und dich in das Verlies zurückbringen oder dazu zwingen, dass du die Burg verlässt.« Sie schwieg einen Augenblick. »Vielleicht hatte Gangolf von dem Adlerkopf erfahren und wusste, was Rabenold damit vorhat. Womöglich hatte der Schwarze Mönch auch noch andere Gründe für seine Gräueltat.«

Tilmann leuchtete in den Rucksack und tastete nach den vertrauten Dingen. Alles war noch da. Oder doch nicht? Er betastete die Gegenstände und grübelte. Der CD-Player fehlte, das hatte er schon gestern festgestellt. Tatsächlich, es fehlte noch etwas. Das Notizbuch!

»Mein Tagebuch ist weg!«, murmelte er halblaut. Er grübelte nach. »Darin waren Zeichnungen vom Adlerkopf und der Burg!« Tilmann wühlte tiefer im Rucksack. Er fand es nicht. Das zerfledderte Heft, worin er alle Erlebnisse der letzten Zeit eingetragen hatte, war verschwunden.

»Gangolf hat diese Zeichnungen gesehen und deshalb vermutet, dass du mit dem Adlerkopf zu tun hast«, grübelte Mechthild. »Er hat Rabenold als Dieb entlarvt, denn er wusste von Heinrich, dass ihr euch im Schlafenden Wald begegnet seid.«

»Das alles werden wir herausfinden, wenn wir ihn haben«, sagte Ursch. »Er hält sich auf der Burg versteckt. Dieser Gang hier wird uns nach Angersbach führen. Dort werden wir Bauernkleider anlegen. Wir kehren dann zur Burg zurück und nehmen Rabenold gefangen.«

Mechthild spürte Hoffnung und neue Kraft. Sie fasste nach Tilmanns Hand. Tilmann fühlte, wie sein Herz schneller klopfte. Sollte er das Mädchen mitnehmen, wenn er den Nachhauseweg suchte? Wie konnte Mechthild hier glücklich sein? Sie würde ihren Vater niemals wiedersehen, ihre Mutter war gestorben und Heinrich ließ sie grausam seinen Hochmut spüren. Ihr Freund Gangolf war ermordet. Und ein Krieg kündigte sich an, mit ungewissem Ausgang. Hatte Berthold dies nicht angedeutet?

Ein Poltern drang von weit her durch den Gang. Die Gefährten horchten auf. War es der Wind? Aber hier unten wehte kein Wind. Hatten sich Steine gelöst, und drohte der Gang einzustürzen? War es ein Tier, das hier herunter kam, um zu sterben?

Etwas wuselte um ihre Füße. Plötzlich stieß Mechthild einen Schrei aus. Im Lichtkegel von Tilmanns Lampe starrte sie ein kleines Tier mit erschrockenen Augen an. Mechthild griff an ihren Fuß. Sie blutete! Das langschwänzige Tier stieß ein quiekendes Geräusch aus und verschwand in der Dunkelheit.

»Eine Ratte!«, stieß Ursch hervor. »Mechthild, ich muss nach der Wunde sehen, gleich, wenn wir in der Sonne sind! Weiter, Gefährten! Weg von hier!«

Mechthild starrte fassungslos auf ihre Wunde. Sie schien mehr für sie zu bedeuten als nur ein blutiger Streifen, den man leichthin wegwischen oder mit einem Tuch verbinden konnte. Selbst Ratzfall, der viel einstecken konnte, blickte bestürzt auf das Mädchen.

Das Poltern wurde lauter. Es kam vom Brunnen, von dort, wo sie den Gang betreten hatten. Jemand war in den Schacht eingestiegen und jammerte mit einem Begleiter oder mit sich selbst. Ein Schauer kroch den Gefährten über den Rücken. Etwas kam durch den unterirdischen Gang heran.

»Ich erkenne diese Stimme«, hauchte Ursch. »Es ist Rabenold.«

Die Gefährten sprangen auf und gingen mit beschleunigtem Tempo weiter.

»Halt!«, rief Ratzfall plötzlich und fasste nach einem knorrigen Wurzelstück, das aus einem Felsspalt ragte. Mächtige Hände rissen das Holz aus der Wand und schoben es in den Tunnel hinter ihnen. Als wäre es ein Kinderspiel und ungeachtet seiner Schmerzen hob Ratzfall große Steinbrocken vom Boden und stapelte sie aufeinander.

Alle hatten den gleichen Gedanken. Rabenold wusste von dem unterirdischen Gang. Wahrscheinlich war es ein weiterer Grund für ihn, Gangolf zu töten. Er wollte das Geheimnis des Brunnens für verborgene Zwecke benutzen. Jetzt war der Schwarze Mönch wie die Gefährten unterwegs auf dem gleichen Fluchtweg.

Unterwegs mit dem Adlerkopf, für den er einen hohen Preis erzielen würde. Auf Burg Wartenberg würde ihn wenig erwarten, man hatte dort hochmütig auf den Adlerkopf verzichtet, Berthold war ein schlechter Geldgeber und zudem wollte man ihn in das Verlies sperren.

Kein Zweifel, der Schwarze Mönch kam im Gang hinter ihnen heran. Sein Jammern war jetzt deutlich zu hören. Rabenold ahnte nichts von der Anwesenheit der Gefährten, denn der Schacht roch wie immer nach Moder und Rattenmist und nicht nach Fackelqualm. Ohne eine Fackel konnte niemand den Tunnel durchqueren. Und dass jemand eine Taschenlampe als Lichtquelle benutzte, konnte sich der Schwarze Mönch nicht im Traum vorstellen.

Die Gefährten hatten einen Vorsprung. Das Hindernis aus Wurzeln und Steinen würde den Bösewicht erst einmal beschäftigen. Tilmann ging geduckt voran und zeigte im Lichtkegel den Weg. Hinter ihm folgte Ursch, die Mechthild aufmunternde Worte zuflüsterte. Ratzfall humpelte zum Schluss.

Im Licht der Taschenlampe wimmelte es jetzt von Ratten. Sie flüchteten nach allen Seiten in dunkle Nebengänge und Steinritzen. Auf dem Boden lagen die toten Reste von Katzen und anderen Tieren, die in den Schacht gekommen waren, weil sie spürten, dass ihr Leben zu Ende ging. Die Kadaver strömten einen widerwärtigen Geruch aus.

»Es kann nicht mehr weit sein«, schloss Ursch aus den vielen toten Tieren. »Der Gang ist bald zu Ende.«

In einem kreisrunden Raum mit gemauerten Wänden kamen sie zu stehen. Tilmann leuchtete umher. Die Wände waren mit Flechten und blassen Schlingpflanzen überzogen und der Boden unter ihnen knöchelhoch mit stakigem Wasser bedeckt. Eine Leiter führte nach oben zu einer hölzernen Abdeckung. Dieser Ort sollte ahnungslosen Bauern den Anschein eines verlassenen Brunnens geben, in Wirklichkeit war er der Zugang zum unterirdischen Gang!

Die Zeit drängte. »Geh du voran!«, sagte Ursch zu Ratzfall mit einer Vorahnung. Das Holz der Leiter war nicht brüchig, allem Anschein nach war die Leiter erst vor kurzem von Gangolf herbeigeschafft worden. Die Gefährten stiegen nach oben. Der Brunnenrand war mit dicken Holzplanken abgedeckt, aber Ratzfall hatte keine Mühe, diese beiseite zu schieben. Sie sprangen ins Freie.

Der Vollmond über ihnen tauchte das Flusstal vor ihnen in gespenstisches Licht.

Nebel war aufgezogen. Die Erlen am Fluss ragten in die Höhe wie urzeitliche Giganten. In einiger Entfernung erhob sich der Bergfried von Burg Wartenberg aus dem Dunst. Beleuchtete Fenster schimmerten zu den Gefährten herüber. Sie feierten ihr Fest dort, als wäre nichts geschehen. Vor der Burgmauer glimmten hier und da Fackellichter auf. Waren die Häscher auf der Suche nach ihnen?

Die Gefährten blickten sich um nach einem Versteck. Wenn Rabenold aus dem Brunnen stieg, dann hatten sie jetzt eine Gelegenheit, ihn gefangen zu nehmen.

»Ich werde ihm die Ohren lang ziehen und die Nase plattklopfen, bis er uns den Adlerkopf herausgibt und verrät, was er ausgefressen hat«, knurrte Ratzfall.

Im Nebel zeichnete sich ein Haus ab, das an einen zerbrochenen Zahn erinnerte. Der Dachstuhl war eingestürzt. Im untersten Stock brannte fahles Licht hinter einem Fenster.

»Das war einmal der Meierhof«, brummte Ratzfall. »Die Bauern haben ihn angezündet.«

Im Brunnen polterte es und das Leiterende scharrte an den Wänden. Rabenold war jetzt dicht hinter ihnen. Jeden Augenblick würde er aus dem Brunnen steigen.

»Weg hier!«, zischte Ursch. »In das Gebüsch! Wir verstecken uns.«

Die Gefährten duckten sich hinter das Gestrüpp, das den Meierhofgarten überwucherte. Ein grauschwänziges Tier schreckte auf und verschwand im Nebel. »Da, seht nur!«, flüsterte Mechthild und wischte sich die Augen.

Aus dem Brunnen kroch, wie ein hässlicher Wurm, eine dunkle Gestalt. Bösartige Augen blitzten unter einer Kapuze auf. Die Gestalt trug eine schwarze Kutte.

Es war Rabenold. Gebückt wie ein Hund, der etwas verbrochen hatte, eilte er jetzt zum Meierhaus hinüber.

Energisch klopfte er gegen die Hauswand. »Mach auf, Marga!«

»Wir gehen näher hin!«, zischte Mechthild. »Er wird uns etwas verraten. Du bleibst hier, Ratzfall. Ali ist nicht still. Wir rufen dich, wenn wir dich brauchen.«

Am Fenster bewegten sich Tücher und die Gestalt einer Frau tauchte auf. Ihr graues Haar hing ihr in zottigen Strähnen über das Gesicht und die Brüste, die nur notdürftig verdeckt wurden.

»Scher dich weg, Mönchlein. Hier kommst du nicht rein!«, keifte die Frau.

»Du ekelst mich an. Du hast dein Versprechen nicht gehalten – verschwinde!«

»Du irrst, Marga!«, rief Rabenold händeringend. »Es war nicht meine Schuld. Sie wollen dich nicht in Fulda. Sie sagen, dein Einfluss sei verderblich für das Kloster.«

»Ich – verderblich? Ja, ich bin eine Hure und eine Diebin. Aber wovon soll ich leben? Die Bauern haben meinen Mann davongejagt, den Meier. Heinrichs Knecht haben sie ihn genannt. Sie haben das Dach angezündet. Mit mir wollen sie nichts mehr zu tun haben.«

»Das alles weiß ich, Marga. Aber ich habe dir auch geholfen.«

»Das Stehlen hast du mir beigebracht, Rabenold. Ja fürwahr, du bist der Meisterdieb, der seinesgleichen sucht. Ich habe dir dafür die Liebe gelehrt. Aber ich habe genug von meinem sündigen Leben. Ich will in das Kloster und Buße tun.«

»Du wirst bald dort sein. Und eine hervorragende Stellung wirst du dort besitzen. Alle werden dir Gehorsam leisten.« Rabenold hob die Hände beschwörend zum Himmel.

»Wie soll das geschehen, Mönchlein?«

Der Mönch fasste an seinen Lederbeutel. »Ich habe etwas hier in meinem Beutel, Marga. Es ist von großer Bedeutung. Ich werde es Abt Bertho anbieten und dafür das Amt des Custos erhalten.«

»Ein wirklich bedeutendes Ding, mein Guter. Ist es ein Schmuckstück? Kann ich es sehen? Zeig es mir!«

»Und außerdem«, ereiferte sich der Mönch, »weiß ich als Einziger von einem geheimen Gang zu berichten. Das wird dem Abt eine große Hilfe sein, den hochmütigen Heinrich zu besiegen. Sie werden Wartenberg unzerstört in Besitz nehmen, so wie es einst die listigen Griechen mit dem trojanischen Pferd taten.«

Mechthild schubste Ursch an die Seite und warf ihr einen vielsagenden Blick zu. »Gehe los, Ursch, hole Ratzfall!«, zischte sie. »Wir nehmen ihn gefangen. Er hat den Adlerkopf!«

Rabenold warf einen begehrlichen Blick auf die Frau und kratzte sich an seiner Tonsur. » Lass mich in dein Haus, Marga. Da werde ich dir das edle Stück zeigen. Nicht hier am Fenster. Ich bleibe nicht lange.« Aus seinem Lederbeutel zog er zur Hälfte einen Gegenstand, der in Alufolie eingewickelt war.

Ohne Margas Antwort abzuwarten, schritt der Schwarze Mönch zur Tür und legte die Hand auf den Türknauf.

In diesem Augenblick wurde die Tür von innen geöffnet. Eine große schwarze Gestalt stand wie ein Gespenst im Türrahmen. Der Mantel war in

Fetzen gerissen. Das Gespenst trug einen Helm mit heruntergeklapptem Visier. Aus den Augenschlitzen starrten glühende, fiebrige Augen auf Rabenold. Hinter der Gestalt flackerte grelles Feuer aus einem Kamin. Das Höllenfeuer! Der Unheimliche ächzte und hob die dürre Hand, um den Mönch zu ergreifen.

Dieser schrie auf, wich entsetzt zurück und ergriff die Flucht. In Windeseile war er im Nebel verschwunden.

Die schreckliche Gestalt neigte sich suchend aus der Tür. Aus dem Helm drang ein schnüffelndes Geräusch. Die Gefährten hielten den Atem an. Das schwarze Gespenst drehte sich um und schlug die Tür hinter sich zu.

Die Gefährten starrten regungslos und mit offenen Mündern auf das Geschehen. Der Vorhang hinter dem Fenster war zugezogen. Das Meierhaus ragte dunkel und abweisend vor ihnen auf.

Aus dem Hintergrund erschien Ratzfall, der das flackernde Licht bemerkt hatte und das Schlimmste befürchtete. Aber hier ging es nur noch darum, diesen schrecklichen Ort so schnell wie möglich zu verlassen. Die Verfolgung von Rabenold musste aufgenommen werden. Er durfte nicht entwischen!

Aber das war nicht einfach. Nebel verbarg den Flüchtigen und Gestrüpp versperrte den Weg. Rabenold kannte sich besser aus an diesem Ort als die Gefährten. In kürzester Zeit hatte er einen Vorsprung.

Eins stand für Ursch und Mechthild fest: er war auf dem Weg nach Fulda. Dort würde er Abt Bertho im Kloster aufsuchen, um ihm den Adlerkopf anzubieten. Der Abt wusste von der Legende, die man in Buchonia und weit über den Grenzen des Buchenlands erzählte. Der Fund war von großer Bedeutung. Bertho hatte die beiden Schwarzen Ritter auf ihren mächtigen Schlachtrössern gesehen, als er noch ein Kind war. Sie trugen Adlerköpfe auf ihren Helmen. Dieses Bild war ihm unvergesslich geblieben. Die Ritter hatten das Grab des Bonifatius aufgesucht und waren ohne Wiederkehr in das Heilige Land aufgebrochen. Man erzählte sich, einer von ihnen sei auf Burg Wartenberg gestorben.

Ursch und Mechthild waren sich sicher: der Adlerkopf war für Abt Bertho von unschätzbarem Wert. Er würde Gefolgsleute in großer Zahl finden, denn alle würden den Fund als ein Zeichen Gottes sehen. Dafür würde er Rabenold reichlich belohnen.

Hinzu kam die Nachricht von dem geheimen Gang! Bertho konnte bei einer Belagerung Kriegsknechte in die Burg einschleusen, die das Tor von innen öffneten. Er konnte die Burg einnehmen, ohne sie zu zerstören.

Das alles ging Ursch und Mechthild durch den Kopf, als sie im Gänsemarsch durch den Nebel wanderten, gefolgt von Ratzfall und Tilmann. Der

Morgen graute bereits und sie verspürten Müdigkeit und Hunger. Von Rabenold war weit und breit keine Spur zu sehen.

Der Pfad führte bergauf und nach einer Weile erreichten sie die Straße, die von Luternbach nach Fulda führte. Auf dieser Straße war der Schwarze Mönch unbehelligt davongezogen. Wer scherte sich auch um einen armen Mönch, der zum Kloster eilte? Pilger waren dort unterwegs, auf dem Jakobspfad durch den Vogelsberg und Rabenold wurde sicher für einen von ihnen gehalten. Die Gefährten durften diese Straße nicht betreten, denn die Häscher waren auf der Suche nach ihnen.

Plötzlich blieb Ursch stehen und hob die Hand. »Still!«, rief sie mit gedämpfter Stimme. »Ich höre etwas!«

Aus dem Nebel war deutlich Hufgetrappel zu hören. Es war nicht zu erkennen, wer da herankam, denn die Straße verschwand hinter einer Wegbiegung. Mechthild schob die Gefährten vom Wegrand. »Versteckt euch!«, rief sie. »Weg von hier!«

Gerade noch rechtzeitig ließen sie sich in das hohe Gras fallen. Mit donnernden Hufen galoppierte eine Gruppe Reiter an ihnen vorbei. Ihre weißen Umhänge flatterten im Wind. Deutlich war das Abtskreuz darauf zu erkennen. Sie schienen es eilig zu haben und nahmen keine Notiz vom Wegrand. So schnell sie gekommen waren, verschwanden sie auch in Nebel und Dunkelheit.

»Irgendetwas führen sie im Schilde«, flüsterte Ursch. »Sie benutzen die Dunkelheit, um sich auf die Lauer zu legen, nach irgendetwas.«

Mechthild stockte der Atem. »Reitet nicht der Graf von Ziegenhain heute Morgen nach Hause?« Ihr Blick war verwirrt und ratlos.

»Es ist sinnlos, Heinrich zu verständigen«, gab Ursch zur Antwort. »Seine Ohren sind verstopft von Hochmut. Er würde uns außerdem festnehmen lassen. Auf jeden Fall würden wir eine Menge Zeit verlieren.«

»Wir machen uns besser davon«, brummte Ratzfall. »Auch wenn ich den Weißkitteln am liebsten den Hals umdrehen würde, zum Donnerstrudel!«

Mechthild sprang auf. Sie drängte zum Aufbruch.

»Wir gehen hinauf zum Alten Weg«, schlug Ursch vor. »Dort sind wir sicher. Nur wenige beschreiten ihn um diese Jahreszeit. Oben im Wald werden wir eine Rast machen und nach Mechthilds Wunde und Ratzfalls Bein sehen. Rabenold ist uns entwischt, finden wir uns damit ab. Wir werden ihn in Fulda wiederfinden.«

Sie eilten über die Straße und schritten auf einem schmalen Pfad nach oben zum Waldsaum. Die Hecken waren erfüllt vom Lärm der Vögel. Der Morgen kündigte sich an.

Aus einem Holunderstrauch beobachtete ein Fuchs die merkwürdigen Wanderer. Menschen in einer so merkwürdigen Kleidung hatte er noch nie gesehen. Ratzfall trug den Affenkäfig auf dem Rücken und stützte sich auf einen Stock, den er am Meierhof gefunden hatte. Ursch blickte sich suchend um und griff nach Pflanzen, die sie beim Vorwärtsgehen fand. Dabei legte sie ab und zu tröstend ihre Hand auf Mechthilds Schulter. Und Tilmann drehte sich unentwegt um, um das Tal zu betrachten, das im Morgendunst erwachte. Das ihm so fremd erschien und doch so seltsam vertraut war.

fünfzehn.

Der Alte Weg

»Ich kenne alle Wege und Pfade, die durch Buchonia führen«, sagte Ursch. »Dort oben finden wir den Alten Weg.« Sie zeigte auf den Buchenwald, der sich vor ihnen auftat. Die Bäume standen eng beisammen und das Unterholz war so dicht, dass die Gefährten keine zwei Meter hineinsehen konnten. Man konnte den Wind hören, der in den Ästen der Buchen spielte und manchmal knackten Zweige, als ob Tiere durch das Gestrüpp streiften.

Ratzfall grinste schelmisch. »Die alte Hexe weiß viele dunkle Dinge«, murmelte er. »Sie hat scharfe Ohren und die Augen einer Waldeule. Jow!«

»Der Alte Weg, der nach Fulda führt, wird hauptsächlich im Winter begangen, wenn das Tal schneebedeckt ist und die Wege sumpfig sind«, erklärte Ursch unbeeindruckt von Ratzfalls Bemerkung. »Irgendwann wird eine feste Straße durch dieses Tal führen, dazu müssen viele Sümpfe ausgetrocknet und Steine herbeigeschafft werden. Die armen Bauern. Sie allein müssen diese Arbeit tun und sind zugleich schutzlos den Räubern ausgeliefert, weil der Burgherr von Hochmut erfüllt ist und sich um andere Dinge kümmert.«

Die Gefährten hatten den Waldrand erreicht und verbargen sich in einer Schwarzdornhecke. Unter ihnen glänzte das Tal im Licht der Morgensonne. Der Fluss Luter wand sich wie ein silbernes Band durch die Sumpflandschaft und zog eine große Schleife um die Burg, bevor er in Richtung Slirf verschwand. Dunkelheit und Nebel waren gewichen, viele Einzelheiten waren jetzt erkennbar.

Tilmann starrte fasziniert auf das Panorama. Auf dem Burgweg waren Ritter in schwarzgoldenen Umhängen, hoch zu Pferd und mit Gefolge, zu erkennen. Der Graf von Ziegenhain machte sich auf den Heimweg. Unter ihnen, auf der Straße nach Fulda, herrschte Bewegung. Bauern zogen mit beladenen Wagen dahin und trieben ihre Zugochsen mit lauten Rufen an. Dazwischen waren fahrende Händler und Pilger unterwegs. Teilweise kam der Verkehr ins Stocken, denn Kriegsknechte versperrten den Weg, um einzelne Reisende zur Rede zu stellen.

»Warum haben es die Bauern so eilig?«, fragte sich die Kräuterfrau. »Schon immer sind sie in der Morgenfrühe dort unten unterwegs. Ich habe sie oft zum Markt in Fulda begleitet. Aber gewöhnlich sind es nicht so viele und sie reisen nicht so überstürzt.«

»Wir werden das später herausfinden«, sagte Mechthild hastig und sprang auf. »Wir sollten erst einmal von hier verschwinden, man könnte uns finden. In meinem weißen Kleid sieht man mich bis zur Wartburg. Wir müssen uns alle andere Kleidung besorgen. So ist es ein leichtes Spiel für die Häscher, uns zu entdecken. Seht nur, da unten sind sie!«

Ihr Blick glitt von der Straße auf den Bergabhang, der sich wellenförmig nach unten ausdehnte. In den Hecken schien sich etwas zu bewegen. Rabenold konnte es nicht sein, der war auf und davon. »Irgendjemand ist da unten«, sagte Mechthild mit zitternder Stimme. »Seht ihr es auch?« Was war das? Nur ein Stofffetzen, ein Tier, oder war es eine Sinnestäuschung?

»Ich weiß einen Rat«, sagte Ursch und unterbrach Mechthilds Ängste. »Unweit von hier, nicht weit von der Köhlerhütte, gibt es eine Töpferei. Sie heißt Kaitz. Dort habe ich gute Freunde. Wir werden dort die Kleider wechseln.« Sie griff in ihren Lederbeutel. »Aber zuvor gibt es Wichtigeres zu tun. Wir müssen Mechthilds Wunde versorgen.«

»Und was ist mit meinem Fuß?«, brummte Ratzfall und schob Ali eine Beere durch das Käfiggitter. »Und wann gibt es etwas zu essen? Wir sollten ein Kaninchen fangen.«

»Auch für dich habe ich ein Heilmittel, Ratzfall, nur Geduld.« Ursch zog zwei verschnürte Tongefäße aus der Tasche. »Ehret eure Mutter Erde und alles, was auf ihr wächst, auf dass eure Tage auf Erden lange währen«, murmelte die Kräuterfrau. »Bette dein Bein auf meinem Schoß, Mechthild. Das hier ist Ringelblumensalbe, sie wird dir helfen.«

Während sie Salbe auf die Bisswunde strich und die Verletzung mit einem Tuch umwickelte, sprach sie beruhigend auf Mechthild ein. »Sorge dich nicht. Ich kenne einen Arzt in Fulda, den werden wir gleich nach der Ankunft aufsuchen. Er ist der Leibarzt des Abtes und der beste Medicus weit und breit.«

»Wie um alles in der Welt werde ich ihn bezahlen?«, fragte Mechthild kleinlaut.

»Ich habe einen Plan«, sagte Ursch beschwichtigend. »Wenn wir unser Ziel erreicht haben, kehre ich hierher zurück und suche das Holleloch im

Schlafenden Wald. Rabenhold hat darin sein Diebesgut versteckt, was sollte er sonst dort zu tun haben? Wir werden ihn zwingen, sein Räubernest zu verraten. Von diesem Geld werden wir den Arzt bezahlen.«

Sie wandte sich Ratzfall zu und kniete vor ihm auf den Boden. »Deinen Dreckfuß möchte ich nicht auf meinem Schoß. Sieh her, zur Heilung deines Knochens habe ich das Öl der Bergblume, die auf Felsen und Steinen wächst. Diese heißt Arnika.«

»Mein Fuß ist stets gereinigt, alte Kräuterhexe«, brummte Ratzfall. »Noch so eine Beleidigung und ich lasse Ali auf dich los, zum Donnerstrudel!«

»Seht nur, da unten!«, rief Mechthild und zeigte in das Tal. Von der Burg kommend, bog ein buntgeschmückter Eselwagen auf die Straße nach Fulda ein. »Springinsfeld und seine Gaukler! Sie fahren nach Fulda. Dort werden wir sie wiedersehen!«

Ein langgedehntes, knurrendes Geräusch ließ die Gefährten aufhorchen. »Es ist mein Magen«, klagte Ratzfall wehleidig. »Sollten wir nicht erst einmal ein Kaninchen fangen? Ich habe einen Hunger wie ein Bär.«

Ursch lehnte den Vorschlag ab. »Dazu haben wir keine Zeit«, sagte sie. »Wir müssen schleunigst aufbrechen.«

»Wartet!«, rief Mechthild und griff in ihre Ledertasche. Verblüfft starrten Ratzfall und Ursch auf das rote Blechherz. Mechthild öffnete es behutsam. »Jeder von uns bekommt zwei dieser Kugeln. Mehr nicht.«

»So etwas habe ich noch nie gegessen«, hauchte Ursch hingebungsvoll und fügte hinzu: »Es schmeckt wunderbar, welche Pflanze steckt darin? Woher hast du das, Mechthild?«

Ratzfall verschlang den Bissen in einem Haps, nachdem er vorher ein Bröckchen in Alis Käfig geschoben hatte.

»Ich habe ihr das geschenkt«, verriet Tilmann. »Es sind Trüffel. Die Pflanze darin heißt Kakao.«

»Seht euch das Pergament an, worin es eingewickelt ist!«, sagte Mechthild beim Weitergehen. »Es glitzert wie Seide. Und wie es riecht!«

Mechthild schnupperte noch an dem Blechherz, als sie den Abhang in das Erlich hinunterstiegen. Sie rollte das Papier zusammen und flocht es in ihr Haar. »Schau auf deine Füße, Mechthild«, mahnte Ursch.

Auf schmalen Holzplanken durchquerten sie ein kleines Sumpftal. Behutsam setzen sie Schritt vor Schritt. »Mancher nächtliche Wanderer ist hier ins Schwanken geraten und im Erlich versunken«, wusste Ursch. »Auf Nimmerwiedersehen.«

Nach Luft ringend sanken die Gefährten am Waldrand gegenüber in das

Gras. Eine munter sprudelnde, in Sandstein gefasste Quelle belohnte ihre Umsicht. Das Wasser war glasklar und schmeckte köstlich.

Mechthild kam ins Träumen. »Wie schön war es, wenn wir im Sommer an der Quelle spielten. Meine Großmutter erzählte, dass Frau Holle die kleinen Kinder aus diesem Wasser holt. Elben mit goldenen Kronen auf ihren Häuptern tanzen dort. Sie sind sehr klein und haben Flügel. Sie ärgern den Nöck, der in einer Erbsenschote auf dem Wasser fährt. Großmutter wusste viele Geschichten.«

»Auf Burg Wartenberg gibt es keine Kaminträume mehr, seit Heinrichs Hoffahrt«, sagte Ursch zynisch. »Mir fällt da eine andere Geschichte ein.«

»Erzähle sie uns, Ursch«, schlug Mechthild vor und reichte Tilmann Wasser in ihren Händen.

»Es entspringen viele Quellen und Gewässer aus dem Berg, auf dem sich der Schlafende Wald ausbreitet und der Vogelsberg genannt wird«, erzählte Ursch. »Einer dieser Bäche, der Schwarzbach, treibt das Mühlenrad der Teufelsmühle. Diese Mühle ist die schönste weit und breit, kostbar ist das Zierrat an Fenster, Gebälk und Türen. Ein Zimmermann hat dafür sieben Jahre lang einen Plan gezeichnet, das Holz gehauen und gesägt. Als es ans Bauen ging, erfasste ihn der Hochmut. Er wettete mit dem Teufel, dass er schöner und schneller bauen könne als der Teufel selbst. Sie machten sich sogleich ans Werk. Der Teufel baute den unteren Giebel, der wunderschön ist und weit und breit Bewunderung findet, der Zimmermann den oberen Giebel, der an Schönheit dem Werk des Teufels nicht im Mindesten entspricht. Zudem war der Teufel schneller. Zum Hohne hing er seinen Hut auf die oberste Spitze der Mühle. Den Zimmermann, der die Wette verloren hatte, führte er auf das Feld und zerriss ihn in den Lüften.«

»Ich kenne die Geschichte«, sagte Tilmann wasserschlürfend. »Die Mühle gibt es immer noch. Sie steht in Ilbeshausen.«

»Er meint Iliwinshusen«, brummelte Ratzfall. »Der Kosel wohnt jetzt in der Mühle. Ein Kobold, der Müller foppt und Schabernack treibt. Ich war einmal dort und habe das Kerlchen gesehen. Mich hat er nicht erschreckt, mich kann er gut leiden, glaube ich. Jow!«

»Das sind schaurige Geschichten.« Mechthild wischte ihre Hände am Kleid ab. »Warum heißt der Berg eigentlich Vogelsberg? Hat da nicht ein Bauer auch eine Wette abgeschlossen mit dem Teufel? Seine Frau -«

Plötzlich hielt sie inne. Aus dem alten Weidengebüsch im Sumpf trug der Wind ein Seufzen und Stöhnen zu ihnen herüber. Ein Schatten kauerte sich in den Zweigen zu Boden.

Irgendetwas folgte ihnen. Mechthild hatte es auf dem ganzen Weg bis zur Quelle gespürt. Jetzt sahen es alle. Ein schwarzer Schatten duckte sich im Weidengebüsch. Das Wesen traute sich nicht, zu ihnen hinüber zu kommen und schien sie zu beobachten.

»Was ist das?«, fragte Tilmann.

Ursch wusste keinen Rat. »Ein Tier ist es nicht. Tiere trauen sich nicht in den Sumpf. Es ist ein Mensch.«

»Warten wir, bis es näher kommt«, schlug Ratzfall vor. Er formte die Hände vor dem Mund zu einem Trichter. »He du! Komm rüber, oder ich ziehe dich an den Schlappohren aus der Hecke, zum Donnerstrudel!«

»Gehen wir weiter«, schlug Ursch vor. »Wir sollten auf der Hut sein. Du, Tilmann, gehst zuletzt und beobachtest den Pfad hinter uns. Wir sind gleich an der Köhlerhütte.«

Nach einer Wegstunde lichtete sich der Wald. Vor ihnen breitete sich eine von Baumstümpfen übersäte Fläche aus. Am Wegrand türmte sich ein mächtiger Holzhaufen, aus dem eine Rauchfahne kräuselte. Der Kohlenmeiler sah verlassen aus. Von dem Köhler war weit und breit nichts zu sehen. Eine alte, zerlumpte Frau hockte am Wegrand und blickte sie aus leeren Augen an.

»Habt ihr ein Almosen für mich, etwas Brot vielleicht?«, bettelte die Alte. »Mein Mann, der Köhler, ist gestorben. Er musste Holzkohle an die Herren von Wartenberg, Eysenbach und Blankenwald liefern und dafür Tag und Nacht Holz fällen und aufschichten. Er konnte keinen Schlaf finden. Es war zu viel für ihn. Mein Sohn ist nach Fulda und sucht dort eine andere Arbeit. Ihr geht dorthin? Er heißt Rudolf, richtet ihm aus, dass seine arme Mutter krank ist. Ich brauche Hilfe.«

Auf dem Pfad hinter ihnen rumpelte ein mit allerlei Hausrat beladener Wagen heran, der von einem mageren Ochsen gezogen wurde. Ein missmutiger Bauer hockte auf dem Kutschbock. Mit lauten Rufen trieb er sein Kutschtier zur Eile an.

Ratzfall kannte den Bauern. »He Wütrich«, rief er. »Nimm uns mit in das Kaitz, wir haben es eilig.«

»Brrr!«, machte der Kutscher. »Was habe ich mit Gauklern zu schaffen?«, antwortete er unwirsch.

Ratzfall stellte sich in den Weg. »Hör zu, Wütrich. Ich bin Ratzfall, der Fischer. Erkennst du mich nicht? Und das ist Mechthild, die Tochter deines Herrn Dietrich, der in Jerusalem als Märtyrer starb. Du wirst uns mitnehmen zum Kaitz, mich und meine Freunde. Und die arme, alte Frau dort auch. Tust du es nicht, werde ich Herrn Heinrich deine Flucht melden. Er wird dich nach seinem Sieg in Fulda in den Stockturm werfen lassen. Zum Donnerstrudel!«

Der Bauer stieg steifbeinig vom Wagen und packte Ratzfall wutentbrannt am Mantelkragen. Ratzfall wollte zuschlagen, da stürzte Mechthild dazwischen. Der Bauer raste vor Zorn und griff nach Mechthilds Haaren. Die Köhlerin stieß einen Schrei aus. Sie zeigte aufgeregt in das Gebüsch.

»Da ist er wieder!«, rief sie. »Der Schwarze Ritter. Er lässt mich nicht in Ruhe!«

Im Gebüsch hinter hinten duckte sich ein Schatten. Das Seufzen und Stöhnen schwoll an zu einem lauten Ruf: »Mechthild! Mechthild! Helft ihr, helft ihr!«

»Der Schwarze Ritter? Ist es also doch wahr, was die Bauern erzählen?«, fragte Ursch erregt. »Ist er aus seinem Grab ausgestiegen? Was will er von dir, Mechthild?«

Der Schatten erhob sich und trat aus dem Gebüsch. Den Gefährten stockte der Atem. Es war das Gespenst, das sie am Meierhof erschreckt hatte. Die schwarze Gestalt trug einen Helm, das Visier war heruntergeklappt. Sein Umhang war zerfetzt und schmutzig. Seine Hand zog drohend ein Kurzschwert aus der Scheide und richtete die Waffe auf den Bauern, der zurückgeschleudert war.

In wilder Panik sprang Wütrich auf den Wagen und packte die Zügel. Die Gefährten zogen es vor, diesen Ort so schnell wie möglich zu verlassen und sprangen auf den Wagen. Auch die alte Köhlerin hatte es eilig, von hier fortzukommen. Ratzfall schaffte es, sie gerade noch rechtzeitig auf den Wagen zu zerren, wobei die Frau laute Klageschreie ausstieß.

Der Schwarze Ritter rannte mit stolpernden Schritten und krächzenden Rufen hinter ihnen her, dann gab er die Verfolgung auf und drehte sich um. Auf der Rückseite seines schwarzen Gewandes war ein weißes Kreuz zu sehen. Bevor der Pferdewagen in eine Wegbiegung einlenkte, konnte Tilmann noch erkennen, wie das Gespenst auf dem Weg zusammenbrach und auf allen Vieren in blinder Eile hinter ihnen herkroch.

»Er tut uns nichts, es ist eine arme Kreatur«, sagte die Köhlerin beschwichtigend. »Ich höre ihn nachts oft, wenn er um meine Hütte herumschnüffelt. Besonders in den Vollmondnächten. Irgendetwas lässt ihn nicht zur Ruhe kommen. Vielleicht hat er einen Grenzstein versetzt.«

»Es ist der Schwarze Ritter!«, rief Wütrich von vorne. »Und ihr habt ihn mir an den Hals gehetzt. Er will unsere Seelen. Er kann keine Ruhe finden, weil er den Adlerkopf sucht!«

»Der Schwarze Ritter hat den Adlerkopf vor seinem Tod meinem Großvater Friedrich geschenkt«, verbesserte Mechthild.

»So erzählen es die Herren auf Burg Wartenberg. Wir Bauern glauben nicht daran. Friedrich hat den Adlerkopf gestohlen!«, rief Wütrich vom Kutschbock.

»Ich kenne viele Geschichten, die in den Hütten Buchonias erzählt werden«, sagte Ursch. »Sie sollen die kalten Nächte verkürzen, das Fürchten lehren oder uns zum Guten führen. Aber es sind nur Geschichten – nichts mehr. Wir werden herausfinden, wer dieser Mann ist.«

»Ihr könnt herausfinden, was ihr wollt, ihr Narren!« rief Wütrich wieder von vorne. »Der Ochse wird schwächer. Wir müssen halten, er braucht Wasser.«

Der Wagen hielt und Bauer Wütrich tränkte das Zugtier aus einer ledernen Tasche, die am Wagen hing.

Der Weg führte jetzt über eine Anhöhe, die von mächtigen Eichen bewachsen war. Durch die Stämme konnte man auf das Tal herabsehen. Ein von Steinbrüchen durchlöcherter Bergrücken, an dessen Ende weithin sichtbar ein Galgen stand, durchquerte das Tal. Der Bauer warf einen missmutigen Blick auf die Gefährten und die Köhlerin, als er den Wasserbeutel zurückhing.

»Jetzt geht es bergab«, sagte er. »Haltet euch gut fest. Gleich sind wir im Kaitz.

Da müsst ihr herunter vom Wagen. Ich fahre weiter nach Fulda.«

»Was willst du dort?«, fragte Mechthild.

»Das fragst du noch? Ratzfall hat es doch gesagt. Meinst du, ich wollte zusehen, wie sich dein Onkel seinen roten Bart versengt? Den Graf von Ziegenhain hat es schon erwischt.«

»Was meinst du damit?«, fragte Mechthild aufgeregt.

»Er kam heute früh an meinem Haus vorbei und ich sah ihn noch, wie er mit seinem Gefolge in Richtung Luternbach verschwand. Dort hatten die Reiter des Abts einen Hinterhalt gelegt. Ich hörte das Geschrei und kurz darauf flüchtete ein blutiger Ziegenhainer an meinem Haus vorbei in Richtung Wartenberg. Er sagte mir, der Graf sei im Kampf vom Pferd gestürzt und hätte sich beim Sturz auf einen Stein tödlich verletzt.«

»Der schwarze Stein«, hauchte Ursch. »Auf dem Burghof hat er ihn aus dem Runenbeutel gezogen.«

Es herrschte betroffenes Schweigen. Der Bauer stieg auf den Kutschbock und griff nach den Zügeln. Er wandte sich noch einmal um.

»Ich habe hier nichts mehr verloren«, sagte er. »Meine Frau und mein Sohn sind geflohen, wer weiß wohin. Alles, was ich noch besitze, ist dieser dürre Ochse. Ich gehe nach Fulda. Alle Bauern von hier gehen jetzt dorthin. Sie wollen endlich Ruhe und Frieden. Sie wollen die Sakramente zurück, die ihnen der Abt und die Mönche verweigern, weil sie falsche Gefolgschaft geleistet haben.«

»Da irrst du dich, Bäuerchen«, schrie Mechthild auf. »Heinrich wird bald so stark sein wie kein Burgherr zuvor. Ich gebe zu, wir haben euch Bauern vernachlässigt. Aber daran ist der Abt schuld. Wir mussten unsere Kräfte sammeln, um seine Angriffe abzuwehren.«

»Heinrich wird dir den Strick bereiten, Wütrich. Sieh nur da hinüber, dort warten die Galgenvögel auf dich«, fügte Ratzfall hinzu.

Mechthild gestikulierte mit den Armen. »Der Abt wird von euch Ablass verlangen. Zum Dank für eure Hilfe. Ihr werdet so arm sein wie – wie…«

Ursch packte Mechthild am Arm und hielt ihn in die Höhe. Sie starrte in Mechthilds Achselhöhlen. Darin war eine dunkelrote Färbung sichtbar. Ursch stieß einen leisen Fluch aus.

Der Bauer trieb seinen Ochsen an. Tilmann konnte gerade noch erkennen, wie eine schwarze Gestalt hinter einer knorrigen Eiche hervortrat und ihre dürre Hand nach ihnen ausstreckte. Dann war der Wagen in einen Hohlweg eingebogen und fuhr mit knirschenden Rädern den Weg hinunter in das Kaitz.

Dicht aneinandergedrängt, als wollten sie sich gegenseitig beschützen, standen die Hütten am Bachlauf. Der Schmerbach führte Wasser, das von den Tongruben getrübt wurde, die am oberen Lauf in den Berg gegraben waren. Aus einem riesigen Brennofen in der Mitte der Häuser kringelte Rauch. Berge von Holzkohle sorgten dafür, dass der Eulofen auf hoher Temperatur blieb. Allerorten stapelten sich rostrot betupfte Krüge, die auf den Abtransport warteten.

»Wir bleiben hier nicht lange«, murrte Ratzfall. »Töpfer, Schinder und Schneider sind Leute, die man meiden soll. Sie sind unehrlich.«

Der Ochsenkarren rumpelte durch einen roterdigen, modrigen Hohlweg hinunter in die Töpfersiedlung. Der Geruch von verbrannter Erde und Holz schlug ihnen entgegen. Sogleich kam eine Schar von Kindern herangelaufen, weil man von der bunten Gesellschaft eine willkommene Abwechslung erhoffte.

»Wir suchen Bruno Guttel, den Töpfermeister«, sagte Ursch zu einem grauverschmierten Töpfer, der bis zu den Hüften im Schlamm einer Tongrube stand. »Wo ist er? Bringt uns zu ihm, wir brauchen Hilfe.« Der Mann wies auf eine Hütte, deren schmutzverkrustete Tür halb offen stand. Man konnte im Halbdunkel eine Drehscheibe erkennen, die ein quietschendes Geräusch verbreitete. Darüber bückte sich ein bärtiger Mann mit einer auffallend langen Nase. Sein Bart baumelte fast bis zum Gürtel der Lederschürze herab.

Als er Ratzfall erkannte, verfinsterte sich sein graues Gesicht. »Schlammbeißer«, stöhnte er auf. »Du hast uns neulich einen Fisch gebracht, von dem ist mir jetzt noch schlecht. Meine gute Katze ist elend daran gestorben. Wahrscheinlich bekommt dir der Fisch selber nicht, sonst wärst du nicht so schwarz im Gesicht.«

»Deine gute Katze sitzt unter der Töpferscheibe, Guttel«, sagte Ratzfall pampig.

Der Bart des alten Mannes verwickelte sich beim Hinunterbücken in der Töpferscheibe und das Gesicht des Töpfers presste sich mit einem gurgelnden Blubbern in die Tonmasse. Die Familie eilte aufgeschreckt aus dem Nebenraum und die Katze raste davon.

»Habe ich nicht gesagt, dass Töpfer unehrlich sind?«, donnerte Ratzfall. »Deshalb haben sie so lange Nasen.« Er reichte lachend Brunos Frau die Hände.

»Bruno, wie oft habe ich dir gesagt, du sollst den Bart scheren!«, rief die Frau und blickte achselzuckend auf die Gefährten. »Mein Mann ist ein Trottel. Nur in der Schenke in Fulda wird er lebendig.« Ihr Gesicht hellte sich beim Anblick von Mechthild auf. »Mechthild!«, rief sie. »Schön, dass du gekommen bist. Du siehst wunderschön aus in deinem weißen Kleid. Und da ist Ursch, die Kräuterfrau. Wer ist dieser große Junge im Narrenkleid?«

»Das ist mein Freund Tilmann«, sagte Mechthild. »Die Kleider sind unsere Sorge, Emma. Wir werden verfolgt. Wir müssen nach Fulda, um etwas zurückzuholen, was unsere Burg retten wird. Kannst du uns andere Kleider leihen?«

»Wann immer wir auf der Burg waren, hast du uns freundlich bewirtet, Mechthild«, antwortete Emma lächelnd. »Ich mache Töpfergesellen und Blasebalgweiber aus euch. Bruno wird euch morgen in der Frühe nach Fulda mitnehmen. Nach zwei Tagen kommt er zurück, da könnt ihr auch mitfahren. Nach zwei Tagen, hörst du, Bruno? Du wirst nicht noch einmal in der Schenke versacken!«

Bruno schüttelte mürrisch den Kopf. »Möglicherweise«, sagte er.

»Bald werden wir gute Geschäfte machen mit dem Abt«, sagte Emma händereibend. »Er will nicht weit von hier, in Blankenau, ein Kloster bauen. Zuvor muss er den Ritter von Blankenwald bezwingen, der das nicht will.

Töpfersiedlung

Der Abt hat eine plumpe Pfote, sie werden alle mit ihm zu tun bekommen, die Herren von Blankenwald, Wartenberg und Ziegenhain. Das Bündnis wird ihnen wenig helfen. Immer mehr Bauern ziehen nach Fulda.«

»Wir verkaufen gut und können uns möglicherweise sogar ein Pferd leisten«, sagte Bruno stolz. »Bis nach Fulda ist es damit nur eine halbe Tagesreise.«

»Er sagt immer *möglicherweise*«, sagte Emma. »Es tut mir leid.«

»Mit Pferd meinst du wohl einen furzenden Esel!«, lachte Ratzfall.

»Landmann ist das beste Pferd weit und breit«, antwortete Bruno mit beleidigter Miene. »Wir haben ein Stück Wald gerodet und pflügen dort ein Haferfeld für Landmann.«

Ursch blickte durch die Tür ins Freie. »Bauer Wütrich ist fort«, stellte sie fest. »Die Köhlerin hat er mitgenommen. Wir brauchen euch dringend, Emma. Wir müssten sonst durch den Wald laufen und dabei würden wir viel Zeit verlieren, denn zwei von uns sind krank.«

»Keine Sorge, Ursch«, sagte Emma und ging zu einer großen Wäschetruhe. »Wir werden euch mitnehmen.«

»Eine Übernachtung können wir uns leisten«, sagte Mechthild und ließ sich auf einen Stuhl fallen. »Ich bin müde. Mit dem Pferdewagen werden wir schneller in Fulda sein als ich dachte. Wir können auf der festen Straße fahren. In den neuen Kleidern wird uns niemand erkennen.«

Die Kleidung, die Emma aus einer großen Holzkiste hervorkramte, bestand aus grauem Leinen und war von Schmutzresten übersät. »Töpfer und Köhler sind die ärmsten Kreaturen, die Gott geschaffen hat«, sagte Emma entschuldigend. »Zum Wäschewaschen bleibt keine Zeit.«

Die Gauklerkleidung packte sie in einen Sack. »Woher habt ihr diese Sachen?«, fragte Emma neugierig. »Und von wem hast du den Affen, Ratzfall?«

»Das alles gehört den Gauklern«, antwortete Mechthild. »Wir werden sie in Fulda sehen und alles zurückgeben.«

Ratzfall gefiel der Vorschlag nicht besonders. »Ali ist glücklich bei mir«, sagte er murrend. »Sehr nur, wie er lacht!« Der Affe rüttelte an den Käfiggittern und bleckte zustimmend die Zähne.

Die Gefährten verbrachten die Nacht in einer zugigen Hütte auf Strohsäcken. Tilmann hörte allerlei kleines Getier darin rascheln. Aber er war zu müde, um sich dagegen zu wehren. Vor der Hütte plätscherte der Bach und die Fensterläden klapperten im Nachtwind. Ratzfall schnarchte so laut, dass man befürchten musste, er könnte die Häscher damit anlocken. Bald schon wurde auch Tilmann von tiefem Schlaf übermannt.

Das Klappern von Tongeschirr weckte Mechthild noch vor dem Morgengrauen. Sie blickte aus dem Fenster. Im Licht einer Fackel belud der Töpfer einen Planwagen.

»Hast du alle Töpfe aufgeladen?« ließ sich Emma aus dem Wohnhaus vernehmen.

»Ja, Emma«, kam zur Antwort. »Ich bin fertig. Fehlt nur noch der Hafersack.«

Die Töpfersfrau trat auf den Hof. »Du lügst, Bruno.« An den Ohren zog sie ihren Mann zum Brennofen hinüber.

Im Gebüsch hinter dem Ofen duckte sich ein Schatten. Der Anblick jagte Mechthild einen Schauer über den Rücken. Von nun an konnte sie keinen Schlaf mehr finden.

Als die Sonne ihre ersten Strahlen in die Töpfersiedlung schickte, weckte Mechthild Tilmann und zog ihn an das Fenster. »Der tote Ritter war wieder da«, sagte sie mit zitternder Stimme. »Die ganze Nacht ist er um das Haus gegangen. Ich konnte seinen Atem hören. Jetzt sitzt er drüben in den Büschen.« Tatsächlich konnte Tilmann eine hockende Gestalt im Holunderbusch hinter dem Brennofen erkennen.

»Ein armer Wicht ist das«, sagte Emma, als ihr Mechthild davon berichtete. Sie trug dampfende Milch und Brot in die Gästehütte. Bruno rückte Bänke an einen groben Tisch. Ursch und Ratzfall wachten auf und rieben sich die Augen.

»Er schleicht hier oft herum«, fuhr die Töpfersfrau fort. »Irgendetwas lässt ihn nicht zur Ruhe kommen. Er kommt und geht nach Fulda, nehmen wir an. Vielleicht hat er dort eine Bleibe? Man kann ihm nicht helfen. Er will gar keine Hilfe.«

»Ein Obdachloser«, sagte Tilmann und biss in das frische Brot. »Die gibt es bei uns oft.«

»Er hat meinen Namen gerufen«, sagte Mechthild schaudernd.

Bruno hob belehrend seine Hand. »Es heißt im Vogelsberg, wer einen Grenzstein versetzt, kann im Grab niemals zur Ruhe kommen und muss in den Nächten wandern«, wusste der Töpfer. »Und manche glauben auch an die alte Geschichte vom Adlerkopf. Durchreisende sagen, es sei der tote Schwarze Ritter, der keine Grabesruhe finden kann, weil er den Adlerkopf sucht. Möglicherweise.«

»Ich kenne viele solche Geschichten«, sagte Ursch verächtlich. »In den Bauernhütten wird manches erzählt, um die Nächte zu verkürzen. Der Glaube unserer Altvorderen geistert noch in den Köpfen der Töpfer und Bauern.«

Bruno blickte mit beleidigter Miene auf die Kräuterfrau. »Man sagt, du seist eine Hexe, die Schadzauber ausübt«, stichelte er. »Manche sagen, dass du zum Bechtelsberg reitest und auf der Rumpelskuppe mit deinesgleichen tanzt.«

Ursch machte eine wegwerfende Handbewegung. »Ich habe nicht die Kräfte und Mächte, derer mich manche verdächtigen«, sagte sie. »Pflanzen und zerriebene Steine können machtvoll und heilkräftig, aber auch todbringend sein. Sie wirken nur, wenn sie fachkundig zubereitet werden. Ich habe von meiner Mutter dieses Handwerk gelernt. Viele beneiden mich darum, besonders die gelehrten Buchmediziner im Kloster. Sie verlangen, dass sich Frauen unterordnen, wie Paulus sagt und behaupten, wir seien besonders empfänglich für die Verführungskünste des Teufels. Um mir zu schaden und mich mundtot zu machen, klagen sie mich der Hexerei an.«

»Ist es nicht so, dass dich die Spitäler um Hilfe rufen?«, fragte Mechthild.

Ursch nickte und seufzte tief. »Es ist so. Wenn sie nicht mehr weiter wissen, rufen sie mich oder Agnes von Blankenwald.«

Bruno war noch nicht fertig mit seinen Geheimnissen. »Wir haben hier ganz in der Nähe einen Zauberstein«, sagte er und schlürfte von der dampfenden Milch. »Manche nennen ihn Kreppelstein, andere den Stein der Tränen. Frau Holle hat dort geweint, ihre Tränen haben Rillen in den Stein gemacht. Wenn man dort sitzt und an einen Toten denkt, kehrt er zurück. Ich selbst habe meinen Vater dort stehen sehen.«

»Möglicherweise«, grinste Ratzfall.

Emma sprang auf und packte die Essensreste zusammen. »Genug jetzt von den Schauermärchen. Meinetwegen könnte ihr auf dem Wagen weiterreden. Er ist aufgeladen, und Landmann ist angespannt. Ihr müsst fahren!«

Vor dem Wagen zog sie Ratzfall zur Seite. »Du hast große Hände, Ratzfall. Ich bitte dich, hole meinen Mann nach zwei Tagen aus der Schenke und bringe ihn zurück. Wir haben sonst kein Geld und müssen Not leiden.«

Die Gefährten stiegen auf den Planwagen und zwängten sich zwischen die in grobe Tücher eingepackte Töpferware. Bruno rief: »He, ho, Landmann!« und klopfte gegen die Hafersäcke, die am Kutscherbock baumelten. Das Pferd wieherte auf und gemächlich zockelte der Wagen den trüben Schmerbach entlang zum Altefeldtal.

Mächtige Buchen und Eichen umsäumten das Tal, das der träge dahinfließende Altefeldfluss durchschlängelte. Tilmann zupfte an Mechthilds Jacke. »Was bedeutet das?«, fragte er. Am unteren Ende fast aller Buchen war die Baumrinde abgeschält.

Mechthild antwortete nicht. Sie ruhte an dem Sack, in dem sich die Gauklerbekleidung befand. Ihren Kopf hatte sie an Tilmanns Schulter gelehnt und ihre Augen waren geschlossen. Das ist merkwürdig, grübelte Tilmann und betrachtete ihr Gesicht. Es hatte eine eigenartige Blässe...

Die Kräuterfrau blickte besorgt. »Die Bauern aus Musles haben das gemacht«, sagte sie gedankenverloren zu Tilmann. Ihr Blick wirkte seltsam unruhig. »Viele Bauern sind so entkräftet, dass sie keine Bäume mehr fällen und die Säge nicht mehr benutzen können. Sie sind verpflichtet, Brennholz an die Burgen zu liefern. Sie schneiden die Baumrinde an, damit die Bäume krank werden und ohne Zutun umfallen.«

Sie zeigte auf eine alte, knorrige Eiche mit einer weit ausladenden Krone. »Die Herrgottseiche haben sie zum Glück verschont. Noch vor hundert Jahren haben die Bauern hier zu ihren Göttern gerufen. Mönche kamen hierher, um dem ein Ende zu bereiten. Um die Eiche zu fällen, wie es Bonifatius einst tat. Aber es war ihnen zu viel Arbeit. Sie nagelten ein Kreuz an den Baumstamm, nannten den Baum »Herrgottseiche« und wiesen die Bauern an, hier zu ihrem christlichen Gott zu beten.«

»Warum haben die Bauern sich das gefallen lassen?«, fragte Tilmann. »Warum sind sie Christen geworden? Hat man sie dazu gezwungen?«

»Schon die Alten haben von ihren Herren erwartet, für ihre Treue und harte Arbeit Lohn und Ehre zu erhalten«, erklärte Ursch. »Die alten Götter sind ohnmächtig und undankbar, sie versprechen für ein gutes Leben keine Aufnahme in ihren Himmel und keine Erlösung von den Sünden.«

An den Füßen der mächtigen Eiche wühlte eine Schweineherde nach Fressbarem. Als der Hirt den Töpferwagen herankommen sah, ging er auf die Straße zu.

»He, Guttel!«, rief er. »Ziehst du auch nach Fulda mit deinen Gesellen? Viele Bauern aus der Gegend sind schon dort. Sie sind es satt, den Herren aus Wartenberg und Blankenwald den Bauch zu füllen.«

»Ich fahre nach Fulda, um Geschäfte zu machen, Schweinehirt«, rief Bruno vom Wagen. »Mir ist es gleich, wer meine Töpfe kauft.« Er wandte sich grinsend zu den Gefährten. »Krieg macht Scherben und ich verdiene daran so gut wie der Schmied und Zimmermann.«

»Wenn wir den Adlerkopf haben, werden die Bauern in Scharen zu den buchonischen Rittern laufen «, sagte Tilmann trotzig und strich über Mechthilds Haar. »Ist es nicht so, Mechthild?«

Das Mädchen hielt die Augen geschlossen und antwortete nicht.

»Ich staune über deinen Sinneswandel, Tilmann«, antwortete die Kräuterfrau lächelnd. »Lass sie schlafen. Sie wird sich freuen, diese Worte von dir zu hören, wenn sie aufwacht. Schau nach hinten, unser finsterer Freund ist wieder da.«

An der Wegbiegung hinter ihnen duckte sich eine schwarze Gestalt. Der Unheimliche mit dem schwarzen Helm hatte wieder die Verfolgung aufgenommen. Tilmann meinte, einen klagenden, schwachen Ruf zu hören. Die zerlumpte Kreatur rief den Namen des Mädchens, das neben ihm lag und im Schlaf aufstöhnte.

Der Töpferwagen fuhr über eine Brücke und die Gefährten erblickten die strohgedeckten Hütten von Musles. Ein betäubender Gestank drang ihnen in die Nasen, der Geruch von toten Tieren. Am Wegrand starrte eine blutverschmierte Gestalt auf die Ankömmlinge und winkte ihnen müde zu. »Die Schindgrube«, murmelte Ursch und hielt ein Tuch vor die Nase. Tilmann blickte sie fragend an.

»Tote Tiere werden hierher gebracht, Tilmann. Der Schinder zieht ihnen das Fell ab und verkauft es an den Gerber. Daraus werden Kleider, Pferdesättel und Taschen hergestellt.« Sie strich über Tilmanns Rucksack. »In deiner Heimat ist das wohl nicht so.«

Das Dorf wirkte verlassen. Kinder mit schmutzverkrusteten Gesichtern spielten mit strohgestopften Schweineblasen ein Ballspiel. Hinter der Siedlung zog sich der Lange Berg dahin, als wollte er die Sicht auf das Land dahinter versperren. Von seinem Abhang tönte das monotone Klopfen, das die Hämmer von Steinmetzen verursachen.

»Sie zerklopfen dort oben das Kalkgestein und machen Mörtel daraus«, wusste Ratzfall. »Der taugt aber nicht viel. Lehm ist besser zum Bauen, der wird richtig hart. Das Land trägt hier wenig Früchte, es ist karg und sumpfig. Für viele ist das Kalkklopfen der einzige Broterwerb.«

»Vielleicht haben sie in tausend Jahren den Berg kleingeklopft?«, fragte sich Ursch zynisch. »Was sagst du dazu, Tilmann?«

»Blödsinn. Woher soll er das wissen?«, brummte Ratzfall und schob Eicheln in den Affenkäfig. Er schlug sich freudig auf die Schenkel. »Ich kann es kaum erwarten, nach Fulda zu kommen. Die Wirte dort brauen das beste Bier, ist es nicht so, Bruno?«

»Stimmt, Ratzfall. Möglicherweise!«, kam es vom Kutschbock. »Wir haben die Straße erreicht!«

Vor ihnen lag die Straße, die in westlicher Richtung nach Luternbach, in östlicher nach Fulda führte. Schon von weitem drang der Lärm zu ihnen herüber, den die fahrenden Händler und Ochsenkarren der Bauern verursachten. Fast alle zog es in die gleiche Richtung: nach Fulda.

Am Fuße des Langen Berges war ein Galgen errichtet, an dem eine von Krähen umflatterte Leiche baumelte. Dort saß ein Bettler am Wegrand und rief den vorbeiziehenden Reisenden flehende Worte zu. Niemand beachtete ihn.

Ursch bat den Töpfer um einen Halt und sprang vom Wagen. Ein Schwarm von Krähen stob krächzend über sie hinweg. Die Kräuterfrau hielt dem Bettler eine Münze vor das Gesicht. »Ist hier Rabenold vorbeigekommen?«, fragte sie energisch. »Du kennst ihn, du warst mit ihm im Kloster. Du bist Bruder Batiz, ein Ausgestoßener wie Rabenold.«

Der Bettler zeigte mit dem dürren Finger auf den Kutscher. »Der da oben ist ein Lügner. Wenn er nach Fulda fährt, verspricht er eine Gabe auf dem Heimweg. Kommt er zurück, hat er weder Zeit noch Geld. Ich bin eine arme Seele, die Fürbitte leistet für jeden mildtätigen Menschen.« Er steckte die Münze ein. »Ja, Rabenold ist gestern hier vorbeigekommen. Und später kam auch das Luder hier vorbei, seine Diebesbraut Marga, die Meierwitwe. Sie hat nach mir gespuckt! Rabenold hatte es eilig, er trug etwas in seinem Beutel, was er mir nicht verraten wollte. Er schüttelte nur den Kopf und ging weiter.«

Ursch wandte sich zum Gehen, da rief Batiz sie zurück. »Stell dir vor, Kräuterfrau, gestern Abend fuhr ein Klosterwagen hier vorbei. Ich habe mich verkrochen, denn meine Brüder hassen mich.«

»Sie haben dich ausgestoßen, weil du eine schlimme Missetat begangen hast, Batiz«, antwortete Ursch. »Doch sprich, was war mit diesem Klosterwagen?«

»Es war ein Krankenwagen. Jemand wurde in das Klosterspital gefahren. Eine wichtige Person. Aber wer es war, konnte ich nicht erfahren.«

»He, ho! Landmann!«, rief Bruno und der Wagen setzte sich wieder in Bewegung. Mechthild war aufgewacht und starrte mit fiebrigen Augen hilfesuchend um sich.

Tilmann ergriff ihre Schultern. »Was ist mit dir, Mechthild? Erkennst du mich nicht? Bist du krank?« Er warf Ursch einen flehenden Blick zu. »Jemand muss ihr helfen! Was hat sie, Ursch?«

Mechthild verschloss die Augen und sackte auf ihr Lager zurück. Ursch ergriff ihre Arme und hob sie in die Höhe. Ratzfall stieß einen unterdrückten Schrei aus.

Unter den Achseln waren deutlich bläuliche Flecken zu sehen.

»Ich habe es geahnt. Mechthild hat die unheilbare Krankheit«, stieß die Kräuterfrau hervor. »Es ist die Cholera. Wir haben sie oft gewarnt, aber sie wollte immer zu den fahrenden Händlern, die an der Burg vorbeiziehen. Sie wollte deren Geschichten hören und hat auch manchmal in den Zelten der Reisenden geschlafen. Sie hat die Dünste der Fremden geatmet und von ihrem Wasser getrunken. Vielleicht hat der Biss der Ratte die Krankheit beschleunigt.«

Der Wagen rumpelte über eine Brücke. Die Gefährten saßen wortlos und betroffen zwischen der Töpferware. Mechthild war krank, damit hatte keiner von ihnen gerechnet.

»Wir sind bald da!«, rief Bruno von vorne. »Seht nur, die Rhön! Auf der Wasserkuppe liegt noch Schnee, möglicherweise. Wir fahren jetzt durch Bimbach und Maberzell, dann sind wir am Andreasberg!« Die Gefährten hörten nicht hin, sie waren in Gedanken versunken. Mechthild hatte wieder die Augen geschlossen und regte sich nicht.

Der Wagen rumpelte durch zwei Dörfer und hinter Maberzell blickten sie von einem Berg hinab in ein breites Tal. Am Horizont erstreckte sich ein langezogenes Gebirge. Die Milseburg hob sich deutlich daraus hervor und der Berg, der alle anderen überragte, trug eine Schneekuppe.

Vor ihnen lag die Stadt Fulda.

sechzehn.

Im Spital St. Kathrin

Der Planwagen des Töpfers schaukelte den Maberzeller Berg hinunter und durchquerte ein sumpfiges Tal. Nach einer kurzen Wegstrecke machte der Sumpf das Weiterkommen für Fuhrwerke unmöglich, der Weg bog südlich ab und stieg eine Anhöhe hinauf. Die Bauern, die zu Fuß waren, gingen auf einem Sumpfpfad weiter.

»Dieser Pfad führt über den Frauenberg hinunter nach Fulda«, wusste Ursch. »Auf diesem Berg saß einst Bonifatius unter einem Zeltdach und sah von oben dem Bau des Klosters zu.«

Ratzfall hatte Ali freigelassen und dieser hockte auf dem Kutschbock, wo er laut kreischend die Aussicht genoss. Bruno ließ ihn lachend gewähren. Ursch kauerte neben Mechthild und redete auf das Mädchen ein.

»Wir sind gleich da, Mechthild. Ich kenne eine weise und tapfere Frau, die im Siechhaus arbeitet und sich weder vor Krankheiten noch vor ihrem garstigen Mann fürchtet. Sie heilt nach der Lehre von Hildegard von Bingen und strebt nach einem Leben, welches Elisabeth von Thüringen einst führte. Sie nennt sich Magdalena, aber ihr richtiger Name ist Agnes von Blankenwald. Nur wenige wissen das. Sie wird dir helfen, sei gewiss!«

Tilmann drückte das Mädchen an sich und streichelte ihr Haar. Jetzt, wo sie mit geschlossenen Augen und keuchendem Mund an seiner Schulter lehnte, kam ihm zu Bewusstsein, dass sie etwas Besonderes war. Ein Zittern ging durch ihren müden Körper und Tilmann spürte Zorn in sich aufsteigen.

Warum musste das geschehen? Sie waren doch so kurz vor dem Ziel. Wie sollte es jetzt weitergehen, wie sollten sie den Adlerkopf finden und nach Wartenberg bringen, wenn Mechthild außerstande war, zu denken und zu laufen. Ursch würde man keinen Glauben schenken und Ratzfall erst recht nicht.

Und er selbst, Tilmann, kannte sich in dieser Welt nicht aus. Wo würden sie Rabenold suchen müssen? War es vielleicht alles schon zu spät?

Mechthild öffnete die Augen. Ihr Blick war leer, sie schien nachzudenken. »Ich habe so viel falsch gemacht«, sagte sie kaum hörbar.

»Hast du nicht«, antwortete Tilmann.

»Ich weiß, ich habe die Cholera. Ich hätte nicht zu den Fahrenden Händlern gehen dürfen. Ich hätte meine Neugier zügeln sollen.«

»Wir werden den Adlerkopf finden und auf deine Burg bringen«, flüsterte ihr Tilmann ins Ohr. »Ich werde dir dabei helfen. Ich verspreche es dir.«

Mechthild lächelte, ihre Augen glänzten. »Ich liebe dich, Tilmann«, sagte sie.

Tilmann brachte keine Antwort zustande. Eine Träne rollte über sein Gesicht. Einen kurzen Augenblick fiel ihm ein, dass er noch am vorigen Tag nur einen einzigen Wunsch besessen hatte: nach Hause zurückkehren, so schnell wie möglich. Nein, niemals würde er jetzt dieses Mädchen verlassen, schwor er sich.

»Wir sind in Neuenberg!«, rief Bruno von vorne. Der Planwagen blieb an einer kleinen Kapelle stehen. Eine Gruppe von Mönchen kam auf sie zu.

»Der Herr sei mit euch!«, rief einer der Mönche. »Das Befahren der Langen Brücke kostet zwei Silberlinge. Sucht ihr eine Unterkunft? Eine Schenke für einen Stärkung? Da werdet ihr es heute schwer haben. Die Stadt ist überfüllt. Wir können die Bauern kaum zählen, die gestern und heute hier eingetroffen sind. Die meisten schlafen in den Zelten, die im Klosterhof aufgebaut sind, und in den Ställen. Es ist wie damals in Bethlehem, als unser Herr geboren wurde.«

»Da können wir doch auch im Zelt schlafen, oder? Wir haben keine großen Ansprüche«, antwortete der Töpfer und bezahlte wie gewohnt die Silberlinge. »Wir wollen nur auf den Markt und fahren übermorgen zurück. Möglicherweise.«

»Das könnt ihr nicht, Töpfer. Die Bauern sind Kriegsfreiwillige.« Der Mönch hob den Zeigefinger. »Allerdings, wenn ihr in den Krieg ziehen wollt, dann meldet euch dort. Euer Affe kann an der Steinschleuder arbeiten.« Er schüttelte sich vor Lachen.

»Sie werfen ihn auf die Burg«, brüllte ein anderer Mönch. »Da zwingt es alle raus vor Flöhen!«

»Und euch werfen sie hinterher!«, brüllte jetzt Ratzfall. »Da zwingt es alle raus. Soviel Geschwätz und Dummheit erträgt keiner. Zum Donnerstrudel!«

»Halts Maul, Schlammbeißer!«, rief Bruno und riss an den Zügeln. »Du bringst uns noch in Teufels Küche.« Er wandte sich den Mönchen zu. »Gott befohlen, Mönchsleute!«

Die Mönche waren längst mit den nachfolgenden Fuhrwerken beschäftigt und beachteten die Töpferleute nicht weiter, die jetzt im Planwagen den Berg hinab rollten.

Vor ihnen breitete sich die Abtei und angrenzend die Stadt Fulda aus. Die Türme der Ratgerbasilika überragten die Klosterdächer. Aus vielen Kaminen kräuselte Rauch, der Geruch von Holzbrand erfüllt die Luft bis hinauf zum Andreasberg. Der kalte Wind der Rhön ließ die Mönche und Stadtbewohner noch weit in das Frühjahr hinein frieren.

Lärm drang aus Fulda zu dem Planwagen herauf, aber es war nicht das Geräusch von Maschinen oder Motoren, wie es Tilmann gewohnt war. Es war der Lärm, den arbeitende Hände hervorriefen. Dazwischen mischte sich das Gebrüll von Haustieren.

Der Weg war jetzt gepflastert, was Bruno Guttig zum Fluchen veranlasste. Das Klappern der Töpfe verriet warum. Die Wagenbremsen kreischten, es ging bergab auf die Lange Brücke zu.

Mechthild hatte sich aufgerichtet und spähte über die Wagenladung nach vorne. »Die Höhle des Löwen«, jammerte sie. »Ob ich wohl jemals meine Burg wiedersehen werde?«

»Wir werden vor der Brücke absteigen, Bruno!«, rief Ursch durch das Töpfegeklapper. »Am Spital St. Kathrin.«

»Hier ist es, das Spital!«, brüllte Bruno nach kurzer Zeit und brachte den Wagen zum Stehen. »Soll ich euch auf dem Rückweg übermorgen mitnehmen?«

Ratzfall packte den Affen und steckte ihn in den Käfig. »Wir haben hier eine gefährliche Sache zu erledigen«, knurrte er Bruno zu. »Es geht um Leben und Tod. Keiner weiß, wie das jetzt ausgeht. Halt dich lieber raus, du alter Lügner. Übermorgen fährst du sowieso nicht, denn bis dahin hast du längst nicht alle Schenken und Frauenhäuser durchgeklappert.«

»Hier im Siechhaus seid ihr gut aufgehoben!«, keifte der Töpfer. »Da geht keiner freiwillig hinein, als Toter kommt man da heraus, möglicherweise! He, ho, Landmann!«

Die Gefährten stiegen vom Wagen. Mechthild rief Bruno noch zu, er solle die Gauklerkleidung zu Springinsfeld bringen, der sich sicher auf dem Dienstagsmarkt aufhielt. Dann setzte sich das Töpfergefährt scheppernd in Bewegung und rumpelte über das Brückenpflaster davon zum Stadttor.

In die Spitalfenster kam Bewegung. Neugierige Gesichter starrten die Ankömmlinge an. Gesichter, aus denen das Leben längst gewichen war. Nicht ohne Grund hatte man das Spital am Ende der Brücke, weit vor den Stadttoren, aufgebaut. Der Atem der Kranken und ihre Ausdünstungen bargen nach Meinung der Stadtbewohner den Keim der Krankheit und davor wollte man sich schützen. Im Spital selbst versuchten mutige Mönche immer wieder, die Luft von Krankheiten zu säubern, indem sie die Räume mit Wacholderbrand ausräucherten. Vergebens, es war sinnlos, dagegen anzukämpfen, die Ausgeburten der Hölle ließen sich nicht vertreiben.

Das Spital besaß keine Vordertür. »Wir gehen in den Hof nach hinten«, sagte Ursch standhaft und ging voran. Mechthild stützte sich an Tilmanns Schulter. Ihr Gesicht war leichenblass.

»Wir bleiben hier, bis es dunkel wird, Ratzfall«, schlug die Kräuterfrau vor. »Dann gehen wir beide in die Stadt und machen uns auf die Suche nach Rabenold. Wie geht es deinem Fuß, kannst du laufen?«

Ratzfall nickte. »Jow! Was uns nicht umbringt, macht uns härter, pflegte mein Ohm zu sagen.«

»Gut so, Ratzfall«, fuhr Ursch fort. »Rabenold ist entweder in der Abtei und wartet auf seine Ernennung als Custos, als Gegenleistung für sein Geschenk, oder der Abt hat ihn eingesperrt. Oder er treibt sich mit viel Geld auf dem Markt herum. Wir werden ihn auf jeden Fall finden. Und den Adlerkopf auch, Mechthild.« Sie fasste das Mädchen tröstend an der Schulter.

Die Hintertür war nur angelehnt. Das Stöhnen der Kranken und faulige Ausdünstungen drangen aus dem Spital. Ursch klopfte an die Tür und ein Wesen erschien, das in seiner schmutzigen und zerlumpten Kutte nur entfernt an einen Mönch erinnerte.

»Keine Angst«, flüsterte Ursch nach hinten. »Das ist Gozbort. Ich kenne ihn. Er arbeitet zur Strafe hier, um eine Sünde zu verbüßen.« Sie wandte sich dem Mönch zu. »Wo ist Magdalena? Wir brauchen dringend Hilfe!«

»Das Haus ist belegt«, antwortete Gozbort. »Verschwindet von hier. Wer Pech angreift, besudelt sich damit. Magdalena kommt gewöhnlich erst bei Dunkelheit hierher. Sie ist noch nicht da.«

»Dann werden wir hier auf sie warten«, antwortete Ursch resigniert.

Der Mönch streckte seine Hand ins Freie. »Es wird Regen geben. Ihr könnt meinetwegen im Ziegenstall warten. Wenn unser Herr mit einem Stall vorlieb nehmen musste, dann könnt ihr das auch. Qualis dominus, talis est servus.*«

An einer meckernden Ziegenherde vorbei bahnten sich die Gefährten ihren Weg hinüber zum Stall. Behutsam legte Ursch das Mädchen auf

* Wie der Herr, so der Knecht.

eine Pferdedecke in das Stroh. Im Kamin glimmte Holzkohle, Ursch warf trockenes Holz darauf und entzündete ein Feuer. Regentropfen trommelten auf das Scheunendach. Mechthilds Augen waren angsterfüllt, sie hob fiebernd die Hände und verlangte nach Wasser.

»Geht jetzt schon in die Stadt, Ursch und Ratzfall«, sprach sie leise. »Tilmann kann bei mir bleiben. Wir verlieren zu viel Zeit. Morgen kann schon alles zu spät sein. Wenn der Abt den Adlerkopf besitzt, werden ihm noch mehr Bauern zulaufen und Wartenberg kann dieser Streitmacht nichts entgegensetzen. Bitte gebt mir Wasser.«

»Sie hat recht«, nickte Ursch. »Du, Tilmann musst sie bewachen. Gozbort wird Magdalena zu euch in den Stall schicken, wenn sie kommt. Ich werde ihn darum bitten. Mechthild wird eine Arznei von ihr bekommen, die ihr helfen wird. Ich selbst werde mir jetzt Salzwasser von Gozbort geben lassen. Du, Tilmann, wirst dafür sorgen, dass sie viel davon trinkt. Sie ist ausgedörrt. Morgen werden wir in die Abtei gehen und Samuel, den Medicus, aufsuchen.«

Ursch klopfte Tilmann aufmunternd auf die Schulter und verließ den Ziegenstall. Ratzfall packte den Affenkäfig und strich Tilmann mit seiner Schaufelhand über die Wange. »Keine Angst, mein Junge, du wirst es schaffen. Die Nacht steht bevor, das ist gut für mich und die alte Hexe. Wir finden bessere Verstecke in der Stadt, wenn es dunkel ist. Ich kenne mich in Fulda aus, glaub mir. Ich bin zwar hässlich, aber nicht dumm. Ich gehe jede Wette ein, dass sich das Rabengesicht in der Schenke »Zur Eiche« aufhält. Da werde ich ihm den Buckel verdreschen, glaube mir. Zum Donnerstrudel!«

Er beugte sich zu Tilmann herab und flüsterte grinsend: »Sollte der Schwarze Ritter hier auftauchen, schlag ihm die Zähne ein. Falls er noch welche hat.«

Ursch kam mit zwei schwarzen Kapuzenmänteln zurück. »Der Totengräber Bodo lebt nicht mehr, wir können seine Mäntel haben. Wir sind morgen zurück, Tilmann. Pass auf Mechthild auf. Das ist jetzt deine Aufgabe.«

Der Regen rauschte auf das Dach. Ursch und Ratzfall hüllten sich in die Mäntel und verließen wie schwarze Schatten den Stall. Ratzfall wandte sich noch einmal um und sagte: »Kopf hoch, Tilmann.« Die Ziegen schoben sich, vom Regen gepeinigt, meckernd durch die Tür. Neugierig beschnupperte eine davon Tilmann und das auf der Pferdedecke ausgestreckte Mädchen.

Mechthild starrte auf Tilmann mit zusammengekniffenen Augen und brachte ein Lächeln zustande. »Du bist gut zu mir, Tilmann«, flüsterte sie fiebernd. »Komm, wir spielen Schachzubel.« Sie richtete sich auf, bog sich stöhnend nach hinten und übergab sich. Danach weinte sie, verborgen hinter ihren Händen, und warf ihr schweißnasses Gesicht hin und her. »Durst, Durst«, röchelte sie.

Die Stalltür quietschte und der Mönch Gozbort trat mit einer flackernden Öllampe herein. »Hier ist das Salzwasser, das Ursch bestellt hat«, sagte er und reichte dem Jungen den Krug. Tilmann kühlte Mechthilds Mund mit dem brackigen Wasser. Das Mädchen fiel erschöpft in den Schlaf.

»Ich werde nicht lange hier bleiben«, brummelte der Mönch und starrte auf Mechthild. »Sie ist ein schönes Mädchen und Schönheit zieht Krankheiten und den Teufel an. So heißt es im Kloster. Wir Mönche wissen, wie man das Böse aus dem Körper treibt.«

Gozbort kniete sich an Mechthilds Lager und flüsterte einen lateinischen Satz in ihr Ohr. Das Mädchen rührte sich nicht.

»Ich kenne viele Sätze aus der Heiligen Schrift«, sagte der Mönch verlegen. »Wenn dieser nicht geholfen hat, nehmen wir also einen anderen. So lange, bis wir den richtigen gefunden haben, der sie in Furcht versetzt. Diesen müssen wir so lange wiederholen, bis die Krankheit aus ihrem Mund entweicht.«

Tilmann starrte ihn verwirrt und entsetzt an. Die Stalltür knarrte. Kam jetzt Magdalena und machte diesem Treiben ein Ende?

»Quem di diligunt, adulescens moritur*«, murmelte der Mönch kaum hörbar in Mechthilds Ohr. Wie zur Antwort schob sich ein riesiger Schatten mit lautem Stöhnen durch die Stalltür. Das Licht der Öllampe fiel auf eine Gestalt in einem zerlumpten schwarzen Mantel. Sie trug einen Helm. Das Visier war heruntergeklappt und aus den Augenschlitzen funkelte es zornig. Der Schwarze Ritter!

Tilmann schob sich schützend vor das Mädchen. Seine Hand umkrampfte den Henkel des Wassertopfes, bereit, diesen auf das Gespenst zu werfen, sollte es sich auch nur einen Schritt nähern.

Der Mönch wirbelte, von dem Stöhnen aufgeschreckt, herum. Wütend starrte er auf die schwarze Gestalt im Türrahmen. »Der Ketzer«, zischte er. »Qui per mundum discurit vagabundus.** Mach, dass du fortkommst, du bist ein Verbannter und sollst dich jenseits der Mark aufhalten. So hat es der Abt angeordnet. Hast du das vergessen, Dietrich?«

Der Schwarze Ritter stieß den Mönch zur Seite. »Lass deine Finger von meiner Tochter!«, stöhnte er auf und ließ sich ächzend vor Mechthilds Lager fallen.

* Wen die Götter lieben, der stirbt jung.
** Der in der Welt umherschweift.

Tilmann erstarrte. Dietrich – sollte dieses Wesen etwa...?

Auf dem zerrissenen Mantel des Eindringlings bemerkte er ein aufgenähtes weißes Kreuz.

Der Ritter hob das Öllicht vor das Gesicht des Mädchens. Mechthild war in einen tiefen Schlaf gefallen. Er nahm seufzend den Helm vom Kopf und stellte ihn neben sich. Das flackernde Licht fiel auf sein Gesicht. Es war völlig entstellt, die Backenknochen traten weit hervor und die Augen lagen in tiefen Höhlen. Der Atem des Ritters ging rasselnd. Krachend fiel die Stalltür zu. Der Mönch war verschwunden.

»Mechthild«, stöhnte der Schwarze Ritter. »Meine liebste Tochter. Sie ist krank. Was für ein Unglück.« Er wandte sich Tilmann zu. »Wer bist du, Junge?«

»Mein Name ist Tilmann Schmitt«, sagte Tilmann mit zitternder Stimme. »Ich habe viel von Ihnen gehört. Sie sind Ritter Dietrich von Wartenberg? «

»Das war ich einmal. Jetzt bin ich ein Untoter, der zwischen Gottes Welt und dem Nichts schwebt.« Der Ritter strich Mechthilds Haar aus ihrem Gesicht und fasste an ihre fieberglühende Stirn.

»Man sagt, Sie wären verschollen«, keuchte Tilmann. »Nicht mehr von einem Kreuzzug zurückgekehrt. Ich weiß, Sie waren nicht da, als Ihr Bruder Heinrich den Treueid an Berthold von Ziegenhain schwor und damit den Zorn des Abtes auf sich zog.«

»Ich weiß nicht, ob diese Entscheidung gut war. Die Schlange des Hochmuts, des Neids und der Unvernunft hat in Heinrichs Kopf ein Nest gebaut. Dennoch wünsche ich ihm den Sieg, denn eine Niederlage wird mein Zuhause für immer zerstören.« Einen Augenblick herrschte Schweigen. Mechthild schüttelte sich im Schlaf. Dietrich ergriff ihre Hand. »Sie ist meine Tochter und das Einzige, was ich noch besitze.«

»Was ist auf dem Kreuzzug passiert?«, fragte Tilmann.

»Ich war dort.« Dietrich stöhnte auf und machte eine wegwerfende Bewegung. »Im Land, das man das Heilige nennt. Mein Freund Atze, der Landgraf von Thüringen, und ich reisten nach Brindisi, wo sich alle deutschen Kreuzritter versammelten, um mit Kaiser Friedrich eine Schiffsfahrt nach Otranto zu machen, in das Heilige Land. Vor Jerusalem lehrte ich die Muslims das Fürchten mit meinem Schwert und im Gewand des Schwarzen Ritters. Aber für jeden, den ich erschlug, kamen zehn neue hinzu, und diese steigerten sich im Zorn. Ich bekam Wundbrand am Bein, ein Jude sägte meinen Fuß ab. In der Beute fand ich die goldverzierten Schuhe eines Araberfürsten zusammen mit den Adlerköpfen der zwei Schwarzen Ritter. Seitdem trage ich einen goldenen Schuh, in dem sich kein Fuß befindet. Das Laufen fällt mir schwer damit.«

Dietrichs Blick fiel auf Tilmanns Frisur und seine von Geschwüren übersäte Hand strich über den Rucksack. »Du bist nicht von hier. Auch tust du dich schwer mit unserer Sprache. Woher kommst du? Wer bist du? Was hast du mit Mechthild zu tun?«

»Sie hat mir geholfen und ist meine Freundin. Sie ist schwer krank. Jemand muss ihr helfen.«

»Liebst du sie?«, fragte Dietrich und ohne die Antwort abzuwarten, sagte er: »Die Liebe ist die höchste unter den Geistesgaben, weil sie ewig ist.« Er machte eine nachdenkliche Pause. »Ich hatte noch mehr Fragen an dich gerichtet, Tilmann.«

»Woher ich komme, meinen Sie? Wenn Sie es genau wissen wollen: aus der Zukunft, aus dem Jahr 2009.«

Ein gurgelndes Geräusch drang aus dem Mund des Ritters. »Es sind die letzten Tage der Menschheit. Der Hochmut kennt keine Grenzen. Wir sprechen keine gemeinsame Sprache mehr, die Geister sind verwirrt.«

Er hielt die Hand vor die Augen, als wolle er von allem Irdischen Abschied nehmen. Sein Gesicht war über und über von eitrigen Geschwüren überzogen und das flackernde Kaminfeuer spiegelte sich zuckend in seinen tiefliegenden Augen. Das Haar, das einmal lockig bis zu den Schultern reichte, war bis auf wenige graue Strähnen verschwunden.

»Was ist mit den Schwarzen Rittern geschehen und wo sind die beiden Adlerköpfe, die Sie gefunden haben?«, fragte Tilmann.

»Die Ritter aus Schottland sind tot. Ich habe ihre Gräber gesehen. Die Adlerköpfe hat ein Händler mitgenommen, der sie irgendwo verkauft hat. Die Schwarzen Ritter waren kampftüchtig und siegreich im Zweikampf, aber gegen das große Heer von Sultan El Kamil konnte ihr Helmschmuck nichts ausrichten. Die Adlerköpfe sind nichts als Eisen und bunter Stein, kein Magier kann ihnen Zauberkraft einflößen. Wieland der Schmied ist ein Hirngespinst.«

Dietrich begrub sein Gesicht unter den Händen. »Als wir auf dem Schiff zurückfuhren, hatten wir viele Tote unter uns. Selbst unser Kaiser war krank.

Syphilis und Skorbut breiteten sich aus. Auch mich befiel eine Krankheit und entstellte mein Gesicht. Ich muss einen Helm tragen, um meine Mitmenschen nicht zu entsetzen.«

Tilmann fühlte, wie Mitleid in ihm aufstieg. »Was auch immer geschehen ist, Mechthild wird stolz auf Sie sein. Und glücklich, dass Sie wieder hier sind.« Er ergriff die Hand des Mädchens, aber Mechthilds Augen blieben verschlossen.

»Wer im Heiligen Land kämpft, muss siegreich sein und gute Nachricht nach Hause zurückbringen«, fuhr der Ritter fort. »Oder als Märtyrer sterben. So sieht es die Kirche gern. Mich sehen sie als Ketzer, weil ich die Wahrheit gesehen habe und darüber spreche. Sie wollen mich zum Schweigen bringen und haben mich in den Wald jenseits der Mark geschickt. Ich bin für sie ein Verdammter, den der Himmel durch Aussatz bestraft hat.«

Dietrich stöhnte auf. »Ich wollte mich umbringen auf der Rückfahrt. Schon in Rom wurde ich bedroht, man kündigte mir den Scheiterhaufen an, wenn ich es wagen würde, den Hochmut des Sultans, aber gleichermaßen auch den des Papstes anzuprangern. Zuhause wurde mir kein Freudenfest bereitet. Wie durch ein Schlangenei konnte ich auch hier die Brut des Hochmuts erkennen. Ich traf mich heimlich mit meinem Bruder, weil ich niemanden durch mein Äußeres erschrecken wollte. Ich war gegen das buchonische Bündnis und Heinrich schickte mich fort.«

Sein Blick fiel auf das Mädchen. »Mechthild wird mich unterstützen, eines Tages, wenn sie älter geworden ist. Das war mein Glaube, als ich im Land umherirrte.«

»Wartenberg muss siegen«, stöhnte das Mädchen mit geschlossenen Augen.

Dietrich verzerrte den Mund zu einer Andeutung eines Lächelns. »Hast du es gehört, Tilmann? Sie spricht.« Er streichelte Mechthilds Haar. »Wenn die Zwietracht gegangen und Frieden eingekehrt ist in unserem Land, werde ich mit Mechthild eine weite Reise machen zu einem Medicus, der uns beide heilt. Wenig liegt mir an den Dingen dieser Welt, ich habe den Glauben an die Menschen verloren und will den Frieden. «

Er blickte Tilmann in die Augen. »Du liebst meine Tochter und stehst ihr zur Seite. Ich vertraue dir, Tilmann, auch wenn ich nicht verstehen kann, woher du kommst. Deshalb habe ich dir meine Geschichte erzählt.«

Eine Tür fiel krachend ins Schloss. Dietrich schreckte auf. »Ich habe euch verfolgt, weil ich Mechthild am Meierhof sah und spürte, dass sie in Gefahr ist«, sagte er hastig. »Auch habe ich eure Gespräche im Wald belauscht. Ihr nennt euch Innige Gefährten und seid unterwegs nach Fulda, um einen gestohlenen Gegenstand zu suchen, der für unser Land von großer Bedeutung ist.« Er blickte sich ängstlich um. »Ich muss gehen. Magdalena ist zurück. Sie wird gleich hier sein. Sie will meine Anwesenheit im Spital nicht, weil sie fürchtet, dass mein Atem die Krankheit verbreitet.«

Dietrich löste etwas von seiner Halskette, wickelte es in ein Tuch und drückte Tilmann den Gegenstand in die Hand. »Sag ihr, dass ihr Vater lebt, wenn sie wach ist«, stieß er hastig hervor. »Gib ihr das und erzähle ihr von meinem Schicksal. Sie soll mir nicht gram sein, dass ich mich so lange versteckt habe.«

Dietrich drehte sich um und ging mit schleppendem Gang zur Tür. In diesem Moment wachte Mechthild auf. Sie blickte sich mit fiebrigen Augen um. Was sie sah, war ein Alptraum, den sie nicht verstand. Eine schaurige, schwarze Gestalt stand an der Tür, deren Stimme aus dem Nebel der Vergangenheit drang und auf seltsame Weise vertraut war.

Die Gestalt sagte: »Tilmann aus der Fremde, es ist deine Aufgabe, dich um Mechthild zu kümmern. Dafür werde ich dir großen Dank erweisen. Wir werden uns bald wiedersehen. Ich muss jetzt gehen.«

Noch bevor Mechthild verstehen konnte, war die Gestalt verschwunden.

Mechthild krümmte sich in Muskelkrämpfen. Ein Aufschrei drang von draußen in den Ziegenstall. Die Tür wurde aufgerissen und eine Frau stürmte herein.

Sie trug einen grauen Kapuzenmantel und schleppte einen Weidenkorb. Die Kapuze war in der Eile zurückgefallen und blonde, säuberlich geknotete Haare wurden sichtbar. Das musste Magdalena sein, die weise und tapfere Frau. Die Heilerin, von der Ursch gesprochen hatte.

Die Frau japste nach Luft. »War er hier, der Herumstreuner?«, fragte sie ohne Tilmann und Mechthild anzublicken. Sie stellte den Korb zu Boden. »Ich hatte ihm den Aufenthalt im Spital verboten, er verbreitet eine unheilbare Krankheit. Der Abt hat ihn in das Rügeregister eingetragen, weil er ein Aufrührer ist. Er gehört in den Wald jenseits der Mark. Niemand kann ihm helfen.«

»Wer sind Sie?«, fragte Tilmann und presste seinen Rucksack an sich.

»Ich bin eine Heilerin. Eine weise Frau. Mein Name ist unwichtig, nenne mich ganz einfach Magdalena«, antwortete die Frau ausweichend und fuhr fort, sich über den Besucher zu entrüsten, wobei sie in ihrem Korb wühlte und Holz in das Kaminfeuer warf. »Dieses Gespenst war einst Dietrich von Wartenberg. Er war auf einem Kreuzzug, aber seitdem er zurück ist, liegt er im Streit mit unserem Abt. Er hat den Aussatz am ganzen Körper. Wichtiger ist, wie der Mensch sein Schicksal annimmt, als wie es ist. Seine Niederlage gibt ihm Anlass, unsere Kirche anzuprangern und mit ihr zu hadern. Seine Gottesfrömmigkeit ist verloren, er gehört nicht mehr zu uns. Ich will ihn hier nicht haben.«

Sie beugte sich über Mechthild und hielt dem Mädchen ein Kräuterbüschel unter die Nase. Mechthild öffnete die Augen und richtete sich ruckartig auf. Sie starrte verwundert auf Tilmann und die Heilerin.

»Wer war dieser Mann?«, fragte das Mädchen. »Ich kannte diese Stimme.«

Tilmann antwortete nicht. Die weise Frau tat so, als hätte sie die Frage nicht gehört. Sie wühlte im Weidenkorb zwischen Brotfladen, Kräuterbündeln, Flaschen, Töpfen und allerlei merkwürdigen Gerätschaften, die wohl einen medizinischen Zweck besaßen. In ihren Händen zerrieb sie ein Kraut. Der Geruch von Pimpinella stieg auf und verbreitete sich im Ziegenstall.

»Ich werde dir jetzt eine Arznei geben, die Gottesgeschenk genannt wird, Mechthild«, sagte die Heilerin endlich. Sie schob ein rundes Eisengestell in das Feuer, setzte einen Topf darauf und schüttete Wasser hinein. »Wenn das Wasser kocht, werde ich das Gottesgeschenk hineingeben und hundert Atemzüge warten, bis es seine Kraft verbreitet hat. Abgekühlt musst du diesen Sud stündlich trinken, bis zum Morgengrauen. Er heilt jede Krankheit.«

Mechthild starrte teilnahmslos hinüber zur Stalltür. »Woraus besteht das Gottesgeschenk?«, fragte Tilmann argwöhnisch.

Die weise Frau beobachtete das Kesselwasser und hielt einen Lederbeutel bereit. »Wenn du es genau wissen willst, Tilmann, werde ich es dir aufsagen: aus 4 Unzen Lärchenschwamm, 2 Unzen Rhabarber, 2 Unzen Bärwurz, 4 Unzen Schwarze Nieswurz und etwas Tausendgüldenkraut. Ich werde Mechthilds Bauch auch noch mit Schwalbendreck und Honig einreiben. Zu guter Letzt werde ich Pimpinella und Weihrauch in das Feuer werfen, denn die Kranke hier hatte selbstsüchtige Gedanken und hat damit Dämonen und andere niedrige Wesen in ihren Körper gezogen, die vertrieben werden müssen.«

»Woher kennt diese Frau unsere Namen?«, stieß Mechthild hervor. »Und wer war der schwarze Mann – war es ein Traum?«

»Ich habe eure Namen und eure Anwesenheit von Ursch erfahren«, klärte sie die Heilerin auf. »Du hier heißt Tilmann und kommst angeblich aus der Fremde. Und du bist Mechthild, die Tochter Dietrichs von Wartenberg. Ich habe Ursch und Ratzfall in der Florengasse getroffen, sie suchen Rabenold, den Dieb. Er soll einen besonders wertvollen Gegenstand gestohlen haben, der euch gehört und eine besondere Bedeutung für Wartenberg hat.«

Sie machte eine Pause und rang nach Atem. »Hör zu, Mechthild. Der schwarze Mann, der eben hinausging, war dein Vater. Dietrich von Wartenberg.«

Mechthild sprang mit rudernden Armen auf. »Mein Vater? Er war hier?«, stieß sie aus und taumelte gegen einen Holzpfeiler. Tilmann fing sie auf und ließ sie zu Boden sinken.

»Sie sagt die Wahrheit«, stimmte Tilmann zu. »Du wirst ihn bald sehen, Mechthild. Das hier hat er mir für dich gegeben.«

Er reichte Mechthild das Tuch und das Mädchen wickelte hastig den Inhalt aus. Es war eine sarazenische Pfeilspitze und eine kleine Tonfigur. Eine der Figuren, mit denen sie und ihr Vater einst Schachzubel spielten. Tilmann traute seinen Augen nicht, es war das Wartebachmännchen.

Mechthilds Augen glänzten, Tränen rollten über ihr Gesicht. Die Heilerin bemerkte es nicht, sie saß stumm am Feuer und war vertieft in ihre Atemzüge.

Tilmann fasste Mechthild an der Schulter und zog sie an sich. »Ich werde dir morgen alles erklären, Mechthild. Jetzt musst du die Medizin nehmen. Du musst morgen gesund sein, damit wir in die Stadt gehen können, um den Adlerkopf zu suchen. Und deinen Vater wirst du bald wiedersehen. Er ist nicht weit von hier.«

»In der Abtei werdet ihr den Medicus Samuel aufsuchen. Er ist besser als ich«, murmelte die weise Frau und reichte Mechthild eine Tonschale. »Ursch sagte mir, ihr könnt ihn bezahlen, wenn ihr Rabenold gefunden habt.«

Mechthild trank mit zitternden Händen. Sie spürte eine seltsame Kraft in sich aufsteigen. War das Gottesgeschenk die Ursache? Oder war es der Gedanke, dass sie vielleicht schon morgen ihren Vater wiedersehen würde? Kein Hindernis würde sich ihr jetzt in den Weg stellen. In ihrem Kopf reifte ein Plan.

In der Morgenfrühe würde sie sich mit Tilmann in die Stadt aufmachen. Sie würden Ursch und Ratzfall finden und gemeinsam auf die Suche nach dem Adlerkopf gehen. Vielleicht hatten die Kräuterfrau und der Fischer schon eine Spur. Jetzt ging es nicht nur um Burg Wartenberg. Jetzt musste sie auch ihren Vater wiedersehen.

Das Mädchen richtete sich auf. »Tilmann und ich werden in der Morgenfrühe aufbrechen. Du wirst meinen Vater in das Spital aufnehmen, Agnes von Blankenwald«, sagte Mechthild mit fester Stimme. »Schicke in der Frühe jemanden hinaus, der ihn findet.«

Die Heilerin sah Mechthild verblüfft an. »Du bist fiebrig, Mechthild, und noch lange nicht gesund. Lege dich zur Ruhe.«

»Erst, wenn du einen Schwur ablegst, Agnes! Nimmst du meinen Vater nicht auf, werde ich deinem Ehemann Hermann von Blankenwald mitteilen, dass du hier arbeitest. Er wird dich einsperren lassen, weil er fürchtet, du könntest Krankheiten auf seine Burg bringen. Oder dich aus dem Land verweisen. Niemals wirst du eine Heilige werden, denn bald wird deine Spur verweht sein.«

Agnes kauerte sich auf den Boden und schlug die Hände vor das Gesicht. »Ursch hat dir meinen Namen verraten«, jammerte die Heilerin. »Du hast

Recht, mein Mann wird mich dem Stockmeister ausliefern oder mich in das Angstloch werfen. Dabei will ich doch nur leben wie Elisabeth. Ich möchte diesen armen Seelen helfen!« Sie überlegte einen Augenblick.

»Gut, ich werde mich um deinen Vater kümmern, es ist ein Versprechen«, seufzte Agnes. »Schließlich ist seine Krankheit nicht schlimmer als alles, was ich hier im Spital erlebt habe. Aber ihr werdet ihn mitnehmen, wenn ihr die Heimreise macht. Es ist mir gleich, wohin. Das soll euer Versprechen sein.«

siebzehn.

In den Mauern von Fulda

Mechthild wurde vom Lärm der Bauern geweckt, die auf der Straße vor dem Spital vorbeizogen. Eine Ziege hatte ihren Wasserkrug entdeckt und machte ein schlapperndes Geräusch. Durch die Dachritzen des Ziegenstalls fielen die ersten Sonnenstrahlen.

Mechthild bäumte sich auf und blickte sich erschrocken um. Schlagartig wurde ihr bewusst, wo sie sich befand und dass eine böse Krankheit Besitz von ihrem Körper ergriffen hatte. Ihr Atem ging kurz und mit ängstlicher Hast. Sie zitterte vom Schüttelfrost.

Agnes war verschwunden und auch von dem Spitalmönch Gozbort war nichts zu sehen. Aus dem Nachbarhaus drang das Jammern und Stöhnen der Leprosekranken. Mechthild tastete zitternd nach dem Wasserkrug.

Tilmann schlief tief und fest, eingerollt in einen Pferdedecke. Nur sein Haarschopf mit dem roten Farbstreifen war zu sehen.

Sie rüttelte ihn an der Schulter. »Tilmann, wach auf. Wir müssen hier weg. Wir müssen in die Stadt, Ursch und Ratzfall suchen. Der Adlerkopf – wir müssen ihn finden und nach Wartenberg bringen! O Gott, mein Vater – er braucht meine Hilfe!«

Tilmann setzte sich ruckartig auf und starrte aus müden Augen und mit zerzausten Haaren auf das Mädchen. »Mechthild, du bist es. Was ist los? Geht es dir besser? Ich habe Hunger. Du auch?«

»Mir ist schlecht. Ich habe nur Durst.« Sie trank gierig das Salzwasser aus dem Krug. »Du kannst Essen auf dem Markt kaufen, oder im Gasthaus. Los, wir dürfen keine Zeit verlieren. Die Burg ist in Gefahr.«

Auf der Langen Brücke wartete eine lange Reihe von Fuhrwerken auf den Einlass durch das Stadttor, beladen mit vielerlei Dingen, die das Kloster und die Stadt benötigten. Holz schien am nötigsten zu sein. Getreidesäcke, in

Käfigen eingesperrte Schlachttiere und Fässer, die nach Pech, Schwefel und Met rochen, türmten sich auf den Wagen. Bauern, die ihre wenigen Habseligkeiten auf den Schultern trugen, drängten sich an Mechthild und Tilmann vorbei.

»Ich liebe diese Brücke«, sagte Mechthild. »Sie ist vierhundertundfünfzig Fuß lang und wurde von Abt Sigihart vor hundert Jahren aus Steinen gebaut, denn der Fluss schwillt nach der Schneeschmelze an zu einem großen See. Mein Vater hat das erzählt, als wir hier waren. Wie gern wäre ich in die Klosterschule gegangen. Mein Vater wollte das Schulgeld bezahlen.« Sie wischte Tränen aus den Augen.

»Ich kenne diese Brücke«, sagte Tilmann trocken. »In meiner Welt, aus der ich komme, ist sie nicht mehr schön. Sie wurde im Krieg zerbombt und danach aus Beton hässlich und langweilig wieder aufgebaut.«

Das Vordere Tor war unbewacht und sie folgten den Fuhrwerken durch eine schmale Gasse, die der Stadt vorgelagert war und von armseligen, strohgedeckten Holzhäusern gesäumt wurde.

»Es gibt zwei Stadtmauern hier«, klärte Mechthild Tilmann auf. »Die eine umschließt das Hochstift, worin sich die Abtei, das Kloster und die Basilika befinden. Die andere die Stadt Fulda. Dahin müssen wir gehen. Ich glaube nicht, dass sich Ursch und Ratzfall im Kloster befinden, es wird streng bewacht. Falls Rabenold dort ist, müssen wir gemeinsam einen Plan machen, wie wir in das Kloster hineinkommen. Ich habe keine Ahnung. Das wird nicht leicht sein.« Mechthild blickte Tilmann fragend an. Der gab keine Antwort.

»Der kürzeste Weg zur Stadt führt durch das Paulustor quer durch die Abtei bis zum Stadttor an der Vogtsburg. Ich hoffe, dass uns die Torwächter hereinlassen. Auf dem Montagsmarkt wird unsere Suche beginnen, dort sind sicher auch die Gaukler und Bruno Guttig.«

Sie gelangten zum Spital der Hinterburg, das der Abteimauer vorgelagert war. Mönche bettelten bei den Ankömmlingen im Namen ihrer Heiligen um Almosen für die Kranken.

»Die Kreuzzüge haben den Aussatz hierher gebracht. Da kann der heilige Nikolaus, den sie anrufen, auch nichts daran ändern«, seufzte Mechthild.

Der Zug der Fuhrwerke und Bauern bog jetzt nach rechts ab, um das Hochstift zu umgehen und durch das südöstlich gelegene Kohlhäusertor in die Stadt zu gelangen.

Mechthild und Tilmann gingen geradeaus weiter zum Paulustor. Dort stellten sie sich in die Reihe der wartenden Bauern, Handwerker, Mönche und Kaufleute, die von weit herkamen, um das Kloster zu besuchen oder mit Waren zu beliefern. Ein Händlerfuhrwerk schien aus Frankfurt zu kommen, das verriet das Wappen, auf dem ein roter Adler zu sehen war. Auf dem Wagen türmten sich Säcke, in denen wohl Tücher transportiert wurden. Die Zugpferde waren mit dem Zunftwappen der Tuchmacher verziert.

»Du sagtest, dass ein Krieg die Lange Brücke zerstören wird«, setzte Mechthild das Gespräch auf der Brücke fort. »Welche Heldentaten gibt es aus euren Kriegen zu berichten? Sind eure Ritter ebenso tapfer wie unsere?«

»Bei uns geht es nicht darum, dass Waffen auf Schwerter, Schilde oder Burgmauern gerichtet werden«, antwortete Tilmann. »Das alles ist Kinderkram in Computerspielen. Wir haben eine Waffe, die sich Rakete nennt und ungefähr so aussieht wie die Säule da drüben am Paulustor. Sie fliegt schneller und weiter als ein… na, ja – ein Vogel. Ein ganzes Land kann sie mit einem Schlag zerstören.«

»Wie ist das . . .?« wollte Mechthild fragen, aber sie wurde unsanft zur Seite gestoßen. Kriegsknechte drängten vorbei. Befehle wurden laut, ein mit Waffen beladenes Fuhrwerk zwängte sich an der Wagenkolonne vorbei. Von Netzen bedeckte Schwerter, Lanzen, Bögen und Pfeile, Helme und weißbemalte Schilder türmten sich auf dem Wagen.

»He ihr da! Was wollt ihr hier?«, rief ein Torwächter und winkte Mechthild und Tilmann heran.

»Das Mädchen kenne ich irgendwoher, Sigfrid«, raunte er seinem Kumpanen zu.

Mechthild kannte auch den Torwächter. »Lupus aus Angersbach, du weißt, wer ich bin. Ich habe dir Honig mitgebracht, von unserem Burgwächter Bienenbalduin, und dir Grüße bestellt von Emma aus der Burgschenke. Du hast mir und meinem Vater ein lustiges Lied dafür gesungen. Ich wollte in die Klosterschule. Das hier ist Tilmann. Wir bitten um Einlass.«

Lupus zeigte ein Lächeln. »Du bist es, wahrhaftig, mein Engel Mechthild von Wartenberg. Friedliche Zeiten waren das noch, als wir uns zuletzt sahen. Der Honig schmeckte köstlich. Jetzt ist Krieg, die Klosterschule ist geschlossen. Burgbewohner aus Wartenberg haben hier keinen Zutritt. Euer Mönch Rabenold, dem das Stehlen nachgesagt wird, ist uns gestern hier entwischt. Das hat uns genug Ärger gebracht. Du siehst krank aus, mein Honigengel – was ist geschehen?«

»Das ist nicht Mechthild von Wartenberg, du Idiot«, mischte sich sein Kumpane Sigfrid ein. »Es ist eine Lügnerin. Mechthild von Wartenberg ist mit Ritter Trabodo auf Burg Eysenbach. Er hat sie auf dem Turnier beworben und jetzt wollen sie heiraten. Gestern kamen Bauern aus Eysenbach hier vorbei, sie haben es mir erzählt.«

Lupus stieß Sigfrid in die Seite. »Hältst du mich für blind, Sigfrid? Du altes Plappermaul hast dich mal wieder auf den Arm nehmen lassen. Ich habe gehört, dass die Brautwerbung auf dem Turnier damit endete, dass Mechthild Trabodo geohrfeigt hat. Wie sollte es dann zur Hochzeit kommen? Trabodo ist ein Trottel, so wie du. Einer, der nichts von Frauen versteht!«

Die beiden Torwächter packten sich an den Kettenhemden und versetzten sich scheppernde Schläge gegen die Topfhelme. Einige Bauern, die das Gespräch verfolgt hatten, ergriffen Partei und schrien auf die Prügelnden ein. Mechthild und Tilmann nutzten den Tumult und schlüpften durch das Paulustor.

Im Weitergehen konnte Mechthild Tilmann vieles erklären, denn sie hatte sich die Worte ihres Vaters fest eingeprägt, um später den Weg zur Klosterschule zu finden. Rechts von ihnen erhoben sich die Türme der Ratgerbasilika, der Propstei Michelsberg und der Abtsburg. Ein kleiner Bach durchfloss das Hochstift, der Waidesgraben. Viele Zelte waren am Bach entlang aufgebaut, in denen Wachsoldaten und Kriegsknechte untergebracht waren. Abt Bertho fürchtete ein Attentat der Ritter, denen er den Krieg erklärt hatte. Selbst vor der Basilika waren Wachen postiert, denn der Abt fühlte sich nicht einmal an der heiligen Stätte, in der sich das Bonifatiusgrab befand, in Sicherheit.

Die Torwächter am Tor an der Vogtsburg, die den Einlass in die Stadt beaufsichtigten, stellten keine Fragen. Die Wachmannschaft auf der anderen Seite des Tors hatte man dagegen um ein Vielfaches verstärkt. Es würde schwierig werden für die Gefährten, aus der Stadt in das Hochstift zu gelangen. Falls es notwendig sein sollte, Rabenold dort zu suchen.

Der Dienstagsmarkt, den manche auch Bonifatiusplatz nannten, war überfüllt von Menschen. Hier versammelten sich Bauern und andere Freiwillige, die an der Fehde des Abtes teilnehmen wollten. Sie wurden eingekleidet, verköstigt und ein Schreiber hielt ihre Namen fest. Ein Sold wurde an jeden ausgezahlt und die meisten setzten die Silberlinge sogleich um in Bratenfleisch, Wurst und Met. Mechthild erkannte einen Bauern aus Landenhusen, der an einen zottigen Bär erinnerte und jedes seiner Worte mit einem Prankenschlag auf den Tisch unterstrich.

»Sei gegrüßt, Wenko!«, sprach ihn das Mädchen an. »Wir suchen Ursch und Ratzfall. Und auch den Mönch Rabenold. Hast du sie gesehen?«

Der Bauer antwortete nur schwer verständlich, weil sein Mund mit Schweinebraten verstopft war. »He, Mechthild! Ich dachte, du bist bei Trabodo? Hm, bist du bei der Hochzeit abgehauen und willst mitmachen bei der Stiftsfehde? Keine Liebesheirat, he? Verrückte Weiber! Ist es nicht so, Gisbert? Was meinst du dazu, Warmund?«

Bauer Wenko schlug auf den Tisch und lachte, dass Fleischstücke durch die Luft wirbelten. »Nein, Ursch und Ratzfall habe ich nicht gesehen. Und Rabenold, den krummen Galgenstrick, auch nicht. Setz dich zu uns und trinke einen Schluck Met mit uns, schönes Mädchen. Auf das Henkerbeil, an dem bald das Blut deines Burgherren klebt!«

»Hüte deine Zunge, Wenko!«, verteidigte sich Mechthild. »Heinrich und mein Vater Dietrich haben euch immer gut behandelt.«

Der Bauer spuckte aus. »Nun ja, räuberisch waren sie nicht, Heinrich und Dietrich. Aber hochmütig sind sie, zumindest dein Onkel Heinrich. Er hat sich mit Raubrittern verbündet, dem Grafen von Ziegenhain, Hermann von Blankenwald und denen von der Ebersburg. Mitgegangen, mitgehangen! Sie alle werden geköpft, hier auf dem Dienstagsmarkt, und die Bauern werden klatschen – hoppla – wenn ihre Köpfe rollen. Die Streitmacht des Abts wird immer größer und es gibt neue Waffen. Habt ihr nicht die Schwefel und Salpeterfässer gesehen? Sei auf der Hut vor Fingerhut!«

Er schlug auf den Tisch und lachte dröhnend. Gisbert mischte sich jetzt ein. »Die Burgherren sollten uns vor Räuberei schützen, gerechte Richter sein und uns zu Hilfe eilen, wenn Not am Mann war. Und der Abt sollte unsere Kinder taufen und die Sterbesakramente erteilen.« Er trommelte mit einem Knochen auf der Tischplatte. »Kuhscheiße! Nichts davon hatten wir in den letzten Jahren! Ein Hundeleben! Nur schuften für den Hochmut und die Fettsäcke auf der Burg. Holz und Steine haben wir dorthin geschleppt, statt unsere Dächer abzudichten und Felder zu bestellen. Jetzt ist Schluss damit. Die schlechten Zeiten werden für uns Bauern bald zu Ende sein.«

Warmund nahm einen kräftigen Schluck aus dem Trinkbecher und blickte sich vorsichtig um. »Den Abt mögen wir auch nicht«, sagte er mit gedämpfter Stimme. »Er hat uns erpresst. Unsere Kinder nicht getauft und keine Sterbesakramente erteilt, weil wir nichts anderes taten, als unseren Herren Treue zu erweisen, wie es uns anbefohlen wurde. Die Bauern des Abtes müssen nicht weniger Abgaben leisten als wir. Zudem verlangen Berthos Mönche Ablass von armen Bauern zur Vergebung ihrer Sünden.«

Wenko nahm einen weiteren kräftigen Schluck und winkte Mechthild und Tilmann näher zu sich. »Es ist das Land der Abtei, das die Burgherren für sich beanspruchen. Es wurde ihnen einst als Lehen gegeben. Abt Bertho ist

Fulda Civitas

im Recht und wird den neuen Kaiser auf seiner Seite haben.« Er tauchte den Finger in den Metbecher und zeichnete eine Krone auf den Tisch.

Sein Blick wurde glasig. »Warum auch musste Gott unseren guten Friedrich zu sich nehmen und uns in diese kaiserlose, schreckliche Zeit schicken?«

Die drei Bauern steckten die Köpfe zusammen. »Der Abt wird heute Abend zu uns kommen«, hörte Mechthild sie flüstern. »Man sagt, er hätte uns etwas zu berichten. Hier auf den Dienstagsmarkt wird er kommen!«

Mechthilds Blick erstarrte. Wachsoldaten, unter ihnen Lupus und Sigfrid, durchquerten den Marktplatz und blickten sich suchend um. »Du siehst hungrig aus, Tilmann«, sagte Mechthild hastig und zog den Jungen in die Schenke.

Aus ihrer Tasche zog sie eine Münze. »He Wirt!«, rief das Mädchen und zog Tilmann zu einem Tisch am Fenster. »Mein Freund hier ist hungrig wie ein Bär. Bringe ihm etwas zu essen. Ich selbst will nur einen großen Becher Wasser.«

Während Tilmann den Haferbrei und eine Hasenkeule verschlang, blickte Mechthild aus dem Fenster. Die Stadtwächter schienen es nicht eilig zu haben. Sie hockten jetzt am Ziehbrunnen und ließen sich einen Metkrug und Becher bringen. Mechthild hielt es für besser, so lange zu warten, bis sie verschwunden waren. Vielleicht würde sie Rabenold über den Markt kommen sehen?

Sie fühlte eine lähmende Müdigkeit in sich aufsteigen und schloss die Augen.

Mechthild wurde von einem Aufschrei geweckt. »Ich habe dich schlafen lassen«, sagte Tilmann. »Ich dachte, das wird dir gut tun. Der Wirt war freundlich und hat mir noch Honigkuchen gebracht. Die Stadtwächter sind fort.«

Der Schrei kam von draußen. Ein Ereignis verursachte helle Aufregung. Durch das Fenster sahen sie eine gestikulierende Schar, die sich vor dem Haus des Stiftvogts versammelt hatte. Dieser war an der Tür erschienen und verlangte wütend die Auflösung des Gedränges. Von den Wachsoldaten war nichts mehr zu sehen.

»Da ist Marga!«, rief Mechthild und sprang auf. Sie zog Tilmann aus der Schenke zum Vogthaus. Tatsächlich war Marga der Grund der Aufregung. Wütende Worte kamen aus der Menschenmenge: »Diebin!«, »Luder!«, »Sperrt sie in den Hexenturm!«, »Ins Stockhaus mit ihr!« Einige schickten sich an, die Frau mit einem Strick zu fesseln.

Marga hatte Tränen im Gesicht und riss sich an den Haaren. »Ich bin unschuldig!«, rief sie. Plötzlich nahm sie Mechthild wahr. »Dieses Mädchen kann bezeugen, wer ich bin. Lasst mich los!«

»Es ist die Meiersfrau aus Wartenberg!«, rief Mechthild in die Menge. »Ihr wisst, der Meier war ein guter Mann. Sie ist eine arme Witwe und hat zudem ihr Haus verloren. Lasst sie frei!«

»Sie hat einen silbernen Kettenanhänger gestohlen!«, rief eine Marktfrau aus einem Zelt.

»Das ist nicht wahr!«, verteidigte sich Marga. »Ich war es nicht. Niemals würde ich so etwas tun!«

»Lasst sie laufen«, schlug ein Bauer vor, der laut schmatzend einen Apfel verzehrte. »Ich habe den Meier gekannt. Er war ein guter Kerl, fürwahr! Aber er stand auf der falschen Seite. Mach dich davon, Marga!«

»Packvolk!«, rief Marga, riss sich los und stürmte davon, stadteinwärts in die Schmiedegasse. Mechthild packte Tilmann an der Hand und eilte keuchend hinterher. Unweit einer Kapelle brachten sie die Frau zum Stehen.

»Willst du in der Kirche eine Beichte ablegen, Marga?«, fragte Mechthild und rang nach Atem.

»Du hast mir geholfen, Mechthild. Danke dir«, lachte Marga. »Dein Vater hat einen Schlafplatz in meinem Haus, das verrate ich dir jetzt. Ich habe ihn aufgenommen, obwohl er hässlich ist wie eine Kröte. Ich werde ihm Essen geben, als Dank für deine Hilfe, wenn ich zum Meierhof zurückgekommen bin. Schau, was ich habe!«

Sie ließ ein silbernes Amulett vor Mechthilds Augen tanzen. »Die Alte im Schmuckzelt ist betrunken, sie sollte besser hingucken, wenn sich lange Finger regen.«

»Hast du Rabenold gesehen?«, fragte Mechthild verwirrt. »Oder Ursch und Ratzfall? Sie müssen in der Stadt sein, oder im Kloster.«

Marga kam ins Grübeln. »Rabenold? Ach ja, ich habe ihn gestern Abend getroffen. Er wollte zum Abt in das Kloster, um dort das abzugeben, was er ›gefunden‹ hat, wie er sagte.« Sie grinste schelmisch. »Es scheint etwas sehr Bedeutendes zu sein. Aber die Wachleute haben ihm keinen Einlass gewährt. Ich glaube, er sucht jetzt in der Stadt nach einem Mönch, der in der Abtei für ihn vorspricht, damit er Einlass bekommt. Ihr werdet ihn überall hier finden, in den Mauern von Fulda.« Sie wandte sich zum Gehen.

»Was ist mit Ursch und Ratzfall? Hast du sie gesehen?«, fragte Mechthild und hielt sie am Gürtel zurück.

»Du meinst den Schlammbeißer und die Kräuterhexe? Die mit dir vor meinem Haus standen?« Sie kratzte sich am Kopf. »Ja, da fällt´s mir ein. Ich habe sie auf dem Mittwochmarkt gesehen. Dort, wo jetzt die Zelte für die neuen Kriegsknechte aufgebaut werden. Sie hatten einen Streit mit den Gauklern, ich glaube, es ging um einen Affen. Die Leute haben sich krankgelacht. Ich habe das Biest gesehen, es war in einem Käfig und hat die Zähne gefletscht wie der leibhaftige Beelzebub. Ein schreckliches Tier, ich glaube, es heißt Ali.«

Marga riss sich los. »Mehr kann ich nicht sagen. Dort drüben ist das »Gasthaus zum Wilden Mann«. Fragt dort nach, oder im »Gasthaus zum Goldenen Storch«. Es würde mich nicht wundern, wenn der Schlammbeißer da drin sitzt und wieder zu viel Met getrunken hat.«

Für weitere Fragen war Marga nicht zu haben. Sie verschwand in einem rußgeschwärzten Haus, vor dem Wagenräder bis in Fensterhöhe gestapelt waren. Ihr Lachen ging unter im Geschrei der Straßenkinder und im Klang der Schmiedehämmer.

Vor dem Gasthaus »Zum Wilden Mann« wurden Fässer von einem Karren abgeladen. Die Bierkutscher starrten fassungslos auf die Eingangstür der Schenke. Irgendetwas stimmte nicht in diesem Gasthaus.

In diesen Tagen waren sie es gewohnt, dass viele Bauern, die einen Sold auf dem Montagsmarkt erhielten, dort hineinströmten. Das Geld, das sie ihren Frauen und Kindern zuhause versprochen hatten, ließen viele in der Schenke zurück. Ihr Glück währte nicht lange, danach mussten sie zu den Zelten am Mittwochsmarkt hinüber und sich bereit machen für den bevorstehenden Krieg. Dazu waren sie jetzt verpflichtet. Warum sollten sie sich vor ihren Frauen rechtfertigen, wo doch der Tod vor ihren Augen stand? Wenn dieser sie holte, blieb nur für die Raben etwas zurück.

Niemand betrat das Gasthaus, stellten die Bierkutscher fest, aber viele zog es hinaus auf die Schmiedegasse.

Etwas war im »Wilden Mann« geschehen. Mechthild und Tilmann kämpften sich an fluchenden Bauern vorbei und traten verwundert durch die Tür.

Durch den Kesselrauch erkannten sie Bauern, die dichtgedrängt und starr an den Tischen kauerten, als wollten sie abwarten, bis ein schlimmes Gewitter vorübergezogen ist. Einige murmelten Gebete. Im Hintergrund hockte ein verdutzter Ratzfall und an seiner Seite, ratlos dreinblickend, die Kräuterfrau Ursch.

Die Wirtin war keine Unbekannte. »Thusnelda!«, rief Mechthild und schritt auf sie zu. »Was ist hier passiert? Warum bist du hier?«

Thusnelda wischte die Hände an der Schürze ab und fuchtelte hinüber zu Ratzfall. »Warum ich hier bin? Weil´s hier mehr zu verdienen gibt als auf der

Burg, wo solche lausigen, nach Fisch stinkenden Kerle ein und ausgehen, wie der da drüben!«

Die dicke Frau war völlig außer sich. Unter ihren Füßen klopfte es energisch. Offensichtlich spielte sich eine unerhörte Sache unter den Dielen ab. »Das Biest, das Ratzfall hier hereingebracht hat, ist aus dem Käfig ausgerissen und durch das Ernloch in den Keller entwischt!« Thusnelda raufte ihre Haare.

Plötzlich wurde die Kellerluke aufgerissen, zerzauste Bettler kamen fluchend zum Vorschein, stürmten durch die Wirtsstube und zur Tür hinaus. Wie ein Berserker kam jetzt der Affe Ali aus dem Loch hervorgeschossen und starrte um sich. Schutzsuchend verschwand er unter Ratzfalls Bart. Funkelnd starrten seine Augen daraus hervor, von diesem Ausflug hatte er genug.

»Schnapsdiebe, elende!«, rief die Wirtin und warf dem Bettelvolk einen Besen hinterher. »Schert euch davon!«

»Siehst du, Thusnelda, Ali ist ein braver Kerl«, lachte Ratzfall und strich dem Affen übers gesträubte Haar. »Er zwingt die Diebe heraus aus dem Kellerloch.«

»Sperr ihn in den Käfig, oder ich schlage dir mit dieser Pfanne den Schädel ein!«, brüllte die Wirtin. »Was für eine Kreatur! Wie der leibhaftige Beelzebub sieht sie aus!«

Zögernd und mit ängstlichen Blicken kehrten die Wirtshausgäste von der Straße und Zimmerecke an die Tische zurück. Der Vorfall hatte ihnen Angst und Schrecken eingejagt. Nun kehrte das Verlangen nach einer warmen Fleischsuppe, nach Bier und einem lustigen Würfelspiel zurück. Einige bekreuzigten sich und murmelten kurze Gebete, bevor sie nach der Wirtin riefen.

Thusnelda gebot mit lauten Worten Ruhe und lehnte sich nach vorne, um Ratzfall ein Angebot zu machen. »Ich hatte eigentlich gehofft, du könntest mir hier helfen«, hauchte sie und löste die Knoten in ihrem Haar. »Diese Hitze hier und diese Schufterei. Gestern hat sich der alte Wirt davongemacht und jetzt gehört das Wirtshaus mir.« Sie öffnete ihr Kleid, um den Schweiß von ihren Brüsten zu wischen. Ratzfall starrte sie hingebungsvoll an.

»Schluss jetzt, Ratzfall!«, rief Ursch. »Siehst du nicht, dass Mechthild und Tilmann gekommen sind?« Sie fasste Mechthild an den Schultern. »Mein Kind, warum bist du nicht im Spital geblieben? Ist Magdalena nicht gekommen? Dieser Ort hier wird dich umbringen, sie suchen dich!«

»Ich habe meinen Vater gesehen, Ursch«, sagte Mechthild weinend. »Er braucht mehr Heilung als ich. Er ist der Schwarze Ritter, der uns bis hierher folgte. Er braucht eine Bleibe auf der Burg, die auch die seine ist. Nie war der Adlerkopf wichtiger für uns als jetzt. Damit werden wir die Bauern für uns gewinnen! Wo ist Rabenold?«

Tilmann mischte sich ein. »Wir werden den Medicus Samuel aufsuchen. Ursch, sagtest du nicht, er wäre ein guter Arzt und du wüsstest, wo man ihn findet? Ich habe genug Geld, um ihn zu bezahlen. Ich habe Dinge in meinem Rucksack, für die wir viel Geld bekommen auf dem Dienstagsmarkt.«

Ursch starrte fassungslos auf das Mädchen. »Deinen Vater? Dietrich von Wartenberg? Ist er vom Kreuzzug zurück?«

Die Wirtin schleppte einen Topf Griesbrei an ihnen vorbei. »Rabenold? Habe ich diesen elenden Namen gehört? Ich weiß, wo er ist!«

Plötzlich wurde es still in der Gaststube. Nur das Blubbern des Fleischkessels und das Geräusch der Schmiedehämmer, das von außen hereindrang, war zu hören. Ein Name war da gefallen, der hellhörig machte.

Plötzlich brach unverhohlene Wut bei den Gästen aus. »Rabenold, der Galgenstrick! Ein Dieb, der es noch immer wagt, das Mönchskleid zu tragen!« »Obwohl ihn der Abt wegen eines schlimmen Vergehens aus dem Kloster geworfen hat!« »An den Pranger mit ihm!«

Ein Bäuerchen meldete sich zu Wort. »Er war in meinem Haus und hat meiner dummen Frau Ablass von den Sünden erteilt. Für einen ganzen Silberling! Er sagte, dass Geld sei notwendig für das Dach der Burgkapelle in Bimbach. Meine Frau hat ihm dazu noch eine Suppe gekocht.«

»Er ist ein Verfluchter, der alle Verstecke jenseits der Mark kennt«, wusste ein anderer. »Er kennt Orte, von denen niemand etwas weiß. Man sagt, er hätte ein Geldversteck im Geiselstein, dem Ort, wo in der Tiefe Teufelsgesellen Wurfzabel spielen. Auch am Holleloch ist er gesehen worden.«

Ein Schaudern ging durch die Wirtsstube.

»Und er treibt es mit Marga, der Meierswitwe«, ergänzte ein Dritter. »Die diebische Elster aus Angersbach!«

Thusnelda mischte sich ein. »Ein grässlicher Kerl mit einem Rabengesicht ist er, dieser Rabenold. Gangolf hat wohl niemals das Almosen bekommen, das Rabenold für sein Dach gesammelt hat. Das Rabengesicht hat es irgendwo im Wald versteckt. Und der arme Gangolf ist tot.«

Sie warf einen misstrauischen Blick auf Tilmann. »Wer bist du, Fremder? Wer hat dich hierher gebeten? Was bedeutet der rote Fleck in deinem Haar? Ist das Blut?«

»Sei still, Thusnelda!« Ratzfall schlug wütend auf den Tisch »Lass Tilmann aus dem Spiel. Er ist mein Gefährte.«

Für eine Weile herrschte Stille. Von der Straße her hörte man jetzt die Befehle der Kriegsknechte, die säumige Bauern zur Unterkunft trieben. Die Wirtshausgäste rückten enger zusammen und umklammerten ihre Bierkrüge.

»Er ist mein Gefährte und ich liebe ihn«, sagte Mechthild in die Stille. »Niemand darf ihm ein Haar krümmen. Er ist etwas Besonderes. Er kommt aus Luternbach.«

»Die aus Luternbach stehen auf unserer Seite«, nickte ein Bauer anerkennend. »Viele von dort sind jetzt hier in Fulda und haben sich uns angeschlossen. Abt Bertho will den Ort mit Mauern und Gräben umgeben und die von Wartenberg sollen dabei mit Axt und Schippe helfen. Zur Strafe für ihren Hochmut. Und einen Schutzpatron sollen sie bekommen, die Luternbacher. Den heiligen Simplicius aus Rom. Wehrtürme und eine Burg will er in Luternbach bauen lassen, der Abt.«

Tilmann lächelte verlegen. »Ein Türmchen gibt es da, das stimmt. Und eine Kneipe, die so ähnlich ist wie diese hier, sie heißt ›Zum Ankertürmchen‹.

Die Bauern starrten ihn verwirrt an. Ratzfall tippte an die Stirn. »Blödsinn. Ich wusste gar nicht, dass die Luternbacher Seefahrer sind. Die rudern in einer Nussschale auf der Luter. Wenn ich reich geworden bin, werde ich ein Schiff auf dem Rhein besitzen, das einen Anker hat, der so groß ist wie diese Stube. Nicht wahr, Ali?«

Der Affe spähte aus seinem Bart und feixte zustimmend.

Ein Wachsoldat erschien an der Tür und meldete sich zu Wort. »Ich hörte auf der Straße, dass ihr von Rabenold redet. Vielleicht wisst ihr es schon? Der Abt hat ihn des Mordes angeklagt und in den Hexenturm geworfen.«

»Wen hat er umgebracht?«, fragte Tilmann aufgeregt.

»Ich weiß es nicht«, antwortete der Wachsoldat. »Einen bedeutenden Mann jedenfalls.«

Die Bauern schüttelten die Köpfe und wünschten dem Schwarzen Mönch den Hungertod im Turm. Der Lärm aus der Schmiedgasse schwoll an, neue Wirtshausbesucher standen an der Tür. »Genug von alledem!«, rief Ursch, die sich die ganze Zeit zurückgehalten hatte. Sie sprang auf. »Wir müssen Rabenold im Turm aufsuchen«, zischte sie den Gefährten zu. »Er wird uns sagen, wo sein Diebesgut versteckt ist. Und wen er getötet hat. Lasst uns gehen!«

Sie riss den Bierkrug aus Ratzfalls Hand und schob ihn energisch weg. Dann griff sie in ihre Tasche und reichte Thusnelda einen Silberling. »Du musst uns vier Kapuzenmäntel dafür leihen, Wirtin. Wir werden dir diese zurückbringen, ich verspreche es.«

Das machte der Wirtin keine Sorgen. Sie schritt zu den Kleiderhaken an der Tür und entnahm vier Mäntel aus einem Wust von Kleidungsstücken, die betrunkene Bauern vergessen hatten.

»Ich werde wiederkommen, Thusnelda«, sagte Ratzfall wehleidig. »Und ich werde Ali beibringen, wie man Bier zapft. Und wir werden das Gasthaus umbenennen in Gasthaus »Zum Wilden Affen«.

Widerstrebend folgte er seinen Gefährten ins Freie. An der Tür warf er einen wehleidigen Blick zurück auf Thusnelda. Die Wirtin wischte ihre Augen.

»Der Turm ist an der Stadtmauer zur Ratgerbasilika hin«, sagte Ursch auf der Wirtshaustreppe. »Durch die Schmiedgasse können wir nicht zurück. Wir müssen hinunter zur Tanzhütte und von dort zum Frauentörlein, am Wollwebergraben entlang.«

»Warum dieser Umweg?«, fragte Mechthild besorgt. »So weit schaffe ich es nicht.«

»Wir werden dir helfen, Mechthild«, versprach Ursch und wandte sich an alle Gefährten. »Zieht die Kapuzen über. Wir sollten lieber unerkannt durch die Stadt gehen. Ich werde euch später erklären, warum das sein muss. Wir müssen gehen.«

Die Gefährten drängten sich mit tief in die Stirn gezogenen Kapuzen durch die Menschenmenge. Ali hatte unter Ratzfalls Bart einen festen Platz gefunden, den Käfig warf der Fischer in die Gosse.

Sie gelangten an einen Platz, auf dem sich eine große Schar von pilgernden Mönchen an langen Tischen drängte. Die angrenzende Kapelle war mit einem Bretterzaun vom Gedränge vorbeiziehender Menschen abgeschirmt, als müsste sie gegen das verwerfliche Treiben der neuen Stadtbesucher geschützt werden. Vor der Kapelle hatte man ein mächtiges Kreuz aufgerichtet.

Mechthild taumelte und hielt sich an Ursch fest. »Lasst uns eine Rast machen«, sagte sie keuchend. »Ich bin müde und habe Durst.«

Sie kauerten sich zwischen die Pilger und Ursch holte Wasser aus einem Brunnen, der mitten auf dem Platz stand.

»Dieser Platz wird »Vor dem heiligen Kreuz« genannt«, sagte die Kräuterfrau zu Tilmann, der sich staunend umblickte. Sie reichte Mechthild einen Becher.

Eine derart bunte Menge und solche Hausverzierungen hatte Tilmann noch nie gesehen, höchstens auf einer Karnevalsveranstaltung. Jeder schien den anderen an Buntheit der Fenstertücher, Hüte und Kleidung überbieten zu wollen.

Die staubgraue Pilgerschar hob sich davon ab. Einige trugen Muscheln an ihren breitkrempigen Hüten und schöpften Brunnenwasser in Kürbisflaschen. Ihre Taschen waren unverschlossen, um das Gelübde *Geben und Nehmen* zu betonen.

»Das sind Pilger von weit her«, sagte Ursch. »Die meisten kommen aus dem Norden, wie Bonifatius und die Schwarzen Ritter. Und wie Lioba, die Nichte von Bonifatius. Viele waren zuvor in Marburg, um das Grab von Elisabeth zu besuchen. Sie alle sind unterwegs auf dem Jakobsweg.«

Die Pilger zeigten amüsiert auf Ratzfalls Bart, aus dem Ali hervorlugte. Ratzfall lachte und gab ein Lied zum Besten:

»Ein breiten Hut, den soll er han,
und ohne Mantel soll er nit gan –
mit Leder wohl besetzet.
Es schneit und regnet oder weht der Wind,
dass ihn die Luft nicht netzet.«

Die Pilger machten einen scheuen und unglücklichen Eindruck. Sie hatten wohl nicht gefunden, was sie erhofft hatten und fühlten sich von den laut grölenden Bauern und den gierigen Blicken käuflicher Frauen angewidert. Abwehrend und voller Abscheu richteten sie ihre Pilgerstäbe gegen den Lärm. Das Getöse drang vor allem aus einem Gasthaus, auf dessen Fassade eine mächtige gelbe Sonne aufgemalt war und auch von den Händlern, die Salz und Fleisch anpriesen. Ein mächtiger Bratendunst hatte sich auf den Platz gelegt und ließ die Pilger an ihrem Gelübde verzweifeln.

»Sie sind auf dem weiten Pilgerweg zu Fuß hierher gekommen, um das Grab von Bonifatius zu besuchen«, sagte Ursch voller Mitleid. »Einst zogen sie auf dem Weg über Herbstein davon, aber jetzt schließen sie sich immer mehr den Kaufleuten an, die nach Frankfurt ziehen, denn sie werden unterwegs von Raubrittern bedroht. Ihr Ziel ist weit von hier in Galizien, wo der heilige Jakobus begraben liegt. Sie wussten nicht, dass sich die Abtei auf einen Krieg vorbereitet, bevor sie hierher kamen. Ein Krieg bringt alles Schlechte im Menschen zum Vorschein.«

Mechthild leerte gierig den Wasserbecher und zeigte fragend auf das reich verzierte Fachwerkhaus, das hinter dem Bretterzaun aufragte.

»Das ist das Rathaus«, erklärte Ursch. »Dort waren die Gaukler gestern. Und vor der Rathaustür habe ich vor einer Stunde die Stadtwächter belauscht. Lupus und Sigfrid waren auch dabei. Jetzt hört zu, was ich erfahren habe.« Die Gefährten rückten eng zusammen.

»Rufus hat dich, Ratzfall, wegen Diebstahls verklagt. Er will Ali zurück«, flüsterte Ursch. »Und mir wirft er Hexerei vor, weil Gunhild nach dem Turnier spurlos verschwunden ist. Wie immer, wenn sich die Menschen etwas nicht erklären können, sind wir Kräuterfrauen die Schuldigen. Er behauptet, ich hätte Gunhild in ein Tier verwandelt.«

Sie wandte sich Tilmann und Mechthild zu. »Die Stadtwache sucht auch dich, Tilmann. Aus einem Grund, den ich nicht erfahren habe. Und dich suchen sie auch, Mechthild. Sie wissen, dass du hier bist. Die Torwache am Paulustor hat dich erkannt. Sie glauben, dass du eine Spionin bist.«

Die Kräuterfrau blickte sich suchend um. »Dort drüben ist das Stockhaus, das sie auch Peinlichkeitshaus nennen. Dort werden sie uns einsperren und foltern, wenn sie uns zu fassen kriegen. Wir sollten die Töpfergasse meiden und nicht mehr Bruno Guttig aufsuchen. Er könnte uns verraten. Außerdem wissen wir jetzt, wo sich Rabenold befindet.«

»Ich habe Guttigs Frau ein Versprechen gegeben«, brummte Ratzfall. »Vielleicht ist Bruno im Gasthaus ›Zum Schwarzen Raben‹, wo man Honigmet trinkt. Oder auf dem Sonnabendmarkt, wo es Schweinebraten gibt und …«

»Ich traue ihm nicht, er ist ein Lügner und würde uns für Geld verraten«, wiederholte Ursch. »Auf dem Sonnabendmarkt sind die Zelte der Söldner aufgebaut, da wimmelt es von Stadtwachen und Kriegsknechten. Niemals können wir dorthin. Nein, wir gehen hinunter in das Judenviertel und von dort zum Hexenturm. Ich habe einen Plan.«

Sie zogen die Kapuzen tief in die Stirn und gingen weiter. Tilmann warf neugierige Blicke um sich. Auch wenn er keines dieser Häuser jemals gesehen hatte, waren ihm die Straßenzüge auf seltsame Weise vertraut. Im Kaufhaus oberhalb des Rathauses hatte er sich oft umgesehen und auf diesem Weg, den er jetzt mit den Gefährten einschlug, hatte er sich einmal mit den Eltern gestritten, die ihn davon abhalten wollten, dort Computerteile zu kaufen. Mutter wollte lieber hinunter zum Buttermarkt, um Gemüse zu kaufen und versprach ihm für das Mitkommen eine Pizza im Restaurant »La Gondola«.

Er stolperte über das grobe Straßenpflaster und hielt dabei fest Mechthilds Hand fest. In der Mitte der Gasse befand sich eine Rinne, in der Schmutz dahintrieb. Ratten und Mäuse huschten vorbei auf der Suche nach Fressbarem.

Die Gefährten erreichten einen weiteren Marktplatz mit einem Ziehbrunnen in der Mitte. Davor stand eine Hütte ohne Waren oder andere Auslagen. Trotzdem drängten sich dort einige Bauern.

»Wir sind jetzt im Judenviertel, und das ist der Judenborn«, erklärte die Kräuterfrau. »Ich kenne einen der Juden, er heißt David. Er verleiht Geld.

Wenn die Bauern nach Hause kommen, werden ihre Frauen nach dem Sold fragen, den der Abt am Dienstagsmarkt verteilt hat. Sie sollten lieber in den Wirtshäusern danach suchen. Die Juden werden später auf ihre Höfe kommen und das geliehene Geld mit den Zinsen zurückverlangen. Weil es nicht da ist, werden sie eine Kuh dafür mitnehmen.«

»Frag David, ob Rabenold hier war«, schlug Mechthild vor. »Vielleicht hat er den Adlerkopf an die Juden verkauft.«

»Das ist mein Plan, deshalb haben wir diesen Umweg gemacht«, antwortete Ursch. Sie vertiefte sich in ein Gespräch mit einem schwarzgekleideten Mann mit spitzem Hut und gekräuseltem Bart. Der Jude schüttelte den Kopf.

»Er scheint Rabenold zu kennen«, berichtete Ursch. »David sagt, er hätte gehört, dass man Rabenold in den Hexenturm gesperrt hat. Wegen Mordes. Von einem Schmuckstück, das wie ein Adlerkopf aussieht, hat er noch nie etwas gesehen und gehört.«

»Gestohlene Ware kaufe ich nicht auf!«, rief ihnen David zu. »Ich bin kein Hehler. Hier wird Tacheles geredet. Macht keinen Zoross*, seht zu, dass ihr weiterkommt.«

Mechthild stützte sich an Tilmanns Schulter. »Ich kann nicht mehr«, stöhnte sie. »Ich fühle mich schwach. Last mich bei David zurück, ich werde ihm Geld geben. Geht ohne mich weiter.«

Die Gefährten starrten sie ratlos an. Am Judenborn durften sie das Mädchen nicht zurücklassen, hier kamen die Stadtwächter oft vorbei. Mechthild sank mit einem Stöhnen zu Boden und umklammerte Tilmanns Beine.

Ursch blickte sich ratlos um. »Wir könnten David um Hilfe bitten«, flüsterte sie den Gefährten zu. »Er würde sie aufnehmen. Seine Familie ist sehr hilfsbereit. Aber er wird Mechthild in das Spital bringen lassen, wenn er merkt, dass sie krank ist.«

Verzweiflung und Wut stiegen in Tilmann auf. »Was ist mit dir und deinen Kräutern, Ursch?«, fragte er ungeduldig. »Agnes hat von einem Medicus gesprochen, den es hier gibt. Wo ist er? Ist denn niemand hier, der Mechthild helfen kann?« Er ballte wütend die Fäuste.

»Niemand«, antwortete Ursch trocken. »Seien wir ehrlich. Diese Krankheit kann niemand heilen. Meine Kräuter helfen da nicht und auch nicht das Gottesgeschenk von Agnes. Und auch die Spitalmönche können nicht helfen. Selbst der Medicus Samuel nicht, auch wenn er Bücher liest und so tut, als bräuchte er keine Hilfe von Kräuterfrauen.«

* Jiddisch: Durcheinander, Bedrängnis (von hebr. zaroth)

Sie zog Tilmann zu sich und dämpfte ihre Stimme. »Gewiss, der Adlerkopf und die Rettung der Burg würden ihren Lebenswillen stärken und ihr Leben verlängern. Auch das Wiedersehen mit ihrem Vater würde ihr Lebenslicht leuchten lassen. Aber die Krankheit wird sie einholen, in einem Jahr ist sie nicht mehr unter uns. Niemand kann da etwas ändern, auch du nicht, Tilmann.«

Ratzfall zeigte auf ein Haus, an dem ein sternenverziertes Tuch im Wind flatterte. »Was ist, wollt ihr hier Wurzeln schlagen? Genug mit dem Jammern und Kräuterkram. Dort ist das »Gasthaus zum Silberstern«. Den Wirt kenne ich, wir könnten ihn um Rat fragen. Ich bin zwar hässlich, aber nicht dumm.«

»Willst du jetzt Met trinken, Ratzfall?«, fragte Ursch empört.

Ratzfall steuerte wortlos auf das Gasthaus zu und kehrte nach kurzer Zeit achselzuckend zurück.

»Ein Halsabschneider ist er, der Wirt Gugelzipf«, erklärte er wütend. »Er will zehn Silberlinge für einen Eselskarren, für nur eine Woche. Wir hätten Mechthild aufladen und mitnehmen können. Aber woher sollen wir das Geld nehmen?«

Tilmann kramte tief in seinem Rucksack. »Gib ihm das«, sagte er. »Das ist ein Euro. Er ist mehr wert als euer lausiges Blechgeld. Ich will dafür nur eins: einen Eselskarren! Und zwar gleich!«

Der Karren hatte einen Aufbau, der einer grobgezimmerten Kiste ohne Deckel glich. Als Einstieg befand sich an der Hinterseite des Kastenaufbaus eine kleine Tür. Zu dritt hoben sie Mechthild hinein und betteten sie auf Leinensäcke, aus denen es nach Hopfen und Gerste roch.

»Gleich sind wir da, jow!«, rief Ratzfall, schwang sich auf das Kutschbrett und knallte mit der Peitsche. »Sagte ich es nicht? In Wirtshäusern gibt es immer einen Rat. He, ho! Platz da, zum Donnerstrudel! Wo fahren wir eigentlich hin?«

»Zum Hexenturm, bitte«, sagte Ursch und hockte sich an seine Seite.

Der Esel schien den Weg gut zu kennen. Willig zog er den Karren den Wollwebergraben entlang. Vor ihnen trottete ein Schwein in die gleiche Richtung. Es schnüffelte an den Abfällen, die vor den Häusern lagen, wurde von Hunden angekläfft und wandte sich beleidigt grunzend ab, um aus dem Graben zu trinken. Die Abwässer im Bach zogen eine buntschillernde Brühe mit sich, die von den Färbereien herrührten. Das Schwein verschwand in den Gärten, die sich an der Stadtmauer entlangzogen. Tilmann kniete sich neben das schlafende Mädchen und blickte über die Kastenwand. Hinter einzelnen Gebäuden und Gärten konnte er die Stadtmauer und zwei mächtige Wehrtürme erkennen.

»Der nächste Turm ist der Hexenturm!«, rief Ursch von vorne.

Buntgemischtes Volk drängte jetzt an ihnen vorbei. Für den Eselskarren hatten sie kein Auge übrig. Sie strebten einem Ort zu, von dem sie angezogen wurden wie Bienen vom Honigtopf. Die Menge wurde immer dichter, es waren zumeist junge Leute. Von Mönchen, Pilgern und Juden war nichts mehr zu sehen. Der Lärm ließ den Esel scheuen.

Tilmann blickte über Ratzfalls Schultern nach vorne. Ein schrecklicher Anblick bot sich ihm da. Sie fuhren geradewegs auf einen riesigen Galgen zu. Männer werkelten mit Seilen an einer Absperrung und hämmerten an einem hölzernen Podest. Der ganze Platz war mit bunten Fahnen geschmückt. Man bereitete offensichtlich eine Hinrichtung vor.

Ursch machte ein angewidertes Gesicht. »Gleich dahinter ist die Tanzhütte. Da können die Leute nach dem Hängen lustig sein und tanzen. So sind die Menschen nun einmal.«

Plötzlich versperrten Kriegsknechte ihnen den Weg. »Das ist der Eselskarren aus dem Silberstern!«, rief einer. »Aber der da oben ist nicht Gugelzipf!«

»Schnell, versteckt euch!«, zischte Ursch nach hinten. In Windeseile deckte Tilmann Mechthild zu und kroch unter die Leinensäcke.

»Ich will zur Abtei, den Abfall abholen«, hörte er Ratzfall rufen. »Gugelzipf hat keine Zeit. Den Gehängten nehme ich auf dem Rückweg mit zur Schindergrube. Aus dem Weg!«

»Da seid ihr nicht arbeitslos, du und deine Frau.« Der Kriegsknecht schüttelte sich vor Lachen. »Es gibt mindestens fünfzehn buchonische Ritter, die ihr abfahren müsst in nächster Zeit. Für die soll Küchenmeister Gerlach der Henker sein, wenn es nach dem Abt geht. Und einen toten Mordbruder könnt ihr morgen schon mitnehmen. Weiter mit euch!«

Der Karren blieb ruckartig in der Menge stecken. »Was ist los? Wo sind wir?« Mechthild warf die Leinensäcke von sich und wischte sich über die Augen.

»Wir bringen dich zum Medicus«, log Tilmann. »Sei ohne Sorge und ruhe dich aus.«

Ursch sprach ängstlich auf Ratzfall ein. »Sollen wir vielleicht lieber zurück, Ratzfall? Wir könnten einen Umweg fahren. Durch das Kohlhäusertor, am Weiberspital vorbei, durch die Löbersgasse und von dort durch die Gärten. Ich kenne da ein kleines Tor an der Klostermauer, durch das wir von der Abteiseite zum Hexenturm kommen.«

Endlich kam der Eselskarren wieder voran, langsam bahnte er sich einen Weg durch die Menschenmenge, vorbei am Galgen und der Tanzhütte. Diese war ein offenes Fachwerkhaus, in dem sich jüngere Stadtbewohner und Kriegsknechte, die nicht im Dienst waren, zu den Klängen von Musik in verzückte Tanzbewegungen versetzten. Zwei Musiker spielten auf Dudelsack und Krummhorn. Ein dritter schlug rhythmisch auf große, fellbespannte Trommeln und spornte die Tanzenden mit lauten Rufen an. Der Geifer trat ihm dabei aus dem Mund.

Mechthild konnte keine Ruhe mehr finden und krümmte sich an der Wagenwand. »Ich habe etwas, womit wir uns ausweisen können, wenn wir durch das Frauentörlein fahren«, sagte sie und nahm keuchend ihr Halsband ab. Ein Silberglöckchen bimmelte in einem hellen Ton. Mechthild fädelte ein kleines Amulett vom Lederband. Es leuchtete silbern und zeigte das Monogramm Christi. »Steck es ein, Tilmann. Wenn du es vorzeigst, werden sie uns in die Abtei lassen.«

»Vorher haben wir noch eine wichtige Sache zu erledigen«, sagte Tilmann. »Du weißt doch, der Hexenturm.«

Mechthild dachte einen Augenblick nach. »Wie konnte ich das vergessen? Wir müssen den Adlerkopf suchen. Und Rabenold. Er weiß, wo er versteckt ist. Rabenold ist im Turm!«

Vor ihnen sahen sie jetzt die spitze Haube des Hexenturms. Das Vorankommen ging schwer, immer mehr Schaulustige strömten aus den Seitenstraßen herbei und versperrten den Weg.

»Im Hexenturm war meine Mutter eingesperrt«, sagte Ursch nach hinten zu Tilmann. »Bevor sie geblendet und aus der Stadt verbannt wurde. Sie haben sie eine Aufrührerin genannt und eine Bilwis. Dabei war sie nur eine Waldläuferin und eine weise Kräuterfrau wie ich.« Sie wischte Tränen aus ihren Augen. »Ut sementem feceris, ita metes*, hat der Richter zu ihr gesagt. Dabei hat sie nur Gutes gesät.«

Der Turm war an die Mauer gebaut, die Abtei und Stadt voneinander trennten. Ein kleines Tor, das Mechthild Frauentörlein genannt hatte, führte seitlich am Turm in das Klostergelände. Es war verschlossen. Turm und Tor wurden von Kriegsknechten in weißen Umhängen bewacht.

Erneut kam der Eselskarren zum Stehen. Ursch und Ratzfall jammerten laut vom Kutschbrett. Wie sollten sie es fertig bringen, mit Rabenold zu sprechen, der im tiefen Inneren des schwerbewachten Turms eingesperrt war?

*Wie du gesät hast, so wirst du ernten.

Falls er den Adlerkopf in das Kloster geschafft hatte, wie sollten sie dann Einlass in die Abtei bekommen?

»Warum ist das Kloster so dicht bei der Stadt?«, fragte Tilmann nach vorne. »Ich dachte, Klöster müssten einsam liegen, damit Mönche ungestört beten können. So habe ich mir das nicht vorgestellt.«

»Es war so, am Anfang«, belehrte ihn Ursch. »Bonifatius kam hierher, als es hier nichts gab als Wälder, Sümpfe und den Kratzbach. Sturmius gründete in seinem Auftrag an dieser Stelle das Kloster. Die Mönche glaubten an die Lehren des heiligen Benedikt, sie waren fromme und fleißige Handwerker. Ihr Grundsatz war: Ora et labora.* Abt Ratger vergrößerte später die Klosterkirche, die Basilika, denn das Kloster war durch Schenkungen reich geworden. Der Bau wurde immer größer und vollkommener, das Kloster das größte und bedeutendste in ganz Germanien.«

»Was hat das mit der Stadt zu tun?«, fragte Tilmann.

»Irgendwann brauchten die Mönche Hilfe«, fuhr Ursch fort. »Handwerker und Kaufleute siedelten sich am Rand des Klosters an. Später wurde die Siedlung so groß, dass Abt Marquard ihr die Erlaubnis gab, einen Bürgermeister wählen zu dürfen. Eine Stadtmauer wurde gebaut, um sich gegen Angreifer zu schützen. Das Kloster bekam eine eigene Mauer und neben dem Kloster wurde auch eine Burg errichtet, die Abtsburg. Abt Bertho träumt davon, vier Wehrtürme rings um Fulda zu bauen.«

Ursch hob beschwörend die Hände. »Mauern, Türme und Burgen bauen, das ist alles, was wir tun. Wie schön, wenn diese Mauern niemals notwendig wären. Aber es heißt: Homo homines lupi. Der Mensch ist dem Menschen ein Wolf.«

Endlich erreichten sie den Hexenturm. Wie erwartet stellten sich ihnen die Turmwächter in den Weg. Sie trugen weiße Umhänge, auf denen das Abtskreuz zu sehen war.

»Was wollt ihr hier? Dieser Turm ist gesperrt. Niemand hat hier etwas zu suchen – schert euch weg!«

Ursch stieg vom Karren und blickte augenzwinkernd zu Ratzfall zurück. Mutig trat sie auf die Wächter zu und machte eine tiefe Verbeugung. »Wir sind eine Töpferfamilie aus dem Kaitz. In diesem Turm befindet sich ein Mann, der uns bestohlen hat. Hunger und Armut hat er uns seitdem beschert. Wir wollen ihn fragen, wo unser Eigentum ist.«

»Dieser Mann wird morgen gehängt«, antwortete ein Wächter knapp, griff sich mit der Hand an den Hals und streckte anschaulich die Zunge heraus.

*Bete und arbeite.

»Der Beelzebub wird ihn sich holen, denn er ist ein falscher Mönch, zudem noch ein Dieb und Mörder.«

Er zog den Helm ab und kratzte sich am Kopf. »Zeugen für seine Schandtaten brauchen wir keine mehr. Er ist bereits verurteilt. Was euer Eigentum anbetrifft, geht hin und fragt ihn selbst. Aber beeilt euch!«

Er zeigte mit dem Speer auf eine schmale, vergitterte Öffnung im Mauerwerk des Turms.

»Keine Sorge«, wurde er von Ursch belehrt. »Wir haben selbst wenig Zeit. Möglicherweise müssen wir auch in das Kloster, denn man hat uns aufgefordert, Rechenschaft abzulegen für das Töpfergut, das wir nicht liefern konnten, weil unser Brennofen zerborsten ist und wir keinen neuen bezahlen können.«

»Wieso möglicherweise? Müsst ihr oder müsst ihr nicht? Das verstehe ich nicht«, wunderte sich der Wächter und kratzte sich wieder am Kopf.

»Das sind Töpfer, hast du doch gehört, Kunz«, mischte sich sein Kamerad ein. »Die sagen niemals ein klares Wort. *Möglicherweise* sagen sie oft. Möglicherweise war der Brennofen zu heiß, weil alle Töpfe kaputt sind. Ich weiß das von meinem Großvater, er war auch Töpfer.«

»Ach so«, antwortete der helmlose Torwächter mürrisch und wandte sich den Gefährten zu. »Wer in das Kloster will, muss sich ausweisen. Könnt ihr das?«

Tilmann ging nach vorne und hielt dem Wächter Mechthilds Amulett vor das Gesicht. Der Turmwächter nickte.

»Gut«, sagte er. »Stellt eure Fragen an den Gefangenen und verschwindet. Zurück in den Wollwebergraben oder in die Abtei. Und macht keine Scherereien.« Er zeigte drohend auf seinen Speer, der furchterregend von einem Beil, einer langen, rotgefärbten Stoßklinge und einer geschärften Sichel gekrönt war.

Tilmann half Mechthild vom Karren und die Gefährten traten erwartungsvoll vor das Fenster. Gleich würden sie am Ziel sein. Rabenold würde ihnen sagen, wo sich der Adlerkopf befand. Warum sollte er das jetzt noch verweigern? Im Morgengrauen war er ein toter Mann.

Ratzfall formte die Hände zu einem Trichter. »Rabenold!«, rief er in die Dunkelheit. Kurz darauf tauchte ein bärtiges, ausgehungertes Gesicht aus der Tiefe des Verlieses auf. Dürre, schmutzverkrustete Finger umklammerten das Fenstergitter.

Rabenold blinzelte in die Helligkeit. »Der Schlammbeißer. Die Hexe aus Wartenberg. Mechthild und der Fremde!«, rief er überrascht. »Was wollt ihr von mir?«

»Wo ist der Adlerkopf?«, fragte Mechthild ohne Umschweife. »Gib ihn her, wenn du ihn noch hast, oder sag uns, wo er sich befindet. Er gehört Tilmann. Du hast ihn aus seiner Tasche gestohlen.«

»Mechthild will ihn zurück, denn Wartenberg ist in Gefahr«, verstärkte Ursch. »Du weißt, der Adlerkopf ist die Prophezeiung, die ganze Bauernschaft von Buchonia glaubt an die Macht des Adlerkopfs.«

»Elendes Gesindel! Warum sollte ich euch das sagen? Habt ihr mir jemals einen Gefallen getan?« Rabenold war im Begriff, in der Dunkelheit zu verschwinden. Er wandte sich noch einmal um. »Ihr habt mich also bis hierher verfolgt, um mir das abzunehmen, was mir gehört. Ich habe den Adlerkopf nicht gestohlen, er lag an der Quelle am Teufelstisch. Ihr wollt wissen, wo er sich jetzt befindet? Ich sage es euch nicht!«

Der Gefangene stieß ein irres Lachen aus und verschwand in der Tiefe. »Wartenberg ist verloren!«, hallte seine Stimme aus dem Turm. »Gerlach, der Küchenmeister, wird Heinrich am Wollwebergraben enthaupten. Der Galgen ist ihm schon bereitet!«

»Elendes Rabengesicht!«, schimpfte Ratzfall und trat gegen die Turmwand. »Zum Donnerstrudel!«

Er wandte sich Mechthild zu. »Wir sind verloren.«

Die Gefährten starrten sich ratlos an. So dicht waren sie am Ziel und jetzt standen sie vor einem Abgrund. Im Turm war es still, von Rabenold war nichts mehr zu sehen und zu hören. Die Turmwächter blickten ungeduldig zu ihnen herüber.

»Man müsste den Galgenstrick aus dem Turm zwingen und ihn an der Gurgel zum Reden bringen, zum Donnerstrudel!«, fluchte Ratzfall weiter.

Tilmann starrte ihn mit einem rätselhaften Gesichtsausdruck an. Er grinste. »Kann ich Ali haben?«, fragte er. Ratzfall zog den Affen verwirrt aus seinem Bart und reichte ihn weiter.

»Was hast du mit Ali vor?«, fragte der Fischer verdutzt.

Was dann passierte, ging so schnell, dass selbst der Affe keine Zeit fand, sich dagegen zu wehren. Ali wurde von Tilmann durch das Gitter geschoben und verschwand in die Tiefe des Turmkellers.

Ratzfall versetzte Tilmann einen Tritt. »Er – er hat Ali hineingeworfen. Ich will meinen Affen zurück! Zum Donnerstrudel!«, rief er den Turmwächtern zu und schob sie zur Seite, um den Weg zur Tür freizumachen.

In diesem Moment ertönte ein Schrei aus dem Turm. »Der Beelzebub!«, hallte es aus der Tiefe. Wüstes Gepolter folgte. Die Turmwächter ließen ihre Lanzen fallen und stürmten zur Turmtür. Ratzfall taumelte brüllend hinterher.

Im Verlies war die Hölle los. War der Teufel vorzeitig erschienen, um sich die versprochene Seele zu holen?

Es dauerte nicht lange, da tauchte eine zerlumpte Gestalt, gehetzte Blicke um sich werfend, an der Turmtür auf. »Rabenold!«, schrien Ursch, Mechthild und Tilmann wie aus einem Mund und stürzten sich auf den flüchtenden Mönch. Rabenold konnte sich kaum wehren. Er wurde von sechs Fäusten an eine Hauswand gepresst. Tilmann angelte sein Messer aus dem Rucksack und hielt es dem Mönch an die Kehle.

»Ich töte dich, Rabenold, wenn du nicht sagst, wo der Adlerkopf ist. Er ist mein Eigentum, auch wenn er an der Quelle lag. Und ich habe ihn Mechthild versprochen!«

Zögernd stammelte Rabenold ein Geständnis. »Ich – ich gebe alles zu, Fremder. Ich wollte ihn von Anfang an – hierher bringen. Ich wollte dafür die Stelle – die Stelle des Custos im Kloster. Wo ist das Fratzengesicht? Habt ihr es gesehen?«

»Im Kloster warst du also«, stellte Ursch fest. »Custos bist du nicht geworden, wie wir sehen. Warum hat man dich in den Turm eingesperrt? Du bist ein Mörder, sagt man.«

»Alles Lüge! Ich war es nicht!«, keuchte Rabenold.

»Hat Abt Bertho jetzt den Adlerkopf?«, fragte Mechthild und zog Rabenold am Ohr.

Rabenold nickte schmerzverzerrt.

»Ali ist misshandelt worden!«, gellte eine Stimme. Ratzfalls riesige Gestalt erschien im Türrahmen, er hielt den zitternden Affen an sich gedrückt und hob ein Büschel Fellhaare in die Höhe. Die Wächter stürmten fluchend an ihm vorbei und wollten sich auf Rabenold werfen, aber dieser hatte die Verwirrung genutzt und war im Gartengebüsch verschwunden. Mit lauten Verwünschungen und Vorwürfen machten sich die Soldaten auf die Suche nach dem Flüchtigen. Aber der Schwarze Mönch fand sich im Gestrüpp besser zurecht als schwerfällige Soldaten in Kettenhemden und plumpen Stiefeln.

Die Gefährten hatten genug gehört. Ali war unter Ratzfalls Bart zurückgekehrt. Ursch ging voraus und öffnete das Frauentörlein, Ratzfall stieg auf das Kutschbrett und Tilmann half Mechthild auf den Karren.

»Wir müssen es schaffen, mit Abt Bertho zu sprechen«, hörte Tilmann Ursch von vorne sagen. »Das wird nicht einfach werden. Wir müssen ihm klarmachen, dass der Adlerkopf Tilmann gehört. Ob er ihn zurückgibt, wird ungewiss sein. Lasst es uns versuchen. Wichtiger als das ist es, Samuel zu finden, den Medicus. Mechthild braucht unsere Hilfe.«

Das Amulett hielt Tilmann bereit, weil es aber niemand sehen wollte, gab er es Mechthild zurück. Das Mädchen zog das rote Blechherz aus ihrer Tasche und ließ es darin verschwinden. Für einen kurzen Augenblick sah Tilmann einen Sarazenenpfeil und das Wartebachmännchen im Trüffelpapier.

Der Eselswagen hatte keine Mühe, in die Abtei zu gelangen. Die Benediktinermönche auf der anderen Torseite begrüßten die Besucher mit tiefem Kopfnicken.

Der Weg in das Kloster war frei.

achtzehn.

Der Abt

Mönche mit tonsiertem Haar und in weiße Kutten gekleidet traten den Gefährten entgegen. Sie hielten die Köpfe gesenkt und musterten die Gefährten aus den Augenwinkeln. Es war ihnen nicht erlaubt das Klostergelände zu verlassen, alles, was man für sie für notwendig hielt, fanden sie hier. Was von außen hereinkam, weckte ihre Neugierde.

Aus der Hütte hinter dem Frauentörlein drang emsiges Hämmern, Schaben und Klicken. Verzierte Buchbeschläge aus dünnem Metall lagen zum Reinigen und Trocknen im Freien ausgebreitet.

Vor den Gefährten erstreckte sich im Licht der Abendsonne friedlich die Abtei. Die mächtige Ratgerbasilika überragte mit zwei spitz zulaufenden Rundtürmen alle anderen Nebengebäude. Sie war von Westen nach Osten ausgerichtet. Nach allem, was Tilmann bisher in Buchonia gesehen hatte, konnte er jetzt verstehen, dass die Menschen hier diesem Bauwerk mit Staunen und Ehrfurcht begegneten.

Ein Bach durchzog das Abteigelände. Darüber führte eine steinerne Brücke. Der Eselskarren machte dort Halt.

»Dieser Bach ist der Waidesgraben!«, rief Ursch beim Absteigen. »Das Krankenhaus ist dort hinten, Mechthild. Bei den Kräutergärten. Du wirst da hingehen müssen.«

Mechthild stand hinter dem Wagen und schüttelte den Kopf. »Später vielleicht. Die Burg ist wichtiger.«

»Wir lassen den Karren hier an der Brücke zurück und holen ihn später ab«, schlug Ratzfall vor und band den Esel an einem Pfosten fest. »Ich war schon hier, ich kenne mich hier aus, Mechthild.«

Das schien zu stimmen, denn vorbeiziehende Mönche riefen: »He Ratzfall, du stinkst nach Fisch!«

»Wir sprechen uns noch, Ebbo. Bist selber ein Nasenstank!«, brüllte Ratzfall zurück. »Nächstes Mal haue ich dir den Fisch um die Ohren, zum Donnerstrudel!«

»Ali bleibt auf dem Wagen zurück, Ratzfall«, sagte Ursch energisch. »Das Tier könnte uns alles verderben, wenn wir mit dem Abt sprechen. Binde ihn im Wagen fest!«

Der Fischer zog den Affen hinter dem Bart hervor und befolgte knurrend Urschs Anweisung. Behutsam band er das Tier fest und breitete Äpfel vor ihm aus, die er auf dem Markt gekauft hatte.

Die Kräuterfrau bemerkte Tilmanns staunende Blicke. »Du hast wohl noch nie eine so große Kirche gesehen?«, fragte sie. »Abt Ratger hat mit seiner Bauwut den Anfang gemacht und seine Mönche haben sich über das Steineklopfen und die Wandmalereien oft genug beschwert. Alles hier wird immer größer und schöner, jetzt ist die Basilika die größte Kirche nördlich von Rom.«

Tilmann blickte sich neugierig um. Hunderte weißgekleidete Mönche mit tonsierter Haartracht verbreiteten stumme Geschäftigkeit. Jeder von ihnen ging mit Bienenfleiß irgendeiner Aufgabe nach.

»Das bringt Hände und Füße in Bewegung und ist überlebenswichtig für die ganze Gemeinschaft«, erklärte Ursch. »Der heilige Benedikt von Nursia hat vor zweihundert Jahren die Mönche verpflichtet, ein Gelübde zu leisten. Seine Nachfolger genießen dafür große Bewunderung, weil sie seitdem ein schweres Joch tragen müssen. Armut, Gehorsam und Keuschheit haben sie geschworen. Bonifatius ist das Vorbild von allen, seine Gebeine liegen unter dem Altar der Basilika begraben.«

Die Kräuterfrau vergrub Mechthilds lockiges Haar in der Kapuze. »Wir dürfen es den jungen Männern hier nicht schwer machen«, sagte sie. »Früher kamen Nonnen zur Basilika, um das Grab von Lioba zu besuchen. Es war der Wunsch von Bonifatius, dass seine fromme Nichte an seiner Seite liegt. Jetzt ist das Grab außerhalb der Abtei, in der Liobakirche am Kloster St. Peter.«

»Wo finden wir den Abt?«, fragte Tilmann verwirrt. Die Blicke der Mönche fielen neugierig auf seinen Rucksack und er umklammerte ihn, als ob er fürchtete, er könnte verloren gehen.

»Hinter der Basilika hat er seine eigene Burg, die Abtsburg«, antwortete Ursch und zog die Kapuze tiefer in die Stirn. »Dort hält er sich meistens auf. Oft aber befindet er sich auch in der kleinen Kapelle zwischen seiner Burg und dem südlichen Querhaus der Kirche. Das ist die Jakobuskapelle. Dort suchen wir ihn. Lasst uns gehen!«

Radgarbasilika

Fuldensis
Anno
MMIX

»Glaubst du, der Abt gibt uns den Adlerkopf zurück, Ursch?«, fragte Tilmann beim Weitergehen. »Sicher weiß er, welche Macht er in seinen Händen hat.«

»Will man einen Krieg gewinnen, ist jedes Mittel recht«, seufzte Ursch. »Alle Herren sind vergiftet vom Hochmut. Um ehrlich zu sein, Tilmann, es gibt wenig Hoffnung.«

Sie dachte nach. »Wir müssen an seinem Glauben rütteln«, sagte sie schließlich. »Der Adlerkopf wurde von Wieland geschmiedet, sagen die Bauern. Hoch im Norden, wo noch viele an die alten Götter glauben. Der Gral war ein Kelch, aus dem Christus getrunken hat. Der Adlerkopf aber ist eine heidnische Trophäe. Wer im Kloster wünscht sich den Adlerkopf bei den Heiligtümern, die an Bonifatius´ Grab verehrt werden?«

Sie fasste Tilmann an der Schulter. »Und außerdem bist du der Eigentümer, vergiss das nicht. Es ist dein Recht, dein Eigentum zurückzuverlangen.«

Tilmann nickte. »Auch wenn uns wenig Erfolg in Aussicht steht, wir werden unser Glück versuchen. Ich komme mit, um Mechthild zu helfen.«

Die Kräuterfrau hielt inne und wandte sich an alle Gefährten. »Sollte uns der Abt den Adlerkopf zurückgeben, wofür wenig Hoffnung besteht, dann werdet ihr euch an euer Versprechen erinnern müssen.«

»Welches Versprechen?«, mischte sich Ratzfall ein. »Von meinem Anteil werde ich ein Schiff kaufen. Oder meinst du das Versprechen, dass wir Bruno aus der Kneipe holen? Thusnelda habe ich auch etwas versprochen, nämlich –«

Ursch winkte ab. »Nein, ich meine das Versprechen auf dem Floß. Als wir uns Innige Gefährten nannten. Wir werden gemeinsam entscheiden, was mit dem Adlerkopf geschehen soll.«

Sie zeigte auf eine kleine Kapelle, die auf einem Hügel hinter der Klosterkirche aufragte und von einem Friedhof umgeben war. Mönche hatten sich dort zu einem Stundengebet versammelt, sangen Klagelieder und beugten sich zur Erde.

»Die Michaelskapelle«, sagte die Kräuterfrau. »Wir müssen uns beeilen, Gefährten. Die Sonne geht bald unter. Gleich wird die Vesperglocke läuten und dann versammeln sich alle Mönche und der Abt im Oratorium. Danach hat niemand mehr Zeit, uns anzuhören.«

Die Jakobskapelle war der Abtsburg vorgelagert und durch eine kleine Pforte zugänglich. »Was wollt ihr hier?«, fragte der grauhaarige Wächter mürrisch. »Kein Fremder ist befugt, die Kapelle zu betreten. Ihr seid keine Jakobspilger, das sieht man. Deshalb gibt es für euch keinen Zutritt.«

»Der Abt erwartet uns, Portarius«, log Ursch und Ratzfall versuchte sich an dem Pförtner vorbeizudrängen. Doch dieser setzte warnend sein Horn an die Lippen. Erschrocken wichen die Gefährten zurück. Sie blickten sich ratlos an. Wie sollten sie hier vorbeikommen? Der Portarius stellte sich mit verschränkten Armen vor die Pforte und blickte so finster, als wäre er der Engel, der das Paradies bewacht.

Die Abtsburg ragte hinter der Jakobskapelle empor. Das steinerne Gebäude mit dem Wehrturm war zum Greifen nahe. Klappläden verschlossen abweisend die Fenster.

Eines davon war geöffnet. Aus diesem Fenster drang laute Musik.

»Zum Donnerstrudel! Ist das Weibergeschrei oder ein Krähenschwarm?«, fragte Ratzfall verwirrt.

»Weibergeschrei im Kloster, das kann nicht sein.« Mechthild tippte sich an die Stirn. »Jemand singt, es scheint Musik zu sein.«

»Fight For Your Right For Parties«, murmelte Tilmann. »Von den Beasty Boys.« Verblüfft wühlte er in seinem Rucksack.

»Es ist mein CD-Player«, murmelte er geistesabwesend. »Rabenold hat ihn aus dem Rucksack genommen und jetzt ist er da oben in diesem Gemäuer.«

»Was ist ein Zehdehbläher?«, fragte Mechthild. »Ist das Musik?«

Tilmann hatte einen Gedanken. Er trat entschlossen auf den Pförtner zu. »Portarius, du wirst dieses Tor öffnen und uns zum Abt bringen. Sofort!«

Der Pförtner starrte ihn verblüfft an.

»Wenn du es nicht tust, werde ich dir mit dieser Waffe ein Loch in deinen verdammten Dickschädel brennen!«

Tilmann zückte seine Taschenlampe und richtete den Lichtstrahl mitten in das Gesicht des Pförtners. Es wurde leichenblass. Der Pförtner schob den Torbalken zurück und gab zitternd den Weg frei. Wie es Tilmann angeordnet hatte, schritt er voran, über den Hof der Abtsburg und die Treppe hinauf zu dem Raum, aus dem noch immer laute Rockmusik ertönte.

Ratzfall schlug Tilmann auf die Schulter. »Jow! Hätte ich nicht gedacht, dass du so gut bist, Junge«, lobte er. »Beinahe hätte der Dickschädel noch alles vermasselt.«

Der Portarius stieß eine Tür auf und trat zur Seite, um die Gefährten einzulassen. Er zitterte noch immer.

Abt Bertho von Leibolz sprang von einem hölzernen Sessel auf und starrte die Ankömmlinge erschrocken an. Er war weiß gekleidet und trug wie alle Mönche tonsiertes Haar. An einer Halskette baumelte eine silberne Reliquienkapsel. Er stampfte so wütend auf, dass der an die Wand gelehnte Krummstab zu Boden fiel.

Bertho hielt den CD-Player in den Händen und drückte wie ein ertappter Dieb auf einen Knopf, um die Musik auszuschalten.

»Portarius Eckhard!«, schrie er. »Wer wagt es, mich zu stören? Wer sind diese Leute?«

Der Pförtner starrte ihn erschrocken an. »Sie haben mich gezwungen«, antwortete er mit kaum hörbarer Stimme und kreuzte die Hände. »Ich kenne nur den Fischer, die anderen nicht. Der da trägt eine unbekannte Waffe.« Er zeigte auf Tilmann.

Die Augen des Abts waren stechend auf Tilmann gerichtet und fielen schließlich auf den Rucksack. Bertho ist klein, durchzuckte es Tilmann. So klein, dass sie ihn Fingerhut nennen.

Für einen Augenblick herrschte Stille. Bertho schien nachzudenken. Es roch nach verbranntem Lampenöl und vom Friedhofshügel drang monotoner Singsang.

Plötzlich hellte sich das Gesicht des Abts auf. Gefasst und mit einer eindeutigen Geste befahl er dem Pförtner zu gehen. Rasch ließ er den CD-Player in seiner Tasche verschwinden.

»In unserer Abtei pflegen wir selten zu sprechen, denn nur in der Stille gelingt das gottgefällige Zusammenleben aller Glaubensbrüder«, sagte er leise.

»Aha!«, polterte Ratzfall los. »Ich verstehe. Meine Großmutter sagte schon: In der Mühle ist nicht gut spinnen.«

Der Abt starrte auf Ratzfall. »Wer ist dieser Mann? Ist das nicht der Fischer? Was tust du hier? Melde dich beim Kellermeister!«

Sein Blick fiel auf die Kräuterfrau. »Dich kenne ich auch, du bist Ursch, die Tochter von Edda. Deine Mutter wurde der Hexerei bezichtigt. Latet anguis in herba!*«

»Und du«, sprach er Mechthild an. »Bist du nicht die Tochter Dietrichs von Wartenberg? Ich sah dich, als dein Vater zum Kreuzzug aufbrach.« Er trat vor das Mädchen und entfernte die Kapuze. »Du bist es, Mechthild. Schon damals hattest du diese goldenen Haare, die uns den Verstand verwirren.«

Der Abt hockte sich auf seinen Stuhl zurück, um eine Entscheidung zu treffen. »Ich möchte mit dem Knaben unter vier Augen sprechen und ihm eine Frage stellen. Ihr anderen müsst gehen – sofort!« Bertho griff nach einer Glocke, um den Pförtner zu rufen.

* Die Schlange lauert im Gras.

»Halt!«, rief Tilmann. »Diese drei werden hier bleiben. Es sind meine Gefährten. Wenn sie gehen müssen, dann werde auch ich gehen. Und ich werde den Player mitnehmen, den Sie in Ihrer Tasche verstecken. Und den Adlerkopf will ich auch. Diese Sachen gehören mir! Rabenold hat sie aus meinem Rucksack gestohlen.«

Abt Bertho blickte verwirrt auf den Jungen. Er kratzte nervös an seiner Tonsur. Sein Blick fiel auf eine Sanduhr. Er sprang unruhig auf und warf ein Holzscheit in den Kamin. Feuer flackerte auf und warf zuckende Schatten an die Wände. Schließlich ging er zum Fenster, verschloss die Läden und schritt zur Tür, um sich zu vergewissern, dass niemand horchte.

»Der Gerechte muss viel leiden«, seufzte der Abt. »Nun gut, sie bleiben hier. Nolens volens.* Uns bleibt ohnehin nur eine halbe Stunde bis zum nächsten Stundengebet und zur Abendvesper. Setzt euch alle! Du, Knabe, trete vor mich. Ich werde dir eine Frage stellen.«

Bertho zog den CD-Player aus der Tasche und drückte auf den Startknopf. *Fight for your right for paaarties*, gellte eine Stimme. Der Abt brachte sie angewidert zum Verstummen.

»Unser Herr Jesus Christus bedurfte nicht solcher Narrendinge, um uns den rechten Weg zu zeigen«, sagte der Abt in die Stille. »Soll das Musik sein? Wieviel schöner sind doch die Lieder, die Rabanus Maurus erdacht hat.«

»Ich heiße Tilmann Schmitt«, sagte Tilmann ohne auf die Frage zu antworten. »Dieser CD-Player gehört mir. Außerdem möchte ich, dass Mechthild zuerst mit Ihnen spricht. Sie hat eine wichtige Forderung.«

»Per ordinem!** Das Mädchen kommt später.« Der Abt strich staunend mit der Hand über den Player. »Gelobt sei Gott unser Schöpfer, der alles so prächtig hergerichtet hat in Maßen und Harmonie der Proportionen. Ich liebe die Wissenschaft! Gottes Wille drückt sich darin aus, sie hilft uns das Leben zu erleichtern und letzten Endes zu verlängern. Wieviel Muße steht für uns bereit, wenn die tägliche Mühe von Maschinen erledigt wird! Sprich, was du darüber weißt, Junge!«

»Das Wort Muße kenne ich nicht. Sie meinen wohl Freizeit, oder?«

Mit zitternder Stimme fuhr der Abt fort. »Es soll einem weisen Mann gelungen sein, eine Mixtur zu finden, die bei Berührung durch das Feuer eine gewaltige Zerstörung und Beschleunigung der Teile hervorruft!« Der Abt sprang erregt auf. »Man könnte damit Steine zertrümmern und Bäche umleiten.

* Ob man will oder nicht.
** Der Reihe nach!

Den Waidesgraben zum Beispiel, der alljährlich unsere schönen Gärten überflutet.«

Er fiel zurück in seinen Stuhl und wurde nachdenklich. »Was jedoch, wenn das Pulver in unserem Gotteshaus oder auf meiner Burg entzündet wird? Keine Rüstung, keine Mauer und kein Turm könnten uns dann schützen.«

Tilmann nickte. »Da können Sie froh sein, dass Sie das nicht erleben. Atomkraft ist noch stärker als Schießpulver.«

Der Abt blickte auf den Player und voller Staunen auf Tilmann. »Wer hat diese Wundermaschine gemacht? Wer bist du wirklich, Junge, und wo kommst du her? Die Kunde von deiner Ankunft ist dir vorausgeeilt, musst du wissen.«

»Ich heiße Tilmann Schmitt, bin vierzehn Jahre alt und komme aus Lauterbach.«

»Aus Luternbach? Niemals! Omnis homo mendax.* Niemand dort spricht solche rätselhaften Worte und besitzt solche Wunderdinge.« Er überlegte einen Moment. »Du trägst die Haare wie Besenreiser und rot geschmückt. Und ein Gesicht hast du wie Honigkuchen. Und dennoch bist du kein Knabe mehr und ich kann mit dir sprechen wie mit einem erwachsenen Mann. Also sprich nicht kindlich und sage die Wahrheit.«

Tilmann antwortete nicht. Warum sollte er diesem Mann, der ihm sein Eigentum nicht zurückgab, trauen können?

»Lass uns von Mann zu Mann sprechen, Tilmann Schmitt«, fuhr der Abt fort. »Ich liebe die Wissenschaft. Ich selbst habe meinen Geist dazu verwendet, den Sturmwidder auszudenken. Seine Kraft ist außergewöhnlich, er kann sechseinhalb Zentner schwere Steine gegen die Burg meiner Widersacher schleudern.«

Er trat vor Tilmann, machte eine leichte Verbeugung und legte die Hand auf die Schulter des Jungen. »Ich möchte, dass du hierbleibst, Tilmann. Ich habe viele Fragen an dich. Man besucht uns aus anderen Abteien und viele kommen von weit her. Aber niemals zuvor habe ich einen gesehen wie dich. Vielleicht kannst du uns helfen, ein Gerät zu untersuchen, das als Geschenk hierher kam und aus Arabien stammt. Man kann damit die Sterne erforschen. Es heißt Astrolap.«

»Ich kann nicht hierbleiben«, antwortete Tilmann. »Mein Zuhause ist weiter weg als Sie sich das vorstellen können. Und ich möchte bei Mechthild bleiben, sie ist meine Freundin. Ich ... ich – «

*Alle Menschen sind Lügner.

»Er liebt sie«, warf Ursch lächelnd ein.

»Ich habe Mechthild meine Hilfe versprochen«, sagte Tilmann und wurde rot im Gesicht. »Ich möchte, dass sie jetzt mit Ihnen spricht. Es ist wichtig.«

Der Abt starrte auf die Sanduhr. »Gut. Tritt vor, Mechthild, Tochter des Kreuzritters! Aber fasse dich kurz. Tempus abit.*«

Entschlossen trat das Mädchen vor den Abtsstuhl. »Wir wissen, dass Ihr den Adlerkopf besitzt, Abt Bertho«, begann sie unvermittelt. »Einst war er das Eigentum meines Großvaters. Später galt er viele Jahre als verschollen. Man erwartete seine Rückkehr, denn diese galt als Erfüllung einer Prophezeiung. Nun hat Tilmann den Adlerkopf zurückgebracht. Aber noch bevor er zur Burg meines Vaters kam – und dafür ist der Adlerkopf bestimmt – wurde er gestohlen.«

Der Abt zuckte mit den Achseln. »Rabenold hat behauptet, er hätte ihn im Wald gefunden. Ich habe ihm nicht geglaubt. Omnis homo mendax.** Er ist ein Lügner und wurde deshalb aus dem Kloster entfernt. Er wollte eine Anstellung als Custos für den Adlerkopf. Als ich mich weigerte, bot er mir die Maschine an, die Tilmann Zehbläher nennt. Ich habe ihm alles abnehmen lassen.«

Er schlug die Hände vor das Gesicht. »Zudem wird er des versuchten Mordes bezichtigt. Es ist eine schreckliche Geschichte passiert. Ich ertrage es nicht, ich will diesen Menschen niemals wiedersehen. Er ist im Hexenturm und morgen erhält er seine gerechte Strafe.«

Tilmann wollte etwas fragen, aber jetzt durfte er Mechthilds Worte nicht unterbrechen. Der Abt ging zu einer Wandnische und brachte einen Gegenstand zum Vorschein, der in rotes Leinentuch eingewickelt war. »Ich habe ihn reinigen lassen«, sagte der Abt.

Der Adlerkopf glühte goldgelb im Licht des Kaminfeuers. Seine Augen waren mit Bernsteinen besetzt, der gekrümmte Schnabel aus reinem Silber. In der schuppenartigen Verzierung waren funkelnde Edelsteine eingelassen. So schön hatte sich Tilmann das verrostete Ding aus der Burgruine in seinen kühnsten Träumen nicht vorgestellt. Die Gefährten staunten voller Ehrfurcht. Mechthild taumelte und ließ sich auf den Hocker fallen. Der Abt wickelte den Gegenstand ein und brachte ihn zur Nische zurück.

Er ließ sich auf den Stuhl fallen und grübelte. »Es ist allein meine Entscheidung, was ich mit dem Adlerkopf mache. Der Konvent weiß darüber nichts. Er würde es ablehnen, einen heidnischen Gegenstand in die Reliquien-

*Die Zeit läuft.
**Alle Menschen sind Lügner.

kammer zu nehmen. Ich werde dazu schweigen wie ein Ochse. Auch brauche ich ihn nicht, um Kriegsfreiwillige zu finden. Wir haben hier mehr unzufriedene Bauern als mir lieb ist, ihr Lärm dringt aus der Stadt bis in die Abtei und gibt uns keine Ruhe zum Nachdenken und Beten. Sie erwarten mich auf dem Dienstagsmarkt, aber ich werde nicht hingehen.« Er trat auf Tilmann zu und legte ihm die Hand auf die Schulter. »In der Tat ist der Adlerkopf das Eigentum dieses Jungen. Incorrupta rerum fides.* Der Bibliothekar hat es mir mitgeteilt.«

»Dann gib ihn uns zurück!«, flehte Mechthild.

»Ich sehe tief in dein Herz, Mechthild«, antwortete der Abt nachdenklich. »Du hast Kummer und ich sehe auch, dass du krank bist. Schwerkrank sogar. Dein Onkel ebenso. Ihr seid alle krank auf Wartenberg, seitdem dein Großvater Friedrich gestorben ist. Hochmut heißt eure Krankheit und sie ist zugleich eine schwere Sünde. Wenn ich deinem Freund den Adlerkopf aushändige, wirst du ihn nach Wartenberg bringen und dort wird er das Gift in euren Köpfen vermehren.«

»Sie muss in das Krankenhaus«, mischte sich Ursch mit flehender Stimme ein.

»Sprechen Sie bitte mit Samuel, dem jüdischen Medicus. Sie wird sterben, wenn sie keine Hilfe bekommt.«

Der Abt schwieg für einen Augenblick. Dann sagte er: »Gut, ich werde mit dem magister infimorum sprechen. Der Siechenmeister ist berühmt für seine Medikamente, erst kürzlich hat er eine Salbe gemischt, die sehr wohltuend ist. Er ließ mich wissen, dass sie aus Katzentalg und gekochten Schnecken besteht. Agnes von Blankenberg wird Mechthild damit pflegen, sie ist die einzige Frau, die Zugang zum Klosterspital erhält. Ein Gottesgeschenk ist diese Frau! Sie gleicht Elisabeth von Thüringen und gleich ihr widmet Agnes ihr Leben den Armen und Kranken, wobei sie den Zorn ihres Mannes auf sich zieht. Ich werde für sie ein Kloster in Blankenwald bauen, wenn ich die Burg ihres Mannes zerstört habe.« Der Abt ballte die Fäuste. »Erst vor kurzem hat Hermann von Blankenwald Kaufleute ausgeraubt, die zum Markt nach Freiensteinau fuhren.«

»Mein Vater hat niemandem ein Leid angetan. Und Heinrich von Wartenberg auch nicht.« Mechthilds Augen wurden tränennass. »Und in das Krankenhaus werde ich jetzt nicht gehen. Ich habe eine wichtige Aufgabe zu erfüllen und meine Gefährten sind hier, um mir dabei zu helfen.«

* Unverfälschte Wahrheit der Tatsachen.

Der Abt schüttelte die Fäuste. »Wartenberg ist ein Sammelplatz der Aufständischen. Die ganze Räuberbrut war erst kürzlich dort, hat meine Boten wie Hunde davongejagt, ein Turnier abgehalten und ein Fest gefeiert!«

Bertho sprang auf und stampfte mit den Füßen. Die Sanduhr kam ins Rutschen und zersplitterte auf dem Boden. Das brachte den Abt erst recht in Rage.

»Worte und Taten, das eine ist ohne das andere tot!«, fuhr der Abt fort. »Meine Vorgänger kannten nur Worte – es hat ihnen nichts genutzt. Seit zehn Jahren plagen wir uns mit Rebellen herum, widerspenstigen Ministerialen. Sie fühlen sich nicht mehr gebunden an ihre Pflichten der Abtei gegenüber. Sie sind schlimmer als die Heiden, diese kannten noch Treue und Verpflichtung gegenüber ihren Lehnsherren.«

Der Abt sackte in den Stuhl zurück. Seine Augen verrieten Ernst und Wehmut. »Ich bin nicht mehr der Vater des Klosters. Das, was mir zugedacht war, macht der Stiftsdekan. Vor fünfhundert Jahren haben Bonifatius und Sturmius hier begonnen. In friedlicher Arbeit wurde das Kloster aufgebaut. Jetzt leben wir in finsteren Zeiten. Maledictus, qui pervertit iudicium!* Es herrscht das Faustrecht. Homo homini lupus.** Kein König kann mir helfen und der König von Holland ist weit weg.«

Abt Bertho rieb seine Augen. An seiner Hand blitzte ein edelsteinverzierter Ring. Ratlos hob er die Schultern. Die Gesänge der Mönche waren verstummt.

»Kein Gewand kleidet schöner als die Demut«, sagte Ursch in die Stille. »Und in der Bibel steht: liebet eure Feinde. Ihr solltet nochmals Boten ausschicken, denn man weiß auch in Wartenberg, dass eure Streiter in der Überzahl sind.«

»Wehe, wenn die Herde an ihrem Hirten zu zweifeln beginnt«, antwortete der Abt. »Man erwartet von mir strenges Durchgreifen. Soll ich mich der Lächerlichkeit preisgeben? Vollbringe ich eine Fehlleistung, werde ich fortgeschickt oder ausgesondert wie Batiz, der Bettler. Oder Gozbort, der Spitaldiener.«

»Auge um Auge, Zahn um Zahn. Ist es das?«, fragte Ursch.

»Mulier taceat in ecclesia!*** Schweig, Kräuterweib, deine Worte sind nicht weise! Alle Weisheit ist von Gott. Unsere Abtei lehrt Gottes Wort und verbreitet es im Scriptorium durch die Schrift. Sie trachtet danach, nach dem Willen Gottes zu leben, wie es der heilige Benedikt für uns regelte. In Buchonia gibt es Vögte und Untervögte, die Hohn und Spott über uns schütten.

*Verdammt sei, wer das Recht verdreht!
**Der Mensch ist dem Menschen ein Wolf.
*** Das Weib schweige in der Kirche!

Sie missachten Gottes Werke. Sie plündern unsere Klöster und Kirchen, rauben Pilger und Kaufleute aus.«

Abt Bertho geriet wieder in Zorn und sprang auf. Der Raum war angefüllt vom Rauch des Kaminfeuers und der Öllampen. Hustend schritt der Abt zum Fenster und riss die Fensterläden auf.

»Man kann mit diesen Leuten nicht verhandeln«, sagte er vom Fenster und blickte in die Abenddämmerung. »Das ist mein letztes Wort dazu. Dixi et salvavi animam meam.* Die Menschen da draußen erwarten meine Hilfe.«

Über den Dächern von Fulda kräuselte sich der Rauch von vielen Kaminfeuern. Dort rückten die Menschen jetzt eng zusammen, denn in den ersten Frühlingsnächten zogen eisige Winde aus dem noch immer schneebedeckten Rhöngebirge durch die Stadt. Am Abendhimmel funkelten die ersten Sterne. Von der Abteimauer ertönte ein langgezogener Hornruf.

Der Abt zeigte in die Dunkelheit. »Wir haben vier Klöster gebaut, nach dem Vorbild des Kreuzes«, sagte er stolz. »Sie liegen vor den Toren der Stadt und heißen St. Andreas, St. Johannesberg, St. Peter und St. Frauenberg. Soll ich tatenlos zusehen, wie ein Verräter aus Ebersberg eines dieser Klöster ausraubt? Ich werde Wehrtürme vor den Toren der Stadt bauen und eine neue Abtsburg, mit einem Bergfried, von dem man alle diese Wehrtürme sehen kann. Von dort wird man mir Zeichen geben, wenn Gefahr droht und ein Feind heranrückt.«

Der Abt lehnte sich lauschend aus dem Fenster, als ob er bereits ein Warnsignal von einem Wehrturm gehört hätte. Das Wächterhorn ertönte erneut und fernes Stimmengewirr war zu hören.

Ratzfall rieb sich die Ohren, als hätte er eine dieser Stimmen erkannt. Unruhig scharrte er mit den Füßen, er spürte ein bedrohliches Ereignis herankommen. Was sollte das Gerede hier, einer musste gehen und sich um den Eselskarren und Ali kümmern!

Aber er wagte es nicht, das Gespräch zu stören. Unbeirrt trat der Abt vor seinen Stuhl und schwang die Arme, als wären sie schwertbewaffnet. »Giso von Steinau und Hermann von Ebersberg, das sind die Schlimmsten!«, rief er mit drohender Stimme. »Und auch Berthold von Ziegenhain und Hermann von Blankenwald! Wartenberg bietet der Räuberbrut Schutz und Zuflucht. Fliegende Schwerter wird man sehen! Weinen und Zähneknirschen wird es geben. Ich werde diese Burg und alle anderen mit Äxten bis auf die Erde niederlegen und schleifen lassen. Nur noch Dornen und Seidelbast werden in

* Ich habe gewarnt und meine Seele gerettet.

tausend Jahren davon künden, dass dort einmal eine Burg stand. Die Bauern werden aus den Mauern Schweineställe bauen. Die Verräter werde ich allesamt am Schindacker verscharren lassen und ihre Rädelsführer ohne Gnade bestrafen. Deus volt!*«

Ursch sprang auf und stellte sich mutig dem Abt gegenüber. »Quod tibi fieri non vis, alteri non feceris!**«, rief sie erregt. »Ihr wisst doch, was dieser Satz heißt. Unser Kaiser Friedrich nahm Jerusalem ohne Blutvergießen ein, allein durch Verhandlungen mit dem Sultan El Kamil. Zuvor wurde unsäglich viel Blut vergossen, auf den Kreuzzügen. Auch Mechthilds Vater hätte sein Leben beinahe dort verloren. Krieg macht den Edelsten zum Unmenschen. Wer Hass sät, wird Hass ernten!«

Bertho kehrte auf seinen Stuhl zurück. Seine Miene verfinsterte sich. »Hüte deine Zunge, Kräuterweib«, zischte er. »Was verstehst du schon davon, wie man mit Gottlosen und Treulosen umgeht? Mit Untreuen kann man nicht verhandeln, denn diese Menschen werden untreu sein, so lange sie leben. Surdo asello narrare fabulam.***«

Sein Gesicht nahm einen verächtlichen Ausdruck an. »Man sagt, die beste Frau ist die, von der man am wenigsten spricht«, sagte er mit gedämpfter Stimme. »Deine Mutter war eine Bilwis, darüber wurde viel geredet. Sie verstand die Sprache der Tiere und Vögel und las die Zukunft aus den Sprüngen der Knochen. Allerlei Teufelskünste wurden ihr nachgesagt, selbst die Fähigkeit, sich unsichtbar zu machen. Man hat sie eingesperrt und in ein Land jenseits der Mark verwiesen.«

Er machte eine abweisende Geste. »Ich selbst glaube nicht an Zauberei. Ich glaube an Gott allein und an die Kraft der Wissenschaft, die daraus entspringt, dass uns Gott die Vernunft geschenkt hat. Ich glaube auch nicht an die Macht des Adlerkopfs. Es würde dem widersprechen, was die Heilige Schrift sagt.«

Ursch sackte auf ihren Stuhl zurück und weinte. »Meine Mutter hat niemandem ein Leid angetan. Sie hat viele Menschen geheilt weil sie die Kräfte der Pflanzen kannte.«

Der Abt starrte auf den Kaminsims, die Sanduhr lag jedoch zerbrochen auf dem Fußboden. Er wurde ungeduldig. »Die Zeit drängt!«, rief er und sprang auf. Er ging zur Wandnische und legte das rote Stoffbündel, in dem der Adlerkopf verwahrt war, auf den Tisch.

* Gott will es!
** Was du nicht willst, was man dir tu, das füg auch keinem andern zu!
*** Einem tauben Esel eine Geschichte erzählen.

»Mechthild, tritt vor!«, rief er befehlend. »Dieser Adlerkopf scheint für dich und deine Gefährten der Gral zu sein. Wie Parzival nach dem Gral strebte, so strebt ihr nach dem Adlerkopf. Ich weiß, dass dieser Junge hier den Adlerkopf hierher brachte und auch diesen Gegenstand, aus dem Lärm dringt. Die Kunde von Tilmann ist längst in der Abtei angekommen.«

Er reichte Mechthild das Stoffbündel. »Ich gebe ihn dir, Mechthild, wenn Tilmann damit einverstanden ist. Aber es gibt eine Bedingung.«

Benommen kehrte Mechthild auf ihren Stuhl zurück. Die Gefährten blickten sich triumphierend an. Ursch wischte Tränen aus den Augen. Das Ziel war erreicht. Der Adlerkopf war zu Tilmann zurückgekehrt. Er war nicht mehr in den Händen eines Bösewichts. Die Gefährten würden jetzt bestimmen, was mit ihm geschehen sollte, so hatten sie es geschworen.

»Ich gestatte euch, dass er nach Wartenberg zurückgebracht wird«, sagte Abt Bertho mit pathetischer Stimme. »Nein, es ist sogar mein ausdrücklicher Wunsch. Bringt ihn dorthin, wo sein Besitzer, der Schwarze Ritter, den Tod gefunden hat!«

Er ging zu seinem Stuhl zurück und hob gebieterisch den Krummstab. »Bonifatius hat die Donareiche gefällt und ich werde den Menschen in Buchonia zeigen, dass Heidenglaube nicht vor gerechter Strafe schützt.«

Das Stimmengewirr von draußen schwoll an. Lärm drang von der Treppe in das Abtszimmer. Die Türglocke schepperte und der Pförtner starrte in das Zimmer.

»Warte, Eckhard!«, rief der Abt. »Ich habe hier noch etwas zu regeln. Tritt vor, Tilmann!«

Er wandte sich Mechthild zu. »Meine Bedingung dafür, dass du den Adlerkopf mitnimmst, Mechthild, ist die, dass dieser Junge hierbleibt. Du liebst ihn, sagt die Kräuterfrau. Du wirst dich von ihm trennen müssen, wenn du den Adlerkopf haben willst. Ich habe noch Fragen an ihn, die ich klären will und muss.«

Der Abt richtete sich auf und hob erneut den Hirtenstab. »Meine Entscheidung ist gefällt. Jetzt triff du eine Entscheidung, Mechthild, aber beeile dich, das Stundengebet ist nahe!«

Mechthild war auf ihrem Stuhl zusammengesunken und starrte auf das rote Leinenbündel, das den Adlerkopf verhüllte und jetzt greifbar vor ihr auf dem Tisch lag. Ein verzweifeltes Lächeln lag auf Tilmanns Gesicht. Alle Blicke waren auf das Mädchen gerichtet.

An der Tür kam Unruhe auf, der Pförtner wurde unsanft zur Seite geschoben. Eine massige Gestalt schob sich in den Raum und postierte sich, die Hände in die Hüften gestemmt, vor dem Abt.

»Was soll diese Störung?«, begehrte der Abt auf. »Keiner Frau ist es gestattet, ohne Erlaubnis den Stiftsbezirk zu betreten. Bedecke dein Höllenfenster!«

»Ich werde reden, wie mir der Schnabel gewachsen ist!«, rief Thusnelda. Sie ging auf Ratzfall zu und zerrte ihn am Bart von seinem Stuhl. »Schluss mit dem Blödsinn! Du hast mir Treue geschworen, Fischer. Meine Küche ist völlig verdreckt!«

»Dann leite einen Fluss hindurch«, antwortete Ratzfall unsicher grinsend.

»Schweig, Fischer! Es gibt viel zu tun. In der Rittergasse ist ein Wirtshaus freigeworden und ich kann es bezahlen. Wolltest du es nicht »Gasthof zum Affen« nennen?«

Ratzfall blickte verdutzt zwischen Thusnelda und den Gefährten hin und her. Mechthild und Tilmann standen am Fenster und flüsterten miteinander. Der Abt hatte die Kapuze tief ins Gesicht gezogen und schwieg. Ratlos stand Eckhard an der Tür und wartete auf eine Anweisung.

»Ich werde mitkommen, zum Donnerstrudel!«, murmelte Ratzfall entschlossen. »Die Hand ist dem Kopf am nächsten, sagte mein Ohm immer. Außerdem muss sich einer um Ali kümmern und ich habe, offen gesagt, einen Bärenhunger.«

Thusnelda nahm ihn liebevoll an der Hand. Verlegen blickte Ratzfall aus der Tür. »Jow! Viel Glück, Ursch, Mechthild und Tilmann«, sagte er noch. »Besucht mich im »Wirtshaus zum Affen«.« Dann war er mit der Wirtin davon.

»Gelobt sei Jesus Christus«, sagte der Abt und warf die Kapuze zurück. »Sie ist fort.«

»In Ewigkeit, Amen«, antwortete Eckhard der Pförtner und verriegelte die Tür, als ob er den Teufel aussperren wollte.

Tilmann und Mechthild blickten aus dem Fenster. »Siehst du die Sternenstraße, Tilmann?«, fragte das Mädchen. »Sie weist uns den Weg. Und dieser führt für mich geradewegs nach Wartenberg, zur Burg meines armen Vaters. Ich werde den Adlerkopf dorthin bringen. Auch wenn mir dieser Entschluss das Herz zerreißt.«

»Du solltest den Medicus aufsuchen, Mechthild«, antwortete Tilmann verzweifelt und griff nach ihrer Hand.

»Das werde ich danach tun«, sagte das Mädchen entschlossen. »Vielleicht bin ich schon morgen wieder zurück.«

»Wenn das nicht so ist, werde ich dir folgen und dich zurückbringen. Ich verspreche es dir, Mechthild«, sagte Tilmann und küsste sie auf die Stirn. »Ich werde in die Stadt gehen und ein Pferd kaufen.« Er griff tief in seinen Rucksack und reichte ihr drei silberne Münzen. »Nimm dieses Geld«, sagte er. »Es sind Euros. Ursch wird dich begleiten. Ihr müsst Bruno Guttig suchen, ist er nicht in der Töpfergasse? Er wird euch für das Geld nach Wartenberg fahren. Sag ihm, wenn er dich zurückbringt, bekommt er noch mehr von diesem Geld.«

»Die Innige Gefährtenschaft ist zerrissen«, seufzte Ursch. »Ratzfall ist fort. Und du musst hierbleiben, Tilmann. Ich werde Mechthild nach Wartenberg begleiten und sie auch zurückbringen. Wir werden uns alle wiedersehen, die Innigen Gefährten. Im Frieden, hoffe ich.«

»In diesem Frieden, den ich wünsche«, murmelte Abt Bertho und läutete die Handglocke. Der Pförtner nahm die Hand vom Türriegel und trat vor den Abt.

»Ich wünsche nicht am Stundengebet teilzunehmen, Eckhard. Du wirst den Konvent davon in Kenntnis setzen und mich entschuldigen. Danach werde ich dir zusätzliche Anweisungen geben, komme also gleich zurück!«

Er wandte sich an Ursch und Mechthild. »Und nun geht auch ihr. Tilmann bleibt hier im Kloster. Ich nenne ihn einen Freund. Eckhard wird euch durch das Stephanstor aus der Abtei hinaus begleiten.«

»Unser Weg führt durch das Paulustor zur Töpfergasse. Wir gehen allein«, antwortete Ursch und zog die Kapuze über die Stirn. Der Pförtner öffnete die Tür. Mechthild drückte das rote Stoffbündel an sich und warf Tilmann einen tränenerfüllten Blick zu.

»Bis auf bald, Liebster«, sagte sie noch.

Der Abt schritt durch das Zimmer und verriegelte das Türschloss.

»Die wirst du niemals wiedersehen«, sagte er zu Tilmann.

neunzehn.

Das Geheimnis im Kloster

Tilmann stand am Fenster und starrte hinunter auf den Wirtschaftshof der Abtei. Seine Augen suchten Mechthild und Ursch. Jetzt konnte er die beiden sehen. Sie bewegten sich hinüber zur Waidesbrücke, Mechthild presste ein Bündel an ihre Brust und wurde von Ursch an der Hand geführt. An der Brücke waren Ratzfall und Thusnelda damit beschäftigt, den störrischen Esel zum Kehrtmachen zu bewegen. Mönche standen um das Tier, sie hatten es aus Mitleid gefüttert und jetzt wollte es nicht mehr zurück in das trostlose Judenviertel. Einige umstanden neugierig den Karren und starrten im Schein einer Lampe auf den Affen, der ängstlich auf der Kutscherbank kauerte.

Ursch redete auf Ratzfall ein und der Fischer half Mechthild jetzt auf den Karren zu steigen. Er würde die beiden zu Bruno Guttig in die Töpfergasse bringen, da war sich Tilmann sicher.

Abt Bertho rief Tilmann mit gedämpfter Stimme zu sich. Er hatte aus dem Nebenraum ein dickes, in Leder gebundenes Buch herbeigeholt. Eine Pergamentrolle lag auf dem Tisch ausgebreitet. Im Licht der Öllampe konnte man Linien darauf wahrnehmen, die Tilmann als die Umrisse von Europa erkannte. Die Landkarte war eng beschrieben und mit vielen bunten Illustrationen verziert. Über die Grenzen von Europa hinaus war sich der Kartograf offensichtlich im Unklaren, dort waren ausschließlich Bilder von exotischen Tieren, Meeresungeheuern und windblasenden Gesichtern zu sehen. Dazwischen gab es große, leere Flächen.

»Sei nicht traurig, Junge«, begann der Abt und legte seine Hand auf Tilmanns Schulter. »Wege trennen sich und zu welchem Ziel sie letztlich gelangen, weiß allein Gott. Ich fürchte, deine Gefährten laufen geradewegs auf ihr Verderben zu. Wir konnten sie nicht davon abhalten. Wartenberg und die Burgen der Treulosen sind allesamt verloren. Der Adlerkopf wird ihnen nicht helfen. Die Axt ist den Bäumen an die Wurzel gelegt.«

Er reichte Tilmann eine Schüssel mit getrockneten Weintrauben. »Du hast sicher Hunger. Wir werden gleich zum Refektorium gehen. Zuvor gibt es noch etwas zu tun.« Er läutete erneut die Tischglocke. »Wir vermeiden es, im Kloster zu sprechen. Daran musst du dich gewöhnen, Tilmann.« Der Pförtner spähte durch den Türspalt.

Mit eindringlicher Gestik und ohne Worte zu verlieren ordnete der Abt an, dass sein Besucher zum Essen angemeldet werden müsse. Man solle ihm einen Platz an seiner Seite zuweisen. Außerdem benötige der Junge Pilgerkleidung, vor allem aber eine andere Haartracht.

»Morgen wird man dir eine Tonsur schneiden«, sagte der Abt, als sich die Tür schloss. »Auch die Regeln des heiligen Benedikt wird man dich wissen lassen.«

Tilmann starrte den Abt fassungslos an.

»Beruhige dich, mein Junge«, beschwichtigte ihn der Abt. »Du bist hier gut aufgehoben. Glaub mir, ich weiß, was zu tun ist.« Er blickte Tilmann eindringlich an. »Die Wartenberger sind nicht gut auf dich zu sprechen. Sie sagen, du seist ein fremder Späher aus einem Land jenseits unserer Grenzen, der den Beelzebub im Wappen trägt und dass du eine Waffe auf sie gerichtet hast, die niemand kennt.«

Der Abt machte eine Pause. Dann sagte er: »Du hast den Burgkaplan mit dem Kreuz des Herrn erschlagen. Auch das werfen sie dir vor.«

Tilmann zuckte zusammen. Berthos Blick ging ihm durch Mark und Bein.

»Omnis ad tempus*«, sagte der Abt und griff nach dem Buch. »Du kannst bei mir Lehrjunge werden. Du magst doch?«

»Ich mag«, hörte sich Tilmann antworten. Seine Stimme klang so fremd, als gehörte sie nicht zu ihm.

»Dann leg deine Hand auf dieses Buch. Es ist die Heilige Schrift.« Wie in Trance tat der Junge, was ihm gesagt wurde. Der Abt nickte dem Jungen freundlich zu. »Gut so.«

Bertho zeigte nun auf die Karte. »Jetzt wirst du mir erklären, wo du herkommst, Tilmann. Und morgen wirst du mir eure Wissenschaft vorstellen. Man sagt, in deinem Beutel befinden sich Gegenstände, die wir nicht kennen. Auch die Waffe, mit der du Eckhard bedroht hast. Du hast keine bösen Absichten, ich weiß das und ich vertraue dir. Später wirst du erkennen, dass ich dein Freund bin und du wirst hier dein Heil finden.«

Abt Bertho berührte mit der Fingerspitze einen Punkt, der etwa im Zentrum der Karte lag. »Hier sind wir, in Buchonia. Zwischen den Gebirgen, die Rhön

*Alles zu seiner Zeit.

und Vogelsberg genannt werden. Und jetzt zeige mir, wo du herkommst.«

»Ich komme aus Lauterbach«, sagte Tilmann und kratzte in seinen Haaren, als wollte er sie zum letzten Mal spüren.

»Lauterbach«, der Abt schüttelte den Kopf. »Du meinst wohl Luternbach. Das ist hier in der Nähe.« Er verharrte einen Moment in Schweigen. »Das kann nicht sein. Ich kenne das Dorf. Die Bauern dort stehen auf meiner Seite. Dafür werde ich den Ort mit Mauern und Graben umgeben und den Bauern erlauben, einen eigenen Schultheiß wählen zu dürfen. Einen Stadtpatron habe ich auch für sie, den heiligen Simplicius. Auch eine Burg dürfen sie bauen. Die Wartenberger werden dabei tüchtig anpacken müssen.«

Bertho verfiel ins Grübeln. »Nein, Tilmann, aus Luternbach kommst du nicht. Niemand dort spricht wie du, trägt diese Haartracht und besitzt einen Zehbläher. Man sagt, du trägst ein Wappen auf deiner Kleidung. Vielleicht sagt es mir deine Herkunft. Zeig es mir.«

Tilmann stülpte die Töpferjacke über den Kopf. Das T-Shirt kam zum Vorschein. Der Abt wich erschrocken zurück.

»Bei allen Heiligen, was ist das?«, rief er, griff nach einem Kruzifix und reckte es Tilmann entgegen.

»Es ist nicht der Beelzebub, wie Sie vorhin meinten«, sagte Tilmann achselzuckend. »Es ist eine lustige Maus. Die Micky Maus.«

Tilmann fiel seufzend auf den Stuhl zurück. »Sie werden meine Herkunft nicht auf dieser Karte finden, Herr Abt. Und auf keiner anderen Karte, die Sie besitzen. Ursch sagte zu mir: Du kommst aus einer anderen Zeit. Und daran glaube ich jetzt auch. Irgendetwas ist mit mir passiert, was ich nicht verstehe.«

Der Abt starrte verblüfft auf Tilmann, dann sprang er auf und verschwand im Nebenraum. Mit Wachstafel und Griffel kehrte er zurück. Mit zitternder Hand schrieb er darauf: MCCLXV.

»Das Kreuzsegnungszeichen«, murmelte der Abt geistesabwesend. »Es bedeutet, wir haben jetzt das tausendzweihundertundfünfundsechzigste Jahr der Geburt Christi.«

»Wir benutzen keine römischen Zahlen mehr«, sagte Tilmann, nahm den Griffel und schrieb: 2009.«

»Das sind arabische Zahlen. Sie bedeuten zweitausendundneun.« Der Abt grübelte. »Das sind fast achthundert Jahre später.« Er ging zum Fenster und blickte über die Abteimauern hinüber zur Stadt, als wollte er darüber nachdenken, wie es wohl in achthundert Jahren hier aussehen könnte.

»So still wie jetzt ist es um diese Uhrzeit in achthundert Jahren nicht«, sagte Tilmann mit einem verlegenen Grinsen und blickte auf sein Handgelenk.

Die Uhr war nicht mehr da, der Burgwächter Hartmann hatte sie gestohlen.

Tilmann riss den Klettverschluss der Seitentasche seines Rucksacks auf und reichte dem Abt sein Mobiltelefon. »Sehen sie, Herr Abt, das ist der Beweis. Das ist ein Handy, aber es funktioniert nicht. Zum Glück sind die Batterien noch nicht leer. Es zeigt uns, dass wir gleich die zwanzigste Stunde erreichen, genau gesagt, es ist jetzt neunzehnuhrachtundvierzig. Und hier unten ist das Datum. Es heißt fünfzehnter Mai zweitausendundneun. Das ist heute in meiner Welt. Aber nicht heute in ihrer.«

Verwirrt blickte der Abt auf und starrte auf den Jungen. »Das kann ich nicht glauben«, hauchte er und schüttelte den Kopf. »Das ist unmöglich... wenn es möglich wäre...durch die Zeit reisen...«

Sein Gesicht hellte sich auf. »Ich könnte tausendzweihundertvierundsechzig Jahre zurückgehen und sehen, wie unser Herr Jesus Christus auf Erden wandelte.«

Die Tür knarrte. Der Pförtner spähte in das Zimmer und machte ein Handzeichen, das Essen bedeutete. Hastig gab der Abt das Handy zurück.

»Du wirst hierbleiben, Tilmann, und mir alles genau erklären. Wir haben fünfhundert Bücher und Schriftrollen in der Bibliothek, darunter sind auch einige, die nur der Bibliothekar und ich lesen dürfen. Diese werden wir zu Hilfe nehmen. Mit niemandem wirst du über deine Herkunft sprechen, hörst du?«

Er flüsterte dem Pförtner Worte in das Ohr, die Tilmann nicht verstand. Dann schob er den Jungen zur Tür. »Geh jetzt mit dem Pförtner. Er wird dir neue Kleider geben und dich in den Speisesaal geleiten. Nach der Vesper gehst du unverzüglich in das Dormitorium, denn du brauchst viel Schlaf. Dem Läuten der Nachtglocke brauchst du nicht zu folgen.«

Tilmann wandte sich zum Gehen. »Warte noch«, sagte der Abt. »Lass deinen Beutel hier. Du wirst ihn später wiederbekommen, ich verwahre ihn für dich auf. Im Kloster könnte er verloren gehen.«

Tilmann nickte zustimmend. Was sollte er noch mit den Sachen im Rucksack anfangen? Hier hatten sie keinen Sinn mehr.

Tilmann stieg mit Eckhard, der mit einer Öllampe voranging, die Treppe hinunter zum Ausgang der Abtsburg. Dort hielten sich einige Mönche bereit, den Abt zu empfangen und zum Refektorium zu begleiten. Der Pförtner gab Tilmann einen Wink, ihm zu folgen.

»Eckhard, es tut mir leid«, sagte Tilmann. »Ich meine das vorhin. Es war keine Waffe, es war eine Taschenlampe. Völlig harmlos.« Hinter vorgehaltener Hand antwortete Eckhard: »Pscht! Hier wird nicht gesprochen, Fremder. Was das Licht anbetrifft, soll ich Stillschweigen bewahren, hat Bruder Oberer gesagt.«

Wortlos musterten die Mönche den Neuankömmling in der Töpferjacke, aus der zwei Mäuseohren hervorlugten. In dunklen Nischen und Türeingängen warteten sie auf das Läuten der Vesperglocke. Hinter ihnen erhob sich ein riesiges, steinernes Gebäude, das Klausur genannt wurde, wie Tilmann später erfuhr. Zusammen mit anderen Nebengebäuden bildete es ein Viereck, aus dem die Basilika in östlicher Richtung hervortrat.

Eckhard winkte Tilmann zu einem Torbogen. Sie durchschritten das Gebäude und den inneren Kreuzhof. Ein riesiger Baum wuchs dort, ein immergrüner Sadebaum. Im gegenüberliegenden Gebäude stiegen sie eine Wendeltreppe hinauf und betraten den Schlafsaal der Mönche.

Eckhard schob Tilmann an einer langen Reihe mit Strohsäcken gefüllter Kastenbetten vorbei hinüber zu einer breiten Türöffnung. »Du wirst hier nicht schlafen«, flüsterte er hinter vorgehaltener Hand. »Bruder Oberer hat angeordnet, dass du vorläufig allein in einer Zelle schläfst, bis du die Klosterregeln kennst. Der Magister Oblatonium wird sich um deine Ausbildung kümmern. Jetzt komm nach unten.«

Sie stiegen eine steinerne Treppe hinab und blieben vor einer Tür stehen, die so massiv und eisenbeschlagen war, dass man meinte, sie verberge ein Geheimnis. Eckhard stemmte die Tür auf. Dunst und Qualm schlugen ihnen entgegen. Im Nebel erkannte Tilmann eine Schar Mönche, die auf steinernen Bänken hockten und laut durcheinanderplapperten. Sie waren damit beschäftigt, ihre Schuhe zu putzen, reparierten Kleidungsstücke mit Nadel und Zwirn und strichen mit Kämmen durch ihre Tonsur. Ein Feuer erhitzte Wasser in einem riesigen Kessel, aus dem Rauch nach oben in den Kamin zog. Auf dem Fußboden lagen dampfende Kleidungsstücke ausgebreitet.

»Wer ist das?«, fragte ein junger Mönch und blickte von seinen Fingernägeln auf, die er gerade mit einem Messer bearbeitet hatte. Tilmanns Erscheinung erweckte sofort Aufsehen, alle Blicke waren auf ihn gerichtet.

»Das ist der Raum, den wir Redezeit nennen«, wurde Tilmann von Eckhard belehrt. »Hochmütige und üble Nachrede sowie leichtfertige Späße sind hier dennoch verboten. Hier kannst du dich im Winter aufwärmen, deine Kleidung waschen und deinen Körper säubern.«

Er bemerkte Tilmanns suchenden Blick. »Gebadet wird hier nicht«, seufzte er. »Nur drüben im Badehaus. Und das ist ausschließlich den Kranken erlaubt.«

Eckhard wandte sich den Mönchen zu. »Das hier ist Tilmann, ein Pilger aus der Fremde, der aber im Kloster bleiben wird. Keinem von euch ist es gestattet, Fragen an ihn zu stellen. Bruder Oberer wird ihn euch vorstellen, wenn es soweit ist.«

»Sei gegrüßt, Tilmann!« Der junge Mönch sprang auf und reichte Tilmann die Hand. »Willkommen im Kloster. Ich bin Ebbo aus der Pflanzschule!« Es war der Mönch, den Ratzfall Nasenstank genannt hatte. Das traf keinesfalls zu, denn Ebbo roch nach Thymian und Lavendel.

Eckhard packte Kleider aus einer Truhe zusammen, reichte diese Tilmann und zeigte auf eine Wandnische, wo man sich unbeobachtet umkleiden konnte.

»Niemand hier hat einen persönlichen Besitz«, sagte Eckhard zu Tilmann. »Deine Tasche verwahrt Bruder Oberer und du hast gut getan, sie abzugeben. Das ist besser so, glaube mir.«

»Ich helfe dir beim Ankleiden, Tilmann«, sagte Ebbo bereitwillig. Er reichte dem Neuling als erstes die Femoralia, eine frisch gewaschene Unterhose. Ohne Ebbo hätte sich Tilmann mit dieser Kleidung schwer zurechtgefunden. Er streifte als nächstes die Tunika über, die bis zu den Füßen reichte und band einen Gürtel um, an dem eine kleine Tasche befestigt war. Als nächstes reichte Ebbo ihm die Kakulle, die aus zwei Stoffbahnen für Brust und Rücken bestand, seitlich mit Bändern verbunden war und hinten eine Kapuze hatte, die bis zum Gürtel reichte. Alle Kleidungsstücke waren aus weißer Wolle gefertigt.

»Das hier ist noch die Cappa«, sagte Ebbo schließlich. »Das ist der Mantel, der dich vor Regen und Schnee schützt. Lasse ihn hier, du holst ihn morgen ab. Heute Abend brauchst du ihn nicht. Gleich läutet die Vesperglocke, dann gehen wir ins Refektorium zur Vesper. Hier sind noch deine Strümpfe und die Sandalen.«

In Pilgerkleidung kehrte Tilmann in die Redezeit zurück und reichte Eckhard seine Habseligkeiten. Dieser packte das T-Shirt zusammen mit der Töpferkleidung in eine Truhe, löste einen Bund mit riesigen Schlüsseln von seinem Leibgürtel und verschloss die Holzkiste mit lautem Knirschen.

»Kilian!«, rief er. »Komm herbei zum Haareschneiden!«

Mit grimmigem Gesichtsausdruck trat Kilian nach vorne und wies Tilmann einen Stuhl an. In seinen Händen hielt er eine riesige Schere und ein blinkendes Messer. Ohne zu Zögern packte er den Jungen am Schopf und im Handumdrehen war der Haarkranz geschnitten. Gerade rechtzeitig, denn in diesem Moment läutete eine Handglocke im Treppenaufgang. Zeit zur Abendvesper!

Alle sprangen auf und drängten zur Tür. Der Hunger hatte wohl den ganzen Tag im Magen der Mönche genagt. Er ließ auch Tilmanns Sorgen vergessen, selbst die Wut über eine verlorene Haarfrisur.

Im Refektorium herrschte dichtes Gedränge. Tilmann schätzte die Zahl der Mönche auf zweihundert. Er wurde von niemandem beachtet, die Erwartung der Abendmahlzeit verdrängte den Blick auf Neuankömmlinge. Auf langen Tischreihen waren Schüsseln und Öllampen verteilt, die Sitzbänke waren so angeordnet, dass niemand einem anderen Speisenden gegenübersaß. So wurde verhindert, dass bei Tisch unnötig gesprochen wurde.

Von Kindern umgeben, die frühzeitig in das Kloster geschickt waren, weil ihre zumeist adligen Eltern damit eine Sünde wiedergutmachen wollten, saß Abt Bertho an einem erhöhten Tisch. Als er Tilmann sah, winkte er ihn lächelnd zu sich.

»Ich hoffe, das Essen wird deinen Gefallen finden«, sagte er. »Komm an meine Seite. Was isst man in deiner Heimat? Gibt es dort auch Bohneneintopf?«

Tilmann fand keinen Stuhl. Er stellte sich zu den Kindern, die das Essen im Stehen einnahmen.

»Bei uns gibt es im Supermarkt eigentlich alles«, sagte er. »Manche essen Fast Food und werden dick davon.«

»Wir leben nicht, um zu essen, sondern wir essen, um zu leben, Tilmann«, antwortete der Abt und schob dem Jungen einen Brotfladen zu. »Du wirst dich mit Bohnen, Brot und Milch begnügen müssen. Ich habe aber angeordnet, dass Speck hinzugefügt wird, weil uns schwere Tage bevorstehen.« Er erhob sich und klopfte mit dem Hirtenstab dreimal auf den Boden.

Es herrschte Stille im Speisesaal. Nur das Blubbern der Milch im Kessel war hörbar. Tilmann starrte auf die Mönche, die in langen Reihen dicht beieinander saßen und neugierig zu ihm emporsahen. Für den Bruchteil einer Sekunde nahm er einen weißhaarigen, bärtigen Mönch wahr, der als Einziger sein Gesicht abgewandt hatte und auf seine gefalteten Hände starrte.

Tilmann erstarrte. Der alte Mönch hatte eine Kopfbinde und saß am Ende der Sitzbank in einem Stuhl, an dem Räder befestigt waren. Ein unbestimmtes Gefühl des Wiedererkennens stieg in Tilmann auf. Wer war dieser Mönch? War es Gangolf? Das konnte nicht sein, denn der Burgkaplan war tot, von einem Mörder erschlagen.

»Meine Brüder, es naht eine Zeit, die uns in Furcht und Angst versetzen wird!«, rief der Abt, dass es zwischen den steinernen Wänden widerhallte.

»Wir haben Zeichen gesehen. Die Sonne hat sich verfinstert und Treulosigkeit hat ihren Samen ausgestreut an allen Wegen. Der Sohn betrügt seinen Vater, der Bruder den Bruder und der Vogt seinen Lehnsherren.« Er machte eine kurze Pause.

»Wird ein Zeitalter kommen, das uns hungern und frieren lässt? Wo wir keinen Herrn mehr haben, zu dem wir beten können? Weil er uns Menschen verworfen hat, wegen der Sünden, die wir angehäuft haben?« Er warf einen kurzen Seitenblick auf Tilmann. »Gibt es einen, der darauf eine Antwort geben kann?«

Er machte eine nachdenkliche Pause. »Lasst uns den Herrn um Hilfe bitten. Lasst uns beten, wie er es uns gelehrt hat.«

Die Mönche erhoben sich, sprachen ein Gebet, das die Heiligen um Unterstützung bat und sangen das Beata Gens. Sie prosteten sich mit den Milchbechern zu und ließen sich schließlich nieder, um Bohneneintopf und Fladenbrot zu essen. Während der Mahlzeit trat ein Mönch an ein Lesepult und las aus der Bibel vor.

Die Tischglocke des Abts beendete die Vesper bereits nach einer halben Stunde. Die Mönche erhoben sich wieder und sprachen ein Dankgebet. Dann verließen sie zusammen mit den Kindern stumm den Speisesaal. Nur die Konventsmitglieder, die Bertho berieten und zur Vorbereitung der bevorstehenden Fehde ausgewählt waren, blieben zurück und traten wie üblich vor den Abtstisch. Sie blickten neugierig auf Tilmann, der nicht das Refektorium verlassen hatte, weil er von Bertho zurückgehalten worden war.

»Wir werden morgen die letzten Vorbereitungen zur Zerstörung von Wartenberg treffen. Unterrichtet alle Kriegsknechte und Freiwilligen«, begann Bertho zu sprechen. »Lasst die Wagen mit den Zelten beladen und gebt dem Cellerar Anweisung, dass er für dreißig Ritter, hundertfünfzig Fußsoldaten und zehn Geistliche Lebensmittel bereithält. Haltet die Kriegsmaschinen bereit und lasst die Geschosse überprüfen.«

»Wir könnten einen schlagkräftigen Trupp zusammenstellen und Wartenberg in der Nacht überraschen«, schlug ein Konventsmitglied vor. »Sie scheinen sich dort in Sicherheit zu wiegen. Sie feiern Feste und halten Turniere ab.«

»Ein Überraschungsangriff würde uns nichts nützen«, antwortete der Abt. »Sollte er scheitern, sind wir dem Gespött Buchonias ausgesetzt. Die Ministerialen haben Späher und Verräter überall. Also fahren wir offen dorthin und zerstören Burg Wartenberg. Danach werden wir zur Burg Blankenwald weiterziehen und auch diese zerstören. Zu Verhandlungen waren weder Heinrich von Wartenberg noch Hermann von Blankenwald bereit, stattdessen haben beide unsere Boten wie streunende Hunde davongejagt. Wir ziehen übermorgen los, zur fünften Stunde. Der Prior wird in meiner Abwesenheit die Abtei leiten.«

Die Konventsmitglieder nickten nur. Der Kriegszug war schon beschlossen, nachdem Wartenberg die Boten abgewiesen hatte. Das Für und Wider dieser Fehde wurde nicht mehr diskutiert.

»Wer ist der Knabe?«, fragte stattdessen einer von ihnen. »Warum hältst du ihn im Refektorium zurück?«

»Er kommt aus der Fremde und besitzt ein Wissen, das unserer Kriegsführung von Nutzen sein wird. Er wird uns auf dem Kriegszug begleiten und zu Diensten sein. Ich werde ihn morgen befragen und euch das Ergebnis mitteilen, sobald die Zeit dafür vorhanden ist. Später werdet ihr ihn selbst befragen können, so oft ihr das wollt. Auch wenn er noch nicht Bruder genannt werden kann, ist er seit heute Mitglied unserer Gemeinschaft. Sein Name ist Tilmann.«

Mit dieser Erklärung waren nicht alle Konventsmitglieder zufrieden. Dennoch wandten sie sich wortlos zum Gehen. Sie würden sich den Fremden morgen selbst vornehmen.

»Bleibt noch, Brüder!«, rief er Abt. »Etwas ist noch zu sagen.«

Er ließ sich müde auf seinen Stuhl fallen. »Rabenold«, seufzte er. »Rabenold, der uns Schaden zufügte, weil er Sünde beging unter dem Deckmantel der Frömmigkeit, ist geflohen. Morgen sollte er, auf Beschluss des Richters der Stadt und mit unserer Einwilligung, die Sonne aufgehen, aber nicht mehr untergehen sehen. Er hat sich dem Urteil, das ihn des Diebstahls und Mordes anklagt, durch Flucht entzogen. Wir können ihn einstweilen nicht verfolgen, weil alle Kriegsknechte für den Kriegszug gebraucht werden.«

»Er wird fortgezogen sein und sich in einem fernen Wirtshaus mit seinen Taten brüsten«, knurrte ein alter Mönch. »Wir haben keinen König mehr und kein Gesetz, das Schritte einleitet, ihn zu stellen und zu bestrafen.«

Die Mönche wandten sich erneut zum Gehen. Es waren zumeist Ältere und sie waren es müde, Kriege zu besprechen und Menschen zu verurteilen anstatt ein frommes Leben zu führen. Seit zehn Jahren war es ihre Aufgabe Raub, Mord und Verrat zu verurteilen. Einige klagten bereits, dass der neue Abt sie täglich damit in Unruhe versetzte. Doch sahen sie ein, dass sie die Dinge selbst in die Hand nehmen mussten, weil es keinen König gab, der sie anhören und Hilfe senden würde. Es ging um das gemeinsame Überleben, die Abtei war bedroht.

Abt Bertho reichte Tilmann die Hand. »Pförtner Eckhard wird dich jetzt in deine Zelle bringen, Tilmann. Der Nachtglocke brauchst du vorläufig nicht zu folgen. Eckhard wird dich zum Morgenlob wecken und danach werden wir ein Gespräch führen über dich und deine Heimat. Der Krieg bereitet sich allein vor, ich werde erst gebraucht, wenn wir in das Feld ziehen.«

Er hielt inne und starrte auf einen Mönch, der an der Tür zurückgeblieben war. »Was willst du, Bruder Ebbo?«, fragte der Abt. »Komm an meinen Tisch!«

»Ich bitte um die Erlaubnis, Tilmann morgen die Abtei zeigen zu dürfen, Bruder Oberer«, antwortete Ebbo hinter vorgehaltener Hand.

»Nach dem Mittagsmahl sei dir dies gestattet, mein Bruder«, antwortete der Abt. Seine Stimme dämpfte sich. »Jedoch erlaube ich dir nicht, den Novizen nach seiner Heimat zu befragen. Das ist allein meine Aufgabe.«

Er wandte sich Tilmann zu. »Pförtner Eckhard wird dich jetzt in deine Zelle bringen, Tilmann. Vom Completorium, dem Abendgebet, bist du befreit. Du wirst viel Schlaf brauchen, denn große Ereignisse stehen bevor. Dem Läuten der Nachtglocke zur Matutina brauchst du auch nicht zu folgen, das sagte ich dir bereits. Nach dem Morgenlob und der Vesper will ich dich wiedersehen. Bene cubes!*«

In der Zelle befand sich ein mit Strohsäcken gefülltes Kastenbett, das mit einem Laken und einem Fell bedeckt war. Dazu ein leerer Tisch und ein Hocker. An der Wand war ein Kreuz befestigt. Kühle Luft, die durch das Leinentuch im Fenster zog, ließ Tilmann frösteln. Wie mochte es erst im Winter hier sein?

Tilmann trat vor das Fenster und blickte neugierig in den Konventshof.

»Der Baum dort unten ist ein Sadebaum«, sagte Eckhard und bedeckte das Bett mit Laken und einem Fell. »Er ist immergrün. Ein Geschenk aus Rom, auf das wir sehr stolz sind. Und gegenüber ist die Küche. Da ist es warm. Ach, wäre ich nur dort. Am Tor muss ich immerzu frieren. Auch im Scriptorium und der Bibliothek über der Küche ist es warm.«

Tilmann machte unsicher Anstalten, sich auszuziehen.

»Ich zeige dir, wie wir zu Bett gehen«, sagte Eckhard ernst. »Schau mir genau zu. Wenn du in den Schlafsaal wechselst, wirst du alles in der richtigen Reihenfolge einhalten müssen, das entspricht der Regel.«

Er löste seinen Gürtel, an dem Tasche und Messer befestigt waren und tauschte ihn gegen den Nachtgürtel. Dann hockte er sich auf ein Brettchen, das seitlich am Bett befestigt war, schob das Fell zur Seite, hob beide Füße

*Gute Nachtruhe!

steil in die Höhe, ließ sich auf die Strohsäcke plumpsen, bedeckte sich mit der Felldecke, entkleidete darunter die Kukulle, schob diese gefaltet unter den Kopfsack und faltete schließlich die Hände auf der Felldecke.

Tilmann musste lachen. Beleidigt verließ Eckhard den Raum. Doch öffnete er noch einmal die Tür, sein Kopf kam zum Vorschein und er sagte: »Ich habe etwas vergessen, Tilmann. Tausche deine Sandalen gegen die Nachtschuhe.«

Der Junge ließ sich erschöpft auf die Strohmatten fallen. Die Regeln hielt er nicht ein, denn sogleich wurde er vom Schlaf übermannt.

Wirre Alpträume fieberten durch seinen Kopf. Die Zellenwand glich einer zerfetzten Kinoleinwand, auf der vage ein Urwald zu erkennen war. Aus der Öffnung krochen Gestalten in Baseballjacken – die *Spidergang*!

»Wie seid ihr hierher gekommen?«, stöhnte Tilmann im Schlaf. Der Barkeeper Buddy schob sich durch die Öffnung. »So wie du, Tilmann Shit. Durch das Loch«, krächzte er. Biff und die *Spiders* beugten sich über Tilmann und die Haifische auf den Jacken waren bereit, ihre spitzen Zähne in seinen Körper zu bohren, da läutete eine Glocke. Buddy und den *Spiders* wuchsen Schnäbel und rabenschwarzes Gefieder. Flatternd entschwanden sie durch die Fensteröffnung. Schweißgebadet wachte Tilmann auf.

Er stieg aus dem Bett und trat vor das Fenster. Der Vorhang war weggerissen und lag unter ihm auf dem Dach des Kreuzgangs. Tilmann rieb sich die Augen. Auf dem Gebäude gegenüber, dort wo sich die Küche und darüber das Scriptorium und die Bibliothek befanden, hockten stumm fünf Raben und starrten zu ihm hinüber. Was für ein seltsamer Zufall, dachte Tilmann.

Sein Blick fiel auf das Scriptorium. Waren nicht geheime Bücher in der Bibliothek, die ihm der Abt verboten hatte? Dieser Ort verbarg ein Geheimnis, da war sich Tilmann sicher ...

Aus dem Schlafsaal unter ihm fiel Licht auf das mit Bleiplatten gedeckte Kreuzgangsdach. Die Mönche hatten sich zum Nachtgebet erhoben und waren jetzt im Oratorium. Aus der Kirche tönte ihr monotoner Singsang zu ihm in die Zelle. Unter ihm glitzerte der Sadebaum von Tautropfen.

Der Himmel über Tilmann war voll Sternenglanz. Plötzlich fiel ihm auf, dass in einem Fenster der Bibliothek schwaches Licht brannte. Jemand war im Scriptorium zur Nachtzeit an der Arbeit. Warum befand er sich nicht, wie alle Mönche, in der Klosterkirche?

In der Ferne ragte der Andreasberg auf. Dort war die Straße, die an den Berghängen entlang nach Wartenberg und weiter hinaus nach Luternbach führte. Auf der Mechthild mit Ursch im Ochsenkarren von Bruno Guttig unterwegs war.

Wo war Mechthild jetzt? Verschwunden in den Dunkelnächten von Buchonia.

Tilmann fühlte Angst und Hilflosigkeit in sich aufsteigen. Wartenberg war verloren, hatte der Abt gesagt. Der Adlerkopf – konnte er die Burg noch retten? Konnte Heinrich, wie es sich Mechthild wünschte, mit Hilfe des Adlerkopfs die Bauern im Gefolge des Abts umstimmen?

Tilmann verfiel ins Grübeln. Heinrichs Hochmut und die Zahl der buchonischen Rebellen würden sich nach einem Sieg noch vergrößern, der Friede in weite Ferne rücken. Selbst dann, wenn die Burg gerettet werden konnte, war Mechthild verloren. Die Krankheit hatte von ihr Besitz ergriffen. Sie würde bald sterben, hatte Ursch gesagt. Wie konnte er sie retten?

In diesem Moment fiel vom Himmel eine Sternschnuppe. Tilmann hatte noch nie eine gesehen. Bei ihrem Anblick wird ein Wunsch frei, hatte ihm die Großmutter einmal erzählt. Leise sagte er: »Mechthild«.

Sein Blick fiel wieder auf das schmale Fenster in der Bibliothek. Noch immer brannte dort eine schwache Öllampe. Tilmann wusste plötzlich, dass er dort eine Lösung seiner Fragen finden würde. Er musste dorthin, auch wenn ihm dann schlimme Bestrafung bevorstand. Sein Plan war gereift. Müde fiel er auf das Bett zurück.

Beim ersten Hahnenschrei wurde das Kloster zur Prim geweckt. Mit einer Handglocke zog eine Gruppe Mönche durch das Dormitorium und den Schlafsaal der Pilger. Tilmanns Zellentür wurde aufgerissen, jemand rief »Benedicamus domino!*«

Als die Antwort unterblieb, sagte der Mönch an der Tür: »Novize aus der Fremde, die Antwort heißt: Deo gratias.** Es ist Zeit zum Aufstehen. Folge mir in das Oratorium.«

Tilmann erhob sich steif aus dem Kastenbett, trat vor das Fenster und holte tief Luft. Jetzt sah er, dass von der Bibliothek aus ein langes Seil quer über den Kreuzhof hinüber zum Dach des Dormitoriums gespannt war. Aber es war keine Zeit darüber nachzudenken. Aus dem Flur drangen die Geräusche eiliger Schritte.

Tilmann trat aus der Zelle und reihte sich in das wortlose Gedrängel ein. Es führte treppab zu einem Brunnen, wo sich ein jeder Gesicht und Hände wusch. Von dort strebte die Mönchsschar, die jetzt auf vielleicht zweihundert angewachsen war, durch das Langhaus der Kirche zum Oratorium. Die Mön-

*Lasst uns den Herrn lobpreisen!
** Dank sei Gott.

che legten sich vor dem Altar der Länge nach zu Boden. Einige Pilger reihten sich in die Bänke am Altar. Tilmann bemerkte plötzlich Ebbo an seiner Seite. Dieser schubste ihn an und flüsterte: »Stell dich neben mich.«

Die Mönche drängten nun in das Chorgestühl und blickten erwartungsvoll auf Abt Bertho, der mit strengem Blick vor dem Altar wartete. Er beobachtete missbilligend einen Mönch, der offensichtlich verschlafen hatte und zu spät kam.

Ebbo raunte Tilmann leise Worte zu: »Nach der Prim ist die Frühvesper und dann sollst du beim Abt erscheinen. Danach sehen wir uns im Pflanzgarten. Zeige dies vor und frage nach meinem Namen.« Er tastete nach Tilmanns Hand. Dieser fühlte einen harten Gegenstand und ließ ihn, ohne ihn anzusehen, in die Tasche unter der Kukulle gleiten, wobei der Gegenstand einen hellen, leisen Ton hören ließ.

Was jetzt folgte, war das Psalmsingen und das Vorlesen aus der Bibel, was Tilmann schier endlos vorkam. Sein Magen knurrte und der Hunger wurde immer stärker. Einmal warf der Abt ihm zwischendurch einen aufmunternden Blick zu. Endlich wurden die Mönche und Pilger mit Segensworten entlassen und strebten nun aus der Kirche hinüber zum Konvent. An den Säulenreihen des Kreuzgangs vorbei drängten sie hinüber zum Speisesaal, aus dem verführerisch der Duft von warmer Milch herausdrang.

Die Mönche reihten sich vor den Tischen auf und blickten mit gefalteten Händen nach unten. Vorerst war an Frühstück nicht einmal hier zu denken. Der Abt winkte Tilmann wieder nach oben an den erhöhten Tisch. Als Ruhe herrschte, sprach er ein lateinisches Dankesgebet und alle stimmten einen Psalm an.

Tilmann dachte für einen kurzen Moment an sein Zuhause, wo der Küchentisch reichlich bedeckt war, aber Speisen kaum wahrgenommen wurden, weil die Gedanken um Schule, Familie und Arbeitsplatz kreisten und nebenbei der Fernseher mit Katastrophenmeldungen Beachtung forderte. Und dann fielen ihm die Millionen Kinder ein, für die zur gleichen Zeit ein Stück Brot oder eine Schale Reis eine Chance zum Überleben darstellte.

Das Fladenbrot und die Milch schmeckten köstlich. Wie gerne hätte Tilmann mehr davon gehabt!

»Du weißt, wo du mich findest, Tilmann«, sagte der Abt leise. »Ich erwarte dich nach dem Essen in meiner Kemenate.«

Nach dem Morgenmahl eilten die Mönche zu den Werkstätten, die das Klostergebäude umgaben. Ihr Weg führte sie zur Schreibstube, in die Klosterschule, in das Spital, in den Pflanzgarten und zu vielen anderen Orten, wo sie zum Wohl ihrer Gemeinschaft arbeiteten. Diejenigen, die als Priester auserwählt waren, gingen zur Kirche, um Pilger an das Bonifatiusgrab zu führen oder Seelsorge zu leisten für Menschen, die Rat und Hilfe suchten. Der Pilgermönch Tilmann ging hinüber zur Abtsburg und stieg die Stufen empor zur Kemenate.

Abt Bertho erwartete ihn bereits.

Das lederne Buch und die Karte, die die Welt so zeigte, wie Pilger und Seeleute sie kannten, lagen noch immer auf dem Tisch. Abt Bertho legte jetzt Tilmanns Rucksack obenauf.

»Du sagtest, dass du aus Luternbach kommst«, begann er. »Ich kenne das Dorf, es ist mir freundschaftlich gesinnt. Aber, so oft ich dort war, niemals sah ich dort das, was sich in deiner Tasche befindet.« Er zog einen silbernen Gegenstand aus dem Rucksack und drehte daran. »Was ist das? Was befindet sich darin? Wie kommt es, dass es brennt und die Flamme nicht vergeht?«

»Das ist ein Feuerzeug«, antwortete Tilmann. »Es ist Gas darin und zündet mit einem kleinen Feuerstein.«

Als er den verblüfften Ausdruck im Gesicht des Abtes sah, fügte er noch hinzu: »Gas wird aus Erdöl hergestellt, glaube ich. Und Erdöl ist unser wichtigster Rohstoff, die Autos fahren mit Benzin und das wird aus Erdöl gemacht.«

Dem Abt klappte das Kinn herunter. Schweigen trat ein. Zögernd sagte Bertho: »Wenn du wirklich aus der Zukunft kommst, dann sage mir: »Wird Christus wiederkommen? Werden wir unsere Widersacher besiegen? Wird das Jüngste Gericht kommen?«

»Leider nein«, sagte Tilmann. »All das wird nicht geschehen. Zumindest in den nächsten achthundert Jahren nicht. Ihre Basilika wird eine wunderschöne Kirche werden und man wird sie Dom nennen. Aber viele Menschen gehen dort nicht mehr hin, die meisten können mit Jesus nichts mehr anfangen. Leider ist es so.«

»Haben sie andere Götter?«, fragte der Abt zögernd. »Oder wieder die alten Götter der Heiden? Wotan, Baldur und Donar?«

»Die nicht. Aber andere schon, gewisserweise.«

»Welche sind das?«, wollte der Abt wissen, da klopfte es an die Tür.

»Du wirst darüber Stillschweigen bewahren!«, zischte der Abt. »Man wird dich einen Ketzer nennen. Qui per mundum discurit vagabundus*. Sie werden dich töten. Wer ist da?«

*Der durch die Welt umherschweift

Eckhard steckte seinen pockennarbigen Schädel durch die Tür. »Der Prior möchte dich sprechen, Bruder Oberer. Es ist eilig. Und der Magister Machina bellica, weil der Widder beim letzten Mal einen Schaden erlitten hat. Und der Cellerar, weil die Kriegsknechte mehr wollen an Speis und Trank, als du angeordnet hast. Und der – «

»Der Krieg bereitet sich nicht allein vor«, seufzte der Abt. »Ich muss gehen, Tilmann. Wir werden später weitersprechen.«

Er legte seine Hand auf Tilmanns Schulter. »Man hat mir zugetragen, dass du Ebbo treffen wirst, im Pflanzgarten. Er will dir das Kloster zeigen. Ich vertraue ihm, denn er ist ein guter Mönch. Seine Priesterweihe steht ihm bald bevor. Ich gebe dich in seine Obhut.«

Der Abt griff unter sein Gewand und löste den Gürtel. »Ich werde jetzt Kriegskleidung anziehen. Morgen werde ich in den Krieg ziehen und du wirst mich begleiten, Tilmann. Du hast den Tod noch nicht gesehen, aber wir werden das gemeinsam überstehen.«

Er wandte sich zum Gehen. »Um eines bitte ich dich noch«, sagte er. »Erzähle Ebbo nichts über deine Herkunft, es würde seinen Geist verwirren.«

Tilmann spürte ein Feuer der Wissbegierde in sich aufsteigen. Mit Ebbos Hilfe würde er die Bibliothek aufsuchen, den Ort, wo ein Geheimnis verborgen war. Ein Geheimni,s das mit ihm, Tilmann Schmitt, zu tun hatte. Das Verbot des Abtes, der Schatten im Fenster, die Raben auf dem Dach – waren das nicht Fingerzeige genug? Was verbarg sich an diesem Ort?

Gedankenverloren verließ er die Abtsburg. An der Waidesbrücke fragte er nach Ebbo und fand ihn im Pflanzgarten, wo er gerade Bohnensetzlinge begoss. Ebbo ließ die Holzkanne fallen und lief Tilmann freudig entgegen. »Wie schön, dich zu sehen, Tilmann. Der Gartenmeister weiß Bescheid. Ich werde dir unser Kloster zeigen!« Er reichte Tilmann einen Klarapfel.

»Wirst du mir auch das Scriptorium zeigen? Die Bibliothek?«, fragte Tilmann vorsichtig und verschlang gierig den Apfel.

»Ja sicher!«, rief Ebbo und hielt ihm einen Mantel hin. »Ich zeige dir das Scriptorium. Hier, nimm diese Cappa. Es sieht nach Regen aus.«

Der Platz vor der Basilika war nahezu leer. »Das Haus hinter dem Pflanzgarten ist das Hospital«, begann Ebbo. »Wir haben viele Heilkräuter in unserem Klostergarten. Pfefferminz, Salbei und Ringelblumen zum Beispiel. Alle sind gut gegen Krankheiten. Unsere Urväter haben das herausgefunden. Wir trocknen sie und bringen sie zum Hospital.«

Er zeigte auf ein langgestrecktes Gebäude, das sich östlich an die Klosterkirche anschloss. »Wir gehen jetzt zum Paradies. Folge mir!«

»Wie bist du hierher gekommen, Ebbo?«, fragte Tilmann, als sie den Platz vor der Basilika überquerten.

»Ich kam als Kind in das Kloster. Meine Eltern und Geschwister leben auf einer Burg, weit weg von hier. Mein Vater, Graf Gottfried von Schweinfurt, hat mich hierher bringen lassen, um vor Gott Gnade zu erwirken für eine sündige Tat. Ich habe ihn niemals wiedergesehen. Ehrlich gesagt, ich will ihn auch nicht mehr sehen. Ich bin glücklich hier.«

Das Kloster war von Türmen und einer Mauer umgeben, die der Stadtmauer glich, an der Tilmann mit seinen Gefährten entlanggefahren war. Von einem der Tore drang Lärm, Hufklappern und das Rumpeln von Wagenrädern. »Sie kommen durch das Tor an der Vogtsburg«, sagte Ebbo aufgeregt. »Die Kriegsknechte und Weltleute aus der Stadt. Sie werden für den Kriegszug gerüstet und bauen Zelte auf, in denen sie Bier trinken und Fleisch essen. Sieh nur, die Steinschleudern stehen dort drüben und Abt Bertho sieht nach ihnen. Den Sturmwidder hat er selbst ausgedacht. Und einen Rammbock haben sie auch, mit einer eisernen Spitze, dem Rammbär. Er kann Burgmauern durchbrechen. Es wird eine unruhige Nacht geben.«

Unbeirrt schritten Tilmann und Ebbo durch ein Portal und eine kleine Kapelle. Sie betraten das Gebäude, das Ebbo das Paradies genannt hatte. Die Säulengänge im Innenhof verliehen dem Bauwerk etwas Herrschaftliches. »Hier waren schon viele Könige zu Besuch«, erklärte Ebbo ehrfürchtig. »Wir Mönche sind nicht oft hier. Das Paradies ist für die Repräsentation vorbehalten.«

Sie betraten nun die Ratgerbasilika durch ein Portal, das zwischen zwei hoch aufragenden Türmen errichtet war und durchschritten das Langhaus. Tilmann kannte diesen Ort, hier war das Oratorium, wo an diesem Morgen die Messe stattgefunden hatte.

Ebbo breitete die Hände aus. »Diese Kirche hier ist für jedermann da. Für fromme Pilger und jeden, der Hilfe sucht. Wir Mönche sind keine Eremiten, wie manche behaupten. Auch in der Jakobskapelle nebenan kann ein jeder zur Messe kommen. Abt Bertho kümmert sich dort zwei Mal am Tag um die Pilger.«

»Was ist, wenn sich unter den Pilgern Mörder befinden?«, fragte Tilmann. »Auf Burg Wartenberg habe ich gehört, dass manche Ritter den Abt töten wollen.«

»Ich weiß, Tilmann. Aber was sollen wir tun? Gott allein bestimmt, wann wir aus dem Leben treten.«

Am westlichen Ende der Kirche befand sich ein Raum, dessen Wände bis zur Decke mit prächtigen Bildern verziert waren. »Hier in der Apsis ist das Grab unseres Bruders Bonifatius«, erklärte Ebbo. »Von götzengläubigen Heiden wurde er einst erschlagen und fuhr im Martyrium zum Himmel. Pilger aus nah und fern kommen sein Grab zu besuchen und am heiligen Ort zu beten. In seinem Grab ist auch ein Splitter vom Kreuz Christi und der Schwamm, mit dem Jesus im Sterben Essig zum Trinken angeboten wurde. Auch die Bibel ist hier, die Bonifatius gegen die Schwerthiebe der Heiden hielt.« Ebbo geriet ins Schwärmen. »Ich habe sie gesehen. Sie ist von den Hieben zerschlitzt, aber kein einziger Buchstabe darin ist versehrt.«

Ebbo bekreuzigte sich und trat mit Tilmann durch ein Seitenportal ins Freie. Viele kleine Häuser scharten sich um das Klostergebäude. Der Lärm arbeitender Mönche und das Gebrüll von Tieren drang aus ihnen hervor. »Hier sind die Bäckerei, die Brauerei, die Goldschmiede und viele andere Werkstätten untergebracht. Wir haben auch Ställe für Ochsen, Schafe, Ziegen, Schweine und Pferde. Willst du sie sehen?«

»Kannst du mir die Bibliothek zeigen, Ebbo?«, fragte Tilmann kleinlaut. »Sie interessiert mich am meisten.«

»Gehen wir dorthin«, antwortete Ebbo. »Sie ist im Klausurgebäude, gegenüber dem Schlafsaal und über der Küche. Auch das Scriptorium ist dort und die Klosterschule.«

Der Wind trug die Klänge eines Chorals von einem Gräberfeld zu ihnen, das an die Hütten angrenzte. Dort befand sich auf einem Hügel eine zirkelrunde Kapelle mit angebautem Längsschiff. »Da oben ist die Michaelskirche«, sagte Ebbo. »Wir besuchen sie später.«

Sie betraten die Klausur und überquerten den Kreuzhof. Tilmann warf einen Blick nach oben auf ein langgezogenes Seil.

»Das Seil dort oben führt in die Bibliothek«, erklärte Ebbo. »Wir haben einen neuen Vigigalli, einen Weckhahn, der dort oben den Lauf der Sonne und der Gestirne beobachtet. Er legt die Stunden fest und zieht an diesem Seil, das eine Glocke im Kreuzgang und im Dormitorium läuten lässt. Alle stellen ihre Sonnen- und Sanduhren nach ihm.«

»Wer ist dieser Weckhahn?«, fragte Tilmann.

»Ein alter Mönch, aber neu im Kloster. Er soll früher einmal Burgkaplan gewesen sein«, antwortete Ebbo. »Ich habe ihn noch nicht gesehen. Er ist gelähmt und kann die Bibliothek nur mit Hilfe anderer verlassen, sagt man.«

Eine steile Treppe führte nach oben in das Scriptorium. Die Mönche hoben die Köpfe, als Tilmann und Ebbo eintraten. Sie standen vor Stehpulten

Am Grab des Bonifatius

vertieft in ihre Arbeit, dem Abschreiben von Schriften und Malen von Miniaturen und Vignetten. Dabei benutzten sie Pinsel und Kielfedern. Einige zerschnitten Ziegenhäute, auf denen andere mit Linealen Linien zogen. Man sah den Mönchen die Mühe dieser Arbeit an.

»Drei Finger halten die Feder und eine Hand das Ziegenpergament, aber der ganze Körper schafft mit«, sagte Ebbo. »So sagt man im Kloster. Sie malen wunderbare Bilder, aber ich möchte nicht mit ihnen tauschen.«

Das Scriptorium war mit Stroh ausgelegt, um die Schritte zu dämpfen. Ebbo zeigte zu einer Tür am Ende des Raumes. »Dort ist die Klosterschule. Rabanus Maurus war dort Lehrer, er hat ein berühmtes Buch geschrieben, das De laudibus sanctae crucis* heißt. Es ist oben in der Bibliothek. Da gehen wir jetzt hin, wie du es gewünscht hast.«

Stolz verriet Ebbo Tilmann, welche Schätze in der Bibliothek aufbewahrt wurden. Sie durchquerten dabei das Scriptorium, von neugierigen Blicken verfolgt. Eine steile Treppe führte nach oben. Plötzlich sprang ein Mönch auf, der an einem Tisch seitlich der Treppe arbeitete, und schob sich mit gespreizten Beinen und ausgebreiteten Armen vor die Stufen.

»Du bist Ebbo aus der Pflanzschule und der da ist der fremde Novize«, sagte er mit gedämpfter, bissiger Stimme. »Bruder Oberer hat strenge Anweisung gegeben, dass der Fremde die Bibliothek nicht betreten darf.«

Ebbo blickte sich hilfesuchend um. Finstere Blicke waren auf ihn und Tilmann gerichtet. Es war aussichtslos, er nahm Tilmann an der Hand und zog ihn zum Ausgang. »Das verstehe ich nicht«, sagte Ebbo. »Eigentlich ist die Bibliothek für alle Mitglieder des Klosters da. Die Ausgabe der Bücher bedarf der Zustimmung des Bibliothekars und manche Bücher dürfen nicht gelesen werden. Das war schon immer so. Aber warum verbietet man dir den Zutritt?«

»Ich weiß es nicht«, antwortete Tilmann achselzuckend. Der Vorfall verstärkte seine Vermutung. In der Bibliothek befand sich ein Geheimnis, das mit ihm zu tun hatte. Nachdenklich ging er hinter Ebbo her, zurück in den Kreuzhof.

Ich warte bis zur Dunkelheit, sagte er sich entschlossen. Wenn alle schlafen, gehe ich zur Bibliothek. Ich muss es tun.

Über ihnen schepperte das Seil und eine Glocke ertönte im Dormitorium. Kurz darauf kündigte lautes Geläut an, dass es Zeit war zur Sext, zu Gebet und Mittagsmahl.

*Vom Lob des heiligen Kreuzes.

»Wir sehen uns nach dem Essen in der Pflanzschule«, sagte Ebbo nachdenklich.

»Bruder Abt hat keine Zeit für dich. Du kannst mir bei der Arbeit helfen. Läute mit deinem Glöckchen am Gartentor und Gartenmeister Winfried wird dich einlassen.«

»Welches Glöckchen?«, fragte Tilmann.

»Das Glöckchen, das ich dir im Refektorium schenkte. Alle Klostergärtner haben es. Im Sommer hängen wir die Glöckchen in die Obstbäume, um die Vögel zu vertreiben.«

Die Arbeit im Klostergarten half Tilmann, quälende Gedanken wenigstens für einige Stunden zu vergessen. Ein Blick über den Zaun sagte ihm, dass die Kriegsvorbereitungen in vollem Gange waren. Zelte wurden aufgebaut und raue Männerstimmen wiesen in den Gebrauch von Waffen ein. Pferde wurden über den Platz geführt und Ochsen zogen einen mächtigen Rammbock vorbei. Tilmann sah, wie Bogenschützen darin wetteiferten, Pfeile auf eine Strohpuppe zu schießen.

Einer dieser Pfeile würde morgen vielleicht Mechthild töten. Ihm wurde schlecht bei diesem Gedanken.

Wie gern hätte er mit Ebbo darüber geredet. Aber die Klosterregel bestimmte auch hier: bei der Arbeit wird nicht gesprochen! Mit Handzeichen gaben die Mönche Tilmann zu verstehen, was er zu tun hatte. Ebbo machte das nichts aus, er verrichtete seine Arbeit lachend und leise singend. Nur einmal, als Tilmann an seiner Seite den Boden mit einer Hacke bearbeitete, sagte Ebbo mit gedämpfter Stimme: »Natürlich reicht das nicht, was wir hier anbauen, Tilmann. Die Bauern schicken uns noch Getreide und Äpfel. Manchmal gehen wir auch auf die Wiesen und in den Wald zum Heilkräuterpflücken. Zwischen den alten Eichen haben wir eine Hütte gebaut, in der wir dann schlafen. Wir nennen sie Eichenzell. Die Bauern kommen dorthin zum Beten. Wie schön es dort ist, Tilmann, du wirst es bald erleben. Gleich ist es Zeit für die Abendvesper.«

Der Prior hatte bereits die Messe und das Gebet zur Vesper übernommen. In einer langen Predigt hatte er während des Essens das Wort gegen die Schlechtigkeit der Menschen und den Krieg erhoben. Das war ihm leicht gefallen, denn er musste keine Entscheidungen treffen und war am Kriegszug gegen Wartenberg nicht beteiligt. Sollte Bertho unter den Toten sein, winkte ihm höchstwahrscheinlich die Ernennung zum Abt.

Nach der Abendvesper ging Tilmann in seine Zelle. Er wurde jetzt kaum noch beachtet, denn der Aufmarsch der Kriegsknechte sorgte für Aufregung und Verstimmung. Man konnte es in den Gesichtern und hastigen Bewegungen der Mönche sehen.

Tilmann starrte aus dem Zellenfenster und wartete auf die Dämmerung. Sein Entschluss stand fest. Als die Sonne hinter dem Dach des Konvents verschwand, öffnete er leise die Tür. Der Flur und die Treppe zum Dormitorium schienen wie ausgestorben. Er betrat den Kreuzhof und huschte von Säule zu Säule. Jedes Mal verharrte er einen Moment und lauschte in die Dunkelheit. Aber nichts regte sich. Die Nachtruhe gehörte zur Klosterregel, sie wurde streng eingehalten. Er blickte nach oben. Aus dem Fenster der Bibliothek schimmerte wieder schwaches Licht. Jetzt gab es kein Halten mehr!

Die Treppe nach oben zum Scriptorium knarrte, dass Tilmann fast das Herz stehen blieb. Aber die Schreibstube und die Klosterschule dahinter waren leer, niemand würde ihm jetzt den Weg versperren. Er durchschritt das raschelnde Stroh und blieb vor der steilen Treppe stehen, die zur Bibliothek führte. Mit leisen Schritten stieg er nach oben und stand kurz darauf vor einer eisenbeschlagenen Tür. Das Schloss in der Verriegelung war geöffnet.

Tatsächlich sah die Tür so aus, als ob sie gewaltige Schätze hüten müsste. Hatte Ebbo nicht gesagt, dass in der Bibliothek fünfhundert Bücher und Schriftrollen verwahrt wurden? Auch das, was Mönche von Minnesängern und Heiden gehört hatten, war dort aufbewahrt, und selbst die Schriften der Irrlehrer. Das alles hatte Ebbo gewusst und ihm verraten.

Unter dem Türschlitz schimmerte fahles Licht. Tilmann stellte fest, dass die Tür nicht verschlossen war, und schob sie auf.

Das erste, was er im Zwielicht der Öllampe sah, war eine weißhaarige Gestalt, die mit dem Rücken zu ihm in einem hölzernen Stuhl saß. An den Stuhlbeinen waren Räder befestigt. Reglos saß der Mönch da, sein Blick war durch das offene Fenster gerichtet. Unter dem Fenster schimmerten vereinzelt die Lichter der Stadt. Die greise Gestalt starrte auf den sternenübersäten Himmel und auf das Gebirge in der Ferne.

»Komm näher, Tilmann. Ich habe dich erwartet«, sagte der alte Mönch. »Siehst du den Berg in der Ferne? Er heißt Milseburg. Dort werde ich eine Kapelle bauen lassen. Sie soll nach dem Heiligen benannt werden, der meinen Namen trägt.«

Die weißhaarige Gestalt trug eine Kopfbinde und wandte Tilmann ihr Gesicht zu.

»Gangolf!«, stieß Tilmann hervor. »Der Burgkaplan von Wartenberg. Ich – ich dachte, du wärst tot.«

»Ich bin es nicht, wie du siehst. Allerdings kann ich nicht mehr laufen.

Man muss mich zur Vesper hinauf und hinunter tragen.« Er lächelte den Jungen an. »Ich habe dich durch das Fenster gesehen, Tilmann, zusammen mit Ursch, Ratzfall und Mechthild. Ich wusste, du würdest deiner inneren Stimme folgen und irgendwann zu mir kommen, auch wenn das Bruder Oberer nicht will. Weil er fürchtet, du könntest abgelenkt werden und ihm nichts von deiner Wissenschaft erzählen.«

»Wir – wir sind hierher gekommen, weil Mechthild den Adlerkopf nach Wartenberg bringen will«, stammelte Tilmann. »Der Abt hat ihn ihr gegeben. Sie ist – sie ist damit fort.«

»Ich weiß das alles, Tilmann. Bruder Oberer hat es mir erzählt. Es war eine weise Entscheidung von ihm.«

Tilmann trat näher und warf einen Blick auf das Metallgestell aus kreisrunden Bögen, das auf dem Tisch vor Gangolf stand.

»Das ist ein Astrolop«, erklärte der weißhaarige alte Mönch. »Ich berechne damit den Lauf der Gestirne und lege die Stunden fest für die Gebete. Ich habe lange gebraucht, bis ich es verstand. Es ist ein Geschenk an das Kloster aus Ägypten. Was das Universum zusammenhält, vermag es aber nicht zu sagen.«

Gangolf zog Tilmann zu sich und strich über seine Hand. »Beinahe wärst du wegen mir eingesperrt und angeklagt worden. Doch ich war nicht tot. Balduin und Gerhard, die Burgwachen, fanden meinen Körper und sollten mich begraben. Sie stellten aber fest, dass ich noch lebte. Deshalb brachten sie mich aus Mitleid nicht zum Friedhof nach Angeresbach, sondern zur Straße. Dort haben mich vorbeiziehende Mönche mitgenommen und in das Abteispital gebracht. Ich bin jetzt drei Tage hier. Mein Kopf schmerzt noch und mir wird schwindlig beim Gehen. Deshalb hat man mich in diesen Räderstuhl gesetzt und in die Bibliothek gebracht, was meinem Wunsch entsprach. Der alte Bibliothekar Bruder Ortwin ist gestorben.«

»Hat man das auf der Burg erfahren? Mechthild ist dort!«, sagte Tilmann aufgeregt.

»Ich glaube nicht«, antwortete Gangolf. »Auf der Straße waren Späher aus der Abtei unterwegs. Balduin und Gerhard sind ihnen direkt in die Hände gefallen. Sie trugen das Wappen von Wartenberg, die beiden Tollpatsche. Jetzt sind sie im Stockhaus, glaube ich zumindest.«

Tilmann ließ sich erschöpft auf einen Stuhl fallen. »Also wird niemand auf der Burg erfahren, dass ich unschuldig bin. Auch Mechthild nicht.«

»Beruhige dich, Tilmann. Früher oder später werden sie es erfahren. Als ich wieder bei Bewusstsein war, habe ich Abt Bertho gleich mitgeteilt, wer mich umbringen wollte.«

»Es war Rabenold, nicht wahr, Gangolf?«

»Rabenold wollte mich beseitigen, weil ich wusste, wo sich der Adlerkopf befindet und dass er ihn gestohlen hat. Ich hatte deinen Beutel untersucht, das kleine Buch gefunden und ihn zur Rede gestellt. Er wollte auch das Geheimnis des unterirdischen Gangs, das ich ihm dummerweise einmal anvertraute, für sich behalten und an den Abt verkaufen. Ich nehme das an. Für den Adlerkopf wollte er hier die Stelle des Custos. Aber der Abt hat ihn sogleich wegen seiner mörderischen Absicht in den Hexenturm einsperren lassen.«

»Was für ein Glück, dass du noch lebst, Gangolf«, sagte Tilmann erleichtert. »Jetzt kann mich niemand mehr des Mordes beschuldigen. Bald wird es auch Mechthild erfahren. Aber du bist krank, nicht wahr?«

»Mein Geist ist unversehrt, Gott sei Dank«, lächelte Gangolf. »Bruder Oberer hat mich zum Bibliothekar und Wachhahn bestimmt. Ich liebe diese Arbeit. Und ich kann mich in die Bücher vertiefen, die hier in der Bibliothek sind. In alle Bücher, wohlgemerkt. Als Burgkaplan hatte ich nur die Möglichkeit, die Bücher zu lesen, die mir Bruder Ortwin gestattete. Mach dir keine Gedanken, Tilmann. So, wie es ist, ist es gut.«

Sein Gesicht nahm einen ernsten Ausdruck an. »Aber ich weiß, dass du Sorgen hast. Du sorgst dich um Burg Wartenberg? Das ist unnötig, denn die Burg ist verloren. Die Abtei hat eine große Streitmacht und die besten Waffen, die es in unserem Land gibt. Nichts kann die Burg noch retten. Auch der Adlerkopf nicht, wenn er in den Händen Heinrichs wäre.«

»Ich sorge mich nicht um Burg Wartenberg«, antwortete Tilmann mit einer wegwerfenden Geste. »Ich habe Angst um Mechthild. Sie ist krank und in Gefahr, in diesem Krieg getötet zu werden.«

Für einen Moment herrschte Schweigen. »Möchtest du nicht nach Hause zurück?«, fragte Gangolf verwundert.

Tilmann blickte ratlos. »Ich muss zugeben, ich weiß es nicht mehr. Ich habe Angst um Mechthild.«

Der weißhaarige Mönch lächelte. »Du liebst sie. Das verstehe ich. Sie ist ein einzigartiges Mädchen. Sie überragt ihre Familie durch ihr gutes Herz, durch ihren Mut und ihre Hilfsbereitschaft. Und sie wird eine Frau werden, die alle anderen an Schönheit übertrifft. Sie ist versprochen an Trabodo von Eysenbach.«

»Aber sie ist schwerkrank«, seufzte Tilmann. »Niemand kann ihr helfen. Sie wird entweder an dieser Krankheit oder durch die Pfeile der Kriegsknechte sterben. Sehr bald schon, fürchte ich. Wenn nicht ein Wunder geschieht.«

Gangolf breitete die Hände aus und blickte ihn lächelnd an. »Du könntest bei uns im Kloster bleiben, Tilmann. Es ist ein friedlicher Ort und der Gottesglaube macht stark. Du musst nur einen Schwur leisten vor allen Mönchen, dass du dich an die Regeln hältst. Das wird urkundlich festgehalten und von da ab bist du mein Bruder. Das ist alles.«

Es trat Schweigen ein. Schließlich sagte Tilmann: »Ich entscheide mich für Mechthild.«

»Ich dachte es mir«, sagte Gangolf seufzend und rumpelte mit seinem Rollstuhl rückwärts. »Trage bitte die Lampe und folge mir, Tilmann.«

An bemalten Holzsäulen vorbei bewegten sie sich durch die Bibliothek. An den Wänden waren lange Reihen von Büchern und Pergamentrollen aufgereiht. Alles war sorgfältig beschriftet und mit Zahlen versehen. Dazwischen fanden sich die merkwürdigsten Gegenstände, die aus fernen Ländern stammten und als Geschenke in die Abtei gelangt waren.

Gangolf strebte zielsicher auf einen Wandschrank zu und öffnete ihn mit einem riesigen Schlüssel, den er zuvor aus einem Mauerspalt herausgezogen hatte. Er entnahm ein vergilbtes Buch und wischte den Staub davon ab. Sie kehrten zu dem Tisch am Fenster zurück.

Gangolf blätterte in diesem Buch und Tilmann schaute ihm dabei über die Schulter. Die Buchseiten waren über und über mit bunten Bildern ausgemalt, Schiffe, seltsame Tiere, Pflanzen und fremdländische Gestalten füllten die Seiten. Die Wortreihen, die mit einer kunstvollen Vignette eingeleitet wurden, verwirrten Tilmann zunächst. Die Buchstaben kannte er, doch konnte er das Geschriebene nicht lesen, weil es in Latein verfasst war.

»Die Krankheit, an der Mechthild leidet, heißt Cholera«, sagte Gangolf mit einem tiefen Seufzer. »Agnes von Blankenwald hat Mechthild im Spital St. Kathrin gesehen und es mir erzählt. Rabanus Maurus hat ein Buch über Heilpflanzen geschrieben und auch Hildegard von Bingen. Diese Bücher sind hier, aber wir brauchen darin nicht nachzusehen. Keine Heilpflanze hilft gegen diese Krankheit.«

»Also gibt es keine Hilfe für Mechthild?«, fragte Tilmann tonlos und ließ die Schulter hängen.

»Das war Mechthilds Art, neugierig zu sein«, murmelte Gangolf und blätterte in den Buchseiten. »Sie hat sich immer mit fahrenden Leuten, Gauklern und reisenden Kräuterweibern eingelassen. Jeder weiß, dass diese Leute Krankheiten mitbringen, gegen die wir uns nicht wehren können.«

Er wandte sich Tilmann zu und blickte ihm ernst in die Augen. »Es gibt nur eine einzige Möglichkeit.«

»Welche?«, fragte Tilmann aufgeregt.

»Du musst das Mädchen dorthin bringen, wo du hergekommen bist, Tilmann.«

Tilmann antwortete nicht. Er ließ sich resigniert auf den Stuhl fallen. »Wie soll das gehen? Ich habe keine Ahnung, was mit mir passiert ist«, kam es aus ihm heraus.

Buchseiten raschelten in der nachfolgenden Stille. »Warte, Tilmann, hier ist es«, sagte der Gangolf endlich. Er zeigte auf eine Buchseite mit lateinischen Worten und mit Bildern, die sich Tilmann nicht erklären konnte. War das ein Berg? Ein Urwald? Waren das Schlangen?

»Dieses Buch enthält Aufzeichnungen von heidnischen Berichten«, erklärte Gangolf. »Kaiser Karl der Große hat die Mönche angehalten, diese zu sammeln, anstatt sie zu vernichten. Zum Glück ist dieses Buch hier im Kloster noch erhalten, ebenso wie viele andere Berichte, die manche Glaubensbrüder für Teufelswerk halten.«

Gangolf hielt triumphierend den Schrankschlüssel in die Höhe. Dann raunte er Tilmann zu: »Wenn es jemand erfährt, dass du dieses Buch gesehen hast, wird es einen anderen Bibliothekar hier geben und eine Bücherverbrennung. Das wäre für mich die schlimmste Strafe. Schlimmer noch als das, was mir Rabenold angetan hat. Schwöre mir mit beiden Händen, dass du es keiner Menschenseele erzählst!«

»Ich schwöre es«, antwortete Tilmann mit erhobenen Händen, obwohl er sich kaum vorstellen konnte, dass dieses Kielfedergekritzel eine Antwort auf seine Fragen geben konnte.

»Gut«, antwortete Gangolf. »Und jetzt höre gut zu. Hier ist ein Bericht von jemandem, der den Vogelsberg durchstreift hat. Er nennt ihn eine Einöde von ungeheurer Weltverlassenheit. Hinter dem Schlafenden Wald gibt es einen Schlund, der in unendliche Tiefen führt.«

Tilmann nickte. »Ich weiß, der Vogelsberg war einmal ein riesiger Vulkan.«

»Darum geht es nicht, Tilmann«, sagte Gangolf und schüttelte seine Haarmähne. »Diese Art von Schlund gibt es öfters in der uns bekannten Welt. Auf der Karte hier ist er als weißer Fleck eingezeichnet. Das ist bergaufwärts hinter der Zelle Heribrahtshusen und dem Dorf Iliwinshusen. Der Schreiber nennt den Ort Wurmloch. Deshalb hat er die Würmer herumgemalt.«

»Keine Schlangen«, murmelte Tilmann geistesabwesend. »Es sind Würmer.«

»Zeitreisen sind durch ein Wurmloch möglich«, fuhr Gangolf fort. »Das sagt der unbekannte Schreiber hier. Doch gelingt das nur in einem Zustand höchster Erregung und Angst.«

Tilmann war es, als fließe ihm eine unbekannte Kraft zu. Das war der Schlüssel seiner Probleme. Unglaublich, er war in ein Wurmloch geraten. Im alten Kino, in einem Zustand höchster Angst.

»Sieh jetzt hier, Tilmann«, fuhr der weise Mann fort. »Man sieht Tiere, die vom Wurmloch fliehen: einen Fuchs, einen Hirsch und einen Vogelschwarm. Das heißt, die Tiere spüren die Gefahr. Daran kann man das Wurmloch erkennen, denn es ist ein gottverlassener Ort.«

Gangolf nahm eine Feder und tauchte sie in ein Tongefäß. Mit zitternder Hand schrieb er MCCLXV auf die Tischplatte. »Das hier bedeutet: wir sind im eintausendzweihundertfünfundsechzigsten Jahr nach der Menschwerdung unseres Herrn Christus. Welches Jahr schreibst du in deiner Heimat?« Er reichte Tilmann die Kielfeder.

Tilmann schrieb 2009 darunter.

»Das sind arabische Zahlen«, sagte Gangolf. »Aber ich kann sie lesen. Sie bedeuten zweitausendundneun. Ich wusste es.«

Seine Augen leuchteten. »Du hast eine Zeitreise gemacht, Tilmann«, sagte er, den Tränen nahe. »Du kommst aus der Zukunft. Das erklärt deine Sprache, deine Erscheinung und die Dinge in deiner Tasche.«

»Und ich kann wieder zurück? Durch das Wurmloch, meinst du?«, lächelte Tilmann verwirrt. »Aber was geschieht dann mit Mechthild?«

»Sie wird selbstverständlich mit dir gehen, Junge. In der Zukunft gibt es eine Heilung ihrer Krankheit, oder ist es nicht so?«

»Ich glaube ja«, antwortete Tilmann. Er spürte eine merkwürdige Unruhe.

Gangolfs Augen nahmen einen verträumten Ausdruck an. »Wie schön wäre es, wenn ich mitkommen könnte. Aber das geht nicht. Ich kann nicht laufen.« Er breitete die Hände aus. »Wie groß ist Gott in den Dingen, die er geschaffen hat. Vielleicht kehrst du einmal zurück und siehst nach, ob ich die Kapelle auf der Milseburg gebaut habe?«

»Deine Kapelle steht noch immer auf der Milseburg«, sagte Tilmann lächelnd. »Und sie heißt Gangolfkapelle.«

Dem alten Mann liefen Tränen über das Gesicht. »Du musst jetzt in deine Zelle zurück, Tilmann«, sagte er schließlich. »Ich werde dir zuvor noch etwas mitgeben. Es wird dir nützlich sein auf deiner Reise. Warte einen Augenblick!«

Gangolf griff nach Pergament und einer Feder. Er rückte die Lampe näher. Tilmann hockte sich auf einen Schemel und wartete geduldig.

»Wir müssen Abschied nehmen«, sagte Gangolf schließlich. »Ich habe dir die Karte abgezeichnet, die dich an dein Ziel führt. Steck sie ein und halte sie geheim. Ich habe auch einen kurzen Brief an Abraham in Heribrahtshusen geschrieben, du wirst ihm begegnen.«

Er wedelte mit einem Federbündel auf dem Schriftstück, um die Tinte zu trocknen. »Du weißt jetzt, was du zu tun hast, Tilmann«, sagte er. »Ich wünsche dir Glück dabei und Gottes Segen.«

Tilmann wandte sich um und ging, aufgewühlt von dem, was er gehört hatte, zur Tür zurück.

»Einen Moment noch, Tilmann«, hörte er Gangolf noch sagen. »Gehe nicht allein los nach Wartenberg. Das wäre sinnlos. Du kennst den Weg nicht und es wimmelt draußen von Abtskriegern und Spähern. Man wird dich verhaften und einsperren. Schließe dich morgen dem Kriegszug an, wie es der Abt von dir wünscht. Er wird dich nach Wartenberg führen und zu Mechthild. Wenn du sie gefunden hast, eile zu dem Ort, von dem das Buch berichtet.«

Tilmann warf einen Blick zurück. »Eine Frage habe ich noch, Gangolf. Warum hat mich das Wurmloch ausgerechnet hierher geführt? Ich hätte doch auch in eine andere Zeit kommen können.«

»Weil du in Gedanken oft bei uns warst, bevor du hierher kamst. Das war in deinem Kopf festgelegt. Das war deine Obsession.«

Tilmann wollte sich bedanken, aber Gangolf hatte die Öllampe gelöscht und war in der Dunkelheit verschwunden.

zwanzig.

Die Schlacht um die Burg

»Du hast den Tod noch nicht gesehen.« Das hatte Abt Bertho gestern zu Tilmann gesagt. Dieser Satz schoss dem Jungen in den Kopf, als er in seine Zelle zurückkehrte und sich in das Kastenbett warf. Als er endlich Schlaf fand, wurde er von Alpträumen geschüttelt.

»Benedicamus domino*«, weckte ihn eine Stimme im Morgengrauen. Tilmann antwortete schlaftrunken: »Deo gratias.**«

Was würde ihn heute erwarten? Vielleicht sollte er eine Krankheit vortäuschen und hier im Kloster bleiben. Hatte er das nicht oft zuhause getan, wenn eine Prüfung bevorstand, von der er wusste, dass sie schlecht ausgehen würde? Sein Magen krümmte sich schmerzhaft und ihm wurde übel. Stand ihm der Tod bevor? Welches Unglück erwartete Mechthild und ihre Burg?

Ein Hahnenschrei ließ ihn endgültig wach werden. Wurde nicht Jesus an einem Tag getötet, der mit einem Hahnenschrei begann?

Das Gebimmel der Morgenglocke schallte durch das Dormitorium und verscheuchte alle Ängste und Sorgen. Wie ein Stück Holz im Wasser fühlte sich Tilmann mitgerissen von der Schar stummer Mönche. Hinunter ging es zum Brunnen und hinüber zum Refektorium. Keine Zeit mehr zum Grübeln. Diesmal wurde ihm ein Platz in den Bankreihen zugewiesen. Tilmann blickte sich hastig um. Ebbo erschien und hockte sich neben ihn. Im Flüsterton und starr geradeaus blickend sagte er:

»Abt Bertho hat einen Boten, den Mönch Eberhard, mit dem Fehdebrief nach Wartenberg geschickt und den Krieg erklärt. Ich habe gestern Abend Zinnkraut in die Schreibstube gebracht. Dabei habe ich ihn gelesen.«

»Was stand darauf?«, fragte Tilmann.

* Lasst uns den Herrn lobpreisen.
** Dank sei Gott.

»Ich weiß ihn auswendig«, antwortete Ebbo und begann:

Wißt, herr Heinrich, herre zu Wartenberg, daz wir, dy hernachgeschreben stehn, euer und alle der euern feint seint wolln, umb daz grosse unrecht, das ihr und die euern graffen Berthold von Ziegenhain und Vogt von Blankenberg getan habt mit Brande und mane und andere dinge.

Er musste sich unterbrechen. Der Prior stieg zu ihnen herab.

»Was flüstert ihr da? Soll ich euch die Rute spüren lassen?«, zischte der Prior. Er wandte sich Tilmann zu. »Du bist der Novize Tilmann, nicht wahr? Bruder Oberer erwartet dich nach der Morgenvesper am Jakobstor.«

Jetzt gab es kein Zurück mehr. Der Prior hatte Tilmann den pockennarbigen Pförtner mitgegeben, damit er ihm den Weg zeigte. Dieser schob den Jungen vor sich her. »Beeile dich, Novize Tilmann«, flüsterte Eckhard. »Ich muss zur Pforte zurück. Es wimmelt hier nur so von Weltleuten und Gesindel.« Damit hatte er Recht, denn der Krieg zog immer Diebe und Plünderer mit sich, die reichliche Beute rochen. War die Pforte unbewacht, konnte sich jemand mit einem Vorwand in das Kloster schleichen. Jeder wusste, dass dort Schätze verwahrt wurden, von Pilgern und anderen Gläubigen herbeigebracht, die sich davon das Seelenheil erhofften.

»Dort drüben ist der Marschall«, sagte der Pförtner. »Melde dich dort, Tilmann. Gott segne dich!« Er drehte sich um und verschwand eilig in der Klausurtür. Tilmann blickte ihm nach. Eine Bewegung im Fenster ließ seinen Blick erstarren. Dort stand der grauhaarige Gangolf und winkte ihm traurig zu. Verlegen winkte Tilmann zurück. Wie war der weise, alte Mann auf die andere Seite des Gebäudes gelangt? Hatte er sich tragen lassen?

Ob er Ebbo aus der Pflanzschule und Gangolf jemals wiedersehen würde?

Vor der Klostermauer warteten Fußsoldaten in Zweierreihen geduldig auf Befehle und den Abmarsch. Alle trugen Topfhelme und Kettenhemden. Auf den weißen Umhängen und den Schildern, die sie vor sich hielten, war das Abtskreuz zu sehen. Alle Kriegsknechte waren mit Schwertern bewaffnet und trugen Pfeilköcher und Bögen auf dem Rücken. Der Marschall, ein bärtiger Riese mit grimmigem Gesichtsausdruck, brüllte: »Verschwinde hier, Mönchlein! Sonst mache ich dir Beine.«

In diesem Moment erschien eine kleinwüchsige Gestalt und riss Tilmann aus dem Schmerzkreis, den die Marschallsfaust zu beschreiben sich gerade anschickte. Ein Ritter! Sein Pferd, es war ein Schimmel, scheute von der plötzlichen Bewegung. Der Ritter trug ein knielanges Kettenhemd und einen weißen Umhang, ein Schwert mit goldverziertem Knauf baumelte an seiner

Seite. Der silberne Helm war mit weißen Schwanenflügeln geschmückt, die Visierplatte zurückgeklappt. Tilmann sah ein zuversichtliches Gesicht. Es war Abt Bertho!

Der Abt beruhigte das Pferd und winkte Tilmann zu sich. »Komm mit, mein Freund! Du bist noch nicht zum Bruder ernannt, also kannst du uns begleiten. Bist du erst einmal ein Mönch, ist dir die Teilnahme an allen Fehden und Kriegen verboten.«

»Warum nehmen Sie mich mit? Ich kann nicht mit dem Schwert umgehen«, wollte Tilmann wissen.

»Gewiss, mein Freund. Ihr besitzt andere Waffen in deiner Heimat, bessere. Du hast mir davon berichtet. Ich vermute, dass du mir viel erzählen kannst darüber, wie ihr Kriege führt. Jetzt wirst du erfahren, wie wir das tun, hier in Buchonia. Du kannst uns Ratschläge geben, damit wir besser werden, so stark, dass sich niemand mehr gegen uns erhebt. Ich werde dich in die Wachmannschaft aufnehmen. Sei stolz darauf! Du bist dann immer an meiner Seite. Folge mir jetzt!«

Tilmann betrachtete staunend das Pferd. Es war überaus prächtig ausgestattet. Der Sattel war mit edlen Metallen und kostbaren Steinen verziert und in die Mähne waren blitzende Edelsteine und Rosen eingeflochten. Auf diesem Pferd würde alle menschliche Unzulänglichkeit an Bedeutung verlieren, auch eine kleinwüchsige Gestalt. Wie erniedrigend musste es für den Abt sein, von seinen Feinden Fingerhut genannt zu werden, kam es Tilmann in den Sinn. Das Pferd und die blinkenden Waffen glichen diese Schmach aus. Tilmann hatte einen Klang von Begeisterung in der Stimme und ein geheimes Leuchten in den Augen des Abtes bemerkt. Wo war es geblieben, Berthos Hadern und seine Kriegsmüdigkeit von gestern?

Vor den Klostermauern war ein Zelt aufgebaut, in dem die Ausrüstung der Kriegsknechte verteilt wurde. »Hier wirst du dein Mönchskleid gegen Kriegskleidung und Waffen der milites tauschen«, sagte Abt Bertho. Er griff in die Satteltasche seines Pferdes und reichte Tilmann einen Gegenstand. Die Taschenlampe! »Du besitzt eine besondere Waffe, diese hier. Der Pförtner verriet es mir. Sie versetzt den Angreifer in Angst und Schrecken. Nimm sie an dich und benutze sie, wenn uns Gefahr droht.«

Ritter Bertho stieg vom Pferd und klopfte Tilmann freundschaftlich auf die Schulter. »Keine Angst, mein Junge. Es wird dir nichts geschehen, denn du kämpfst nicht in der vordersten Reihe. Du bist in einem Zelt untergebracht, das neben dem Abtszelt und der Unterkunft meiner Knappen aufgebaut wird. Frage nach Seyfried, dem Waffenmeister, er wird dir alles Weitere erklären. In der neunten Stunde wirst du an meiner Seite sein, wenn die Glocken läuten und wir nach Wartenberg ziehen.«

Der Abt stieg wieder auf sein weißes Pferd und ritt durch die ehrfürchtig zurückweichende Menge der Kriegsknechte und Knappen davon.

Tilmann wirkte etwas unsicher im Sattel seines Pferdes. Seyfried hatte ihm verwundert mitgeteilt, dass Abt Bertho wünsche, der Novize aus der Fremde solle auf einem Pferd an seiner Seite reiten. Auch wenn er kein Ritter sei, der mit Schwur und Schwertleite dazu ernannt wurde.

»Einen guten Mitkämpfer hast du da, Fremder«, hatte Seyfried gemeint. »Der Abt ist zwar klein an Körperwuchs, aber er versteht es mit Lanze und Schwert umzugehen wie kein anderer. Das Schwert benutzt er beidhändig und mit großer Kraft. Tapferkeit lässt sich nicht nach Körpergröße messen. Bertho nimmt an Turnieren teil und übt sich dort im Kampf.« Der Waffenmeister schmunzelte. »Obwohl das seine Obrigkeit in Mainz nicht gerne sieht.«

Zuhause hatte er seinen Vater oft zum Reitverein begleitet und war auf der langweiligen Pferdekoppel schier endlos im Kreis geritten. Dieser Pferdesattel hatte keine Steigbügel und Tilmann fürchtete den Halt zu verlieren, wenn sich das Tier in Bewegung setzte. Tilmann gab Seyfried keine Antwort. Mit dem Schwert konnte er nicht umgehen, noch niemals hatte er eine lange Schwertklinge in den Händen gehabt. Würde es zu einem Zweikampf kommen, war er verloren.

Am Straßenrand reihte sich eine große Schar von Neugierigen auf, die dem fremden jungen Ritter, der ungewöhnlich groß war und das Abtskreuz auf dem Schild trug, bewundernde Blicke zuwarfen. Tilmann fühlte Stolz in sich aufsteigen, es nutzte nichts, dagegen anzukämpfen. Die Sorge um Mechthild und ihre Burg waren vergessen, wenigstens für diesen Augenblick.

Tilmanns Pferd wurde von Knappen in die Zweierreihe der Ritter an die Zugspitze geführt. Die Ritter boten einen prächtigen Anblick, ihre Lanzen waren wimpelgeschmückt, von Schildern und Kleidung prangten farbige Wappen, die stolz auf die Herkunft der gepanzerten Reiter verwiesen. Der Kriegszug verharrte etwa eine Stunde unbeweglich, um Bewohnern und Besuchern von Fulda Gelegenheit zu geben, die Macht der Abtei zu bewundern und die Ritter zu bestaunen. Neben Tilmann wurde ein Platz für den Abt freigehalten. Dieser ritt die lange Reihe des Kriegszuges auf und ab und rief seinen Mitkämpfern aufmunternde Begrüßungsworte oder barsche Befehle zu.

Hinter der Reiterschaft der Ritter wartete die lange Reihe der etwa hundert Fußsoldaten geduldig auf den Abmarsch. Im Gefolge waren Wurfmaschinen und der Sturmwidder zu sehen. Eine Kriegsmaschine, die der Abt selbst erdacht hatte, so hatten er selbst erzählt und Ebbo in der Pflanzschule es erzählt. Ein von einem Zelt überspannter mächtiger Rammbock mit einer eisernen Spitze, die Ebbo Rammbär genannt hatte, gehörte dazu. Es folgten Bagagewagen, auf denen Lebensmittel, Zelte und andere kriegswichtige Dinge aufgeladen waren. Darauf saßen auch unbewaffnete Hospitalmönche, deren Aufgabe es war, Verwundete zu versorgen. Das Zugende bildeten Wagen, auf denen sich Leitern und Bauholz zum Bau eines Belagerungsturmes stapelten. Alle Wagen wurden von Ochsengespannen gezogen.

Endlich setzte von der Basilika Glockengeläut ein. Die Stunde des Aufbruchs war gekommen. Die Zuschauer am Straßenrand winkten und riefen begeistert Schlachtrufe, die im Lärm von Trommeln, Pauken und Fanfaren untergingen. Einige warfen den Rittern Blumenkränze zu.

Die Knappen trugen jetzt die schweren Lanzen der Ritter zu den Wagen am Zugende. Diese Waffe war nur für die kämpfenden Reiter bestimmt, man versuchte damit den Gegner aus dem Sattel zu werfen und Kampfreihen aufzubrechen. Seyfried hatte Tilmann ein Schwert gereicht und es baumelte jetzt an seinem Gürtel an der rechten Körperseite. In der Umhängetasche gegenüber befand sich ein Messer, eine Ration Brot und gedörrtes Fleisch. Seine Taschenlampe, Ebbos Glöckchen und Gangolfs Karte hatte Tilmann unbemerkt von Seyfried dort hineinversteckt. Das Kettenhemd unter dem Waffenrock reichte bis zu den Knien, es zwickte und drückte auf den Schultern trotz des Leinentuchs darunter. Tilmann trug einen Topfhelm mit Nackenschutz. Schwerthiebe hatten darauf Spuren hinterlassen.

Am Sattel war ein silbernes Schild mit aufgemaltem schwarz-weißem Abtskreuz befestigt.

Tilmann erblickte Ratzfall und Thusnelda in der Menge. Sie zeigten freudige Gesichter, hielten Ali in die Höhe und riefen Worte, die er nicht verstand. Sie hatten ihn erkannt – den Ritter Tilmann. Er spürte, wie sein Gesicht heiß wurde von Stolz.

Der Kriegszug setzte sich in Bewegung. Abt Bertho ritt voran durch die letzten Gassen der Hinterburg und über die Lange Brücke. Am Spital St. Kathrin verharrte er und sprühte geweihtes Wasser auf die vorbeiziehenden Ritter und Kriegsknechte. Dann setzte er sich wieder an die Spitze des Zuges und führte die Kriegsschar hinauf zum Kloster St. Andreas und von dort zu der Straße, auf der Tilmann und seine Gefährten auf Guttels Töpferwagen gekommen waren. Von Wagenrädern durchfurcht und von Hecken umsäumt zog sich diese am Waldrand und Berghang nach Norden dahin. Hinter dem

Heckengebüsch ragten die Buchen und Eichen Buchonias hervor, das Zetern und Kreischen der Waldvögel drang aus ihnen heraus.

Als der Schulzenberg in Sicht kam, reihte sich Abt Bertho in die Kolonne und nahm den Platz neben Tilmann ein.

»Wie gefällt dir dein Schlachtross, Tilmann?«, rief der Abt zu ihm hinüber. »Bald machen wir eine Rast. Die Straße hier nennen wir Semita Antiqua. Sie führt zum Langen Berg und von dort weiter nach Luternbach. Auf dem Langen Berg stoßen Neuankömmlinge zu uns. Es sind die Ritter von Lutera*. Treue Lehnsmänner, die seit langem auf meiner Seite stehen. Abt Eigil baute in ihrem Dorf vor vierhundert Jahren eine Kapelle.«

Er wies um sich auf die Ritter. »Bessere Kampfgefährten als diese hier kann man sich nicht wünschen, Tilmann. Sie haben eigene Waffen, Pferde und Knappen. Einige sind treue Gefährten aus Buchonia, andere kommen von weit her und werden von der Abtei für ihre Dienste bezahlt. Ihre Schwerter werden fliegen im Kampf, da wirst du staunen. Keiner vermag es, sich ihnen entgegenzustellen. Sie leben, um zu kämpfen und sie kämpfen für Besitz und Ehre.«

Ein Ritter, der voranritt, wandte sich um. »Für Frieden, Ehre und Recht!«, rief er zurück.

»Um Gottes Gnade möglich zu machen. Gott segne dich, Graf Konrad von Würzburg«, antwortete der Abt und wandte sich Tilmann mit leuchtenden Augen zu. »Vielleicht kommt der Tag, an dem wir alle drei Dinge besitzen, von denen Wolfram von Eschenbach erzählt: Besitz, Ehre und Gottes Gnade.«

»Lehnt die Klosterregel nicht den Besitz ab?«, fragte Tilmann.

»Den persönlichen Besitz«, antwortete der Abt. »Aber das Kloster selbst benötigt Besitz, so wie ein Vogel ein Nest besitzt. Ohne unser Land, unsere Kirchen und Häuser sind wir unbehauste Einsiedler und können niemandem lehren, gottgefällig zu leben.«

Aus einer Eingebung zog er sein Schwert und schwang es über dem Kopf. Seine Stimme wurde kalt und zornig. »Raubvögel! Wir werden sie davonjagen. Schluss machen mit der Tyrannei der eigenen Diener! Das Höllenfeuer wartet auf dich, Heinrich von Wartenberg!«

Die Sonne verschwand hinter dunklen Wolken. Wind zauste in den Ästen am Waldrand, ein Sturm kündigte sich an. Die Pferde schnaubten unruhig und gerieten aus dem Tritt. Erste Regentropfen fielen vom Himmel und riefen Staubwölkchen auf dem Weg hervor.

*Großenlüder

Der Abt starrte unruhig auf den Waldrand. Schatten bewegten sich zwischen den Bäumen. Nein, es drohte keine Gefahr. Köhler und Bauern traten mit Frauen und Kindern aus dem Gebüsch, sie winkten und klatschten begeistert.

Aber der Abt hatte etwas anderes gesehen. Und jetzt sah es Tilmann auch. Eine krumme schwarze Gestalt sprang jammernd von Baum zu Baum und verfolgte sie.

»Fürchten sie einen Hinterhalt?«, fragte Tilmann. »Haben sich Rebellen im Wald versteckt?«

»Einst gab es keine Schurkerei, keine List und keine Fallgruben, wenn Ritter miteinander kämpften«, antwortete der Abt. »Jetzt findet sich Niederträchtigkeit im ganzen Land!« Er schüttelte die geballte Faust. »Wir dagegen sind keine Raubritter und Wegelagerer – wir kämpfen ritterlich. Auch kommt es uns nicht auf Vernichtung an. Wer uns entgegentritt, dem zeigen wir im Zweikampf, dass wir die Stärkeren sind. Wenn Heinrich Einsicht zeigt und aufgibt, werde ich ihn gefangennehmen und Reue von ihm erbitten. Tut er das, wird ihm eine Aufgabe zugeteilt werden, die ihn ungefährlich macht. Stellt er sich uns entgegen, wird er sterben, wie alles was, uns mit gezückter Waffe entgegentritt. Die Burg werden wir nach dem Sieg schleifen lassen. Kein Stein wird auf dem anderen bleiben.«

Wieder starrte der Abt in das Gebüsch. Tilmann bemerkte eine gebückte schwarze Gestalt. Jemand verfolgte sie, offenbar in böser Absicht. Hin und wieder erschienen Köhler oder Bauern mit ihren Familien am Waldrand und begleiteten den Zug mit Zurufen und Händeklatschen. Aber die schwarze Gestalt wollte sich nicht zeigen, heimtückisch huschte sie zwischen Felsen und hochstämmigen Buchen. Wer war dieser Mensch?

»Rabenold!«, rief der Abt plötzlich. Die Gestalt verharrte im Gebüsch. Sie fühlte sich erkannt und stand schweigend und regungslos da.

»Was suchst du hier?«, rief der Abt. »Diebesgut und Orte zur Plünderei? Scher dich fort, bevor ich dich einfangen lasse! Elende Schmeißfliege!«

Plötzlich setzte strömender Regen ein. Die Gestalt verschwand hinter Dunstschleiern. Nach kurzer Zeit war der Weg aufgeweicht und die Pferde stapften durch Schlamm. Alle Geräusche gingen im Regen unter, Ritter und Fußvolk zogen missmutig ihrem Ziel entgegen. Die durchnässte Kleidung würde sich als Hindernis beim Kämpfen erweisen.

Als der Kriegszug den Langen Berg erreichte, hörte der Regen auf und die Sonne kam zum Vorschein. Nebelschleier hingen in der Luft und gelegentlich grollte in der Ferne der Donner. Der Lange Berg durchquerte das Tal wie ein

Damm, den Riesen in Urzeiten gebaut hatten. Nur wenige Bäume gab es dort, zumeist war der Berg mit Weißdorn, der jetzt üppig blühte, bewachsen.

»Dieser Bergwald war einst Besitztum der Abtei und von uns erklärter Bannwald«, rief der Abt Tilmann zu. »Dennoch wurde er das Opfer verbotener Brände. Bau- und Brennholz wurde rasch gebraucht, es fehlte an Waldarbeitern und deshalb wurden die Bäume am Stammende angezündet oder angesägt und so zum Umstürzen gebracht. Urheber des Frevels sind die Herren von Wartenberg und Blankenwald, ihre Bestrafung wird bald bevorstehen.«

Freudige Willkommensrufe kamen von der Nachhut des Kriegszugs. Köpfe reckten sich und neugierige Blicke richteten sich auf eine kleine Reiterschar, die sich aus einem mit Wall und Graben versehenen Dorf ihren Weg bergauf suchte. Bald schon erkannte man die Ritter Bertho und Reinhard aus Lutera, treue Gefolgsleute der Abtei. Ihre weißen Umhänge flatterten im Wind, sie zeigten das Abtskreuz und ein Reedmesser* im Wappen.«

Aus der Ferne grollte Donner. Nebelstreifen hingen jetzt über den Sümpfen und über das Tal spannte sich ein mächtiger Regenbogen. Begeisterte Rufe kamen aus dem Fußvolk. Das Farbenspiel wurde als Zeichen des Himmels gesehen. »Gott ist mit uns!«, rief der Abt und schwenkte das Schwert nach Norden. Was konnte ihnen jetzt noch im Wege stehen?

Abt Bertho stieg mit Tilmann auf eine Kuppe aus verwittertem Kalkstein. Von dort konnten sie das Tal in nördlicher und südlicher Richtung überblikken. Tilmann kannte das Tal, noch vor sieben Tagen war es sein Zuhause gewesen. Nie hatte er etwas mit dieser Landschaft anfangen können. Wenn er dort im Auto oder in der Bahn unterwegs war, hatte er teilnahmslos, abgelenkt von seinen Gedanken und der Musik aus dem Kopfhörer, aus dem Fenster gestarrt. Was gab es da schon zu sehen, außer einförmiger Landwirtschaft und fast menschenleeren Dörfern, über denen Flugzeuge brummend nach Werweißwohin flogen.

Jetzt suchte er nach einem vertrauten Ort. Das einzige Geräusch in dieser Landschaft war das Zwitschern der Vögel und das einsame Heulen eines Wolfes, dem das Gekläff eines Hofhundes aus dem Tal folgte. Das Dorf unter ihnen war kaum erkennbar, Rauch kräuselte sich aus strohbedeckten Hütten, die sich um eine kleine steinerne Kapelle scharten. Bis auf die Wiesen und Obstgärten rings um die Ansiedlung in der Ferne war das Tal ein langgezogener, nebliger Sumpf, an dessen Rand sich die Semita Antiqua dahinzog, in

* dient zur Ernte von Schilfrohr (Dachdeckmaterial, Lehmbau)

dem sich Pfade verloren dahinschlängelten und ein von Erlen umsäumter Fluss große Schleifen zog.

Die Sonne stand jetzt hoch über ihnen im Zenit. Das Fußvolk legte die durchnässten Umhänge zum Trocknen aus und ließ sich müde am Wegrand nieder. Einige verrichteten ihre Notdurft. Von einer nahen Quelle wurde Wasser für die Pferde herangetragen. Der Abt stieg mit Tilmann auf eine Anhöhe und legte die linke Hand schützend über die Augen. Mit der Rechten zeigte er auf das Land unter ihnen.

»In diesem Land wohnen friedliche Bauern und Handwerksleute, die uns wohlgesonnen sind«, sagte der Abt. »Ihre Dörfer heißen Musles, Landenhusen, Angeresbach, Slirefe und Luternbach. Zur Zeit des Sturmius kamen unsere Mönche hierher und haben die Menschen von ihren Göttern befreit, die keinen Himmel haben und in der Natur hausen, wie es ihnen gefällt. Wir haben Vögte eingesetzt, die Gericht hielten und die Bauern vor Räuberei schützten. Aber heute streben diese hochmütig nach Macht und Reichtum, sie haben Burgen gebaut, plündern meine Wälder und begehen Raubtaten.«

Der Abt wurde unterbrochen. »Reiter voraus!«, rief einer der Wachleute, blies in ein Horn und zeigte auf die Straße unter ihnen. Aus dem nächstgelegenen Dorf Musles galoppierte eine Reiterschar und verharrte auf der Straße mit Blick auf den Langen Berg. Die Reiter trugen grüne Umhänge und drohten mit blinkenden Schwertern nach oben. Ihre Rufe konnte man nicht verstehen, aber aus der Gestik konnte man schließen, dass es Drohungen waren.

Der Vorfall ging in der Menge der Kriegsknechte wie ein Lauffeuer herum, Fußvolk sprang auf und strömte auf die verwitterte Hochfläche. Lautes Feldgeschrei ertönte, Fäuste wurden gereckt und Pfeile abgeschossen, die ihr Ziel nicht erreichten.

Abt Bertho hob die Hände und rief in die einsetzenden Stille: »Einst mussten unsere Ahnen sich gegen die Hunnen erwehren, die unser Land durchstreiften und verwüsteten. Die Sachsen waren es, die unsere Gotteshäuser zu Pferdeställen machen wollten. Aber seht nur, da sind Feinde vor unseren Toren, es sind unseresgleichen! Die Herren von Wartenberg sind es, seht ihren Hochmut!«

Einige übereifrige Fußsoldaten wollten mit gezückten Schwertern und Dolchen bergab rennen, aber sie wurden zurückgehalten.

Der Abt war auf sein Pferd gestiegen. »Bauern, hört zu! Diese Herren beschützen euch nicht«, fuhr er fort. »Sie dienen den Götzen der Macht, der Eitelkeit und des Reichtums. Geifer der Habgier dringt aus ihrem Mund und besudelt das Stroh, auf dem sie sich faul betten und das ihr auf ihre Burgen getragen habt!«

Er hob beschwörend die Hände. »Der Herr wird seine Tenne fegen und den Weizen in seiner Scheune sammeln, aber die Spreu wird er verbrennen im ewigen Feuer. Der Weizen seid ihr! Weil ihr dem einzigen Herrn dient als seine treuen Knechte. Mit solchen Knechten wird der Herr geehrt!«

Die Gesichter der Kriegsknechte und Ritter waren von Hingabe erfüllt.

»Folgt mir also!«, rief der Abt noch. »Und kämpft den Kampf des Glaubens.«

Er wandte sich an Tilmann und fügte noch hinzu: »Dixi et savavi animam meam.«*

Die grüne Reiterschar war in nördliche Richtung davongaloppiert. Zuvor hatten sie einen Gegenstand, der von oben nicht erkennbar war, auf der Straße hinterlassen. Der Kriegszug ordnete sich und setzte sich mit Abt Bertho an der Spitze in Bewegung.

Sie erreichten die Talebene und die Stelle, an der die Hufspuren der grünen Reiter sichtbar waren. Mitten auf der Straße lag ein blutverschmierter Sack. Einer der voranreitenden Ritter stieg vom Pferd und öffnete ihn. Er hielt einen tonsierten Kopf und ein blutverschmiertes Pergament in die Höhe. Das Gesicht des Ritters war wutverzerrt.

»Er wird mit dem Höllenfeuer bestraft werden, der den Mönch Eberhard getötet hat«, sagte der Abt mit verbitterter Stimme zu den Rittern, die den Fundort auf ihren Pferden umkreisten. »Ich hatte ihn gestern als Boten mit dem Fehdebrief, worin die Kriegserklärung an die Herren von Wartenberg geschrieben stand, vorausgeschickt.«

Zornig hoben die Ritter ihre Schwerter. »Lasst uns weiterziehen und tun, was notwendig ist«, sagte der Abt und trieb sein Pferd zur Eile.

Sie durchquerten das Dorf Musles. Es glich einem Geisterdorf, niemand war zu sehen. Aus leeren Fenstern drang der Geruch rasch gelöschter Feuerstellen. Die Bewohner hielten sich vermutlich im Wald versteckt, weil sie fürchteten den Kriegszug begleiten zu müssen. Eine mit Steinen und Baumstämmen befestigte Straße führte in ein Nebental. Von dort aus kommend hatte Guttels Töpferwagen das Dorf erreicht.

Die hölzerne Brücke drohte fast einzustürzen, als Sturmwidder und Rammbock darüberrumpelten. Das nächste Dorf war ebenfalls menschenleer. Nicht einmal ein Huhn oder eine streunende Katze war in Landenhusen

*Ich habe gesprochen und meine Seele gerettet.

Der Aufmarsch

zu sehen. Die Zugbrücke der kleinen Wasserburg hatte man hochgezogen, aber der Kriegszug aus Fulda war an keiner Eroberung interessiert. Zudem konnte man den Herren aus Musles und Landenhusen keine Schuld zuweisen, denn sie hatten weder dem Abt noch Heinrich von Wartenberg ihre Dienste angeboten.

Was für Musles und Landenhusen galt, war auch in Angeresbach der Fall. Niemand war zu sehen. Es stellte sich auch niemand dem Kriegszug entgegen. Aber hier war sicher, dass sich die Bewohner auf Burg Wartenberg befanden, um den Burgherren bei der Verteidigung zu helfen.

Und diese Burg lag jetzt vor ihnen.

Sie sah anders aus, als sie Tilmann beim ersten Mal gesehen hatte. Burgmauer und der Bergfried waren jetzt mit Wimpeln und Fahnen geschmückt. Sie zeigten an, dass Verbündete zu Hilfe geeilt waren. Oder waren es die Überbleibsel von Turnier und Burgfest? Man war jedenfalls zuversichtlich und fühlte sich sicher. Niemand würde diese Burg einnehmen können.

Was würde Mechthild denken, wenn sie mich sehen würde, dachte Tilmann. Der Adlerkopf befand sich auf der Burg. Ob er erfüllen würde, was Mechthild von ihm erhoffte? Würden sich die Bauern, die jetzt als Kriegsknechte mit ihnen zogen, beeindrucken lassen? Würden sie wankelmütig werden und zu Heinrich von Wartenberg überlaufen?

Die Straße zur Burg war versperrt. Mächtige Buchenstämme lagen quer und verhinderten das Weiterkommen. Die Zugochsen mussten abgespannt werden, Ketten wurden herangeschafft und die Tiere begannen, widerspenstig brüllend die Hindernisse zu beseitigen.

Tilmann blickte sich um. Sein Atem stockte. Zwischen den Wagen am Ende des Zuges erblickte er eine schwarze Gestalt. Rabenold ließ sich nicht abwimmeln. Er wartete darauf, sein frevlerisches Werk zu beginnen. Bald würden Tote auf dem Schlachtfeld liegen, die ausgeraubt werden konnten. Sollte die Burg eingenommen werden, würde er zur Stelle sein. Er wusste, wo sich Kostbarkeiten und Geld befanden. Sollte der Abt die Schlacht verlieren, würde er sich den Wartenbergern als Helfer anbiedern. In jedem Fall hatte er zu gewinnen.

Plötzlich gellte ein Warnruf von der Spitze des Zuges. Tilmann konnte gerade noch sehen, wie eine Schar grüngekleideter Bogenschützen aus einem Gebüsch hervortrat und Pfeile aus den Köchern zog. Ein tödlicher Hagel ging auf die Ritter und das Fußvolk nieder.

Instinktiv riss Tilmann, wie alle Ritter vor ihm, sein Schild nach oben. Eine weitere Salve regnete herab und krachend bohrte sich ein Pfeil in sein

Schild. Die Luft war erfüllt vom Geschrei der Getroffenen. Unter den Rittern herrschte Tumult, die Pferde bäumten sich angsterfüllt auf. Tilmann lugte unter dem Schild nach vorn und sah, wie die Bogenschützen verschwanden und kurz darauf auf Pferden davongaloppierten. Eine Verfolgung war nicht möglich. Baumstämme versperrten noch immer die Straße, Gräben und Wiesen ringsum waren von Wasser geflutet.

Der Abt hatte einen Fehler begangen, dessen waren sich alle bewusst. Er war nicht schlachtkundig, das hatte sich jetzt gezeigt. Er wollte ehrenhaft kämpfen, List und niederträchtige Fallen wollte er nicht wahrnehmen. Er hätte eine Spähtruppe vorausschicken müssen, die Straßensperren und Heckenschützen bemerkt und Warnungen zurückgegeben hätte.

Mehrere Fußsoldaten waren getroffen worden und wälzten sich, von Pfeilen durchbohrt, im Staub. Sie schrien aus Leibeskräften und verfluchten ihr Schicksal. Ein Pferd war zu Boden gestürzt und hatte seinen Reiter mit sich gerissen. Wüste Beschimpfungen kamen aus dem Fußvolk, wobei nicht deutlich wurde, wem sie galten. Einige, die ihre Freunde beklagten, fluchten dem Himmel und sogar Gott. Wurfmaschinen und der nachfolgende Tross lagen außer Bogenschussweite und waren nicht betroffen.

Der Himmel verdunkelte sich wieder. Die Stimmung im Kriegszug war umgeschlagen, langsam und mit gebrochenem Mut setzte sich alles wieder in Bewegung. Diesmal wurden Ritter und Fußvolk mit gezückten Waffen und vorgehaltenen Schildern vorausgeschickt. Eiserne Fußangeln stellten sich ihnen in den Weg und mussten mühsam von der Straße gezerrt werden. Regen setzte wieder ein und die Sicht nach vorn wurde unmöglich.

»Tilmann!«, rief der Abt und der Junge ritt näher heran, denn das Prasseln des Regens übertönte die Worte Berthos. »Reite mit dem Marschall zurück und melde mir, was am Zugende vor sich geht.«

Die beiden ritten an murrendem Fußvolk vorbei an das Zugende. Es regnete in Strömen, Wiesen und Gräben traten über und verwandelten die Straßendecke in Matsch und Schlamm. Die Verwundeten hatte man auf die Bagagewagen aufgeladen, Mönche zogen ihnen die Pfeile aus dem Körper und versuchten, den Blutfluss zu stillen.

Tilmann blickte in das Wagenzelt, weil er hoffte, Ebbo könnte sich unter den Mönchen befinden. »Gott schütze euch, denkt an meine Hinterbliebenen«, sprach ihn ein Verwundeter stöhnend an. Sein Kopf fiel zurück und er starb.

Aus dem strömenden Regen ging erneut ein Pfeilhagel auf den Zug nieder. Diesmal stürzten auch zwei Ritter, die die Geschosse nicht heranfliegen sahen, getroffen von ihren Pferden. Einige Fußsoldaten wälzten sich im Schlamm. Der Spähtrupp stürmte vor, aber er bekam die Heckenschützen nicht zu fassen. Sie waren jetzt etwa zehn Wagenlängen vor der Burg, in der die Angreifer verschwanden.

Der Himmel klarte wieder auf und machte die Sicht auf die Burg frei. Sie war durch einen tiefen Halsgraben von einem südöstlich gelegenen Bergzug getrennt.

»Da ziehen wir hinauf!«, rief der Abt Tilmann zu, als der Junge zurückgekehrt war. »Birkig nennen sie diesen Berg. Dort werden wir ein Lager aufbauen und die Zelte aufschlagen. Nur von dort aus können wir die Burg besiegen, sie ist ringsum von Sumpf und steilen Abhängen umgeben.«

Beim Bau von Wartenberg war man sich wohl bewusst, dass die Burg eine verletzliche Seite hatte. Ein tiefer Burggraben und eine massive Schildmauer schützten die Burg von dieser Seite. Jenseits des Grabens ragte ein mächtiger Torbau auf, an dessen spitzbogigem Tor die Zugbrücke hochgezogen war. Der Torbau besaß einen hölzernen, überkragenden Aufbau, der zur Verteidigung diente.

Die Burgmauer strotzte vor Waffen und Kriegsknechten. Jeder, der mit Heinrich verbündet war oder von ihm zur Mithilfe gezwungen werden konnte, hielt sich zum Kampf bereit. Hinter den Zinnen der Burgmauern herrschte lebhafte Bewegung, Schwerter und Helme blitzten in der Sonne auf.

Ein unmittelbarer Angriff war nicht möglich und hätte hohe Verluste gebracht. Dessen waren sich der Abt und seine Ritter bewusst. Zudem befand sich das Fußvolk in schlechtem Zustand, was die Kampfmoral anbetraf. Die Kleidung war durchnässt und Verwundete mussten versorgt werden.

Eine wohlüberlegte Taktik war notwendig, um die Burg zu zerstören. Auf dem Birkig wurden Zelte außerhalb der Bogenschussweite der Burg, das sind achthundert Fuß, aufgebaut. Wurfmaschinen wurden in Zielrichtung geschoben und Wachen aufgestellt, um die Kriegsvorbereitung zu schützen.

Knappen führten die Pferde an einen umzäunten Platz, wo sie mit Wasser und Futter versorgt wurden.

Während des Zeltaufbaus beobachtete Tilmann fasziniert zwei Kriegsknechte, die sich aus der Menge hervorhoben. Der eine war ein Riese, muskelbepackt und mit rotem Vollbart, der andere trug einen mit Hahnenfedern geschmückten Helm und sprang bereitwillig auf, als er den Abt erkannte. »Das ist der Söldner Basilisk, ein Schwertkämpfer. Und dieser Mann hier ist Aquila, der Armbrustschütze«, sagte der Abt mit bewundernden Worten und gab Aquila einen Wink. »Basilisk besitzt die Stärke von zwölf Männern. Niemand kann ihn besiegen, seine Muskeln sprengen Ketten. Und Aquila – sieh nur selbst!«

Aquila legte einen Bolzen ein und zielte mit der Armbrust auf einen etwa hundert Meter entfernten Baum, in dem ein Raubvogel hockte. Getroffen fiel der Vogel zu Boden. Der Armbrustschütze riss lachend seine Waffe in die Höhe.

»Diese Krieger werden Heinrich das Fürchten lehren«, sagte der Abt. »Ich gebe zu, es ist unehrenhaft und gehört sich nicht für einen Ritter, die Armbrust als Waffe zu benutzen. So unehrenhaft wie ein Angriff in der Dunkelheit oder eine heimtückische Fallgrube. Aber wenn es um das Äußerste geht, werden unsere Tugenden wenig nützen und dann wird uns auch diese Waffe von Vorteil sein.« Bertho zeigte auf ein weißes, wimpelgeschmücktes Zelt, das mit goldfarbenen Bändern verziert war und ein Kreuz auf der Zeltspitze trug. »Das hier ist das Abtszelt. Du wirst dich mit den anderen Wachsoldaten in den Zelten rings um das meinige aufhalten. Folge den Anweisungen von Marschall Ruprecht.«

Er betrat den Zelteingang und wandte sich noch einmal um. »Der Marschall hat Anweisung, dich gut zu behandeln und zu schonen. Ruhe dich aus, so gut es geht, denn morgen erwartet dich ein beschwerlicher Tag.«

Die Abenddämmerung setzte ein. Tilmann ging zu den Wachzelten und traf dort den Marschall, der ihn mit ruppigen Worten begrüßte.

»Wie kann der Abt nur diesen Armbrustschützen aufnehmen?« Der Marschall ballte die Fäuste. »Ich kenne Aquila, er geht zügellos und ungehemmt mit dieser Waffe um. Ich habe erlebt, wie er einem tapfer kämpfenden Ritter aus dem Hinterhalt einen Bolzen in den Rücken schoss. Kein Kettenhemd schützt vor der Schlagkraft eines Armbrustbolzens.«

Der Marschall spuckte aus. »Du also bist der Fremde, den ich schonen soll. Deine Wache beginnt erst in der zweiten Nachthälfte. Ich werde dich wecken, verlass dich drauf. Einstweilen kannst du die Kampfkleidung ablegen. Das hier ist dein Lager.« Er zeigte in ein Zelt und auf eine hölzerne Pritsche, die von einem Tierfell bedeckt war. Dann bückte er sich über eine Feuerstelle und fluchte, weil das Holz nass war und nicht brennen wollte.

Tilmann band den Helm vom Kopf, löste Schwertgürtel sowie Umhang und befreite sich von dem drückenden Kettenhemd. Bekleidet war er jetzt mit Hemd und Hose aus grobem Leinentuch und ledernen Stiefeln. Die Tasche behielt er am Körper, sie durfte auf keinen Fall verloren gehen. Darin befand sich seine Essensration, Ebbos Geschenk, die Taschenlampe und Gandolfs Karte.

Tilmann trat vor das Zelt. Er war viel zu unruhig und aufgeregt, um sich zur Ruhe zu begeben. Den anderen Rittern, Kriegsknechten und Wachsoldaten erging es ebenso. Sie gingen unruhig umher oder hockten um Feuerstellen, diskutierten, probten ihre Waffen oder spielten Würfelspiele. Man versuchte sich abzulenken, denn der Gedanke, der nächste Sonnenaufgang könnte der letzte sein, den man sieht, war schwer zu ertragen und musste verdrängt werden.

Tilmann verspürte den Drang, sich die Burg aus nächster Nähe anzusehen. Vielleicht traf er auf ein Lebenszeichen von Mechthild?

Das Abtszelt und die Wachzelte befanden sich im hintersten Teil des Lagers, der am weitesten von der Angriffslinie entfernt war. Dahinter befand sich nur noch die Einzäunung für die Pferde und Ochsen. Tilmann durchquerte das Lager. An einer Feuerstelle erzählte ein bärtiger Hüne von seltsamen Zeichen, über die in letzter Zeit berichtet wurde, von einer Weissagung und einem Adlerkopf. Dieser solle sich in der Hand des Feindes befinden und kriegsentscheidend sein. Aus den Bagagewagen war das Stöhnen der Verwundeten zu hören, die im Licht der Öllampen von Mönchen versorgt wurden. Aus einer Einzäunung drang das Schnauben der Pferde und Ochsen. Am Rande des Lagers war man damit beschäftigt, eine Grube auszuheben, um die ersten Toten zu begraben.

»Die Toten von Wartenberg werden wir nicht begraben«, wurde Tilmann, der mit offenem Mund das Geschehen beobachtete, angesprochen. »Die werden wir auf einen Haufen werfen und verbrennen.«

Auf dem Birkighügel hatten die Wartenberger alle Kiefern und Birken gefällt und das Gestrüpp abgebrannt, um die Sicht auf die Angreifer frei zu machen. Tilmann stieg über das verbrannte Feld, bis er die Burg vor sich liegen sah. Die Wachposten am Lagerrand nahmen von ihm keine Notiz. Er hockte sich auf eine umgestürzte Kiefer und starrte hinüber zur Burg. Er rieb sich die Augen.

Hinter dem schwarzen Berghang war der Mond aufgegangen, es war fast Vollmond. Vielleicht würde seine Mutter jetzt aus dem Fenster sehen, den gleichen Mond betrachten und vor Schmerz vergehen, weil ihr Sohn vor einer Woche verschwunden war. Sie ahnte ja nicht, was er jetzt sah. Ob er Mutter einmal alles erzählen würde?

Vielleicht werde ich meine Eltern niemals wiedersehen, durchfuhr es Tilmann, und er wischte sich über seine tränennassen Augen.

Auf der Mauer und den Wehrtürmen der Burg bewegten sich Soldaten im Licht von Fackeln. Das Innere der Burg konnte Tilmann nicht sehen, aber helles Licht von Feuerstellen und flackernde Schatten verrieten eilige Geschäftigkeit. Hammerschläge dröhnten, Schwerter und Ketten klirrten, die Verteidiger verbesserten ihren Schutz und erprobten ihre Waffen. Der Geruch von kochendem Pech drang zu Tilmann hinüber.

Wo waren Ursch und Mechthild jetzt? Er fühlte tiefe Sehnsucht nach Mechthild in sich aufsteigen. Tilmann sah das Sternenlicht auf ihrem Haar, als sie vor dem Gauklerzelt saßen, die Sonne auf ihrem Kleid, als sie Schachzubel spielten, er meinte, ihren Märzveilchenduft riechen zu können und blickte in ihre glänzenden hellgrünen Augen. Er sah die Blässe in ihrem eingefallenen Gesicht und spürte das Fieber auf ihrer Stirn – sein Herz krampfte sich zusammen. Tilmann spürte, wie Tränen über sein Gesicht flossen. Niemals zuvor hatte er sich eine solche Empfindung zu einem Mädchen zugetraut. Plötzlich kam ihm ein Gedanke.

Tilmann griff in seine Tasche, zog die Taschenlampe hervor und richtete sie auf die Burg. Er bewegte den Schalter und machte ein regelmäßiges Blinkzeichen. Niemand hier konnte ein Licht auf diese Weise leuchten lassen, Mechthild musste es bemerken, er hatte ihr die Taschenlampe gezeigt.

Außer einem kurzen Hornruf, der auf ein seltsames Leuchtfeuer aufmerksam machte, regte sich keine Antwort auf sein Zeichen.

Eine Gestalt stolperte über Baumwurzeln heran. »Tilmann!«, rief der Ankömmling. Die Stimme kam Tilmann bekannt vor.

Er sprang auf. »Ebbo – was tust du hier? Ich dachte, du wärst im Kloster.«

»Tilmann, mein Freund!«, rief der Mönch und ließ sich auf den Baumstamm sinken. »Ich habe mich freiwillig gemeldet, zur Versorgung der Verwundeten. Ich kenne die Kräuter und Salben, mit denen man Wunden bedeckt. Ich wollte in deiner Nähe sein und dich wiedersehen.«

»Es wird morgen eine Schlacht geben«, sagte Tilmann gerührt. »Geh nach Hause, du bist in Gefahr.«

»Ebenso wie du, Tilmann. Wir sollten beide fliehen. Jetzt gleich!«

»Das geht nicht«, antwortete Tilmann. »Man wird dich aus dem Kloster schicken und du wirst niemals Priester werden. Und ich kenne jemanden auf der Burg dort drüben, der Hilfe braucht. Es ist ein Mädchen, das Mechthild heißt. Ich werde sie morgen retten, das allein ist jetzt meine Aufgabe.«

»Dann werde ich morgen an deiner Seite sein«, sagte Ebbo standhaft. »Und wenn du sie gerettet hast, kommst du in das Kloster zurück und wirst mit mir zusammen Priester werden.« Er starrte auf den Gegenstand in Tilmanns Hand. »Was ist das?«

»Eine Taschenlampe«, sagte Tilmann und steckte die Lampe zurück, ohne darauf einzugehen. »Ich glaube, wir sollten erst einmal schlafen. Morgen in der Frühe werden wir uns wiedersehen, Ebbo. Ich danke dir für deine Freundschaft, vielleicht ist sie mir morgen eine Hilfe.«

Sie gingen zum Lager zurück und verabschiedeten sich vor dem Wachzelt. Ebbo trottete hinüber zu den Bandagewagen. Gerade wollte Tilmann im Zelteingang verschwinden, da hörte er die Stimme des Abtes. Er trat vor das Abtszelt, schob den Vorhang zurück und blickte hinein. Der Abt kniete auf einem Kissen und betete zu einer Christusfigur. Sein Gesicht war von Hingabe erfüllt. »Deus illuminatio mea«, hörte Tilmann den Abt sprechen. »Deus optimus et maximus. Jesus Christus, gib mir Weisheit und zeige mir, wie ich Kriege vermeiden und die Rebellen zur Vernunft bringen kann.«

Eine laute Stimme ließ Tilmann aufhorchen. Streit war ausgebrochen, die schrille Stimme einer Frau drang von einer Feuerstelle. Als Tilmann näher kam, erkannte er Margas magere Gestalt, die mit den Fäusten in den Hüften vor Basilisk Aufstellung genommen hatte.

»Ich bin Marga, die Frau von Villicus Hartwic!«, zeterte Marga, aber Basilisk ließ sich davon nicht beeindrucken.

»Nach dieser Schlacht wird der Meierhof mir gehören und ich werde meinen Neffen zum Meier bestimmen, der Abt von Fulda hat es mir versprochen«, sagte Basilisk schmatzend und schlug seine Zähne in eine Lammkeule.

»Ich bin ein Skorpion und ich werde zustechen, wenn man mich aus meinem Haus vertreibt«, schrie die Frau gellend und fuchtelte mit einem Messer. Das war das letzte, was sie in ihrem Leben getan hatte.

Basilisk sprang auf, griff nach seinem Schwert und schlug ihr den Kopf ab und die schützenden Hände, die sie in letzter Sekunde hochgerissen hatte. Eine Blutfontäne schoss aus Margas Hals, der kopflose Körper drehte sich sinnlos im Kreis und brach dann zusammen.

Basilisk hockte sich zu Boden, als hätte er gerade eine Fliege verscheucht, die seine Mahlzeit gestört hatte. Er wandte sich seinem Gesprächspartner zu. Es war Rabenold, der Schwarze Mönch.

Tilmann hatte jetzt genug. Benommen ging er zu seinem Zelt und warf sich auf die Pritsche mit dem Gefühl, er würde in dieser Nacht kein einziges Mal ein Auge schließen können. Was würde ihn morgen erwarten?

Noch bevor die ersten Sonnenstrahlen in das Lager fielen, waren die Wachsoldaten von den Schlafpritschen, griffen nach der Kriegskleidung oder verschlangen hastig ihre Essensration. Draußen wurden laute Befehle gebrüllt.

Tilmann sprang von seinem Lager. Sein Magen knurrte. Gestern konnte er keinen Bissen herunterkriegen. Die kopflose Marga fiel ihm ein und Übelkeit stieg in ihm auf. Schlagartig wurde er sich seiner Situation bewusst. Es nutzte nichts, fliehen kam nicht in Frage, er musste sich diesem Tag, was immer auch geschehen würde, stellen. Und er musste Mechthild wiedersehen, sobald das möglich war.

Er riss seine Tasche auf und stopfte Brot und gedörrtes Fleisch in den Mund. Es würgte ihn. Gab es hier kein Wasser? Keine Zeit verlieren! Tilmann streifte Kettenhemd und Tunika über und gürtete das Schwert. Er griff nach dem Helm. Das Tuch am Zelteingang wurde aufgerissen und Marschall Ruprecht blickte mit finsterer Miene hinein.

»Los, los! Fertigmachen. Stellt euch vor dem Zelt auf! Flink wie Windhunde! Ich habe Befehle für euch.«

»Hier, trink!«, sagte einer der Wachsoldaten und reichte Tilmann eine Schüssel mit Milch. »Ich bin Warmunt. Eigentlich hast du Glück, dass du zu uns gekommen bist. Wir kämpfen nicht in der vordersten Reihe, wir müssen nur das Abtszelt und die Abteifahne bewachen. Und die Fluchtpferde, falls sie benötigt werden.«

Warmunt machte eine hilflose Handbewegung. »Heute Nacht haben wir dich nicht geweckt, weil du krank bist. Du hast im Fieber um dich geschlagen und ständig den Namen eines Mädchens geschrien. Der Marschall will dich krankmelden beim Abt und mit den Verwundeten nach Hause schicken.«

Tilmann spürte Verzweiflung in sich aufsteigen. Nein, in das Kloster wollte er auf keinen Fall zurück. Wie sollte er dann Mechthild helfen?

Er trat als letzter der Wachsoldaten vor das Zelt. Der Morgen dämmerte bereits. Ringsum herrschte emsige Geschäftigkeit, Soldaten brüllten Befehle und Pferde stampften durch den Schlamm, den der nächtliche Regen erzeugt hatte. Marschall Ruprecht fluchte wieder an der Feuerstelle, aus der hoffnungslos dünner Rauch kräuselte. Er starrte Tilmann wütend an, winkte ihn auf die Seite und packte ihn am Oberarm.

»Was willst du hier, Fremder?«, schrie er zornig. »Du bist ein Irrer und kannst nicht mit dem Schwert umgehen, deine Arme sind schwach. Willst du mit der Kielfeder kämpfen?« Er zog sein Schwert und hielt die Spitze vor Tilmanns Brust. Der Junge zitterte am ganzen Körper. »Ich werde dich zum Wagen der Verwundeten bringen, der heute Morgen zurückfährt, in der Wachschar bist du fehl am Platz.«

Tilmann spürte Wut in sich aufsteigen. Plötzlich hatte er einen Einfall. Er riss seine Tasche auf, packte die Taschenlampe und richtete den Lichtkegel auf die Brust des Marschalls. Dieser blickte an sich herab und erstarrte vor Schreck. In jedem Augenblick würde ein Feuer auf seinem Körper ausbrechen! Er ließ das Schwert fallen und schlug sich mit beiden Händen schreiend auf die Brust.

Tilmann rannte an ihm vorbei hinüber zum Abtszelt. Er riss die Tücher im Zelteingang auf und stürmte hinein. Der Abt legte gerade seine Kriegskleidung und Waffen an, ein Knappe half ihm dabei.

»Holla, du hast es wohl eilig, Tilmann!«, rief Abt Bertho und reichte ihm die Hand. »Geh hinüber zur Koppel und suche dein Pferd. Ich erwarte dich vorne auf dem Hügel gegenüber der Burg. Dort wird es eine Lagebesprechung geben. Ich will, dass du dabei bist. Sag Marschall Ruprecht, er soll ebenfalls dort erscheinen.«

Vor dem Abtszelt erwartete Tilmann eine Überraschung. Fast hätte er Ebbo nicht wiedererkannt. Der Mönch hatte seine Kutte abgelegt und trug die Kleidung eines Knappen. Seine Tonsur war von einer ledernen Kappe bedeckt.

Er lächelte verlegen. »Diese Kleidung brauche ich niemandem zurückzugeben«, sagte er. »Der, der sie trug, wurde von einem Pfeil getroffen.« Ebbo zeigte verlegen auf ein Loch im Lederwams. »Er braucht sie nicht mehr, denn er liegt tot in der Grube. Jetzt kann ich dich begleiten und dir helfen, Tilmann.«

Ebbo setzte seine Worte sogleich in die Tat um. Er führte Tilmanns Pferd von der Koppel, beruhigte das Tier und half seinem Freund beim Aufsteigen.

»Ich kann mit Pferden umgehen, Tilmann«, rief er nach oben. »Ich habe das gelernt, bevor ich ins Kloster kam. Auf der Burg meiner Eltern. Wo wirst du jetzt hinreiten, Tilmann?«

»Danke, Ebbo!«, rief Tilmann zurück. Er warf einen Blick auf die Wachzelte und sah einen Kriegsknecht, der zusammengesunken auf einem Fass vor dem Zelt hockte.

»Marschall Ruprecht! Ich habe einen Befehl für sie. Kommen sie zur Lagebesprechung auf den Hügel gegenüber der Burg. Flink wie ein Windhund!«

Die Morgensonne tauchte die Burg in ein unwirkliches orangefarbenes Licht. Der Himmel war wolkenlos und leer, als wollte er eine Bühne freigeben für das Ereignis, das an diesem Tag bevorstand. Lärm drang hinüber zum Birkighügel, der erste Angriff der Kriegsschar aus der Abtei wurde auf der Burg erwartet. Jeder eilte auf seinen Posten und hielt die Waffen bereit. Frauen und Kinder zogen in den Schutz der Keller und des Bergfrieds, wo alles für einen längeren Aufenthalt vorbereitet war. Auf dem Hügel versammelte sich der Abt mit den Führern seines Kriegsheeres, um zu besprechen, wie man die Einnahme von Burg Wartenberg in die Wege leiten könne. Hinter ihnen nahmen die Fußsoldaten in mehreren Reihen Aufstellung.

Nur etwa hundert Schritte trennten sie noch von Burggraben und Schildmauer. Ein verkohlter Berghang, den der Regen in eine schwarze Schlammwüste verwandelt hatte, war der Angriffsweg.

Die Marschälle und Ritter starrten verblüfft auf den fremden Reiter an der Seite von Abt Bertho, dessen Pferd von einem unbekannten Knappen am Zügel gehalten wurde. Auf dem Kriegszug hatten sie den unbekannten Fremden gesehen, aber dass dieser mit ihnen in den Kampf ziehen würde, konnten sie sich nicht vorstellen. Er bewegte sich ungeschickt auf dem Pferd und seine Hände waren viel zu zart für den Umgang mit Lanze und Schwert. Der Abt ging nicht auf das Raunen und Geflüster ein. Gelassen wartete er darauf, dass ihm Meldung zur Aufstellung der Kriegsschar gemacht wurde und dass Ruhe einkehrte. Mit gebieterischer Stimme verkündete er seinen Plan.

»Facta mea, milites, sequi volo!*!«, rief der Abt. »Das Brückenvolk tritt zuerst nach vorne. Wir versuchen die Burg mit Holzdämmen, Leitern und dem Rammbock zugänglich zu machen und auf mein Hornsignal hin zu erstürmen. So können wir das Bauwerk erhalten für einen späteren Klosterbau. Sollten die Wartenberger einen Ausfall wagen, werde ich das zweifache Hornsignal geben und wir werden uns ihnen mit den Schlachtrossen, Bogenschützen und Fußsoldaten entgegenstellen. Erst wenn es uns nicht gelingt, die Burg zu stürmen oder den ausfallenden Feind zu schlagen, werde ich das dreifache Hornsignal geben. Das bedeutet: Heranrollen und Einsatz der Wurfmaschinen und Abschuss der Brandpfeile. Dann soll es so sein. Dann wird die Burg vom Himmel her getroffen und kein Stein auf dem anderen bleiben. Möge Gott der Seelen gnädig sein, die unter diesen Steinen Ruhe finden.«

Der Abt wandte sich an die umstehenden Ritter und hob beschwörend die Hände. »Es gibt drei Arten eine Burg einzunehmen, durch Durst, durch Hunger oder durch Kampf. Jedoch wisst ihr, dass eine Belagerung oder der Bau eines Turmes hier nicht in Frage kommt. Das Fußvolk ist geschwächt an Leib und Seele, es sind Bauern, die schnellstmöglich zu ihren Familien und Feldern zurück müssen. Eine lange Belagerung würde immer mehr Rebellen zusammenziehen. Der Konvent in Fulda ist zwiespältig und würde kein Geld dafür schicken. Es gibt keinen Missus Domenicus, wir haben keine königliche Hilfe, ich muss alles allein entscheiden. Auch das Gericht sein und den Stab

*Ich will, dass ihr meinen Taten folgt, Soldaten!

brechen, wenn alles vorbei ist. Wir werden spätestens morgen von hier fortziehen, als Sieger oder als Verlierer. Gott bewahre uns vor einer Niederlage.«

»Da – in der Hurde!« Ritter Konrad hob die Hand und zeigte auf das Kampfhaus im Torbau. Dort drängten sich offen Kriegsknechte und winkten ihnen zu. Speere blinkten in der Morgensonne, ein Horn ertönte und energisch wurde ein weißgrünes Banner geschwenkt. Heinrich von Wartenberg erschien mit federgeschmücktem Helm und hochgeklapptem Visier. Mit erhobener Hand machte er auf sich aufmerksam. Neben ihm erschien eine gebeugte Gestalt. Es war sein Bruder Dietrich, im Gewand eines Kreuzritters.

»Bauern und Ritter!« Zur Verstärkung seiner Stimme hielt Heinrich ein tönernes Sprechrohr vor den Mund.

»Der alte Narr«, murmelte Abt Bertho.

»Heinrich und Dietrich von Wartenberg stehen in der Hurde!«, rief Ritter Konrad aufgeregt. »Werden sie uns einen Friedensvorschlag machen?«

»Das glaube ich nicht«, antwortete Bertho zähneknirschend. »Lassen wir sie reden.«

Die Stimme Heinrich von Wartenbergs schallte über den Burggraben hinauf zum Birkighügel. Schweigen trat ein in Berthos Schar der Ritter und Fußsoldaten. Vielleicht gab der Burgherr angesichts der Übermacht seines Gegners schon jetzt auf? Und der Abt konnte mit seinem Gefolge, das eine gefahrlose und vorzeitige Entlohnung willkommen hieß, früher als erwartet nach Hause zurück! Bauern, die den Kriegsdienst nur widerwillig verrichteten, kämen zur Freude ihrer Angehörigen nach Hause in ihre Dörfer und Höfe!

»Ritter und Bauern!«, rief Heinrich erneut. »Bedenkt eure Absicht! Hat sie Bestand vor dem Banner der Ritterehre und im Angesicht eurer Frauen und Kinder? Heraklius, der Kreuzritter, er war es, der das Kreuz von den Arabern erstritt und nach Jerusalem zurückbrachte. Ihr habt es auf den Bildern in der Kirche von Fraurombach gesehen. Wir Ritter sind die wahren Diener des Herrn Jesus. Papst und Abt geben an, wie Apostel zu leben, aber sie schwelgen im Reichtum und leben in Götzenhäusern!«

»Sollen wir die Trompeten rufen und sein freches Maul stopfen?«, fragte Ritter Konrad.

Der Abt winkte ab. »Nein, lasst ihn reden. Bis ich ein Zeichen gebe. Dann rücken wir nach vorn.« Er formte die Hände zu einem Trichter.

»Lehnstreue wird mit Wohlergehen, Ehre und Gottgefälligkeit vergolten, Eidbruch mit Strafe. Das weißt du, Heinrich von Wartenberg!«, rief Bertho zurück.

Der Burgherr ging nicht darauf ein. »Brecht den Krummstab des Abtes,

Bauern und Ritter! Der, welcher uns Weg und Steg zum Himmel sein sollte, will unser Hab und Gut und bezeichnet es als sein Eigentum. Der Mönch Eberhard und Abt Marquard haben Urkunden gefälscht. Alles Lug und Trug. Abt Fingerhut hält sich für den Riesen Mils, bloß weil er ein paar lächerliche Spielzeugkatapulte erfunden hat.«

Die Stimmung im Fußvolk drohte umzuschlagen, Pfiffe und johlender Beifall kamen vereinzelt aus der Menge. Einige machten zornige Ausrufe. Man konnte dem Abt ansehen, wie er seine aufsteigende Wut und seine Ungeduld im Zaum hielt.

»Wer Wind sät, wird Sturm ernten!«, stieß Bertho hervor.

Das Wächterhorn ertönte erneut und Heinrich hob einen Gegenstand in die Höhe. Er blitzte und funkelte silbern im Licht der Morgensonne. »Seht her, Ritter und Bauern Buchonias! Wir haben den Adlerkopf! Die Prophezeiung ist erfüllt. Der Sieg wird auf unserer Seite sein, es ist Gewissheit. Die Unbesiegbarkeit der Schwarzen Ritter ist mit uns! Bald schon werden Ritter aus nah und fern die Kunde erhalten haben von der Erfüllung der Prophezeiung und als Verstärkung zu uns stoßen!« Er wies mit dem Sprechrohr nach Süden zur Rhön. Jeder wusste, was das bedeutete: In der Rhön und weit bis nach Würzburg lebten Burgherren, die dem Abt nicht wohlgesonnen waren.

Geschrei drang aus den Schlachtreihen der Bauern. Einige warfen ihre Schwerter in den schwarzen Schlamm und wandten sich zum Gehen. Das Gefolge des Abtes starrte sich mit fragenden Blicken an. Der Adlerkopf im Besitz von Heinrich von Wartenberg – wie war das möglich? Seit einer Menschengeneration war der Helmschmuck der Schwarzen Ritter verschollen. Viele Ritter und Bauern Buchonias glaubten an die alte Weissagung. Konnte es sein, dass Heinrich mit Hilfe der Prophezeiung tatsächlich Verbündete gefunden hatte, die jetzt im Rücken der Abtstruppe auftauchten?

In diesem Fall wäre der Angriffsplan zunichte gemacht und das Schicksal des Abtes und seiner Mitkämpfer besiegelt.

Der Abt packte sein Pferd fest am Zügel, denn es bäumte sich auf, erschrocken von der plötzlichen Unruhe in seinem Rücken. Er stieß, unwürdig eines Abtes, einen Fluch aus. Auch der Knappe Ebbo hatte Mühe, Tilmanns Pferd zu beruhigen.

Plötzlich sprang der Armbrustschütze Aquila nach vorn. Die Ritterschar nahm ihn zunächst nicht wahr, denn es galt die Pferde im Zaum zu halten. So konnte es kommen, dass Aquila mit ruhiger und fester Hand sein Ziel suchte. Die Sehne surrte und der tödliche Bolzen ging auf seine unheilvolle Flugbahn.

Ein Schrei wurde ausgestoßen, von Burgbesatzung und Angreifern zugleich. Wer es sehen konnte, dem bot sich ein grässlicher Anblick. Alle Blicke richteten sich auf den Torbau, wo sich ein Geschehen bot, mit dem niemand gerechnet hatte.

Heinrich von Wartenberg taumelte und stieß gurgelnde Laute aus. Seine linke Hand umklammerte die Mauerbrüstung, die Rechte war hilflos wie zum Gruß nach oben gerissen. Ein blitzender Gegenstand beschrieb einen Bogen und stürzte, der Schwerkraft folgend, nach unten in den Burggraben.

Der Adlerkopf war verloren und Heinrich von Wartenberg von einem Armbrustbolzen getroffen. Jeder kannte die Schlagkraft dieser heimtückischen Waffe, der Treffer bedeutete ohne Zweifel das Ende des Burgherren Heinrich von Wartenberg.

Und das Ende des Glaubens an die Macht und Prophezeiung, die mit dem Adlerkopf und den Schwarzen Rittern nach Buchonia gekommen war.

Ein bitteres Lächeln huschte über das Gesicht von Abt Bertho. »Habe ich es nicht gleich gesagt?«, rief er zu Tilmann hinüber. »Märchen, die Bauern beim Spinnen und Federschleißen erzählen – nichts weiter! Wie gut, dass Heinrich den Adlerkopf bekam. Ich habe eine Donareiche gefällt.«

Wie zur Antworte ertönte ein Warnruf: »Bogenschützen!« Ritter und Fußsoldaten rissen ihre Schilder hoch. Ein Pfeilregen prasselte auf die Angreifer nieder. Einige hatten den Warnruf überhört, weil sie im Begriff waren, das Schlachtfeld zu verlassen. Sie wurden in den Rücken getroffen und wälzten sich im schwarzen Schlamm.

Jählings schlug die Stimmung um. Angesichts dieser Toten, oft waren es nächste Angehörige der Bauern, ging ein Wutschrei durch die Kampfreihen. Unter dem Eindruck des jämmerlichen Todes von Heinrich und der Ohnmacht des Adlerkopfes hatte der Abt alle Kämpfer auf seiner Seite. Die Schlacht um Burg Wartenberg nahm ihren Lauf.

Abt Bertho gab einem berittenen Begleiter, der das Abtsbanner und ein mächtiges Horn trug, einen Wink. Ein lautes Signal ertönte. Sturmgeschrei hallte über das Birkig und Bewegung kam in die Angriffsreihen. Die Ritter wichen zur Seite, denn drei Wagen rumpelten durch ihre Mitte nach unten. Sie waren mit Balken, Brettern und Leitern beladen und überdacht mit Zelten aus feuchten Tierhäuten.

Der Abt wandte sich Tilmann mit stolzerfülltem Blick zu. »Bei der Erstürmung der Burg Schlitz hatten wir mit diesen Wagen einen großen Erfolg«, rief er. »Ich selbst habe ihre Bauweise verbessert. Die Zelte kragen vorne und hinten über und geben so den Männern, die die Brückenkatzen schieben, eine gute Deckung.«

Das Vorwärtskommen war dennoch mühsam, besonders für die zwei kleineren Wagen, die einen Standort rechts und links vom Torbau anstrebten. Sie blieben im Haag stecken, dem mit Dornen besetzten Gestrüpp, das rings um die Burg angepflanzt worden war. Ein Regen aus Steinen, Unrat und brennenden Fackeln hagelte auf sie nieder. X-förmig zusammengebundene Winkeleisen mit scharfen Spitzen rissen Fetzen in die Zeltdächer, brennendes Pech drang ein und bald schon standen die Wagen in Brand. Schreiend und von Pfeilen beschossen stürmte die Wagenbesatzung zurück auf den Berghang, viele stürzten getroffen zu Boden.

Nur die mittlere Brückenkatze, die die anderen an Größe überragte, schaffte ein Durchkommen. Der Zugbrücke gegenüber blieb sie vor dem Burggraben stehen. Das steile Zeltdach war mit Eisenblechen verstärkt und mit Rindertalg bedeckt, so dass die Eisengeschosse nutzlos daran abglitten wie Stechmücken an Elefantenhaut. Die Kriegsknechte unter dem Zelt schoben jetzt Balken und Bretter nach vorne. Sie schlugen fluchend um sich, denn ihre Füße hatten Bienenstöcke zertreten und die wildgewordenen Insekten suchten stechend einen Weg unter Helme und Hemden.

»Die Katze werden die Wartenberger nicht zerstören können!«, rief Abt Bertho in den Lärm, der vom Aufschlagen der Geschosse auf das Blechdach hervorgerufen wurde. Er wandte sich Tilmann zu. »Wenn die Brücke fertig ist, werden die Wagenachsen der Brückenkatze innen abmontiert, der Rammbock durch den Katzenwagen geschoben und das Tor zerstört.«

Wie zur Bestätigung rumpelte der Zeltwagen mit dem Rammbock nach unten und schob sich hinter die Brückenkatze. Von den Burgmauern wurde er mit Brandpfeilen begrüßt, die jedoch ihre Wirkung verfehlten. Die Lage erschien hoffnungslos für die Burgbewohner, es war nur noch eine Frage der Zeit, bis der Rammbock das Tor zum Bersten bringen würde. Die Wartenberger und ihre Verbündeten entschlossen sich zu einem verzweifelten Schritt.

»Sie kommen!«, rief Abt Bertho. »Sie machen einen Ausfall.«

Ketten rasselten hinter dem Burgtor. Das Fallgitter wurde hochgezogen und die Zugbrücke klappte herab. Riegelbalken knirschten und langsam öffnete sich das mit Eisenblech beschlagene Burgtor.

Wie ein Bienenschwarm quoll eine mit Schwertern und Speeren bewaffnete Kriegerschar mit Kampfgeschrei und wie rasend aus der Toröffnung. Kurze Zeit später waren die Abtskrieger aus der Brückenkatze und dem Rammbockzelt herausgedrängt und flohen, von Geschossen verfolgt, den Berghang hinauf. Der Ausfall war gelungen. Die Burgkrieger machten sich mit vereinten Kräften daran, die bedrohlichen Wagen zurückzuschieben.

Hufgetrappel war zu hören. Eine Reiterschar galoppierte über die Zugbrücke und nahm vor dem Birkig Aufstellung. Die Ritter standen eng beieinander und rückten mit vorgestreckten Lanzen und heruntergeklappten Visieren nach vorne zum Angriff.

Der Bannerträger der Abtei stieß einen zweimaligen Hornruf aus. »Du bleibst zurück!«, rief der Abt Tilmann zu und formierte sich zusammen mit seinen Rittern zu einer Kampfreihe. Mit lauten Anrufungen Gottes schritten die Pferde nach unten.

Es hallte weithin, als die Gegner aufeinanderstießen. Lanzen krachten und einige Ritter fielen aus dem Sattel. Die Kampflinien wichen zurück und schlossen sich erneut. Wieder krachten die Gegner aufeinander, aber diesmal hatten die Wartenberger die größeren Verluste, weil die Abtsritter mit schnellerem Tempo herangeritten kamen.

Von der Burg rief ein Horn zum Rückzug. Die Wartenberger und ihre verbündeten Ritter galoppierten durch das Burgtor, um sich selbst und ihre Schlachtrösser in Sicherheit zu bringen. Einige Pferde wälzten sich im Todeskampf auf dem Boden. Etwa zehn heruntergestürzte Ritter waren den tödlichen Schwerthieben der Abtsritter und den Hufen ihrer Pferde ausgeliefert. »In hoc signo vinces!*«, rief der Abt siegesbewusst und reckte Kreuz und Schwert in die Höhe. Aus dem Fußvolk drangen laute Rufe der Begeisterung. Selbst Tilmann und Ebbo stießen Freudenschreie aus. Gaben die Burgverteidiger jetzt auf?

Sie gaben nicht auf. Minuten später quollen hunderte von Fußsoldaten aus dem Burgtor und bildeten eine u-förmige Kampflinie. Einige Ritter hatten sich mit ihren Schlachtrossen todesmutig darunter gemengt. Hinter der Kampfreihe nahmen Bogen- und Armbrustschützen Stellung.

Dichtgedrängt und mit vorgehaltenen Schildern rückte die Kampflinie der Burgverteidiger voran.

Das dreifache Hornsignal der Abtei ertönte, und mit lauten Rufen delegierte der Abt drei Kampfreihen zum Gegenstoß. Eine griff von vorne an, die anderen beiden nahmen den Gegner seitlich in die Zange. Bertho setzte sich mit seinem weißen Schlachtross todesmutig an die Spitze des mittleren Zuges und feuerte die Kämpfer mit erhobenem Schwert und lauten Gottesrufen an.

*In diesem Zeichen wirst du siegen!

Schreie und Waffengeklirr hallten zwischen der Burgmauer und dem Berghügel wider, Schilde und Helme dröhnten und mit Schwert, Streitäxten und Streitkolben gingen die Gegner aufeinander los. Verwundete schrien. Eine Stunde lang kämpfte verbittert Mann gegen Mann. Ein Kämpfer trat besonders hervor. Basilik schwang eine gewaltige Streitaxt. In die schwarze Asche färbte sich Blut. Vom Pferd aus schlug der Abt mit dem Langschwert um sich und forderte seine Gegner mit lauten Rufen zur Aufgabe auf.

Die Kampflinien schoben sich hierhin und dorthin, und bei jeder Richtungsänderug blieben Tote liegen. Schließlich wurden die Wartenberger Schritt für Schritt zur Burg zurückgedrängt, denn die Abtstruppe erneuerte sich ständig aus der Reserve, die auf dem Berghügel bereitstand. Gegen diese Übermacht an bewaffneten Bauern, die zum Teil im Angesicht ihres Dorfes kämpften, waren die Wartenberger wehrlos. Ihre Verbündeten bliesen zum Rückzug, sammelten sich an der Zugbrücke und ergriffen zu Fuß und auf ihren Schlachtrossen die Flucht.

»Lasst sie fortziehen!«, rief der Abt. »Die Brücke! Besetzt die Zugbrücke!«

Zu spät. Mit lautem Kettenrasseln hob sich die Zugbrücke und versperrte das Burgtor. Dahinter polterten Fallgitter und Riegelbalken mit lautem Krachen in ihre Verankerung.

Die Brückenwagen waren rauchende Trümmerhaufen und der Rammbär ragte aus dem Burggraben wie ein gebrochener Finger eines Riesen.

Ratlosigkeit machte sich im Gefolge des Abtes breit. Auf beiden Seiten hatte die Schlacht um die Burg Verluste gebracht. Der Birkig war mit Blut getränkt und mit Toten übersät. Verwundete krümmten sich und riefen verzweifelt, aber nur den Kriegsknechten des Abtes gewährte man Hilfe. Für die anderen standen Retter bereit, die sich vor allem um die Taschen der Gefallenen kümmerten. Den Schwarzen Mönch konnte Tilmann nicht unter ihnen sehen. Darüber nachzudenken blieb ihm keine Zeit.

Er spürte Hilflosigkeit und eine verzweifelte Ohnmacht. Der Weg in die Burg und zu Mechthild war versperrt, der Adlerkopf in der Tiefe des Burggrabens versunken.

Dort werde ich ihn wieder finden, durchfuhr es Tilmann. Achthundert Jahre später.. Er warf einen wehmütigen Blick auf das Gebäude. Die nächste Morgensonne würde die roten Dachziegeln, Sandsteinmauern und den hohen Bergfried nicht mehr bescheinen. Bald schon würden die ersten Bauern kommen und die ersten Steine zum Bau ihrer Häuser davonkarren. Heckenrosen und Brombeerranken würden die Mauerstümpfe überziehen, ein Zuhause für Eidechsen und Blindschleichen.

Denn der Abt würde ihn in die Tat umsetzen, seinen zerstörerischen Plan. Er hatte es seinen Rittern verkündet. Es gab kein Zurück mehr. Zudem hatte sich Zorn breitgemacht unter den Rittern und im Fußvolk. Kampfgefährten, mit denen man am Abend zuvor noch gezecht und gelacht hatte, lagen jetzt tot auf dem Schlachtfeld. Manch Bruder, Vater oder Nachbar war auch dabei.

Welchen Sinn hatte der Ausfall der Wartenberger gehabt? Wussten sie nicht, was ihnen bevorstand? Hatten sie tatsächlich geglaubt, sie könnten mit halb so viel Fußvolk die Truppe des Abtes überwältigen und die Kriegsmaschinen außer Gefecht setzen? Hatten sie nicht zuvor ihren Burgherren verloren und eine Trophäe, die ihnen den Sieg prophezeite?

Dennoch hatten sie den Ausfall gewagt und die Abtstruppe angegriffen. Und jetzt verschanzten sie sich hinter Tor und Mauern, die sie für unüberwindbar hielten.

»Sie warten auf Verbündete, Heinrich von Wartenberg hat es angekündigt«, hörte Tilmann einen Ritter warnen.

»Ich habe Späher ausgeschickt«, wandte der Abt ein. »Sie stehen am Langen Berg und an allen Wegen, die hierher führen. Niemand wird uns in den Rücken fallen. Heinrich erwartet keine Verbündeten mehr, er hat niemals welche erwartet. Seine Ritter aus dem Bündnis sind treulos und feige geflüchtet.«

Er gab dem Bannerträger einen Wink. »Lasst uns zur Tat schreiten. Wir werden die Schalen des Zornes Gottes ausgießen! Fahrt das Antwerk vor! Bogenschützen, macht euch bereit!«

Langsam und mit knirschenden Rädern bewegten sich die drei Wurfmaschinen, von Ochsengespannen gezogen, nach vorne. Von der Burg hagelte es noch einmal Pfeile, aber das Antwerk war außer Bogenschussweite.

Männer mit Bärenkräften, unter ihnen Basilisk, drehten an Haspeln, Winden und Laufrädern und zogen auf diese Weise mächtige Hebelarme so weit nach unten, bis sie unter höchster Anspannung standen. Andere schleppten Steinbrocken und pech- und salpetergetränkte Stoffballen von Karren herbei, beluden die eisernen Löffel und befestigten Wurfgeschosse in Schleuderschlingen. Brennende Fackeln wurden bereitgehalten, um die Brandgeschosse zu entzünden, sobald sie in die Wurfschalen gelegt waren und das Signal gegeben wurde.

Abt Bertho stieg vom Pferd und gab Tilmann einen Wink ihm zu folgen. Ebbo blieb mit dem Pferd zurück. Nicht ohne Stolz erklärte der Abt die Funktion der Wurfmaschinen.

»Ist eure Kriegstechnik besser als diese, Tilmann?«, fragte er. »Die Torrisionsfederspannung ist das Prinzip. Sie bringt die Wirkung, die wir brauchen, das Geschoss weit und zielgenau zu steuern. Die Wurfmaschine nennen wir Katapult oder Blide. Schon König Otto IV hat mit solch einer Maschine die Runneburg in Thüringen zerstört. Wir in Fulda haben diese Maschine verbessert. Die Macht dieser Maschinen ist ein Instrument für den Frieden. Diese Schlinge hier nennt man Davidschleuder. Und das große Katapult dort drüben nennen wir Werwolf, es kann Steine werfen, die zwölf Zentner schwer sind.«

Tilmann gab keine Antwort. Er fing an zu ahnen, was den Burgbewohnern blühen würde, wenn sie von der Wucht eines solchen Geschosses getroffen wurden.

»Diese Waffe hat nichts zu tun mit Tugend und Ehre eines Ritters«, sagte er schließlich kleinlaut. »Mechthild hat mir die Tugenden genannt, als wir im Toten Pfuhl waren. Ich habe sie mir gemerkt, sie heißen: Hohen mut, die saelde, die staete, die triuwe, die maze, die zuht, die ehre, die milte und die minne. Diese Waffen töten Unschuldige. In meiner Heimat haben wir viele solcher Waffen, die schlimmste von allen ist die Atombombe.«

Abt Bertho zuckte mit den Schultern. »Du hast Recht, Tilmann. Vor hundert Jahren wollte ein Konzil den Einsatz der Blide gegen Christen verbieten.« Sein Gesicht verzerrte sich. »Die Rebellen verdienen keinen ehrenhaften Kampf. Sie handeln hinterhältig, töten unschuldige Pilger und rauben fremdes Gut. Es gilt, diese Brut zu vertilgen, nach den Mitteln fragt später niemand, wenn wir Erfolg haben!«

Er zeigte auf das Schlachtfeld. »Siehst du nicht die Toten dort, Tilmann? Warum mussten die Wartenberger einen Sturm wagen? Warum haben sie sich nicht kampflos ergeben?«

»Er hat einen Eid geschworen, Heinrich von Wartenberg«, wandte Tilmann ein. »Er ist zur Bündnistreue verpflichtet. Sie konnten nicht anders handeln.«

»Gewiss, Tilmann. Aber sie hätten sich ergeben können, nachdem Heinrich gefallen ist. Und sein Bruder Dietrich ist schwerkrank, man konnte das sehen. Er kam krank und verwirrt vom Kreuzzug zurück. Heinrichs Tod hätte die Wartenberger von der Bündnistreue befreit.«

Der Abt wandte sich um. »Ist alles schussbereit, Werkmeister Walter?«, fragte er einen Kriegsknecht, der das Aufladen der Wurfmaschinen beaufsichtigte.

Dieser nickte und hob eine Stange, an der ein roter Wimpel befestigt war. Das Zeichen, dass man sich zum Abschießen bereithielt. Der Abt ging mit Tilmann zu den Pferden zurück, um auf den verabredeten Hornruf zu warten.

Dieser ertönte kurz darauf. Ein Warnschrei kam von den Wurfmaschinen und das Spannseil wurde gelöst.

Die Erstürmung der Burg

Hebelarme sausten nach oben und rissen Schleuderschlingen mit sich. Geschosse lösten sich von den Schlingen und Schalen und sausten im Bogenwurf hinüber zur Burg. Die Durchschlagskraft war verblüffend. Schon die ersten Treffer zerschmetterten mit lautem Krachen die Burgdächer. Geschrei drang aus der Burg hinüber zum Berghügel. In der Burg brach Panik aus. Die Burgverteidiger verschwanden hinter den Zinnen und suchten hinter den Mauern Deckung. Rufe und Hornsignale kündigten einen neuen, verzweifelten Ausfall an. Die Zugbrücke setzte sich in Bewegung.

Mit vereinten Kräften änderten die Kriegsknechte die Positionen der Wurfgeschütze, um die Treffsicherheit zu erhöhen. Unter einer Deckung, einem Schutzdach aus Weidengeflecht und Tierhäuten, näherten sich die Bogenschützen der Burg. Sie zogen Feuerschalen mit sich, mit dem die Pfeile, zuvor in Salpeter eingetaucht, angezündet wurden.

Mit Jubel wurde ein Volltreffer gefeiert. Ein Katapult hatte den Bergfried getroffen und seine Spitze zertrümmert. Wie eine Sternschnuppe raste eine Pechfackel in das zertrümmerte Dach des Palas. Funken stoben auf und aus den Fenstern züngelten kurz darauf erste Flammen.

Das Burgtor öffnete sich und wie ein bedrohter Bienenschwarm stoben die letzten Burgverteidiger über die Brücke. Es ging darum die Katapulte anzugreifen und unbrauchbar zu machen. Sie rannten geradewegs in einen Hagel von Brandpfeilen. Feuer und Qualm versperrte ihnen die Sicht, viele stürzten getroffen zu Boden. Der Sturm war aussichtslos. Die Kriegsknechte ergriffen nach allen Seiten die Flucht und wurden dabei rücklings von Pfeilen getroffen. Viele sprangen verzweifelt in den Burggraben.

Mit großer Wucht prasselten jetzt immer mehr Steine und Brandgeschosse auf die Burg. Immer mehr Brände flammten auf. Glühende Dachziegeln zersprangen mit lautem Knall und Balken donnerten krachend zu Boden. Die Bogenschützen schossen ihre Brandpfeile im steilen Winkel in die Luft. Dort beschrieben sie eine Parabel und stürzten dann senkrecht auf ihr Ziel.

Mit vor Entsetzen geweiteten Augen und wie gelähmt starrte Tilmann auf die brennende Burg. Fünf bis sechs Mal in der Minute, so schätze er angsterfüllt, schoss ein Schütze einen Pfeil ab.

»Dies ater«, hörte er den Abt sprechen. »Dies ist der schwarze Tag des Heinrich von Wartenberg. Er hatte auf falsche Freunde gesetzt, als sein Bruder Dietrich im Heiligen Land war, und als dieser zurückkam, war es zu spät. Die Burg hätte nicht zerstört werden müssen, wenn er und seine falschen Freunde nicht dem Hochmut verfallen wären. Ich wollte ihn nicht auf diese Weise bestrafen, denn an der Räuberei seiner Verbündeten hatte er sich nicht beteiligt.« Abt Bertho hob klagend die Hände. »Nun ist er tot, sein Bruder verwirrt und sterbenskrank. Sein Götzenbild, der Kopf des Adlers, ist im Burggraben versunken.«

»Wir hätten Heinrich in Luternbach gebraucht«, pflichtete ein Ritter bei. »Er war ein kluger Kopf und einer der besten Ritter im Buchonia. Wen sollen wir jetzt finden, der den Bau von Burg, Stadtmauer und Graben von Luternbach leitet und die neue Stadt verwaltet?«

»Die Schlacht ist zu Ende, lasst uns Gott preisen, dass er uns den Sieg schenkte!«, rief der Abt, stieg vom Pferd und sank zu Boden. »Wir haben einen guten Kampf bestritten.«

Dieses Bild hatte Tilmann für immer vor Augen. Es war das letzte Mal, dass er Abt Bertho von Leibolz sah.

Das Gesicht des Jungen bekam einen wildentschlossenen Ausdruck. Er sprang vom Pferd und lief den Abhang des Berges hinunter. Um ihn herum dröhnte der Lärm der Katapulte, Verwundete wälzten sich auf dem Boden, aber Tilmann nahm nichts davon wahr. An der Zugbrücke hielt er inne, sie war herabgelassen, aber da war niemand, der sich in das Burginnere getraut hätte. Rauchwolken wälzten sich aus dem Tor.

Plötzlich legte sich eine Hand auf seine Schulter. »Wo willst du hin, Tilmann?« Es war Ebbos Stimme. »Wen suchst du?«

»Mechthild!«, stieß Tilmann hervor. »Sie ist in Gefahr. Ich muss sie retten.«

»Es wird dich umbringen«, antwortete Ebbo. »Wer sich mutwillig in Gefahr begibt, kommt darin um, pflegt mein Gartenmeister Winfrid zu sagen.«

Tilmann riss sich los und sprang auf die Brücke. »Geh zurück, Ebbo!«, rief er noch.

»Tilmann!« Der Mönch zögerte keinen Augenblick. Er sprang nach vorne und packte Tilmanns Hand. »Ich werde mitkommen, ob du willst oder nicht. Ich habe es dir versprochen!«

Hinter dem Burgtor wütete eine Feuersbrunst, fast alle Gebäude und die Hütten, Wagen und Zelte im Hof standen in Flammen. Die Wehrgänge auf der Mantelmauer brannten wie ein feuriger Kranz. Brennende Balken und Bretter segelten von der Hauptburg hinunter in den Wirtschaftshof und fielen in brennendes Pech, das über den Boden rann. Der Bergfried über ihnen ragte wie ein verkohlter Baumstumpf aus dem Flammenmeer. Kinder schrien, Mütter weinten vor Angst und Kriegsknechte brüllten Befehle.

Tote lagen in ihrem Blut. Tilmann erkannte flüchtig den Knappen Roland, der Mechthild so sehr verehrt hatte. Und er sah den Turmwächter Hartmann, dessen Schädel von einem herabfallenden Balken zerschmettert worden war. Schnell verwarf Tilmann den Gedanken, in den Taschen des Toten nach seiner Uhr zu suchen.

»Mechthild! Mechthild!« schrie Tilmann in das Entsetzen. »Hat jemand Mechthild gesehen?« Wo in der Burg mochte sie wohl stecken? Aber niemand gab eine Antwort. Alle strebten zur nördlichen Burgpforte, um sich vor den Flammen und dem beißenden Qualm ins Freie zu retten. Tilmann stolperte durch einen bösen Traum.

Plötzlich erkannte er einen graugekleideten alten Mann. »Du!« Er zeigte mit dem Finger auf ihn. »Bist du nicht Bruno, der Töpfer? Wo ist Mechthild – hast du sie gesehen?«

»Ich habe sie hierhergebracht«, antwortete Bruno Guttig hastig und mit irrem Blick. »Sie und die Kräuterfrau. Sie haben mir viel fremdes Geld dafür gegeben. Ich habe es hier versteckt und werde es später holen. Die Abtssoldaten werden uns alles abnehmen. Sie haben die Burg umstellt.«

»Dein Geld interessiert mich nicht!«, schrie Tilmann. »Wo ist Mechthild?«

»Was willst du noch von ihr?« Der Töpfer lachte irrsinnig. »Sie sind alle tot. Der Bergfried ist eingestürzt. Siehst du nicht, wie der Palas brennt? Da habe ich sie zuletzt gesehen, sie und ihre Familie. Sie wollten sich im Keller verstecken.«

»Im Keller?«, fragte Tilmann verblüfft und packte den Töpfer an der Schulter.

»Es war sinnlos, die Deckenbalken sind heruntergestürzt. Sie sind dort begraben – alle!« Bruno riss sich los und stürzte davon.

»Lass uns gehen, Tilmann«, bettelte Ebbo. »Ein Stein kann uns erschlagen!«

Wie zur Bestätigung krachte unweit von ihnen ein Brandsatz auf die Hofmitte und versprühte Feuer und Funken.

Tilmanns Blick hellte sich auf. Er packte Ebbo an der Hand und zog ihn mit sich. »Ich weiß, wo sie ist!«, rief er beim Vorwärtsgehen. »Los, wir müssen hier weg!«

Sie zwängten sich durch die Menschenmenge. Angst um ihr Leben trieb die Flüchtlinge voran, viele trugen ihre letzten Habseligkeiten mit sich. Mit lautem Geschrei drängten sich die Burgbewohner durch die enge Burgpforte und schoben Tilmann und Ebbo mit sich. Von dort führte ein steiler Pfad hinunter zum Fluss, Tilmann war er vertraut, von hier war er mit den Gefährten zur Burg hinaufgestiegen.

Die Menschenmenge drängelte sich den Abhang hinunter, durch den Sumpf und hinüber zum Dorf. Der Burgschmied, ein mutiger und beherzter

Mann, sorgte mit lauter Stimme dafür, dass der Pfad im Gänsemarsch betreten wurde. Die Dämmerung setzte ein, man lief Gefahr, dass man von diesem schmalen Weg abkam und im Sumpf versank. Zudem waren die Flüchtlinge der Angst ausgeliefert, dass letzte Pfeile vom Birkich und der Straße auf sie abgeschossen wurden.

Dazu kam es jedoch nicht. Das Burgvolk erreichte wohlbehalten das Dorf. Eine Reitergruppe erwartete sie dort. »Wo ist die Familie Heinrichs von Wartenberg?«, rief der Späher im weißen Mantel.

Dazu konnte niemand eine genaue Antwort geben. Man hatte die Burgfamilie zuletzt vor dem Palas gesehen. »Heinrich ist gefallen«, antwortete der Schmied ratlos. »Wir haben gesehen, wie er durch den Hof getragen wurde. Die anderen werden wohl im Feuer gestorben sein. Gott sei ihren Seelen gnädig.«

Die Flüchtlinge ließen sich erschöpft in das Wiesengras fallen. Niemand behelligte diese Menschen weiter, der Abt hatte den Spähern befohlen, sie zu schonen. Es waren Bauern, die bald in seinen Diensten stehen würden.

Die Burg war jetzt eine gigantische Fackel, die das Tal erleuchtete und die Gesichter der Flüchtlinge gespenstisch rot färbte. Dort hatte niemand eine Überlebenschance. Das Krachen der einstürzenden Deckenbalken und Burgmauern drang bis zum Dorf hinüber.

Ebbo blickte mitleidig auf Tilmann. »Wirst du jetzt zum Abt zurückgehen, Tilmann?«, fragte er erschöpft. Und er fügte hinzu: »Hier können wir nicht bleiben, ich will weg von diesen Leuten. Es wird gleich dunkel.«

»Komm, Ebbo«, antwortete Tilmann. »Siehst du das Haus mit dem eingestürzten Dach dort drüben? Da müssen wir hin!«

Der Meierhof sah verlassen aus. Ein unwirtlicher Ort. Ein Tor grenzte das Haus von der Straße ab. Es war verschlossen. Der Brunnen lag hinter dem Gebäude, er war schon immer ein vergessener Ort, selbst als der Meier noch lebte und mit seiner Frau Marga das Haus bewohnte und die Bauern beaufsichtigte.

Vom Birkich her schwebte ein weißer Schemen auf das Haus zu, der einer Gestalt glich. Diese war kopflos, die dürren Arme ruderten hilflos im Abendwind. Tilmann packte Ebbo an der Schulter und drückte ihn zu Boden. Was kam da auf sie zu? Das Gespenst schwebte über das Haus und verschwand in der Dunkelheit. Es war nichts weiter als eine zerfetzte Zeltplane, die der Wind von der Burg hinübergeweht hatte.

»Du schaust im Haus nach, Ebbo, ich gehe hinüber zum Brunnen!«, zischte Tilmann. »Ich bin sicher, sie leben noch. Ruf mich, wenn du Mechthild gefunden hast. Sie verstecken sich vor dem Abt, weil sie eine Bestrafung fürchten.« Ebbo nickte ungläubig und verschwand im Hoftor.

Tilmann lief zum Brunnen, schob Bretter beiseite und starrte hinab in die tiefe Schwärze. Die Leiter war noch angelehnt, wie beim letzten Mal, als sie auf der Flucht durch den unterirdischen Gang hier hinaufgestiegen waren. Tilmann griff in den Lederbeutel an seinem Gürtel. Er spürte Gangolfs Pergament und Ebbos Glöckchen und brachte die Taschenlampe zum Vorschein. Der Lichtkegel fiel auf den Brunnenboden und scheuchte Fledermäuse auf.

In der Tiefe des Brunnens herrschte gähnende Stille. Nichts deutete darauf hin, dass hier jemand vorbeigekommen war.

War die Burgfamilie doch auf der Burg zurückgeblieben? Dann würde er Mechthild niemals wiedersehen. Tränen füllten Tilmanns Augen, sein Körper zitterte.

Er steckte die Lampe zurück und wollte sich zum Gehen wenden, da drang ein Geräusch zu ihm herauf. Am Brunnenboden regte sich etwas. Tilmann richtete den Lichtstrahl erneut in die Tiefe. Eine Gestalt machte sich am Fuß der Leiter zu schaffen.

Der Lichtkegel fiel auf eine schwarze Mönchskapuze. Ein rabenähnliches Gesicht, eingerahmt in strähniges Haar, starrte mit verkniffenen Augen nach oben. Rabenold!

Tilmann spürte Enttäuschung und Wut in sich aufsteigen. Diese Kreatur – was wollte sie hier noch? Was hatte Rabenold davon abgehalten, tote Soldaten auf dem Schlachtfeld zu plündern? Er spürte das plötzliche Bedürfnis, die Leiter zu packen und das Wesen abzuschütteln wie eine Fliege vom Hemd.

Plötzlich kam ihm ein Gedanke. Rabenold könnte etwas über den Verbleib von Mechthild wissen! Tilmann löschte das Licht und trat vom Brunnen zurück.

Die schwarze Gestalt kroch über den Brunnenrand und taumelte auf ihn zu.

»Wo ist der Adlerkopf? Er gehört mir«, stieß die Kreatur jammernd hervor. »Der Pförtner in der Abtei hat es mir verraten, das Mädchen und die Kräuterhexe haben ihn hierher gebracht.«

Tilmann ging nicht darauf ein. »Wo ist Mechthild – du elender Mistkerl?«

Der Schwarze Mönch kam näher. Tilmann konnte seinen fauligen Atem riechen. Rabenold streckte seinen knochigen Finger zur brennenden Burg.

»Sie war verschwunden, noch bevor das Feuer kam.«, sagte er greinend. »Sie ist in deiner Nähe, Lügenmaul, und sie hat den Adlerkopf.«

Tilmann griff in seine Gürteltasche und richtete den Lichtkegel der Taschenlampe auf das alptraumartige Wesen. »Mechthild hat Heinrich den Adlerkopf gegeben, Heinrich ist tot, und der Adlerkopf in den Burggraben gefallen.«

Rabenold schreckte zurück, kauerte sich auf den Boden und bedeckte seinen schmutzverkrusteten Kopf schützend mit den Händen.

»Du lügst«, winselte er. »Heinrich und Mechthild sind hier. Mechthild trägt den Adlerkopf, ich habe das silberne Bündel genau gesehen. Er ist nirgendwo hineingefallen. Ich habe Heinrich gefragt, als er vorbeigetragen wurde, er weiß nichts davon.« Er krümmte sich vor Entsetzen. »Mach das Licht aus, ich hasse es!«

Plötzlich sprang Rabenold auf und stürzte sich auf den Jungen. Seine knorrigen Finger zogen sich um Tilmanns Hals zusammen wie tödliche Drahtschlingen.

Tilmann wurde schwarz vor Augen und sackte zusammen. Der Schwarze Mönch krümmte sich über ihn wie ein Raubtier, das sein Opfer aussaugt.

»Lügenmaul, du wirst Mechthild zwingen, mir den Adlerkopf zu geben. Er gehört mir. Ich habe ihn im Wald gefunden. Ich bringe ihn zur Ebersburg!«

Sein Griff lockerte sich. Tilmann rang nach Luft.

»Wenn du das nicht tust, werde ich euch verfolgen bis an das Ende der Welt. Ihr werdet keine Ruhe vor mir finden – niemals! Solange, bis der Adlerkopf mir gehört. Mir allein!« Er packte Tilmann erneut. »Wirst du das tun? Schwöre es oder ich töte dich!«

In diesem Moment tauchte ein Schatten hinter Rabenold auf. Ein Brett krachte so fest auf seinen Kopf, dass es zersplitterte. Der Schwarze Mönch gab ein gurgelndes Geräusch von sich und sackte zusammen.

»Komm mit«, sagte Ebbo. »Ich werde dir etwas zeigen, Tilmann.«

Das Hoftor stand jetzt halb offen. Im kalten Mondlicht vor der Haustür saß stumm eine Menschengruppe. Der Boden vor ihnen war übersät mit hastig zu Bündeln verpackten Habseligkeiten. Erschöpfte Augen starrten auf die beiden Ankömmlinge. Eine willenlose Schar hockte da, die sich in ihr Schicksal ergab, und aus Furcht nicht einmal wagte, Lampen zu entzünden.

»Die Schergen des Abts sind da«, sagte ein Mann in grünweißem Mantel. Seine Stimme klang müde und abgekämpft. Erschöpfte Gestalten richteten sich mühsam auf die Beine. Tilmann und Ebbo wurden umstellt, gezückte Schwerter waren auf sie gerichtet.

Eine gebeugte Gestalt erhob sich von der Treppe zum Meierhof und trat

Tilmann und Ebbo entgegen. »Ich sehe an euren Mänteln, dass euch Abt Bertho schickt«, sagte eine matte Stimme. »Der Abt hat den Stab über mich zerbrochen.« Er machte eine verzweifelte Geste. »Ich habe einen Eid geleistet an gute Freunde, aber keiner von ihnen ist hier. Diese, die mir zu Hilfe eilten, sind auf dem Schlachtfeld gefallen oder geflohen.«

Tilmann stockte der Atem. Vor ihm stand niemand anderes als Heinrich von Wartenberg. Sein Körper war mit blutgetränkten Tüchern verbunden. Das Kettenhemd hatte den Armbrustbolzen Aquilas offensichtlich davon abgehalten, seine Brust zu durchbohren.

»Wohin wollt ihr, Heinrich? Ist Mechthild bei euch?«, fragte Tilmann keuchend.

Heinrich ging nicht auf die Frage ein. »Fesselt und knebelt sie!«, ordnete er an. »Wir lassen sie hier zurück.« Er wandte sich den Flüchtlingen zu. »Los, alle aufstehen, sie haben uns gefunden, wir müssen weiter nach Eisenbach!«

Aus dem Halbdunkel löste sich eine Mädchengestalt und taumelte nach vorne.

Mechthild, fuhr es Tilmann durch den Kopf. Es war Mechthild!

einundzwanzig.

Der Aufbruch

»Du bist es!«, rief das Mädchen. Es drängte die verdutzten grünweißen Kriegsknechte beiseite und umarmte Tilmann. Tränen der Freude flossen über Mechthilds Gesicht.

Das Gesicht des Mädchens war schmal geworden, um die Augen lagen dunkle Ringe. Tilmann spürte Verbitterung und verzweifelte Hilflosigkeit.

Die Kriegsknechte ließen die Schwerter kraftlos sinken. Heinrich starrte verblüfft auf das Bild, das sich ihm bot. »Ich erkenne dich, du bist der Fremde, den wir im Schlafenden Wald gefunden haben.« Sein Gesicht verfinsterte sich. »Wirft man dir nicht vor, dass du den Burgkaplan Gangolf getötet hast? Warum trägst du das Abtskleid? Wer ist der andere hier?«

»Lass Tilmann in Frieden!«, mischte sich Mechthild ein. »Er hat Gangolf nicht getötet. Es war Rabenold.«

»Gangolf ist nicht tot. Er lebt in der Abtei und arbeitet dort«, klärte Tilmann Mechthild und Heinrich auf. »Mein Freund Ebbo kann es bestätigen.«

Ebbo nickte lebhaft. »Ich war mit Tilmann im Scriptorium und habe von dem weisen, alten Mann gehört, der in der Bibliothek arbeitet und unser neuer Weckhahn ist. Tilmann wird bald mein Bruder sein und vielleicht Priester werden, so wie ich. Morgen werden wir wieder in der Abtei sein.«

»Wie seid ihr hierher gekommen, Mechthild? Du und deine Familie?«, wollte Tilmann wissen.

»Wir sind durch den unterirdischen Gang gelaufen. Wir alle. Du hast es geahnt, Tilmann, deshalb bist du hier.«

»Mönche«, stellte Heinrich verächtlich fest. »Mönche in Kriegskleidung. Die Zeiten werden immer schlimmer. Heute auf dem Schlachtfeld und morgen gehen sie zurück ins Kloster. Fingerhut schreckt vor nichts zurück. Er benutzt Waffen, die seine Kirche geächtet hat.«

Tilmann trat Heinrich entgegen. »Sie müssen nicht fliehen, Heinrich«, sagte er. »Es ist sinnlos. Bertho wird fünfzehn Burgen in Buchonia zerstören, er hat es mir selbst gesagt. Deine Burg zählte als erste dazu. Blankenwald und Ziegenhain werden die nächsten sein und auch Eisenbach. Er will sie nicht bestrafen, sie sollen ihm helfen, eine Mauer und Burg in Luternbach zu bauen und die Stadt zu verwalten. Ist es nicht so, Ebbo?«

Ebbo nickte wieder lebhaft. »Ich habe es auch gehört. Und ich kann es beschwören, in Gottes Namen.«

»Luternbach!« Für einen Augenblick funkelten Heinrichs Augen. »Mein Vater Friedrich, was würde er dazu sagen? Seine Söhne bauen eine Burg für ein unbedeutendes Dorf.«

Von den Flüchtlingen waren jetzt einige hinzugekommen und hatten das Gespräch verfolgt. »Dein Vater«, mischte sich Heinrichs Frau Anna ein. »Er würde sagen: Ergib dich in dein Schicksal, Heinrich. Du hast es herausgefordert und seine Burg aufs Spiel gesetzt. Burg Wartenberg ist zerstört. Lasst uns einen Boten zum Abt schicken.«

Heinrich ließ sich erschöpft auf die Treppenstufen sinken. Mit gesenktem Kopf trat Dietrich nach vorne, seinen vor Kälte zitternden Körper hatte er mit einer Wolldecke umwickelt.

»Sehen wir es ein«, sagte Dietrich mit fester Stimme. »Wir haben verloren. Anna hat Recht. Ich glaube diesem Fremden, der sich Tilmann nennt und auch den Worten seines Gefährten. Ich kenne den Jungen. Er ist rechtschaffen und wie ihr alle seht, der Freund meiner Tochter.«

Dietrich breitete die Hände aus. »Wir haben uns keine Räuberei vorzuwerfen, Schuld trifft uns für unseren Hochmut und ein Bündnis mit falschen Freunden. Was mich anbetrifft, ich habe mein Leben hergegeben für den Kampf im Heiligen Land. Deshalb werden wir Gnade vor dem Abt finden.« Er blickte sich um. »Einer von uns wird zum Birkig gehen müssen.«

»Du hast recht, Dietrich, wir müssen unsere Niederlage eingestehen. Wir haben verloren«, pflichtete Heinrich seinem Bruder bei und verfiel in kaum hörbare Grübelei. »Der Adlerkopf hätte uns vielleicht gerettet. Die Bauern des Abts wären zu uns übergelaufen, denn sie alle glauben an die Weissagung. Aber er ist mir aus der Hand gerutscht, ich konnte ihn nicht halten.«

»Es war nicht deine Schuld, Heinrich.« Es war Ursch, die Kräuterfrau, die jetzt nach vorne trat. »Vielleicht hatte alles einen Sinn, den wir Menschen erst später verstehen werden. Man wird den Adlerkopf niemals wiederfinden, sicher ist die Schildmauer in den Graben gestürzt. Möge er dort für alle Zeit bleiben, im Schoß der Erde.« Sie lächelte gedankenverloren.

»Was habt ihr in Eysenbach zu suchen?« fragte die Kräuterfrau Heinrich und Anna. »Trabodo bereitet die Hochzeit mit Mechthild vor und jetzt kommt ihr mit einer zweiten Mechthild. Ihr habt mich an der Nase herumgeführt, wird Trabodo sagen.«

»Er hat Gunhild geheiratet, meine Stiefschwester«, sagte Mechthild lächelnd. »Sie ist genauso eine Tochter Dietrichs wie ich es bin. Ich hörte, die beiden sind sehr glücklich. Mechthild, die Mächtige, nennt er seine Frau.«

»Trabodo wird uns verachten«, bemerkte Anna verbittert. »Wir haben nichts zu vererben. Was dich anbetrifft, Mechthild, er hätte dich sicher nicht geheiratet, jetzt, wo wir alles verloren haben.«

Mechthild taumelte und sank auf die Treppenstufen. Ihre Augen waren tränenfeucht und sie suchte nach einem Tuch in ihrer Tasche. Ein silbernes Bündel lugte daraus hervor.

Tilmanns Blick fiel darauf. »Was ist in der Alufolie, Mechthild?«, fragte er verwirrt. Mechthild tastete nach dem Bündel und hob es in die Höhe.

»Ich dachte, wir würden uns niemals wiedersehen, Tilmann.« Ihre Worte erstickten in Tränen. »Ich dachte, du würdest in der Abtei bleiben. Der Abt wollte sich um dich kümmern und hatte dich einen Freund genannt. Du hättest dort ein sorgenfreies Leben führen können.«

Mechthild entfernte die Alufolie. »Der Adlerkopf ...« Sie schloss für einen Moment ihre Augen. »Der Adlerkopf war in diesem Pergament eingepackt. Jetzt ist darin das Geschenk, das du mir im Wehrturm gabst. Ich hatte es die ganze Zeit bei mir, wir haben am Alten Weg daraus gegessen. Was steht darauf geschrieben? Sag es mir noch einmal.«

Es war das rote Trüffelherz.

»Ti amo«, sagte Tilmann und spürte tiefe Zuneigung und Hoffnungslosigkeit zugleich. Mechthild lächelte und zog Tilmann zu sich herab.

Dietrich stieß eine Verwünschung aus. »Warum kann niemand dieses Mädchen heilen?« Er hob die Hände verzweifelt zum Himmel. »Warum musste Gott meine Tochter bestrafen? Wofür?«

Verbitterte Rufe kamen aus der Schar der Flüchtlinge. Die Burg war verloren, daran war nichts mehr zu ändern. Aber warum musste dieses junge Mädchen gehen, das so vielen Hilfe gewährt und Fröhlichkeit verbreitet hatte wie eine aufgehende Sonne. Von jedermann auf der Burg und im Dorf wurde sie dafür geliebt und verehrt.

»Wir können sie nicht heilen. Es tut mir leid«, rief Ursch in das Stimmengewirr. »Mechthild weiß das. Es ist kein Kraut gewachsen gegen diese Krankheit. Kein Medicus dieser Welt kann sie retten.«

Die Kräuterfrau warf einen eindringlichen Blick auf Tilmann. »Es sei denn ...«, sagte sie.

Es trat Schweigen ein. Ursch warf erneut einen eindringlichen Blick auf Tilmann.

»Es sei denn, Tilmann nimmt Mechthild mit in seine Heimat.« Sie machte eine Denkpause. »In seiner Heimat gibt es vielleicht einen Medicus, der Mechthild heilen kann. Ist es so, Tilmann?«

Tilmann musste nicht lange nachdenken. »Mein Vater ist Arzt«, nickte er. »Ich weiß, es gibt auch bei uns unheilbare Krankheiten wie Aids, Krebs oder Alzheimer. Mechthilds Krankheit zählt nicht dazu, soviel ich weiß.« Er nickte heftig. »Ich glaube schon, dass sie bei uns geheilt werden könnte.«

Alle starrten erwartungsvoll auf den Jungen. Tilmann machte eine ratlose Geste.

»Aber wie soll ich in meine Heimat zurückkommen? Ich weiß nicht einmal, wie ich hierher gekommen bin.«

»Es ist eine Ritze in jedem Dach, durch die Licht hereinkommt«, antwortete Ursch. »Es gibt einen Weg, ich weiß es. Er führt in die Richtung, die der Vogel fliegt. Ich muss darüber nachdenken, Tilmann.«

Tilmann zog Ursch zur Seite. »Ich sollte es eigentlich niemandem sagen«, flüsterte er und zog ein zerknittertes Pergament aus der Tasche. »Das habe ich Gangolf versprochen. Er hat mir eine Karte mitgegeben, die den Weg in meine Heimat zeigt. Zu einem ... Wurmloch.«

Ursch hockte sich auf die Treppe und vertiefte sich in das Pergament. »Der gute alte Gangolf«, hauchte sie. »Er hat den Schlüssel zu den geheimen Büchern.«

Die Zeit drängte. Wohin sollten die Wartenberger gehen? Heinrich wünschte eine Entscheidung. »Wenn alle einverstanden sind«, rief er mit brüchiger Stimme, »dann schicken wir einen Boten zum Abt und übergeben uns seiner Gnade. Im Vertrauen auf das, was wir von Tilmann und dem Mönch gehört haben.«

Aus der Menschenschar kam zustimmendes Gemurmel. »Wer soll der Bote sein?«, rief jemand.

»Tilmann und ich werden die Boten sein«, meldete sich Ebbo zu Wort. Er wandte sich an seinen Freund. »Bruder Bertho wird glücklich sein, dich wiederzusehen, Tilmann. Besonders wenn wir ihm die Nachricht bringen, dass Wartenberg den Gottesfrieden wünscht. Und Gangolf – stell dir sein Gesicht vor, wenn du zurückkommst! Viele Tage könnt ihr damit verbringen, die Geheimnisse des Himmels und der Erde zu ergründen.«

Ursch hatte sich erhoben und zog Tilmann zu sich. »Der Schlund«, murmelte sie aufgeregt. »Gangolf hat den Weg dorthin gezeichnet. Ich werde dir alles erklären.«

Sie gab Ebbo ein Zeichen zu warten. Dann flüsterte sie geheimnisvolle Worte in Tilmanns Ohr: »Es gibt Orte im Vogelsberg, die noch niemand ergründet hat. Meine Mutter war dort unterwegs, auf der Suche nach unbekannten Kräutern und sie brachte viele merkwürdige Geschichten mit zurück. Sie hat uns von einem Loch erzählt, durch das man hindurchgehen kann und das in eine andere Zeit führt. Aber sie hat es nie gefunden und konnte es nicht beweisen. Wir hielten ihre Erzählungen für Märchen. Als Gangolf Burgkaplan war, er wünschte das wegen der Nähe zum Vogelsberg, war er ebenfalls auf einsamen Pfaden unterwegs im Schlafenden Wald. Er sagte mir einmal, dass er dort etwas suche . . . «

Ursch ließ sich auf die Treppenstufen fallen und starrte im Licht einer Öllampe auf das Pergament. »Es geht dort nicht mit rechten Dingen zu, sagte meine Mutter. Es ist totenstill an diesem Ort, sagte sie. Weder Mensch noch Tier hält sich dort auf.«

Die Kräuterfrau machte eine Pause und dachte nach. »Was immer es ist, es ist der Weg in deine Heimat, Tilmann«, sagte sie schließlich und sprang auf.

Sie beugte sich über Mechthild. »Wir haben einen Weg in Tilmanns Heimat gefunden, Mechthild«, sagte sie eindringlich. »Du musst dorthin, Tilmann wird dich führen. Es ist deine einzige Rettung. Wirst du gehen? Und was ist mit dir, Tilmann? Wirst du sie begleiten? Es ist der Weg der Not und ihr müsst ihn gehen. Ihr habt keine andere Wahl.«

»Wie soll ich das schaffen?«, fragte Mechthild weinend. »Ich fühle mich so elend.«

»Vertrau auf das, was du liebst und es wird dich dorthin bringen, wo du hingehen musst«, antwortete die Kräuterfrau. »Was deine Körperkraft anbetrifft, lass das meine Sorge sein.«

»Wie weit ist es bis zu diesem Schlund?«, fragte Tilmann.

»Ungefähr fünfzehn Meilen wie die Krähe fliegt«, antwortete Ursch.

»Wir werden gehen«, sagte Tilmann und Mechthild nickte entschlossen.

Ursch winkte die beiden in das Licht der Lampe. Sie beugten sich über Gangolfs Zeichnung. »Die Karte wird euch den Weg zeigen«, erklärte Ursch. »Hier befinden wir uns jetzt, Tilmann. Da, wo Angeresbach steht. Hinter dem Dorf steht eine alte Linde, der Gerichtsbaum. Dort geht der Alte Weg vorbei, der über den Sconeberg durch den Lehnwald nach Luternbach führt. Auf diesem Weg kommt man weiter nach Heribrahtshusen und tiefer in den

Vogelsberg hinein. Aber Gangolf verzeichnet eine Abkürzung in der Karte, einen Waldpfad, der geradewegs durch die Hügelgräberhöhen nach Ruogisesfeld und Heribrahtshusen führt. Seht nur, selbst die Quellen hat Gangolf gezeichnet. Damit ihr Wasser findet.«

»Mechthild ist schwach und kann lange Wege nicht gehen«, befürchtete Tilmann.

»Bis zu den Hügelgräbern wird sie es schaffen«, sagte Ursch. »Der Weg ist ihr seit Kindheit geläufig. Dort solltet ihr euch erst einmal verstecken und den Morgen abwarten. Im Morgenlicht seht ihr einen Waldpfad, durch Steinhaufen gekennzeichnet, auf denen ein Kreuz errichtet ist. Gangolf hat das gemacht, denn er glaubt, dass Bonifatius diesen Weg einstmals beschritt. Dieser Pfad führt zum Dorf Ruogisesfeld und weiter durch die Sümpfe bis nach Heribrahtshusen.«

»Werden wir unterwegs Hilfe finden?«, fragte Tilmann.

Ursch nickte. »In Heribrahtshusen ist eine kleine Klosterzelle. Gangolf hat sie gegründet. Die Mönche werden euch Nahrung geben und einen Schlafplatz. Und sie werden euch die Wagenstraße zeigen, die zur Disselbrücke führt. Diese Brücke müsst ihr unbedingt finden, denn sie führt über den Schwarzen Bach. Und wenn ihr diesen Bach entlang geht, kommt ihr unfehlbar in den Schlafenden Wald.«

Ursch machte eine Pause. »Von da ab müsst ihr besonders vorsichtig sein. Dort ist die Mark, die Grenze unseres Landes. Was dahinter liegt, weiß keiner genau. Durch den Schlafenden Wald geht es, am Schwarzen Bach entlang, bergauf in unbekanntes Land. Ihr erreicht den Ort, der Wüste Trift genannt wird, eine leere Felsenwüste. Dort gibt es nichts Lebendes mehr, den »Schrecken aller Schrecken« hat Edda diesen Ort genannt. Dort findet ihr den Schlund.«

»Das Wurmloch, durch das wir hindurch müssen«, nickte Tilmann. »Das wird nicht einfach sein. Es gelingt nur im Zustand höchster Angst, hat Gangolf zu mir gesagt. In diesem Zustand bin ich auch hineingeraten.«

»Wie soll das jetzt geschehen?«, fragte Mechthild mit verzweifeltem Blick.

»Ich weiß es nicht«, seufzte Ursch. »Darüber wollen wir jetzt nicht nachdenken. Es wird die weiteste Reise deines Lebens werden, Mechthild. Ich gebe euch Essen mit. Ihr dürft keine Zeit verlieren. Leg dein Kettenhemd ab, Tilmann, du wirst leichte Kleidung benötigen.« Sie ging hinüber zu der kauernden Menschenschar und man hörte, wie sie um Essen und Kleider bettelte.

Ebbo hatte schweigend und mit hängendem Kopf das Gespräch verfolgt, aber das meiste nicht verstanden, wovon Ursch gesprochen hatte. Jetzt trat er nach vorne und legte Tilmann die Hand auf die Schulter. »Ich verstehe dich, Tilmann«, sagte er mit einem Kloß im Hals. »Du willst nach Hause. Und Mechthild ist ein guter Mensch, für den es sich zu kämpfen lohnt. Ich werde allein zu Abt Bertho zurückgehen.«

Tränen liefen über sein Gesicht. »Vielleicht sehen wir uns einmal wieder«, sagte er noch. »Das Glöckchen darfst du behalten, es soll dir Glück bringen.«

Er wandte sich um und ging mit hängendem Kopf davon. Noch einmal blickte er zurück und winkte Tilmann zu, dann verschwand das auf die Knappenkleidung aufgenähte Abtskreuz in der Dämmerung, wie ein Traumbild beim Aufwachen verschwindet.

»Danke, Ebbo!«, rief ihm Tilmann nach. »Du hast mein Leben gerettet. Ich werde dich niemals vergessen! Sag Gangolf -«, aber da war Ebbo schon fort.

Die Flüchtlinge scharten sich um Heinrich und seine Frau. »Wir warten hier, bis sie kommen und uns holen«, sagte Heinrich mit einem tiefen Seufzer und Anna fügte hinzu: »Ich werde den Abt bitten, dass man dich und die anderen Verwundeten in das Klosterspital bringt.«

Ursch kam mit einem Stoffbündel, einem Rucksack nicht unähnlich, zurück zu Tilmann und Mechthild. Sie streifte es Tilmann über die Schulter. »Gepökeltes Fleisch, Äpfel und Brot sind darin. Und ein Fläschchen Ringelblumensalbe.« Sie reichte Mechthild eine Kürbisflasche. »Das hier ist ein Pilgertrunk. Er heißt Vigor und besteht aus wildem Honig, Quellwasser und dem Saft kraftspendender Kräuter. Die Rezeptur habe ich von einem alten Jakobspilger, dem ich die Füße heilte.«

Schließlich reichte sie Tilmann noch einen Bauernkittel. »Du solltest Tunika und Kettenhemd ablegen und das hier anziehen, Tilmann. Man sucht dich möglicherweise und nicht alle im Vogelsberg sind dem Abt wohlgesonnen.«

Die Zeit des Abschiednehmens war gekommen.

»Nun danke ich euch, Tilmann, und sage euch Lebewohl«, sagte Dietrich und verneigte sich mit großer Ehrerbietung. »Mögest du wieder deine Heimat finden, und möge meine Tochter gesund werden.« Weinend umarmte er seine Tochter und strich ihr über das Haar. »Werden wir uns wiedersehen, Mechthild?« Er nahm ihre Hand und streifte einen Ring an ihren Finger. Mechthild blickte aus tränennassen Augen darauf, der Ring zeigte einen goldenen Halbmond.

Heinrich und seine Frau verneigten sich ebenfalls. »Es tut mir leid, Tilmann. Wir haben dich nicht gut behandelt. Wir wollten keine Fremden auf der Burg, es sei denn es waren Ritter, die uns helfend beistanden. Wirst du nach deiner Reise zu uns nach Luternbach kommen?«

»Ich hoffe es«, sagte Tilmann mit einem Lächeln.

»Dann wirst du uns besuchen, gib dein Versprechen darauf!«

»Auf jeden Fall werde ich mir mit großem Interesse ansehen, was ihr gebaut habt«, antwortete Tilmann und tastete nach Mechthilds Hand. Sie war kalt und zitterte. Sie durften jetzt keine Zeit verlieren!

»Ihr müsst jetzt gleich losgehen, Mechthild und Tilmann«, drängte Ursch. »Gleich werden die Reiter des Abts hier sein, um uns zu holen. Sie werden nicht gestatten, dass sich zwei von uns entfernen. Das Mondlicht wird euch den Weg weisen.«

»Warum gehst du nicht mit Ursch?«, fragte Mechthild. »Du kennst dich aus im Wald.«

Die Kräuterfrau schüttelte den Kopf. »Ich bin nicht über die Mark hinausgegangen, so wie es meine Mutter tat und ich weiß ebenso wenig wie ihr, was sich hinter unserer Welt befindet«, gab sie zur Antwort. »Ich muss hierbleiben. Meine Aufgabe ist es, den Menschen hier zu helfen.«

Sie blickte sich prüfend um und senkte ihre Stimme. »Vielleicht gelingt mir der Zugang in die Klosterbibliothek, jetzt wo sich Gangolf dort befindet. Die Kräuterbücher von Rabanus Maurus, wie gern würde ich sie einmal sehen!«

Ursch reichte Mechthild noch eine Umhängetasche und das Mädchen verwahrte das Trüffelherz und die Kürbisflasche darin. Dann drückte die Kräuterfrau die beiden an sich und flüsterte Abschiedsworte. Sie riss sich los und ging mit erhobenem Kopf durch das Meierhoftor davon, hinaus in die Dunkelheit. Auf den Obstwiesen warteten Flüchtlinge auf sie, zusammengekauert wie eine ängstliche Schafherde. Sie brauchten Rat und Zuspruch einer weisen Frau.

Bleiches Mondlicht fiel auf den Hohlweg, der von Haselnusshecken umsäumt den Berghang hinauf führte. Mechthild fiel das Gehen schwer, häufig hielt sie inne und legte ihre Hand stützend auf Tilmanns Schulter.

Sie blickten zurück in das Tal. Unter ihnen lag das Dorf Angeresbach und die große Gerichtslinde, an der sie vorbeigekommen waren. Die Burg dahinter glühte wie das verlassene Lagerfeuer eines Riesen. Eine mächtige Rauchwolke hing darüber, sie war in dunkles Rot gefärbt. Ein Haufen geborstener Ziegeln und Mauersteine, verkohlter Balken und glimmender Asche, das war alles, was von Burg Wartenberg übrig geblieben war.

»Ich habe so viel falsch gemacht, Tilmann«, seufzte Mechthild.

»Hast du nicht«, antwortete Tilmann. »Du wolltest die Burg retten und deine Familie. Aber ritterliche Tugend und die Kraft der alten Weissagung, wovon du mir erzählt hast, scheinen langsam verloren zu gehen. Kriege sind grausam und hinterhältig, ich habe es selbst gesehen. Auf das Denkmal in meiner Stadt hat jemand geschrieben: Frieden schaffen ohne Waffen.«

Mechthild machte ein ungläubiges Gesicht. »Gangolf sagte einmal:

Daz mac wol sin ein heilgin zit, so der wolf den schafen vride git. *«

»Das alles ist schwer zu verstehen. Der Abt ist ebenso wenig ein Wolf, wie dein Vater und Onkel Schafe sind«, antwortete Tilmann mit grimmiger Miene. »Aber wir sollten darüber später reden, jetzt ist keine Zeit dafür.«

Lärm drang aus dem Tal zu ihnen herauf. Dort unten waren berittene Späher unterwegs, um Heinrich von Wartenberg zu suchen. Und den fremden Jungen, der sich Tilmann nannte. Bald würde der Abt von Ebbo erfahren, dass sich Heinrich und seine Angehörigen im Meierhof versteckten und dass der fremde Junge mit einem Mädchen zu einer Reise jenseits der Mark aufgebrochen war. Vielleicht würde er Häscher ausschicken, um Tilmann zu suchen und zum Kloster zurückzubringen.

»Der Junge besitzt eine Lampe, die einen langen Lichtstrahl erzeugt«, hörte Tilmann in seinen Gedanken den Abt sprechen. »Daran werdet ihr ihn erkennen.«

Mit dieser Lampe leuchtete Tilmann jetzt zurück in den Hohlweg, den sie beschritten hatten. Bewegungslos stand er da und horchte. Aus einiger Ferne drang das Geräusch galoppierender Pferde herauf. Es entfernte sich in Richtung Luternbach. Tilmann hatte das Knacken von Zweigen und einen menschlichen Klagelaut in den Haselnusshecken gehört. Er meinte, eine schattenhafte Gestalt gesehen zu haben.

»Wir müssen schneller nach oben gehen, Mechthild.« Er knipste die Taschenlampe aus. »Am Waldrand werden wir uns verstecken und auf das Morgenlicht warten, so wie Ursch es gesagt hat.«

Der Hohlweg mündete in offenes, mondbeschienenes Feld, das terrassenförmig zum Waldrand führte. Vor langer Zeit hatten hier Menschen einmal Äcker bestellt und ihre Toten begraben. Zwischen hochstämmigen Buchen ragten dunkle Hügel auf wie die Rücken gigantischer Tiere. Ureinwohner hatten hier, hoch über dem Sumpftal, ihre Stammesfürsten begraben, Erdhügel aufgetürmt und diese mit Steinkränzen umgeben. Dahinter ragten zerklüftete Basaltfelsen in die Höhe.

»Die Hügelgräber«, sagte Mechthild. »Ich war einmal hier oben, mit dem Sohn des Schmieds und mit Gunhild. Die beiden haben im Steinestem-

*Das wäre eine heilige Zeit, wo der Wolf den Schafen Frieden schenkt.

men gewetteifert.« Sie schmunzelte. »Einmal ist ein Stein auf Gunhilds Zeh gefallen und sie hat einen Riesenärger bekommen bei Loretta und Rufus Springinsfeld.«

Sie bückte sich und zeigte Tilmann einen Zweig mit vielen grünen Knospen. »Im Spätsommer gibt es hier Heidelbeeren und Pilze. Sie schmecken köstlich! Die fahrenden Händler haben mir gezeigt, wie Steinpilze aussehen. Meine Familie und die Bauern verabscheuen Pilze. Sie sagen, es ist Hexenkram.«

Im Mondlicht vor ihnen ragte jetzt ein riesiger Felsen empor. Zwischen moosbewachsenen, flachen Steinen gähnte eine Öffnung. »Das Wildfrauenhaus«, sagte Mechthild. »Ein gutes Versteck. Frau Holle wird wohl nichts dagegen haben, wenn wir hier schlafen.«

Dicke Regentropfen fielen jetzt von dem Nachthimmel und der Mond verschwand hinter Wolken. Tilmann fiel auf die Knie und tastete mit seiner Hand in die Öffnung. Der Geruch von Moder und welkem Laub stieg ihm in die Nase. Er spürte etwas Pelziges. Fauchend raste ein langschwänziges schwarzes Wesen an Tilmann vorbei ins Freie.

»Eine Wildkatze«, kicherte Mechthild und kroch in das Innere der Höhle. »Komm, Tilmann, hier sind wir sicher.«

»Wie der Wind heult«, sagte Tilmann und kroch hinter dem Mädchen her durch das Laub.

»Es sind Wolfsstimmen«, antwortete Mechthild aus der Dunkelheit. »Keine Angst, jetzt im Frühling sind die Wölfe harmlos. Aber im Winter kommen sie manchmal durch den Schnee bis zur Burg herab. Dann sind sie eine Plage, denn sie rauben die Schafe der Bauern. Gute Nacht, Tilmann.«

Tilmann kroch an Mechthilds Seite und legte seine Hand beschützend um ihre Schulter. Er spürte, wie ihr Körper zitterte.

»Was wird uns erwarten, dort wo wir hinkommen, Tilmann?«, grübelte Mechthild. »Werden wir Ursch, Ratzfall und Gangolf im Sommer wiedersehen? Was wird mit meinem Vater geschehen, wird er gesund werden? Und Heinrich, wird ihm der Abt verzeihen? Wie wird es mit dem Abt weitergehen, werden sich die Ritter für die Zerstörung der Burgen rächen? Wirst du Ebbo wiedersehen, deinen Freund?«

Tilmann schwieg. Wenn wir dorthin kommen, zu dem Ort, von dem Gangolf und Ursch sprachen, dann werden wir sie alle niemals wiedersehen, dachte er. »Du musst gesund werden, Mechthild«, flüsterte er. »Darauf kommt es jetzt an. Wir müssen den Weg der Not gehen, wie Ursch gesagt hat.«

Er strich über ihre schweißnasse Stirn. Sie war eingeschlafen. Er meinte ein Lächeln in ihrem Gesicht zu erkennen.

Draußen rauschte der Frühlingsregen und erstickte alle guten und bösen Laute im Wald. Sogar das Jammern und Fluchen ihrer Verfolger.

Fahles Morgenlicht fiel durch den Eingang des Wildfrauenhauses. Tilmann war von einer Müdigkeit ergriffen, die es ihm schwer machte, sich zu erheben und zum Höhlenausgang zu kriechen. Er blickte in das bleiche, totenähnliche Gesicht von Mechthild und schlagartig wurde ihm bewusst, dass Eile geboten war.

»Ich möchte noch einmal die Burg sehen, bitte«, sagte Mechthild, als sie im Freien saßen. Sie reichte Tilmann die Kürbisflasche. Das Getränk schmeckte köstlich und Tilmann spürte eine ungeahnte Kraft in sich aufsteigen. Mechthild erging es scheinbar ebenso. Sie biss hungrig in den Brotfladen und zerschnitt das Fleisch mit einem Messer.

Bis zum Waldrand waren es nur wenige Schritte. Der Regen hatte aufgehört und aus den Büschen unter ihnen dampfte der Nebel. »Sieh mal, Mechthild, die Hasen kochen Kaffee«, versuchte Tilmann das Mädchen zu erheitern. Diesen Spruch kannte er von seiner Großmutter.

Aber Mechthild war nicht zum Lachen zumute. Lärm drang noch immer zu ihnen herauf. Auf der Straße unter ihnen zogen Wagen und Kampftruppen davon. Tilmann kannte ihr Ziel, der Abt hatte es ihm gesagt. Sie zogen zur Hainburg, der Burg Herrmann von Blankenwalds. Und von dort nach Eysenbach, um das Werk der Zerstörung fortzusetzen. Die Burgherren und Rebellen aus Buchonia würden einen schweren Stand haben gegen die Übermacht des Abtes, seine Steinschleudern und seine Zerstörungswut.

Deutlich waren der Sturmwidder und der Zeltwagen mit dem Rammbock zu erkennen. Ein weißgekleideter Ritter hatte sich an die Spitze des Zuges gesetzt, das Pferd, das er neben sich am Zügel führte, hatte keinen Reiter.

Der Regen hatte das Feuer auf der Burg gelöscht. Jetzt stieg schmutziggrauer Qualm über den Trümmern auf. Der Geruch nach feuchter Asche drang bis zum Waldrand hinauf.

»Eine zerstörte Burg ist schon zur Hälfte gebaut!«, rief Mechthild zornig aus. »Das sind die Worte meines Großvaters. Du wirst es erleben, wie diese Burg wieder aufgebaut wird, Tilmann. Wenn wir zurückkommen! Ich schwöre es!«

Sie hob ihre Hand in die Höhe und der Halbmond blitzte am Ring, als wollte er den Schwur festhalten für alle Zeiten. »Wir werden hier stehen, Tilmann«, fügte sie hinzu. »Und auf Burg Wartenberg herabschauen. Und glücklich sein. Und wir werden -«

Sie wurde unterbrochen. Das Geräusch galoppierender Pferde drang jetzt von unten aus dem Hohlweg. Schon blitzten Helme und weiße Umhänge aus dem Gebüsch, jeden Augenblick mussten die Reiter am Waldrand erscheinen.

»Weg von hier!«, schrie Tilmann und zerrte Mechthild mit sich. Zwischen den Felsen fand sich ein schmaler Durchlass. In panischer Angst stolperten sie nach hinten durch das Unterholz. Zweige peitschten in ihre Gesichter. Der Wald hellte sich auf und eine Lichtung lag vor ihnen. Sie ließen sich in das hohe Gras fallen und lauschten.

Aber außer ihrem keuchenden Atem und dem Gezwitscher der Vögel war nichts zu hören. Die Reiter konnten das Felsmassiv nicht durchqueren und waren in eine andere Richtung abgezogen.

Tilmann richtete sich auf und zog Gangolfs Karte aus dem Rucksack. »Sieh mal, Mechthild!«, rief er aus. Er zeigte auf einen Steinhügel, aus dem ein grobes Holzkreuz herausragte. »Gangolfs Zeichen. Er hat es auf der Karte eingezeichnet. Ich verstehe jetzt, warum er die Abkürzung durch den Wald vorschlug. Wir sind auf dem richtigen Weg. Lass uns weitergehen.«

Sie kamen nur langsam voran. Mechthild musste immer wieder eine Verschnaufpause machen, trank einen Schluck Vigor und reichte Tilmann die Flasche. Aber der Junge verzichtete auf den Trunk, denn sie hatten noch einen weiten Weg vor sich und der Vorrat musste reichen. Er würde Wasser aus den Quellen trinken, die es hier reichlich gab und die Gangolf auf der Karte verzeichnet hatte.

In Abständen von etwa einer halben Meile fanden sich immer wieder Gangolfs Holzkreuze. Der Himmel über ihnen hatte sich aufgeklärt, der Wald war erfüllt von Vogelstimmen und aus umgestürzten Baumriesen roch es nach Moos und Moder.

Langsam neigte sich der Bergwald herab in ein kleines Tal. Vor ihnen tauchten langgezogene Bauernhäuser auf, aus dessen strohgedeckten Dächern sich Rauch kräuselte. Tilmann blickte auf Gangolfs Karte. »Das ist Ruogisesfeld«, sagte er. »Wir bleiben dort nicht. Wir gehen am Dorf vorbei und überqueren den Bach, der sich Schmerbach nennt, an der Stelle, wo Gangolf einen Galgen eingezeichnet hat. Dort stoßen wir auf eine Straße, die Wagenstraße. Es scheint eine Handelsstraße zu sein, denn Gangolf hat einen Wagen darauf gezeichnet. Sie führt uns nach Heribrahtshusen.«

»Dort werden wir uns ausruhen können, hat Ursch gesagt«, seufzte Mechthild erleichtert.

Die Häuser von Ruogisesfeld waren umgeben von kleinen, eingezäunten Feldern, auf denen Hülsenfrüchte und Getreide wuchsen und Obstbäume gepflanzt waren. Eine alte Frau hockte in der Sonne und zerrieb Getreidekörner auf einem Mahlstein. Sie nahm von Mechthild und Tilmann keine Notiz. Unten am Bach waren Frauen damit beschäftigt, Wäsche zu waschen und zum Bleichen auszulegen. Sie riefen den beiden Wanderern spöttische Bemerkungen zu, die Tilmann nicht verstand. Am Waldrand wühlte eine Schweineherde zwischen den Buchen nach Nahrung. Der Hirte winkte die beiden zu sich.

»He, ihr da! Wohin des Weges?«, rief er. Seine Augen starrten ins Leere.

Tilmann gab keine Antwort. Der Schweinehirte spuckte aus. Er trug eine Kette aus Tierzähnen auf der schmutzverkrusteten Haut. Seine Beine waren von Geschwüren übersät.

»Ihr seid wohl auf das Irrkraut getappt, dass ihr nicht wisst, wohin es geht!«, krächzte er. »Zum Dorf auf dem Berge, wo die fetten Mönche leben? Oder habt ihr Dreck am Stecken?«

»Ein blinder Hirte, wie soll das gehen? Wie kommst du darauf – Dreck am Stecken?«, fragte Mechthild empört.

»Ich sehe noch gut genug, Mädchen«, antwortete der Hirte. »In der Frühe ging hier einer vorbei, ein krummer Kerl. Botengänger soll er sein, das sagte er. Er fragte mich, ob ich einen langen Kerl mit einem blonden Mädchen gesehen hätte. Ich konnte ihm nicht helfen. Er ging weiter zur Brücke am Galgen.«

Der Hirte drohte mit dem Finger. »Ich glaube, er hat böse Dinge vor. Ich spüre das. Ich habe viele Menschen kennengelernt, denn ich hüte seit langer Zeit an der Wagenstraße. Es gibt gute und schlechte Menschen. Habt ihr etwas zu essen?«

Mechthild zog ein Stück Räucherfleisch aus der Tasche und reichte es ihm. »Du solltest deine Beine mit Ringelblumensalbe einschmieren«, sagte sie und gab ihm Urschs Fläschchen.

»Wer sollte uns verfolgen, außer den Reitern des Abtes?«, fragte sie Tilmann. Sie wandte sich dem Hirten zu. »Sollten hier Reiter in weißen Mänteln vorbeikommen, wirst du ihnen nicht verraten, dass du uns gesehen hast, versprich es uns!«

»In diese Gegend kommt der Abt nicht«, sagte der Hirte schmatzend. »Hier gibt es nichts zu holen außer Schlehen und Hagebutten. Im Vogelsberg haben die Hausmäuse nichts zu feiern. Ich danke dir, Mädchen. Gott segne dich.«

Mechthild und Tilmann gingen weiter. »Hütet euch vor dem Botengänger!«, rief ihnen der Hirte nach. »Er hat eine böse Stimme, glaubt mir!«

zweiundzwanzig

Heribrahtshusen und Iliwinshusen

Sie fanden eine schmale Holzbrücke, die über den Bach führte und blickten schaudernd auf den Galgen. Er stand unmittelbar neben der Straße und sollte wohl Räuber abschrecken, die es auf Händler ohne Geleit abgesehen hatten. Ein von Wind und Raubvögeln zerfetzter Körper baumelte von einem Balken, der von zwei Steinsäulen getragen wurde.

Zwischen den Fahrrinnen gingen sie hintereinander auf eine flache Bergkuppe zu, die sich aus dem nebligen Sumpf erhob. Oftmals stolperten sie händehaltend über Bretter und Holzbohlen, die das Absinken der Wagenräder in den Sumpf verhindern sollten. Hier war die Wagenstraße so eng, dass kein Kutscher wenden konnte. In den Wassertümpeln am Wegrand spiegelten sich Weiden und Erlengestrüpp.

Ein Pferdefuhrwerk rumpelte ihnen entgegen. »Brrr!«, rief der Fuhrmann und das Gefährt blieb stehen. Es war mit großen Fässern beladen. Vom Kutschbock rief der Mann: »He, ihr da! Ein Botengänger sucht euch. Er ist mir hinter Heribrahtshusen entgegengekommen.«

»Warum sollte uns ein Botengänger suchen?«, fragte Tilmann. »Wie sah er aus?«

»Ich konnte sein Gesicht nicht sehen wegen der Kapuze. War schon ein komischer Kerl. Unheimlich, sage ich euch. Dem möchte ich nicht im Dunkeln begegnen.« Der Kutscher bekreuzigte sich. »Wie weit ist es noch bis Eysenbach? Oder ist die Burg schon zerstört? In Würzburg pfeifen die Spatzen vom Dach, dass Abt Fingerhut alles kurz und klein haut in Buchonia. Was mache ich mit meinem Wein, wenn er Eisenbach platt gemacht hat wie eine Nonnenbrust? Leere Fässer muss ich dort auch abholen, die hatten eine Hochzeit auf der Burg.«

»Sauf deinen Wein doch selber!«, rief Mechthild lachend zurück. Sie hörten den Kutscher noch fluchen, dann war er im Nebel verschwunden.

Es tat Tilmann gut, Mechthild lachen zu hören. Vielleicht schaffen wir es, vielleicht erreichen wir das Ziel, dachte er. Dann wird Mechthild viele Jahre glücklich sein. Ich werde ihr alles zeigen, was schön ist in meiner Welt.

Er rief laut »Wow!« und drückte Mechthild an sich.

»Der Botengänger«, sagte Tilmann beim Weitergehen nachdenklich. »Was hat das mit uns zu tun, Mechthild?«

»Eine Verwechslung. Es wimmelt in diesen Zeiten von Botengängern, weil dauernd Fehden angekündigt werden und irgendwo irgendjemand gewarnt werden muss. Aber meistens sind sie beritten, es wundert mich, dass dieser zu Fuß unterwegs ist.«

Mechthild ließ sich erschöpft auf einen Steinfelsen am Wegrand fallen. Soweit das Auge reichte, ragte jetzt Steingeröll aus dem Grasland, das sich an den Sumpf angeschlossen hatte und sich bergauf erstreckte. Dieses Land in fruchtbare Äcker und Weideland zu verwandeln würde die Arbeit von Generationen von Bauern sein, kam es Tilmann in den Sinn.

»Ich kann nicht mehr«, stöhnte Mechthild. Sie neigte sich zur Seite und wäre beinahe von dem Stein gestürzt, wenn Tilmann sie nicht aufgefangen hätte. Der Junge zog die Kürbisflasche aus der Tasche und reichte ihr das Getränk. »Wir sind gleich da, Mechthild«, sagte der Junge. »Nur noch den Weg nach oben, dann sind wir in Heribrahtshusen. Dort bekommen wir Hilfe. Trink einen Schluck Vigor.«

Von weitem hörten sie das Hämmern, Klicken und Schaben, das Steinmetze bei der Arbeit hervorrufen. Als sie den Dorfplatz erreichten, sahen sie Mönche, die in grauverstaubter Kleidung im Schatten einer mächtigen Dorflinde hockten und Steine bearbeiteten. Unweit von ihnen ragte der gedrungene Bau einer Kapelle hervor. Die kleine Kirche hatte einen halbkreisförmigen Choranbau und war ringförmig von strohbedeckten Hütten umgeben. Aus dem Dachreiter bimmelte ungeduldig ein Glöckchen. Die Mönche und einige Bauernkinder achteten nicht darauf, sie starrten mit großer Neugier auf die Ankömmlinge.

»Sie sind es«, zischte ein junger Mönch hinter vorgehaltener Hand.

Der älteste von ihnen erhob sich und sprach mit lauter Stimme: »Ein Botengänger sucht euch. Er sagte, ihr kommt aus Wartenberg und Fulda und seid unterwegs in den Vogelsberg. Habt ihr Gangolfs Grab in Wartenberg gesehen?«

»Gangolf lebt«, antwortete Tilmann mit einem verwirrten Lächeln. »Er hat uns zu euch geschickt. Bitte helft uns, meine Begleiterin ist krank.«

Die Mönche starrten sich verblüfft an.

»Das müsst ihr uns erzählen. Wir hatten ihn totgeglaubt. Doch jetzt kommt mit, es ist Zeit für die Abendvesper.« Der Ältere reichte den Ankömmlingen erregt die Hand. »Ich bin Abraham und das sind meine Brüder Aaron und Arpad.« Die Mönche banden ihre Lederschürzen ab und schüttelten hastig den Staub aus den Kutten.

Gemeinsam schritten sie hinüber zur Kapelle. In respektvollem Abstand folgten die Kinder. Sie waren bis auf die Knochen abgemagert und trugen zerlumpte Kleidung.

»Der Botengänger scheint uns zu kennen«, wunderte sich Tilmann. »Erzähle mir mehr über ihn, Abraham!«

»Dieser Botengänger war ein unheimlicher Geselle«, berichtete Abraham beim Voranschreiten. »Ich war froh, als er wieder fort war. Lange hat er hier herumgeschnüffelt, dann meinte er, ihr seid schon vorbeigekommen und wir würden das verheimlichen. Er hat gedroht, uns auf dem Rückweg schrecklich zu bestrafen, wenn sich das bewahrheiten sollte. Jetzt ist er weiter auf der Wagenstraße. Ihr solltet vorsichtig sein.«

»Hat er seinen Namen genannt?«, fragte Tilmann besorgt.

»Nein«, mischte sich Aaron ein. »Aber er hat fürchterlich nach Bärlauch gestunken. Und Benediktinermönch soll er einmal gewesen sein, das behauptete er. Er jammerte ständig und sagte: Maledictus qui perverdit iudicum.* Zwei aus Wartenberg, ein ungewöhnlich großer Junge und ein blondes Mädchen, hätten etwas von ihm gestohlen, was sein Eigentum sei. Und diese beiden suche er.«

Tilmann und Mechthild blieben abrupt stehen und starrten sich an. »Rabenold!«, riefen sie wie aus einem Mund.

»Er verfolgt uns immer noch«, stöhnte Mechthild. »Er glaubt wohl, ich hätte noch immer den Adlerkopf. Warum tut er das? Er müsste doch wissen, dass er im Burggraben versunken ist.«

»Ich habe ihn zuletzt am Meierbrunnen gesehen«, sagte Tilmann und brachte händeringend seine Erinnerung zurück. »Ebbo hat ihn niedergeschlagen. Ich dachte, er wäre tot. Er sagte mir, er wüsste nichts davon, dass der Adlerkopf in den Graben gefallen sei. Er war wohl, als das passiert ist, in der Kernburg, um zu plündern und im Tumult erfuhr er nichts davon. Danach verfolgte er dich und deine Familie durch den unterirdischen Gang, den er kennt. Ich habe ihn getroffen, als er gerade aus dem Brunnen stieg. Er sagte, ich sei ein Lügner, denn hättest noch immer den Adlerkopf.«

*Verflucht, wer das Recht verdreht.

Durch den halbfertigen Chor betraten sie das Innere der kleinen Kapelle. Die Mönche wuschen ihre Hände an einem Waschtrog und hockten sich stumm an einen langen Tisch. Die Kirche war wohl Betraum, Speise- und Schlafsaal zugleich. Mit einer Handbewegung lud Arpad die neuen Gäste ein, sich zu setzen.

»Warum glaubt Rabenold, dass der Adlerkopf noch bei mir ist, Tilmann?«, fragte Mechthild und ließ sich erschöpft auf einen Hocker fallen.

Tilmann grübelte nach. Plötzlich kam ihm ein Gedanke. »Ich hab´s, Mechthild. Wegen der Verpackung! Nachdem du Heinrich den Adlerkopf gabst, hast du das Trüffelherz in die Alufolie eingepackt. Darin befand sich zuvor die ganze Zeit der Adlerkopf. Rabenold hat dich beobachtet, als du aus dem Palas kamst, mit dem silbernen Bündel.« Er schlug mit der Hand auf den Tisch. »Er glaubt, du hättest den Adlerkopf noch, dabei ist nur das Trüffelherz in der Folie!«

Die Mönche warfen den beiden missbilligende Blicke zu. Als Stille eingekehrt war, nickten sie sich zu, falteten ihre Hände und murmelten ein lateinisches Gebet.

Neugierig, aber mit großem Respekt, lugten die Bauernkinder durch die Choröffnung. Durch die Tür trat eine Bäuerin und trug das Essen auf. Die Suppe dampfte noch und es verbreitete sich ein köstlicher Duft von warmer Milch und Fladenbrot. Die Bäuerin wurde mit einem lateinischen Segen verabschiedet.

»Du sollst das Glöckchen nicht so heftig läuten, Alma!«, schimpfte Abraham der Bäuerin nach. »Es ist noch nicht gut befestigt und könnte herabstürzen.« Er winkte die Kinder zu sich und verteilte Milchbecher und Brot.

»Die Kinder aus Heribrahtshusen haben arme Eltern«, berichtete Aaron. »Hier gibt es nur Steine auf den Feldern zu ernten und wenn es das Wetter nicht gut meint, haben sie gar nichts zu essen. Als die Wagenstraße gebaut wurde, hatten sie Arbeit und Lohn, jetzt haben einige beschlossen nach Luternbach zu gehen, weil man hört, es soll dort eine Stadtmauer und eine Burg gebaut werden. Wir helfen den Armen hier so gut es geht. Trotzdem haben wir unsere Last mit den Bauern in Heribrahtshusen und den anderen Dörfern im Vogelsberg. Sie haben sich noch immer nicht ganz von ihren alten Göttern entsagt und treffen sich nachts an einem Ort, den sie Hain nennen.«

»Eines Tages werden sie gläubige Menschen werden, Aaron«, wandte Arpad mit gedämpfter Stimme und nicht ohne Begeisterung ein. »Sieh nur, unser Abt hat gerade wieder allen Heiden ein Beispiel gegeben. So wie es einst Bonifatius tat. Ein altes Götzenbild, von dem sich die Heiden wundersame

Kräfte versprachen, hat er durch sein Geschick als Bogenschütze vor ihren Augen zu Fall gebracht und für immer zerstört.«

»So entstehen Legenden«, murmelte Tilmann halblaut.

»Noch haben wir Mühe, die Bauern an Gottes Tisch zu bringen«, murmelte Abraham und wies auf den Altar. Alle folgten seinem Blick. Kunstvoll war aus dem Sandstein eine Figur herausgehauen, die einen Mönch zeigte, mit langem Pilgermantel und muschelgeschmücktem Pilgerhut.

»Wer ist das?«, fragte Tilmann kauend.

Abraham lächelte verzeihend. »Es ist der heilige Jakobus. Eine Reliquie befindet sich im Altar, die ihm zugeordnet wird. Gangolf hat sie aus der Abtei hierher gebracht. Der arme Gangolf . . .«

Abrahams Blick versteinerte sich. »Es wurde uns berichtet, dass er von einem heidnischen Fremden in böser Absicht bestohlen und erschlagen wurde.« Er schlug die Hände über dem Kopf zusammen. »Mit dem Kreuz des Herrn! Die Burgwächter von Wartenberg hätten ihn auf dem Friedhof in Angeresbach begraben. Der Botengänger, dieser schaurige Kerl, hat es uns bestätigt.«

Tilmann verschluckte sich und bekam einen Hustenanfall.

»Gangolf war viel unterwegs von Wartenberg hierher und weiter hinaus bis zur Mark«, wusste Arpad. »Manche sagen, er sei sogar darüber hinaus gegangen«, raunte er seinem Sitznachbarn zu.

»Er war ein mutiger Mann und kannte keine Furcht« bestätigte Abraham kopfnickend. »Wir haben ihm viel zu verdanken. Er hat diese Zelle gegründet und den Bau der Kirche veranlasst, die Abt Bertho Jakobuskirche getauft hat. Bertho liebt den heiligen Jakobus, er selbst ließ neben der Basilika eine Kapelle gleichen Namens bauen.« Sein Blick verklärte sich, doch dann blickte er unvermittelt auf Tilmann. »Und du hast vorhin behauptet, dass Gangolf noch am Leben sei. Welche Beweise hast du dafür? Nach dem Essen wirst du uns das erklären.«

An den Kindern schob sich ein Tier vorbei. Es war abgemagert, hatte ein zottiges, schmutzverkrustetes Fell und hinkte. Tilmann kam milchschlürfend zu dem Schluss, dass es ein Hund sein musste. Das Tier tat ihm leid. Mit schräg gelegtem Kopf blickte es Mechthild an. Tilmann schob ihm mitleidig ein Stück Fladenbrot zu.

»Hunden ist es nicht erlaubt, die Kirche zu betreten!«, schimpfte Abraham mit den Kindern. »Habe ich euch nicht schon oft gesagt, dass der Vielfraß draußen bleiben muss? Ich will ihn hier nie wieder sehen! Er hat keinen Nutzen. Wofür ist das Tier da, auf dass man es anspanne, sagt der Prophet.«

Heribrahtshusen

Der Hund machte einen ungelenken Sprung und stolperte mit dem Brotstück zur Tür. Mechthild blickte geistesabwesend vom Essen auf und murmelte: »Ratz. War das nicht eben Ratz?«

»Ein Pilger hat den Köter gestern mitgebracht und hier zurückgelassen«, sagte Abraham. »Er sagte, er hätte ihm leid getan. Er hätte ihn streunend an der Straße gefunden.«

Mechthild sprang an die Tür. »Ratz!«, rief sie. »Er braucht meine Hilfe. Wir müssen uns um ihn kümmern.« Sie führte das Tier an ihren Platz und reichte ihm gedörrtes Fleisch aus Tilmanns Tasche. Die Mönche warfen ihr missbilligende Blicke zu.

Vor der Tür senkte sich die Dämmerung über den Kirchplatz. Abraham winkte die Kinder nach draußen.

»Dieses Mädchen ist krank und benötigt einen sauberen Schlafplatz. Gangolf sagte mir, wir könnten hier eine Nacht bleiben«, sagte Tilmann zu Abraham. Das war eine Lüge, zumindest zur Hälfte.

Abraham machte ein verdrossenes Gesicht. »Das geht nicht«, antwortete er beleidigt. »Welchen Beweis habt ihr, dass er noch lebt? Niemals käme er auf einen solchen Gedanken. Frauen ist es nicht erlaubt, in der Kirche zwischen meinen Brüdern zu schlafen.«

»Dieses Mädchen ist schwerkrank. Es muss in meiner Nähe bleiben«, verteidigte sich Tilmann. »Wenn ihr keine Ausnahme macht, ziehen wir weiter und werden euch kein Wort über Gangolfs Verbleib erzählen«, sagte Tilmann und Mechthild nickte, wobei sie Ratz streichelte.

»Geht nach Hause«, zischte Abraham den Kindern zu, die nicht gehen wollten. »Das ist nichts für eure Ohren.« Er hockte sich zwischen seine Glaubensbrüder und es wurde lange getuschelt, wobei er mehrmals mit geweiteten Augen und erhobenem Zeigefinger aus der Regel des Heiligen Benedikt zitierte.

»Wir haben Keuschheit geschworen, meine Brüder und ich, und wir werden teuflische Gedanken und Werke in der nächsten Nacht nicht dulden«, erklärte Abraham schließlich standhaft. »Wir Mönche haben ein Lager hinter dem Altar, und ihr dürft an der Tür ruhen. Ich werde jetzt die Schlafsäcke holen. Schwört, dass ihr niemandem etwas davon erzählt.«

Tilmann und Mechthild hoben aufatmend die Hände.

»Und jetzt sagt uns, wo sich Gangolf befindet.«

Tilmann durchwühlte seinen Rucksack und brachte ein zusammengefaltetes Pergament zutage. Er faltete es auseinander und glättete es auf dem Tisch. Abraham nahm es neugierig entgegen.

»Es ist Gangolfs Schrift!«, rief er den Mönchen zu und roch daran. Sein Vollbart wippte vor Begeisterung. »Die Tinte ist noch frisch.« Er murmelte lesend einige lateinische Sätze. Tränen rollten ihm dabei über das Gesicht. »Ich werde euch das übersetzen. Gangolf schreibt uns Folgendes:

> In nomine dei*,
>
> Abraham, vernehme meinen Auftrag:
>
> Führe das Werk zur Vollendung und baue eine Kirche an dem Ort, an dem ich am liebsten weilte, in Heribrahtshusen. Das ist mein sehnlichster Wunsch. Dieser Ort wird eine Insel sein im Meer der Heiden. Es ist mir nicht mehr vergönnt, euch zu besuchen. Der diese Nachricht bringt, ist ein Freund, nehmt ihn gut auf, denn er hat eine weite Reise vor sich. Er wird euch über mich berichten.
>
> Möge Gott euch alle beschützen,
>
> Euer Gangolf

»Warum kann er uns nicht besuchen?«, mischten sich die anderen Mönche ein. »Was ist passiert? Berichte uns über Gangolf!«

Der Mond schob sich bleich und geheimnisvoll in das Fenster, als wollte er an dem Gespräch teilhaben. Im Gebälk über ihnen raschelte es. Ratz hatte sich zufrieden vor Mechthild zu Boden gekauert und seinen Kopf auf ihre Füße gelegt.

»Gangolf wurde nicht von einem heidnischen Fremden getötet, Abraham«, begann Tilmann. »Es war Rabenold, der das versuchte. Der, welcher sich jetzt als Botengänger ausgibt und uns verfolgt. Man hielt Gangolf für tot und die Burgwächter sollten ihn zum Friedhof bringen. An der Straße erwachte Gangolf aus seiner Bewusstlosigkeit, und die Burgwächter gaben ihn in die Obhut vorbeiziehender Mönche. Im Fuldaer Klosterspital wurde seine Kopfwunde versorgt, das Laufen fällt ihm jedoch noch schwer. Abt Bertho schätzt sein Wissen, deshalb hat er ihm erlaubt, in der Bibliothek als Weckhahn arbeiten zu dürfen.«

Abraham wühlte nachdenklich in seinem Bart. »Viele Pilger aus Fulda kommen hier vorbei. Aber keiner von ihnen hat uns von Gangolf berichtet. Wie soll man das verstehen?«

»Der Abt schätzt sein Wissen, ich sagte es bereits.« Tilmann machte eine hilflose Geste. »Aber er fürchtet, Gangolf könnte von Dingen erzählen, die die Gedanken deiner Brüder verwirren. Diese haben genug Sorgen, sie müssen zusehen, wie Spitalbrüder und ihr Bruder Oberer in einen Krieg ziehen.«

* Im Namen Gottes

Er machte eine nachdenkliche Pause. »Ich war zwei Tage und zwei Nächte im Kloster. Siebenmal am Tag und zweimal in der Nacht das Stundengebet, viel Arbeit und wenig Schlaf, das wäre nichts für mich. Trotzdem fand ich es schön dort und habe unter den Mönchen einen guten Freund gefunden, den ich vermisse. Er heißt Ebbo.«

Abraham zuckte mit den Schultern. »Ich kenne Ebbo nicht. Gangolf ist ein weiser Mann, aber seine Seele ist rastlos. Er war oft in den Wäldern unterwegs und erzählte uns wenig von dem, was er gesehen hat. Vielleicht werden wir es später einmal herausfinden.« Er seufzte tief. »Vielleicht werde auch ich einmal dorthin wandern, in die Wälder, wenn die Zeit dafür reif ist. Aber jetzt muss ich meinen Auftrag hier erfüllen.«

Abraham stand auf. »In dem Brief ist nicht von einem Mädchen die Rede«, sagte er und warf einen misstrauischen Blick auf Mechthild.

»Wenn das Mädchen außerhalb der Kirche schläft, ist es in Gefahr«, sagte Tilmann pampig. »Dann werde auch ich außerhalb schlafen. Und das entspricht nicht der Bitte Gangolfs. Oder wollt ihr, dass Rabenold uns findet?«

»Wir halten unser Versprechen«, antwortete Abraham. »Ihr dürft hierbleiben. Aber der Hund bleibt draußen. Ich werde jetzt die Schlafsäcke holen.«

Der Mond leuchtete jetzt durch das große Fensterkreuz über der Kapellentür. Nicht weit von der Kirche jammerte eine menschliche Stimme und ein Hund ließ klagende Töne vernehmen. Verwundert blickte eine Schleiereule aus dem Gebälk auf Tilmann herab und rollte ihre großen Augen. Eine ungewohnte Unruhe hatte die nächtliche Kirchenruhe abgelöst.

Tilmann konnte keinen Schlaf finden. Vom Altar her ließ Abraham tiefe Schnarchtöne hören. Manchmal murmelte er Gebete vor sich hin. Die beiden jüngeren Mönche wälzten sich unruhig im knisternden Stroh. Mechthild stöhnte im Fieber und murmelte Abschiedsworte, die an ihren Vater, Ursch und Gunhild gerichtet waren.

Angst und Ungewissheit beherrschten Tilmanns Gedanken. Was erwartete sie im Schlafenden Wald und auf der Wüsten Trift? Würden sie den lästigen Verfolger abschütteln können? Würde Mechthild alle Strapazen ertragen und es bis ans Ziel schaffen?

In das Wurmloch gelangt man nur in einem Zustand großer Angst, hatte Gangolf gesagt. Wie sollte das geschehen?

Tilmann erinnerte sich, dass er in diesem Zustand in ein blau fluoreszierendes, tiefes Loch geraten war. Die *Spiders* hatten es auf sein Leben abgesehen, und das Kino drohte zusammenzustürzen. Würde er mit Mechthild den gleichen Weg beschreiten müssen? Aber was könnte ihnen jetzt Angst bereiten? Hier gab es keine *Spiders*. Eigentlich gab es hier niemanden, der aus Spaß und purer Böswilligkeit wehrlose Menschen verfolgte.

»Die Dunkelheit ist von uns genommen, nehmt vom Tisch des Herrn!«, forderte Abraham Tilmann und Mechthild am nächsten Morgen auf. Zuvor hatte er mit seinen Brüdern am Altar gebetet und einen Choral gesungen, zu dem eine große Schar von Vögeln fröhlich durch das offene Fenster zwitscherte.

»Wo werdet ihr jetzt hingehen?«, fragte er Tilmann und Mechthild.

»Auf der Wagenstraße müssen wir weiter bis zu einer Brücke und von dieser den Schwarzen Fluss entlang in den Schlafenden Wald«, antwortete Tilmann und verschlang gierig ein Stück Fladenbrot. Mechthild wischte sich das frische Brunnenwasser aus dem Gesicht, mit dem sie versucht hatte, die lähmende Müdigkeit zu vertreiben. Durch den Türspalt schielte hungrig der Hund Ratz, den Abraham Vielfraß genannt hatte.

»Er meint die Disselbrücke«, sagte Abraham wissend zu Aaron und Arpad. Er blickte Tilmann eindringlich an. »Gedenkt an diesem Ort des heiligen Bonifatius, dessen sterbliche Hülle einstmals darüber gefahren wurde, auf dem Weg von Mainz nach Fulda.« Dann hob er die buschigen Augenbrauen und drohte mit dem Zeigefinger. »Der Schlafende Wald und das, was dahinter ist, sind gefährliche Orte, um der Wahrheit die Ehre zu geben. Ihr solltet auf der Hut sein. Was habt ihr dort zu suchen?«

Tilmann antwortete nicht. »Ich danke euch für die Gastfreundschaft«, sagte er hastig und half Mechthild auf die Beine.

»Wir werden Gangolf von dir und deiner Freundlichkeit erzählen, wenn wir zurückkommen«, sagte Mechthild und ging an Tilmanns Hand unsicher zur Tür.

»Wartet!«, rief Abraham. »Ich habe Essen für euch. Zu Trinken findet ihr genug, es gibt im Vogelsberg viele Quellen.« Er reichte Tilmann ein Stoffbündel und dieser packte es dankend in die Tragetasche. »Und hütet euch vor dem Botengänger! Und vor den Wölfen und Bären, die sich im Vogelsberg herumtreiben.«

Draußen herrschte trüber Sonnenschein. Aus den Hütten blickten neugierig die Bauernkinder. Ihre Eltern waren schon längst auf dem Feld, um den steinigen Boden zu pflügen. Als Tilmann und Mechthild den Weg zur Wagenstraße hinabgingen, drehten sie sich noch einmal um. Abraham und seine Brüder standen an der Dorflinde und winkten ihnen nach. Mechthild zeigte auf Ratz, der sich ihnen hoffnungsvoll näherte. Offenbar hatte er große Schmerzen, er hinkte, hielt an und leckte seine Pfote. Tilmann winkte ihn heran und warf ihm ein Brotstück zu.

Ratz ließ sich freudig knurrend von Mechthild den zerzausten Kopf streicheln. »Vielfraß ist kein schöner Name«, sagte das Mädchen. »Du bist Ratz und wir werden dich mitnehmen.«

Tilmann schüttelte den Kopf. »Das wird nicht gehen. Unsere Ration ist knapp und der Weg gefährlich genug für uns beide. Du musst ihn zurücklassen.«

Ratz nahm das Stück Brot zwischen die Vorderpfoten und fraß es, ungeachtet Tilmanns Worte und abweisender Handbewegung. Mechthild kam der Gedanke, sich die Pfote des Hundes anzusehen, aber als sie diese abtastete, fletschte Ratz die Zähne.

»Ruhig Ratz, ganz ruhig«, sagte das Mädchen. Dann entdeckte sie die Ursache. Ein Dorn war in die Haut zwischen den Krallen eingedrungen. Behutsam zog sie ihn heraus.

»Wir müssen weiter, Ratz«, sagte Mechthild einsichtig und stützte sich auf Tilmanns Schulter. »Eines Tages werden wir uns wiedersehen. Ich verspreche es dir.«

Sie blickten auf die Landschaft hinaus. Aus dem Nebel unter ihnen drang das Geräusch eines herankommenden Fuhrwerks. Gegenüber der sumpfigen Talsohle stieg die Wagenstraße an und verschwand zwischen dichten Bäumen und Gestrüpp. Hinter dem nächsten Bergzug würde sich die Brücke befinden, die Gangolf auf der Karte eingezeichnet und Abraham Disselbrücke genannt hatte.

»Warum hast du Abraham nicht die Karte gezeigt, Tilmann?«, fragte Mechthild beim Weitergehen. »Er hätte uns den Weg vielleicht besser beschreiben können.«

Tilmann schüttelte den Kopf. »Gangolf hat die Karte aus einem geheimen Buch abgezeichnet«, sagte er. »Er hat mir verboten, sie jemandem zu zeigen. Er und der Abt wollen nicht, dass die Mönche von diesen Dingen verwirrt werden. Die Aufgabe von Abraham ist es, das sagte mir Gangolf, die Kapelle zu bauen und die Bauern zum Glauben zu bekehren.«

Das Fuhrwerk rumpelte an ihnen vorbei. Die Wagenstraße war jetzt verbreitert, weil die Räder ständig tiefen Fahrrinnen auswichen und unbefahrenen Boden suchten. Der Kutscher beachtete die beiden nicht, sein Augenmerk war ängstlich auf die Straße vor ihm gerichtet.

Sie stiegen eine Anhöhe hinauf, die erfüllt war mit dem Morgengesang unzähliger Vögel. »Hörst du es?«, lachte Mechthild. »Wir kommen in den

Vogelsberg. Mein Vater erzählte mir, dass sich die Singvögel hierher zurückgezogen haben, weil sie immer weniger Bäume für ihre Nester finden. Viel Holz wird gebraucht für das Feuer und Häuserbauen, immer mehr Wälder werden gerodet. Wie ist das in deiner Heimat, Tilmann?«

»Sie pflanzen Bäume, die schneller wachsen und sich deshalb besser verkaufen. Nadelbäume sind das, worin Vögel keine Nester bauen können. So ist das bei uns.« Er fasste Mechthild an der Schulter. »Die Welt verändert sich, Mechthild«, sagte er. »Du wirst aber auch vieles bei uns finden, was besser ist als das hier, glaube mir.« Er drückte das Mädchen an sich.

Mechthild neigte Tilmann ihren Kopf zu. Der Junge spürte ihre glühenden Lippen. Ein ungeahntes Gefühl stieg in ihm auf, das er bisher nicht kannte. Der Gesang der Vögel war so laut und fröhlich wie noch nie und der Himmel von einem Blau, das ihm noch niemals so schön vorgekommen war.

»Ich liebe dich, Mechthild«, kam es ihm über die Lippen.

»Ich dich auch«, antwortete Mechthild lächelnd und küsste Tilmann auf den Mund.

Tilmann fasste ihre Hand und sie stiegen wortlos auf einem schmalen Pfad in das Tal hinunter.

»Ich bin müde«, sagte Mechthild plötzlich und sank zu Boden. Tilmann nahm die Kürbisflasche aus der Tasche und flößte ihr das Getränk von Ursch ein. Aus den Augenwinkeln bemerkte er einen Schatten im Gebüsch.

Tilmann blickte sich um. Irgendwo, ein Stück seitlich vom Weg, übertönte ein Häher den Gesang der Vögel. Dann sah er das grauschwarze Fell im Gebüsch. »Hau ab!«, rief Tilmann, aber Ratz ließ sich nicht vertreiben. Regungslos stand er da und starrte sie an.

Von irgendwo weiter vorn aus dem Nebel kam ein langgezogener Klageschrei, der sie frösteln ließ. Beim Weitergehen kam Tilmann ein Gedanke. »Wir sollten uns verstecken, Mechthild. Wenn wir aus dem Nebel heraus sind, wird uns Rabenold sehen und auflauern.« Hinter ihnen rumpelte ein Fuhrwerk heran. »Wir trampen jetzt.«

»Was bedeutet trem-pen?«, fragte Mechthild verwundert.

Tilmann reckte die Hand nach vorn und richtete den Daumen auf. »Das bedeutet, dass der Wagen der jetzt kommt, uns mitnehmen soll.«

Durch den Nebel näherte sich ein Planwagen. Der Kutscher hielt Tilmanns Geste für einen Gruß und reckte ebenfalls den Daumen. Dabei lallte er unverständliche Worte.

»Los Mechthild, wir springen auf!«, rief Tilmann. Er packte das Mädchen und hob es auf den Wagen, was nicht viel Mühe machte, weil das Gefährt im

Schritttempo fuhr. Schwieriger war es dagegen, oben einen Platz zu finden. Der Planwagen war dicht besetzt mit Pilgern. Diese rückten mürrisch, aber ohne Gegenwehr, zur Seite.

»Wohin des Wegs?«, fragte Tilmann leutselig, um die Stimmung aufzubessern.

»Schotten, Colonia, Aachen, San Compostella«, knurrte ein Pilger wortkarg. »Wir sind alt und haben dieses Fuhrwerk bezahlt, weil der Weg über diesen Berg beschwerlich ist. Und jetzt kommt ihr und nehmt ohne Fahrlohn unsere Plätze weg.« Er erhob sich schwankend und rief nach vorne: »Heda, Kutscher! Zwei sind aufgestiegen! Halte an!«

Der Kutscher sang ein Lied und brabbelte unverständliche Worte. Der Fahrlohn war so gut ausgefallen, dass er sich in einer kleinen Schenke in Luternbach betrunken hatte. Zusätzlich hatte er noch ein Fässchen neben sich auf dem Kutschbock.

Die Jakobspilger fanden sich damit ab. Sie fürchteten um das Geld, das der Kutscher am Ende noch von ihnen für die zusätzlichen Fahrgäste verlangen würde. Damit mussten sie sparsam umgehen, denn in Schotten wollten sie einen Sündenablass für vierzig Tage kaufen.

Nicht lange, da waren sie von ihren unliebsamen Mitfahrern erlöst. Der Nebel lichtete sich und nach einer Stunde rumpelte der Wagen bergab in das Tal, durch das der Schwarze Bach große Schleifen zog.

Tilmann blickte über die Pilger nach vorn. »Die Brücke!«, rief er und sprang vom Wagen. Er zog Mechthild herab, wobei die Pilger durch Fußtritte mithalfen.

Ein Fuhrwerk kam ihnen entgegen, die Brücke war jedoch so schmal, dass nur ein Wagen hinüberfahren konnte. Das entgegenkommende Fuhrwerk fuhr zur Seite und wartete. Das ging mit vielen lauten Flüchen vor sich. Tilmann sah, wie sich die Pilger verzweifelt die Ohren zuhielten. Er flüchtete mit Mechthild in das Weidengebüsch am Wegrand. Kurze Zeit später waren die Wagen davongerumpelt.

Es kehrte Stille ein an der Disselbrücke. Nur der Gesang eines Eisvogels und der Wind, der in den Zweigen der Weidenbüsche rauschte, waren noch zu hören.

»Zeit zum Essen«, sagte Tilmann und packte den Inhalt seiner Tragetasche auf die Brückenmauer. Abraham hatte es wirklich gut mit ihnen gemeint. Gedörrtes Fleisch, Brot, Kläräpfel und sogar einen geräucherten Fisch hatte er eingepackt. In der Kürbisflasche war noch ein Rest Vigor. Man sah Mechthild an, dass sie sich zwingen musste, ein paar Bissen herunterzuschlingen. Aber Tilmann ließ nicht locker. »Du musst etwas essen, Mechthild. Der Weg ist noch weit.«

Tilmann glättete Gangolfs Karte auf dem Mauerwerk und beschwerte sie mit einem Stein gegen den Wind. Er blickte sich um. Das Tal vor ihnen war steinig, von Riedgras bewachsen und von dunklen Tümpeln durchzogen. Der Berg, den Gangolf als Ziel benannt hatte, war von tiefhängenden Wolken verdeckt, so als wollte er etwas verbergen. Er wirkte düster und bedrohlich. Unterhalb des Berges duckten sich Hütten in den Schatten des Schlafenden Waldes. Von dort schlängelte sich der Schwarze Bach durch das Tal und floss plätschernd unter der Disselbrücke hindurch. Von einem Pfad oder Weg war auf den ersten Blick nirgendwo etwas zu sehen. Tilmann blickte zurück. Er entdeckte eine Abzweigung von der Wagenstraße, einen Steinwurf weit entfernt und von Gebüsch verdeckt.

Die Karte sagte, dass sie auf diesem Weg flussaufwärts zum Vogelsberg aufsteigen mussten. An einem Ort, der Iliwinshusen genannt wurde, würde der Weg enden, dann mussten sie sich am Bachufer weiter bewegen.

Das Wasser unter der Brücke war klar und von vielen Fischen bevölkert. Flusskrebse krochen auf dem Boden umher und die Luft war erfüllt vom Summen der Libellen. Tilmann entdeckte unter sich sein Spiegelbild. Wie hatte er sich verändert! Seine Frisur war einem Haarkranz gewichen und dieser war von Wind und Wetter zerzaust. Sein Gesicht war zerkratzt und schmutzig und in dem Kittel, den er von Ursch bekommen hatte, sah er aus wie ein Landstreicher. Seit zehn Tagen hatte er seinen Körper nicht gewaschen, abgesehen von der Gesichtswäsche im Kloster. Sollte er vor Mechthild in den Bach steigen, um sich zu waschen? Er spürte, dass ihm das gut tun würde. Aber er traute sich nicht einmal danach zu fragen.

Ein Geräusch in den Weiden ließ ihn aufhorchen. Kaum einen Steinwurf von ihnen entfernt stand Ratz da und starrte zu ihnen herüber. Der Hund ließ sich nicht verscheuchen, er war ihnen bis hierher gefolgt. Ein tiefes Knurren drang aus seiner Kehle und seine Nackenhaare waren gesträubt. Tilmann wirbelte herum.

Da sah er den Mann.

Er stand auf der Wagenstraße. Zuerst hielt Tilmann ihn für ein Tier. Dann sah er, dass er einen schwarzen Mantel trug, der im Wind flatterte. Sein Rücken war gekrümmt und in der ausgestreckten Hand hielt er ein langes Messer. Die schwarze Gestalt stürzte auf sie zu.

»Rabenold!«, durchfuhr es Tilmann.

Doch plötzlich hielt der Schwarze inne. Er hatte den Hund auf der anderen Brückenseite entdeckt. Ratz sprang auf die Straße und fletschte drohend seine Zähne. Rabenold näherte sich mit gezücktem Messer und vorsichtigen Schritten.

»Ihr habt den Adlerkopf, ich weiß es«, zischte Rabenold. »Er gehört mir! Werft ihn rüber, oder ich komme und bringe euch um!«

»Wie kommt es, dass du hier bist?«, fragte Tilmann, um Zeit zu gewinnen. Plötzlich wurde ihm klar, dass er unbewaffnet und dem Messer des Bösewichts ausgeliefert war.

»Ich erfuhr am Meierhof, dass ihr unterwegs seid zum Vogelsberg. Ich nahm den Weg über den Sconeberg, den Lehnwald und Luternbach. Der Schweinehirt in Ruogisesfeld hatte euch nicht gesehen, nun gut, er ist halbblind. In Heribrahtshusen, spätestens in Iliwinshusen, wurde mir klar, dass ihr einen anderen Weg gegangen seid. Ich hatte euch vor mir vermutet, aber ihr ward hinter mir. Deshalb habe ich hier an der Brücke auf euch gewartet.«

»Woher wusstest du von der Brücke?«, fragte Tilmann noch einmal und stellte sich schützend vor Mechthild. Seine Hand umklammerte die Kürbisflasche.

»Jagt den verdammten Hund weg!«, zischte Rabenold und trat einen Schritt vor. »Der Weg zweigt hier ab, ihr Dummköpfe. Es ist der einzige, der in den Vogelsberg führt. Warum tragt ihr den Adlerkopf dorthin? Gibt es dort ein Versteck, eine Schatzhöhle? Habt ihr dort noch mehr Beute versteckt?«

Rabenold kam immer näher. Er fühlte sich stark genug, der Hund schien sein Messer zu fürchten und der Junge war mit einer lächerlichen Kürbisflasche bewaffnet. Tilmann sah, wie die Augen des schwarzen Bösewichts unter der Kapuze aufblitzten. Er gab keine Antwort.

»Die Kräuterhexe ist im Schlafenden Wald herumgeschlichen und weiß etwas, das ihr Edda erzählt hat.« Seine Stimme überschlug sich. Der Wind fegte die Kapuze aus seinem Gesicht, es war wutverzerrt. »Und Gangolf, der Herumtreiber, hütet wie eine Glucke ein Geheimnis. Sie wissen etwas, was sie mir nicht sagen wollen. Ich knöpfe sie mir später vor. Ich werde sie alle töten, zuerst aber euch!« Er machte einen Sprung nach vorne und stürzte sich auf Tilmann.

Ratz bellte heiser und sprang jaulend und zähnefletschend nach vorn. Er stürzte sich auf Rabenold und schlug seine Zähne in den Oberarm des Angreifers. Das Messer fiel zu Boden. Rabenold krümmte sich vor Schmerz. Ratz packte seinen Hals mit den Klauen und presste sein Gewicht auf den Körper des Bösewichts. Er warf einen schrägen Blick auf Tilmann, als wollte er sagen: Lauft, so schnell ihr könnt!

Schnell packte Tilmann das Essen und die Karte in die Tasche und zog Mechthild vom Boden, die starr vor Schreck auf die Beine kam. Ohne zurückzublicken taumelten sie von der Brücke und bogen in den Weg ein, der zum Schlafenden Wald und in den Vogelsberg führte.

Nach etwa einer Wegstunde erreichten Tilmann und Mechthild das letzte Dorf vor dem Wald. Der Bach an ihrer Seite verriet, woher er seinen Namen hatte, denn sein Untergrund und die Färbung des Wassers wurden immer schwärzer. Vor dem Dorf türmten sich riesige Berge von aufgeschichtetem Holz, aus dem Rauch kräuselte. Menschen waren damit beschäftigt Holzkohle auf Wagen aufzuladen, deren Räder tief im Schlamm steckten.

»Das ist der Köhler Iliwin«, sagte Mechthild. »Wenn es Winter wird, kommt er zur Burg und bringt Holzkohle für den Kamin. Ich werde mit ihm reden.«

Iliwin blickte die Ankömmlinge aus einem rabenschwarzen Gesicht mit aufgerissenen Augen an. »Wer seid ihr? Verschwindet!«, rief er wenig gastfreundlich.

Kam hier jemand vorbei, dann bedeutete das nichts Gutes. Der Abt, dem das Dorf gehörte, schickte Boten, die Abgaben und Dienste verlangten. Diebe und Mörder kamen hier vorbei, die ein Versteck suchten. Auch Verbannte und alte Leute, die das Leben leid waren und für immer im unbehausten Wald verschwanden.

»Iliwin, erkennst du mich nicht? Ich bin Mechthild von Wartenberg, Dietrichs Tochter«, flehte ihn das Mädchen an. Iliwin starrte sie mit leeren Augen an. Wie sollte ein müder Köhler in einem zerlumpten Mädchen, das von Krankheit gezeichnet war, die Tochter eines Burgherrn wiedererkennen?

Tilmann konnte sich nicht zurückhalten. »Wir werden verfolgt!«, stammelte er. »Wenn ein schwarzer Mann hinter uns herkommt, haltet ihn fest. Er will uns töten!«

»Ich weiß, wer ihr seid«, antwortete Iliwin unwirsch. »Der Botengänger sucht euch. Ich kenne ihn, er kommt öfters hier vorbei, wenn er Botschaften fortbringt.« Er drohte mit einem angeglühten Stock. »Er war in der Frühe hier und zeigte mir einen Brief des Abtes aus Fulda, worin geschrieben steht, dass ein Pärchen für Geld gesucht wird, das Köhlerkinder entführt und heilige Stätten schändet. Der Botengänger fragte nach euch. Ein hochgewachsener, fremdaussehender Junge und ein krankes, blondes Mädchen, das seid doch ihr, oder?« Er winkte mit dem Stock, eine Schar schwarzverschmutzter Gesellen ließ von der Arbeit ab und näherte sich.

»Wann soll der Abt das geschrieben haben?«, fragte Tilmann hilflos. »Ich habe gestern mit ihm gesprochen, er sagte davon nichts.«

Die Finstermänner umstellten die Ankömmlinge. Einer von ihnen zückte ein Seil. »Woher soll ich das so genau wissen, Fremder?«, knurrte Iliwin. »Ich kann nicht lesen.« Er gab dem mit dem Seil einen Wink. »Pack sie, Jakob, wir bringen sie nach Fulda. Der Krummstab zahlt uns dafür Geld. Davon können wir eine zweite Kuh kaufen!«

Diesmal war kein Hund zur Stelle, der sie retten konnte. Im letzten Augenblick kam Tilmann eine Idee. Er griff in die Tasche, zückte seine Taschenlampe und richtete den Lichtstrahl auf das aufgeschichtete Holz.

»Du wirst unseren Meiler nicht anzünden, Fremder!«, schrie der Köhler. »Wir haben einen Monat daran gearbeitet! Lass davon ab!«

»Dann lasst uns laufen!«, schrie Tilmann zurück. Er griff nach Mechthilds Hand und schritt mit dem Mädchen durch den knöcheltiefen Schlamm davon, vorbei an rußgeschwärzten Köhlern und ängstlichen Hüttenbewohnern, die aus winzigen Fenstern hervorlugten.

Ein Krähenschwarm flatterte auf, als sie den Waldrand erreichten. Das waren keine Laubbäume, wie Tilmann sie kannte. Das waren Kreaturen, die sich ein Leben lang winden, ducken und krümmen mussten vor dem Wind, der durch die Äste peitschte. Graue Bartflechten drückten die Zweige herab und gaben dem Wald den Anschein von Müdigkeit und tiefem Schlaf. Die Rinde war dicht von blassgrünen Moospolstern bedeckt. Mühselig bahnte sich der Schwarze Bach seinen Weg durch diese Wildnis, in der jede heitere Stimmung augenblicklich schwand. Ein Trampelpfad schlängelte sich, grobem Geröll ausweichend, kaum sichtbar am Bachufer entlang.

Beinahe wären Tilmann und Mechthild an der Gestalt vorbei gelaufen, die eingewickelt in eine Tierhaut an einem Baum lehnte.

»Wer bist du?«, fragte Mechthild erschrocken.

Die alte Frau im Kuhfell streckte ihre dürren Finger aus. »Du bist Mechthild, die Tochter Dietrichs«, sagte sie mit krächzender Stimme. »Ich kenne dich. Du siehst krank aus. Deine Krankheit heißt Cholera. Du wirst bald sterben. So wie ich.«

Tilmann zog Mechthild davon. »Hör nicht hin, sie ist irre. Wir müssen weiter.«

»Du hättest Heinrich niemals den Adlerkopf geben dürfen!«, kreischte die Alte. »Der Adlerkopf hat alles noch schlimmer gemacht. Er hat Heinrichs Hochmut zur Maßlosigkeit verstärkt. Als er in seinem Besitz war, hat er Eberhard, den Boten des Abts, enthaupten lassen. Er hätte mit Bertho verhandeln müssen!« Sie hob zeternd die Hände zum Himmel. »Wehe! Die Menschen verlieren ihre Stimme, sie werden bald nicht mehr miteinander reden können. Sie bauen den Turm zu Babel.«

Tilmann hielt inne, um das Gehörte zu verarbeiten. So irre war diese Alte scheinbar doch nicht. Sie hatte sich aufgerichtet und versuchte ihnen zu folgen.

»Wer bist du?«, rief ihr Mechthild erneut zu. Sie hatte eine Ahnung.

»Ich bin Edda, die Mutter von Ursch.« Die alte Frau stürzte zu Boden. »Mein Leben ist zu Ende. Die Gicht hat meine Hände und Beine zerfressen. Flieht, ihr Dummköpfe, Rabenold sucht euch.«

»Wir können ihr nicht helfen, Mechthild«, sagte Tilmann und wandte sich der alten Frau zu. »Hör zu, Edda. An der Disselbrücke haben wir Rabenold verjagt. Sollte er dennoch hier auftauchen, bitten wir dich, ihm einen falschen Weg zu zeigen oder ihn aufzuhalten. Er will uns töten. Würdest du das für uns tun, Edda?«

»Ich tue es Mechthild zuliebe«, antwortete die Alte. »Sie ist ein guter Mensch. Ich werde dem alten Galgenstrick, der sich lügenhaft als Botengänger ausgibt, eine Falle stellen. Eine alte Frau kennt so manche Schliche.« Sie starrte in das Gebüsch. »Gehört der Hund zu euch?«

Tatsächlich, zwischen den Büschen tauchte das grauschwarze Fell von Ratz auf. Der Hund ließ sich einfach nicht abwimmeln. Freudig lief er auf Mechthild zu. »Meinetwegen kann er mitkommen«, sagte Tilmann zu Mechthild und reichte Ratz ein Stück Dörrfleisch. »Er hat uns auf der Brücke geholfen.« Ratz sah ihn aufmerksam an, als verstünde er jedes Wort. Er hatte große, gelbe Augen, die jetzt dankbar aufleuchteten.

»Ich kenne diesen Ort«, sagte Tilmann beim Weitergehen. »Ich war hier als Gefangener Heinrichs und Bertholds. Ich erinnere mich an die Stimme Eddas und Iliwins und an den Geruch der Holzkohle. Ich konnte den Ort nicht sehen, denn man hatte mir die Augen verbunden. Diese Felsen hatte Heinrich Uhuklippen genannt, daran erinnere ich mich noch.«

Sie gingen wortlos weiter. »Ich habe einen Fehler gemacht«, unterbrach Mechthild das Schweigen. »Edda hat Recht, die Burg meiner Väter könnte noch stehen. Ich habe den Hochmut herausgefordert. Und Gott hat mich dafür bestraft.«

»Krankheiten sind keine Strafe«, antwortete Tilmann. »Nur manchmal, wenn jemand ein ungesundes Leben führt. Sie können auch einen guten Menschen befallen. Du warst einfach nur neugierig, du wolltest die Fahrenden Leute sehen.«

Wortlos wanderten sie auf dem Waldpfad, gefolgt von Ratz, dessen Blick ängstlich umherschweifte, als fürchte er, aus den düsteren Bartflechten könne in jedem Augenblick ein bösartiges Wesen heraustreten.

»Was die Burg anbetrifft«, philosophierte Tilmann, »irgendwann wäre sie sowieso einmal abgebrannt, so wie ihr da mit dem Feuer umgeht. Und bei eurem ständigen Kleinkrieg, den ihr Fehde nennt. Tand, Tand ist das Gebilde von Menschenhand. Das sagt unser Lehrer Knoll immer, ich glaube, es ist von Shakespeare. Alles ist vergänglich, meint er, zurück bleiben nur Ruinen. Man kann nichts festhalten, oder? Ich glaube, er hat Recht. Irgendwie schon.«

Mechthild gab keine Antwort. Nachdenklich und schweigsam stiegen sie den steinigen Pfad hinauf. Ab und zu hielt sich Mechthild an den Ästen fest oder verharrte an einen Baum gelehnt, um sich zu erholen. Der Schwarze Bach floss plätschernd dahin, als wollte er Tilmanns Worten zustimmen. Unverdrossen schlabberte Ratz das kühle Wasser.

Plötzlich blieb Mechthild stehen und griff sich an die Stirn. Ein heftiges Schwindelgefühl befiel sie. Sie sank zu Boden. »Geh allein weiter, Tilmann«, hauchte das Mädchen und Tränen liefen über ihr Gesicht. »Ich schaffe es nicht.«

»Niemals werde ich das tun«, antwortete Tilmann und schüttelte seine düsteren Gedanken ab. »Ruh dich ein wenig aus, Mechthild. Wir sind hier sicher. Wir haben noch zu essen und zu trinken.«

Was das Essen anbetraf, hatte er Recht. Sogar für Ratz blieb noch ein Bissen. Die Kürbisflasche jedoch war leer. Kurzerhand füllte Tilmann sie mit dem Wasser aus dem Schwarzen Bach. Es war kühl, klar und erfrischte. Sie kauten gedankenverloren am letzten Stück Brot, lauschten auf das Geplätscher des Wassers und beobachteten eine Bachstelze, die munter von Stein zu Stein hüpfte. Warme Sonnenstrahlen fielen durch die Baumkronen. Beinahe hätten sie vergessen, dass Abraham sie vor diesem Ort gewarnt hatte.

Ein krachendes Geräusch ließ Ratz aufhorchen. Im Unterholz bewegte sich ein mächtiger Schatten. Der Hund sprang auf und schlich schnuppernd und mit gesträubtem Fell vor das Gebüsch. Plötzlich brach ein riesiges, schwarzbraunes Tier auf den Waldpfad und stampfte auf sie zu.

Tilmann stockte der Atem – ein Bär!

dreiundzwanzig

Der Schlund

Der Bär richtete sich angesichts der verhassten Menschen in voller Größe auf und brüllte mit weit geöffnetem Rachen. Der Schlafende Wald war für seinesgleichen kein sicherer Ort mehr, immer öfter drangen Jagdgesellschaften in das Dickicht vor, das einstmals als undurchdringlich galt. Dann ging er mit gesenktem Kopf auf die Ankömmlinge los.

Mit der Angriffslust des Hundes hatte er nicht gerechnet. Ratz trat ihm mit gesträubtem Fell und gefletschten Zähnen entgegen. Die beiden Tiere beschnüffelten sich gegenseitig und schielten mit schräg gelegten Köpfen lauernd aufeinander. Schließlich beschloss der Bär sich kampflos zurückzuziehen. Grunzend trampelte er in das Unterholz zurück.

Mechthild zitterte am ganzen Körper und Tilmann legte den Stein in den Bach zurück, nach dem er gegriffen hatte. »Danke, Ratz«, sagte er und strich dem Hund über das Fell. In seinem Rucksack fand er noch einen Rest Dörrfleisch und reichte es ihm hin. Wie gut, dass ihnen der Hund gefolgt war!

Tilmann zog Mechthild auf die Füße und sie bewegten sich weiter auf dem Waldpfad. Die Angst beschleunigte jetzt ihre Schritte. Würde ihnen der Bär folgen? Ein Nachtlager war jetzt nötig, denn das Mädchen fand nur noch taumelnd ihren Weg und bald würde es stockfinster sein. Regentropfen fielen herab, ein kalter Wind fegte durch die Bäume und tiefhängende Wolken verdunkelten die Sicht.

Tilmanns Blick schweifte auf der Suche nach einem Versteck umher. Plötzlich weiteten sich seine Augen und er starrte auf einen abgestorbenen Baumstumpf. Dieser lag quer über dem Bach, staute das Wasser und bot so einen Spielplatz für Libellen und Wasserläufer. Unter der Wasseroberfläche waren kleine Fische zu sehen. Ein armdicker Ast streckte sich haushoch in die Höhe und war an der Spitze gekrümmt.

Der tote Baum erinnerte ihn an das Skelett eines Dinosauriers, wie es Tilmann einmal im Museum gesehen hatte.

Dieser Anblick kam ihm bekannt vor. Hier war er vorbeigekommen, blind vor Angst und verwirrt. An diesem Geäst war er staunend stehen geblieben, bevor er unweit von dieser Stelle zu Boden gesunken war und von Rabenold geweckt wurde. Tilmann starrte in den Wald und sah die Lichtung und das seltsame Steingebilde, das einem Tisch ähnelte. Unter dem Stein konnten sie sich verstecken, dachte er. Er fasste Mechthilds Hand und verließ mit ihr den Waldpfad.

Sie betraten die Lichtung und blickten sich ängstlich um. Das Gras war von vielen Tierspuren zertrampelt. Der Grund dafür war leicht zu finden, eine Quelle sprudelte hier aus dem Boden. Nicht weit davon befand sich ein aschegeschwärzter Steinkreis – Rabenolds Feuerstelle! Ratz beschnüffelte einen glitzernden Gegenstand, Mechthild hob ihn auf und bewegte ihn verwundert in den Händen. Tilmann sah, dass es eine rotweiße Tüte war. Seine Chipstüte! Mechthild leerte sie auf ihrer Hand, aber es fanden sich nur Ameisen und Salzreste. Rabenold hatte alles aufgegessen.

Der Regen wurde immer stärker. Zu dritt krochen sie unter den Steintisch. Tilmann durchsuchte seinen Rucksack. Alle Vorräte waren jetzt aufgegessen und eine hungrige Nacht stand ihnen bevor. Mechthild schien Tilmanns Sorgen zu ahnen, griff in ihre Tasche und wickelte das Trüffelherz aus der Alufolie.

»Wir haben vier davon gegessen«, lächelte sie verträumt und reichte Tilmann die Trüffel. »Eins habe ich noch in Guttigs Wagen genommen, weil ich traurig war. Drei sind noch übrig.« Auch Ratz bekam einen Trüffel und leckte danach genussvoll sein Maul.

Tilmann zog die Taschenlampe aus dem Rucksack und leuchtete auf die Karte.

»Wir haben uns nicht verlaufen«, sagte er aufatmend. »Gangolf hat diesen Platz auf der Karte verzeichnet. Er nennt diese Steine Teufelstisch. Von hier aus ist es nicht mehr weit bis zur Wüsten Trift. Wir werden es morgen schaffen.«

Mechthild wickelte das leere Blechherz ein und verwahrte es in der Ledertasche. Sie verfiel ins Grübeln. »Wie sollen wir von der Wüsten Trift in deine Heimat kommen, Tilmann?«, fragte sie ängstlich. »Jenseits des Vogelsberges gibt es große Städte, Frankfurt und Mainz. Die Fahrenden Leute haben mir davon erzählt. Sie bauen Häuser aus Stein dort und haben nicht so viele Bauern, aber sehr viel anders als in Fulda ist es da auch nicht. Willst du mit mir bis nach Rom, wo es die besten Ärzte gibt? Wie sollen wir diese bezahlen? Ich glaube nicht, dass ich es bis dorthin schaffe.«

»Du wirst schon sehen«, sagte Tilmann ohne das Mädchen anzublicken. Was sollte er antworten? Er hatte diesen Weg, den Gangolf für den Weg zurück in seine Heimat hielt, vermutlich vor sieben Tagen begangen, aber selbst für ihn, Tilmann, war er das größte Rätsel, das ihm jemals begegnet war.

Er schüttelte seine Angst ab. »Es ist schön dort, wo wir am Ende des Weges hinkommen«, beschwichtigte er das Mädchen. »Du wirst wieder gesund werden und Trüffel essen, soviel du magst.«

Der Regen hatte aufgehört. Mechthild hatte sich an Ratz gekuschelt und ihre Augen waren geschlossen. Ein Lächeln lag auf ihren Lippen. Tilmann konnte keinen Schlaf finden.

Auf der Steinplatte über ihm raschelte und schubste etwas. War es der Wind? Oder waren dort Geister in ein teuflisches Spiel vertieft? Warum nannte Gangolf diese Steinplatte Teufelstisch? War das Ächzen und Knarren, das zu ihm hereindrang, von Wesen hervorgerufen, die nachts lebendig wurden und ruhelos durch den Wald streiften? Er kroch unter dem Steintisch hervor.

Über ihm zog sich das breite Band der Sternenstraße dahin. Dieser Ort war von einer seltsamen Magie erfüllt, wie er es nie zuvor erlebt hatte. Seltsame Lichter bewegten sich zwischen den Bäumen und von der Quelle her drangen Geräusche, die wie Stimmengemurmel klangen. Hatte nicht Ursch von Gnomen und Erdgeistern erzählt, die in dunklen Tiefen hausten und nachts nach oben kamen?

Nebel stieg aus dem Gras und drang zwischen den Bäumen hervor. Sang da nicht eine Stimme so betörend, dass eine unsichtbare Macht Tilmann drängte, in den Nebel zu gehen? Tanzte nicht dort eine Elfe im silberglänzenden Kleid?

Plötzlich ließ ihn ein anderes Geräusch aufhorchen. Ein Stampfen und Knacken drang aus dem Gebüsch! Ein Schatten bewegte sich und etwas schnüffelte und grunzte. Verfolgte sie der Bär?

Tilmann zuckte zusammen. Aus der Ferne drang ein langgezogener Schrei durch den Wald, schreckliches Gejammer folgte unmittelbar darauf. Jemandem war etwas zugestoßen, vielleicht war ein Mensch von einem Raubtier angefallen worden. Oder war da jemand in eine Falle geraten?

Unter dem Steintisch drang das Schnarchen von Ratz hervor und Mechthild stöhnte auf. Nein, er durfte das Mädchen nicht beunruhigen. Es brauchte diese Nachtruhe. Morgen würden sie mit frischer Kraft weiterziehen. Das Ziel war nahe, vielleicht nur noch einen halben Tagesmarsch entfernt.

Tilmann kroch wieder unter den Teufelstisch. Wenig später hatte ihn die Erschöpfung überwältigt und er fiel in einen tiefen Schlaf.

Der Morgen trug ein tristes, graues Gewand. Eine Nebelwand, abweisend und scheinbar undurchdringlich, umgab die Lichtung. Tiefe Stille hatte sich ausgebreitet, selbst der Gesang der Vögel war verstummt.

Ratz kümmerte das wenig, er schlapperte unbesorgt von der Quelle und blickte zu ihnen hinüber, als wollte er seine Freunde auffordern, es ihm gleich zu tun. Tilmann spürte, wie ihn das kühle Wasser erfrischte und Mechthild wusch sich prustend das Gesicht. Sie schaffte sogar ein kurzes, unbekümmertes Lachen.

Tilmann griff in den Rucksack und zuckte mit den Schultern. »Vielleicht finden wir im Wald etwas zu essen«, versuchte er Mechthild zu trösten. Er füllte die Kürbisflasche mit dem Quellwasser. »Ich kenne diese Quelle und diesen Platz«, fügte er hinzu. »Hier bin ich angekommen. Rabenold hat meinen Rucksack durchwühlt, als ich schlief. An diesem Baumstamm hat mich eine Hornisse gestochen. Der Adlerkopf ist mir wahrscheinlich beim Trinken an der Quelle aus der Jacke gerutscht, da hat ihn Rabenold gefunden und eingesteckt.«

Er zog einen silbernen Schnipsel Alufolie aus dem Gras. »Sieh mal, das ist der Beweis, Mechthild. Hier hat Rabenold den Adlerkopf ausgepackt.«

Mechthild hatte noch einen weiteren Gegenstand gefunden. Es war Tilmanns Limoflasche. Sie war ohne Inhalt, Rabenold hatte sie leergetrunken.

Durch den Nebel stiegen sie zurück an den Schwarzen Bach und fanden den Trampelpfad, der sich zwischen immer größeren Felsbrocken bergauf schlängelte. Die Bäume waren von Nebelschleiern eingehüllt. Je weiter sie wanderten, umso lähmender war die Stille. Tilmann meinte den Gesang, den er in der Nacht vernommen hatte, im undurchdringlichen Nebel zu hören. Auch Mechthild blieb stehen, lehnte sich an einen Felsen und lauschte. Der gleichförmige Singsang schien sie einzulullen. Eine lähmende Müdigkeit befiel sie beim Weitergehen und selbst Ratz verlangsamte seine Schritte. Ein Bedürfnis drängte sie den Pfad zu verlassen, in die Düsterkeit zu steigen und den müden Körper für immer in ein weiches Moospolster zu betten.

»Der Nebel ist eine Falle«, keuchte Tilmann. »Bleib nicht stehen, Mechthild, wir müssen weitergehen. Es kann nicht mehr weit sein. Bald sind wir am Ziel.« Er zog das Mädchen mit letzter Kraft hinter sich her.

Plötzlich drangen Geräusche hinter ihnen aus dem Dunst. War ihnen der

Bär auf den Fersen? Tilmann verharrte und lauschte. Er meinte eine menschliche Stimme zu hören. Jemand stieß einen grässlichen Fluch aus. Wieder klang das Jammern durch den Wald, das er in der Nacht gehört hatte.

Die Angst stieg ihnen in den Nacken und beschleunigte ihre Schritte. Der Nebel lichtete sich schließlich und die Bäume traten auseinander. Sie waren an das Ende des Schlafendes Waldes gekommen.

Bald würden sie am Ziel sein.

Der Pfad endete unter einem grauen Himmel und vor einer pflanzenleeren Landschaft, die von mächtigen Felsen und Steinbrocken übersät war. Als hätte ein vorzeitlicher Riese seine Kräfte daran gemessen, wie weit er mächtige Basaltbrocken werfen konnte. Oder waren das die Überbleibsel eines gewaltigen Vulkans? Tilmann erinnerte sich, wie er in panischer Angst über dieses Geröllfeld gestolpert war, auf der Suche nach einem Menschen, der ihm erklären konnte, in welchen Irrsinn er sich verlaufen hatte.

Die Felsen waren von tiefen Spalten, Schrunden und Gruben zerrissen und glichen Gesichtern, die durch eine Macht, die nicht wollte, dass irgendjemand hierher kam, zu Steinen erstarrt waren. Nirgendwo war auch nur ein Hauch von Farbe zu entdecken und es herrschte Totenstille.

Das also war sie, die Wüste Trift. Der »Schrecken aller Schrecken«, wie Edda sagte.

Ratz winselte ängstlich, er hatte den Schwanz eingezogen und sein Fell war gesträubt. Tilmann zog Gangolfs Karte aus der Tragetasche. Er blickte sich hilfesuchend um. Etwa eine Meile vor ihnen ragte ein Felsen aus dem Geröllfeld, der einer breiten Turmspitze glich. Gangolf hatte diesen Felsen auf der Karte eingezeichnet und Geiselstein benannt. Unmittelbar daneben hatte er einen Kreis gezeichnet und einen kringelnden Wurm dazugemalt. Das musste es sein, das Wurmloch! Dorthin mussten sie jetzt gehen, allen Widrigkeiten zum Trotz.

Beim Weitergehen rasten wirre Gedanken durch seinen Kopf. Hatte Gangolf nicht gesagt: Das Wurmloch öffnet sich nur im Zustand höchster Angst? War er nicht in diesem Zustand in das Loch geraten, damals, als ihn Buddy und die *Spiders* verfolgten?

Die Straßenbande und Technobuddy konnte er sich hier nicht vorstellen. Sicher, die Wüste Trift war ein Ort, der sie in Angst versetzte und frösteln ließ, aber eine unmittelbare Gefahr drohte ihnen jetzt nicht. Oder lauerte irgendetwas hinter den Felsen auf sie? Tilmann schauderte bei diesem Gedanken.

Plötzlich verspürte er einen merkwürdigen Sog. Er blickte sich um. Zog ein Sturm auf in der Felsenwüste? Da sah er es.

Die Wüste Trift

Vor ihnen gähnte ein tiefes Loch.

»Das ... das ist ja ungeheuer.« Tilmann wollte kein passender Ausdruck einfallen.

Sie standen am Rand eines riesigen Kraters. Dieser musste über eine halbe Meile breit sein! War dieses Erdloch ein Vulkanschlund? Ein mächtiger Sog stieg aus ihm auf, als wollte der Schlund die Ankömmlinge in sich hinein ziehen.

Tilmann bückte sich nach einem Stein und warf ihn in die Tiefe. Kein Aufprall war zu hören. Unendliche Bodenlosigkeit hatte sich vor ihnen aufgetan!

Mechthild stürzten Tränen über das Gesicht. Wohin sollte der Weg jetzt führen? Zwischen gähnender Tiefe und schlüpfrigen Felsen war nur ein Fußbreit, auf dem sie weitergehen konnten. Wie sollten sie das schaffen? Was würde sie noch alles erwarten? Mechthild war am Ende ihrer Kräfte.

Ratz duckte sich winselnd zu Boden. Gegen diesen Gegner war er machtlos.

Tilmann spürte, wie der Boden unter ihm nachgab. »Zurück, Mechthild!«, rief er. »Komm, Ratz!« Ein Erdrutsch bahnte sich an.

Verzweifelt klammerten sie sich an einen regennassen Felsen. Wie sollte es jetzt weitergehen? War es nicht besser, zurückzugehen und Gangolf um Rat zu fragen?

Den Rückweg nach Fulda wird Mechthild nicht überleben, durchfuhr es Tilmann. Ratz winselte, als würde er die Gedanken des Jungen verstehen.

Plötzlich tauchte ein Schatten neben dem Felsen auf. Der Bär? Nein, es war eine gekrümmte Gestalt im schwarzen Kapuzenmantel. Rabenold! Er war ihnen bis hierher gefolgt! Welche Wut und Verzweiflung musste ihn vorangetrieben haben!

Sein Gesicht war wutverzerrt.

Rabenold griff in seinen Mantel und zückte das lange Messer. »Ihr seid verloren! Gebt den Adlerkopf heraus! Er gehört mir. Ich weiß, dass ihr ihn in der Tasche habt.«

»Wir haben den Adlerkopf nicht, du elender Dieb!«, schrie Mechthild zurück. Sie packte zitternd das Blechherz aus der Alufolie und hielt es ihm entgegen. »Sieh hier, ist das der Adlerkopf? Lass uns in Ruhe, wir müssen weiter!«

»Zur Hölle mit euch!« Rabenolds Stimme überschlug sich. »Ich falle darauf nicht herein. Ich bin schon über die Fallschlinge der alten Hexe gestürzt und habe mir den Arm dabei gebrochen. Verflucht soll Edda sein! Diesmal lasse ich mich nicht hereinlegen. Ihr habt noch mehr in den Taschen!«

Mit schnellen Bewegungen stürzte er nach vorn. Das Messer hatte er mit lang ausgestrecktem Arm auf Mechthild gerichtet. Jeden Augenblick würde der Angreifer zustoßen.

In diesem Moment überstürzten sich die Ereignisse. Ratz sprang nach vorn und verbiss sich in den Unterschenkel des Angreifers. Dieser versuchte ihn abzuschütteln, fiel zu Boden und kroch wie ein Reptil auf Mechthild zu. Hinter dem Felsen tauchte ein mächtiger Schatten auf. Der Bär!

In den Köpfen von Tilmann, Mechthild und Ratz brach Panik aus. Gegen diese Übermacht konnte sich niemand zur Wehr setzen.

Der Boden geriet in Bewegung. Tilmann, Mechthild und Ratz verloren das Gleichgewicht. Mit rudernden Armen stürzten die drei in bodenlose Dunkelheit. Tilmann konnte gerade noch sehen, wie Rabenold vor einem mächtigen Prankenschlag des Bären auswich und zur Seite fiel.

Dann raste der Junge durch die blaufluoreszierende Tiefe, die Gangolf das Wurmloch genannt hatte.

vierundzwanzig

Wieder zuhause

Wie in einer aus allen Fugen geratenen Berg- und Talbahn rasten sie durch das Wurmloch. Die Geschwindigkeit war unvorstellbar. Nirgendwo spürten sie Widerstand, sie berührten keine Wände, keinen Boden und keine Decke. Das Wurmloch erschien als blaufluoreszierende Röhre, die sich krümmte und nach allen Richtungen wand, manchmal schien sie sogar zurückzuführen.

Sie bewegten sich nicht voneinander weg und Tilmann gelang es, nach Mechthilds Hand zu greifen. Kein Laut drang von ihren Lippen. Der Sog dagegen erzeugte ein pfeifendes, in rhythmischen Abständen gurgelndes und blubberndes Geräusch. Auf unerklärliche Weise spürte Tilmann eine seltsame Leichtigkeit, denn sie näherten sich einem Ort, der ihm vertraut war.

Schließlich verlangsamte sich die Geschwindigkeit und sie stießen unsanft gegen ein Hindernis. Ein Hustenanfall schüttelte Mechthild und Ratz würgte scheußliche Töne hervor. Sie waren an einem weichen, aber äußerst kratzigen und unangenehmen Ort gelandet.

Der Geruch an diesem Ort kam Tilmann bekannt vor. Es roch nach etwas, was ihm von irgendwoher vertraut war. Ein weiches, kratziges Material aus dem einundzwanzigsten Jahrhundert.

Tilmann griff in den Rucksack und suchte nach der Taschenlampe. Wie oft hat mir dieses Ding in letzter Zeit aus der Not geholfen, kam es ihm in den Sinn. Damals, als ich aufgebrochen bin, wollte ich es eigentlich gar nicht mitnehmen.

Er richtete den Lichtstrahl auf die Umgebung.

Sie lagen in einem kratzbürstigen Nest aus orangegelben, kratzigen Glasfasermatten. Tilmann kannte dieses ekelhafte Zeug, sein Vater hatte es beim Ausbau des Dachbodens verwendet. Es diente zur Isolierung gegen Schall, Kälte und Hitze und kratzte auf der Haut zum Verrücktwerden.

Der Lichtkegel glitt über einen Balken, der krumm und morsch über ihnen hing und eine vermoderte Bretterdecke abstützte. Wie zur Warnung, kam es Tilmann in den Sinn. Vor ihnen wurde eine Mauer aus Backsteinen sichtbar. Was verbarg sie? Tilmann zögerte nicht, er räumte das Faserzeug beiseite und kratzte mit dem Messer in den Mauerfugen. Was würde sie jetzt erwarten?

Der Mörtel löste sich leicht, dieses Mauerwerk musste vor allzu langer Zeit entstanden sein. Nicht lange und Tilmann hatte es geschafft, einen Stein aus der Mauer zu lösen. Er vergrößerte das Loch und leuchtete in die Öffnung. Vor sich sah er eine belanglose Gipsplatte.

Aber der Geruch, der ihnen entgegenströmte, ließ ihn schwindlig werden.

Ratz schnupperte erregt. »Was ist das, Tilmann?«, fragte Mechthild verwirrt. »Es riecht sehr gut.«

Zu dritt zwängten sie ihre Köpfe in die Öffnung und schnupperten aufgeregt. Tilmann stockte der Atem. Er kannte diesen Duft sehr gut.

Es roch nach Pizza.

Das roch nach zuhause. Jetzt kannte Tilmann kein Halten mehr. Wie besessen kratze er Mörtel aus den Fugen und löste hastig einen Stein nach dem anderen. Ab und zu leuchtete er mit der Lampe nach oben, denn der Balken über ihnen machte ihm Angst. Er wirkte so morsch, dass man meinen konnte, er würde jeden Moment herabfallen und diesen Ort zu einem Glasfasergrab machen. Die Öffnung durfte nur so groß sein, dass sie hindurchschlüpfen konnten, nicht größer, sonst würde der Balken herunterfallen. Das war sicher.

Jetzt war das Loch groß genug. »Ich trete gegen die Gipsplatte«, sagte Tilmann hastig. »Und wenn sie einstürzt, kommt ihr sofort hinterher. Eins – zwei – drei – los!«

Krachend zerbarst die Platte unter Tilmanns Füßen und stürzte nach vorne.

Die Gäste im Restaurant »La Piazetta« sprangen von ihren Stühlen. Bestecke klirrten und Gläser entleerten sich auf Hosen und Röcken. Entgeistert starrte Antonio, der Wirt, auf die neuen Gäste, die nicht durch die elegante Glastür, sondern durch die Wand hereintraten. Seine Zornadern schwollen bedenklich an.

»Accidenti di diavolo! Meine Nerven sind empfindlich und mein Blut ist sizilianisch!«, stieß Antonio aus und ließ das Tablett zu Boden fallen. »Ich habe zwanzigtausend Euro investiert in Renovierung von Casino, der Keller war völlig kaputt. Und jetzt das!«

»Con calma, Antonio!«, rief eine Stimme aus dem Hintergrund.

»Halte dich da raus, Irina!« Der Wirt gestikulierte wild und ging mit energischen Schritten auf die Neuankömmlinge zu. Diese schüttelten sich Staub und Glasfasern vom Körper und blickten sich verwirrt und hilfesuchend um.

Antonio war nicht mehr zu bremsen. »Gestern habt ihr meine Mülltonne angesteckt, ihr elenden Penner! Sind wir hier im Mittelalter, oder was? Ich werde jetzt die Polizei holen!«

Wortlos schob Tilmann das Mädchen und den aufgeregt schnuppernden Hund an dem zeternden Italiener vorbei zum Ausgang. Gleich hatten sie es geschafft!

Ein dumpfer Aufschlag hinter seinem Rücken ließ ihn innehalten. Ratz kauerte sich winselnd zu Boden.

Alle Augen waren auf das Wandbild »Venezianische Gondeln« gerichtet, in dessen Mitte ein riesiges Loch klaffte. Eine graue Staubwolke wirbelte aus der Öffnung und löste Hustenanfälle aus. Was war denn das schon wieder?

Aus der Staubwolke drang lautes Zetern und Jammern. Ein bleiches Gesicht kam zum Vorschein und starrte krummnasig und mit weit geöffneten Augen in das Restaurant. Starr vor Entsetzen sanken die Gäste, die zuvor aufgesprungen waren, um die merkwürdigen drei Ankömmlinge zu sehen, auf ihre Stühle zurück. Einige lachten. Hatte sich Antonio, der Witzbold, etwa einen Gag ausgedacht, um sie zu amüsieren?

Aus der Staubwolke löste sich eine schwarzgekleidete, krumme Horrorgestalt. Mit gespreizten Fingern und verzerrtem Gesicht trat sie nach vorne, langsam ging sie auf die Gäste zu. Einige klatschten Beifall. Antonio hatte sich da etwas sehr Originelles einfallen lassen, vielleicht etwas zu staubig und überzogen, im Ganzen aber nicht schlecht.

Die zerlumpte Gestalt rief: »Gebt mir den Adlerkopf! Er gehört mir!« Aus dem Gürtel zog sie ein langes, rostiges Messer. Das war nun wirklich übertrieben!

»Rabenold!«, schrie Tilmann entsetzt und zog den starren Blick des Schwarzen Mönchs auf sich. Jetzt gab es nur noch eins: so schnell wie möglich verschwinden! Am Ende würde noch der Bär aus dem Wandloch kommen! Tilmann drängte seine Begleiter durch die Glastür und stolperte mit ihnen die Treppe hinunter zur Straße. Die Sonne stand hoch am Himmel und verbreitete Hitze. Für Sekunden stellte Tilmann fest: Ich bin wieder zuhause! Und es ist Sommer!

Auf dem Bürgersteig kam Mechthild wie erstarrt zum Stehen. Vor ihr lag eine Welt, die sie schwer einordnen konnte in das, was sie bisher gesehen hatte. Zitternd zeigte sie auf die Straße. »Tilmann! Schau dir diese Wagen an! Sie rollen ganz von selbst daher. Da hinten kommt ein ganz großer! Sieh nur, sie brennen, hinten kommt Rauch heraus!«

»Das sind Autos. Ich werde es dir später erklären, Mechthild. Los, wir müssen hier weg!«

Ratz knurrte böse. Aus der Glastür trat der Schwarze Mönch und stieß einen Schrei aus, als er Mechthild und Tilmann erkannte. Mit steifen Schritten und fuchtelndem Messer stieg er die Treppe hinab und raste auf seine Opfer zu. Tilmann starrte auf die Fußgängerampel – sie war grün. Schnell über die Straße, nur keine Zeit verlieren! Rabenold würde sie töten, er war außer sich und blind vor Wut. Tilmann zog Mechthild hinter sich her über den Zebrastreifen, Ratz schaffte es noch rechtzeitig, bevor die Ampel auf Rot schaltete. In langen Sätzen nahm Rabenold die Verfolgung auf.

Diese dauerte nicht lange. Rabenold kam gerade noch bis zur Straßenmitte.

Er stieß einen langen Schrei aus, als ihn das Müllauto von der Straße schleuderte und in den Tod riss.

Der Müllwagen blieb abrupt stehen, Passanten stürzten herbei und in der Tür des Restaurants tauchten Gäste auf, die den Fortgang der Show nicht mehr lustig fanden.

»Was ist hier los!?«, brüllte ein dicker Mann auf und zeigte mit dem Spazierstock fuchtelnd auf den leblosen Körper. »Was ist mit dem Penner hier? Warum schläft er seinen Rausch mitten auf der Straße aus?«

»Er stirbt«, sagte Mechthild mit Tränen in den Augen. »Das Blut, sehen sie das nicht?« Sie beugte sich über den Verletzten.

Rabenold stieß blubbernde Worte aus, bevor sein Blick leer wurde: »Der Adlerkopf. . . gehört mir . . . war ein schlechter Mensch . . . verzeiht mir . . . betet für mich . . . bitte . . .«

Am Unfallort versammelten sich immer mehr Zuschauer. Stimmen schwirrten durcheinander: »Was ist passiert? Jemand muss die Polizei verständigen! Nein, einen Krankenwagen! Wer hat ein Handy? Ekelhaft, dieser Kerl! Wer ist das? Wer sind diese Leute? Ist das nicht der Sohn von … von …«

Der Müllwagenfahrer mischte sich jetzt ein. »Er ist bei Rot über die Ampel. Einfach so. Hat wohl noch nie eine Ampel gesehen. Ein Irrer!«

»Komm, Mechthild«, sagte Tilmann genervt. »Ratz, hierher! Wir verschwinden von hier. Wir gehen nach Hause.«

Von staunenden und verwirrten Blicken begleitet gingen sie durch die Straßen. Immer wieder blieb Mechthild stehen, um Tilmann aufregende Dinge zu zeigen: ein Motorrad, ein Kinoplakat und eine Wasserfontäne.

Ein Schaufenster, überfüllt mit Dingen, die sie niemals zuvor gesehen hatte. »Wie kommt es, dass diese Wagen fahren, ohne von Ochs und Pferd gezogen zu werden?«, fragte sie.

Tilmann zog das Mädchen mit sich fort, ohne darauf einzugehen. Sein Herz schlug wie wild. Sie kamen zu einer Tankstelle, wo ein junger Mann im blauen Overall mit großem Eifer ein Auto polierte. Hinter ihm tauchte Tankwart Schott auf, wie immer mit Zigarre im Mundwinkel.

Tilmann blieb verblüfft stehen. »Biff, bist du das?«, fragte er den wildpolierenden Jungen im Overall entgeistert. »Was tust du hier?«

Wütend stürzte Schott auf ihn zu. »Lasst ihn in Ruhe! Benjamin ist aus der Jugendstrafanstalt auf Bewährung draußen. Er kann von Glück sagen, dass er bei mir Arbeit gefunden hat.« Er fuchtelte drohend mit einem Schraubenschlüssel. »Von Gesocks wie euch hat er genug. Alkohol und Drogen könnt ihr woanders verticken. Stimmt´s, Benjamin? Zischt ab – oder ich mache euch alle!«

»Was hat er getan?«, fragte Tilmann kleinlaut.

»Ich habe das Auto zweimal gewaschen und poliere es jetzt zum dritten Mal, Chef!«, rief Biff übereifrig.

»Er hat das Casino demoliert, tut nicht so, als ob ihr das nicht wisst!«, brüllte der Tankwart. »Wer seid ihr eigentlich? Wer ist das Mädchen? Dich kenne ich doch, warte mal, bist du nicht -«

Aber Tilmann, Mechthild und der Hund Ratz waren schon auf und davon.

»Bald sind wir da!«, rief Tilmann Mechthild zu. »Nur noch ein paar Straßen. Am Museum und am Löwendenkmal vorbei. Dann sind wir daheim.«

Verblüfft hielt er inne. Was war das für eine Musik? War das nicht …eine Drehorgel? Ein Dudelsack? Ein Krummhorn? Um die nächste Straßenecke musste das sein, von dort kam diese Musik. Nicht aus einem Radio in einem der Häuser.

»Daheim bei mir?«, fragte Mechthild aufgeregt. Tilmann wusste, sie liebte diese Musik über alles. Und jetzt klang sie wie zur Begrüßung durch die Straße. Hatten sie diese lange Reise gemacht, um wieder zur Burg zurückzukommen? Spielte da etwa Rufus Springinsfeld mit seinen Gauklern zum Tanz auf?

Es sollte noch schlimmer kommen! Ein Ritter mit grünweißem Umhang, Schwert und Schild bog um die Ecke am Textilhaus. Er führte ein weißes Pferd am Zügel. Tilmann griff sich an die Stirn. Wann würde dieser verrückte Alptraum endlich aufhören? Der dickbäuchige Krieger mit der Hornbrille winkte ihnen freundlich zu. Eine Uhr funkelte an seinem Handgelenk und er trug Sportschuhe.

Jetzt sahen sie den Museumsplatz vor sich. Dichtgedrängt standen da grünweiße Zelte, von denen bunte Wimpel flatterten. Eine Gruppe in mittelalterlichen Gewändern tanzte musizierend um ein Denkmal, von dem hochmütig ein Löwe herabblickte. Am Museum hing ein Stoffband mit der Aufschrift:

35 JAHRE FÖRDERGEMEINSCHAFT BURGRUINE WARTENBERG

Verführerisch strömte Tilmann, Mechthild und Ratz der Duft von Würstchen und Pommes Frites entgegen. Eine große Menschenschar hockte schwitzend an Biertischen, vertieft in Bratwürstchen und Getränke aus Plastikbechern. Die Musik brach ab und ein Redner machte sich knirschend am Mikrofon zu schaffen. Über seine Halbbrille blickte er ruheheischend in die Runde. »Ähem! Meine sehr verehrten Damen und Herren…«

Studienrat Knoll! Tilmann traute seinen Augen nicht. Nein, das hier war keine mittelalterliche Burg, weiß Gott nicht! Es war sein Zuhause – tatsächlich!

»Vor siebenhundertfünfzig Jahren wurde unsere schöne Burg Wartenberg zerstört. Von Abt Berthold von Leibolz, genannt – ähem – Fingerhut.«

Tilmann hörte nicht hin. Er folgte Ratz, den die Würstchenbude magisch anzog, und zog Mechthild mit sich.

»Bei den Ausgrabungen vor sechzig Jahren wurden keine Skelette gefunden. Man schließt daraus, dass alle Burgbewohner geflohen sind. Vielleicht angesichts der Übermacht der Belagerer oder ihrer Waffen, man weiß das nicht so genau, ähem.«

Knolls Blick schweifte über die Festversammlung. Dorthin, wo ein völlig verschmutzter Junge und ein blondes Mädchen mit einem unglaublich verwahrlosten Hund wie aus dem Nichts aufgetaucht waren.

»Ähem. Ich freue mich, dass so viele unter ihnen meiner Aufforderung gefolgt sind, in mittelalterlicher Kleidung zu erscheinen.« Der Redner machte eine kurze Pause und fuhr dann mit aufgesetztem Lächeln fort. »Sicher, mit der Hygiene nahm man es im so genannten dunklen Mittelalter nicht so genau. Ich finde es aber völlig – ähem – übertrieben, dies hier zu demonstrieren. Vielleicht habt ihr auch ein paar Flöhe mitgebracht, ihr da drüben?«

Er fuchtelte mit seinem Manuskript hinüber zu Tilmann und Mechthild und alle Augen folgten seiner Geste. An der Würstchenbude standen zwei unerhört verdreckte Fremde. Sie hatten einen zerzausten Hund bei sich und waren in ein Gespräch mit dem Wurstverkäufer vertieft. Kaum zu glauben, es ging darum, ob man ein halbes Brötchen haben könne. Man würde es später bezahlen.

Zuhause

Der Metzger geriet furchtbar in Rage. Seine Linke fuhr nach vorn und packte Tilmann an den Haaren. Mit der Rechten versuchte er, dem Jungen einen Schlag zu versetzen.

»Ich kenne euch!«, schrie Metzger Ig. »Ihr seid das Packvolk, das ständig meine Mülltonne ausplündert!«

Empörtes Gemurmel setzte sich von der Würstchenbude durch die Tischreihen fort.

»Jemand muss diese Leute fortschicken, sie stören doch nur.«

»Ein Pudel oder ein Terrier, das würde mir gefallen, aber dieser Hund – einfach ekelhaft. Sicher ist er völlig verlaust.«

»Wer ist das Mädchen? Ist das nicht die…nein, ich kenne sie nicht. Sie sieht krank aus. Kein Wunder, sie ist barfuß. Der Junge auch.«

»Sie kann kaum stehen. Sehen sie das?«

»Das arme Kind. Jemand muss ihr helfen.«

»Der Junge kommt mir irgendwie bekannt vor. Ist das nicht . . . der Sohn von Doktor Schmitt? Was hat er für eine merkwürdige Frisur? Wie ein Mönch sieht er aus!«

»Es kann nicht sein, dass das Schmitts Sohn ist. Er sieht völlig heruntergekommen aus. Als hätte er sich einen Monat nicht gewaschen. Doktor Schmitt würde niemals –«

»Sehr verdächtig, ich komme aber noch dahinter.«

Plötzlich ertönte ein lauter Schrei.

»Tilmann!« Ein hochgewachsener, graubärtiger Mann sprang auf. Er starrte hinüber zu den Fremden und rückte erregt an seiner Brille.

Tilmann verschwand aus seinem Gesichtsfeld. Er bückte sich, um Mechthild hochzuziehen, die einen Schwächeanfall bekommen hatte. Studienrat Knoll brach seine Rede ab und stürzte hinüber zu Doktor Schmitt, der noch immer an seinem Tisch stand und verwirrt seine Brille putzte. Seine Frau zwickte sich in den Arm, sie wollte ihren Augen nicht trauen.

»Ich habe ihn erkannt!«, rief der Studienrat. »Es ist Ihr Sohn, Herr Schmitt – mein Schüler! Kommen Sie!«

Die Eltern taumelten verwirrt durch die Bankreihen, gefolgt von Herrn Knoll. Einige Neugierige schlossen sich an. »Spielt! Spielt, Leute!«, rief Knoll den Musikern zu. »Wir müssen eine Panik vermeiden!«

Die Mutter riss ihren Sohn an sich. Ihre Stimme erstickte in Tränen. »Tilmann – du bist es tatsächlich. Wo warst du so lange, mein Junge? Wer ist das Mädchen?«

Doktor Schmitt zögerte nicht. Er schob die Neugierigen beiseite und griff entschlossen zum Mobiltelefon.

»Einen Krankenwagen! Sofort! Wir haben hier einen Unfall.«

Das Jahr war vorgerückt und die Sommersonne schickte warme Strahlen durch das halboffene Fenster in den Klassenraum der zehnten Klasse. Von draußen drang das monotone Geräusch eines Rasenmähers in die Stille des Unterrichts. In weiter Ferne bellte heiser ein Hund. Träumer oder Schüler, die sich langweilten, blickten in den blauen Himmel, auf dem Wolkentürme wie mächtige Burgen dahinzogen und ein winziges Flugzeug gerade einen langen Kondensstreifen hinterließ.

Alles wie früher, träumte Tilmann vor sich hin. Als wäre nichts passiert in den letzten Wochen. Vor ihm saß sein Freund Dennis. An der Stuhllehne hing seine Baseballmütze. Er starrte gedankenverloren aus dem Fenster und träumte wie immer von der »Tour de France«. Seit kurzem beflügelte ihn auch noch ein anderer Traum. Er schwärmte von Amerika, von Indianern und Cowboys und der »Freiheit in der endlosen Prärie«, wie er sagte.

»Wir sollten einmal wieder nach Kleinsassen fahren«, hatte er vorgeschlagen. »Die Auswandererkiste auf Berthas Dachboden würde ich mir gern einmal genauer ansehen!«

Tilmann beachtete ihn jetzt nicht. Er warf einen Blick zur Seite und beobachtete das Mädchen.

Das Sonnenlicht flimmerte in ihrem rotblonden Haar, das mit roten Spangen geschmückt war. Der Duft von Märzveilchen umgab das Mädchen und an ihrem Finger blitzte ein Ring mit goldenem Halbmond. Tilmann spürte, wie unbändige Freude in ihm aufstieg und rieb überglücklich seine Hände. Vor ein paar Tagen war Mechthild noch sterbenskrank gewesen. Jetzt saß sie neben ihm und malte selbstvergessen Zahlen von einer Buchseite ab.

»Heute Nachmittag gehen wir ins Schwimmbad, Mechthild«, flüsterte Tilmann und schubste sie mit dem Schuh. Das Mädchen lächelte und nickte zustimmend. Tilmann warf einen verstohlenen Blick nach vorne. Studienrat Knoll war hinter der »Fuldaer Zeitung« abgetaucht, gleich würde er aufstehen, »Ähem« sagen und die Mathematikhefte einsammeln. Wie schön das war.

Knoll lugte über den Zeitungsrand und starrte zum wievielten Mal verstohlen auf das Mädchen. Was ging von dieser Schülerin aus, was so faszinierend war? War es ihre eigenartige Sprache? Oder die Hingabe, mit der sie ihre Aufgaben erledigte? Oder dieses Rätsel, das sie ständig umgab? Dass sie niemandem glaubwürdig sagen konnte, woher sie kam.

»Wir sind hier keine Sonderschule, sondern ein Gymnasium«, hatte Studienrat Knoll vor ein paar Tagen noch zu Doktor Schmitt gesagt und seine Kollegen waren der gleichen Meinung. »Wie soll das gehen, Georg? Die Überprüfung des Mädchens stellte zwar einen hohen Intelligenzquotienten fest, aber im Diktat war fast jedes Wort falsch. Sie kennt nicht einmal unsere Zahlen, nur römische sind ihr geläufig. In Gesellschaftslehre versagt sie vollkommen, sie fragte zum Beispiel, ob Angela Merkel unsere Königin sei.«

»Im Zeichenunterricht malt sie ausschließlich kleine, verschnörkelte Bildchen, die sie Miniaturen nennt«, pflichtete die Kunsterzieherin bei.

Trotzdem hatte Tilmanns Vater darauf bestanden, dass sie in die Klasse aufgenommen wurde. Studienrat Knoll konnte dagegen nichts machen, der Arzt hatte großen Einfluss auf den Rektor und war Vorsitzender des Schulelternbeirats. Rektor Klein hatte schließlich, zuletzt bedrängt durch Tilmann und dessen Mutter, einer »zeitlich befristeten Einschulung, sagen wir für ein Halbjahr« zugestimmt.

»Nachdem das Mädchen aus dem Krankenhaus entlassen wurde, haben wir es adoptiert, was äußerst schwierig war, weil wir ihre Herkunft nicht klären konnten«, hatte Elsa Schmitt zu Knoll und Rektor Klein gesagt. »Ihre unbekannte Herkunft war ein großes Hindernis. Selbst Tilmann kann uns nicht genau sagen, von woher er Mechthild mitgebracht hat. Alles, was er erzählt, ist für uns unerklärlich und rätselhaft. Ich habe die weiteste Reise meines Lebens gemacht, sagt er und irgendetwas von einem Wurmloch. Mein Mann und ich haben alles getan, was wir tun konnten, um die beiden zu verstehen und das Mädchen zu heilen. Es hatte Cholera, was ebenfalls merkwürdig ist, weil diese Krankheit bei uns kaum vorkommt. Wir haben die beiden bei einem Psychotherapeuten angemeldet. Dem erzählen sie Dinge, die kein Mensch begreift.«

»Du solltest dir das unbedingt anhören«, hatte Georg Schmitt hinzugefügt. »Es sind Dinge, die in deinem Geschichtsunterricht behandelt werden sollten, Heinrich. Du wirst staunen, glaub mir.«

Studienrat Knoll klappte jetzt die Zeitung zusammen. »Tilmann der Stauner – ähem – Träumer, wie immer. Hast du die ganze Zeit aus dem Fenster geguckt? Ich hoffe doch, dass du wenigstens etwas zu Papier gebracht hast.«

Er ging zum Fenster und verschloss es, als wollte er Tilmanns Träume aussperren. Im Vorbeigehen warf er einen Blick auf Mechthilds Arbeit. Das Mädchen hatte ihr Heft beiseite geschoben und drehte einen Gegenstand, der an einer Kette befestigt war, zwischen Daumen und Zeigefinger hin und her.

Knoll blieb abrupt stehen und bückte sich über Mechthilds Hände. »Woher hast du das?«, fragte er verblüfft. »Es ist das Glöckchen. Hast du es aus dem Museum? Aus der Vitrine?«

»Museum?«, staunte Mechthild. »Es ist ein Geschenk von Ebbo an Tilmann. Die gärtnernden Mönche haben sich damit bei dem Pförtner des Pflanzgartens ausgewiesen. Im Burggarten hatten wir es auch, um die Raben zu vertreiben. Tilmann hat für das Glöckchen eine Kette gekauft und es an mich weitergeschenkt.«

»Sehr verdächtig, aber ich komme dahinter«, grummelte Herr Knoll, rückte an seiner Brille und rief mit Befehlsstimme: »Alle jetzt raus in die Pause! Die Hefte legt ihr auf meinen Tisch. Nach der Pause haben wir noch Geschichte. Tilmann und Mechthild – ähem – ihr bleibt hier!«

Mechthild raunte er zu: »Es gilt einen Diebstahl aufzuklären.«

Der Studienrat schritt zum Wandschrank und griff gezielt nach einem zerfledderten Buch. Er schlug es auf und zeigte auf Abbildungen von Gegenständen, die bis zur Unkenntlichkeit vom Rost zerfressen waren.

»Seht her, Tilmann und Mechthild«, sagte Knoll nicht ohne einen Anflug von Begeisterung. »Hier seht ihr Dinge, die bei den Ausgrabungen auf der Burgruine gefunden wurden. Das hier ist ein Schlüssel, hier ist ein Glöckchen und das Amulett und dies ist eine Tonfigur, das so genannte Wartebachmännchen.«

»Ich kenne es«, flüsterte Mechthild. »Es gehört zu Dietrichs Schachzabel. Ich habe damit gespielt.«

»Unsinn! Das ist völlig verrückt!« Knoll verlor fast die Fassung. »Niemand weiß, welchen Zweck die Figur einmal hatte. Man vermutet, sie war Kinderspielzeug.« Er zeigte auf einen rechteckigen, kleinen Gegenstand. »Das hier ist das Amulett. Auch das wurde bei der Ausgrabung gefunden.«

»Ich kenne es auch!«, rief Mechthild begeistert. »Ich habe es Tilmann gegeben, als wir Durchlass am Frauentörchen suchten.«

»Ich kann alles erklären, Herr Knoll«, mischte sich Tilmann ein. »Das Glöckchen ist noch immer in der Vitrine, da, wo es die ganze Zeit war und für hoffentlich lange Zeit bleiben wird. Gehen Sie zum Museum und überzeugen sie sich selbst.«

»Wenn du das Amulett kennst, Mechthild«, antwortete Knoll pampig, »dann erkläre mir, welche Bedeutung die Zeichen darauf haben. Die Historiker wissen das nicht vollständig.«

»Es ist ganz einfach, Herr Knoll. Das Amulett wurde in der Goldschmiede des Klosters geschmiedet, das Zeichen bedeutet »Pax Christi«, die beiden

Querbalken darunter sagen uns, dass der Besitzer in der zweiten Truppe Kriegsknecht war. Das sind die Bogenschützen und Armbrustschützen. So hat es mir mein Vater erklärt, als er es mir schenkte. Einer dieser Armbrustschützen hätte Heinrich von Wartenberg beinahe getötet, wobei der Adlerkopf –«

»Der Adlerkopf! Er sieht ganz anders aus in diesem Buch!«, rief Mechthild überrascht. Sie hatte in Knolls Buch beim Erzählen weiter geblättert.

»Den Körper eines steinernen Vogels haben wir sehr wohl gefunden, aber der Kopf gilt als verschollen. Niemand weiß, ob es ein Adler ist, man vermutete es nur. Deshalb hat man im Museum einen Adlerkopf aus Stein nachgebildet und auf den Körper gesetzt.« Studienrat Knoll wischte sich den Schweiß von der Stirn. »Das alles ist im Museum, in der Vitrine. Ich habe es eigenhändig eingeräumt und ein Sicherheitsschloss mit Alarmanlage anbringen lassen. Ich verstehe einfach nicht, wie es da herausgeholt werden konnte. Sehr merkwürdig, aber ich komme noch dahinter.«

Zitternd stellte er das Buch zurück. »Geht jetzt in die Pause«, stöhnte er und ließ sich erschöpft in einen Stuhl fallen.

»Herr Knoll«, fragte Tilmann beim Hinausgehen. »Was ist ein Wurmloch?«

»Raus mit euch!«, brüllte der Lehrer, dass ihm die Brille von der Nase rutschte. »Ich kann nicht mehr!«

In der Geschichtsstunde machte Herr Knoll einen sehr verwirrten Eindruck. Beinahe hätte er das Thema mit dem Kugelschreiber an die Tafel geschrieben. Seine Brille war irgendwo verschwunden, als er im Bücherschrank die Gebrauchsanleitung der Alarmanlage des Museums gesucht hatte. Jetzt rieb er seine Augen, als er beobachtete, dass sich Tilmann zu Wort meldete.

»Nein, nicht schon wieder«, hauchte er erschöpft. »Bitte keine Märchen und Fantasystories. Was ein Schlangenloch ist, weiß ich nicht.«

»Ich meine ein Wurmloch, Herr Knoll.«

Knoll ging nicht auf die Frage ein. Er rieb sich die Augen. Mechthild hatte sich zu Wort gemeldet.

»Was ist, Mechthild? Willst du mir jetzt erzählen, dass du oder am Ende gar Tilmann den echten Adlerkopf gefunden hast? Oder dass Abt Bertho von Leibolz Tilmanns bester Freund war und Burg Wartenberg rein zufällig zusammengefallen ist, aus Altersschwäche vielleicht?«

»Oder weil der Holzwurm darin nagte«, warf ein Schüler ein und alle prusteten vor Lachen.

»Ruhe!«, ordnete Knoll an. »Schluss mit dem Blödsinn! Lasst Mechthild ihre Frage stellen.« Trotz aller Verwirrung und Verdächtigung hatten Mechthilds Äußerungen seine Neugierde geweckt. Was ging hier vor? Woher hatten die beiden ihre Kenntnisse?

»Mein Wissen hat Grenzen, Herr Knoll«, schien das Mädchen seine Gedanken zu erraten. »Zum Beispiel weiß ich nichts über das Schicksal von Abt Bertho. Hat er alle Gegner besiegt? Ist Frieden in seinem Land eingekehrt? Konnte er sein Amt führen, wie es Bonifatius wünschte? Und über das Schicksal von Heinrich und Dietrich von Wartenberg weiß ich auch nichts. Bitte erzählen sie mir etwas darüber. Ich muss es wissen. Tilmann sagte, sie sind Hysteriker, einer, der sich in Geschichte auskennt.«

Der Studienrat hatte sich gefasst. Verrücktheiten von Schülern war er gewohnt. Erst kürzlich hatte ihm ein Schüler erzählt, er sei ein Hacker und könne mit seinem Computer die Weltbank knacken. So war sie nun einmal, die leidige Pubertät. Knoll hatte das alles mit dem Gedanken weggestrichen, dass er in einem Jahr in Pension gehen würde. Auch diesmal tröstete er sich mit dieser Vorstellung.

Eine Schülerin, die Interesse zeigte! Zudem an Dingen, die ihn selbst seit Jahren beschäftigten. So etwas war ihm seit langem nicht mehr begegnet. Knoll lehnte sich genüsslich zurück und machte eine weitausladende Geste.

»Es heißt Historiker, Mechthild«, sagte er und machte ein lange Pause. Etwas verwirrt blickte er in die Klasse. Aber alle waren still und warteten auf seine Erklärung. Niemand wagte es, Mechthilds Frage ins Lächerliche zu ziehen. Das Mädchen wurde nicht, wie es Fremde oft zu spüren bekamen, gehänselt. Schon bald nach ihrem Klinikaufenthalt wurde sie von allen bewundert und bestaunt.

»Ähem – es ist so, Mechthild«, wiederholte er. »Der Abt –«

In diesem Augenblick rüttelte es an der Tür. Ein Fluch ertönte von draußen, langgezogenes Zetern und Jammern folgte.

Tilmann stand kerzengerade an seinem Tisch, aus seinem Gesicht war jede Farbe gewichen. Taumelnd fasste er nach Mechthilds Schulter. Das Mädchen wirkte wie erstarrt.

»Nein, nicht schon wieder, nicht schon wieder ...«, stammelte Tilmann.

Die Tür sprang auf.

In den Klassenraum stürzte – der Hausmeister! »Ich habe diese Tür mehrfach repariert und geölt, sie klemmt immer noch, Frau Susemichel«, jammerte er nach hinten.

Frau Susemichel, die Deutschlehrerin, tauchte im Flur auf und betrat den Klassenraum mit energischen Schritten. Sie trug einen Stapel Hefte unter dem Arm.

»Das nächste Mal bitte etwas dezenter, Herr Stußner«, mahnte Studienrat Knoll. »Dass die Tür klemmt, wissen wir schon lange. Deshalb brauchen Sie sich nicht aufzuführen wie ein …«

»Irrer Botengänger«, lachte Tilmann und fiel erleichtert auf den Stuhl zurück.

Frau Susemichel schob die Hefte auf Knolls Tisch und zupfte aufgeregt an ihrer Frisur. »Herr Kollege«, sagte sie, »ich kam nicht umhin, ihnen als Klassenlehrer mitzuteilen, was für entzückende Aufsätze ihre Schüler geschrieben haben.«

»Fassen Sie sich kurz, Frau Susemichel. Wir waren gerade bei einer äußerst wichtigen historischen Fragestellung angelangt.«

»Angesichts der Tatsache, Herr Kollege, dass wir hier eine fremde Besucherin zu Gast haben, habe ich einen Aufsatz schreiben lassen mit dem Thema »Eine Fremde sieht unsere Stadt«. Das Ergebnis ist verblüffend, sage ich Ihnen. Einen dieser Aufsätze möchte ich gerne vorlesen.«

Ihr Blick fiel auf Mechthild und sie machte eine Pause. Zwischen Papier und Stiften stach rot leuchtend ein Blechherz mit der Aufschrift »Ti amo« hervor. »Du liebst wohl Trüffel?«, fragte Frau Susemichel neugierig.

»Da waren einmal Trüffel drin«, kam verlegen zur Antwort.

»Und was ist jetzt drin?«

»Jetzt bewahre ich Erinnerungen an die Burg darin auf«, sagte Mechthild lächelnd und selbstsicher.

»Burg? Ach ja, deine Eltern sagten mir, dass du oft von einer Burg erzählst. Willst du uns erzählen, dass du so eine Art Zeitreise gemacht hast? Aus dem Mittelalter hierher zu uns! Das ist unmöglich … Natürlich bist du eine Fremde, wahrscheinlich aus Russland, eine Russlanddeutsche aus irgendeinem verschollenen sibirischen Nest. Aber die Idee von der Zeitreise aus dem Mittelalter finde ich toll. Darf ich deine Erinnerungen sehen?«

Mechthild öffnete ohne zu zögern das Herz. Merkwürdige Dinge kamen da zum Vorschein, auf die Frau Susemichel keinen Reim fand. »Als wir fliehen mussten, habe ich das alles in meiner Tasche mitgenommen«, sagte Mechthild wehmütig. Die Lehrerin versank gedankenverloren in der Tiefe des Blechherzes, aus dem der Geruch von Schokolade aufstieg.

»Nun lesen Sie endlich Ihren Aufsatz vor, Frau Susemichel«, grummelte Herr Knoll von seinem Pult her. »Wir müssen zu unserer Fragestellung zurückkommen.«

Verwirrt griff die Lehrerin nach ihren Heften und begann zu lesen:

»Gestern gingen wir mit Mechthild in die Stadt. Sie sagte wieder komische Dinge, wie es alle tun, die aus der Fremde kommen. Sie lachte über die

Jeans, die wir Mädchen tragen und nannte diese »Beinkleider für Frauen«. Am Löwendenkmal blieb sie lange stehen und sagte: »Hochmut kommt vor den Fall«. Vom Himbeereis in der Eisdiele konnte sie nicht genug kriegen. Sie aß es mit dem Messer, eine Gabel scheint sie nicht zu kennen ...«

Frau Susemichel machte eine Pause. »Ist das nicht entzückend geschrieben, Herr Kollege?« Sie gab ein glucksendes Lachen von sich, zupfte an ihrer Frisur und machte einen kleinen Sprung.

»Jetzt kriegen Sie sich mal wieder ein, Frau Kollegin!«, sagte Herr Knoll und warf einen amüsierten Blick auf Frau Susemichels Faltenrock und die hochgesteckte Frisur. Dann blickte er auf die Uhr und wandte sich der Klasse zu. »Wir kommen jetzt zu Mechthilds Frage zurück.«

Mit beleidigtem Blick rüttelte Frau Susemichel an der Tür und verschwand mit energischen Schritten.

Knoll eilte zum Bücherschrank und brachte ein zerfleddertes altes Buch zum Vorschein. »Das hier ist nicht Abt Bertho«, sagte er und hob eine Buchillustration in die Höhe. »Es ist Rabanus Maurus. Aber so ähnlich müsst ihr euch den Abt vorstellen, der den Spitznamen Fingerhut trug.«

»Er hatte ein rotes Gesicht und seine Nase tropfte ständig«, warf Mechthild ein.

Die Klasse kicherte belustigt. Herr Knoll ignorierte diese Bemerkung.

»Als Bruder Oberer stand Rabanus Maurus dem Kloster Fulda, das von Bonifatius gegründet worden war, viele Jahre vor. Er war ein weit gerühmter Lehrer in der Klosterbibliothek und war sehr bekannt wegen seiner Handschriften. Bertho folgte ihm als Bruder Oberer etwa hundert Jahre später. Er hatte es schwer, denn es herrschte eine Zeit der Gesetzlosigkeit. Das Kloster war noch immer reich und hatte viele Besitztümer, die oft weit entfernt waren, so dass sie vom Kloster aus nicht verwaltet werden konnten. Deshalb wurden Vögte berufen, so genannte Ministerialen, die im Klosterbesitz für Gesetz und Ordnung sorgen sollten. Diese Vögte übten sich, wie übrigens auch Abt Bertho, als Ritter im Gebrauch ihrer Waffen und wetteiferten auf Turnieren. Sie strebten nach immer größerer Macht, schlossen Bündnisse untereinander und bauten ihre Burgen aus. Nennen wir sie, weil unsere Heimat Buchonia genannt wurde, die buchonischen Rebellen.«

»Unser König Friedrich fehlte uns, er hatte keinen Nachfolger«, wusste Mechthild. »Räuber und Wegelagerer wurden nicht bestraft. Wer in Fulda eine Gräueltat begangen hatte, konnte sich ungestraft in der Schenke in Frankfurt damit rühmen.«

»Das ist richtig, Mechthild«, bestätigte Herr Knoll leicht irritiert. »Erstaunlich, was du weißt. Ähem, Abt Bertho zerstörte fünfzehn Burgen in Buchonia, unter anderem Burg Wartenberg, aber den Aufstand der rebellischen Ritter bekam er nie in den Griff.« Der Studienrat blickte mit wissender Miene auf Mechthild. »Und jetzt zu deiner Frage.«

Er zeigte auf eine weitere Abbildung im Buch. »Das hier sind das Kloster und die Kirche in Fulda. Diese wurde Ratgerbasilika genannt. Heute nennen wir sie Dom. Neben der Basilika baute Bertho eine kleine Kapelle, die Jakobuskapelle, in der er Pilger empfing. In dieser Kapelle wurde Bertho während einer Messe von hasserfüllten Rittern mit sechsundzwanzig Messerstichen ermordet, sein Kopf wurde abgetrennt und der leblose Körper in seinem Blute vor dem Altar liegen gelassen.«

Mechthild und Tilmann sprangen auf. »Das ist schrecklich! Was geschah danach?«

»Beruhigt euch, das ist achthundert Jahre her«, sagte Knoll beschwichtigend. »Der Hass flammte vollends auf, weil Bertho – trotz eines Versprechens auf freies Geleit – Hermann von Ebersberg auf dem Markt in Fulda öffentlich hinrichten ließ. Die Herren von Ebersberg waren angeklagt wegen Räuberei. Die Hinrichtung vollzog ein Küchenmeister, auf Anordnung Berthos, was vollends demütigend war für die buchonischen Rebellen.«

»Was geschah mit Berthos Mördern?«, fragte Tilmann.

»Der Nachfolger von Bertho spürte die Mörder auf, als sie dabei waren, die Kirche von Kirchhasel auszuplündern. Die Rebellen von Ebersberg wurden öffentlich gerädert. In der Nachfolgezeit brachte es kein Abt fertig, die aufständischen Ritter im Zaum zu halten.«

»Was geschah mit Heinrich und Dietrich von Wartenberg?«, fragte Mechthild aufgeregt.

»Sie verloren ihre Burg, weil sie den Rebellen als Versammlungsort diente und weil sie mit dem Hauptgegner Berthos, dem Vogt aus Ziegenhain, ein Bündnis geschlossen hatten. Auf Geheiß des Abtes zogen sie nach Lauterbach, damals hieß der Ort Luternbach, und mussten beim Bau der Stadtmauer und der Burg in der neu gegründeten Stadt mithelfen. Entscheidungen konnten sie von nun an nicht mehr allein treffen, sondern nur noch zusammen mit der Abtei in Fulda.«

»Mein Vater Dietrich kam schwerkrank von einem Kreuzzug zurück, Herr Knoll. Wie lange lebte er noch?«

»Also, das ist doch…«, brummte der Lehrer. »Dein Vater? Ja sicher doch. Du nennst dich Mechthild. Es gab eine Mechthild auf der Burg, sie war die Tochter von Dietrich. Das ist belegt. Diese heiratete Trabodo von Eisenbach.

Eisenbach wurde übrigens als einzige der zerstörten Burgen wieder aufgebaut.« Knoll machte eine wegwerfende Handbewegung. »Das stimmt nicht, was du behauptest, Mechthild. Dietrich kann unmöglich dein Vater gewesen sein. Die wirkliche Mechthild von Wartenberg wurde nach Eisenbach verheiratet, bekam Kinder und lebte dort bis zu ihrem Ende.«

»Damit bist du widerlegt«, fügte er triumphierend hinzu, »Deine Geschichten gehören nicht hierher, erzähl das deinem Therapeuten.«

Tilmann meldete sich zu Wort. »Sie hat Recht, Herr Knoll. Trabodo, dieser hochnäsige Trottel, hat Gunhild geheiratet, Mechthilds Halbschwester. Er glaubte, sie sei Mechthild. Gunhild war eine tolle Faustkämpferin. Das hätten Sie erleben müssen! Mit einem einzigen Faustschlag hat sie Trabodo k.o. geschlagen.«

»Schluss jetzt mit dem Blödsinn!« Der Studienrat sprang auf. »Fast fange ich schon an euch zu glauben. Ein Boxkampf im Mittelalter, das könnt ihr Herrn Stußner erzählen!«

»Wir waren dort, Herr Knoll!«, rief Mechthild und zog einen Gegenstand aus der Blechdose. »Das hier ist eine Sarazenenpfeilspitze. Mein Vater hat sie vom Kreuzzug mitgebracht und mir geschenkt. Das hier hat mir Ursch geschenkt, die Kräuterfrau. Es ist ... Und das ist ...«

Die Pausenklingel schrillte. An der Tür wurden kratzende Geräusche laut. Jemand pochte energisch.

»Herr Stußner – nicht schon wieder!«, stöhnte Studienrat Knoll.

»Öffnen Sie die Tür, Herr Knoll!«, rief Tilmann wütend. »Vielleicht ist es ein Bär. Das wird Sie endgültig überzeugen.«

Die Tür sprang auf. »Wir konnten Ratz nicht zurückhalten, Georg«, rief Doktor Schmitt lachend. »Er wollte unbedingt zu Tilmann und Mechthild.«

Seine Frau reichte Mechthild ein lächelnd ein Päckchen. »Du hast dein Pausenbrot vergessen. Kommst du mit mir zum Einkaufen, heute Nachmittag? Wir kaufen auch Honigkuchen, den du am liebsten isst.«

Mechthild strahlte. Ratz sprang übermütig durch die Klasse. Alle wollten ihn streicheln und sein struppiges, frisch gewaschenes Fell kraulen. Selbst Herr Knoll kam nicht umhin, eine Salami von seinem Brot zu lösen und dem Hund zu reichen. Ratz verschlang sie gierig.

Die Schüler drängten mit Tilmann, Mechthild und Ratz in die Pause. Es wurde still im Klassenraum. Die Sonne streute ihr Licht auf das rote Blechherz, das Mechthild liegengelassen hatte. Knoll nahm es und zeigte Doktor Schmitt den Inhalt.

»Das alles ist mir unerklärlich«, stammelte er. »Diese Dinge hier müssen in einem wissenschaftlichen Labor überprüft werden, um das Alter festzustellen. Was die beiden erzählen, klingt logisch und glaubwürdig. Man könnte tatsächlich meinen, sie hätten eine Zeitreise gemacht, in eine Zeit vor achthundert Jahren. Ich habe einmal einen Kinofilm gesehen, der hieß *Die Zeitmaschine.*«

Die Mutter stand am Fenster und blickte in den Himmel. »Wir wissen nicht, wo sie eine Woche lang waren. Wir können es selbst nicht erklären. Vielleicht werden wir eines Tages das alles verstehen.«

»Steven Hawkins sagt, Zeitreisen sind möglich«, wusste Doktor Schmitt. »Aber die Energie, die wir dafür brauchen, können wir nicht herstellen. Noch nicht. Es ist eine Reise auf einer Straße ohne Anfang und Ende. Tilmann spricht im Schlaf oft von einem Wurmloch, Hawkins benutzt diesen Begriff auch ...«

»Wir sind glücklich, dass unser Sohn zurück ist«, sagte die Mutter, »und dass es ihm gut geht. Und wir lieben dieses Mädchen, auch wenn wir nicht wissen, woher sie kommt. Sie war schwerkrank. Sie kam so rechtzeitig, dass wir sie gerade noch retten konnten. Vielleicht hat sie viel verloren, in ihrer Vergangenheit. Aber ein neues Leben, ein glückliches Leben, wird sie bei uns ganz sicher haben.«

Knoll legte das Blechherz auf seinen Platz zurück und trat mit den Eltern zum Fenster. Aus dem Hof klang das Lachen der Kinder und begeistertes Klatschen. Übermütig bellte ein Hund. Mechthild stand in der Mitte des Hofes, umgeben von einer Traube von Schulkindern. Sie erzählte eine atemberaubende Geschichte und schlug beidhändig mit einem unsichtbaren Schwert einen imaginären Gegner zu Boden.

»Heda Heja!«, rief das Mädchen und ihr langes Haar wirbelte im Wind. »Wer wagt es mich anzugreifen? Knappe Tilmann, wo ist mein Pferd?«

»Ohne Zweifel ist sie etwas Besonderes«, sagte Georg Schmitt.

Der Studienrat nickte. »Ja. Sie ist solitär.«

ENDE

OBSESSION, TATSACHEN UND FIKTION

Ein Schriftsteller, der wahrhaftig und ausdauernd schreiben will, braucht als erstes eine OBSESSION. Ein Kindheitserlebnis war das auslösende Moment, das mich zu diesem Buch führte. In den Fünfziger Jahren zog es uns manchmal aus unserem Dorf hinüber zur Burg Wartenberg. Dass diese Burg 1265 in der „Stiftsfehde" zerstört wurde, lag jenseits unseres Lernvermögens. Das Schilfrohr am Fluss faszinierte uns, und wie Lanzen trugen wir Rohrkolben vor uns her. Die Ruine war schon damals ein „poetischer Ort", eine Synthese von Natur und Menschenwerk. Die letzte Ausgrabung von Karl Maurer und Dr. Carola Runge lag fünfzehn Jahre zurück, in den Kriegswirren hatten die Archäologen den Platz eilig verlassen und noch einige Pfeiler in den Fluss geworfen, um zu verhindern, dass sie abtransportiert und zum Bau von Viehställen verwendet wurden, wie so viele Mauersteine zuvor. Man wusste, es würde lange Zeit, vielleicht für immer, keine Grabungen mehr geben...

Das Besondere an dieser Ruine war: nach ihrer Zerstörung blieb der Burghügel viele Jahrhunderte sich selbst überlassen. Während die Burg Eisenbach 1289 von Trabodo von Eisenbach wieder aufgebaut wurde, blieb Burg Wartenberg wie alle anderen in der Fuldaer Stiftsfehde zerstörten Burgen in ihren Trümmern liegen. Unter den Schuttmassen blieben viele Gebrauchsgegenstände gleichsam konserviert. Eine große Zahl wurde bei den Ausgrabungen (1938-40) gefunden. Sie sind im Hohhausmuseum Lauterbach ausgestellt. Dazu gehört das im Roman erwähnte Wächterhorn, das Silberglöckchen, das Amulett mit dem Monogramm Jesu, das „Wartebachmännchen" und vieles mehr. Gefunden wurde auch die steinerne Nachbildung eines Vogels, allerdings ohne Kopf. Das Museum hat den Vogelkopf nach künstlerischer Vorstellung nachgebildet, gefunden wurde er auf der Ruine bis heute nicht.

Als wir Kinder den Ort betraten, blickten wir auf von Brombeergestrüpp überwucherte Mauerstümpfe. Steine waren abgetragen und manche wurden vor Ort zum Bau von Feuerstellen verwendet. In der Phantasie malten wir uns abenteuerliche Geschichten aus, die sich zwischen Burgturm, Verlies, Zugbrücke mit Fallgatter und Burggraben abspielten.

Ein Förderverein hat mit viel Eigeninitiative die Ruine vor dem weiteren Verfall gerettet. Allein der schöne Blick auf das Flusstal macht einen Ausflug dorthin zu einem besonderen Erlebnis. Und auch das Fuldaer Vonderaumuseum und das Dommuseum stellen Zeugnisse und Grabungsfunde aus der damaligen Zeit aus. Hier findet sich unter anderem eine groß angelegte Nachbildung der Ratgerbasilika (zwischen 791 und 819 erbaut), deren Vorgängerbau im Jahr 751 noch von Bonifatius geweiht wurde. Die nach ihrem Erbauer Abt Ratger benannte Kirche wurde Anfang des 18. Jahrhunderts durch den barocken Neubau, den Dom, ersetzt. Im Dommuseum kann auch der aus dem 12. Jh. stammende elfenbeinerne Abtsstab, der so genannte Bonifatiusstab, bewundert werden.

Was auf Burg Wartenberg und in der zwanzig Kilometer entfernten Abtei und Stadt Fulda vor siebenhundertundfünfzig Jahren geschah, ist die historische Grundlage für BUCHONIA, das schon in der Römerzeit so bezeichnete Hügelland zwischen Vogelsberg und Rhön mit seinen dichten Buchenwäldern. Dichtung und Wahrheit liegen oft nahe beieinander. Ich habe mich aber bemüht, die Grenzen – bis auf drei Erzählmotive – nicht zu überschreiten.

Zunächst zu den geschichtlichen TATSACHEN.

Treueeid und Christentum waren die Bänder, die die mittelalterliche Gesellschaft befestigte, eine „Pyramide von Streitern, die die Pflicht der Treue und Gefolgschaft zusammenhielt“ (A. Waas). Im Interregnum, der „kaiserlosen, schrecklichen Zeit“ (1245-1273) gerät die Pyramide aus den Fugen. Die Reichgewalt ist zerfallen, Recht und Ordnung gehen verloren und das Raubritterunwesen greift um sich. Grafen und Vögte schrecken nicht davor zurück, Gotteshäuser zu plündern und Santiagopilger auszurauben. In diese Zeit fällt die Fuldaer „Stiftsfehde“. Widerspenstige Ritterrebellen drängen nach Eigenständigkeit und auf Vergrößerung ihrer Territorien auf Kosten des Abteigebietes. Bereits 1234 belagerte der Bischof von Würzburg die Stadt Fulda, und schon zu diesem Zeitpunkt fehlte eine Reichsgewalt, die territoriale Konflikte schlichtete. Mit dem Einvernehmen zwischen dem Fuldaer Hochstift und den Ministerialen (Verwalter im Lehnsverhältnis, später Dienstadel) war es seitdem vorbei, Einigungsversuche schlugen fehl. Abt Konrad (1221-1246) bat kriegsmüde den Papst um Amtsbefreiung. Sein Nachfolger Erzbischof Siegfried bereicherte sich bei seiner Amtsführung und schenkte den Rebellen damit einen Freibrief. Das Fehdewesen ging weiter. 1252 brach der Graf von Ziegenhain, der an der Spitze der abtrünnigen Ritter stand, die Einigung mit Abt Heinrich von Erthal (1249-1261).

Im Jahr 1261 wählt der Konvent Bertho von Leibolz zum Fürstabt. Wegen seiner kleinwüchsigen Gestalt wird er von den Rebellen als „Abt Fingerhut“ verspottet. Doch Abt Bertho erweist sich als wehrhaft und lehrt dem Raubrittertum zwischen Rhön und Vogelsberg mit Hilfe treu gebliebener Ministerialen das Fürchten. Bewaffnet mit Sturmwiddern und Wurfmaschinen belagert und zerstört er fünfzehn Burgen seiner Gegner, darunter auch Burg Wartenberg, ein Sammelplatz der Aufständischen.

Aus der Romanhandlung geht hervor, dass Abt Bertho nicht nur ein erfolgreicher Kriegsherr war, der auch aktiv an Turnieren teilnahm. Die hohen Geistlichen waren die gebildetsten und geistig wie geistlich bedeutsamsten Menschen Deutschlands. Was das Mittelalter an Wissenschaft besaß, bargen ausschließlich die Klöster.

Zu den Gegnern der Fuldaer Abtei gehörte eine ansehnliche Zahl von Grafen und Vögten, die in ihren Burgen einen durchaus verfeinerten Lebensstil führten und nach Unabhängigkeit drängten. Viele von ihnen sind im vorliegenden Roman erwähnt: Graf Berthold von Ziegenhain, Heinrich von Wartenberg und sein Bruder Dietrich, Hermann von Ebersberg, Hermann von Blankenwald, Gyso von Steinau und die Burgherren aus Schlitz, Eisenbach, Rasdorf, Schenkenwald, Brand und Bimbach.

Abt Bertho ereilte am 12. März 1271 ein Schicksal, das damals in ganz Deutschland Empörung hervorrief. Während einer Messe wurde er in der Jakobuskapelle, einem Nebengebäude der Ratgerbasilika, von als Pilger verkleideten Ritterrebellen mit sechsundzwanzig Messerstichen getötet und enthauptet. Zuvor hatte er Hermann von Ebersberg wegen Straßenraubs angeklagt und auf dem Fuldaer Montagsmarkt durch das Schwert hinrichten lassen. Eine folgenschwere Entscheidung...

Im Gegensatz zu Eisenbach durfte Burg Wartenberg wegen seiner Nähe zur Abteigrenze nicht wieder aufgebaut werden. Wegen seiner Bündnistreue erhielt das Dorf Lauterbach Stadtrechte und einen Stadtpatron (Simplicius), die Herren von Wartenberg wurden verpflichtet, beim Bau von Burg, Mauern und Wehrtürmen in der neuen Stadt mitzuarbeiten.

Tilmanns Zeitreise durch das Wurmloch gehört in das Reich der FIKTION. Diese glaubwürdig darzustellen, brachte mich zum Grübeln. Ich wollte es mir nicht zu einfach machen mit einer „Zeitmaschine“, einem Kaninchenloch (Alice im Wunderland), einem Kleiderschrank (Narnia) oder dem Hogwarts-Express am Gleis neundreiviertel (Harry Potter). Nach Einsteins Relativitätstheorie ist es denkbar, dass Bereiche der Raumzeit durch sogenannte Wurmlöcher verbunden sein können. Allerdings sagt Stephen W. Hawking, dass Wurmlöcher nicht stabil sind und kollabieren. Die Passage durch Raum und Zeit ist in der Praxis (noch) nicht möglich, weil uns „exotische Materie“ fehlt, die uns – soweit bekannt – im gesamten Universum nicht zur Verfügung steht. Im vorliegenden Roman wird diese Energie durch eine Verbindung aus Obsession und Angst ersetzt.

Fiktiv sind auch der Adlerkopf und seine Legende. Inspiriert hat mich die

Tatsache, dass der Vogeltorso an der Stelle gefunden wurde, wo sich der Palas der Burg Wartenberg befand. Demnach ist es nicht auszuschließen, dass er auf dem Giebel befestigt war. Möglicherweise war der steinerne Adler ein Hinweis auf einen Gerichtssitz (Kniepert). In der Romanhandlung ist der Adlerkopf die Verkörperung der Prämisse und das Bindeglied zwischen Mittelalter und Gegenwart.

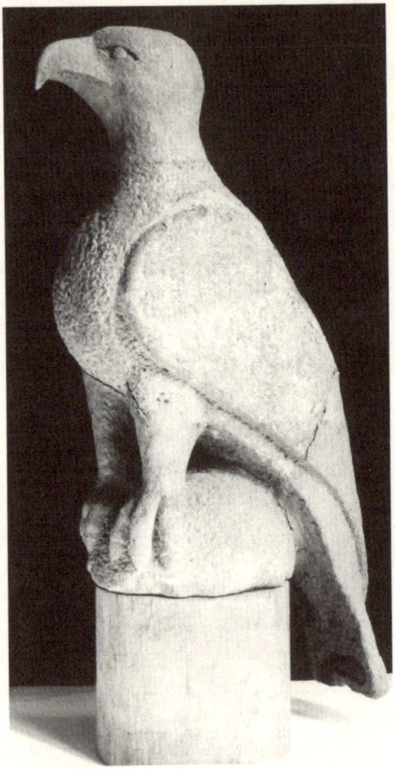

Und schließlich ist auch das Schicksal von Mechthild von Wartenberg fiktiv. Geschichtlich belegt ist, dass Mechthild die Tochter Dietrichs von Wartenberg war, der sich einem Kreuzzug angeschlossen hatte. Das Bündnis zwischen Heinrich von Wartenberg und dem Grafen von Ziegenhain wurde in seiner Abwesenheit geschlossen, was dafür spricht, dass Dietrich dagegen war. Mechhild heiratete tatsächlich Trabodo von Eisenbach. Mich brachte zum Grübeln, wie ich es fertig bringen könnte, dass sich Mechthild und Tilmann verlieben und das Mädchen in die Gegenwart gelangt. Gerettet haben mich Gunhild, die Gauklertochter, Trabodos (fiktiver) Charakterzug und Mechthilds Krankheit.

Dies wären nun die drei Grenzüberschreitungen im Land zwischen Dichtung und Wahrheit. Von den weiteren Personen sind lediglich Abt Bertho und die buchonischen Ritter geschichtlich belegt. Alle anderen sind fiktiv, durchaus möglich ist jedoch, dass sie gelebt haben. Wer will das Gegenteil beweisen? Die Kräuterfrau Ursch wird in einer Wartenberger Sage als trickreiche Magd und „Frau von riesenhaftem Wuchs aus Slierff (Salzschlirf)" erwähnt. Der Antagonist Rabenold spielt eine scheußliche Rolle als Verfolger, wie sie „Gollum" in meinem Lieblingsbuch „Der Herr der Ringe" spielt. Und „Gangolf" – klingt das nicht so ähnlich wie „Gandalf"?

Umberto Eco sagt dazu: „Alle Bücher sprechen immer von anderen Büchern, und jede Geschichte erzählt eine längst schon erzählte Geschichte."

Der Leser fragt sich am Schluss: Geht diese Geschichte weiter?

Das Hochmittelalter ist eine Schlüsselepoche in der Geschichte der Menschheit. Ebenso das Zeitalter der Industriellen Revolution im beginnenden 19. Jahrhundert. Das Ende des Zweiten Weltkriegs brachte die politische und kulturelle Weichenstellung für unsere Gegenwart. In Planung ist der Roman BUCHONIA-Georgia, der die Auswanderung nach Amerika im 19. Jh. thematisiert. Dennis, eine Nebenfigur im vorliegenden Buch, ist der Protagonist dieser Geschichte. Zuletzt erzählt BUCHONIA-Elise die Ereignisse im letzten Kriegsjahr 1945, mit Benjamin als Hauptfigur.

Handlungsort und Ausgangspunkt für die Trilogie ist Buchonia, das Land zwischen Rhön und Vogelsberg.

Danksagungen

Meine Kinder Sabine, Stefanie, Ulrike und Christian Euler
und an meine Frau Waltraud (gedanklich) für die Aufmunterung.
Professor Otfrid Ehrismann, Universität Gießen
Professor Dr. Karl-August Helfenbein, Stadtarchiv Lauterbach
Dr. Thomas Heiler und Mitarbeiter, Stadtarchiv Fulda
Hochschul- und Landesbibliothek Fulda
Margit Krenn, Historikerin
Pfr. Winfried Disser, Herbstein
Jürgen Fischer (Computerstübchen, Lauterbach)
Steffi Tausch, Lektorin
Rainer Klitsch, Verleger

Sabine, Stefanie, Ulrike, Christian sowie Friedel, Lola und Mira
für die Aufmunterung

Literatur

Fricke/Klotz: Geschichte der Deutschen Dichtung, Hamburg 1968

Fördergemeinschaft zur Rettung der Burgruine Wartenberg, Edmund Lorenz und Helfer, Die Wartenberger und ihre Burg, Wartenberg; 2001

Adolf Waas: Der Mensch im Mittelalter, Wiesbaden 1996

Burgruine Wartenberg, Fotoclub Lauterbach

Ditmar-Trauth: Rüstung Gewandung Sachkultur, Karfunkel Verlag, Wald-Michelbach 2004

Knappe: Mittelalterliche Burgen in Hessen, Wartberg Verlag, Gudensberg-Gleichen, 2004

Reitz: Das Leben auf der Burg, Thorbecke-Verlag, 2004

DER SPIEGEL 44/2005: Die Welt des Mittelalters

Georg Michel: Vogelsberg und Schlitzerland, Schroedel-Verlag, 1955

derselbe: So Leut sein mir in Vogelsberg und Schlitzerland, 1964

Das Mittelalter, www.DasMittelalter.de, CD-Rom, Würzburg, Karfunkel Verlag

Das Buch der Gedichte, Bertelsmann, 1963

Burgenkunde, Verlag Piper, 1985

Hilbrig, Wilfried: Flur und Dorf Landenhausen (Lauterbacher Sammlungen, Heft 59) 1976

Hilbrig, Wilfried: Landenhausen in zwölf Jahrhunderten, Lauterbacher Sammlungen, Sonderdruck 1981

Walther von der Vogelweide, Gedichte, Fischer Verlag, Frankfurt/Main 1962

Schlunk/Giersch: Die Ritter, Stuttgart 2003

Nemt, frouwe, disen kranz, mhd. Liebesgedichte, Ullstein, Frankfurt/M. 1982

Bertho von Leipolz, Trauerspiel, Verlag Reinhardt, Fulda 1899

Konrad Lübeck: Die Fuldaer Äbte und Bischöfe

Wilhelm Becker: Karte Fulda im Mittelalter, rekonstruiert nach amtlichen Quellen.

Michael Mott u. Erich Gutberlet: Fulda einst und jetzt, Band I – III, Parzeller Verlag, Fulda

Winfried Witzel : Die fuldischen Ministerialen des 12. und 13. Jahrhunderts, Fuldaer Geschichtsverein 1998

Anette Adelmeyer: Das Leben im Kloster, Imhof Verlag, 2007

Eva Krause: Die Ratgerbasilika in Fulda, Verlag Parzeller, Fulda, 2002

Franz Schlereth: Der Dom und die vorigen Hauptkirchen zu Fuda. In: Buchonia, Bd. I, Heft 2, Fulda 1826

Buchonia pars
vers. Frankonofurt
Cregisfelt
Grafen
mole
St. Johan
burc Eberstein
burc Blankenwalt
Fulda civitas
Luder fluz
St. Andreas
pons l.
Monastrum St. Bonifatii
Maber cella
Bienbach
Eichloha
burc Biberstein
St. Peter
monte episcopus
Lutere
Ad hunc locum advenat Sturmi monachus
Fulda fluz
Slirefe
Slire
47
46
45
44
43
42
41
40
40